Jojo Moyes · Haus der Wiederkehr

JOJO MOYES

Das Haus der Wiederkehr

Roman

Deutsch von Sabine Schulte

WUNDERLICH

1. Auflage September 2003

Die Originalausgabe erschien 2003
unter dem Titel «Foreign Fruit»
bei Hodder & Stoughton, London

Satz aus der Berthold Garamond PostScript PageMaker
bei Pinkuin Satz und Datentechnik, Berlin
Druck und Bindung Clausen & Bosse, Leck
Printed in Germany
ISBN 3 8052 0763 8

Die Schreibweise entspricht den Regeln
der neuen Rechtschreibung.

Für Charles Arthur
und Cathy Runciman

«Jeder trägt seine Vergangenheit in sich
wie die Seiten eines Buches, das er auswendig weiß und
von dem seine Freunde nur den Titel lesen können.»
Virginia Woolf

Prolog

Wenn du wissen willst, wie der Mann heißt, den du mal heiratest, musst du einen Apfel schälen, in einem Stück, und die Schale über die Schulter hinter sich werfen. So hat meine Mutter es mir einmal erklärt. Die Schale ringelt sich nämlich zu einem Buchstaben. Oder wenigstens macht sie das manchmal: Weil Mummy so gern wollte, dass es klappte, konnte sie einfach nicht zugeben, dass der Schalenkringel wie eine Sieben oder eine Zwei aussah, und erfand alle möglichen Bs und Ds. Auch wenn ich niemanden mit B oder D kannte.

Bei Guy jedoch brauchte ich keine Äpfel. Ich wusste es vom ersten Augenblick an; ich kannte sein Gesicht so genau wie meinen eigenen Namen. Dieses Gesicht gehörte dem Mann, der mich von meiner Familie fortholen würde, der mich lieben und verehren und schöne Kinder mit mir bekommen würde. Dieses Gesicht würde ich wortlos betrachten, wenn er sein Ehegelübde nachsprach. Dieses Gesicht würde ich morgens als Erstes und im süßen Atem der Nacht als Letztes sehen.

Ob er das wusste? Aber selbstverständlich. Er hatte mich ja gerettet, verstehst du. Wie ein Ritter, nur trug er statt der schimmernden Rüstung schmutzbespritzte Kleider. Ein Ritter, der aus der Dunkelheit auftauchte und mich ins Licht brachte. Na ja, jedenfalls unter die Lampen im Bahnhofswartesaal. Ein paar Soldaten hatten mich belästigt, während ich auf den Spätzug wartete. Ich war mit meinem Chef und seiner Frau zum Tanzen gewesen und hatte meinen Zug verpasst. Die Soldaten hatten furchtbar viel getrunken, und sie redeten immer weiter auf mich ein und ließen sich einfach nicht abweisen, und dabei wusste ich doch genau, dass man mit

Uniformierten nicht sprechen soll. Ich ging so weit weg, wie ich nur konnte, und setzte mich in die hinterste Ecke auf eine Bank. Aber dann kamen sie immer näher, bis einer von ihnen mich angrapschte und dabei so tat, als wäre das ein Scherz, und ich kriegte schreckliche Angst, weil es schon so spät war und ich nirgends einen Gepäckträger oder sonst eine Menschenseele sehen konnte. Ich bat sie zwar immer wieder, sie sollten mich in Ruhe lassen, aber das nützte nichts. Sie ließen einfach nicht von mir ab. Und da drängte der größte von ihnen – der so brutal aussah – sich mit seinem grässlich stoppeligen Gesicht und seinem stinkenden Atem an mich und sagte, er würde mich schon kriegen, ob ich wollte oder nicht. Am liebsten hätte ich laut geschrien, aber weißt du, ich war vor Angst wie erstarrt, sodass ich keinen Ton herausbrachte.

Und plötzlich war Guy da. Er kam in den Wartesaal gestürzt und verlangte eine Erklärung von dem Soldaten und drohte ihm eine ordentliche Tracht Prügel an. Dann baute er sich mit geballten Fäusten vor den drei Männern auf. Sie fluchten leise, und einer hob ebenfalls die Fäuste, aber dann schimpften sie bloß noch ein bisschen und liefen weg, so feige waren sie.

Ich zitterte, und mir war so nach Weinen zumute, aber er bot mir an, ein Glas Wasser für mich zu holen, weil mir das gut tun würde. Er war so nett und so lieb zu mir. Und dann sagte er, er würde mit mir zusammen auf den Zug warten. Und das tat er auch.

Und dort, unter den gelben Bahnhofslampen, habe ich zum ersten Mal sein Gesicht gesehen. Richtig angeschaut, meine ich. Da wusste ich, dass er es war. Er war es wirklich.

Nachdem ich Mummy das erzählt hatte, schälte sie einen Apfel, einfach zur Probe, und warf mir die Schale über die Schulter. Ich las ein D heraus. Mummy jedoch schwört bis auf den heutigen Tag, dass es eindeutig ein G war. Aber zu dem Zeitpunkt waren wir über Äpfel ohnehin längst hinaus.

ERSTER TEIL

Kapitel 1

*F*reddie hatte sich wieder übergeben. Dieses Mal war es offenbar Gras gewesen. Es lag in einer schaumigen, smaragdgrünen Pfütze in der Ecke bei der Kommode, und einige Halme waren noch ganz unversehrt.

«Wie oft muss ich dir das noch sagen, du Dummkopf?», kreischte Celia, die soeben mit ihrer Sandale hineingetreten war. «Du bist doch kein Pferd.»

«Und auch keine Kuh», fügte Sylvia, die am Küchentisch saß und sorgfältig Bildchen von Haushaltsgeräten in ein Heft klebte, hilfreich hinzu.

«Und auch sonst kein Tier. Du solltest Brot essen, nicht Gras. Oder Kuchen. Ganz normal.» Celia zog ihre Sandale aus und hielt sie zwischen Daumen und Zeigefinger über den Spülstein. «Igitt. Du bist ekelhaft. Warum machst du dauernd solche Sachen? Mummy, sag ihm, dass er es wenigstens aufwischen soll.»

«Bitte wisch es auf, Frederick, mein Kind.» Mrs. Holden suchte gerade in der Zeitung nach dem Sendetermin für die nächste Folge von *Dixon of Dock Green*. Diese Serie bot ihr eine der wenigen Entschädigungen für den Rücktritt von Mr. Churchill. Und für diese neueste Geschichte mit ihrem Mann. Doch sie erwähnte natürlich nur Mr. Churchill. Sie und Mrs. Antrobus hatten bisher alle Folgen gesehen, hatte sie Lottie erzählt, und fanden sie einfach fabelhaft. Allerdings waren Mrs. Holden und Mrs. Antrobus auch die Einzigen in der Woodbridge Avenue, die ein Fernsehgerät besaßen, und sie erzählten den Nachbarinnen nur zu gern, wie fabelhaft die meisten Sendungen waren.

«Wisch das auf, Freddie. Pfui. Warum hab ich bloß einen Bruder, der Tierfutter frisst?»

Freddie saß auf dem Fußboden und schob einen kleinen blauen Lastwagen hin und her. «Das ist kein Tierfutter», murmelte er selbstzufrieden. «Gott hat gesagt, dass wir es essen sollen.»

«Mummy, jetzt missbraucht er den Namen des Herrn.»

«Du sollst nicht Gott sagen», stellte Sylvia fest, während sie einen Mixer in ihr Heft klebte. «Sonst vernichtet er dich.»

«Ich bin sicher, dass Gott nicht wörtlich Gras gesagt hat, Freddie», meinte Mrs. Holden zerstreut. «Celia, Schatz, könntest du mir meine Brille reichen, bevor ihr losgeht? Die Schrift in diesen Zeitungen wird aber auch immer kleiner.»

Lottie stand geduldig an der Tür. Es war ein recht ermüdender Nachmittag gewesen, und sie sehnte sich danach, aus dem Haus zu kommen. Mrs. Holden hatte darauf bestanden, dass die beiden jungen Mädchen ihr halfen, Baisers zu backen, die auf dem Wohltätigkeitsbasar der Kirche verkauft werden sollten. Lottie und Celia backten äußerst ungern, und Celia hatte es schon nach zehn Minuten geschafft, sich der ungeliebten Tätigkeit zu entziehen, indem sie Kopfschmerzen vortäuschte. Also hatte Lottie mit anhören müssen, wie Mrs. Holden sich über Eiweiße und Zucker aufregte, und so getan, als bemerke sie es nicht, wenn die Frau des Hauses diese fahrigen Handbewegungen machte und ihre Augen sich mit Tränen füllten. Jetzt waren die grässlichen Dinger endlich gebacken und lagen, in Pergamentpapier gewickelt, sicher in ihren Dosen, und – was für eine Überraschung – Celias Kopfschmerzen waren wunderbarerweise verschwunden. Celia zog ihre Sandale wieder an und gab Lottie einen Wink mitzukommen. Sie hängte sich ihre Jacke um die Schultern und strich sich rasch das Haar glatt.

«Wohin wollt ihr beiden denn?»

«Ins Café.»

«In den Park.»

Celia und Lottie hatten gleichzeitig gesprochen und sahen sich erschrocken und vorwurfsvoll an.

«Wir wollen beides», erklärte Celia nun bestimmt. «Erst in den Park, dann Kaffee trinken.»

«Sie wollen Jungens küssen», piepste Sylvia über ihre Klebearbeit gebeugt. Sie hatte das Ende eines ihrer Zöpfe in den Mund genommen, und ab und zu erschien ein seidig nasser Haarschwanz.

«Pfui bah! Iiii pfui! Küssen!»

«Also, dann trinkt nicht zu viel. Ihr wisst ja, dass man von Kaffee nur unnötig laufen muss. Lottie, bitte sorge dafür, dass Celia es nicht übertreibt. Höchstens zwei Tassen. Und seid um halb sieben wieder hier.»

Freddy sah auf: «In der Bibelschule sagt Gott, die Erde sorgt für uns.»

«Aber schau doch bloß, wie übel dir geworden ist, als du das da gefuttert hast», schimpfte Celia. «Ich verstehe einfach nicht, dass er das nicht aufwischen muss, Mummy. Du lässt ihm wirklich alles durchgehen.»

Mrs. Holden nahm ihre Brille und setzte sie langsam auf. Sie sah aus wie jemand, dem es gerade eben gelingt, in rauer See über Wasser zu bleiben, indem er trotz aller gegenteiligen Anzeichen behauptet, er habe festen Boden unter den Füßen. «Freddie, geh zu Virginia und bitte sie, einen Aufnehmer mitzubringen, ja? Komm, sei so lieb. Und Celia, Schätzchen, sei nicht so unleidlich. Lottie, würdest du bitte deine Bluse glatt ziehen? Du bist sonderbar geworden. Und, hört mal, ihr Mädchen, ihr werdet doch wohl nicht unsere Neue angaffen? Sie soll nicht denken, die Bürger von Merham wären Bauern, die sie mit offenen Mündern anglotzen.»

Während des kurzen Schweigens, das folgte, sah Lottie, dass Celias Ohren ganz leicht rot anliefen. Ihre eigenen waren nicht einmal warm: Im Laufe vieler Jahre und in wesentlich schärferen Verhören hatte sie es in der Kunst des Leugnens zur Meisterschaft gebracht. «Wir kommen nach dem Café direkt nach Hause, Mrs.

Holden», erklärte sie mit fester Stimme. Doch das konnte natürlich alles Mögliche bedeuten.

Es war Samstag, der Tag des großen wöchentlichen Gästewechsels. Die Reisenden aus London trafen mit den Zügen von Liverpool Street Station ein, und andere fuhren, mit nur unwesentlich mehr Farbe im Gesicht, widerwillig in die Großstadt zurück. An solchen Tagen wimmelte es überall von kleinen Jungen, die im Zickzackkurs selbst gebaute Handwagen mit Bergen von prall gefüllten Koffern über die Bürgersteige zogen. Hinter ihnen spazierten erschöpfte Männer mit ihren Frauen am Arm. Sie trugen ihre guten Sommeranzüge und freuten sich darüber, dass sie für ein paar Pennys die jährliche Sommerfrische wie Könige beginnen konnten. Oder doch zumindest ohne die Koffer selbst zu ihrer Unterkunft schleppen zu müssen.

Kaum jemand bemerkte daher die Ankunft, und außer Celia Holden und Lottie Swift sprach auch niemand darüber. Die beiden Mädchen saßen im Stadtpark auf einer Bank, von der aus man den Blick auf Merhams weitläufigen Strand hatte, und spähten wie gebannt zu den Möbelwagen hinüber, deren dunkelgrüne Motorhauben zwischen den Kiefern in der Nachmittagssonne schimmerten.

Wie die dunklen Zähne eines Kammes zogen sich im Wasser unten die Wellenbrecher ins Meer hinein. Die Flut ging langsam zurück und gab den feuchten Sandstrand frei, auf dem kleine Gestalten gegen den für die Jahreszeit ungewöhnlich scharfen Wind ankämpften. Die Ankunft von Adeline Armand hätte dem Eintreffen der Königin von Saba in nichts nachgestanden, entschieden die beiden jungen Mädchen später. Das heißt, wenn die Königin von Saba dafür den Samstag in der hektischsten Woche der Hauptsaison gewählt hätte. An diesem Tag standen nämlich Leute wie Mrs. Colquhoun, der Stadtrat Elliott und die Wirtinnen der Pensionen an der Parade, die sonst extravagante Neuankömmlinge, die mit ganzen Wagenladungen von Koffern anreisten, normalerweise verlässlich einzuschätzen wussten, ausnahmsweise nicht schweigend an ihren Pforten. Niemand von ihnen beobachtete daher die lange Prozession aus großen Gemälden, die weder Familienporträts noch Pferderennen darstellten, sondern bloß ungeheure Farbkleckse ohne jedes erkennbare Motiv zeigten, und aus ungewöhnlich vielen, ganz offensichtlich ausländischen Büchern und Kunstwerken, die in dem Art-déco-Haus am Meer verschwand. Stattdessen standen die Bürgerinnen und Bürger Merhams beim Metzger in der Marchant Street Schlange oder schrubbten die Zimmer für die Urlauber, putzten die Fenster und empfingen ihre neuen Gäste.

«Mrs. Hodges sagt, dass sie aus einem Königshaus stammt.»

«Quatsch.»

Celia sah ihre Freundin mit großen Augen an. «Doch, bestimmt. Mrs. Hodges hat mit Mrs. Ansty darüber gesprochen, und die kennt den Rechtsanwalt oder wen auch immer, der sich um das Haus gekümmert hat, und sie ist wirklich eine ungarische Prinzessin oder so.»

Unten am Strand hatten einige Familien kleine Gebiete in Besitz genommen, und man sah sie hinter ihren aufgebauschten, gestreiften Windschutzplanen sitzen. Andere suchten in den Strandhütten vor dem stürmischen Seewind Zuflucht.

«Armand ist kein ungarischer Name.» Lottie hob die Hand, um zu verhindern, dass ihr das Haar in den Mund wehte.

«Ach nein? Und woher weißt du das?»

«Das ist einfach Blödsinn. Was sollte eine ungarische Prinzessin denn hier anfangen? Sie wäre doch in London, gar keine Frage. Oder in Windsor Castle. Nicht in einem verschlafenen Kaff wie Merham.»

«Aber bestimmt nicht in deinem Stadtteil von London.» Celias Tonfall hatte fast etwas Spöttisches.

«Nein», gab Lottie zu, «nicht in meinem Stadtteil.» Lotties Viertel, ein Vorort im Osten Londons, zog keine exotischen Menschen an. Es war von schnell hochgezogenen Fabriken geprägt und grenzte auf einer Seite an die Gaswerke und auf der anderen an ödes Marschland. Als Lottie zu Beginn des Krieges zum ersten Mal nach Merham evakuiert worden war, hatte sie nur ungläubig geguckt, wenn mitfühlende Bewohner des Städtchens sich erkundigt hatten, ob sie London vermisse. Genauso verdutzt hatte sie ausgesehen, wenn jemand wissen wollte, ob sie Sehnsucht nach ihrer Familie habe. Schließlich hatte niemand mehr gefragt.

Für die beiden letzten Kriegsjahre war Lottie nach Hause zurückgekehrt, aber weil sich zwischen ihr und Celia ein fieberhafter Briefwechsel entspann und weil Mrs. Holden häufig die Überzeugung äußerte, dass es für Celia nett sei, eine gleichaltrige kleine Freundin zu haben, und dass man zudem seinen Beitrag für die Allgemeinheit leisten müsse, hatte man Lottie wieder nach Merham eingeladen, anfangs in den Ferien und schließlich auch während der Schulzeit. Inzwischen war sie als Mitglied der Familie Holden akzeptiert; sie mochte zwar keine Blutsverwandte sein, und sie war auch gesellschaftlich nicht ganz ebenbürtig – dieses Cockney wurde man ja doch nie ganz los –, aber man machte über ihren Daueraufenthalt im Städtchen keine Bemerkungen mehr. Außerdem war man in Merham daran gewöhnt, dass alle möglichen Leute kamen und nicht wieder gingen. Das Meer konnte die Menschen in seinen Bann ziehen.

«Sollen wir was mitbringen? Blumen? Damit wir einen Vorwand haben, bei ihr hereinzuschneien?» Lottie spürte, dass die Freundin wegen ihrer Bemerkung ein schlechtes Gewissen hatte: Celia schenkte ihr jetzt das, was sie für ihr Moira-Shearer-Lächeln hielt, wobei sie die untere Zahnreihe entblößte.

«Ich habe nicht genug Geld», meinte Lottie nur.

«Keine gekauften. Du weißt doch, wo man schöne Wildblumen pflücken kann. Für Mummy findest du immer genug.» Es entging Lottie nicht, dass in Celias letztem Satz ein ganz kleiner Vorwurf lag.

Die beiden jungen Mädchen erhoben sich von der Bank und schlenderten durch den Park bis zu dem schmiedeeisernen Geländer, das den Beginn des Fußwegs über die Klippen markierte. An

Sommerabenden, wenn Lottie der Lärm und die unterdrückte Hysterie im Haushalt der Holdens zu viel wurden, ging sie häufig hier entlang. Sie lauschte den Möwen und den Wachtelkönigen, die über ihr durch die Luft glitten, und besann sich darauf, wer sie war. Mrs. Holden hätte diese Art der Selbstbetrachtung unnatürlich gefunden oder zumindest für Verweichlichung gehalten, und dagegen sicherte Lottie sich mit kleinen, selbst gepflückten Blumensträußen ab. Aber nachdem sie fast zehn Jahre als Gast in diesem Haus gelebt hatte, war ihr eine gewisse Vorsicht zur zweiten Natur geworden, eine Sensibilität für potentielle häusliche Turbulenzen, die ihrem jugendlichen Alter nicht recht entsprach. Es war wichtig, dass Celia niemals eine Konkurrentin in ihr sah.

«Hast du die Hutschachteln gesehen? Das waren mindestens sieben», sagte Celia und bückte sich. «Was ist mit dieser hier?»

«Nein, die verwelken so schnell. Pflück ein paar von den violetten. Da, an dem großen Stein.»

«Sie muss massenhaft Geld haben. Mummy sagt, am Haus ist eine Menge zu tun. Sie hat mit den Anstreichern gesprochen, und die meinten, es sei eine richtige Bruchbude. Seit die MacPhersons nach Hampshire gezogen sind, hat niemand mehr drin gewohnt. Das muss – warte mal – neun Jahre her sein.»

«Keine Ahnung. Ich hab die MacPhersons nicht gekannt.»

«Sie sollen beide sterbenslangweilig gewesen sein, und sie hatte Schuhgröße dreiundvierzig. Mrs. Ansty sagt, das Haus hätte keinen einzigen vernünftigen Kamin mehr, die seien alle geklaut worden.»

«Der Garten ist vollkommen verwildert.»

Celia blieb stehen. «Woher weißt du das?»

«Ich war ein paar Mal oben. Auf meinen Spaziergängen.»

«Schlau wie ein Fuchs! Warum hast du mich nicht mitgenommen?»

«Du wolltest ja nie spazieren gehen.» Lottie schaute an ihrer Freundin vorbei nach den Möbelwagen und wurde plötzlich von einer stillen Aufregung erfasst. Sie waren es gewöhnt, dass fremde

Menschen ankamen – schließlich war Merham ein Seebad, und der Rhythmus der Jahreszeiten wurde von den Gästen bestimmt, die kamen und gingen wie Ebbe und Flut –, aber die Aussicht, dass das große Haus wieder bewohnt werden würde, hatte den letzten vierzehn Tagen eine gewisse Spannung verliehen.

Celia arrangierte die Blumen in ihrer Hand zu einem Strauß. Der Wind erfasste ihr Haar und hob es wie einen goldenen Schleier. «Ich glaube, ich hasse meinen Vater», stellte sie plötzlich fest und betrachtete den Horizont.

Lottie hielt sich nicht für befugt, einen Kommentar zu Henry Holdens Nachtessen mit seiner Sekretärin abzugeben.

«Mummy ist so dumm. Sie tut einfach so, als wäre nichts.» Ein kurzes Schweigen folgte, das nur von den gellenden Schreien der über ihnen kreisenden Möwen unterbrochen wurde. «Mein Gott, ich kann es kaum erwarten, hier wegzukommen», sagte Celia schließlich.

«Mir gefällt's hier.»

«Ja, aber du brauchst auch nicht mit anzusehen, wie dein Vater sich blamiert.» Celia streckte Lottie das Sträußchen entgegen. «Hier. Glaubst du, die reichen?»

Lottie betrachtete die Blumen. «Willst du wirklich da hin? Bloß um ihre Sachen anzugaffen?»

«Ach, du etwa nicht, Mutter Oberin?»

Die beiden Mädchen grinsten sich an und rannten dann mit wehenden Röcken zum Stadtpark zurück.

Früher war die Auffahrt von Arcadia House kreisrund gewesen. Die damaligen Nachbarn konnten sich noch an die langen, niedrigen Limousinen erinnern, die eine nach der anderen vorfuhren, mit scharfem Ruck im Kies vor der Haustür zum Stehen kamen und dann, dem anmutigen Bogen folgend, wieder auf die schmale Straße hinausglitten. Es war ein bedeutendes Haus gewesen. Gebaut hatte es Anthony Gresham, der älteste Sohn von Walton Gresham, nach seiner Rückkehr aus Amerika, wo er mit der Erfindung eines nicht weiter bemerkenswerten Motorteils, das General Motors erworben hatte, ein Vermögen gemacht hatte. Das Haus sollte, so hatte er verkündet, wie das Haus eines Filmstars aussehen. In Santa Monica hatte er das Wohnhaus einer berühmten Stummfilmschauspielerin gesehen, das lang gestreckt, niedrig und weiß war und große Glasflächen und bullaugenähnliche kleinere Fenster besaß. Für ihn kündete dieses Haus von Glamour, von neuen Welten und einer schönen, glanzvollen Zukunft. Ihm selbst war sie ironischerweise nicht vergönnt, denn er starb schon mit zweiundvierzig, nachdem ihn ein Auto angefahren hatte – ein Rover. Als das Haus schließlich fertig war, waren die Bürger Merhams zum Teil schockiert gewesen, dass es so modern war, und hatten sich untereinander beklagt, es «passe nicht» in ihr Städtchen. So waren einige der älteren Stadtbewohner insgeheim erleichtert, als die nächsten Besitzer, die MacPhersons, schon nach ein paar Jahren wieder auszogen und das Haus unbewohnt blieb. Inzwischen war die Nordseite der Auffahrt von einem Dickicht aus Brombeeren und Holunder überwuchert, sodass man nur bis zu der Pforte kam, die früher zum Küstenpfad geführt hatte. Die Möbelwagenfahrer, die den Rest ihrer Fracht abgeladen hatten, fluchten und legten krachend die Gänge ein, während sie versuchten, aneinander vorbei bis zu der schmalen Zufahrtsstraße zurückzusetzen, die jedoch durch einen später angekommenen Wagen versperrt war.

Lottie und Celia beobachteten gerade, wie einige Männer schwitzend und mit puterroten Gesichtern die letzten Möbel ins Haus trugen, als eine hoch gewachsene Frau mit kastanienbraunem, zu einem strengen Knoten aufgestecktem Haar aus dem Haus stürzte. Sie schwenkte ein Schlüsselbund und rief: «Warten Sie einen Augenblick. Ich fahre den Wagen zum Küchengarten.»

«Glaubst du, das ist sie?», flüsterte Celia und duckte sich unwillkürlich hinter einen Baum.

«Woher soll ich das wissen?» Lottie hielt den Atem an, denn Celias plötzliche Verhaltenheit brachte auch ihr die Peinlichkeit ihrer Lage zu Bewusstsein. Aneinander gedrängt spähten die Mädchen um den Baumstamm herum und hielten dabei ihre weiten Röcke fest, damit der Wind sie nicht aufbauschte.

Die Frau setzte sich in den Wagen, biss sich auf die Unterlippe und betätigte die Zündung. Sie kämpfte mit dem Schaltknüppel und schoss dann mit einem hässlichen Knirschen rückwärts in den Kühlergrill eines Möbelwagens hinein.

Auf eine kurze Stille folgten lautes Schimpfen aus einer Männerkehle und ein langes Hupen. Die Fahrerin hob den Kopf, und den Mädchen wurde klar, dass ihre Nase verletzt, vielleicht sogar gebrochen war. Selbst aus der Entfernung sahen sie die dunklen Blutflecken auf der blassgrünen Bluse, den Händen und sogar auf dem Lenkrad. Die Frau saß kerzengerade auf dem Fahrersitz, wirkte ein bisschen benommen und begann dann anscheinend, nach etwas zu suchen, um das Blut zu stillen.

Lottie merkte plötzlich, dass sie mit ihrem Taschentuch in der Hand über den verwilderten Rasen rannte. «Hier», sagte sie atemlos, während sich weitere Personen rufend um den Wagen versammelten, «nehmen Sie das hier. Legen Sie den Kopf zurück.»

«Sie haben ganz schön was abgekriegt», meinte Celia, die hinter Lottie hergelaufen war.

Die Frau nahm das Taschentuch. «Das tut mir sehr Leid», entschuldigte sie sich bei dem Möbelwagenfahrer. «Ich kann einfach nicht richtig schalten.»

«Sie sollten nicht Auto fahren», sagte der Mann in der dunkelgrünen Schürze, die nur knapp die massige Gestalt umspannte. Er hielt die Reste eines Scheinwerfers in der Hand. «Nicht mal in den Spiegel geguckt haben Sie.»

«Ich dachte, ich wäre im ersten Gang. Der liegt so nah am Rückwärtsgang.»

«Ihre Stoßstange ist abgefallen», sagte Celia aufgeregt.

«Und das Auto gehört mir nicht einmal. Oje.»

«Gucken Sie sich das an! Ich brauche einen ganz neuen Scheinwerfer. Das kostet nicht nur Geld, sondern auch Zeit!»

«Natürlich.» Sie nickte betrübt.

«Hören Sie, lassen Sie die Dame in Frieden.» Ein dunkelhaariger Mann in einem hellen Leinenanzug war am Wagen erschienen. «Sagen Sie mir einfach, wie groß der Schaden ist, und ich erstatte Ihnen das. Frances, bist du verletzt? Brauchst du einen Arzt?»

«Sie sollte überhaupt nicht fahren», wiederholte der Lastwagenfahrer kopfschüttelnd.

«Und Sie hätten nicht so dicht auffahren dürfen», mischte Lottie sich ein, die sich über seine fehlende Anteilnahme ärgerte. Der Fahrer beachtete sie nicht.

«Tut mir wirklich Leid», murmelte die Frau. «Oje, wie sieht mein Rock denn aus?»

«Sagen Sie schon, wie viel? Fünfzehn Shilling? Ein Pfund? Der junge Mann schälte Banknoten von einer Rolle, die er aus der Innentasche seiner Jacke gezogen hatte. «Da, nehmen Sie das. Und nochmal fünf für Ihre Mühe.»

Der Fahrer schien besänftigt zu sein – wahrscheinlich gehörte ihm der Lastwagen gar nicht, dachte Lottie. «Na gut», sagte er, «das muss dann wohl reichen.» Er ließ das Geld rasch in seiner Hosentasche verschwinden. Offenbar hatte er sich überlegt, nicht weiter den Märtyrer zu spielen, um sein Glück nicht zu gefährden. «Dann machen wir jetzt Schluss. Beeilt euch, Jungs.»

«Komm, Frances. Lass uns ins Haus gehen, bevor du den ganzen Wagen voll blutest.» Der junge Mann klemmte sich die Zigarette in den Mundwinkel, nahm die Frau sanft am Ellbogen und half ihr aus dem Wagen.

«Guck dir mal ihren Rock an», flüsterte Celia. Der Rock ging Frances fast bis zu den Knöcheln. Mit seinem kräftigen Weidenmuster wirkte er eigentümlich altmodisch.

Lottie betrachtete die übrige Kleidung der Frau, ihre Schuhe, die fast edwardianisch wirkten, und die lange Kette aus runden Bernsteinperlen. «Bohemiens!», zischte sie vergnügt.

Auf dem Weg zum Haus drehte die Frau sich plötzlich um. «Ach, Ihr hübsches Taschentuch. Ich habe es ganz blutig gemacht.»

Sie blieb stehen. «Sind Sie von hier? Kommen Sie doch bitte auf einen Tee herein. Marnie soll es einweichen. Das ist das Mindeste, was ich tun kann. George, bitte rufe doch Marnie für mich. Ich habe Angst, dass es wieder blutet.»

Lottie und Celia sahen sich an.

«Das wäre nett», sagte Celia. Erst als sie die Tür hinter sich geschlossen hatten, bemerkte Lottie, dass die Blumen wohl noch in der Auffahrt liegen mussten.

Als Celia die Eingangshalle betrat, wirkte sie nicht mehr so selbstsicher. Tatsächlich blieb sie so ruckartig stehen, dass Lottie, die ihr träumerisch folgte, sich an ihrem Hinterkopf die Nase stieß. Der Grund dafür war nicht etwa eine angeborene Tendenz zur Zurückhaltung bei Celia, sondern viel mehr ein großes Gemälde, das an dem geschwungenen Geländer gegenüber von der Haustür lehnte. Darauf sah man, pastos in Öl gemalt, eine liegende nackte Frau. An der Haltung ihrer Arme und Beine erkannte Lottie, dass es keine sittsame Frau war.

«Marnie?» George ging über den Fliesenboden voran, an den Umzugskisten vorbei. «Marnie, können Sie uns etwas warmes Wasser besorgen? Frances hat sich ein bisschen gestoßen. Und könnten Sie auch gleich Tee machen? Wir haben Besuch.»

Aus einem Nebenzimmer kam gedämpft eine Antwort, dann fiel eine Tür ins Schloss. Da es noch keine Möbel und keine Teppiche gab, wurde das Geräusch von dem Steinfußboden zurückgeworfen und verstärkt, sodass es in dem fast leeren Raum laut widerhallte. Celia umklammerte Lotties Arm. «Meinst du, dass wir bleiben sollen?», flüsterte sie. «Sie erscheinen mir ein bisschen … leichtlebig.»

Lottie blickte sich um, sah die Ständer mit den übergroßen Gemälden, die zusammengerollten Teppiche, die wie gebeugte ältere Herren in sich zusammengesunken an den Wänden lehnten, und eine afrikanische Schnitzerei, die eine Frau mit aufgeblähtem Bauch darstellte. Es war alles so anders als in den Häusern, die sie kannte. Die Wohnung ihrer Mutter war eng, dunkel und mit Eichenmöbeln und billigen Porzellanfiguren voll gestopft, dort roch es nach Kohlenstaub und gekochtem Gemüse, und ständig hörte man Verkehrslärm oder die Kinder von nebenan, die draußen spielten. Die Holdens besaßen ein geräumiges, komfortables Einfamilienhaus im Stil der Tudorzeit, das gleichermaßen für seinen repräsentativen Wert geschätzt wurde wie für das, was es beherbergte. Die Möbel waren Erbstücke und mussten ehrfurchtsvoll behandelt werden – ehrfurchtsvoller, so schien es, als ihre Benutzer. Man durfte keine Tassen darauf stellen, und die Kinder durften nicht dagegen stoßen. Alles sollte, wie Mrs. Holden verkündete, «weitergegeben» werden, als wären die Hausbewohner nur die Hüter dieser hölzernen Stücke. Dauernd wurde das Haus für andere Leute zurechtgemacht, für «die Damen» geputzt und für Dr. Holden, «wenn er nach Hause kommt», aufgeräumt. Mrs. Holden war dabei ein kleiner König Kanut, der sich verzweifelt bemühte, Herr über den unvermeidlichen Schmutz und den Müll zu werden.

Und nun dieses Haus – weiß, hell, fremd; mit seltsamen Winkeln, langen, undurchsichtigen Fenstern oder Bullaugen, durch die man auf das Meer hinausblicken konnte, und einem Schatz an exotischen Kunstwerken, die im Moment noch chaotisch herumstanden. Ein Haus, in dem jedes Stück eine Geschichte über seine geheimnisvolle Herkunft aus einem fremden Land erzählte. Lottie atmete den Duft des Gebäudes ein, schnupperte den Geruch der Salzluft, … roch die frische Farbe und fühlte sich merkwürdig berauscht. «Tee kann wohl nicht schaden, oder?»

Nach kurzem Zögern meinte Celia: «Aber sag's Mummy nicht, sonst macht sie Theater.»

Die jungen Mädchen folgten Frances in einen großen Raum, in den durch vier Fenster, die auf die Bucht hinausgingen, Licht hineinströmte. Die beiden mittleren Fenster waren gebogen, weil sie sich in einer halbrunden Wand befanden. Am rechten Fenster mühten sich zwei Männer mit einer Vorhangstange und schweren

Stoffbahnen ab, während neben ihnen eine junge Frau Bücher in einen Schrank mit Glastüren einstellte.

«Und Julians neuer Wagen. Er wird furchtbar wütend sein. Ich hätte es dir überlassen sollen, ihn wegzufahren.» Frances setzte sich vorsichtig auf einen Stuhl und schaute nach, ob in ihrem Taschentuch frisches Blut war.

George schenkte ihr ein großes Glas Kognak ein. «Ich kümmere mich schon um Julian. Wie geht es deiner Nase? Du siehst aus wie etwas von Picasso, meine Liebe. Brauchen wir einen Arzt? Adeline, kennst du hier einen Arzt?»

«Mein Vater ist Arzt», warf Celia ein. «Ich könnte ihn rufen, wenn Sie möchten.»

Es dauerte einige Sekunden, bis Lottie die dritte Frau bemerkte, die kerzengerade mitten auf einem kleinen Sofa saß. Sie hatte die Füße gekreuzt und die winzigen Kinderhände im Schoß gefaltet, als ließen das Chaos und die Arbeiten ringsherum sie vollkommen unberührt. Ihr blauschwarz schimmerndes Haar lag in ordentlichen Wellen dicht am Kopf an, und sie trug ein rotes Kleid aus orientalischer Seide, unmodisch lang und eng anliegend geschnitten, und darüber eine bestickte Jacke, auf der Pfauen mit schillerndem Gefieder prangten. Ihre riesigen dunklen Augen waren mit Kajal umrandet. Die Frau hatte so regungslos dagesessen, dass Lottie fast zusammenzuckte, als sie nun grüßend den Kopf neigte.

«Du bist einfach phantastisch, George. Du hast schon ein paar Pfadfinder für uns aufgetan.» Die Frau lächelte, das langsame, süße Lächeln derer, die unentwegt bezaubert sind. Sie sprach mit einem unergründlichen Akzent, der vielleicht französisch, in jedem Fall aber ausländisch war, und ihre tiefe, rauchige Stimme klang, als sei sie immer ein klein wenig belustigt. Ihre ganze Erscheinung war einfach unmöglich, sie übertraf alles, was man je gesehen hatte, selbst wenn man nicht in der kleinen Welt aufgewachsen war, deren beide Pole Merham und Walton-on-the-Naze hießen. Lottie fühlte sich wie gelähmt. Als sie Celia anschaute, entdeckte sie bei ihrer Freundin den gleichen fassungslosen Gesichtsausdruck.

«Adeline – das hier ist … ach du meine Güte, ich habe Sie gar nicht nach Ihren Namen gefragt.» Frances hob eine Hand vor den Mund.

«Celia Holden. Und Lottie Swift», sagte Celia. «Wir wohnen hinter dem Park. In der Woodbridge Avenue.»

«Die jungen Damen haben mir freundlicherweise ein Taschentuch geliehen», erklärte Frances. «Ich habe es ziemlich schmutzig gemacht.»

«Mein armer Schatz.» Adeline nahm Frances' Hand.

Lottie erwartete, dass Adeline die Hand tröstend drücken oder beruhigend tätscheln würde. Stattdessen jedoch hob sie Frances' Hand unter sanftem Streicheln an ihren rubinroten Mund, beugte sich vor aller Augen und ohne einen Hauch von Erröten darüber und küsste sie. «Wie schrecklich für dich.»

Ein kurzes Schweigen entstand.

«Ach, Adeline», sagte Frances traurig und zog ihre Hand fort.

Lottie war bei dieser bizarren Demonstration von zärtlicher Zuneigung die Luft weggeblieben. Sie traute sich nicht, Celia anzuschauen.

Aber nach einer kurzen Pause wandte Adeline sich wieder den anderen zu und lächelte strahlend. «George, das habe ich dir noch gar nicht erzählt: Sebastian hat aus Suffolk Artischocken und Kiebitzeier geschickt. Ist das nicht lieb von ihm? Wir können sie zum Abendbrot essen.»

«Gott sei Dank.» George war zu den Männern am Fenster getreten und half ihnen, die Vorhangstange zu halten. «Mir war gar nicht nach Fisch und Chips zumute.»

«Sei doch nicht so ein Snob. Ich bin sicher, dass Fisch und Chips hier einfach phantastisch sind – oder nicht?»

«Wir wissen das eigentlich gar nicht», antwortete Celia rasch. «Wir essen nur in richtigen Restaurants.»

Lottie biss sich auf die Zunge, denn sie dachte an den vergangenen Samstag, als sie mit den Brüdern Westerhouse auf der Kaimauer gesessen und aus fettigem Zeitungspapier Rochen gegessen hatten.

«Selbstverständlich», sagte Adeline mit ihrer tiefen Stimme. «Daran tun Sie gewiss recht. Aber jetzt erzählen Sie mir bitte, was Ihnen am Leben in Merham am besten gefällt.»

Die beiden jungen Mädchen starrten sich an.

«Da gibt es nicht viel», begann Celia. «Eigentlich ist es ziemlich langweilig. Wir haben den Tennisklub, aber der schließt im Winter. Und das Kino, aber der Vorführer ist oft krank, und dann ist niemand anders da, der den Apparat bedienen kann. Wenn man schick ausgehen will, muss man nach London fahren. Das tun die meisten von uns. Ich meine, wenn wir wirklich einen schönen Abend verbringen wollen – wenn wir ins Theater oder in ein wirklich gutes Restaurant gehen wollen –» Sie sprach zu hastig, versuchte, unbefangen zu wirken, stolperte aber über ihre eigenen Unwahrheiten.

Lottie beobachtete, dass Adelines interessiertes Lächeln ein wenig nichtssagend wurde, und sie bekam Angst, dass diese merkwürdige Frau sie abschreiben könnte. «Das Meer», brachte sie hervor.

Adeline wandte ihr das Gesicht zu und hob leicht die Augenbrauen.

«Das Meer», wiederholte Lottie und bemühte sich, Celias wütende Miene nicht zu beachten. «Direkt am Meer zu leben, meine ich. Das ist das Beste. Es immer im Hintergrund zu hören, es zu riechen, am Strand entlangzugehen und die Krümmung der Erde sehen zu können … und wenn man über das Wasser schaut, weiß man, dass da unten vieles passiert, was wir nie sehen oder auch nur erfahren werden. Dieses große Geheimnis, direkt vor unserer Tür … Und die Stürme. Wenn die Wellen über die Ufermauer spritzen und der Wind die Bäume biegt, als wären sie Gras, und man das alles von drinnen sieht, wo es warm und trocken und gemütlich ist …» Sie stockte und warf einen Blick auf Celias trotziges Gesicht. «Mir jedenfalls gefällt das.»

In der Stille erschien Lottie ihr Atem unnatürlich laut.

«Das klingt wunderschön», sagte Adeline und dehnte das letzte Wort in die Länge. Lottie errötete unter ihrem Blick. «Ich bin so froh, dass wir jetzt schon hergekommen sind.»

«Wie groß war denn der Schaden am LKW? Meinst du, dass sie ihn zu meinem Vater bringen?» Joe schob seine leere Kaffeetasse über die mit Resopal beschichtete Tischplatte. Seine Miene war ernst, aber eigentlich sah er nie anders aus. Die nachdenklichen Augen, die immer leicht nach oben schauten, wie in respektvoller Anteilnahme, wirkten in dem rotbackigen, mit Sommersprossen übersäten Gesicht fehl am Platze.

«Das weiß ich nicht, Joe. Es war ja bloß ein Scheinwerfer oder so was.»

«Ja, aber man muss ihn trotzdem ersetzen.»

Hinter dem jungen Mann, manchmal von Stühlerücken und Geschirrklappern übertönt, sang Alma Cogan von ihrem «Dreamboat». Lottie betrachtete die wenig träumerischen Züge ihres Tischnachbarn und wünschte, sie hätte den Besuch bei Adeline Armand nicht erwähnt. Joe stellte immer die falschen Fragen, und normalerweise gelang es ihm, das Gespräch auf die Werkstatt seines Vaters zu bringen. Als einziger Sohn würde er den Betrieb eines Tages erben, und das lastete bereits so schwer auf ihm wie die Thronfolge auf einem Prinzregenten. Lottie hatte gehofft, dass er sich, wenn sie ihn ins Vertrauen zöge, von den fremdartigen Menschen und dem riesigen Ozeandampfer von einem Haus verzaubern lassen würde, genauso wie sie. Dass auch er sich aus der engen kleinen Welt Merhams entführen lassen würde. Aber Joe konzentrierte sich nur auf das Praktische, seine Phantasie beschränkte sich auf den häuslichen Bereich – wie hatte das Mädchen denn Tee gemacht, wenn sie gerade erst die Koffer hereingetragen hatten? Hatten sie von dem Geruch nach frischer Farbe nicht alle Kopfschmerzen gekriegt? –, und Lottie ärgerte sich allmählich, dass sie ihm überhaupt von ihrem Besuch erzählt hatte. Gleichzeitig war sie versucht, ihm das Bild mit der nackten Frau zu beschreiben, bloß damit er rot wurde. Es war so leicht, Joe zum Erröten zu bringen.

Am liebsten hätte Lottie alles mit Celia besprochen, aber Celia redete nicht mehr mit ihr. Seit dem Weg ins Café, auf dem die Freundin eher zu viel gesprochen hatte, hatten sie kein Wort miteinander gewechselt. «Wolltest du mich absichtlich vor allen Leuten blamieren? Lottie! Ich kann nicht fassen, dass du diesen ganzen Quatsch über das Meer von dir gegeben hast. Als wenn dich die Fische, die da unten rumschwimmen, interessieren würden – du kannst ja nicht mal selbst schwimmen.»

Lottie hätte gerne über die Herkunft ungarischer Prinzessinnen gesprochen und darüber, dass Adeline Frances wie ein Verehrer die Hand geküsst hatte und dass nicht zu erkennen war, in welcher Verbindung George zu den beiden stand. Sie wollte darüber reden, dass Adeline trotz der anstehenden Arbeit und des Durcheinanders im Haus einfach mitten auf dem Sofa gesessen hatte, so als ob sie nichts anderes zu tun gehabt hätte, als den Tag verstreichen zu lassen.

Aber Celia war in ein Gespräch mit Betty Croft vertieft, bei dem es darum ging, ob sie vor Ende des Sommers noch nach London fahren könnten. Daher wartete Lottie einfach ab, bis dieses Sommergewitter weitergezogen war.

Doch offenbar war Celia über Lotties Unterbrechung noch mehr verärgert, als sie es sich hatte anmerken lassen. Es war schon später Nachmittag, die Gewitterwolken draußen wurden dunkler, und das Café füllte sich mit widerspenstigen Kindern und ihren entnervten Eltern, die feuchte, sandige Strandtücher unter dem Arm trugen, aber immer noch ignorierte Celia Lotties Versuche, sich an der Unterhaltung zu beteiligen. Selbst Betty, die normalerweise für einen ordentlichen Streit zwischen Freundinnen zu haben war, wirkte allmählich etwas nervös. «Ich glaube, ich gehe nach Hause», sagte Lottie schließlich resigniert und betrachtete die trübe Pfütze Nescafé auf dem Boden ihrer Tasse. «Es gibt schlechtes Wetter.»

Joe stand auf. «Soll ich dich begleiten? Ich habe einen Schirm.»

«Wenn du willst.»

Adeline Armand hatte in dem Raum, der wohl das Studio sein musste, ein Porträt von sich selbst stehen gehabt. Es war kein richtiges Gemälde, sondern es war ungenau, ja verschwommen, so als hätte der Künstler nicht richtig sehen können und daher raten müssen, wo die einzelnen Striche hingehörten. Aber irgendwie konnte man sie doch erkennen, an dem rabenschwarzen Haar und dem milden Lächeln.

«Am Samstag ist über Clacton ein schweres Gewitter niedergegangen, Hagel im Juli, kaum zu glauben.»

Der Unfall hatte Adeline gar nicht interessiert. Sie hatte den Schaden nicht einmal begutachten wollen. Und der Mann – George – hatte einfach Geld hingezählt, von einer Rolle, als würde er alte Busfahrscheine durchblättern.

«Innerhalb von wenigen Stunden ist es umgeschlagen, von warm und sonnig zu Sturm und Regen. Und am Strand waren Leute, die baden wollten. Du wirst nass, Lottie. Hak dich doch bei mir ein.»

Lottie schob die Hand unter Joes Arm und drehte sich um, um Arcadia House noch einmal zu sehen. Es war das einzige Haus, das sie kannte, dessen Vorder- und Rückseite gleich prächtig waren. Lottie kam es vor, als hätte der Architekt es nicht über sich gebracht, eine Seite weniger schön zu gestalten. «Fändest du es nicht herrlich, in so einem Haus zu wohnen, Joe?» Ohne den Regen zu beachten, blieb sie stehen. Ihr war leicht schwindlig, als hätten die Ereignisse des Nachmittags sie aus dem Gleichgewicht gebracht.

Joe schaute erst sie an und dann zum Haus hinauf, wobei er sich leicht zu ihr hinüberbeugte, damit sie unter dem Schirm blieb. «Sieht etwas zu sehr nach einem Schiff aus», befand er.

«Aber das ist es doch gerade. Schließlich steht es am Meer.»

Joe sah sie beunruhigt an, als entginge ihm etwas.

«Stell dir vor, man könnte so tun, als wäre man auf einem

Dampfer und würde über den Ozean fahren.» Lottie schloss die Augen und sah sich in den oberen Stockwerken des Hauses. Was für ein Glückspilz diese Frau doch war, dass sie so viel Platz für sich allein hatte, einfach um dazusitzen und zu träumen. «Wenn es meins wäre, wäre ich der glücklichste Mensch auf der Welt.»

«Ich hätte auch gerne ein Haus mit Blick auf die Bucht.»

Überrascht sah Lottie ihn an. Joe äußerte sonst nie einen Wunsch. Das war einer der Gründe, warum er ein so unkomplizierter, dabei aber wenig faszinierender Begleiter war. «Ja? Also, ich möchte ein Haus mit Blick auf die Bucht haben, mit Fenstern wie Bullaugen und einem großen Garten.»

Zögernd lächelte er ihr zu, als könne er aus ihrem Tonfall etwas heraushören.

«Und einen großen Teich, auf dem Schwäne schwimmen», fügte Lottie ermunternd hinzu.

«Und eine Araukarie», ergänzte Joe.

«Au ja!», rief Lottie. «Eine Araukarie! Und sechs Schlafzimmer mit begehbaren Kleiderschränken.» Langsam spazierten sie weiter. Der feine Regen, der vom Meer heranwehte, rötete ihnen die Wangen.

Joe überlegte. «Und Nebengebäude mit Platz für drei Autos.»

«Ach, du und deine Autos. Ich hätte gerne einen großen Balkon, sodass man aus dem Schlafzimmer treten und direkt über dem Meer stehen kann.»

«Und unter dem Balkon ein Schwimmbecken. Sodass man gleich vom Rand runterspringen kann, wenn man baden will.»

Lottie musste lachen. «Morgens als Erstes. Im Nachthemd! Ja! Und daneben die Küche, sodass das Mädchen mir Frühstück hinstellen kann, wenn ich mit dem Baden fertig bin.»

«Und direkt am Becken ein Tisch, an dem ich sitzen und dir zuschauen kann.»

«Und so ein Sonnenschirm ... Was hast du gerade –» Lottie blieb wieder stehen und wurde ernst. Argwöhnisch schaute sie Joe an. Es mochte Einbildung sein, aber er ließ seinen angewinkelten

Arm ein wenig sinken, als sei er darauf gefasst, dass sie die Hand fortziehen würde. «Ach, Joe.»

Schweigend setzten sie ihren Weg über die Klippen fort. Eine einsame Möwe flog vor ihnen her und setzte sich ab und zu auf das Geländer, als sei sie allem Anschein zum Trotz überzeugt, dass sie gleich etwas zu fressen bekommen würde.

Mit einer Handbewegung scheuchte Lottie den Vogel fort, und plötzlich war sie wütend. «Ich habe dir doch schon gesagt, dass ich in dieser Richtung kein Interesse an dir habe.»

Joe blickte starr geradeaus.

«Ich mag dich wirklich. Sehr. Aber eben nicht so. Ich wünschte, du würdest damit aufhören.»

«Ich hab bloß gedacht – als du anfingst, über das Haus zu reden, da hab ich geglaubt –»

«Das war ein Spiel, Joe. Keiner von uns beiden wird jemals ein Haus haben, das auch nur halb so groß ist. Komm, jetzt sei nicht beleidigt. Sonst muss ich allein weitergehen.»

Joe blieb stehen und wandte sich ihr zu. Er sah sehr jung aus und sehr entschlossen. «Gut, ich verspreche dir, dass ich damit aufhöre. Aber wenn du mich heiraten würdest, müsstest du nie mehr nach London zurück.»

Lottie schaute zum Regenschirm hinauf, ließ Joes Arm los und stieß die Hand mit dem Schirm fort. Der feine Sprühregen benetzte ihr Haar. «Ich heirate nicht. Und ich hab dir schon gesagt, dass ich nicht nach London zurückgehe, Joe. Niemals.»

Kapitel 2

*M*rs. Coulquhoun holte tief Luft, strich sich den Rock glatt und nickte der Pianistin zu. Wie ein junger Star beim ersten Flugversuch erhob sich ihr dünner Sopran über die Damen, die dicht gedrängt im vorderen Zimmer saßen. Dann versagte ihr die Stimme, stürzte ab wie ein dicker, totgeschossener Fasan, sodass Sylvia und Freddie, die hinter der Küchentür Zuflucht gesucht hatten, aneinander geklammert auf den Fußboden rutschten und sich den Mund zuhielten, um nicht in schallendes Gelächter auszubrechen.

Auch Lottie hatte Mühe, ernst zu bleiben. «Lacht lieber nicht zu laut», flüsterte sie vergnügt, «ihr sollt auf der Veranstaltung für die Witwen und Waisen ein Duett mit ihr singen.»

Obwohl Mrs. Holdens «Salon» erst seit sechs Monaten bestand, war er in den vornehmeren Kreisen Merhams bereits recht berühmt – oder berüchtigt, niemand war sich da ganz sicher. Nahezu alle Damen, die etwas auf sich hielten, besuchten jeden zweiten Samstagnachmittag die Zusammenkünfte, die Mrs. Holden initiiert hatte, um, wie sie es ausdrückte, «ein wenig kulturelles Parfüm» in die kleine Stadt am Meer zu bringen. Die Damen waren eingeladen, eine Passage aus einem Lieblingsbuch zu lesen, Klavier zu spielen oder, wenn sie den Mut aufbrachten, sich an einem Liedchen zu versuchen. Die Freundinnen in der Großstadt sollten schließlich keinen Grund haben anzudeuten, dass man hier in einem kulturellen Vakuum lebe – oder?

Wenn Mrs. Holdens Stimme bei dieser Frage ein ganz klein wenig schwermütig klang – was häufig geschah –, dann war das ihrer Kusine Angela zuzuschreiben, die in Kensington lebte und einmal lachend gesagt hatte, Merhams Kulturleben könne sehr vom Bau einer Seebrücke mit Vergnügungslokalen profitieren. Daraufhin hatten Mrs. Holdens Mundwinkel trotz ihres Dauerlächelns deutlich gezuckt, und es hatte einige Monate gedauert, bis sie sich überwinden konnte, Angela wieder nach Merham einzuladen.

Die Anzahl der Besucherinnen war keine Garantie für Qualität, wie Mrs. Colquhouns Bemühungen bewiesen. Mehrere Damen blinzelten, schluckten und schenkten ihren Teetassen mehr Aufmerksamkeit, als unbedingt nötig gewesen wäre. Als Mrs. Colquhoun sich bis zum Ende durchgequält hatte, wechselten einige Gäste verstohlene Blicke. Es war schwer zu entscheiden, wie viel Aufrichtigkeit hier angebracht war.

«Also, ich habe sie zwar selbst noch nicht gesehen, aber sie sagt, sie sei Schauspielerin», meinte Mrs. Ansty, als der zaghafte Applaus verklungen war. «Sie hat gestern bei meinem Arthur Handcreme gekauft und war sehr … sehr gesprächig.» Der missbilligende Unterton im letzten Wort war nicht zu überhören.

Das war es, was die Damen eigentlich hergelockt hatte. Das Geplauder breitete sich aus, und mehrere beugten sich angeregt über ihre Tassen vor.

«Ist sie wirklich Ungarin?»

«Das hat sie nicht gesagt», erwiderte Mrs. Ansty, die ihre Rolle sichtlich genoss. «Mein Arthur meint, für eine Frau, die so redselig ist, hat sie kaum etwas über sich selbst erzählt.»

Die Damen schauten einander bedeutungsvoll an, als sei das an sich schon verdächtig.

«Es muss einen Ehemann geben, aber ich habe noch nichts von ihm gesehen», erklärte Mrs. Chilton.

«Da oben ist ziemlich oft ein Mann», steuerte Mrs. Colquhoun bei, die sich stimmlich so verausgabt hatte, dass sie immer noch rot im Gesicht war. Aber schließlich war ihr Gesicht häufig gerötet: Seit ihr Ehemann aus Korea zurückgekehrt war, war sie nicht mehr die Alte. «Meine Judy hat das Hausmädchen nach dem Mann gefragt, und das hat nur gesagt: ‹Ach so, das ist Mr. George›, als wäre damit alles erklärt.»

«Er trägt Leinen. Jeden Tag.» In Mrs. Chiltons Augen war das der Gipfel der Extravaganz. Sie war Witwe und Inhaberin von Uplands, einem der größten Gästehäuser an der Parade. Normalerweise wäre sie damit von den Zusammenkünften des Salons ausgeschlossen gewesen, aber, hatte Mrs. Holden Lottie anvertraut, alle wussten ja, dass Sarah Chilton unter ihrem Stand geheiratet hatte, und seit dem Tod ihres Mannes hatte sie sich sehr bemüht, ein gewisses Ansehen zu erlangen. Außerdem führte sie ein Haus mit hervorragendem Ruf.

«Meine Damen, darf ich Ihnen noch Tee holen?» Mrs. Holden wandte sich zur Küchentür. «Virginia?»

«Das Mädchen hat meiner Judy erzählt, dass es gar nicht mitkommen wollte. Sie haben ja in London gelebt. Ich glaube, sie haben die Stadt überstürzt verlassen.»

«Also, mich überrascht es nicht, dass sie beim Theater ist. Sie kleidet sich sehr extravagant.»

«Das ist noch milde ausgedrückt», spottete Mrs. Chilton. «Sie sieht aus, als hätte sie in der Verkleidungskiste eines Kindes herumgewühlt.»

Leises Gelächter war zu hören.

«Ja, haben Sie das denn nicht gesehen? Alles Samt und Seide, schon um elf Uhr morgens. Letzte Woche hat sie einen Herrenhut aufgehabt, als sie zum Bäcker ging. Mit Klapprand! Mrs. Hatton war so entsetzt, dass sie mit einem halben Dutzend Cremehörnchen herauskam, die sie gar nicht haben wollte.»

«Meine Damen», unterbrach Mrs. Holden, die Klatsch verabscheute, wohl weil sie, wie Lottie vermutete, nicht ganz ohne Grund befürchtete, selbst Gegenstand solcher Gespräche zu werden. «Wer ist als Nächste dran? Sarah, wolltest du uns nicht etwas Hübsches von Wordsworth vorlesen?»

Mrs. Ansty stellte behutsam ihre Tasse auf die Untertasse zurück. «Also, sie hat noch niemanden nach Arcadia eingeladen, um das Haus zu zeigen. Obwohl da oben alle möglichen Leute ein und aus gehen, wie ich gehört habe.»

«Man sollte doch ein kleines Beisammensein erwarten. Selbst die MacPhersons haben so etwas veranstaltet. Das gehört sich einfach so.»

«Vielleicht etwas von Byron?», schlug Mrs. Holden verzweifelt vor. «Oder von Shelley? Ich weiß nicht mehr, von wem du Gedichte vorlesen wolltest. Wo ist das Mädchen denn bloß? Virginia? Virginia!»

Lautlos gab Lottie ihre Position hinter der Küchentür auf. Mrs. Holden sollte sie nicht sehen, denn sie hatte schon häufiger ihren «wachsamen Blick» gerügt. Sie habe eine merkwürdige Art, Menschen anzusehen, hatte Mrs. Holden kürzlich gesagt. Das mache die Leute nervös. Lottie hatte erwidert, sie könne das nicht ändern: Ebenso gut hätte man ihr vorwerfen können, sie habe zu glattes Haar oder zu große Hände. Insgeheim allerdings vermutete sie, dass sie nur Mrs. Holden nervös machte. Diese Frau schien in letzter Zeit alles nervös zu machen.

Im Moment versuchte Mrs. Holden, das Gespräch über die Schauspielerin abzubrechen, weil auch Adeline Armand sie nervös machte, das wusste Lottie. Als Mrs. Holden gehört hatte, dass ihr Mann Arcadia einen Besuch abgestattet hatte, um sich Frances' Nase anzuschauen, hatte ihr Unterkiefer zu zucken begonnen, genauso, wie er zuckte, wenn ihr Mann ankündigte, er würde nicht zum Essen nach Hause kommen, sondern «etwas später».

Aber da erschien Virginia und holte das Tablett, und ihre Anwesenheit brachte die Damen vorübergehend zum Schweigen. Mrs. Holden war sichtlich erleichtert und schickte das Mädchen zwischen den Gästen hin und her.

«Der Gästehausverband hat für morgen eine Versammlung angesetzt», verkündete Mrs. Chilton, als Virginia wieder fort war. «Es heißt, dass wir alle die Preise anheben sollen.»

Adeline Armand war vorerst vergessen. Auch wenn die Familien der anwesenden Damen nicht direkt vom Geschäft mit den Urlaubern abhängig waren – Mrs. Chilton war die Einzige, die tatsächlich einer Arbeit nachging –, gab es doch nur wenige, bei denen das Familieneinkommen nicht von Merhams Sommergästen profitierte. Mr. Ansty mit seiner Drogerie, Mr. Burton mit seiner Schneiderei, selbst Mr. Colquhoun, der seine untere Wiese als Campingplatz vermietete – sie alle machten in den Sommermonaten bessere Umsätze und verfolgten daher die Meinungen und Entscheidungen des rein weiblichen und enorm einflussreichen Gästehausverbandes mit großer Aufmerksamkeit.

«Manche denken an zehn Pfund pro Woche. Das nehmen sie jedenfalls drüben in Frinton.»

«Zehn Pfund!», ging ein entgeistertes Flüstern durch den Raum.

«Dann weichen die Gäste bestimmt nach Walton-on-the-Naze

aus.» Mrs. Colquhoun war ganz blass geworden. «Walton hat immerhin Vergnügungsbetriebe.»

«Also, ich muss sagen, Deirdre, ich stimme dir zu», sagte Sarah Chilton. «Ich glaube nicht, dass sie das durchkriegen. Und wenn der Sommer so windig bleibt wie bisher, dann sollten wir lieber vorsichtig sein.»

«Die Gäste, die hierher kommen, kommen doch nicht wegen der Unterhaltung. Sie kommen, weil sie … etwas vornehmer Urlaub machen wollen.»

«Und es sind Leute, die sich das leisten können.»

«Aber zehn Pfund!»

«Im Moment kann sich das niemand leisten, Alice. Kennst du jemanden, der sein Geld zum Fenster rauswerfen kann?»

«Lassen Sie uns nicht weiter über Geld reden», bat Mrs. Holden, als Virginia mit frisch aufgegossenem Tee erschien. «Das wollen wir den werten Damen vom Verband überlassen. Ich bin sicher, dass sie es am besten wissen. Deirdre, was hast du denn mit deinen Lebensmittelkarten gemacht? Sarah, du bist bestimmt erleichtert, dass deine Gäste keine mehr mitbringen müssen. Ich wollte meine in den Abfalleimer werfen, aber meine Tochter hat gesagt, wir sollten sie einrahmen. Einrahmen! Stellt euch das bloß vor!»

Lottie Swift hatte dunkle, fast schwarze Augen und glattes braunes Haar, wie man es normalerweise bei Frauen fand, die von den asiatischen Subkontinenten stammten. Im Sommer wurde sie ein klein wenig zu schnell braun, und im Winter wirkte ihre Haut leicht gelblich. Dass ein so dunkler, wenn auch zarter Teint nicht wünschenswert war, gehörte zu den wenigen Dingen, über die Lotties Mutter und Susan Holden sich einig gewesen wären, wenn sie einander gekannt hätten. Wo Celia großherzig eine etwas dunkelhäutige Vivien Leigh oder Jean Simmons sah, hatte Lotties Mutter nie etwas anderes als «schwarzes Blut» wahrgenommen. Die Tochter erinnerte sie ständig an den portugiesischen Matrosen, dem sie kurz, aber mit langwierigen Folgen begegnet war, als sie in East Tilbury am Hafen ihren achtzehnten Geburtstag gefeiert hatte. «Du hast das Blut deines Vaters», murmelte sie immer wieder vorwurfsvoll, als Lottie größer wurde. «Es wäre besser für mich gewesen, wenn du mit ihm verschwunden wärst.» Dann zog sie Lottie heftig an sich, erstickte sie fast in ihrer Umarmung und stieß sie genauso abrupt wieder fort, als wäre ein so enger Kontakt nur in kleinen Portionen angeraten.

Mrs. Holden äußerte sich zwar weniger unverblümt, fragte aber, ob Lottie sich die Augenbrauen nicht etwas mehr zupfen könnte. Und ob sie es für ratsam halte, so viel Zeit in der Sonne zu verbringen. «Weil du so dunkel wirst. Du willst doch nicht, dass die Leute dich für … na ja, für eine Zigeunerin oder so halten.» Ihre Stimme klang mitleidig, und dann schwieg sie, als fürchte sie, zu viel gesagt zu haben. Aber Lottie war nicht gekränkt. Von einem Menschen, den man bedauerte, ließ man sich nicht so leicht kränken.

In den Augen von Adeline Armand jedoch war Lotties Hautfarbe kein Zeichen für einen niedrigen gesellschaftlichen Status oder für fehlende Bildung, sondern der Beweis für etwas Besonderes, das Lottie noch nicht empfinden konnte, für eine exotische, einzigartige Schönheit. «Frances sollte dich malen. Frances, du musst sie malen. Nicht in diesen scheußlichen Sachen, in diesem Serge und Kattun. Nein, sie soll etwas Helles tragen, aus Seide. Sonst kommt die Kleidung gar nicht zur Geltung. Du – du hast etwas Loderndes, *non*?» Adeline sprach mit so starkem Akzent, dass Lottie sehr genau zuhören musste, um sicherzugehen, dass ihre Worte nicht als Beleidigung gemeint waren.

«Wohl eher was Moderndes», murrte Celia, die über Adelines Bemerkungen nicht gerade begeistert war. Sie war es gewohnt, selbst die Aufmerksamkeit auf sich zu ziehen. Aber zu ihrem Aussehen hatte Adeline nur bemerkt, sie sei «so reizend, so typisch englisch». Das «typisch» hatte richtig wehgetan.

«Sie sieht aus wie Frida Kahlo. Findest du nicht, Frances? Die Augen? Hast du schon mal jemandem gesessen?»

Lottie sah Adeline verständnislos an. Bei jemandem gesessen?, hätte sie am liebsten gefragt.

«Nein», unterbrach Celia. «Aber ich. Meine Eltern haben uns malen lassen, als wir noch jünger waren. Es hängt bei uns im Salon.»

«Aha. Ein Familienporträt. Sehr … beachtlich. Und du, Lottie? Hat deine Familie jemals für ein Porträt gesessen?»

Lottie schaute Celia an und stellte sich spaßeshalber ein Bild vor, auf dem ihre Mutter mit Händen, die in der Fabrik vom Schuhledernähen wund und fleckig geworden waren, wie Susan Holden über dem Kamin thronte. Aber statt mit den abgearbeiteten Händen im Schoß elegant zu posieren, würde sie eine mürrische Miene aufsetzen und die Lippen fest zusammenpressen. Das dünne, gefärbte Haar wäre straff auf zwei wenig schmeichelhafte Lockenwickler gerollt. Lottie würde mit ausdrucksloser Miene und dunklen, wachsamen Augen neben ihr stehen. Und da, wo Dr. Holden hinter seiner Familie stand, wäre ein großes Loch.

«Lottie hat ihre Familie eine Weile nicht gesehen, stimmt's, Lottielein?», sagte Celia mit Beschützermiene. «Wahrscheinlich kannst du dich gar nicht erinnern, ob es ein Porträt von euch gibt.»

Dabei wusste Celia sehr gut, dass es ein Foto von Lotties Mutter gab, das in der Tageszeitung erschienen war. Es zeigte sie gleich nach Kriegsende bei der Eröffnung des Lederwarenhauses, wie sie mit den anderen Fabrikarbeiterinnen in einer Reihe stand. Die Mutter hatte das Foto ausgeschnitten, und Lottie hatte es aufbewahrt, auch noch als es schon vergilbte und brüchig wurde und obwohl das Gesicht ihrer Mutter so klein und undeutlich war, dass man sie unmöglich erkennen konnte. «Ich fahre eigentlich gar nicht mehr nach London», meinte sie nun nachdenklich.

Adeline beugte sich zu ihr. «Dann müssen wir dafür sorgen, dass hier ein Bild von dir gemalt wird, das kannst du deinen Eltern dann schenken, wenn du sie siehst.» Sie berührte Lotties Hand, und Lottie, die fasziniert ihre kunstvoll geschminkten Augen betrachtet hatte, zuckte zusammen, weil sie ein wenig befürchtete, Adeline könnte versuchen, ihr die Hand zu küssen.

Es war der fünfte Besuch gewesen, den die Mädchen Arcadia House abgestattet hatten, und ihre anfänglichen Bedenken wegen der fremdartigen und möglicherweise leichtlebigen Menschen, die alle dort zu wohnen schienen, waren allmählich verschwunden. Sie hatten der Neugier Platz gemacht und dem wachsenden Bewusstsein, dass das, was hier vor sich ging, samt Aktmalerei und undurchsichtigen häuslichen Verhältnissen, viel spannender war als die gewohnten Alternativen – in den Ort zu gehen, die Streitereien zwischen den kleinen Geschwistern zu schlichten oder sich im Café ein Eis oder eine Tasse Kaffee zu gönnen.

Es war, als würde da oben ununterbrochen Theater gespielt, immer war etwas los. Merkwürdige gemalte Friese erschienen um Türrahmen herum oder über dem Küchenherd. Kurze Texte – normalerweise über das Werk eines Künstlers oder Schauspielers – wurden aufgeschrieben und mit Stecknadeln an irgendeine Wand geheftet. Exotische Nahrungsmittel, die von verschiedenen Gütern im ganzen Land stammten, trafen ein. Neue Besucher tauchten auf und zogen wieder ab. Bis auf einen harten Kern blieben sie selten lange genug, um sich vorzustellen.

Die beiden jungen Mädchen waren immer willkommen. Einmal hatten sie zugeschaut, wie Adeline Frances als indische Prinzessin anzog, sie in dunkle, mit Goldfäden durchwirkte Seidenstoffe kleidete und ihr kunstvoll die Hände und das Gesicht bemalte. Adeline selbst war als Prinz verkleidet und trug eine Kopfbedeckung, die mit ihrem Pfauenschmuck und den kompliziert gewebten Stoffen echt sein musste. Marnie, das Mädchen, hatte noch trotzig daneben gestanden, als Adeline Frances mit kaltem Tee bemalte, aber als sie Mehl bringen sollte, um Adelines Haar grau zu färben, hatte sie sich empört zurückgezogen. Dann hatten die beiden Frauen, während die Mädchen schweigend zusahen, verschiedene Posen ausprobiert, und ein schlaksiger junger Mann, der sich ziemlich überheblich als «aus der Schule Modottis» vorgestellt hatte, hatte sie fotografiert.

«In dieser Verkleidung müssen wir irgendwo hinfahren. Nach

London vielleicht», hatte Adeline gerufen, als sie ihr Aussehen im Spiegel überprüfte. «Das wäre ein Spaß!»

«Wie der Streich auf der *Dreadnought.*»

«Der was?» Celia hatte vorübergehend ihre guten Manieren vergessen. Wenn sie in Arcadia war, passierte ihr das häufiger.

«Ein wunderbarer Streich, den Virginia Woolf ausgeheckt hat. Vor vielen Jahren.» George hatte dabeigestanden und den Frauen zugeschaut. Er schien immer nur zu beobachten. «Sie und ihre Freunde haben sich schwarz angemalt und sind als Kaiser von Abessinien und dessen ‹kaiserliches Gefolge› nach Weymouth gefahren. Ein Flaggleutnant oder so hat sie schließlich königlich empfangen und sie bei einem Rundgang auf der HMS *Dreadnought* begleitet. Hat ordentlich Stunk gegeben.»

«Aber was für ein Spaß!» Adeline klatschte in die Hände. «Ja! Wir könnten der Radscha von Radschasthan werden. Und nach Walton-on-the-Naze fahren.» Lachend wirbelte sie herum, sodass ihr weites Gewand flog. Sie konnte so kindlich sein, so überschwänglich – als wäre sie gar keine erwachsene Frau, als belasteten die Verantwortung und die Sorgen, die mit einem Frauenleben verbunden zu sein schienen, sie gar nicht, sondern als lebte sie so unbeschwert wie Freddie oder Sylvia.

«Ach, Adeline. Bitte nichts allzu Dramatisches.» Frances sah müde aus. «Denk doch an die Calthorpe Street.»

So waren sie. Die Hälfte der Zeit, gestand Celia anschließend, konnte sie kaum ein Wort verstehen. Es war nicht bloß der Akzent. Sie unterhielten sich eben nicht über normale Themen – über Ereignisse in der Stadt, Lebensmittelpreise oder über das Wetter. Stattdessen schweiften sie ab und sprachen von Schriftstellern und von Leuten, von denen die beiden Mädchen noch nie etwas gehört hatten, und sie drapierten sich in einer Weise übereinander, die Mrs. Holden mit Sicherheit skandalös gefunden hätte. Und sie stritten sich. Du lieber Gott, wie sie sich zankten! Über Bertrand Russell, der sagte, man sollte die Atombombe verbieten. Über Gedichte. Über einfach alles. Als Lottie zum ersten Mal mit anhörte, wie hitzig und leidenschaftlich Frances und George «diskutierten» – über einen Menschen namens Giacometti –, hatte sie Angst bekommen, dass George Frances schlagen könnte. So war es bei ihr zu Hause immer ausgegangen, wenn ihre Mutter sich in dieser Stimmlage mit einem ihrer «Freunde» gestritten hatte – bei den Holdens dagegen wurde nie gestritten. Aber Frances, die normalerweise so nachgiebige, melancholische Frances, hatte jegliche Kritik an diesem Giacometti zurückgewiesen und George schließlich angeschrien, er müsse eben «mit dem Instinkt, nicht mit dem Intellekt reagieren». Dann hatte sie den Raum verlassen. Eine halbe Stunde später war sie wieder hereingekommen, als wäre nichts geschehen, und hatte ihn gebeten, sie mit seinem Wagen in die Stadt zu fahren.

An die üblichen gesellschaftlichen Regeln schienen sie sich nicht zu halten. Einmal war Lottie allein gekommen, und Adeline hatte ihr das Haus gezeigt, die Größe und die einzigartigen Winkel der Räume. Die Bücherstapel und die verstaubten Teppiche, die noch in verschiedenen Ecken lagen, hatte sie dabei einfach nicht beachtet. Mrs. Holden hätte nie zugelassen, dass jemand ihr Haus in diesem unfertigen und an vielen Stellen unsauberen Zustand sah, aber Adeline schien das nicht einmal zu bemerken. Als Lottie vorsichtig darauf hinwies, dass an einem der Treppenaufgänge ein Geländer fehlte, wirkte Adeline ein wenig erstaunt und meinte dann in ihrem undefinierbaren Akzent, sie müssten es Marnie sagen und die würde sich darum kümmern. Was ist mit deinem Mann?, hätte Lottie gern gefragt, aber Adeline war bereits davongeschwebt, in den nächsten Raum.

Und dann war da die Art, wie Frances und Adeline miteinander umgingen: weniger als wären sie Schwestern, sondern eher wie ein altes Ehepaar, die eine beendete die Sätze der anderen, sie lachten über private Scherze und ergingen sich in nur halb erläuterten Anekdoten über Orte, die sie besucht hatten. Adeline erzählte alles und gab nichts preis. Wenn Lottie ihre Besuche in Arcadia überdachte, was sie immer tat – jeder war so mit Farben und Eindrücken angefüllt, dass er langsam verdaut werden musste –, wurde ihr jedes Mal klar, dass sie über die Schauspielerin nicht mehr wusste als nach ihrer ersten Begegnung. Ihr Gatte, dessen Name bisher nicht gefallen war, arbeitete «im Ausland». «Der liebe George» hatte etwas mit Wirtschaft zu tun – «so ein brillanter Kopf», meinte Adeline. «So ein brillanter Kopfverdreher, das wette ich», sagte Celia, die für den jungen Mann in Leinen bald glühend schwärmte. Unter welchen Bedingungen Frances im Haus wohnte, kam nie zur Sprache, allerdings fiel den Mädchen auf, dass sie, im Gegensatz zu Adeline, keinen Ehering trug. Auch Adeline hatte nicht viele Fragen gestellt. Nachdem sie die Einzelheiten, die ihr in Bezug auf Lottie wichtig waren, geklärt hatte – ob Lottie schon einmal gemalt worden war, ob sie sich für dieses oder jenes interessierte –, fragte sie nicht weiter, weder nach Lotties Geschichte noch nach ihren Eltern oder ihrer Stellung in der Welt.

Lottie erschien das höchst sonderbar, war sie doch in zwei Haushalten aufgewachsen, in denen man, bei allen Unterschieden, aus der Geschichte eines Menschen ableitete, wie es um seine Zukunft bestellt war. In Merham bedeutete ihre Geschichte im Hause der Holdens, dass sie alle Vorteile genoss, die Celia zufielen – die Schulbildung, die Kleidung, das Essen –, wobei beide Parteien sich unausgesprochen darüber im Klaren waren, dass diese Gaben nicht vollkommen bedingungslos gewährt wurden, insbesondere jetzt nicht mehr, da Lottie bald volljährig wurde. Außerhalb des Hauses beurteilten die Damen Ansty und Chilton und Colquhoun alle Menschen sogleich nach ihrer Herkunft und ihren Beziehungen und schrieben ihnen dann alle möglichen Eigenschaften zu – wie: «Er ist ein Thompson. Die haben alle einen Hang zur Faulheit» oder: «Klar, dass sie abgehauen ist. Ihre Tante ist auch zwei Tage nach der Einweisung weggelaufen.» Sie interessierten sich nicht dafür, was man sich wünschte oder woran man glaubte. Celia würde auf ewig an ihrem kollektiven Busen ruhen, weil sie die Tochter des Arztes war und aus einer der besten Familien Merhams stammte, auch wenn sie jetzt, der offiziellen Meinung zufolge, ein «Unruhegeist» geworden war. Aber wenn Lottie Mrs. Chilton die Frage gestellt hätte, die Adeline Armand an sie gerichtet hatte: «Wenn du einen Tag lang im Körper eines anderen Menschen leben könntest, wer sollte das sein?» –, dann hätte Mrs. Chilton den Holdens nahegelegt, Lottie in die Anstalt drüben in Braintree zu bringen, wo es Ärzte gab, die sich um Menschen wie sie kümmerten.

Sie waren jedenfalls Bohemiens, entschied Lottie und freute sich über ihr neu entdecktes Wort. Und von Bohemiens war nichts anderes zu erwarten.

«Ist mir schnuppe, was sie sind», sagte Celia. «Aber sie sind wesentlich interessanter als die alten Nervensägen hier.»

Es geschah nicht häufig, dass Joe Bernard sich im Mittelpunkt der Aufmerksamkeit von nicht nur einer, sondern gleich zwei attraktiven jungen Damen sah. Doch je länger Adeline Armand in Merham wohnte, desto öfter äußerte man Bedenken wegen ihrer unkonventionellen Lebensweise, daher mussten Lottie und Celia sich immer etwas Neues einfallen lassen, um ihre Besuche in Arcadia House zu vertuschen. Und für den Samstagnachmittag, an dem die Gartenparty stattfinden sollte, war ihnen nichts anderes übrig geblieben, als sich an Joe zu wenden. Weil die Mütter ihrer Freundinnen größtenteils zu Susan Holdens Salon eingeladen waren, konnten die Mädchen keine Verabredungen mit Freundinnen vorschieben, und gleichzeitig lauerte Sylvia ihnen auf, die nach Rache dürstete, weil Celia ihr Versprechen, sie ihren neuen Plattenspieler benutzen zu lassen, nicht gehalten hatte. Die kleine Schwester drohte, Celia und Lottie zu verpetzen, wenn sie sich auch nur im Geringsten auf verbotenen Pfaden bewegen sollten. Daher hatte Joe, der an diesem Nachmittag von seinem Vater freibekommen hatte, sich bereit erklärt, die beiden mit seinem Wagen abzuholen und so zu tun, als würde er mit ihnen zum Picknick nach Bardness Point fahren. Er war nicht besonders erpicht darauf gewesen, denn er log nicht gern – er errötete dabei noch leichter als sonst –, aber

Lottie hatte ihren, wie Celia es jetzt sarkastisch nannte, «lodernden Blick» eingesetzt und Joe damit herumgekriegt.

Es war ein herrlicher Nachmittag, die Läden hatten sich mit ihren Strandbällen und Postkarten bis auf die Bürgersteige ausgebreitet, die Luft war von aufgeregtem Kindergeschrei erfüllt, und es duftete nach Zuckerwatte und Sonnenöl. Der scharfe Wind, der die Ostküste so lange heimgesucht hatte, hatte sich in den letzten Tagen gelegt, sodass die Temperaturen und die Stimmung gestiegen waren. Lottie lehnte sich aus dem Wagenfenster und hielt ihr Gesicht in die Sonne. Am Meer zu sein versetzte sie selbst nach so vielen Jahren immer noch in Begeisterung.

«Und was machst du, Joe, während wir in Arcadia sind?» Celia malte sich auf dem Rücksitz die Lippen rot.

Joe fuhr über den Bahnübergang, der die Stadt in zwei Hälften teilte. Die Entfernung zwischen Arcadia House und der Woodbridge Avenue betrug zwar weniger als eine Meile Luftlinie, aber um auf der Straße dort hinzugelangen, musste man erst in die Stadt hinunter, dann am Stadtpark entlang und schließlich auf der kurvenreichen Küstenstraße wieder bergauf fahren. «Ich will weiter nach Bardness Point.»

«Was, ganz allein?» Celia ließ ihr Kompaktpuder zuschnappen. Sie trug weiße Handschuhe und ein leuchtend rotes Kleid mit einem Tellerrock, das in der Taille fast schmerzhaft eng war. Sie brauchte keinen Hüftgürtel, auch wenn ihre Mutter sie dauernd überreden wollte, doch einen zu tragen, weil er ihr offenbar die «richtige» Form verleihen würde.

«Einfach für den Fall, dass deine Mutter mich nach dem Wetter fragt, wenn ich euch wieder abliefere. Ich muss doch wissen, wie es da oben ist. Damit ich ihr davon berichten kann, ohne uns zu verraten.»

Lottie bekam plötzlich Gewissensbisse, weil sie ihn so missbrauchten. «Das ist doch nicht nötig, Joe», widersprach sie. «Du könntest uns einfach draußen absetzen, wenn wir zurückkommen. Dann hat sie gar keine Chance, dich irgendwas zu fragen.»

Joe sah entschlossen aus. Er blinkte, um in die Hauptstraße einzubiegen. «Ja, aber wenn ich das mache, wird meine Mutter wissen wollen, warum ich ihre Grüße nicht ausgerichtet habe. Dann regt sie sich schrecklich auf.»

«Bist ein heller Kopf, Joe», sagte Celia. «Und ich bin sicher, dass Mummy mal bei deiner Mutter vorbeischauen möchte.»

Lottie allerdings war sich ziemlich sicher, dass Mrs. Holden nichts dergleichen im Sinn hatte.

«Und was findet im Haus oben statt? Wann wollt ihr wieder abgeholt werden?»

«Wenn es eine Gartenparty ist, gibt es vermutlich Tee, was meinst du, Lottie?»

Lottie fiel es schwer, sich auszumalen, dass in Arcadia House Biskuitkuchen und Scones serviert wurden. Aber sie konnte sich für eine Gartenparty auch nichts anderes vorstellen. «Vermutlich ja», antwortete sie.

«Also halb sechs? Oder um sechs?»

«Am besten um halb sechs», erklärte Celia, während sie jemandem durch das Wagenfenster zuwinkte, sich dann aber darauf besann, dass sie ja in Joes Auto saß, und reglos auf dem Rücksitz zusammensackte. «Dann sind wir zu Hause, bevor Mummy weitermacht.»

«Das werden wir dir nicht vergessen, Joe.»

Als sie ankamen, standen nur zwei Wagen in der Auffahrt, eine so mickrige Anzahl, dass Celia in ihrer Aufregung den armen Joe, der sich einer Bemerkung darüber nicht enthalten konnte, anfauchte: «Dann ist es ja gut, dass du nicht eingeladen bist.» Joe wehrte sich nicht; das tat er nie. Aber er lächelte auch nicht, als Lottie ihm beim Aussteigen so entschuldigend, wie sie nur konnte, den Arm drückte. Und er fuhr los, ohne ihnen zum Abschied zu winken.

«Ich hasse schmollende Männer», sagte Celia fröhlich, als sie an der Haustür klingelten. «Hoffentlich haben sie keine Kokosnusskuchen. Kokosnuss finde ich widerlich.»

Lottie war ein wenig übel. Im Gegensatz zu Celia fand sie an gesellschaftlichen Veranstaltungen keinen Geschmack, was vor allem daran lag, dass es ihr immer noch unangenehm war, Leuten, die sie nicht kannten, ihre Herkunft zu erklären. Es reichte nie, wenn sie einfach sagte, dass sie bei den Holdens wohnte. Die Leute wollten wissen, warum und wie lange und ob sie ihre Mutter vermisse. Bei Mrs. Holdens letzter Gartenparty – zugunsten armer Kinder in Afrika – hatte sie dummerweise erzählt, dass die letzte Begegnung mit ihrer Mutter mehr als ein Jahr zurücklag, woraufhin alle sie bemitleidet hatten. Das war ihr erst recht unangenehm gewesen.

«Die sind draußen», sagte Marnie, als sie die Tür öffnete. Sie sah, wenn das überhaupt möglich war, noch finsterer aus als sonst. «Ihre Handschuhe werden Sie nicht brauchen», murmelte sie, als sie den Mädchen durch die Eingangshalle folgte.

«Also anlassen oder ausziehen?», flüsterte Celia, während sie auf das Licht zugingen.

Aber Lottie konzentrierte sich schon auf die Stimmen draußen und antwortete nicht.

Es war keine übliche Gartenparty, so viel war gleich klar. Es gab weder ein Zelt – Mrs. Holden bestand immer auf einem Zelt, falls es regnen sollte – noch Klapptische. Wo soll denn das Essen stehen?, fragte Lottie sich im Stillen und tadelte sich dann dafür, dass sie wie Joe dachte.

Stattdessen gingen sie über die Terrasse, und Marnie deutete auf die Treppe, über die man zu dem kleinen Privatstrand gelangte. Unten am Wasser saßen und lagen die Partygäste – manche barfuß – auf verschiedenen Decken und unterhielten sich angeregt.

Adeline Armand saß auf einem minzgrünen Umschlagtuch aus einem Stoff, der wie Satin schimmerte. Sie trug ein muschelrosa Sommerkleid aus Crêpe de Chine und einen weißen breitrandigen Schlapphut, die konventionellsten Kleidungsstücke, die Lottie bisher an ihr gesehen hatte. Drei Männer umringten sie, einer davon war George, der von einer merkwürdigen Pflanze – einer Artischocke, wie Adeline später erklärte – Blätter abpflückte und sie ihr eins nach dem anderen reichte. Frances war im Badeanzug, sodass man ihren überraschend hageren, kräftigen Körper sah. Sie schien sich in ihrer Haut wohler zu fühlen als in ihren Kleidern und warf den Kopf in den Nacken, während sie herzlich über die Äußerung eines Gesprächspartners lachte. Sonst erkannte Lottie niemanden, aber sie zählte mindestens vier offene Flaschen Rotwein. Sie blieb stehen und kam sich mit ihren weißen Handschuhen albern und zu fein vor. Neben ihr versuchte Celia gerade, unauffällig ihre Handschuhe auszuziehen.

Plötzlich blickte George auf und entdeckte sie. «Willkommen zu unserem kleinen *déjeuner sur l'herbe*!», rief er. «Kommt her und setzt euch.»

Celia hatte ihre Sandalen bereits fortgeschleudert. Sie suchte sich durch den Sand einen Weg zu George hinüber und wiegte sich dabei in den Hüften. Lottie hatte sie dabei ertappt, wie sie das zu Hause geübt hatte, als sie sich unbeobachtet glaubte.

«Habt ihr Hunger?», fragte Frances, die ungewöhnlich vergnügt wirkte. «Wir haben Forelle und einen köstlichen grünen Salat. Oder kalten Entenbraten. Ich glaube, es ist noch etwas übrig.»

«Wir sind satt, vielen Dank», sagte Celia und ließ sich nieder. Lottie setzte sich ein wenig hinter sie und wünschte sich, mehr Leute würden stehen, damit sie nicht so auffiel.

«Aber etwas Obst? Wir haben wunderbare Erdbeeren. Oder hat Marnie sie etwa schon reingebracht?»

«Sie wollen nichts essen. Sie wollen was trinken», grinste George, der bereits zwei große Kelchgläser mit Rotwein füllte. «Hier», meinte er und hielt eins gegen das Licht, «auf Rotkäppchen.»

Celia sah kurz auf ihren Rock und dann wieder hoch. Sie freute sich über die Aufmerksamkeit.

«Und auf die zarte Blüte der Jugend.»

«Ach, George.» Eine blonde Frau mit einer riesigen Sonnenbrille beugte sich vor und klopfte ihm so vertraulich auf den Arm, dass Celia ärgerlich wurde.

«Na, sollen sie es doch genießen, es vergeht schnell genug.» Er wirkte, als hätte er schon den ganzen Tag lang dem Alkohol zugesprochen. «Lange werden sie nicht so aussehen, weiß Gott.»

Lottie starrte ihn an.

«Frances kann ein Lied davon singen. Fünf Jahre, und sie sind Matronen mit breiten Hüften und ein paar Bälgern am Rockzipfel. Und dann sind sie in Merham die moralischen Stützen der Gesellschaft.»

«Da kann ich überhaupt nicht mitreden», schmunzelte Frances und ließ sich mit ihren langen Beinen auf einer Picknickdecke nieder.

Etwas an Georges Tonfall machte Lottie nervös. Celia jedoch hatte nach ihrem Glas gegriffen und trank es nun in einem Zug halb leer, als nehme sie eine Herausforderung an. «Nicht mit mir», sagte sie grinsend. «In fünf Jahren findest du mich hier nicht mehr.»

«*Non?* Und wo bist du dann?» Adelines Gesicht war unter ihrem Hut versteckt. Nur ihr hübscher kleiner Mund war zu sehen, der zu ihrem höflichen, fragenden Lächeln verzogen war.

«Das weiß ich noch nicht. Vielleicht in London. Oder in Cambridge. Vielleicht sogar in Paris.»

«Nicht wenn deine Mutter ihren Willen durchsetzt.» Celias entschlossene Unbefangenheit in dieser Gesellschaft reizte Lottie. «Sie möchte, dass du hierbleibst.»

«Ach, die wird irgendwann nachgeben.»

«Das denkst du!»

«Was ist los?», fragte George und neigte seinen schönen Kopf zu Celia hinüber. «Ist sie um dein moralisches Wohlergehen besorgt?»

Etwas an der Art, wie Celia und George sich anschauten, ließ Lotties Brust eng werden.

«Na ja …», erwiderte Celia verschmitzt. Ihr Blick schien plötzlich etwas zu versprechen. «Schließlich sind hier ziemlich viele große böse Wölfe unterwegs.»

Lottie ging zu Adeline hinüber, ließ sich auf dem Rand ihres Umschlagtuches nieder und kämpfte schon beim Hinsetzen gegen den Drang an, den Sand aus den Falten zu wischen. Sie kam sich spießig vor, und es fiel ihr schwer, die Unterhaltungen ringsherum zu verstehen. Adeline, die sich normalerweise bemühte, ihr die Scheu zu nehmen, war in ein Gespräch mit einem Mann vertieft, den Lottie noch nie gesehen hatte. So nippte sie an ihrem Wein, versuchte, ein gelassenes Gesicht zu machen und nahm ab und zu eine Kirsche aus einer Schale.

«Ein phantastisches Haus, liebe Adeline. Eher Moderne als Art déco, meinst du nicht auch?»

«Russell ist natürlich ein Idiot. Und wenn er glaubt, Eden würde ihm und seinen blöden Wissenschaftlern auch nur die geringste Aufmerksamkeit schenken, dann ist er ein verblendeter Idiot.»

«Habe ich dir erzählt, dass Archie endlich eins in die Sommerausstellung hineinbekommen hat? So gehängt, dass es wie eine Briefmarke wirkt, aber man kann nicht alles haben ...»

Der Nachmittag schleppte sich hin. Kokosnusskuchen gab es nicht. Lottie hatte sich die Jacke um die Schultern gehängt, damit sie nicht braun wurde, und sah zu, wie die Flut langsam zurückging, den Strand breiter werden ließ und eine komplizierte Sandburg, die jemand am frühen Morgen gebaut haben musste, zu einem dicken Pickel abschliff. Hinter ihr kicherte Celia wie verrückt, und Lottie vermutete, dass sie trank. Die Mädchen bekamen nur zu Weihnachten Alkohol, und selbst von dem Fingerhut voll Sherry, den man ihnen letztes Jahr vor dem Essen zugestanden hatte, hatte Celia rote Wangen bekommen, und ihre Stimme war zwei Tonlagen höher geworden. Lottie hatte ihr Glas nur halb leer getrunken und den Rest heimlich hinter sich in den Sand gekippt. Doch schon von dem bisschen Wein hatte sie Kopfschmerzen gekriegt, und ihre Gedanken waren wirr und verschwommen.

Als Marnie die letzten Teller fortgeholt hatte, drehte Lottie sich etwas um, sodass sie ihre Freundin sehen konnte. Celia erzählte George gerade, wie sie «das letzte Mal in Paris gewesen» war. Dass sie diese Stadt in Wirklichkeit nur aus Büchern kannte, schien auf ihre ausführliche Schilderung wenig Einfluss zu haben. Aber Lottie bemerkte, dass zwischen ihrer Freundin und der blonden Frau eine gewisse Streitlust aufgekommen war, und hielt es für unfair, Celia gerade jetzt das Wasser abzugraben. Das Lächeln der Blonden unter den dunklen Brillengläsern war fast zu einem Zähnefletschen geworden, und Celia, die den Sieg witterte, sprudelte über vor Lebhaftigkeit.

«Wenn ich das nächste Mal fahre, werde ich natürlich im La Coupole dinieren. Hast du jemals im La Coupole diniert? Der Hummer dort soll ganz vorzüglich sein.»

Sie streckte die Beine aus, sodass ihr Rock über die Knie hinaufrutschte.

«Mir ist furchtbar warm, George», sagte die Blonde plötzlich. «Wollen wir hineingehen?»

Oh, Celia, dachte Lottie. Die ist dir durchaus gewachsen.

George rauchte eine Zigarre und schaute mit zurückgelegtem Kopf in die Sonne. Celia warf ihm einen Blick zu, und ihre Miene verdüsterte sich kurz.

«Es ist wirklich ziemlich warm», meinte George nun. Er richtete sich auf und wischte sich Sand von den Ärmeln.

Da erhob Frances sich. «Mir wird es hier auch zu heiß. Ich glaube, es ist Zeit zum Baden», erklärte sie. «Kommst du mit, Adeline? Oder sonst jemand?»

Adeline winkte ab. «Ich bin einfach zu schläfrig, Schätzchen. Ich gucke zu.»

Aber George schüttelte wie ein großer, zottiger Hund sein dunkles Haar und begann, als sei er plötzlich wieder zum Leben erwacht, sein Hemd aufzuknöpfen. «Das ist es, was uns fehlt», sagte er und drückte seine Zigarre aus. «Ein schönes erfrischendes Bad. Irene?»

Die Blonde zog die Nase kraus. «Ich hab meine Sachen nicht dabei.»

«Du brauchst keine Badesachen. Geh einfach im Unterrock.»

«Nein, George, wirklich nicht. Ich schaue euch von hier aus zu.»

Die anderen Männer zogen sich schon bis auf ihre Shorts oder langen Hosen aus. Lottie, die gefürchtet hatte, dass sie gleich einschlafen würde, war plötzlich wieder hellwach und beobachtete das allgemeine Entkleiden mit stillem Schrecken.

«Na los, ihr Mädchen. Lottie? Ich wette, du kannst schwimmen.»

«Ach, sie geht nie ins Wasser.»

Jetzt war Lottie sich ganz sicher, dass Celia zu viel getrunken hatte. In nüchternem Zustand hätte sie niemals so unbekümmert durchblicken lassen, dass ihre Freundin nicht schwimmen konnte. Lottie warf ihr einen wütenden Blick zu, aber Celia achtete nicht darauf, sondern mühte sich mit ihrem Reißverschluss ab.

«Was machst du da?»

«Ich gehe schwimmen.» Celia lächelte breit. «Guck mich nicht so an, Lottie. Ich hab doch meinen Unterrock an. Der ist eigentlich nicht anders als ein Badeanzug.»

Und dann war sie fort, folgte George und einer Hand voll Gäste juchzend und kreischend ans Wasser. Frances watete ins Meer, bis sie bis zur Taille in den Wellen stand, dann tauchte sie wie ein Tümmler, und als sie wieder hochkam, war ihr Badeanzug naß und glänzte wie Seehundfell.

Celia wagte sich bis zu den Knien hinein und zögerte dann, bis George nach ihrem Arm griff und sie lachend herumschwang, sodass sie ins Wasser fiel. Die anderen tobten ausgelassen und schubsten und bespritzten sich gegenseitig, die Männer mit nacktem Oberkörper, die Frauen in feinen Lagen von spitzenbesetzter Unterkleidung. Nicht eine von ihnen trug, wie Lottie bemerkte, einen Hüfthalter.

Doch als Celia sich jetzt umdrehte, um ihr zu winken, wünschte Lottie, Mrs. Holdens Überredungskünste hätten gefruchtet und ihre Tochter zum Tragen dieses lästigen Kleidungsstückes veranlasst, denn Celias Unterrock und ihre Unterwäsche waren vom Meerwasser durchnässt, und das Mädchen war den Blicken der anderen schutzlos ausgesetzt. Duck dich ins Wasser, versuchte Lottie ihr mit Zeichensprache zu signalisieren, aber Celia warf gerade lachend den Kopf zurück und schien sie nicht zu bemerken.

«Keine Sorge, meine Liebe», sagte Adeline leise und vertraulich neben ihr. «Darauf achtet niemand. In Frankreich baden wir normalerweise mit bloßem Oberkörper.»

Lottie versuchte, sich nicht zu genau vorzustellen, was solche Ferien in Frankreich beinhalten könnten. Sie antwortete mit einem schwachen Lächeln und griff nach der Weinflasche, denn jetzt verspürte sie deutlich das Bedürfnis nach Stärkung. «Es ist nur wegen Mrs. Holden», sagte sie ruhig. «Ich glaube, sie wäre nicht so besonders erfreut darüber.»

«Dann gib ihr den hier.» Adeline reichte ihr ein langes, kräftig gemustertes Tuch. «Sag ihr, das ist ein Sarong und alle vornehmen Damen tragen einen.»

Lottie hätte sie küssen können. Sie knotete sich ihre Jacke um die Taille, nahm das Tuch und stapfte damit ans Wasser hinunter. Inzwischen war es später Nachmittag, und die Gefahr, zu braun zu werden, war gering.

«Hier», rief sie, während das ablaufende Wasser ihre bloßen Füße überspülte. «Celia, probiere es hiermit!»

Celia hörte sie nicht oder wollte sie vielleicht nicht hören. Sie kreischte, als George sich bückte, sie um die Taille fasste, in die Luft hob und wieder ins flache Wasser fallen ließ.

«Celia!» Es war hoffnungslos. Lottie kam sich vor wie eine alte, pingelige Tante.

Schließlich sah George sie und watete zu ihr hinüber. Seine Locken lagen strähnig am Kopf, und die hochgekrempelten Hosenbeine klebten an seinen Schenkeln.

Lottie bemühte sich, ihren Blick nicht unter seine Gürtellinie gleiten zu lassen. «Kannst du das hier Celia geben? Adeline hat gesagt, es ist ein Sarong oder so.»

«Ein Sarong, was?» George nahm ihr das Tuch ab und schaute sich zu Celia um, die sich gerade rücklings ins Wasser fallen ließ.

«Du meinst, sie braucht etwas, um ihre Blöße zu bedecken, stimmt's?»

Lottie sah ihn scharf an. «Ich glaube, ihr ist nicht klar, wie bloß sie ist.»

«Ach Lottie, Lottie, du kleiner Moralapostel ... Sieh dich an, ganz heiß und voller Sorge um die Freundin.» George schaute wieder auf das Tuch und grinste dann. «Ich weiß was Besseres. Ich glaube, du brauchst auch ein bisschen Abkühlung.» Und ohne jede Vorwarnung schlang er ihr die Arme um die Taille, hob sie hoch und legte sie sich über die nasse Schulter.

Lottie spürte, wie sie durchgeschüttelt wurde, als er zu laufen begann. Sie geriet in Panik und versuchte, mit einer Hand nach hinten zu greifen, um dafür zu sorgen, dass ihr Rock ihre Unterwäsche bedeckte. Dann stürzte sie abwärts, eine salzige Welle rauschte ihr übers Gesicht, und sie bemühte sich hustend und spuckend, Grund unter den Füßen zu finden. Über sich hörte sie gedämpftes Lachen. Irgendwann hatte sie den Kopf wieder über Wasser und schnappte nach Luft.

Es gelang ihr stehen zu bleiben. Ihre Augen brannten, und tief in der Kehle schmeckte sie Salz. Lottie würgte ein paarmal und strebte dann blindlings dem Ufer zu. Als sie trockenen Sand erreicht hatte, bückte sie sich keuchend. Das Kleid haftete ihr an den Beinen, der Unterrock war zusammengeklebt. Ihr helles Baumwolloberteil war fast durchsichtig geworden und ließ deutlich die Umrisse ihres Büstenhalters erkennen. Als Lottie die Hand zum Kopf hob, entdeckte sie, dass ihr Haar sich gelöst hatte und dass der Schildpattkamm, mit dem sie es aus dem Gesicht gehalten hatte, verschwunden war.

Sie blickte auf und sah George vor sich stehen, grinsend, die Hände in die Hüften gestemmt. Celia hinter ihm wirkte entsetzt, aber auch belustigt.

«Du Schwein.» Die Worte flogen Lottie aus dem Mund, noch bevor sie wusste, was sie hatte sagen wollen. «Du verdammtes Schwein. Das war nicht in Ordnung.»

Einen Moment lang wirkte George verblüfft. Auf den Picknickdecken hinter Lottie war es plötzlich totenstill.

«Ja, für dich ist das urkomisch», schrie sie. Sie spürte einen großen Klumpen in der Kehle, der Tränen ankündigte. «Du mit deinem Geld wie Heu und deinen verfluchten Leinenanzügen! Dir ist es egal, wenn deine Kleider ruiniert werden. Aber guck dir mal mein Sommerkleid an! Es ist mein bestes! Mrs. Holden bringt mich um! Und meinen Kamm hab ich auch verloren.» Zu Lotties Entsetzen kamen jetzt die Tränen, heiße Tränen der Frustration und der Demütigung.

«Beruhige dich, Lottie.» Celia war ernst geworden. Lottie wusste, dass ihr das Geschrei peinlich war, aber das kümmerte sie nicht.

«Aber Lottie, es war doch bloß ein Scherz», sagte George gleichzeitig ärgerlich und entschuldigend.

«Und es war ein sehr dummer Scherz.» Lottie schaute sich um – neben ihr stand Adeline. Sie legte ihr das Umschlagtuch um die Schultern, und Lottie roch ihren würzigen Jasminduft. Adelines Miene drückte milde Zurechtweisung aus.

«George, du musst dich entschuldigen. Lottie ist unser Gast, und du hattest kein Recht dazu. Lottie, es tut mir sehr Leid. Bestimmt kann Marnie dein schönes Kleid reinigen und wieder in Ordnung bringen.»

Aber wie komme ich nach Hause?, dachte Lottie verzweifelt und sah sich schon in Adelines Federboa und ihren chinesischen Pantöffelchen die Straße entlangschwanken. Doch da erscholl oben vom Küstenpfad eine Stimme.

«Celia Jane Holden. Um Himmels willen, was tust du da?»

Lottie wirbelte herum und erblickte oben auf dem Fußweg Mrs. Chilton und Mrs. Colquhoun. Die beiden Damen hatten auf dem Heimweg von der Woodbridge Avenue noch ein wenig die Aussicht genießen wollen. Offenbar hatten sie nun mehr zu sehen bekommen, als sie erwartet hatten.

«Du kommst sofort aus dem Wasser und ziehst dich an. Wo sind dein Anstand und deine Würde?»

Celia war kalkweiß geworden. Sie hielt sich die Hände vor die Brust, als sei ihr plötzlich bewusst geworden, wie leicht sie bekleidet war. George hob beschwichtigend die Rechte, aber Mrs. Chilton hatte sich zu ihrer ganzen Größe von einem Meter sechzig aufgerichtet, sodass ihr Busen sich bis fast unter ihr Kinn hob, und wollte sich nicht beruhigen lassen. «Und wer Sie sind, junger Mann, das weiß ich nicht, aber Sie sind alt genug, um es besser zu wissen. Anständige junge Mädchen zu überreden, am helllichten Tag ihre Kleider abzulegen … Eine Schande ist das.» Ihr Blick fiel auf die Weinflaschen im Sand. «Celia Holden, du hättest lieber nicht trinken sollen. Gütiger Himmel! Willst du unbedingt ins Gerede kommen? Deine Mutter wird entsetzt sein!»

Mrs. Colquhoun hielt während dieser kurzen Rede stumm beide Hände vor den Mund, so schockiert, als wäre sie soeben Zeugin eines Menschenopfers geworden. «Mrs. Chilton – ich –»

«Lottie? Bist du das?» Mrs. Chilton hatte ihr Kinn so weit eingezogen, dass es mit dem Hals zu einer stämmigen roten Säule der Missbilligung verschmolzen war. Die Tatsache, dass Lottie angekleidet war, schien sie nicht zu besänftigen. «Ihr kommt augenblicklich hier hoch. Los, Mädchen, alle beide, bevor jemand anders euch sieht.» Sie hob die Handtasche unter den Busen und umklammerte sie fest mit beiden Händen. «Schau mich nicht so an, Celia. Ich denke nicht daran, dich hier bei diesem üblen Haufen zu lassen. Ich bringe euch jetzt persönlich nach Hause. Großer Gott, was deine arme Mutter mit euch anfangen wird, weiß ich nicht.»

Genau drei Wochen später verließ Celia Merham, um in London auf die Sekretärinnenschule zu gehen. Diese Maßnahme war als Strafe gedacht, und Mrs. Holden war ein wenig ungehalten, weil ihre Tochter nicht nur keine Reue zeigte, sondern sich ganz ungehörig auf ihr Fortgehen zu freuen schien. Sie würde bei Mrs. Holdens Cousine Angela in Kensington wohnen, und wenn sie in ihrem Kursus gute Leistungen erbrachte, sollte sie die Möglichkeit bekommen, im Büro von Angelas Mann in Bayswater zu arbeiten. «London, Lottielein! Weit weg von sämtlichen wohltätigen Vormittagskaffees und grässlichen kleinen Geschwistern.» Während der gesamten Vorbereitungen für ihre Abreise war Celia außerordentlich gut gelaunt gewesen.

Lottie hatte in ihrem Zimmer mit angehört, wie Mr. Holden seiner Tochter eine Strafpredigt hielt, und sich gefragt, was das wohl für sie selbst bedeuten würde. Es war nicht die Rede davon gewesen, dass sie ebenfalls nach London fahren sollte, und sie wollte auch nicht aus Merham fort. Aber als sie hörte, wie Celias Eltern mit gedämpfter Stimme etwas von «schlechtem Einfluss» murmelten, wusste Lottie, dass sie nicht von ihrer Tochter sprachen.

Kapitel 3

*E*ins musste gesagt werden: Mit diesem Mädchen wurde man nicht recht warm, auch wenn man sich noch so viel Mühe gab. Eigentlich gab es nichts an ihr auszusetzen; sie war immer hilfsbereit und ordentlich und normalerweise auch höflich. Anders als Celia neigte sie nicht zu den Ausbrüchen, die Mr. Holden als «hysterische Anfälle» bezeichnete – aber sie konnte furchtbar kurz angebunden sein. So schroff, dass man es schon als ungehörig betrachten musste.

Als Mrs. Chilton die beiden an diesem schrecklichen Samstagnachmittag nach Hause gebracht hatte – Mrs. Holden hatte immer noch Albträume davon –, hatte Celia wenigstens den Anstand besessen, betreten auszusehen. Sie hatte ihre Mutter umarmt und gefleht: «Ach, Mummy, ich weiß, dass ich mich unmöglich benommen habe, aber es tut mir wirklich Leid. Sehr Leid, ganz bestimmt.» Trotz ihres Zorns war Mrs. Holden recht gerührt gewesen; selbst Mrs. Chiltons versteinerte Miene war weicher geworden. Es war ohnehin immer schwierig, Celia zu widerstehen.

Lottie jedoch hatte sich überhaupt nicht entschuldigt. Sie hatte eher wütend gewirkt, als man sie dazu aufforderte, und erwidert, sie habe nicht nur alle Kleider anbehalten, sondern sie wäre auch niemals aus freien Stücken ins Wasser gegangen, das wüssten sie doch alle gut. Allerdings hatte sie «verdammt gut» gesagt, was Mrs. Holden sofort wieder auf die Palme brachte. Obwohl sie sich so viel Mühe gegeben hatte, steckte in dem Mädchen immer noch etwas von einem Fischweib.

Nein, sagte Lottie. Sie würde sich für ihr Verhalten nicht entschuldigen. Ja, es tue ihr Leid, dass sie nicht ehrlich gesagt hatte, wo sie hingingen. Und ja, sie war dabei gewesen, als Celia sich bis auf die Unterwäsche auszog – und hatte nichts dagegen getan. Aber ihr war mehr Unrecht zugefügt worden, als sie begangen hatte.

An diesem Punkt war Mrs. Holden richtig wütend geworden und hatte Lottie befohlen, auf ihr Zimmer zu gehen. Sie hasste es, die Fassung zu verlieren, und ihr Zornesausbruch verstärkte ihren Groll gegen das Mädchen noch. Dann war Sylvia hereingekommen und hatte – und das auch noch vor Mrs. Chilton – behauptet, sie hätte gesehen, wie Celia Handküsse geübt habe, und Celia hätte ihr erzählt, sie habe «unheimlich viele» nette Männer geküsst und sie wisse, wie man das machen müsse, ohne schwanger zu werden. Und obwohl Mrs. Holden klar war, dass die Phantasie mit Sylvia durchgegangen war, wusste sie doch genau, dass Sarah Chilton diese Lügengeschichten des Kindes nicht für sich behalten würde, und sie wurde noch zorniger auf Lottie als je zuvor. Es musste an Lottie liegen – da war sonst niemand, gegen den sich ihr Unmut richten konnte.

«Ich möchte dich von jetzt ab nicht mehr in der Nähe dieses Hauses sehen, hast du gehört, Lottie?», rief sie, als Sarah gegangen war, und stieg die Treppe hinauf. «Ich bin wirklich böse auf dich. Sehr böse. Und ich lasse nicht zu, dass du die Familie noch einmal so ins Gerede bringst. Der Himmel weiß, was Dr. Holden sagen wird, wenn er nach Hause kommt.»

«Sie brauchen es ihm ja nicht zu erzählen.» Lottie kam mit ungerührter Miene aus dem Mädchenzimmer. «Er interessiert sich ohnehin nicht für Weibergeschwätz.»

«Weibergeschwätz? So nennst du das also?» Susan Holden umklammerte das Treppengeländer. «Ihr beiden demütigt mich vor der besseren Gesellschaft, und du hältst das bloß für Weibergeschwätz?»

Celia rief etwas aus dem Zimmer der Mädchen.

«Was war das? Was hast du gesagt?»

Nun streckte Celia den Kopf aus der Tür. «Ich habe gesagt, es tut uns furchtbar Leid, Mummy, und in Zukunft werden wir uns selbstverständlich von diesem ‹anrüchigen Haufen›, wie Mrs. Chilton es so treffend formuliert hat, fernhalten.»

Mrs. Holden schaute die Mädchen lange so streng an, wie sie nur konnte. Aber sie hätte schwören können, dass um Lotties Lippen ein ganz leises Lächeln spielte. Als ihr klar wurde, dass sie aus den Mädchen nicht mehr herausbringen würde, nahm sie all ihre verbliebene Würde zusammen und ging langsam zurück nach unten, wo Freddie sich gerade aus alten Kisten einen Kaninchenstall baute. In der guten Stube. Um darin zu wohnen.

Aber jetzt war Celia fort. Und Lottie erfüllte zwar sorgfältig ihre Pflichten, war immer zuvorkommend und half Sylvia bei den Hausaufgaben, aber schon seit Wochen schlich sie, wenn sie sich unbeobachtet glaubte, trübsinnig wie ein krankes Hündchen durch das Haus. Es war alles recht ermüdend. Und irgendwie war Susan Holden Lotties Anwesenheit im Haus nicht mehr so angenehm wie früher. Sie hätte es zwar vor niemandem zugegeben, nicht nach all der harten Arbeit, die sie, wie jeder gesehen hatte, in die Erziehung des Mädchens gesteckt hatte, aber als die beiden Mädchen noch zusammen gewesen waren, als beide zusammen ernährt, eingekleidet und ausgeschimpft werden mussten, war es ihr leichter gefallen, Lottie als Familienmitglied zu betrachten. Jetzt, da Celia fort war, konnte Mrs. Holden nicht mehr so unbefangen mit Lottie umgehen. Wenn sie ganz ehrlich zu sich war, empfand sie einen unerklärlichen Groll gegen das Mädchen. Lottie schien das zu spüren und benahm sich noch untadeliger, was ebenfalls eigentümlich irritierend war.

Aber schlimmer noch, Mrs. Holden hegte den Verdacht, dass Lottie trotz aller Beteuerungen weiterhin zum Haus der Schauspielerin ging. Sie bot Virginia an, ihr beim Einkaufen zu helfen, und brauchte dann mehrere Stunden, bloß um ein paar Makrelen zu besorgen. Oder einen halben Tag, um für Dr. Holden die Zeitung zu holen. Zweimal war sie nach Hause gekommen und hatte nach Düften gerochen, die man mit Sicherheit nicht in Mr. Anstys Laden kaufen konnte. Und wenn man Lottie dann zur Rede stellte, fixierte sie einen mit diesem etwas zu direkten Blick und sagte in einem Tonfall, den Mrs. Holden, offen gesagt, ziemlich aggressiv fand, nein, sie sei nicht bei der Schauspielerin gewesen, denn Mrs. Holden hätte ihr doch ausdrücklich verboten, dorthin zu gehen, oder? Da konnte einem manchmal wirklich der Kragen platzen.

Eigentlich hätte sie es wissen sollen. Viele hatten Susan Holden davon abgeraten, ein evakuiertes Kind aufzunehmen. Doch sie hatte die Warnungen, dass alle Londoner Kinder Nissen und Läuse hätten, in den Wind geschlagen, sich aber das Haar der kleinen Lottie genau angeschaut, als das Kind damals ankam. Und auch die Unkenrufe derer, die behauptet hatten, die Kleine würde stehlen oder die Eltern würden ihr folgen und im Haus kampieren und man würde die ganze Gesellschaft nie wieder loswerden, hatte Mrs. Holden nicht weiter beachtet.

Nein, da war nur die Mutter gewesen, und die hatte ihre Tochter kein einziges Mal besucht. In ihrer fürchterlichen Handschrift hatte sie Susan Holden zwei Briefe geschrieben: einen, in dem sie sich nach dem ersten langen Aufenthalt der Tochter bedankt hatte, und den zweiten ein Jahr später, als Susan das Mädchen eingeladen hatte wiederzukommen. Sie schien recht erleichtert gewesen zu sein, dass man ihr das Kind abnahm.

Und Lottie hatte nie etwas gestohlen, war nicht ausgerissen und hatte sich auch nicht mit Jungen eingelassen. Nein, wenn überhaupt, dann war es, das musste man zugeben, eher Celia, die in dieser Hinsicht ein wenig frühreif war. Lottie hatte getan, was man ihr sagte, sie hatte mit den Kleinen geholfen und sich nett und vorzeigbar benommen.

Plötzlich bekam Susan Holden ein schlechtes Gewissen, denn sie sah wieder die achtjährige Lottie vor sich, die in Merham auf dem Bahnhof stand, die Arme schützend um ihr in Packpapier gewickeltes Kleiderbündel geschlungen. Mitten in all dem Chaos hatte sie Mrs. Holden schweigend angeschaut, mit diesen riesigen dunklen Augen, und als Susan eine Begrüßung plapperte, hatte das Kind langsam die rechte Hand gehoben und ihre Hand genommen. Es war eine merkwürdig bewegende, ja verstörende Geste gewesen, symptomatisch für Lotties ganzes Verhalten seitdem, für ihre höfliche, in sich gekehrte, wachsame und auf ihre zurückhaltende Weise anhängliche Art. Vielleicht war es ungerecht, so hart über das Mädchen zu urteilen. Eigentlich hatte Lottie ja nichts Unrechtes getan. Sie musste sich bloß an Celias Abwesenheit gewöhnen. Und bald würde sie ohnehin auch aus dem Haus gehen, sobald sie eine gute Stelle gefunden hatte. Susan Holden war stolz auf ihre christliche Nächstenliebe. Doch dann dachte sie wieder an Henrys Blick vor ein paar Wochen, als Lottie ihren Rock geschürzt hatte, um mit Frederick ins Planschbecken zu steigen. Und Susan Holdens Gefühle ihrem Hausgast gegenüber wurden wieder ziemlich kompliziert.

Celia hatte einen Freund. Das hat ja nicht lange gedauert, dachte Lottie. Erst hatte die Freundin lange Zeit gar nicht mehr geschrieben, und dann kam ein atemloser Bericht über irgendetwas Schreckliches, was sie in einem Bahnhof erlebt hatte, und über ihre «Rettung» durch diesen Mann, mit dem sie jetzt ausging. Anfangs hatte Lottie nicht viel darauf gegeben: Celia neigte seit jeher zu Übertreibungen. Und es war auch nicht der erste Mann, bei dem Celia geschworen hatte, er sei der Richtige – nicht einmal in den wenigen Monaten, die sie jetzt in London lebte. Da war der Mann, den sie zwischen Bishops Stortford und Broxbourne im Zug kennen gelernt hatte; der Mann, der sie im Café an der Baker Street bediente und ihr immer umsonst einen Kaffee brachte, wenn sein Chef nicht da war; und da war Mr. Grisham, der Stenografielehrer, der ihre Schleifen und Abkürzungen angeblich mit mehr als lehrerhaftem Interesse begutachtete. Lange war es in Celias Briefen ausschließlich um diese Männer, um die endlos langen Winterabende mit Tante Angela und ihrer fürchterlichen Brut und um die Mädchen in der Sekretärinnenschule gegangen. Aber nach der Schreibpause war plötzlich nur noch von Abendessen in schicken Restaurants und von Spaziergängen in Hampstead Heath die Rede, so wie von Guys genereller Überlegenheit, angefangen von seinen Konversationskünsten bis hin zu seiner Technik im Küssen: «Um Himmels willen, verbrenne das hier, bevor Mummy es sieht.»

Lottie versuchte, zwischen den Zeilen die Wahrheit zu entziffern. «Betuchte Familie», entschied sie, sollte man einfach als «eigenes Haus mit Innentoilette» lesen, «absolut phantastisch» bezeichnete ein Gesicht, das nicht dem einer griesgrämigen Bulldogge ähnelte, und «ganz einfach verrückt nach mir» bedeutete wahrscheinlich, dass Guy zu ihren Stelldicheins pünktlich am verabredeten Ort erschienen war. Es war schwer, nicht ein wenig zynisch zu werden – Lottie hatte viele Jahre lang mit Celia unter einem Dach gelebt und die schmerzliche Erfahrung machen müssen, dass es um ihre Wahrheitsliebe nicht immer zum Besten bestellt war. So hatte Lottie zum Beispiel mit eigenen Ohren gehört, wie ihre Freundin berichtete, dass man Lottielein, die arme Kleine, während der Bombenangriffe auf London aus einem brennenden Haus gerettet hatte, dass sie eine geheimnisvolle *émigrée* aus Mitteleuropa war oder, in einer anderen Version, ein Waisenkind, dessen Eltern an ihrem Hochzeitstag von einer Rakete getötet worden waren, bei einem Dinner aus Räucherlachs und Wodka vom Schwarzmarkt. Lottie hatte Celia wegen dieser Geschichten nie zur Rede gestellt. Niemand stellte Celia jemals zur Rede: Das gehörte zu den Dingen, die Lottie im Haushalt der Holdens gelernt hatte.

Dort herrschte das Gefühl, dass man mit derartigen Nachfragen die Büchse der Pandora öffnen könnte. Ja, man sprach nicht einmal darüber, dass Celia flunkerte. Ein einziges Mal hatte Lottie Mrs. Holden von einer Schwindelei Celias erzählt, aber da war die Mutter fast barsch geworden und hatte gesagt, hier liege mit Sicherheit ein Missverständnis vor und es sei wirklich einigermaßen unverschämt von Lottie, immer wieder davon anzufangen. Vielleicht hatte Celia überhaupt keinen Freund, dachte Lottie jetzt. Vielleicht waren diese Männer alle Hirngespinste, und in Wirklichkeit verbrachte die Freundin ihre Abende, indem sie mit Tante Angelas Kindern stickte und Tonleitern auf dem Klavier übte. Bei diesem Gedanken musste Lottie lächeln. Einfach um Celia zu ärgern, erwähnte sie Guy in ihrem nächsten Brief nicht, sondern stellte eine Menge Fragen über Tante Angelas Kinderchen.

Es waren merkwürdige Monate, aber allmählich gewöhnte Lottie sich an Celias Abwesenheit. Doch je besser es ihr wieder ging, desto mehr spürte sie eine zunehmende Spannung im Haus, als wäre mit Celia ein Brennpunkt verschwunden, der das Ganze wie unsichtbarer Leim zusammengehalten hatte. Dr. Holden blieb häufiger fort, wodurch die Bewältigung des Alltags für Mrs. Holden noch schwieriger wurde. Gleichzeitig hatten Freddie und Sylvia sich ausgerechnet diese Monate ausgesucht, um noch lauter und unruhiger zu werden, sodass sie Mrs. Holden den letzten Nerv raubten und Dr. Holden einen häufig benutzten Vorwand lieferten, nicht nach Hause zu kommen. «Ist es in diesem Haus denn nicht möglich, auch nur einen Augenblick Frieden zu finden?», fragte er mit leiser, scheinbar gelassener Stimme, und Mrs. Holden zuckte zusammen wie ein Hund, der an einem kalten Abend mit einem Fußtritt nach draußen befördert werden soll.

Lottie beobachtete dann schweigend, wie er sich in sein Arbeitszimmer zurückzog oder einen unvorhergesehenen nächtlichen Patientenbesuch machte, und gab sein «Gute Nacht, Lottie» mit gleicher Höflichkeit zurück. Er war nie grob zu ihr und hatte ihr nie das Gefühl gegeben, ein Eindringling in seinem Haus zu sein. Andererseits schien er sie auch die halbe Zeit kaum zu bemerken.

Nach ihrer Ankunft damals war er nicht so zurückhaltend gewesen. Er hatte freundlich mit ihr gesprochen und öfter gelächelt. Oder vielleicht hatte sie das auch bloß so in Erinnerung. An ihrem ersten Abend im Haus, als sie still vor sich hin geweint hatte, ohne genau zu wissen, warum, aber voller Furcht, dass ihre Gasteltern es hören und sie wieder nach Hause schicken könnten, war er leise ins Zimmer gekommen und hatte sich auf ihr Bett gesetzt. «Du brauchst keine Angst zu haben, Lottie», hatte er gesagt und ihr seine warme, trockene Hand auf den Kopf gelegt. «Ich stelle mir vor, dass das Leben in London ganz schön schwierig für dich war. Jetzt bist du in Sicherheit.»

Lottie hatte vor Verblüffung geschwiegen. Noch nie hatte ein Erwachsener so mit ihr gesprochen, so ernsthaft und voller Anteilnahme und überhaupt nicht drohend oder herablassend. Die meisten hatten sich nicht einmal ihren Namen gemerkt.

«Solange du hier bist, Lottie, werden wir tun, was wir können, damit du glücklich bist. Und wenn du wieder abreisen musst, dann hoffen wir, dass du dich gern an den Aufenthalt hier erinnerst. Denn wir sind alle sicher, dass wir dich mögen werden.»

Mit diesen Worten hatte er sie noch einmal gestreichelt und das Zimmer verlassen. Von da an hatte sie ihm alle Dankbarkeit und Verehrung ihres achtjährigen Herzens entgegengebracht. Wenn er gewusst hätte, dass es in ihrem Leben nie eine Vaterfigur gegeben hatte, geschweige denn väterlich-freundliche Worte, wäre sein Versuch, Zuneigung zu zeigen, vielleicht etwas gemäßigter ausgefallen. Aber so hatte Dr. Holden gelächelt und sie tröstend gestreichelt, und die kleine Lottie hatte aufgehört zu weinen und in ihrem weichen Bett gelegen und darüber gestaunt, dass es Männer gab, die nicht fluchten, nicht verlangten, dass sie etwas aus dem Laden an der Ecke holte und auch nicht nach Old Holborn rochen.

Als Lottie älter wurde, hatte sie ihre hohe Meinung von Dr.

Holden ein wenig geändert. Das war unvermeidlich, wenn man aus nächster Nähe miterlebte, wie grausam ein Mann sein konnte, der sich einfach weigerte, mit seiner Frau zu kommunizieren. Morgens zog er sich hinter seine Zeitung zurück und tauchte hinter diesem bedruckten Vorhang nur auf, um Freddie oder Sylvia milde für schlechtes Benehmen, von dem Mrs. Holden ihm erzählte, zu rügen oder um nach seiner Kaffeetasse zu greifen. Abends kam er spät nach Hause, war zerstreut und bestand darauf, dass er unmöglich sprechen könne, bevor er nicht einen Whisky und «ein paar Minuten Ruhe» gehabt habe, die sich normalerweise weit über sein Abendbrot hinaus ausdehnten. Und Mrs. Holden, die anscheinend nicht in der Lage war, diese Zeichen zu deuten, schnatterte nervös auf ihn ein und versuchte, seine Bedürfnisse zu erahnen, ihn in ein Gespräch zu verwickeln, ihn auf ihre neue Frisur oder ihre neue Strickjacke aufmerksam zu machen, ohne ihn aber ausdrücklich darauf hinzuweisen.

Bei solchen Gelegenheiten merkte Lottie, dass sie eine unbestimmte Wut auf Mr. Holden bekam. Sie sah zwar ein, dass es recht nervenzermürbend sein musste, mit einem Menschen wie Susan Holden verheiratet zu sein, aber es erschien ihr unnötig brutal, eine Frau auf diese Weise zu ignorieren, zumal sie so viel tat, um ihm das Leben angenehmer zu machen. Soweit Lottie sehen konnte, tat er seinerseits nichts, um ihr das Leben zu erleichtern. Im Laufe der Jahre war Mrs. Holden noch nervöser und noch schwatzhafter geworden, und Lottie hatte bemerkt, dass Mr. Holden immer seltener versuchte, seine Ungehaltenheit über ihr Benehmen zu verbergen, und dass er immer länger ausblieb. Sie war zu dem Ergebnis gekommen, dass die Ehe ein schlimmes Los war – wie man an Dr. und Mrs. Holden sah –, dem man besser aus dem Weg ging, ein bisschen so wie offenen Abwasserrohren oder den Windpocken.

«Ich finde diese Stelle gut, was meinst du? Im Moment ist sie zu weiß. Zu leer, zu … karg.»

Es war wieder Frühling geworden, und Lottie hatte einen ihrer heimlichen Ausflüge nach Arcadia House unternommen. Sie versuchte nachzuvollziehen, was Adeline meinte, aber sie sah nur eine Mauer, und es war ihr rätselhaft, wie eine Mauer karg sein konnte. Doch sie nickte und versuchte, intelligent auszusehen, so als würde sie verstehen, was Adeline mit ihrer Ankündigung, Frances habe Pläne für «etwas Figuratives», meinte.

«Ich habe eine Idee», sagte Adeline. «Für eine Wandmalerei. Ich will keine Bilder von Wäldern oder Seen …»

«Und keine griechischen Landschaften», ergänzte Frances, die hinter sie getreten war. «Ich kann Tempel und Säulen nicht leiden. Und Hirsche auch nicht. Ich kann dieses schreckliche Wild einfach nicht ausstehen.»

«Nein. Ich habe eine Idee.» Adeline strich mit einem Finger an der Wand hinunter. «Es soll eine Landschaft mit Menschen werden. Wir alle werden darin erscheinen. Alle Bewohner von Arcadia.»

«Wie eine Art Abendmahl. Aber ohne Religion.»

«Und ohne Symbolik.»

«Doch, doch, ein bisschen Symbolik brauchen wir. Kein gutes Bild kommt ganz ohne Symbolik aus.»

Lottie kam nicht mehr mit. Sie starrte auf die weiße Mauer, die in der Nachmittagssonne fast blendete. Unter ihnen am Strand vergnügten sich die ersten Urlaubsgäste. Wenn es nach Lottie gegangen wäre, hätte man einfach ein paar Blumentöpfe vor die Mauer stellen können. Oder ein paar Rankgewächse davor pflanzen.

«… und du, Lottie. Wir haben doch gesagt, dass wir dich malen wollen. Du kommst auch auf das Bild. Und Celia, auch wenn sie nicht mehr hier ist.»

Lottie versuchte, sich vorzustellen, wie sie auf der Mauer erscheinen würde. «Muss ich dafür still sitzen?», fragte sie.

«Nein», lächelte Frances. Sie lächelte in letzter Zeit viel, aber das Lächeln sah in ihrem Gesicht merkwürdig aus. Es zog die langen Wangenpartien nach oben, so als würde man eine weite Hose an einem ausgeleierten Gummiband hochhalten. «Wir kennen dich ja mittlerweile. Ich habe es lieber ein bisschen … impressionistisch.»

«Ihr Haar. Du musst ihr Haar zeigen.» Adeline streckte die schlanke Hand aus und strich Lottie sanft über den Kopf. «Warum flechtest du dir in letzter Zeit immer einen Zopf?»

Lottie zuckte zurück. «Es verknotet sich so leicht. Es ist zu fein.» Unbewusst rückte sie ein Stück von Adeline fort.

«Mach dich nicht schlecht, Lottie. Die Männer finden das so langweilig.»

Die Männer? Lottie begann, sich mit anderen Augen zu sehen: Männer konnten sie also interessant finden? Bisher waren es immer nur Jungen gewesen. Oder, genauer gesagt, Joe, dessen Zuneigung sie zwar in den langen Winterwochen oft getröstet hatte, der aber kaum zählte.

«Man sollte immer nur über seine guten Seiten sprechen. Wenn man die Aufmerksamkeit nur auf die guten Seiten lenkt, erkennen die Leute die schlechten seltener.»

So viel hatte Adeline noch nie von sich preisgegeben. Aber Lottie fiel das kaum auf.

«Vielleicht könnten wir Lottie selbst zum Malen anregen.»

«Au ja! Was für eine Idee, Frances. Möchtest du, Lottie? Frances ist eine phantastische Lehrerin.»

Lottie schurrte mit den Füßen. «Ich bin nicht sehr gut im Zeichnen. Meine Obstschalen sehen immer so aus, als würden sie gleich umkippen.»

«Obstschalen …» Frances schüttelte den Kopf. «Wie kann man die Leidenschaft für die Kunst mit Obstschalen wecken? Du musst malen, was du im Kopf hast, Lottie, im Herzen!»

Verlegen trat Lottie einen Schritt zurück. Doch Adelines Hand fand sie wieder und stieß sie sacht nach vorn. «Du musst träumen lernen, Lottie. Um dich auszudrücken.»

«Aber ich hab seit meinem Schulabschluss weder gemalt noch gezeichnet. Mrs. Holden sagt, ich sollte Buchhaltung lernen, damit ich eine gute Stelle in einer Firma finde.»

«Ach, vergiss das, Lottie. Weißt du, es braucht gar nichts Bestimmtes zu sein. Genieß es einfach, die Pastellkreiden in der Hand zu halten. Es ist so schön, damit zu arbeiten. Siehst du …» Mit sicheren Bewegungen fing Frances an, auf der Mauer Linien zu ziehen, und verwischte die Farben dann mit ihren bunt gescheckten Fingern. Selbstvergessen sah Lottie ihr einen Moment lang zu.

«Vergiss nicht, dich auch zu malen, Frances.» Adeline legte ihr die Hand auf die Schulter. «Dich selbst malst du nie mit.»

Frances hielt den Blick auf die Mauer gerichtet. «Ich kann mich nicht gut selbst malen.»

Marnie erschien in der Hintertür. Ihre Schürze war voller Blut und Federn, und in der linken Hand hielt sie eine halb gerupfte Gans am Hals. «Entschuldigen Sie, Ma'am, Mr. Armand ist da.»

Lottie löste den Blick von den Kreidestrichen und sah Adeline an, die sanft lächelte und Marnie mit einem Nicken entließ. Lottie erwartete, dass sie nun zur Tür stürzen würde – um sich zu kämmen oder sich hastig zu schminken, wie Mrs. Holden es immer tat – und sie wurde selbst ganz aufgeregt, weil sie nun endlich Adelines Ehemann kennen lernen sollte.

Aber Adeline wandte sich wieder der weißen Mauer zu. «Dann müssen wir jemanden holen, der dich malt, Frances», sagte sie ruhig. «Schließlich bist du ein wesentlicher Teil unseres Bildes, *non*?»

Frances trat von der Wand zurück und schaute Adeline so an, dass Lottie sich wie eine heimliche Beobachterin vorkam. «Ich glaube, wenn ich unsichtbar anwesend bin, wirke ich stärker», erwiderte Frances langsam.

Adeline zuckte die Achseln, als wolle sie auf einen häufig ausgefochtenen Streit verzichten, und hob die Hand. Dann drehte sie sich um und ging ins Haus.

Lottie wusste eigentlich nicht, was sie erwartet hatte, aber diesen Julian Armand hätte sie sich nicht im Entferntesten ausmalen können, und so schaute sie zwei Mal an ihm vorbei, bevor ihr klar wurde, dass das der Mann war, dem Adeline sie gerade vorstellte.

«Ich bin entzückt», sagte er, ergriff ihre Hand und küsste sie. «Adeline hat mir so viel von Ihnen erzählt.»

Lottie brachte keinen Ton hervor, sondern starrte in einer Weise, die Mrs. Holden als unzurechnungsfähig bezeichnet hätte, den kleinen, gepflegten Mann mit dem angeklatschten Haar an, dessen stark gezwirbelter Schnurrbart wie eine schmiedeeiserne Gesichtsdekoration wirkte.

«Lottie», flüsterte sie schließlich. Und er nickte, als sei diese Äußerung sehr liebenswürdig von ihr.

Es war unschwer zu erkennen, wo Adeline ihre extravaganten Vorlieben herhatte. Er war auf eine Weise gekleidet, die vielleicht vor mehreren Jahrzehnten und dann auch nur in ganz bestimmten Kreisen angemessen gewesen wäre: Tweedknickerbocker mit passender Weste und Jackett, und dazu eine smaragdgrüne Krawatte und eine Schildpattbrille mit kreisrunden Gläsern. Aus der oberen Tasche hing eine schwere Uhrkette heraus, und in der linken Hand hielt er einen Spazierstock mit silbernem Knauf. Das einzige Konventionelle an ihm waren seine auf Hochglanz polierten Schuhe, und selbst die sahen ganz anders aus als die Halbschuhe, die Lottie kannte – solche, die man für zehn Schilling das Paar in der High Street kaufen konnte …

«Das ist also Merham», bemerkte er, während er die Aussicht betrachtete. «Das ist der Ort, den du uns als Stützpunkt ausgesucht hast.»

«Julian, du darfst erst ein Urteil fällen, wenn du eine ganze Woche hier gelebt hast.» Adeline griff nach seiner Hand und lächelte ihn an.

«Warum? Hast du Pläne für mich?»

«Ich habe immer Pläne für dich, Liebster. Aber ich möchte, dass du dich erst entscheidest, wenn du zum Rauschen des Meeres aufgewacht bist und bei einem guten Glas Wein den Sonnenuntergang beobachtet hast. Unser neues Heim ist ein kleines Paradies, und seinen verborgenen Zauber muss man nach und nach entdecken.

«Aha. Ich bin ja Experte im langsamen Entdecken, wie du weißt.»

«Aber, mein lieber Julian, ich weiß auch, dass du dich vom Glanz und vom Neuen verführen lässt. Und ich und dieses Haus verfügen über keins von beiden. Also müssen wir dafür sorgen, dass du uns mit dem richtigen Blick betrachtest. Ist es nicht so, Lottie?»

Lottie nickte stumm. Es fiel ihr schwer, sich zu konzentrieren – noch nie hatte sie gesehen, dass eine Frau ihrem Mann gegenüber eine so außerordentliche Höflichkeit an den Tag legte.

«Dann verspreche ich dir, dass ich kein Wort mehr sagen werde. So – wer führt mich jetzt herum? Frances? Geht es dir gut? Du siehst aus, als würde die Seeluft dir wohltun.»

«Danke, mir geht's gut, Julian.»

«Und wer ist noch hier?»

«George. Und Irene. Minette ist gerade abgereist. Sie schreibt wieder. Und Stephen kommt Ende der Woche. Ich habe ihm erzählt, dass wir dich erwarten.»

«Wunderbar.» Julian tätschelte seiner Frau die Hand. «Schon ein richtiges Zuhause. Ich brauche mich nur mitten hineinzusetzen und so zu tun, als wäre ich schon immer hier gewesen.» Auf seinen Stock gestützt, wandte er sich langsam um. «Und dieses Haus? Was hat es für eine Geschichte?»

«Dank Lottie und ihrer Freundin wissen wir ein wenig darüber. Der Sohn einer hiesigen Familie hat es gebaut, und nach seinem Tod übernahm es ein Ehepaar, die … wer?»

«Die MacPhersons», half Lottie. Julian trug einen dicken Ring am kleinen Finger, der aussah wie ein Frauenring.

«Ja, die MacPhersons. Aber das Haus ist, wie du siehst, im Stil der Moderne erbaut. Recht ungewöhnlich, finde ich. Und es hat ein wundervolles Licht, *non*? Frances meint, es habe ein wundervolles Licht.»

Julian wandte sich an Frances. «Das ist wirklich wahr, liebe Frances. Dein Geschmack und dein Urteil sind wie immer unfehlbar.»

Frances schenkte ihm ein vorsichtiges, fast gequältes Lächeln. «Willst du bald nach Cadogan Gardens zurück?», fragte sie.

Julian seufzte. «Nein, ich fürchte, was das betrifft, haben wir wohl die Brücken hinter uns abgebrochen. Ein kleines finanzielles Missverständnis. Aber wir werden hier eine herrliche Zeit verbringen, bis alles endgültig geregelt ist. Ich bleibe bis zur Biennale. Wenn das nicht zu große Umstände bereitet.» Er sagte das lächelnd, offenbar in der Gewissheit, dass seine Anwesenheit niemals Umstände bereitete.

«Dann wollen wir dafür sorgen, dass du dich hier wohl fühlst», sagte Adeline. «Ich zeige dir jetzt das Haus.»

Lottie wurde plötzlich bewusst, wie unmöglich sie sich benahm. «Ich gehe jetzt besser», erklärte sie. «Es wird schon spät, und ich habe nur gesagt, ich würde Milch holen. Es … es war schön, Sie kennen zu lernen.»

Sie winkte in der Tür. Adeline stand schon draußen auf der Terrasse und hob zum Abschied einen Arm, den anderen hatte sie um Julians tweedbekleidete Hüfte gelegt. Als Lottie jedoch die Tür hinter sich schließen wollte, fiel ihr Blick auf Frances. Ohne Lottie zu beachten und so regungslos wie eines ihrer Kunstwerke schaute sie den beiden Menschen draußen nach.

Lottie hatte Frances bemitleidet: Sie hatte ziemlich verloren ausgesehen. Dass Julian wieder da war, musste schwierig für sie sein. Lottie wusste sehr gut, wie leicht man sich als fünftes Rad am Wagen fühlen konnte. Und George mochte Frances offenbar nicht so gern, sonst hätte er nicht mit Celia und der grässlichen Irene geflirtet. Doch dann, zwei Abende später, sah Lottie die Künstlerin wieder.

Es war fast halb zehn, und Lottie ging mit Mr. Beans, dem

schon älteren, reizbaren Terrier der Holdens, Gassi. Eigentlich war das Dr. Holdens Aufgabe, aber er war in der Praxis aufgehalten worden, und Mrs. Holden, die bei dieser Nachricht ganz zittrig geworden war, war vollauf damit beschäftigt, Freddie und Sylvia in ihren Betten zu halten. Freddie sagte, er habe die Begonie aufgefressen, und lief immer wieder ins Badezimmer, wo er so tat, als müsse er sich übergeben, während Sylvia in Hausschuhen und einer alten Gasmaske oben an der Treppe erschien und ihr elftes Glas Wasser verlangte. Joe war da, und sie spielten Scrabble, und als Lottie anbot, den Hund zu seinem Abendspaziergang auszuführen, war Mrs. Holden dankbar gewesen und hatte gesagt, solange Joe sie begleite, sei dagegen wohl nichts einzuwenden. Aber sie sollten nicht zu weit gehen und auf den Straßen bleiben. Lottie und Joe durchquerten den Stadtpark, und Mr. Beans schnaufte und schnüffelte an unbekannten Düften und wedelte wie berauscht durch das Gras am Wegrand. Lottie hatte sich nicht bei Joe eingehakt, und im Gehen stieß er häufiger leicht gegen ihren Ellbogen, als wolle er sie wortlos dazu auffordern.

«Hast du was von deiner Mutter gehört?»

«Nein, sie hat Weihnachten zuletzt geschrieben.»

«Ist das nicht etwas seltsam, dass du nie mit ihr sprichst? Ich würde meine Mutter vermissen.»

«Deine Mutter und meine lassen sich nicht vergleichen, Joe.»

Sie spazierten schweigend weiter. Einige schattenhafte Gestalten kamen ihnen leise plaudernd entgegen, unterwegs zu ihren Bädern und Betten.

«Wann kommt Celia nach Hause? Am Samstag, hast du gesagt?»

Da lag ein Teil des Problems. Mrs. Holden hatte es ihrem Mann persönlich erzählen wollen. Nur zu gern überbrachte sie gute Nachrichten: Für ein Lächeln von ihm rackerte sie sich unglaublich ab.

«Mit dem Nachmittagszug. Morgen Vormittag muss ich mit Freddie zum Friseur.»

«Es kommt einem gar nicht so vor, als wäre sie acht Monate weg gewesen, oder? Ich kann Freddie mitnehmen, wenn du willst, ich muss mir auch die Haare schneiden lassen. Dad sagt, ich sehe allmählich aus wie ein Halbstarker.

«Hör mal», flüsterte Lottie und blieb stehen.

Joe hob den Kopf. Das stetige Rauschen und Zischen des Meeres unter ihnen kündigte die beginnende Flut an. Ein Hund bellte und riss Mr. Beans aus seinen Schnüffelträumen. Und dann hörte Lottie es wieder. Jazzmusik: fremd, unrhythmisch, fast schräg. Ein Horn und darunter ein anderes Instrument. Und Gelächter.

«Hörst du das?» Selbstvergessen fasste sie Joe am Arm. Es kam aus Arcadia House.

«Was ist das? Erwürgt da jemand 'ne Katze?»

«Horch doch mal, Joe.» Lottie versuchte, den melancholischen Klang aufzunehmen. Er wehte herüber und wieder fort. «Lass uns näher herangehen.»

«Will Buford hat drei neue amerikanische Rock'n' Roll-Platten zu Hause. Ich gehe nächste Woche hin und höre sie mir an. Willst du mitkommen?»

Aber Lottie hatte ihre Jacke fester um die Schultern gezogen und rannte nun fast durch die Dunkelheit. Vorsichtig suchte sie sich einen Weg die Treppe hinunter. Mr. Beans hoppelte vergnügt hinter ihr her, seine Krallen klapperten auf dem harten Untergrund. «Mrs. Holden hat doch gesagt, wir sollten auf den Straßen bleiben!», rief Joe, eilte aber nach kurzem Zögern hinter ihr her.

Lottie beugte sich über das Geländer in die Richtung von Arcadia. Die Fenster leuchteten hell in die Dunkelheit hinaus und malten Flächen aus Licht auf die gepflasterte Terrasse. Dort hatte sich eine kleine Gruppe von Menschen versammelt; wenn Lottie die Augen zusammenkniff, konnte sie Julian Armand erkennen, der auf der alten Eisenbank saß, mit den Füßen auf dem Tisch. Auf der anderen Seite der Terrasse stand ein größerer Mann, der rauchte. Das war wahrscheinlich George. Und da war noch ein weiterer Mann, der mit ihm sprach, aber den kannte Lottie nicht.

Und Lottie sah, in einem See aus Licht badend, Frances und

Adeline. Sie tanzten miteinander, hatten sich gegenseitig die Arme auf die Schultern gelegt, und Adeline warf den Kopf zurück, als sie träge über etwas lachte, was Frances gerade sagte. Sie unterbrachen ihre wiegenden Schritte nur, um einen Schluck aus ihren Weingläsern zu trinken oder den Männern etwas zuzurufen.

Lottie staunte, dass sie bei diesem Anblick etwas wie Faszination verspürte. Frances schien nicht mehr betrübt zu sein. Selbst aus der Entfernung wirkte sie selbstbewusst und strahlend, als hätte sie Kontrolle über etwas gewonnen, nur dass Lottie nicht herausbekommen konnte, was das sein mochte. Was kann einen Menschen so verändern?, fragte sie sich. War das wirklich Frances? Bei ihrem letzten Besuch war Frances wie Tapete gewesen, matt und farblos im Vergleich zu dem glühenden Leuchtfeuer Adeline. Und jetzt stellte sie ihre Freundin in den Schatten: Sie sah größer aus, vitaler, als sei sie über sich selbst hinausgewachsen.

Lottie stand wie angewurzelt in der Dunkelheit und konnte kaum atmen. Arcadia hatte immer wieder diese Wirkung auf sie. Sie fühlte sich angezogen, fortgetragen von den Mollakkorden, die der Seewind lockend zu ihr hinüberwehte. Sie flüsterten von Geheimnissen, erzählten von neuen Orten und neuen Lebensweisen. Du musst träumen lernen, hatte Adeline gesagt.

«Ich glaube, Mr. Beans hat sein Geschäft erledigt», hörte sie Joes Stimme aus der Dunkelheit. «Wir sollten dich jetzt wirklich nach Hause bringen.»

Liebstes Lottilein (stand in Celias letztem Brief),
es ist richtig gemein von dir, dass du nicht eine Unmenge Fragen über Guy stellst. Aber ich weiß ja, das liegt daran, dass du einfach eifersüchtig bist, deswegen verzeihe ich dir. Die Männer in Merham können den Londonern schließlich nicht das Wasser reichen!!! Aber ernsthaft, Lottilein, ich vermisse dich schrecklich. Die Frauen in meinem Kurs sind nach wie vor so gehässig. Aber sie hatten schon Grüppchen gebildet, bevor ich kam, und in den Pausen tuscheln sie ständig hinter vorgehaltener Hand. Anfangs hat es mich ein bisschen aufgeregt, das muss ich dir schon geschrieben haben, aber

seit ich Guy habe, finde ich sie einfach albern. Ihr Leben muss todlangweilig und öde sein, wenn sie glauben, sich mit Schulmädchenspielen entschädigen zu müssen (wie Guy sagt). Er lädt mich zum Dinner ins Mirabel ein, um meine Abschlussprüfung in Steno und Tippen zu feiern. Erzähl es bloß nicht Mummy, aber wenn ich die Steno-Prüfung bestehe, ist das ein Wunder. Mein Steno sieht aus wie chinesische Schriftzeichen. Guy sagt das auch – er ist in der ganzen Welt herumgekommen und hat diese Dinge selbst gesehen. Ich wollte dir ein Foto von uns beiden beim Rennen in Kempton Park schicken, aber ich habe nur das eine und ich habe Angst, es zu verlieren, also musst du ihn dir weiterhin vorstellen. Rufe dir also Montgomery Clift vor Augen, aber mit hellerem Haar und braun gebrannt, dann bist du ziemlich nah dran …

Es war der dritte Brief, in dem Celia aus irgendeinem Grund kein Foto von «Guy» hatte mitschicken können. Das wunderte Lottie nicht besonders.

Schweigend hielt sie still, als Mrs. Holden sie mit der Kleiderbürste bearbeitete und ihr mit raschen Strichen nicht vorhandene Flusen von der Jacke bürstete.

«Du solltest dein Haarband tragen. Wo ist es?»

«Oben. Soll ich es holen?»

Mrs. Holden runzelte die Stirn. «Das wäre wohl eine gute Idee. Deine Haare fliegen so. Frederick, was hast du denn mit deinen Schuhen gemacht?»

«Er hat schwarze Schuhcreme genommen statt braune», erklärte Sylvia mit einiger Befriedigung. «Er sagt, das sieht echter aus.»

«Echter als was?»

«Als Füße. Es sind Hufe», sagte Freddie und drehte die Schuhspitzen stolz einwärts und auswärts. «Kuhhufe.»

«Also wirklich, Frederick. Kann ich dich denn keine Minute aus denn Augen lassen?»

«Kühe sind doch Paarhufer, sie haben zwei Zehen.»

«Stimmt gar nicht.»

«Doch, natürlich, sie –»

«Dann hast du eben Kuhzehen, alte Kuh mit Kuhzehen! Aua!»

«Sylvia, Frederick, hört sofort auf, euch zu treten. Lottie, hol Virginia, vielleicht können wir die Schuhe noch retten. Wir müssen in fünf Minuten los. Sylvia, wo ist dein Mantel? Ich habe dich schon vor zehn Minuten gebeten, den Mantel anzuziehen. Und was ist mit deinen Fingernägeln? Da drunter könnte man ja Kartoffeln anbauen.»

«Weil sie nämlich in der Nase pult. Aua! Du hast Kuhzehen! Fette alte K–»

«Sylvia, ich habe es schon einmal gesagt, du sollst deinen Bruder nicht treten. Wo ist die Nagelbürste? Was wird eure Schwester bloß sagen, wenn sie euch in diesem Zustand sieht?»

«Um Gottes willen, Frau, hör auf, so herumzuzetern. Es ist doch Celia. Wenn es nach ihr ginge, könnten wir sie im Badezeug abholen.»

Mrs. Holden zuckte zusammen, sah ihren Mann, der sich gerade die Schuhe zuschnürte, aber nicht an. Nur Lottie bemerkte die Tränen, die ihr in die Augen traten, und ihren verstohlenen Versuch, sie mit dem Ärmel fortzuwischen. Dann lief sie los, um Virginia zu suchen.

Auch wenn Mrs. Holden ihr Leid tat, so hatte Lottie doch andere Probleme. Joe redete nicht mehr mit ihr. Am Mittwochabend, auf dem Heimweg mit Mr. Beans, hatte er gesagt, er sei gar nicht sicher, ob es gut sei, dass sie so viel Zeit in Arcadia verbringe. Die Leute da oben brachten sich mehr und mehr ins Gerede. Und auch wenn Mrs. Holden Lottie inzwischen ab und zu erlaubte, Adeline Armand zu besuchen, war es ihrem guten Ruf doch nicht gerade zuträglich, wenn man sie zu oft dort sah. Und weil ihm an Lottie lag, weil er ihr Freund war, hielt er es für richtig, das einmal anzusprechen. Lottie, die sich bereits geärgert hatte, weil er sie beim Musikhören unterbrochen hatte, erwiderte in einem höhnischen Tonfall, der sie selbst überraschte, es gehe ihn doch wohl nicht das Geringste an, mit wem sie ihre Zeit verbringe, und wenn es, verdammt nochmal, Dickie Valentine sei, er solle sich da raushalten.

Nach kurzem Schweigen hatte Joe ziemlich feierlich erklärt, wenn sie es immer noch nicht wisse, würde sie es wohl nie begreifen, aber niemand würde sie jemals so sehr lieben wie er, und auch wenn sie seine Liebe nicht erwidere, habe er doch das Bedürfnis, sie zu beschützen.

Wütend hatte Lottie ihn angefahren: «Joe, ich habe dir gesagt, dass ich das nie wieder von dir hören will. Und jetzt hast du alles kaputtgemacht. Wir können keine Freunde mehr sein. Wenn du deine verdammten Gefühle nicht für dich behalten kannst, können wir uns nicht mehr sehen. Am besten gehst du nach Hause zu deiner Mutter und behältst deine Sorgen um meinen Ruf für dich, kapiert?»

Und damit hatte sie den armen alten Mr. Beans an der Leine zu sich gerissen und war nach Hause marschiert. Joe war schweigend am Parkeingang stehen geblieben.

Normalerweise hätte Joe sie inzwischen längst angerufen oder wäre vorbeigekommen und hätte gefragt, ob sie mit ihm Kaffee trinken oder ein Brettspiel spielen wolle, und dann einen Scherz über ihren Streit gemacht. Und Lottie, die sich insgeheim immer freute, ihn zu sehen, hätte die Sache ins Reine gebracht, und sie wären wieder Freunde gewesen. Denn so sehr sie sich auch manchmal über ihn ärgerte, er war doch außer Celia der einzige Mensch, mit dem sie eine echte Freundschaft verband. Sie hatte immer gewusst, dass sie Betty Croft und den anderen Schulkameradinnen irgendwie zu dunkel und zu seltsam war und dass diese Mädchen sie einfach Celias wegen geduldet hatten.

Aber dieses Mal war Joe offenbar wirklich gekränkt. Fast vier Tage waren vergangen, und er hatte sich nicht gemeldet. Lottie fielen ihre scharfen Worte wieder ein, und sie fragte sich, ob sie dieses Mal den ersten Schritt machen und sich entschuldigen sollte oder ob Joe das nur als Einladung betrachten würde, sie doch wieder zu lieben.

Mrs. Holdens Stimme hallte durch den Flur. «Lottie, beeil dich, der Zug kommt um Viertel nach vier an. Wir wollen doch nicht zu spät kommen.»

Dr. Holden drängte sich an Lottie vorbei. «Geh hin und beruhige sie, Lottie, bitte sei so gut, sonst sieht Celia uns auf dem Bahnsteig stehen und steigt gleich wieder in den nächsten Zug nach London zurück.» Er lächelte ihr dabei zu, verzweifelt und in stillem Einvernehmen. Lottie reagierte auf die gleiche Weise und schämte sich dabei ein bisschen.

Während der zehnminütigen Fahrt zum Bahnhof schwieg Mrs. Holden, vielleicht aus Angst vor einer weiteren Rüge. Auch Mr. Holden sagte kein Wort, doch das war nichts Ungewöhnliches. Sylvia und Freddie allerdings, die schon allein die Autofahrt in höchste Erregung versetzte, zankten sich wild, drückten sich die Nasen am Fenster platt und schrien den Passanten etwas zu. Lottie, der man den Platz zwischen ihnen zugewiesen hatte, zog ab und zu ein Kind auf den Sitz hinunter oder schimpfte mit dem anderen, im Grunde aber war sie noch ganz mit dem Problem Joe beschäftigt. Heute Abend würde sie hingehen, beschloss sie, und sich entschuldigen. Sie konnte das sicher so einfädeln, dass ihm klar war, dass sie von Liebe nichts hören wollte. Joe würde einlenken. Schließlich hatte er das bisher immer getan.

Der Zug traf um sechzehn Uhr sechzehn und achtunddreißig Sekunden ein. Freddie, der die Bahnhofsuhr genau im Auge behalten hatte, informierte die anderen mit gellender Stimme über diese Unpünktlichkeit. Ausnahmsweise schimpfte Mrs. Holden nicht – sie war gerade dabei, sich fast den Hals zu verrenken, um über die Köpfe der anderen Angekommenen hinweg einen Blick auf ihre Tochter zu erhaschen.

«Da ist sie! Am dritten Wagen!» Sylvia riss sich von der Hand ihrer Mutter los und rannte den Bahnsteig entlang. Lottie sah ihr nach und beschleunigte dann selbst ihre Schritte. Die Holdens hatten ihre vornehme Zurückhaltung anscheinend vorübergehend vergessen und blieben ihr dicht auf den Fersen.

«Celia! Celia!» Sylvia stürzte sich auf die große Schwester und riss sie fast um. «Ich hab neue Schuhe! Guck mal!»

«Ich hab auch neue Schuhe!», schwindelte Freddie und zerrte an Celias Hand. «Ist der Zug richtig schnell gerast? Hast du in London Spione gesehen? Bist du mit ’nem Doppeldeckerbus gefahren?»

Lottie hielt sich im Hintergrund, denn ihr war seltsam unbehaglich zumute, als sie beobachtete, wie Mrs. Holden hemmungslos die Arme um ihre Tochter schlang und wie ihr Gesicht vor mütterlichem Stolz glühte. «Ach, ich habe dich so vermisst! Wir haben dich alle vermisst!», rief sie aus.

«Das ist wahr», meinte Dr. Holden, der darauf wartete, dass seine Frau Celia freigab und die Tochter dann selbst in die Arme schloss. «Wie schön, dass du wieder zu Hause bist, mein Mäuschen.»

Nicht nur die Tatsache, dass sie sich ein wenig als Außenseiterin fühlte, schüchterte Lottie ein, sondern auch Celia selbst. Es waren nur Monate gewesen, aber Celia war vollkommen verwandelt. Ihr Haar lag in schimmernden Wellen am Kopf, und ihre Lippen leuchteten in einem kräftigen, fast erschreckenden Rot. Sie trug einen Mantel aus grünem Wollstoff, den Lottie nicht kannte, und ihre Handtasche passte zu ihren Wildlederschuhen. Die Schuhe hatten spitze, mindestens zehn Zentimeter hohe Absätze. Celia sah wie eine Frau aus einem Modejournal aus. Sie war eine Schönheit.

Lottie strich sich unter dem Haarband das Haar glatt und schaute auf ihre Schnallenschuhe mit den derben Sohlen hinunter. An den Beinen trug sie Strümpfe aus Baumwolle, nicht aus Nylon, wie Celia. Ihr war jetzt schon zu warm.

«Ach, ist das schön, euch alle wiederzusehen», rief Celia. «Lottie? Lottilein! Komm her, ich kann dich ja kaum sehen.»

Sie trat vor und ließ sich küssen. Ein lieblicher Parfümduft umwehte sie, als Celia sich wieder abwandte. Lottie unterdrückte das Bedürfnis, sich den Lippenstift von der Wange zu wischen.

«Ich habe euch ganz viel aus London mitgebracht. Ich kann’s kaum erwarten, euch alles zu zeigen. Lottie, das Geschenk für dich gefällt mir so gut, dass ich beinahe beschlossen hätte, es selbst zu behalten.»

«Lasst uns nicht den ganzen Tag hier herumstehen», mischte Dr. Holden, der einen Blick auf seine Uhr geworfen hatte, sich nun ein. «Komm ein bisschen vom Zug weg, Celia.»

«Ja, du bist sicher ganz erledigt. Ich muss sagen, bei dem Gedanken, dass du wieder ganz allein reist, war mir gar nicht wohl zumute. Ich habe zu deinem Vater gesagt, er hätte dich abholen sollen.»

«Aber ich war gar nicht allein, Mummy.»

Dr. Holden, der Celias Koffer genommen hatte und schon zum Ausgang unterwegs war, blieb stehen und drehte sich um.

Hinter Celia stand ein junger Mann, den sie vorher nicht bemerkt hatten. Unter einem Arm hielt er zwei riesige Ananas.

Celias Lächeln war betörend. «Mummy, Daddy, ich möchte euch Guy vorstellen. Und ihr werdet es nie erraten … wir sind verlobt.»

Mrs. Holden saß an ihrem Frisiertisch und zog sich behutsam die Nadeln aus den Haaren. Dabei schaute sie das Spiegelbild vor sich an, war aber in Gedanken ganz woanders. Sie hatte immer gewusst, dass es für Lottie schwer werden würde, wenn Celia einmal aufblühte. Es war unvermeidlich, dass Celia irgendwann zeigte, dass sie aus einem guten Stall kam. Und Susan Holden musste zugeben, dass ihre Tochter in London so erblüht war, wie nicht einmal sie es sich hatte ausmalen können. Ihr kleines Mädchen sah wie eine Modepuppe aus.

Sie legte die Haarnadeln in die Porzellandose und schloss den Deckel. Nur ungern gestand sie sich ein, wie erleichtert sie über Celias Verlobung war. Und dazu noch mit einem jungen Mann, der etwas darstellte. Ob sie sich einfach für Celia freuten oder aber dankbar waren, dass sie jetzt «versorgt» war, jedenfalls hatte die ganze Familie das Bedürfnis gehabt, die Verlobung zu feiern. Henry hatte ihr sogar, was ganz untypisch war, ein Küsschen auf die Wange gegeben. Ihr wurde immer noch warm, wenn sie daran dachte.

Nur Lottie hatte auf Celias Neuigkeiten ausgesprochen sonderbar reagiert. Als der junge Mann hinter Celia aufgetaucht war, hatte sie ihn auf eine Weise angestarrt, die fast unhöflich war. O ja, sie alle hatten ihn angestarrt – schließlich hatte Celia sie wirklich überrascht. Mrs. Holden musste zugeben, dass auch sie selbst vielleicht ein wenig gegafft hatte. Sie hatte seit Jahren keine Ananas mehr gesehen. Aber Lottie hatte wie gebannt dagestanden. Das war Mrs. Holden aufgefallen, weil das Mädchen genau in ihrer Blickrichtung gestanden hatte. Es war einigermaßen merkwürdig gewesen. Und als Celia dann ihre Verlobung verkündet hatte, war Lottie leichenblass geworden. Man hatte richtig sehen können, wie sämtliche Farbe aus ihrem Gesicht gewichen war. So bleich hatte sie Lottie noch nie erlebt – fast als ob sie gleich ohnmächtig werden würde.

Celia war nichts aufgefallen. Sie war zu sehr damit beschäftigt gewesen, ihren Ring herumzuzeigen und über Hochzeiten zu plaudern. Aber Mrs. Holden hatte sogar in all der Aufregung Lotties eigenartige Reaktion bemerkt und war erschrocken. Noch während sie mit einer Mischung aus Schock und Freude die Neuigkeiten ihrer Tochter verdaute, betrachtete sie ihre Pflegetochter ein wenig sorgenvoll.

Vielleicht war es gar nicht so verwunderlich. Außer Joe würde sich schließlich niemand für das Mädchen interessieren, dachte Mrs. Holden mitleidig und voller Stolz auf ihre leibliche Tochter. Nicht bei dieser Hautfarbe. Und bei dieser Herkunft.

Mrs. Holden griff nach ihrer Coldcream und begann, sich das Rouge von den Wangen zu wischen. Vielleicht ist es unfair gewesen, Lottie aufzunehmen, dachte sie. Vielleicht hätten wir sie einfach in Frieden bei ihren Leuten in London lassen sollen.

Mag sein, dass wir falsche Erwartungen geweckt haben.

Kapitel 4

«Sie waren vollkommen unbekleidet. Meine Damen, mir wurde ganz schwindelig, das sage ich Ihnen.» Mrs. Colquhoun hob eine Hand an den Mund, als bereite die Erinnerung ihr Schmerzen. «Und direkt am Weg. Jeder hätte sie sehen können.»

Diese Möglichkeit bestand, räumten die Damen des Salons ein, auch wenn sie es im Stillen für fraglich hielten, ob irgendjemand anders als Deirdre Colquhoun auf George Bern und Julian Armand hätte stoßen können, die ein erfrischendes Morgenbad nahmen. Den meisten der anwesenden Damen war klar, dass Mrs. Colquhoun in den vergangenen Monaten ungewöhnlich oft Spaziergänge auf dem Küstenpfad unternommen hatte, selbst bei Wind und Wetter.

«War das nicht ein bisschen tollkühn? Das Wasser ist doch noch ganz kalt.»

«Vermutlich waren sie ganz blaugefroren», bemerkte Mrs. Ansty mit einem Lächeln, schwieg aber, als ihr klar wurde, dass die anderen diese Vorstellung nicht witzig fanden.

«Und er hat mir sogar noch zugewinkt. Der Jüngere. Er stand da und winkte, als wenn … ich konnte … alles sehen.» Mrs. Colquhoun hielt sich noch immer die Hand vor den Mund, als erinnere sie sich an etwas Entsetzliches.

«Letzte Woche hat dieser Mr. Armand gesungen. Er stand auf der Terrasse und grölte irgendeine Oper, man stelle sich das vor! Am helllichten Tage.»

Die Damen zischelten entrüstet.

«Etwas Deutsches, glaube ich», meinte Margaret Carew, die eine leidenschaftliche Verehrerin von Gilbert und Sullivan war.

Nach kurzem Schweigen bemerkte Mrs. Ansty: «Meine Damen, ich finde, allmählich schaden die Bewohner dieses Hauses dem Niveau unserer Stadt.»

Mrs. Chilton stellte Tasse und Untertasse ab. «Ich mache mir langsam Sorgen um unsere Sommergäste. Was ist, wenn diese Eskapaden sich herumsprechen? Wir setzen unseren Ruf aufs Spiel. Und wir wollen doch nicht, dass unsere Jugend unter diesen Einfluss gerät, oder? Nicht auszudenken wäre das!»

Das Gespräch stockte. Niemand wollte den Vorfall mit Lottie und Celia im letzten Sommer erwähnen. Aber Celias Verlobung hatte Susan Holden in so gute Laune versetzt, dass sie sich von solchen längst vergangenen Dingen nicht einschüchtern ließ. «Noch ein Stückchen Ananas gefällig? Oder ein Schnitzchen Melone?» Sie lief geschäftig im Zimmer umher und bot den Damen Obsthäppchen an, die sie auf Cocktailstäbchen gespießt und appetitlich in Kreisen angeordnet hatte. Die Zeitschrift *Good Housekeeping* legte sehr viel Wert darauf, dass man die Speisen reizvoll anrichtete.

«Wissen Sie, ich staune immer, wenn ich mir überlege, wie weit dieses Obst gereist ist. Gestern Abend habe ich zu Henry gesagt: ‹Wahrscheinlich fliegen in den Flugzeugen heutzutage mehr Ananasse als Menschen mit.›» Sie lachte vergnügt über ihren kleinen Scherz. «Greifen Sie zu!»

«Das schmeckt ganz anders als Ananas aus der Dose», stellte Mrs. Ansty fest, die prüfend kaute. «Fast ein bisschen herb für meinen Geschmack.»

«Dann nehmen Sie doch ein Stück Melone, meine Liebe», schlug Mrs. Holden vor. «Die schmeckt herrlich mild. Wissen Sie, Guys Vater importiert Obst aus aller Welt. Honduras, Guatemala, Jerusalem – gestern Abend hat Guy uns von Früchten erzählt, von denen wir noch nie gehört hatten. Wussten Sie, dass es eine Frucht gibt, die wie ein Stern aussieht?» Vor Stolz war sie leicht errötet.

Mrs. Ansty schluckte und seufzte genießerisch. «Oh, diese Melone ist himmlisch.»

«Sie müssen Ihrem Arthur ein Stück mitnehmen. Guy hat gesagt, er wird seinen Vater bitten, noch mehr aus London zu schicken. Er hat eine Riesenfirma. Und Guy ist das einzige Kind, er wird also eines Tages einen recht ordentlichen Betrieb übernehmen. Noch ein Stück Ananas, Sarah? Hier sind Servietten, meine Damen, wenn Sie welche brauchen.»

Mrs. Chilton lächelte steif und lehnte das zweite Stück ab. Sie freuten sich zwar alle, dass Susan ihre Celia nun in festen Händen wusste, aber Übermut tat selten gut. «Du musst ungeheuer erleichtert sein», sagte sie vorsichtig.

Susan Holden sah ihre Freundin scharf an.

«Nun ... Mädchen können uns Müttern solches Kopfzerbrechen bereiten, nicht wahr? Wir sind alle sehr froh, dass deine Celia jetzt versorgt ist. Und der kleinen Lottie drücken wir weiter die Daumen. Auch wenn sie dir nie ganz so viele Sorgen gemacht hat, nicht wahr, meine Liebe?» Sie nahm einen der Kekse, die Virginia, die soeben mit dem Teetablett eingetreten war, herumreichte.

Mrs. Holdens Lächeln zitterte wieder einmal.

Mrs. Chilton lehnte sich in ihrem Sessel zurück. «Nun, meine Damen, was unternehmen wir wegen Arcadia House? Ich habe mir überlegt ... vielleicht sollte jemand in aller Ruhe mit den Bewohnern sprechen. Jemand, dessen Wort Gewicht hat, wie etwa der Stadtrat Elliott. Schließlich muss man ihnen die Meinung sagen, diesen Bohemiens oder für was sie sich halten. Anscheinend verstehen sie nicht ganz, wie man sich hier bei uns in Merham benimmt.»

Lottie lag auf ihrem Bett. Sie tat so, als würde sie lesen, und versuchte, das Gelächter draußen zu überhören. Celia und Guy spielten auf dem Rasen Tennis und ließen sich weder von dem böigen Wind noch von Freddies übereifrigen Balljungendiensten stören.

Fast eine Dreiviertelstunde lang stierte Lottie jetzt schon auf die gleiche Seite, auf den gleichen Absatz. Wenn jemand sie gefragt hätte, worum es darin ging, hätte sie keine Antwort gewusst. Aber auch auf andere Fragen hätte sie nicht antworten können. Sie wusste einfach gar nichts mehr. Das Universum war explodiert, zersplittert, und die Teile landeten alle an den falschen Stellen, doch außer Lottie hatte das niemand bemerkt. Sie hörte, wie Celia vorwurfsvoll kreischte und wie ihr Schrei in lautes Gekicher überging, und dann Guys bedächtigere, erklärende Stimme. Auch in seinem

Tonfall schwang ein Lachen mit, aber er hatte es nicht herausgelassen.

Lottie schloß die Augen und bemühte sich, ruhig zu atmen. Celia würde jetzt jeden Moment anfragen, ob sie nicht mitmachen wolle. Vielleicht eine Komödie zu viert aufführen, falls Freddie unbedingt auch mitspielen wollte? Wie sollte sie ihren plötzlichen Widerwillen gegen Tennis erklären? Wie sollte sie erklären, dass sie nur ungern nach draußen ging? Wie lange würde es dauern, bis ihnen auffiel, dass Lottie nicht einfach «unsozial» war, wie Celia ihr lachend vorgeworfen hatte, dass diese plötzliche Abneigung gegen das Zusammensein mit ihrer besten Freundin nicht bloß eine ihrer Marotten war?

Am Türknauf hing die neue Bluse. Mrs. Holden hatte Lottie mit einem ihrer berühmten Blicke bedacht, als sie sich bei Celia dafür bedankt hatte. Celias Mutter hielt sie für unhöflich, das wusste Lottie. Sie hätte sich herzlicher bedanken sollen. Es war eine sehr hübsche Bluse.

Aber Lottie hatte insgesamt nicht viel gesprochen. Sie hatte nichts zu sagen. Wie denn auch? Wie hätte sie erklären sollen, dass ihr in dem Augenblick, als sie Guy zum ersten Mal sah, alles entrissen wurde, alles, was sie wusste, alles, was sie glaubte, so als würde ihr der Boden unter den Füßen weggezogen? Wie hätte sie den brennenden Schmerz schildern sollen, als sie sein vertrautes Gesicht sah, oder die bittere Freude des Wiedererkennens, die sichere Gewissheit, dass sie diesen Mann im tiefsten Inneren längst kannte? Waren sie nicht aus dem gleichen Stoff gemacht? Wie hätte sie begründen sollen, dass Celia den Mann, den sie als Verlobten mit nach Hause gebracht hatte, unmöglich heiraten konnte?

Denn er gehörte Lottie.

«Lottie! Lottie!» Die Stimme drang zu ihr hinauf, genau so wie sie es befürchtet hatte.

Sie wartete die zweite Aufforderung ab, dann öffnete sie das Fenster und schaute hinunter. Sie bemühte sich, nur in Celias aufwärts gewandtes Gesicht zu sehen.

«Sei doch kein Spielverderber, Lottielein! Du brauchst jetzt nicht für Prüfungen zu lernen.»

«Ich habe Kopfschmerzen. Ich komme später nach unten», redete sie sich heraus.

Sogar ihre Stimme klang anders.

«Sie ist den ganzen Tag drinnen gewesen», sagte Freddie, der gerade Tennisbälle gegen die Hauswand warf.

«Ach, komm doch zu uns. Wir wollen nach Bardness Point. Du könntest Joe holen, dann wären wir zu viert. Na los, Lottie. Ich hab dich noch fast gar nicht gesehen.»

Lottie staunte, dass Celia ihr künstliches Lächeln nicht bemerkte. Es tat ihr in den Mundwinkeln weh. «Fahrt ihr nur. Ich warte einfach ab, bis das Kopfweh weg ist. Morgen unternehmen wir dann was zusammen.»

«Ach, du alter Miesepeter. Und dabei habe ich Guy erzählt, dass du einen ganz schlechten Einfluss auf mich hast ... Du denkst sicher schon, ich flunkere dir was vor, stimmt's, mein Schatz?»

«Morgen. Ehrenwort.»

Lottie wandte ihren Blick ab und zog sich wieder in ihr Zimmer zurück, um nicht sehen zu müssen, wie die beiden sich umarmten. Sie warf sich bäuchlings aufs Bett, presste das Gesicht in die Kissen und rang nach Luft.

Guy Parnell Olivier Bancroft war in Winchester geboren, was ihn theoretisch zum Engländer machte. Aber das war auch das einzige Englische an ihm. In allem anderen – von seiner Sonnenbräune, die zu den vielen blassen englischen Gesichtern um ihn herum so gar nicht passen wollte, bis hin zu seiner gelassenen, zurückhaltenden Art – unterschied er sich von den jungen Männern, die Lottie und Celia sonst kannten. Er war ein selbstgenügsamer, höflicher, reservierter Mensch, strahlte aber trotzdem etwas von der lässigen Unbekümmertheit des rechtmäßigen Erben aus, den wenig überraschen kann und der stets damit rechnet, dass etwas Gutes passiert. Anders als Joe schien er nie unter quälenden Selbstzweifeln zu leiden, und auch das Konkurrenzgehabe der übrigen jungen Männer war ihm fremd. Oft schaute er mit großen Augen um sich, als amüsiere er sich über einen unvorhergesehenen Scherz, und gelegentlich brach er in hemmungsloses, fröhliches Gelächter aus. Er gehörte zu den jungen Männern, die man einfach anlächeln musste, vertraute Mrs. Holden ihrem Gatten an. Und Guy brachte sie oft zum Lächeln. Den Schock über die plötzliche Verlobung ihrer Tochter hatte sie rasch überwunden, und nun verhätschelte sie ihn wie einen erstgeborenen Sohn. Der Mann am Taxistand brachte Guy ebenso wenig aus der Ruhe wie die Aussicht darauf, in aller Form bei Dr. Holden um Celias Hand anzuhalten. Bisher hatte er das nicht getan, aber er war ja auch erst ein paar Tage in Merham, und Dr. Holden hatte sehr viel zu tun gehabt. Wenn der junge Mann ein wenig passiv war und nicht ganz so mitteilsam, wie die Holdens es sich vielleicht gewünscht hätten, dann mochte das wohl auch sein Gutes haben.

Eigentlich war das alles nicht verwunderlich. Guy Bancroft war nämlich nie über längere Zeit dem Zwang steifer Knabeninternate oder spießiger Vorstadtschulen ausgesetzt gewesen. Als einziges Kind war er seines Vaters Augenstern, und nach einer kurzen, unerfreulichen Episode in einem britischen Internat hatte die Familie ihn wieder zu sich genommen und war mit ihm aus den Tropen in die Subtropen gezogen. Guy Bertrand Bancroft senior hatte nämlich scharfsinnig erkannt, welchen Appetit die Briten auf exotische Früchte hatten, und er hatte rasch seine Importfirma aufgebaut, um diese wachsende Leidenschaft zu befriedigen.

Folglich hatte Guy seine Kindheit damit zugebracht, durch die riesigen Obstplantagen in der Karibik zu wandern, wo sein Vater sich zuerst niederließ, die einsamen Strände zu erkunden und mit den Kindern der schwarzen Arbeiter Freundschaft zu schließen. Unterricht erhielt er nur gelegentlich, wenn sein Vater daran dachte, einen Hauslehrer einzustellen. Guy brauche keine formale Bildung, betonte Mr. Bancroft gern. Was hatten ihm selbst denn 1066 und der ganze Kram genützt? Und wen interessierte es, wie viele

Ehefrauen Heinrich VIII. gehabt hatte – da hatte der König ja wohl selbst kaum den Überblick behalten können. Alles nützliche Wissen erwarb man doch in der harten Schule des Lebens. Der Junge würde viel mehr lernen, wenn man ihn frei herumstreifen ließ.

Aber der eigentliche Grund lag auf der Hand. Guy senior hatte seinen Sohn einfach gern um sich. Mit diesem spät geborenen, heiß ersehnten Kind waren alle Wünsche des Vaters in Erfüllung gegangen. Er verstand Eltern nicht, die ihren Nachwuchs auf muffige alte Privatschulen schickten, wo man den Jungen Arroganz und Vornehmtuerei beibrachte und wo sie aller Wahrscheinlichkeit nach von den Älteren versaut … «Ja, Liebling», unterbrach Guys Mutter dann an dieser Stelle, «ich glaube, du hast dich deutlich genug ausgedrückt.»

Das erzählte Guy den Holdens im Laufe einer Reihe von Mahlzeiten im Familienkreis. Die Sache mit dem Versautwerden ließ er aus, aber Celia hatte es Lottie erzählt, als sie im Bett lagen und im Dunkeln noch redeten. Nein, Celia redete. Lottie hatte sich anfangs schlafend gestellt, denn sie glaubte, ihre einzige Chance, dem Wahnsinn zu entgehen, läge darin, ihr Bild von Guy nicht zu einem Menschen aus Fleisch und Blut werden zu lassen.

Die Mädchen waren nicht die Einzigen, die über Guy sprachen. Mrs. Holden war einigermaßen irritiert gewesen, als er so beiläufig seine schwarzen Freunde erwähnt hatte, und sie fragte Dr. Holden wiederholt, ob er das nicht für bedenklich halte.

«Wovor hast du Angst, Frau?», knurrte Dr. Holden gereizt. «Dass es abfärbt?» Da draußen sei alles anders, meinte er schließlich, als Mrs. Holden sich gar nicht beruhigen wollte. Der Junge habe wahrscheinlich nicht viele Gelegenheiten gehabt, seinesgleichen zu treffen. Und außerdem änderten sich die Zeiten. Susan solle sich doch nur einmal die Einwanderer ansehen.

«Weißt du, ich frage mich einfach, ob das nicht eine gewisse … Nachlässigkeit seitens seiner Eltern verrät. Wie kann ein Kind denn gewisse Unterschiede lernen, wenn es nur mit … Personal zusammen ist?»

«Dann erinnere mich daran, dass ich Virginia kündige.»

«Wie bitte?»

«Na, wir können doch nicht zulassen, dass Freddie und Sylvia mit dem Hausmädchen sprechen, oder?»

«Henry, du bist absichtlich begriffsstutzig. Ich bin sicher, dass Guys Familie vollkommen in Ordnung ist. Ich glaube nur ... seine Erziehung ... das klingt ein bisschen unkonventionell, das ist alles.»

«Susan, er ist ein feiner junger Mensch. Er hat keine Unarten, keine offensichtlichen Missbildungen, sein Vater ist sehr reich, und er will uns unseren ungebärdigen jungen Springinsfeld abnehmen. Von mir aus hätte er in seiner Kindheit nur Bongos spielen und Menschenköpfe fressen können.»

Mrs. Holden wusste nicht, ob sie erheitert oder empört sein sollte. Es war manchmal so schwer, Henrys Humor einzuschätzen.

Von alldem bemerkte Lottie nichts. Bei den Mahlzeiten konzentrierte sie sich meistens völlig auf ihre Suppe und betete darum, dass niemand sie in die Unterhaltung einbeziehen möge. Dabei brauchte sie sich eigentlich keine Sorgen zu machen. Mrs. Holden war ganz damit beschäftigt, Guy über seine Familie auszufragen und zu erkunden, was seine Mutter vom Leben zu Hause in Großbritannien hielt. Dr. Holden seinerseits stellte ihm ab und zu eine allgemeinere Frage, etwa, ob die Probleme mit den Landreformen in Guatemala auch seinen Vater beträfen oder ob der Kalte Krieg tatsächlich Veränderungen für den Überseehandel mit sich bringe.

Ihm nah zu sein war einfach zu schwer. Es war zu schwer, seiner Stimme zu lauschen – Lottie musste sie schon gehört haben, ihr Klang war in ihre Seele eingebrannt. Seine Nähe versetzte sie in höchste Alarmbereitschaft. Sein Duft, diese kaum wahrnehmbare Süße, als trage er die Tropen in sich, ließ sie über ehemals geläufige Wörter stolpern. Daher war es sicherer, ihn nicht anzuschauen, sein schönes Gesicht nicht zu sehen. Es war sicherer, nicht beobachten zu müssen, wie Celia ihm besitzergreifend die Hand auf die

Schulter legte oder abwesend über sein Haar strich. Es war sicherer, ihm fernzubleiben.

«Lottie? Lottie? Ich hab dich jetzt drei Mal gefragt, ob du Bohnen willst. Müssen deine Ohren ausgespült werden?»

«Nein, danke», flüsterte Lottie, bemüht, sich ihr wildes Herzklopfen nicht anmerken zu lassen. Nur ein einziges Mal hatte Guy sie angeschaut, gleich nach seiner Ankunft, als sie wie erstarrt auf dem Bahnsteig gestanden hatte, zutiefst erschüttert über ihre Reaktion auf diesen Unbekannten. Er hatte ihr in die Augen gesehen, und sein Blick hatte sie bis ins Mark getroffen.

«Das ist ein D.»

«Nein, nein, du siehst es von der verkehrten Seite. Es könnte auch ein G sein.»

«Aber Mummy, man darf nicht so mogeln.»

«Doch, ehrlich, Celia. Sieh nur. Es ist wirklich ein G. Ist das nicht wundervoll?»

Lottie war in die Küche gegangen, um sich ein Glas Milch zu holen. Sie hatte mehrere Tage lang nicht richtig gegessen, und nun war ihr schlecht, und sie hoffte, dass die Milch ihren Magen beruhigen würde. Dass sie in der Küche Celia und ihre Mutter antreffen könnte, die angelegentlich auf den Fliesenboden schauten, hatte sie nicht erwartet. Mrs. Holden verbreitete eine ungewöhnliche Fröhlichkeit. Als sie Lotties Schritte hörte, sah sie auf und schenkte ihr ein seltenes, unbefangenes Lächeln.

«Ich – ich wollte mir nur etwas Milch holen.»

«Schau mal, Lottie. Komm her. Von hier aus sieht es doch sehr wie ein G aus, findest du nicht?»

«Ach, Mummy.» Celia lachte jetzt aus vollem Halse. Ihr Haar hatte sich in goldene Strähnen aufgelöst, und eine davon hatte sich auf ihrer Wange verfangen.

Lottie blickte auf den Küchenfußboden. Da lag eine sorgfältig in einer langen Spirale abgeschälte Apfelschale.

«Es ist auf jeden Fall ein G.»

«Verstehe ich nicht», murmelte Lottie. Mrs. Holden wies Virginia immer zurecht, wenn sie Lebensmittelabfälle auf dem Boden liegen ließ. Sie lockten das Ungeziefer an.

«G für Guy. Noch deutlicher kann ein G nicht sein», stellte Mrs. Holden fest, bevor sie sich bückte, und die Apfelschale aufhob.

«Aber Guy erzähle ich, dass es ein D war. Dann wird er schrecklich eifersüchtig. Wen kennen wir denn mit D, Lottielein?»

Lottie hatte Celia und Mrs. Holden kaum jemals zusammen lachen sehen. Celia hatte immer gefunden, ihre Mutter sei die nervtötendste Frau der Welt. Nun aber war Lottie, als wäre ihre Freundin in einen neuen Klub eingetreten, als wären die beiden weitergegangen und hätten sie zurückgelassen.

«Ich nehme mir jetzt meine Milch.»

«Elvis the Pelvis», krähte Freddie, der gerade mit den Innereien einer alten Armbanduhr in der Hand hereinkam.

«Ich hab doch D gesagt, du Dummerchen.» Celia sagte das zärtlich.

Kein Wunder, dass sie zu allen nett ist, dachte Lottie. Ich wäre das auch.

«Weißt du was, Mummy? Guy sagt, meine Augen strahlen wie Sterne.»

«Wie Seesterne!» Freddie wollte sich ausschütten vor Lachen. «Aua!»

«Sollen wir eine Apfelschale für dich werfen, Lottie? Vielleicht kommt ja ein J dabei heraus … man kann nie wissen …»

«Ich weiß nicht, was in das Mädchen gefahren ist», sagte Mrs. Holden, als Lottie ihnen wutentbrannt, aber stumm den Rücken gekehrt hatte.

«Ach, Lottie ist eben Lottie. Die wird schon wieder zu sich kommen. Sie ist einfach wegen irgendwas sauer.» Celia strich sich das Haar zurück. «Weißt du was? Schäl mir noch einen Apfel. Den grünen da. Diesmal nehmen wir ein schärferes Messer.»

Ein Schuhgeschäft bot ihr Arbeit an, *Shelford's Shoes* ganz am Ende der Promenade. Lottie nahm die Stelle, nicht weil sie es gemusst hätte – Dr. Holden sagte, sie könne gerne noch eine Weile abwarten und sich überlegen, was sie wirklich machen wolle –, sondern weil es viel leichter war, drei Tage in der Woche im Laden zu verbringen, als ständig mit den Holdens zusammen zu sein. Und inzwischen war es fast unmöglich geworden, nach Arcadia zu gehen. Überall im Dorf gab es Spione, die nur darauf warteten, jeden zu warnen, der sich zu diesem Sündenpfuhl hinaufwagen wollte.

Guy war fast eine Woche fortgewesen, und in dieser kurzen Zeit hatte Lottie wieder atmen können. Es war ihr fast gelungen, normal zu erscheinen. Zum Glück war Celia so in ihren Kokon aus Verliebtheit eingesponnen, dass sie das, was Mrs. Holden inzwischen als «Lotties Phasen» bezeichnete, fraglos hinnahm. Doch dann kam Guy wieder und meinte, sein Vater habe gesagt, er solle sich «eine schöne Zeit machen, ein bisschen Ferien», bevor er seine Laufbahn im Familienbetrieb beginne. Und Lottie, die sich vor Sehnsucht verzehrte, wappnete sich für eine weitere Runde des üblen Spiels.

Aber es kam noch schlimmer, denn er zog jetzt offiziell bei ihnen ein. Er hatte sich eine Unterkunft suchen wollen, hatte die Holdens gefragt, ob sie etwas empfehlen könnten – vielleicht die Pension von Mrs. Chilton? Aber Mrs. Holden wollte davon nichts wissen. Sie machte ihm ein Zimmer in der Woodbridge Avenue zurecht, hinten im Gebäude und mit eigener Toilette. Damit niemand mitten in der Nacht im Haus herumwandern musste. «Sehr weise, meine Liebe», war Mrs. Chiltons Kommentar dazu, «Hormone sind unberechenbar.» Aber dass er anderswo wohnte, kam überhaupt nicht infrage. Mr. Bancroft senior sollte sehen, dass sie eine gastfreundliche Familie waren. Mit einem großen Haus. Genau die Familie, die man sich zum Einheiraten wünschte. Und die Riesenkiste mit exotischen Früchten, die er statt Kostgeld jede Woche schickte, war auch nicht zu verachten, das gab Susan Holden gern zu. Es wäre unsinnig gewesen, diese Schätze Sarah Chilton zukommen zu lassen.

An drei Tagen in der Woche ging Lottie nun resigniert den Hügel hinunter und durch den Stadtpark und stellte sich darauf ein, den ganzen Tag lang Füße in Schuhe zu zwängen. Sie fragte sich, wie lange sie es noch aushalten würde, mit diesem Schmerz und dieser Sehnsucht zu leben. Joe war noch nicht wiedergekommen.

Sie hatte lange gebraucht, um das zu bemerken.

Man einigte sich auf einen Brief, eine Einladung. Es gab Möglichkeiten, Leute auch ohne Auseinandersetzungen so weit zu bringen, dass sie das taten, was man wollte, erklärte Mrs. Holden. Und sie war sehr darauf bedacht, Auseinandersetzungen zu vermeiden. Die Damen des Salons verfassten also ein höfliches Schreiben an Mrs. Julian Armand, in dem sie anfragten, ob sie sich nicht ihrem Kreis anschließen möge, ein paar kleine Erfrischungen zu sich nehmen und die hiesige Gesellschaft ein wenig kennen lernen wolle. Es wäre ihnen ein Vergnügen, schrieben sie, eine weitere Kunstliebhaberin zu begrüßen. Die Bewohner von Arcadia House hätten im gesellschaftlichen und kulturellen Leben der Stadt von jeher eine Rolle gespielt. Dieser letzte Satz entsprach zwar nicht ganz der Wahrheit, aber, wie Mrs. Chilton erklärte, jede Frau, die etwas auf sich hielt, würde sich verpflichtet fühlen, einer solchen Einladung Folge zu leisten. «Schön ausgedrückt», meinte Mrs. Colquhoun.

«Man muss sich nur zu helfen wissen», erklärte Mrs. Chilton.

Mrs. Holden fing Lottie ab, als sie gerade das Haus verlassen wollte. Sie hatte sich vorgenommen, heute Joe zu besuchen. Während seines langen Schweigens war ihr klar geworden, dass ihr alles, was sie von ihrem privaten Fegefeuer ablenkte, willkommen war, selbst Joes wiederholte Treuebekundungen. Vielleicht brachte sie inzwischen auch etwas mehr Mitgefühl für ihn auf. Schließlich hatte sie selbst eine unsanfte und unvorhergesehene Einführung in den Schmerz unerwiderter Liebe erhalten.

«Lottie, bist du das?»

Lottie blieb im Flur stehen und seufzte leise. Um nicht dem ganzen Salon vorgeführt zu werden, war sie zu fast allem bereit. Sie hasste diese mitleidigen, verständnisvollen Mienen, die schweigend bestätigten, dass ihr Aufenthalt im Haus der Holdens begrenzt war.

«Ja, Mrs. Holden?»

«Könntest du mal eben hereinkommen? Ich muss dich um einen Gefallen bitten.»

Zögernd betrat Lottie das vordere Zimmer und lächelte den erwartungsvollen Gesichtern unbestimmt und unaufrichtig zu. «Ich wollte gerade in die Stadt gehen», sagte sie.

«Ja, Lottie. Aber ich möchte dich bitten, unterwegs einen Brief abzugeben.»

Das war es also. Ihre Anspannung ließ nach.

«Bei der Schauspielerin. Du kennst das Haus ja.»

Lottie traute ihren Ohren nicht. «Arcadia?»

«Ja, es ist eine Einladung.»

«Aber Sie haben doch neulich gesagt, wir dürften überhaupt nicht mehr hingehen. Sie sagten, es wäre voller ...» Lottie brach ab und versuchte, sich zu entsinnen, wie Mrs. Holden ihre Begründung formuliert hatte.

«Ja, ja, ich weiß sehr gut, was ich gesagt habe. Aber das ist eine Weile her, und jetzt haben wir uns entschlossen, an Mrs. Armands Vernunft zu appellieren.»

«Also gut», sagte Lottie und nahm den Umschlag entgegen. «Dann bis später.»

«Du wirst das Mädchen doch nicht allein gehen lassen», protestierte Deirdre Colquhoun.

Schweigend schauten die Damen einander an.

«Nein, sie darf nicht allein gehen.»

«Da hat sie vermutlich Recht, meine Liebe. Nach ... allem, was geschehen ist. Es wäre besser, wenn jemand mitginge.»

«Ich bin sicher, dass mir nichts passiert», mischte Lottie sich ein wenig gereizt ein.

«Schön und gut, aber du musst einsehen, dass wir Älteren es einfach manchmal besser wissen. Wo ist Celia?»

«Beim Friseur.» Mrs. Holden wirkte etwas verwirrt. «Und dann wollte sie sich noch ein paar Brautbücher anschauen. Es ist am besten, auf diese Dinge vorbereitet zu sein ...»

«Gut, aber Lottie kann nicht allein gehen», sagte Mrs. Colquhoun unbeirrt.

«Guy ist da», schlug Mrs. Holden vor.

«Dann schicke den jungen Mann mit. Mit ihm zusammen ist sie sicher», meinte Mrs. Chilton befriedigt.

«G-Guy?», stammelte Lottie und errötete.

«Er ist im Arbeitszimmer. Hol ihn her, Liebes. Je rascher ihr dort seid, desto schneller seid ihr auch wieder zu Hause. Und Guy tut es bestimmt gut, an die Luft zu kommen. Er hat den ganzen Vormittag hier drinnen mit Freddie gespielt. Der arme Kerl hat eine Engelsgeduld», fügte sie erklärend hinzu.

«Aber ich komme auch allein klar.»

«Du bist im Moment furchtbar unsozial», tadelte Mrs. Holden. «Wirklich, ich muss sie fast mit Gewalt aus ihrem Zimmer holen. Sie sieht ihren Freund Joe nicht mehr, und auch die arme Celia kann sie kaum noch nach draußen locken ... Also, komm schon, Lottie. Versuche doch, ein bisschen normal zu sein, ja?» Und damit verließ Mrs. Holden den Raum, um Guy zu holen.

«Wie geht's mit der Arbeit, Lottie? Gut?»

Mrs. Chilton musste zweimal fragen.

«Ja», antwortete Lottie. Sie bemühte sich, aufmerksam zu bleiben, denn ihr war bewusst, dass diese Situation wieder als Beweis für ihre schlechte Laune gedeutet werden würde.

«Ich muss mal wegen Winterstiefeln kommen, ich brauche unbedingt welche. Habt ihr was Hübsches? Was mit Flauschfutter?»

Gleich würde er ins Zimmer kommen. Und sie würde mit ihm sprechen müssen.

«Lottie?»

«Ich glaube, wir verkaufen im Moment noch Sandalen», brachte sie flüsternd heraus.

Mrs. Chilton warf Mrs. Ansty einen viel sagenden Blick zu. «Ich schaue nächste Woche mal herein.»

Lottie schaffte es, den Raum zu verlassen, ohne ihn anzuschauen. Auf sein «Hallo» hin nickte sie flüchtig und schaute dann weiter starr auf den Fußboden, ohne die verwunderten Blicke der Damen zu beachten. Als sie aus dem Haus waren und rasch die Straße hinuntergingen, verspürte Lottie den verzweifelten Wunsch, einfach wegzurennen, und fürchtete, dass er ihr Benehmen für ungehobelt und unhöflich halten könnte.

Sie senkte den Kopf gegen den Wind und konzentrierte sich darauf, gleichmäßig zu atmen. Einen klaren Gedanken zu fassen war ihr fast unmöglich. Bald ist er weg, redete sie sich ein. Und dann kann ich mich wieder zwingen, normal zu sein.

Lottie war so sehr mit sich selbst beschäftigt, dass es eine Weile dauerte, bis sie ihn hörte.

«Lottie? Lottie, nicht so schnell –»

Abrupt blieb sie stehen und warf einen Blick zurück. Sie hoffte, dass ihr windzerzaustes Haar die Röte, die ihr ins Gesicht stieg, ein wenig verbergen würde.

Er streckte den Arm aus, als ob er sie festhalten wollte. «Haben wir es eilig?»

Seine Stimme hatte einen leichten Akzent, als hätte die ungezwungene Redeweise in den Tropen die Konturen abgeschliffen. Er bewegte sich leichtfüßig und geschmeidig, überhaupt schien ihm Bewegung ein Genuss zu sein, als wären ihm physisch keine Grenzen gesetzt.

Lottie suchte nach einer Antwort. «Nein», sagte sie. «’tschuldigung.»

Etwas langsamer gingen sie weiter. Lottie nickte grüßend einem Nachbarn zu, der den Hut lüftete und bemerkte: «Ganz schön windig.»

«Wer war das?»

«Nur Mr. Hillguard.»

«Ist das der mit dem Hund?»

«Das ist Mr. Atkinson.» Lotties Wangen glühten. «Aber der hat auch einen Schnurrbart.»

Einen Schnurrbart, einen Schnurrbart, schalt sie sich. Wer bemerkt denn schon, ob jemand einen Schnurrbart hat? Sie beschleunigte ihre Schritte wieder, als sie nun bergan auf Arcadia zustrebten. Lieber Gott, bitte, lass das bald vorbei sein, flehte sie. Mach, dass ihm irgendwas einfällt, was er noch erledigen wollte. Dass er mich einfach allein lässt.

«Lottie?»

Mit den Tränen kämpfend, blieb sie stehen. Allmählich kam sie sich etwas hysterisch vor.

«Lottie, bitte warte doch.»

Sie wandte sich um und schaute ihn zum zweiten Mal richtig an. Er stand vor ihr, mit großen dunkelbraunen Augen, einem allzu schönen Gesicht, und lächelte verlegen.

«Habe ich dich gekränkt?»

«Wie bitte?»

«Ich weiß nicht, was ich getan habe, aber ich möchte es gern wissen.»

Wie kannst du das nicht wissen?, dachte Lottie. Wie kannst du das nicht erkennen? Siehst du in mir nicht das, was ich in dir sehe? Sie zögerte kurz mit ihrer Antwort. Vielleicht sah er es ja doch.

Aber er sah es nicht, und wieder versuchte sie verzweifelt, die Tränen zurückzuhalten.

«Du hast mir nichts getan», sagte sie schluckend und ging weiter, damit er nicht sah, wie sie um Fassung rang.

«He, warte!» Er fasste sie am Jackenärmel.

Lottie entriss ihm den Arm, als habe er sie verbrannt.

«Du gehst mir aus dem Weg, seit ich hier bin. Hat das mit mir und Celia zu tun? Ich weiß, dass ihr beiden euch immer sehr nah wart.»

«Überhaupt nicht», sagte sie ärgerlich. «Und jetzt lass uns bitte weitergehen. Ich habe heute noch viel zu tun.»

«Wie merkwürdig», ertönte die Stimme hinter ihr. «Sonst bist du doch die meiste Zeit in deinem Zimmer.»

Der Kloß in Lotties Hals wurde immer dicker und erstickte sie fast. In ihren Augen brannten Tränen. Lass ihn weggehen, lieber Gott. Bitte. Es ist nicht fair, mir das anzutun.

Aber Guy holte sie wieder ein. «Weißt du, du erinnerst mich an jemanden.» Dieses Mal schaute er sie nicht an, sondern ging einfach neben ihr her. «Ich komme nicht drauf, an wen. Aber es fällt mir bestimmt noch ein. Ist das das Haus da vorne?»

Plötzlich befanden sie sich im Windschatten, und die Sonne wärmte Lottie den Rücken. Ein wenig ruhiger ging sie über den knirschenden Kies die Auffahrt hinauf. Sie war fast am Haus angekommen, als ihr auffiel, dass sie Guys Schritte nicht mehr hörte.

«Toll.» Staunend war er stehen geblieben. «Wer wohnt hier?»

«Adeline. Und ihr Mann Julian. Und ein paar Freunde von ihnen.»

«Das sieht ja gar nicht wie ein englisches Haus aus. Eher wie die Häuser, in denen ich aufgewachsen bin. Großartig.» Grinsend vor Vergnügen ging er auf das Haus zu und sah zu den quadratischen Fenstern in der weißen Fassade hinauf. «Weißt du, englische Häuser mag ich nicht so besonders, diesen traditionellen viktorianischen Typ oder diese ganzen Häuser im Stil der Tudorzeit. Sie kommen mir immer dunkel und eng vor. Auch das Haus von Celias Familie. Das hier ist eher meine Richtung.»

«Mir gefällt es sehr», sagte Lottie.

«Ich hätte nicht gedacht, dass es hier solche Häuser gibt.»

«Wie lange ist es her, dass du hier gelebt hast?»

Er dachte nach. «Etwa zwanzig Jahre. Ich war ungefähr sechs, als wir England verlassen haben. Gehen wir rein?»

Lottie zog den Brief aus ihrer Umhängetasche. «Ich weiß nicht, wir könnten ihn wohl auch einfach in den Briefkasten werfen.»

Sehnsüchtig schaute sie auf die Tür. Ihr letzter Besuch war fast zwei Wochen her. «Weißt du, ich soll eigentlich nicht herkommen», erklärte sie. «Wegen der Leute, die hier wohnen. Aber ich tue es trotzdem.»

Guy schaute sie an. «Dann lass uns reingehen.»

Dieses Mal öffnete Frances die Tür, nicht Marnie. «Marnie ist weg», erklärte sie, während sie den Flur entlanggingen, und wischte sich die Hände an der schlecht sitzenden weißen Schürze ab. «Sie hat uns verlassen. Eigentlich ziemlich übel. In Haushaltsdingen ist niemand von uns besonders bewandert. Ich soll zum Abendessen Fisch machen. Stattdessen hab ich in der Küche ein schreckliches Chaos angerichtet.»

«Das hier ist Guy», sagte Lottie, aber Frances winkte ab. Nach Arcadia kamen so viele Besucher, dass förmliche Vorstellungen sich nicht lohnten.

«Adeline ist draußen auf der Terrasse. Sie soll unser Wandgemälde planen.»

Während Guy sich umschaute, betrachtete Lottie verstohlen sein Profil. Sag etwas Gemeines, bat sie. Sag etwas Herablassendes über Frances. Damit du mir unsympathisch wirst. «Was ist es für Fisch?», fragte er.

«Forellen. Ekelhaft glitschige Biester. Sie fliegen durch die ganze Küche.»

«Soll ich's mal versuchen? Ich kann ganz gut Fische ausnehmen.»

Frances' Erleichterung war fast greifbar. «Ach, würdest du das tun?», bat sie und führte ihn in die Küche, wo zwei Regenbogenforellen auf dem gescheuerten Tisch lagen. «Ich weiß nicht, warum sie gegangen ist. Aber sie war uns immer wegen irgendwas böse. Ich hatte am Schluss richtig Angst vor dieser launenhaften Zicke.»

«Sie fand uns unmöglich. Unseren Haushalt.» Adeline war in der Tür erschienen. Sie trug einen langen, fein gefältelten schwarzen Rock und dazu eine weiße Bluse und eine schwarze Krawatte. Lächelnd schaute sie Guy an. «Ich glaube, sie hätte sich in einem etwas … etwas traditionelleren Haus wohler gefühlt. Hast du uns einen neuen Gast mitgebracht, Lottie?»

«Das ist Guy», erklärte Lottie. Dann zwang sie sich hinzuzufügen: «Celias Verlobter.»

Adeline betrachtete Guy, ließ den Blick dann zu Lottie und

schließlich wieder zurück zu Guy wandern. Sie schwieg, als überlege sie etwas, bevor sie grüßend die Hand hob. «Freut mich, dich kennen zu lernen, Guy. Und ich sollte dich wohl beglückwünschen.»

Eine kurze Pause entstand.

«Unsere Haushälterinnen scheinen nie sehr lange zu bleiben. Geht dieses Messer? Es ist nicht besonders scharf.» Frances reichte Guy das Messer.

George probierte die Klinge auf dem Daumennagel aus. «Kein Wunder, dass ihr Probleme habt. Es ist ungefähr so scharf wie ein Buttermesser. Habt ihr einen Wetzstahl? Ich schärfe es euch.»

«Wir müssen uns wohl jemand anders suchen», meinte Frances. «An solche Dinge wie Messerschärfen denken wir nie.» Zerstreut rieb sie sich die Wange.

«Ach, es ist so lästig, Personal zu suchen», sagte Adeline missmutig. Theatralisch fasste sie sich an die Stirn. «Mir fallen nie die richtigen Fragen ein. Und ich kontrolliere auch nie, ob sie ihre Arbeit richtig machen. Ich weiß ja nicht einmal, was sie eigentlich tun sollten.»

«Und am Ende sind sie immer böse auf uns», fügte Frances hinzu.

«Man braucht Personal, um sein Personal zu beaufsichtigen», sagte Guy, während er schwungvoll die Klinge über den Wetzstahl zog.

«Da hast du wirklich Recht», stimmte Adeline ihm zu. Sie muss ihn mögen, dachte Lottie. Dieses Lächeln reservierte sie für Menschen, in deren Gegenwart sie sich gelöst fühlte. Lottie kannte Adeline jetzt lange genug, um es von dem anderen Lächeln zu unterscheiden, bei dem sich zwar ihre Mundwinkel hoben, die Augen aber ernst blieben. Dann beobachtete Lottie wieder Guy und ließ sich von dem regelmäßigen Zischen von Metall auf Metall, von den Bewegungen der gebräunten Arme unter den aufgekrempelten Hemdsärmeln hypnotisieren. Er war so schön: Seine Haut sah fast aus wie poliert, und das Licht, das durch die Fenster fiel, spiegelte sich auf seinen hohen Wangenknochen. Sein unmodisch langes, tiefgoldenes Haar wurde zum Kragen hin dunkler, als versteckten sich darunter Geheimnisse. Am unteren Rand der linken Augenbraue wuchsen, vielleicht infolge eines Unfalls, ein paar weiße Härchen. Ich wette, das ist Celia noch nicht aufgefallen, dachte Lottie. Ich wette, sie sieht nicht halb so viel wie ich.

Adeline sah alles.

Lottie fühlte sich von ihrem intensiven Blick aus ihren Träumereien gerissen, und als sie Adeline anschaute, errötete sie, als wäre sie bei etwas Verbotenem ertappt worden.

«Und wo ist Celia heute?»

«Beim Friseur. Mrs. Holden hat Guy gebeten, mich zu begleiten.» Es hatte nicht so abwehrend klingen sollen. Aber Adeline nickte nur.

«Da!» Guy hielt eine Forelle am Schwanz hoch, ausgenommen und ausgespült. «Soll ich dir an der anderen zeigen, wie man das macht?»

«Mir wäre es lieber, wenn du es selbst machen würdest», sagte Frances, «das geht ungefähr zehn Mal so schnell.»

«Mit Vergnügen.» Als Lottie zuschaute, wie er den schimmernden Bauch sorgfältig von den Kiemen bis zum Schwanz aufschlitzte, merkte sie, dass sie weinte.

Lottie kochte Tee, den sie auf der Terrasse trinken wollten. Frances war wirklich hoffnungslos im Haushalt. Bei der ersten Kanne hatte sie vergessen, den Tee durch ein Sieb zu gießen, sodass die schwarzen Teeblättchen beim Einschenken in den Tassen tanzten. Bei der zweiten Kanne vergaß sie überhaupt, Teeblätter hineinzutun, und als man sie behutsam darauf hinwies, sah sie aus, als würde sie gleich in Tränen ausbrechen. Adeline hatte das witzig gefunden und ihnen stattdessen Wein angeboten. Aber Lottie, die befürchtete, dass Guy eine schlechte Meinung von den Bewohnerinnen Arcadias bekommen könnte, hatte abgelehnt und das Teekochen selbst übernommen. Sie war froh darüber, etwas Zeit für sich zu haben, denn sie fühlte sich wie unter Strom, als würde sie gleich anfangen, Funken zu sprühen.

Als sie mit dem Tablett aus der Küche kam, zeigte Adeline Guy gerade die Anfänge des Wandgemäldes. Seit Lotties letztem Besuch waren auf der weißen Fläche merkwürdige Linien erschienen, Silhouetten, die sich an der Wand entlang vorwärtsschoben. Guy hatte ihr den Rücken zugewandt und zog eine der Figuren mit dem Finger nach. Sein offener Kragen war hinten hinuntergerutscht und gab einen tief gebräunten Nacken frei.

«Das hier bist du, Lottie. Sieh mal, ich habe dich ganz weit weg von George gemalt, denn ich wollte nicht, dass er dich kränkt. Er ist ein rücksichtsloser Mann», erklärte Adeline. «Er hat nichts als russische Ökonomie und so was im Kopf. Für Feingefühl scheint da wenig Platz zu sein.»

Guys Unterarm war mit kleinen blonden Härchen bedeckt, so fein wie der Schmelz auf einem Schmetterlingsflügel. Lottie konnte jedes einzelne sehen.

«Ich möchte, dass du etwas trägst, Lottie. Einen Korb vielleicht, denn wenn du leicht gebeugt stehst, kommt dieses Sehnige an dir zum Ausdruck. Und dein Haar soll offen sein, wie ein Schleier.» Frances schaute auf die Skizze, als habe sie mit der wirklichen Lottie nichts zu tun.

«Und wir kleiden dich in exotische Farben. In etwas Helles. Ganz unenglisch.»

«Hier tragen die Mädchen viel dunklere Farben als da, wo ich aufgewachsen bin», bemerkte Guy und drehte sich um, weil er Lottie in die Unterhaltung mit einbeziehen wollte. «In der Karibik haben alle Rot oder helles Blau oder Gelb getragen. Sogar ich. Er grinste. «Mein Lieblingshemd hatte auf dem Rücken eine leuchtend gelbe Sonne. Sie war riesengroß, die Strahlen reichten mir bis nach oben an die Schultern.» Mit gespreizten Fingern zog er die Sonnenstrahlen nach.

Lottie stellte das Tablett auf den Tisch, behutsam, damit das Geschirr nicht klirrte.

«Ich finde, wir sollten Lottie rot anziehen. Oder vielleicht smaragdgrün», schlug Adeline vor. «Sie ist so bezaubernd, unsere kleine Lottie, und sie versteckt sich immer. Macht sich unsichtbar. Ich habe mir etwas vorgenommen», vertraute sie Guy laut flüsternd an, «ich will dieser Stadt zeigen, dass Lottie eine ihrer kostbarsten Perlen ist.»

Lottie überkam eine heftige Wut auf Adeline, sie hatte den quälenden Verdacht, verspottet zu werden.

Aber offenbar lachte niemand.

Guy schien Adelines Verhalten überhaupt nicht zu stören. Er erwiderte ihr Lächeln und wandte sich dann langsam wieder Lottie zu. Als er sie anschaute, war ihr, als würde er sie zum ersten Mal richtig sehen.

Die beiden Augenpaare, die sie eingehend betrachteten, brachten Lottie so aus dem Gleichgewicht, dass sie sich nicht mehr beherrschen konnte. «Kein Wunder, dass ihr keine Angestellten findet. Das ist ja ein Saustall hier! Ihr müsst aufräumen. Solange ihr nicht aufräumt, kommt auch niemand!» Sie fing an, leere Weinflaschen und Zeitungen einzusammeln, die über die Terrasse verstreut lagen, und trug schmutzige Weingläser zusammen. Den Blicken der anderen wich sie aus.

«Lottie!», hörte sie Adeline leise rufen.

«Das brauchst du doch nicht, Lottie», sagte Frances. «Setz dich hin, meine Liebe. Du hast schon den Tee gemacht.»

Lottie huschte an ihr vorbei und schob ihre ausgestreckte Hand zur Seite. «Aber es ist dreckig. An manchen Stellen ist es richtig dreckig. Ihr braucht Karbol. Oder irgendwas anderes.» Lotties Worte überschlugen sich. Sie lief ins Haus und begann wie von Sinnen Papierstapel von den Tischen herunterzufegen und an den Vorhängen zu zerren. «Sonst kriegt ihr nie eine neue Haushälterin. Da kommt einfach keine. Kann man denn so leben? Das ist doch unmöglich!»

Bei den letzten Worten versagte ihr die Stimme, und plötzlich rannte sie durch den Flur und aus der Haustür hinaus in das helle

Licht des späten Sommernachmittags, ohne sich um die verwunderten Rufe zu kümmern.

Guy fand sie im Garten. Sie saß an dem kleinen Teich, hatte der verwitterten Backsteinwand des Hauses den Rücken zugekehrt und warf missmutig Brotkrumen in das trübe Wasser. Als Lottie ihn kommen hörte, schaute sie sich um, stöhnte und vergrub den Kopf in ihren wieder einmal zu braunen Armen. Aber er sagte nichts. Wortlos setzte er sich neben sie und hielt ihr einen Teller hin, und als sie sich aufrichtete und ihn durch ihre Haare verstohlen anschaute, zog er eine glänzende, rotgelbe Frucht unter dem Arm hervor. Lotties Neugier war größer als ihre Verlegenheit, und während sie noch die unbekannte Form betrachtete, zog Guy ein Messer aus der Tasche und fing an, die Frucht der Länge nach zu zerteilen. Ganz auf seine Tätigkeit konzentriert, schälte er die Stücke und reichte ihr dann eins. «Mango», sagte er. «Ist heute gekommen. Probier mal.»

Lottie schaute auf das saftige, leuchtende Fruchtfleisch. «Wo ist Celia?»

«Immer noch unterwegs.»

Oben im Haus weinte Freddie. Sie konnten sein wütendes kindliches Schluchzen hören, das nur von gedämpften Protesten unterbrochen wurde.

Lottie studierte Guys Gesicht. «Wonach schmeckt sie?» Sie konnte die Frucht an seinen Fingern riechen.

«Nach lauter guten Dingen.» Er hielt ihr das Stück an die Lippen. «Komm, probier doch.»

Lottie merkte, dass sie den Mund schon geöffnet hatte. Das Fruchtfleisch war glatt und süß. Es schmeckte wie parfümiert. Sie ließ es langsam auf der Zunge zergehen, verlor sich in der Saftigkeit und schloss die Augen, um sich das warme, fremde Klima besser vorstellen zu können, die Länder, wo die Menschen in Rot und Gelb und helles Blau gekleidet waren und die Sonne auf dem Rücken trugen.

Als sie die Augen wieder öffnete, blickte Guy sie immer noch an. Er lächelte nicht mehr. «Ich mag die Leute», sagte er.

Nach einer ganzen Weile schlug Lottie als Erste die Augen nieder. Sie stand auf und klopfte sich nicht vorhandene Erdkrumen vom Rock. Dann drehte sie sich um, und während sie zum Haus zurückging, spürte sie im tiefsten Innern, wie die lange ertragene Anspannung abzuflauen begann.

Bevor sie die Hintertür öffnete, drehte sie sich um.

«Ich wusste, dass du sie mögen würdest», sagte sie.

Kapitel 5

*V*ielleicht war es ein Weg, einigermaßen den Anschein von Normalität zu wahren, aber Lottie wollte lieber glauben, dass von diesem Nachmittag an etwas Unausweichliches seinen Fortgang nahm. Als sie die Einladung zu Merhams «Salon» ungeöffnet in ihrer Umhängetasche fand, wusste sie einfach, dass Guy es sein würde, der einen weiteren Besuch in Arcadia vorschlagen würde. Er erzählte Mrs. Holden, ein Herr dort wolle mit ihm über die Firma seines Vaters sprechen, und Mrs. Holden ihrerseits hätte es nie gewagt, gegen irgendetwas Geschäftliches Einwände zu erheben. Und Lottie wusste auch, dass Guy zu diesem Besuch einen Zeitpunkt wählen würde, zu dem Celia wieder in Schönheitsdingen unterwegs war: in Colchester nach Schuhen guckte oder in Manningtree nach neuen Strümpfen – Erledigungen, bei denen man nicht erwarten konnte, dass ein Mann, selbst wenn es der Verlobte war, einen begleitete. Genauso wusste Lottie außerdem, dass Guy sie jetzt anders sah. Auch wenn sie kein Smaragdgrün trug, hatte sie doch einige Eigenschaften von Adelines kostbarer Perle angenommen. Sie strahlte von innen heraus und zog seinen Blick auf sich wie ein Brillant, der im Licht funkelt.

Natürlich gestanden sie sich das nicht ein. Doch so, wie Lottie vorher Möglichkeiten gefunden hatte, Guy aus dem Weg zu gehen, stellte sie nun plötzlich fest, dass er neben ihr her in den Stadtpark schlenderte oder dass er ihr den Wäschekorb hinaustrug, wenn sie Wäsche aufhängen wollte. Oder aber dass er bereits angeboten hatte, mit Mr. Beans Gassi zu gehen, wenn sie gerade das Haus verließ, um unten an der Parade etwas zu besorgen.

Ihre anfängliche Scheu im Umgang mit ihm verlor sich überraschend schnell; der Schmerz, den seine Nähe bei ihr ausgelöst hatte, wurde durch eine leise Erwartung ersetzt, durch ein untypisches Verlangen zu sprechen, durch die aufkeimende Überzeugung, dass sie jetzt da war, wo sie seit jeher hingehörte. «Lottie ist nicht mehr ganz so launenhaft. Weniger stur», bemerkte Mrs. Holden. «Aber das muss in der Familie liegen, Susan», sagte Mrs. Chilton. «Ich wette, dass die Mutter so sauertöpfisch ist, wie man nur sein kann.» Lottie bemühte sich, nicht über Celia nachzudenken. Wenn sie mit Guy zusammen war, war das leicht; dann fühlte sie sich von unsichtbaren Mauern umschlossen, bewegte sich im Schutz ihrer Überzeugung, dass es ihr Recht war, an seiner Seite zu sein. Doch wenn sie mit Celia allein war, kam sie sich wie ein Dieb vor, und ihre Handlungen erschienen ihr in einem sehr trüben Licht.

Lotties Einstellung zu Celia hatte sich verändert. Früher hatte sie eine Verbündete in ihr gesehen, nun war die Freundin eine Rivalin. Celia war nicht mehr Celia, sondern ein Konglomerat von Eigenschaften, mit denen Lottie sich messen musste. Ein modisch frisierter Blondschopf gegen Lotties braunen Schulmädchenzopf, den sie nur selten offen trug; eine schimmernde Pfirsichhaut gegen ihren honigdunklen Teint; die langen Beine eines Revuegirls gegen ihre eigenen – waren sie kürzer? Plumper? Weniger hübsch geformt?

Und dann die Schuldgefühle. Nachts verschloss Lottie die Ohren vor dem Geräusch von Celias Atem und weinte lautlos über ihr verzweifeltes Verlangen, das Mädchen zu betrügen, das sie wie eine Schwester liebte. Nie hatte ein Mensch ihr näher gestanden, nie war jemand freundlicher zu ihr gewesen. Und dieses unselige

Gefühl von Gespaltenheit führte dazu, dass sie Celia noch mehr ablehnte.

Gelegentlich erhaschte Lottie einen Blick auf ihre alte Freundschaft, so als würden die Wolken sich teilen, um ein Stück vom endlosen blauen Himmel zu zeigen, doch dann schoben sie sich wieder zusammen, und Lottie konnte Celia nur noch in Zusammenhang mit Guy sehen. Wenn Celia ihm eine Kusshand zuwarf, kämpfte Lottie gegen das Bedürfnis, sich zwischen die beiden zu stürzen – als menschlicher Schutzwall, damit der Kuss ihn nicht erreichte. Celias Hand, die lässig auf seiner Schulter lag, erfüllte Lottie beinahe mit Mordgedanken. Sie schwankte zwischen Schuldgefühlen und rasender Eifersucht hin und her, und meistens blieb das Pendel irgendwo in der Mitte stehen.

Celia schien davon nichts zu bemerken. Mrs. Holden, die sich mit Feuereifer in die Hochzeitsvorbereitungen stürzte, hatte entschieden, dass die Garderobe ihrer Tochter deren zukünftiger Stellung in der Gesellschaft nicht würdig war, und beschlossen, sie vollkommen neu einzukleiden. Sie könnte, vertraute Celia Lottie daraufhin an, bestimmt auch für sie etwas Neues mit einschmuggeln, doch dann gab sie sich ihrer reizvollen Aufgabe hin, ohne einen weiteren Gedanken an die weniger gut gekleidete Freundin zu verschwenden. Aber das war noch nicht alles. «Ich besorge heute Nachmittag ein paar Prospekte für die Hochzeitsreise», kündigte Celia an. «Ich glaube, eine Kreuzfahrt wäre genau das Richtige. Meinst du nicht auch, Lottie? Kannst du dir vorstellen, in so einem Bikini an Deck zu sitzen? Guy kann es nicht erwarten, mich im Bikini zu sehen – er meint, so was würde mir großartig stehen. Alle Hollywoodstars machen heutzutage Kreuzfahrten – in London habe ich gehört … Lottie? Ach, tut mir Leid, Lottielein. Wie gedankenlos von mir. Hör mal, wenn du heiratest, machst du bestimmt auch eine Kreuzfahrt. Ich hebe dir die Prospekte auf, wenn du möchtest.»

Aber Lottie war nicht neidisch. Sie war einfach dankbar, dass sie auf diese Weise mehr Zeit mit Guy verbringen konnte. Und als sie, offenbar rein zufällig, wieder nebeneinander die Straße nach Arcadia entlangspazierten, wollte sie gern glauben, dass Guy diese kleine Welle der Dankbarkeit ebenfalls spürte.

Freddie und Sylvia entdeckten Joe, bevor er sie bemerkte. Das war auch kein Wunder: Er steckte tief unter der Haube eines Austin Healey und kämpfte mit der Verteilerkappe. Freddie, der mit seiner Schwester und Virginia vom Einkaufen kam, schlich sich hinter den jungen Mann und schob ihm eine von undefinierbaren Süßigkeiten klebrige Kinderhand unter das Hemd. «Celia kriegt ein Baby!»

Joe tauchte aus dem Motor auf und rieb sich an der Stelle, wo er von unten gegen die Haube gestoßen war, den Kopf.

«Freddie!» Virginia warf einen besorgten Blick auf die Straße und stürzte dann durch das offene Tor in die Werkstatt, um ihren Schützling fortzuzerren.

«Aber das stimmt! Gestern Abend hat sie mit Mummy darüber geredet, wie man eins macht. Und Mummy hat gesagt, Guy muss aufpassen, damit sie nicht jedes Jahr ein neues Baby kriegt. Das hab ich selber gehört!»

«Freddie, ich erzähle deiner Mutter, was du hier für einen Unsinn von dir gibst! Tut mir Leid», sagte sie zu Joe, während Freddie sich ihrem normalerweise eisenharten Griff entwand.

«Warum kommst du denn nicht mehr?» Sylvia baute sich vor Joe auf und legte den Kopf schief. «Du wolltest mir doch Monopoly beibringen, und dann bist du am nächsten Tag nicht mehr wiedergekommen.»

Joe rieb sich mit einem Lappen die Hände ab.

«Ja, leider», murmelte er, «ich hatte ziemlich viel zu tun.»

«Aber Lottie hat gesagt, das kommt, weil du böse auf sie bist.»

Joe unterbrach seine Reinigungsaktion. «Hat sie das wirklich gesagt?»

«Sie hat gesagt, du kommst nicht mehr, weil sie jetzt mit Dickie Valentine geht.»

Wider Willen musste Joe lachen.

«Kriegt Lottie auch ein Baby?» Freddy lugte in den Motor und schob forschend einen rundlichen, rosigen Arm hinein.

«Sylvia, Freddie, kommt weiter.»

«Wenn Lottie ein Baby kriegt, bringst du dem dann Monopoly bei?»

«Hüte deine Zunge, Freddie. Am Ende glaubt dir noch jemand.» Kichernd wandte Virginia sich Joe zu. Sie mochte den zurückhaltenden jungen Mann. Dass er von Lottie träumte, war doch reine Zeitverschwendung. Offenbar hielt diese dumme Pute sich für zu gut, um sich mit ihm einzulassen, für zu wichtig, weil sie wie ein Familienmitglied bei den Holdens lebte. Dabei war sie kein Stück besser als Virginia selbst. Sie hatte bloß Glück gehabt.

«Als nächstes geht sie mit Elvis Presley tanzen, wenn man die beiden hier so hört.» Sie strich sich das Haar zurück und wünschte, sie hätte heute morgen ein bisschen Lippenstift aufgelegt, so wie sie es eigentlich vorgehabt hatte.

Joe hingegen schien sie kaum wahrzunehmen. Er schien nicht einmal die Sache mit Elvis Presley lustig zu finden. Er war wieder ganz ernst geworden.

«Dann kommst du wohl in letzter Zeit nicht viel raus, Joe? Warst du mal in Clacton?» Virginia kam etwas näher heran und stellte sich so hin, dass sein Blick auf ihre schlanken Beine fallen musste.

Er schaute zu Boden und trat dabei unruhig von einem Fuß auf den anderen. «Nein. Hab ziemlich viel zu tun gehabt.»

«Freddie hat Recht. Wir haben dich nicht oft bei uns gesehen.»

«Nein.»

«Ich hab einen Piepnagel, guck mal.» Freddie streckte Joe die Hand entgegen.»

«Das ist ein Niednagel, Freddie, du musst besser zuhören. Der geht bald weg. Hör auf, anderen Leuten damit unter der Nase herumzufuchteln.»

«Ich kann eine Wasserstoffbombe bauen. Den Wasserstoff kann man in der Drogerie kaufen. Das hat Mr. Ansty gesagt.»

Joe schaute zur Wanduhr hinüber, als warte er darauf, dass sie wieder gingen. Aber Virginia ließ nicht locker: «Er meint Wasserstoffperoxyd. Hör mal, Joe, ein paar von uns gehen am Samstag in das neue Tanzlokal drüben an der Colchester Road. Wenn du mitkommen möchtest, können wir bestimmt noch eine Karte für dich organisieren.» Virginia wartete einen Augenblick. «Diese Band aus London tritt auf. Die soll wirklich gut sein. Sie spielen die ganzen Rock 'n' Roll-Sachen. Das wird lustig.»

Joe schaute sie an und wrang seinen Lappen.

«Also, denk mal drüber nach.»

«Danke, Virginia. Danke. Ich – ich sage dir Bescheid.»

Ende des Jahres 1870 legte ein amerikanischer Kapitän namens Lorenzo Dow Baker in Port Antonio an, und bei einem gemütlichen Spaziergang über einen der Märkte entdeckte er eine eigentümlich geformte gelbe Frucht, die die Einheimischen besonders gern aßen. Kapitän Baker, ein unternehmungslustiger Mensch, fand, dass die Frucht hübsch aussah und einladend roch. Für einen Schilling pro Stück kaufte er einhundertsechzig Bündel und verstaute sie im Laderaum seines Schiffes. Als er elf Tage später in New Jersey, Amerika, in den Hafen eingelaufen war, stürzten die Obsthändler sich auf seine Fracht und zahlten ihm die großartige Summe von zwei Dollar pro Bündel.

«Kein schlechter Gewinn», bemerkte Julian Armand.

«Für ein paar Bananen. Die Amerikaner waren verrückt nach dem neuen Obst. Und wer hinter dem Exotischen die Süße entdeckte … der wurde wirklich belohnt. Das war die Geburtsstunde des Südfrüchte-Imports. Der alte Baker gründete die *Boston Fruit Company*. Und das Unternehmen, das aus dieser Firma hervorgegangen ist, gehört heute zu den größten Exporteuren überhaupt.» Guy grinste Lottie an. «Daddy erzählt die Geschichte nicht mehr so gern, weil die Firma so viel größer ist als seine eigene.»

«Ein ehrgeiziger Mann», sagte Julian, der mit bloßen Füßen auf einem Bücherstapel saß. Er hatte einen Stoß Lithographien auf dem Schoß und sortierte sie rechts und links von sich auf zwei Haufen. Neben ihm hockte Stephen, ein blasser, sommersprossiger junger Mensch, der anscheinend nie den Mund aufmachte. Er hob die Blätter auf, die Julian aussortiert hatte, und prüfte sie noch einmal eingehend, als sei das ein Gebot der Höflichkeit. Scheinbar schrieb er Theaterstücke. Lottie hatte das «scheinbar» in diesem Fall so benutzt wie Mrs. Holden, denn kürzlich war ihr aufgegangen, dass außer Frances keiner der Bewohner Arcadias irgendeiner Arbeit nachzugehen schien.

«Und ist seine Firma erfolgreich?»

«Jetzt ja. Ich meine, ich weiß nicht, was er verdient oder wie hoch sein Umsatz ist, aber unsere Häuser sind seit meiner Kindheit immer größer geworden. Und unsere Autos auch.»

«Ehrgeiz wird belohnt. Und Ihr Herr Vater scheint sehr zielstrebig zu sein.»

«Er kann überhaupt nicht verlieren. Nicht einmal gegen mich.»

«Spielen Sie Schach, Guy?»

«Schon seit einer ganzen Weile nicht mehr. Möchten Sie eine Partie spielen, Mr. Armand?»

«Nein, ich nicht. Ich bin ein ganz schlechter Stratege. Aber wenn Sie einigermaßen gut sind, sollten Sie gegen George spielen.»

«George hat einen rein mathematischen Verstand. Reine Logik. Ich finde oft, dass er halb Mensch, halb Maschine ist», warf Adeline ein.

«Du meinst, er ist kalt.»

«Nein, kalt eigentlich nicht. George kann phantastisch freundlich sein. Aber er ist kein Mann zum Liebhaben.» Die unbeschwerte Unterhaltung täuschte darüber hinweg, dass heute Nachmittag etwas in der Luft lag, das wenig mit den Vorboten des Herbstes zu tun hatte. Lottie hatte es zuerst gar nicht bemerkt: Es war eine kaum wahrnehmbare Schwingung zwischen den Menschen im Raum, wie eine elektrische Ladung. Adeline griff nach einer Strähne von Lotties Haar. «Nein, kein Mann, in den man sich verlieben könnte.»

Schweigend saß Lottie Adeline zu Füßen und bemühte sich, nicht rot zu werden, als sie dieses Wort hörte. Es riss sie aus ihrem Traum von Frachtschiffen und exotischen Früchten heraus. Adeline war damit beschäftigt, Lotties Haar mit winzigen, bestickten Rosen zu schmücken, die sie in einem gepolsterten Kästchen wieder entdeckt hatte. «Ich hatte sie auf mein Hochzeitskleid nähen lassen», hatte sie erzählt. Lottie war entsetzt gewesen. «Aber es war doch nur ein Kleid, Lottie. Ich möchte aus der Vergangenheit nur das Beste behalten.»

Adeline hatte darauf bestanden, Lottie die Röschen ins Haar zu flechten, «bloß um mal zu sehen». Zuerst hatte Lottie abgewehrt. Was würde Adeline wohl «sehen», wenn sie eine Menge Stoffknospen in den Haaren hatte? Aber dann hatte Guy ihr zugeredet, sie solle Adeline doch erlauben, ihren langen Zopf aufzuflechten, sie brauche ja bloß still zu sitzen, während Adeline ihr Haar kämmte und schmückte. Der Gedanke, dass sein Blick auf ihr ruhte, und wenn auch noch so kurz, war so köstlich, dass Lottie, nach angemessenem Protest, schließlich eingewilligt hatte. «Aber wenn wir gehen, muss ich sie wieder rausnehmen, sonst kriegt Mrs. Holden einen Anfall.»

Frances kam von der Terrasse herein, und Adelines Bewegungen stockten. Lottie spürte ihre Hände noch im Haar und merkte, dass Adeline den Atem anhielt. In den anderthalb Stunden, die sie hier verbracht hatten, hatte Frances kein Wort gesagt. Lottie hatte es zuerst nicht bemerkt, weil all ihre Sinne auf Guy konzentriert waren und weil es in letzter Zeit ganz normal gewesen war, dass Frances draußen an ihrer Wandmalerei arbeitete. Doch Lottie hatte auch eine gewisse Frostigkeit bemerkt, die sich etwa darin ausdrückte, dass Frances nicht antwortete, obwohl Adeline sie wiederholt fragte, ob sie etwas trinken oder ein Stückchen von Guys köstlichem Obst essen wolle oder ob sie einen neuen Pinsel brauche.

Lottie schaute auf, als Frances vorbeiging, und sah ihr verbissenes Gesicht. Die eckigen, knochigen Schultern waren starr, und sie beugte sich über ihre Palette, als wolle sie niemandem raten, sich ihr in den Weg zu stellen. Sie hätte aggressiv gewirkt, wären da nicht der zarte rosa Schleier in ihren Augen und die nassen Wimpern gewesen, die vorn an den Spitzen wie die Strahlen kleiner Sterne zusammenklebten.

Julian hat sie gekränkt, dachte Lottie. Bevor er kam, war sie nie so. Irgendwie hatte Julians bloße Gegenwart ihr Verhalten verändert; nun zeigte sich ihr Unbehagen. «Kann ich dir beim Malen helfen, Frances?», fragte sie.

Aber Frances verschwand ohne eine Antwort in der Küche.

Noch vier Tage, bis Guys Eltern kommen sollten, um die Holdens kennenzulernen. Lottie war bewusst, dass ihre gemeinsame Zeit damit wahrscheinlich vorbei sein würde, und nun konzentrierte sie sich darauf, sich an jeden Augenblick, den sie in Arcadia verbracht hatten, zu erinnern und ihn im Gedächtnis aufzubewahren, wie ein kleines Kind, das Süßigkeiten hortet. Es war eine schwierige Aufgabe, denn oft war sie so damit beschäftigt, sich alles einzuprägen, dass sie zerstreut und abwesend wirkte. «Lottie hat uns wieder verlassen», schmunzelte Adeline dann. Und erst eine ganze Weile später zuckte Lottie zusammen, weil ihr plötzlich klar wurde, dass aller Aufmerksamkeit auf sie gerichtet war.

Guy sagte dazu nichts. Er schien ihre Eigenarten einfach hinzunehmen, auch wenn andere Leute meinten, Bemerkungen darüber machen zu müssen. Er kritisierte sie nicht, und Lottie, die die Kritik an ihrem Charakter gründlich satt hatte, war ihm dankbar dafür.

Die Bancrofts sollten am Samstag ankommen und im Hotel Riviera absteigen, wo sie das beste Zimmer gebucht hatten, das mit der riesigen privaten Terrasse, die auf die Bucht hinausging. «Etwas protzig», befand Mrs. Chilton, die ein wenig verärgert war, weil man sich für die Unterbringung der Gäste nicht an Uplands gewandt hatte. «Aber sie sind wohl praktisch Ausländer, vermute ich.» Seit Guy ihr Eintreffen angekündigt hatte, war Mrs. Holden von einer rasenden Putzwut befallen worden, und Virginia war vor Zorn und Überarbeitung meistens ganz rot im Gesicht.

«Ich glaube, ich würde Ihre Eltern gern kennenlernen, Guy. Ihr Vater scheint ein sehr interessanter Mann zu sein.»

«Er ist … also, ich würde sagen, er ist ein bisschen gewöhnungsbedürftig. Er ist direkter, als die Briten das normalerweise kennen. Manche finden ihn etwas amerikanisch. Ein bisschen aufdringlich. Außerdem interessiert er sich eigentlich nur fürs Geschäft. Alles andere findet er ziemlich langweilig.»

«Und Ihre Mutter? Wie schafft sie es, mit einer derartigen Naturgewalt zusammenzuleben?»

«Sie lacht viel über ihn. Ich glaube, sie ist der einzige Mensch, der über ihn lacht. Er ist nämlich ziemlich aufbrausend. Er wirkt oft recht einschüchternd.»

«Aber nicht auf Sie.»

«Nein, auf mich nicht.» Guy warf Lottie einen Seitenblick zu. «Ich habe auch noch nie etwas getan, was ihn auf die Palme gebracht hätte.»

Ein unausgesprochenes «bisher noch nicht» hing in der Luft. Lottie spürte es, und es schauderte sie. Sie blickte auf ihre Sandalen, die vom Strandspaziergang mit Mr. Beans noch ganz sandig waren – Dr. Holden hatte die Bemerkung fallen lassen, dass der Hund wohl noch nie so oft spazieren geführt worden sei. Adeline hatte sich inzwischen erhoben und den Raum verlassen, offenbar um Frances zu suchen. Ein Schweigen entstand. Julian sortierte seine Lithographien weiter, hielt gelegentlich eine ans Licht und gab ein zustimmendes oder ablehnendes Brummen von sich. Stephen neben ihm war aufgestanden. Er reckte sich, und als er die Arme zur Decke streckte, hob sich sein dünnes Baumwollhemd und gab einen bleichen Bauch frei.

Lottie schaute Guy an und errötete, als ihre Blicke sich trafen. Wenn er im Zimmer war – und manchmal auch wenn er sich nicht im gleichen Raum befand –, empfand sie seine Gegenwart, als könnte sie aus der Luft winzige Schwingungen aufnehmen, und sie merkte, dass sie als Reaktion darauf zu vibrieren begann. Als sie den Blick schließlich senkte und das Gewicht der Rosenknospen ihr Haar wie einen Schleier vor ihr Gesicht gleiten ließ, spürte sie, dass er nicht fortschaute.

Beide zuckten zusammen, als sie die wütende Stimme hörten. Es war Frances, und sie sprach gedämpft, sodass man die einzelnen Worte anfangs nicht verstehen konnte. Doch worum es ging, war eindeutig. Adelines Stimme war zu vernehmen, tiefer und sanfter und vernünftig, doch daraufhin explodierte Frances, schrie etwas wie «*unmöglich!*», ein lautes Scheppern, und in der Küche zersplitterte Geschirr auf dem Fliesenboden.

Lottie schaute zu Julian hinüber, aber der wirkte auffallend unbeteiligt: Er hob kurz den Kopf, als bestätige sich etwas, was er bereits vermutet hatte, und wandte sich dann wieder seinen Lithographien zu. Leise murmelnd machte er eine Bemerkung über die Qualität des Druckes. Stephen deutete auf eine Stelle auf dem Papier, und sie nickten einträchtig.

«*Nein, du tust es nicht, weil du es nicht willst. Du hast die Wahl, Adeline, du kannst dich frei entscheiden. Auch wenn du das lieber verdrängst.*»

Sie benahmen sich, als könnte niemand sie hören. Lottie wäre am liebsten im Erdboden versunken. Sie hasste es, sich Streitereien anhören zu müssen. Das Geschrei ging ihr durch Mark und Bein und machte sie wieder zur wehrlosen, abhängigen Fünfjährigen.

«*Davon will ich nichts mehr hören, Adeline. Kein Wort mehr. Ich hab es dir oft genug gesagt. Nein, angefleht habe ich dich …*»

«Willst du gehen?», flüsterte Guy, als Lottie sich traute, ihn anzuschauen.

Julian hob freundlich die Hand zum Gruß, als sie den Raum verließen. Er lachte gerade leise über etwas, das Stephen gesagt hatte. In der Küche war alles still.

Draußen auf der kiesbestreuten Auffahrt nahm Guy ihre Hand. Lottie vergaß den Klang der erhobenen Stimmen, denn seine Berührung brannte den ganzen Weg bis zum Beginn der Woodbridge Avenue. Die Rosenknospen trug sie immer noch im Haar.

«Was hast du denn bloß gemacht, Lottie?», fragte Mrs. Holden. «Du siehst aus, als hätten die Möwen dich im Sturzflug angegriffen!»

Aber Lottie störte das nicht. Nachdem Guy ihre Hand losgelassen hatte, hatte er in ihr Haar gegriffen und eine Knospe berührt. «Eine Naturgewalt», hatte er gemurmelt.

Es gab gewisse Gepflogenheiten, gewisse Maßstäbe, an die man sich halten sollte. Und Adelines Antwort auf die Einladung der Damen des Salons ließ, wie es schien, sehr zu wünschen übrig.

«Es tut ihr Leid, dass sie zu diesem Zeitpunkt nicht kommen kann? Warum denn nicht? Hat sie so viel um die Ohren? Betreut sie Kinder? Oder bewirbt sie sich vielleicht um das Amt der Premierministerin?» Mrs. Chilton hatte sich besonders gekränkt gefühlt.

«Aber sie hofft, dass wir irgendwann Zeit finden, bei ihr hereinzuschauen», las Mrs. Colquhoun von dem elfenbeinfarbenen Briefpapier ab. «Dieses ‹irgendwann› ist nicht besonders präzise, oder?»

«Nein», pflichtete Mrs. Chilton ihr bei, während sie mit einer Handbewegung ein Stück Melone ablehnte. «Nein danke, liebe Susan. Dieses Obst hat mein Innenleben in der letzten Woche ganz durcheinander gebracht. Also, ich finde diese Antwort insgesamt unangemessen. Wirklich sehr unangemessen.»

«Aber sie hat euch doch eingeladen, bei ihr vorbeizuschauen», bemerkte Celia, die mit untergeschlagenen Beinen auf dem Sofa saß und eine Zeitschrift durchblätterte.

«Darum geht es nicht, Liebes. Sie war nicht an der Reihe. Wir haben sie hergebeten, und sie hätte unsere Einladung annehmen müssen. Man kann eine Einladung nicht einfach ausschlagen und mit einer Gegeneinladung beantworten.»

«Warum nicht?», wollte Celia wissen.

Mrs. Chilton sah Mrs. Holden an. «Also, das tut man einfach nicht.»

«Aber eigentlich ist sie doch nicht unhöflich, oder? Wenn sie euch einlädt?»

Die Frauen wirkten verärgert. Lottie, die auf dem Boden saß und mit Sylvia ein Puzzle legte, hielt Adeline für ganz schön raffiniert. Sie wollte den «Salon» nicht besuchen, und gleichzeitig wusste sie gut, dass die Damen einzeln nicht den Mut aufbringen würden, um nach Arcadia heraufzukommen. So hatte sie für sich einen Ausweg gefunden und ihnen die Verantwortung zugeschoben.

«Ich finde, sie ist gar nicht so unhöflich, wie ihr meint», sagte Celia unbekümmert. «Überhaupt verstehe ich nicht, warum ihr euch ein Bein ausreißt, damit sie euch besucht. Wo ihr doch meistens versucht, alle Leute von ihr fern zu halten.»

«Aber darum geht es ja gerade.» Mrs. Holden konnte ihre Wut nicht mehr verbergen.

«Eben», bestätigte Mrs. Colquhoun und sah zu Boden. «Das glaube ich auch.»

Mrs. Chilton studierte gerade den Schluss des Briefes. «Sie wünscht uns bei unseren künstlerischen Unternehmungen alles Gute. Und sie hofft, dass ein Zitat des großen Dichters Rainer Maria Rilke uns inspirieren kann: ‹Des Künstlers ist es, das Rätsel zu – lieben. Das ist alle Kunst: Liebe, die sich über Rätsel ergossen hat – und das sind alle Kunstwerke: Rätsel, umgeben, geschmückt, überschüttet von Liebe.› Sarah Chilton ließ den Brief sinken und schaute sich im Raum um. «Was soll das denn bedeuten?»

Guy war in den letzten Tagen ziemlich bedrückt gewesen, fand Mrs. Holden. Ein bisschen gedankenverloren und ernst. Daher wusste sie nicht recht, was sie davon halten sollte, als sie jetzt bemerkte, wie ihr zukünftiger Schwiegersohn, der an diesem schon etwas kühlen Abend in Mr. Holdens gutem Sessel am Gasfeuer saß, hinter seiner Zeitung lautlos lachte.

Der erste Herbststurm fegte über Walton hinweg, riss die ungesicherten Blumenkisten an der Promenade von den Fensterbänken und warf sie mitsamt den letzten Blüten auf die Straße, wo sie zu kleinen Terracottahaufen zerschellten. In einer Stunde würde das Unwetter Merham erreichen, sagte Mrs. Holden, als sie den Hörer aufgelegt hatte. «Wir müssen die Fensterläden sichern, Virginia.»

«Ich gehe eben noch mit Mr. Beans vor die Tür, bevor es losgeht», sagte Lottie, und Mrs. Holden sah sie scharf an, wie immer verwirrt von Lotties Schwanken zwischen Übellaunigkeit und Hilfsbereitschaft. Celia war oben im Badezimmer, und Guy erbot sich rasch, mitzukommen, offenbar brauchte er frische Luft. Lottie fiel auf, dass er sehr schweigsam war. Er hatte den ganzen Tag kaum etwas gesagt, und da Lottie wusste, dass es ihr letzter Spaziergang vor der Ankunft seiner Eltern sein würde, wünschte sie sich sehnlichst, einen feinen Faden zwischen ihnen zu spinnen, eine Möglichkeit zu schaffen, die ihre Verständigung sichern würde.

Als sie am anderen Ende des Stadtparks angelangt waren, platschten die ersten dicken Regentropfen herunter. Lottie spurtete auf die Strandhütten zu, deren lebhafte bunte Farben unter dem schmutzig grauen Himmel leuchteten, und winkte Guy mitzukommen. Die beiden rannten bis zu den Nummern 80 bis 90, denn Lottie erinnerte sich, dass von diesen Hütten einige leer standen und dass ihre Schlösser durchgerostet waren. Sie riss eine Tür auf und stürzte in das Häuschen hinein, als es eben kräftig zu gießen begann. Guy kam hinter ihr her, sein Hemd war schon nass, und halb keuchend, halb lachend zerrte er an dem klammen Kleidungsstück. Lottie, die seine Nähe in dem engen Raum noch deutlicher spürte, rubbelte währenddessen mit viel Theater den unbeteiligten Mr. Beans mit einem alten Handtuch ab, das sie unter der Bank entdeckt hatte.

Um die Hütte hatte sich lange Zeit niemand gekümmert. Durch Ritzen im Dach konnte man die dahinjagenden Wolken sehen, und abgesehen von einer gesprungenen Tasse, dem alten Handtuch und der wackligen Holzbank deutete wenig darauf hin, dass das Häuschen jemals fröhliche Urlauber beherbergt hatte. Außerdem trugen die benutzten Hütten meistens Namen wie Kennora (oder andere unschöne Neuschöpfungen aus den Eigennamen ihrer Besitzer), Seewind oder Meerblick, und davor standen den ganzen Sommer lang Liegestühle mit feuchten Kissen, auf denen sandverkrustete Familien Tee tranken. Während des Krieges waren alle Hütten beschlagnahmt und zugeschüttet worden, sodass sie einen Teil des Verteidigungswalles bildeten, der sich an der Küste entlangzog. Als man die Holzhäuschen nach dem Krieg in leuchtenden Farben wieder errichtet hatte, hatte die kleine Lottie, die noch nie eine Strandhütte gesehen hatte, sich gleich in sie verliebt, war oft an ihnen entlanggegangen, hatte die Namen gelesen und sich vorgestellt, zu einer der Familien zu gehören.

Mrs. Beans war nun wirklich trocken. Lottie hockte sich auf die Bank und schob sich die dunklen Haarsträhnen aus dem Gesicht.

«Ganz schönes Unwetter», meinte Guy, der durch die offene Tür auf die schwarzen Wolken schaute, die am Horizont entlangjagten und die geheimnisvolle Ferne draußen auf See verdunkelten. Über dem Strand wiegten sich die Möwen im Sturm, ihre Schreie übertönten das Prasseln des Regens. Als Lottie Guy ansah, musste sie plötzlich an Joe denken, der als Erstes bemerkt hätte, dass sie einen Regenschirm hätten mitnehmen sollen.

«Weißt du, die Gewitter in den Tropen sind wirklich heftig. Eben sitzt du noch in der Sonne, und im nächsten Moment siehst du, dass etwas wie ein Schnellzug über den Himmel rast.» Er fuhr mit der Hand durch die Luft und ließ den Blick mitwandern. «Und dann, auf einmal! Regen, das kannst du dir nicht vorstellen – der überspült dir glatt die Füße und rauscht dann wie ein Fluss die Straße entlang. Und die Blitze erst! Verzweigt und verästelt, sodass sie den ganzen Himmel erleuchten.»

Lottie, die ihn einfach sprechen hören wollte, nickte stumm.

«Einmal habe ich gesehen, wie ein Esel vom Blitz erschlagen wurde. Als das Gewitter kam, haben sie ihn einfach draußen auf dem Feld gelassen. Keiner hat dran gedacht, ihn reinzuholen. Ich wollte gerade ins Haus gehen, da habe ich mich umgedreht, weil es so fürchterlich krachte, und da traf der Blitz den Esel, und der rührte sich nicht vom Fleck! Er sprang nur ein bisschen hoch, als hätte der Wind ihn von den Füßen gehoben, und dann landete er auf der Seite. Seine Beine waren ganz steif. Und er war immer noch vor seinen kleinen Karren gespannt. Ich glaube, er wusste gar nicht, was ihn da erschlagen hatte.»

Lottie war nicht klar, ob es etwas mit dem Esel zu tun hatte, aber sie merkte, dass sie wieder den Tränen nahe war. Sie rieb Mr. Beans das Fell und zwinkerte heftig. Als sie sich aufrichtete, schaute Guy immer noch aufs Meer hinaus. Weit drüben zu seiner Linken konnte Lottie einen blauen Zipfel erkennen, den Rand des Gewitters.

Guy setzte sich zu ihr auf die Bank, und sie schwiegen eine Weile. Lottie fiel auf, dass er kein einziges Mal auf die Uhr schaute.

«Was passiert, wenn du zum Wehrdienst eingezogen wirst?»

Guy zertrat eine Muschelschale. «Werde ich nicht.»

Lottie sah ihn verwundert an. «Ich glaube, da kommt niemand drumrum. Auch nicht als einziges Kind oder so.»

«Aus gesundheitlichen Gründen.»

«Aber du bist doch nicht krank, oder?» Die Besorgnis in ihrer Stimme wollte sich nicht unterdrücken lassen.

Möglicherweise errötete er ganz leicht. «Nein ... ich ... ich habe Plattfüße. Meine Mutter sagt, das kommt daher, dass ich mein Leben lang ohne Schuhe rumgelaufen bin.»

Lottie musterte seine Füße und freute sich merkwürdigerweise, eine physische Unvollkommenheit an ihm zu entdecken. Es machte ihn irgendwie menschlicher, zugänglicher.

«Nicht ganz so glorreich wie ‹eine alte Schrapnellverletzung›, was?» Guy grinste verlegen und zermahlte auf dem sandigen Holzboden die Reste der Muschelschale mit dem Schuh.

Lottie wusste nicht, was sie sagen sollte. Sie beobachtete die Regenschleier und die schäumenden Wellen, die fast über die Ufermauer schlugen.

«Du lachst ja gar nicht.» Guy sah sie an.

«Tut mir Leid», sagte sie ernst. «Ich glaube, ich habe nicht viel Sinn für Humor.»

Er hob eine Augenbraue, und nun musste sie doch lächeln.

«Was fehlt dir sonst noch?»

«Wie bitte?»

«Gibt es sonst noch was, was du nicht hast?»

Lottie sah zu ihm auf. «Plattfüße?»

Beide kicherten nervös. Lottie war, als würde sie gleich einen Lachanfall bekommen. Bloß dass das Lachen nur oberflächlich war. Darunter lag etwas anderes.

«Eine Familie? Hast du eine?»

«Sie ist nicht als solche erkennbar. Ich habe eine Mutter. Aber die würde diese Bezeichnung vielleicht sogar ablehnen.»

Guy schaute sie ruhig an. «Du Arme.»

«Ach was. Ich habe großes Glück, dass ich bei den Holdens leben darf.» Wie oft hatte sie das schon gesagt.

«Die perfekte Familie.»

«Die perfekte Mutter.»

«Mein Gott, ich weiß nicht, wie du das zehn Jahre lang ausgehalten hast.»

«Du kennst *meine* Mutter nicht.»

Aus irgendeinem Grund fanden sie das beide unerhört komisch.

«Wir sollten ein bisschen Verständnis aufbringen. Sie hat viele Kreuze zu tragen.»

Guy beobachtete einen Öltanker. Er fuhr auf dem Horizont entlang, genau da, wo Meer und Himmel zusammentrafen. Seufzend zog der junge Mann die Beine auf die Bank hinauf. Lottie konnte seine Knöchel sehen; sie waren braun, von der gleichen Farbe wie die Innenseiten seiner Handgelenke.

«Wie hast du sie kennen gelernt?», fragte sie endlich.

«Celia?»

«Ja.»

Guy streckte die Beine wieder aus. Sie reichten fast bis zur Tür. Er wischte sich ein paar Wasserflecken von der Hose.

«Es war Zufall. Wir haben eine Wohnung in London, und da habe ich mit meiner Mutter gewohnt, während mein Vater in die Karibik gefahren ist, um sich ein paar Plantagen anzusehen. Meine

Mutter ist hin und wieder gerne in London, dann besucht sie meine Tante und kauft ein. Du weißt schon.»

Lottie nickte, als wüsste sie es wirklich. Unter ihren Füßen zog Mr. Beans seine Leine straff, weil er den Spaziergang fortsetzen wollte.

«Ich bin eigentlich kein Stadtmensch, daher war ich ein paar Tage zu meinem Vetter Rob nach Sussex gefahren. Mein Onkel hat da eine Farm, und ich bin schon als Kind oft dort gewesen, denn mein Vetter und ich – wir sind fast gleich alt, und er ist wahrscheinlich mein bester Freund. Jedenfalls, ich sollte eigentlich schon wieder in London sein, aber Rob und ich sind in seinem Dorf in die Kneipe gegangen, eins führte zum anderen, und es war schon später, als ich vorgehabt hatte. Ich sitze also am Bahnhof und warte auf den letzten Zug nach London, und da sehe ich dieses Mädchen vorbeigehen.»

Lottie wurde es eng ums Herz. Sie war sich gar nicht sicher, ob sie diese Geschichte weiter hören wollte. Aber es schien keine unauffällige Möglichkeit zu geben, ihn zu unterbrechen. «Und du fandest sie schön.»

Guy sah auf seine Füße und musste fast lachen. «Schön … ja, schön war sie auch. Aber vor allem war sie betrunken.»

Ruckartig hob Lottie den Kopf. Guy legte den Finger auf die Lippen. «Ich hab ihr geschworen, es niemandem zu erzählen … Du musst es mir versprechen, Lottie … Sie war wirklich sternhagelvoll. Ich sah, wie sie durch die Sperre torkelte, wo ich saß, und dabei vor sich hin kicherte. Offenbar war sie irgendwo auf einer Party gewesen, denn sie war schick angezogen. Aber sie hatte einen Schuh verloren, und den anderen hielt sie in der Hand, zusammen mit ihrem Handtäschchen oder was das war.»

Über ihnen trommelte immer noch der Regen auf das Dach. Wenn Tropfen durch die Ritzen auf die Bodenbretter fielen, sprangen sie wie kleine Gummibälle wieder hoch, sodass Mr. Beans erschrocken zurückzuckte.

«Da hab ich mir vorgenommen, sie lieber ein bisschen im Auge zu behalten. Aber dann wankte sie in den Wartesaal, und da saßen diese Kerle in Uniform, und sie setzte sich zu ihnen und plapperte los. Das gefiel denen offenbar sehr, also dachte ich mir, dass sie das Mädchen vielleicht kannten. Es wirkte so, als würden sie sich alle kennen. Ich dachte, sie wären vielleicht zusammen zum Tanzen gewesen.»

Lottie schwirrte der Kopf bei dem Gedanken, was Mrs. Holden wohl zu der Geschichte sagen würde, wie ihre betrunkene Tochter ein Gespräch mit Soldaten anfing. Jedenfalls erklärte das, warum Celia ihre Satin-Sandaletten nicht wieder mit nach Hause gebracht hatte: Ihrer Mutter hatte sie erzählt, eine Mitschülerin aus der Sekretärinnenschule hätte sie gestohlen.

«Und irgendwann saß sie bei einem auf dem Schoß und kicherte die ganze Zeit, also dachte ich, sie muss ihn ja kennen, und ging weg, wieder zur Sperre. Und dann – das muss etwa fünf Minuten später gewesen sein – höre ich Geschrei, und eine Frauenstimme ruft etwas, und ich denke, ich sollte vielleicht doch lieber mal nachsehen, und –»

«Sie haben Celia überfallen», sagte Lottie, der die Geschichte jetzt bekannt vorkam.

«Überfallen?», fragte Guy erstaunt. «Nein, sie haben sie nicht überfallen. Sie hatten ihren Schuh.»

«Was?»

«Ihren Schuh. Sie hatten diesen blassrosa Schuh und tanzten um Celia herum und hielten ihn hoch, sodass sie nicht drankam.»

«An ihren Schuh?»

«Ja. Und sie war so blau, dass sie dauernd irgendwo gegenrannte und hinfiel. Ich habe kurz zugeguckt, aber dann fand ich das unfair, denn sie wusste offensichtlich nicht mehr, was sie tat. Also habe ich eingegriffen und die Soldaten gebeten, ihr den Schuh zurückzugeben.»

Lottie starrte ihn an. «Und was haben sie gemacht?»

«Ach, anfangs waren sie ziemlich gemein. Einer hat mich gefragt, ob ich glaubte, ich könnte sie rumkriegen. Ganz schön ironisch, wenn man sich das Ergebnis ansieht. Und unter uns, Lottie, ich war ziemlich höflich zu ihnen, weil ich mir gegen die drei keine Chance ausrechnete. Aber sie waren in Ordnung, wirklich. Irgendwann haben sie ihr den Schuh einfach zugeworfen und sind auf den Bahnsteig rausgegangen.»

«Sie haben also nicht versucht, sie anzugrapschen?»

«Sie anzugrapschen? Nein, ich meine, sie haben sie vielleicht etwas angefasst, als sie bei dem einen auf dem Schoß saß. Aber nicht so, dass es ihr peinlich war.»

«Und dann?»

«Na ja, ich dachte einfach, dass jemand sie nach Hause bringen müsste. Ich fand, dass sie noch einmal ungeschoren davongekommen war, aber in ihrem Zustand hätte sie leicht im Zug einschlafen können, und ich hielt es für keine gute Idee, sie allein zu lassen – so, wie sie aussah.»

«Nein ...»

Er zuckte die Achseln. «Also habe ich sie zu ihrer Tante gebracht, und ihre Tante war mir gegenüber anfangs ziemlich misstrauisch, aber ich habe meinen Namen und meine Telefonnummer dagelassen, damit sie meine Mutter anrufen konnte und nachprüfen konnte, ob ich ... du weißt schon. Und dann rief Celia am nächsten Tag an und entschuldigte sich, und sie bedankte sich auch, und wir gingen Kaffeetrinken ... und, na ja ...»

Lottie war über diese Version der Geschichte immer noch so verblüfft, dass sie die Bedeutung seiner letzten Worte gar nicht erfasste. Sie schüttelte den Kopf. «Sie war betrunken? Du hast ihr nachgeschaut, weil sie so besoffen war?»

«Mhmm. Aber sie hat mir auch erzählt, wie das kam. Sie hatte gedacht, sie würde nur Ginger Ale trinken, aber irgendjemand auf der Party hatte ihr offenbar Wodka oder so was in ihr Getränk geschüttet, und bevor sie wusste, wie ihr geschah, war sie blau. Ganz schön üble Geschichte.

«Das hat sie dir also erzählt.»

Guy nickte. «Ja. Sie tat mir ziemlich Leid, um ehrlich zu sein.»

Beide schwiegen lange. Der Himmel draußen war jetzt in eine blaue und eine schwarze Hälfte geteilt, und auf der nassen Straße spiegelte sich die Abendsonne.

Schließlich brach Lottie das Schweigen. Sie stand auf, was Mr. Beans veranlasste, fröhlich auf den Weg hinauszuspringen, wo er mit gespitzten Ohren dem abziehenden Gewitter nachschaute. «Ich glaube, ich gehe zurück», sagte sie rasch und marschierte los.

«Sie ist ein nettes Mädchen», hörte sie Guys Stimme hinter sich.

Lottie schaute sich kurz um. In ihrem Gesicht waren Anspannung und Wut zu lesen. «Das brauchst du mir nicht zu sagen.»

Die anderen Damen reagierten immer so merkwürdig, wenn sie von ihren morgendlichen Spaziergängen sprach, daher war Deirdre Colquhoun nicht geneigt, ihnen von ihrer letzten Beobachtung zu berichten, auch wenn sie wirklich atemberaubend war.

Nein, Sarah Chilton war recht schroff gewesen, als sie am Dienstag Mr. Armand erwähnt hatte, daher sah Mrs. Colquhoun keinen Grund, den Damen zu erzählen, dass sie nun schon zwei Morgen hintereinander etwas gesehen hatte, das sie schlicht für dramatisch hielt. Die Männer schienen nicht mehr zu kommen, daher war es ein ziemlicher Schock gewesen, die Frau zu entdecken, und Deirdre Colquhoun hatte ihr kleines Opernglas aus der Handtasche zerren müssen, um sich zu vergewissern, dass es die gleiche Frau war. Sie war in ihrem eng anliegenden schwarzen Badeanzug ins Wasser hineingewatet, das Haar zu einem unmodischen Knoten hochgesteckt, anscheinend ohne die Kälte oder sonst irgendetwas zu bemerken. Und noch während sie den Wellen entgegenstrebte, in einer Weise, die Deirdre Colquhoun, offen gesagt, etwas maskulin fand, konnte man sehen, dass sie schluchzte. Ja, sie hatte laut geschluchzt, am helllichten Tage, so als müsste ihr das Herz brechen.

Kapitel 6

*D*er Empfang verlief nicht so, wie Mrs. Holden ihn geplant hatte. Bei der Begrüßung, die sie sich ausgemalt hatte, hätte sie tadellos angezogen, in ihrem guten Wollkleid mit dem dazu passenden Gürtel, in der Tür gestanden, vor sich die beiden jüngsten Kinder, und ihren Besuch willkommen geheißen, die wohlhabende, kosmopolitische Familie, mit der sie nun durch Heirat verbunden sein sollten. Dieser geplante Empfang sah außerdem vor, dass die Bancrofts in ihrer glänzenden Limousine vorfuhren – einem viertürigen Rover 90, wie sie von Mrs. Ansty wusste, die es wiederum von Jim Farrelly erfahren hatte, der an der Rezeption des Hotel Riviera arbeitete – und dass sie als Dame des Hauses ihnen eilig durch den Vorgarten entgegenschritt, am tadellos gepflegten Rasen vorbei, und die beiden wie verloren geglaubte Freunde begrüßte. Vielleicht sogar genau in dem Moment, in dem zufällig Sarah Chilton und die eine oder andere der Damen vorbeigingen.

In dieser Version, Mrs. Holdens bevorzugter Version, erschien ihr Mann hinter ihr und legte ihr besitzergreifend die Hand auf die Schulter, eine dieser schlichten Gesten, die Bände über eine Ehe sprachen. Die Kinder lächelten dabei lieb, hielten ihre guten Sachen sauber und streckten den Bancrofts die Händchen entgegen, um ihnen ganz reizend guten Tag zu sagen, bevor sie ihnen anboten, sie ins Haus zu führen.

In ihrer Lieblingsversion warteten die Rangen nicht bis zwei Minuten vor dem erwarteten Eintreffen der Gäste, um Susan Holden mitzuteilen, dass sie nicht nur unten an der Methodistenkirche einen toten Fuchs entdeckt hatten, sondern noch dazu dessen Überreste in einen am Strand gefundenen Eimer geschaufelt und dann zu Hause im Wohnzimmer auf dem Fußboden ausgebreitet hatten. Nun planten sie, mit Hilfe von Mrs. Holdens bester Nähschere ein Fuchsfell daraus herzustellen.

In dieser Version verkündete Dr. Holden auch nicht, er sei überraschend zu einem Patienten gerufen worden und vor dem Abendbrot wahrscheinlich nicht zurück, obwohl es Samstag war und obwohl fast ganz Merham recht gut wusste, dass seine Sekretärin – dieses rothaarige Geschöpf, das immer einen so arroganten Tonfall am Leib hatte, wenn Dr. Holdens Ehefrau anrief – am nächsten Tag die Stadt verlassen würde, um eine Stellung in Colchester anzutreten. Mrs. Holden schloss kurz die Augen und rief sich das Bild ihres Rosengartens ins Gedächtnis. Das tat sie immer, wenn sie nicht zu intensiv an diese falsche Schlange denken wollte. Man musste sich auf etwas Hübsches konzentrieren.

Vielleicht das Wichtigste aber war, dass Mrs. Holden in dieser Lieblingsversion nicht zu allem Überfluss auch noch die drei unglücklichsten jungen Leute im Haus hatte, die ihr je begegnet waren. Celia und Guy sonnten sich keineswegs im Glück der Jungverlobten, sondern beide waren den ganzen Vormittag trübsinnig gewesen und hatten kaum miteinander gesprochen. Lottie hatte sich schweigsam im Hintergrund gehalten und in ihrer typischen Art dumpf vor sich hin gebrütet. Dass Mrs. Holden sich so angestrengt hatte, um einen reibungslosen Ablauf des Nachmittages zu ermöglichen, schien das Trio überhaupt nicht zu interessieren: Jedes Mal, wenn sie die drei ein wenig aufheiterte, sie ermunterte, ein tapferes Gesicht zu machen oder sie bat, ihr wenigstens bei der Beaufsichtigung der Kinder zu helfen, zuckten sie abwechselnd mit den Schultern oder sahen zu Boden, oder aber Celia schaute mit feucht glänzenden Augen viel sagend zu Guy hinüber und verkündete, sie könne einfach nicht jeden Tag fröhlich sein. Schließlich verlor Mrs. Holden die Geduld. «Jetzt reicht es aber, meine Lieben. Hier ist eine Stimmung wie in einer Leichenhalle. Lottie, du sorgst jetzt dafür, dass die Kinder dieses verdammte Tier wegräumen. Virginia soll mithelfen. Guy, du gehst raus und wartest auf den Wagen. Und Celia, du verschwindest nach oben und machst dich hübsch. Schmink dich ein bisschen. Schließlich erwarten wir deine zukünftigen Schwiegereltern. Es ist doch deine Hochzeit.»

«Wenn es überhaupt eine Hochzeit gibt», sagte Celia so traurig, dass Lottie sich rasch nach ihr umwandte.

«Jetzt sei nicht albern. Natürlich gibt es eine Hochzeit. Los, mach dich zurecht. Du darfst mein Parfüm benutzen, wenn du möchtest.»

«Ja? Dein Parfüm?»

«Wenn du willst.»

Vorerst getröstet, rannte Celia nach oben. Lottie trottete widerwillig ins Wohnzimmer, wo Virginia bereits vor dem Tierkadaver stand und Freddie auf dem Sofa lag, sich theatralisch die Kehrseite hielt und jammerte, dass er nie wieder würde sitzen können, nie, nie wieder, und Schuld daran sei allein seine Mutter.

Lottie wusste, warum Celia so traurig war. Gestern, am späten Abend, als das Gewitter längst abgezogen war, hatte die Freundin sie gebeten, mit in ihr Zimmer zu kommen, und als sie nebeneinander auf Celias Bettrand saßen, hatte sie Lottie anvertraut, dass sie mit ihr sprechen müsse. Lottie hatte gespürt, wie sie rot wurde, und ganz still gesessen. Als Celia sagte: «Es ist wegen Guy», hielt sie den Atem an. «Er ist in den letzten Tagen ganz komisch zu mir gewesen», fuhr die Freundin fort. «Ganz anders als sonst.»

Lottie konnte nicht sprechen. Es war, als wäre ihre Zunge so angeschwollen, dass sie den ganzen Mund ausfüllte.

Celia betrachtete ihre Fingernägel und hob dann plötzlich die Hand zum Mund und biss einen Nagel ab. «Als er herkam, war er genauso wie in London, weißt du. Er war so lieb, hat mich immer gefragt, ob's mir gut geht und ob ich was brauche. Er war so zärtlich. Er hat mich auf die hintere Veranda mitgenommen, wenn ihr alle nach dem Tee abgeräumt habt, und mich geküsst, bis ich dachte, mir würde Hören und Sehen ver…»

Lottie hüstelte. Sie bekam kaum Luft.

Celia merkte das nicht, sondern starrte auf ihre Hand. Als sie aufsah, standen Tränen in ihren blauen Augen. «Er hat mich seit vier Tagen nicht mehr richtig geküsst. Gestern Abend hab ich versucht, ihn dazu zu bringen, aber er hat mich einfach abblitzen lassen, hat irgendwas gemurmelt, dass wir später noch viel Zeit dazu hätten. Aber wie kann er so empfinden, Lottie? Wie kann es ihm egal sein, ob er mich küsst oder nicht? So ein Verhalten würde man doch von einem Ehemann erwarten, oder?»

Lottie kämpfte ein unangenehmes Gefühl nieder, etwas wie freudige Erregung. Dann zuckte sie zusammen, denn Celia schlang ihr die Arme um den Hals und brach in Schluchzen aus. «Ich weiß nicht, was ich falsch gemacht hab, Lottielein. Oder ob ich was Verkehrtes gesagt habe. Das kann schon sein – du weißt ja, wie ich einfach losplappere und manchmal gar nicht nachdenke. Oder vielleicht habe ich in den letzten Tagen einfach nicht hübsch genug ausgesehen. Aber ich gebe mir doch solche Mühe. Ich habe die ganzen hübschen Sachen angezogen, die Mummy mir gekauft hat, aber er – ich glaube, er mag mich einfach nicht mehr so wie früher.»

Lottie spürte, wie Celias Brust sich an ihrem Busen hob und senkte und streichelte ihr mechanisch den Rücken. Insgeheim war sie erleichtert, dass die Freundin ihr Gesicht nicht sehen konnte.

«Ich komme nicht dahinter. Was hat er bloß, Lottie? Du bist inzwischen oft genug mit ihm zusammen gewesen. Du musst ihn doch kennen.»

Lottie bemühte sich um einen ruhigen Tonfall. «Bestimmt bildest du dir das nur ein.»

«Ach, sei doch nicht so abweisend. Ich würde dir auch helfen, wenn du mich darum bitten würdest. Was glaubst du, was mit ihm los ist? Was soll ich tun?»

Lottie schloss die Augen. «Vielleicht sind es einfach die Nerven», sagte sie schließlich. «Vielleicht werden Männer genauso nervös wie wir. Ich meine, weil seine Eltern kommen und so. Das ist doch eine große Sache, wenn man seine Eltern vorstellt, oder?»

Celia löste sich von Lottie und sah sie aufmerksam an.

«Vielleicht macht ihm das mehr zu schaffen, als du denkst.»

«Das kann sein, da hast du Recht. Daran hatte ich überhaupt nicht gedacht. Vielleicht ist er wirklich nervös.» Sie strich ihr Haar glatt und schaute zum Fenster. «Ein Mann gibt ja nicht gern zu, dass er nervös ist, stimmt's? So was tun Männer eigentlich nicht.»

Lottie wünschte sich inständig, dass Celia sie gehen lassen würde. Sie hätte alles gesagt, alles getan, wenn Celia sie bloß in Ruhe gelassen hätte.

Aber Celia umarmte sie erneut und hielt sie fest. «Ach, du bist klug, Lottielein. Du hast sicher Recht. Und es tut mir Leid, wenn ich in letzter Zeit ein bisschen … distanziert war. Ich war einfach so mit Guy und der Hochzeit beschäftigt. Das war bestimmt nicht besonders schön für dich.»

«Nicht so schlimm», krächzte Lottie.

«Gut. Also, dann gehe ich mal nach unten und versuche, den sturen Bock dazu zu kriegen, dass er sich ein bisschen um mich kümmert.» Sie lachte, aber es klang immer noch wie ein Schluchzen.

Lottie blickte ihr nach und ließ sich dann langsam auf ihr Bett sinken.

Es war also tatsächlich so weit gekommen. Guy und Celia würden heiraten. Lottie war in einen Mann verliebt, den sie nicht haben konnte, in einen Mann, der, was noch wichtiger war, nichts getan hatte, um anzudeuten, dass er ihre Gefühle erwiderte. Er hatte sie nur ab und zu zu einem Haus begleitet, das ihm gefiel, und hatte ein paar dumme, kindische Blumen in ihrem Haar bewundert. Denn das war alles, oder? Im Grunde gab es nichts, was darauf hingewiesen hätte, dass Guy sie lieber mochte als zum Beispiel – Freddie. Mit Freddie war er nämlich auch oft zusammen. Und selbst wenn sie ihm wirklich gefiel, war da nichts zu machen. Man brauchte sich ja nur anzusehen, in welcher Verfassung Celia war, bloß weil er sich in den vergangenen Tagen nicht ganz so intensiv um sie gekümmert hatte wie sonst.

Ach Gott, warum musstest du herkommen?, stöhnte Lottie und legte die Stirn auf die Knie. Ich war vollkommen zufrieden, bis du kamst. Doch dann rief Mrs. Holden sie nach unten, weil sie Virginia beim Herauslegen des guten Silbers helfen sollte.

Trotz ihrer guten Absichten war es Celia nicht gelungen, ihre Niedergeschlagenheit abzuschütteln. Möglicherweise aus gutem Grund. Lottie beobachtete sie, wie sie in ihrem neuesten Kleid vor Guy auf und ab stolzierte, wie sie ihn spielerisch in den Arm zwickte und ihm kokett den Kopf auf die Schulter legte. Lottie schaute zu, wie Guy sie tätschelte, leicht abwesend, so wie ein Mann seinen Hund tätschelt, und wie Celias Lächeln daraufhin erstarrte. Und Lottie bemühte sich, den Kessel der Emotionen, die in ihr brodelten, unter Kontrolle zu behalten. Und ging zu Sylvia, um ihr zu helfen, die guten Schuhe zuzubinden.

Für einen Mann, der seine Eltern fast einen Monat lang nicht gesehen hatte, für einen Mann, der bekannte, dass er seine Mutter verehrte und seinen Vater für einen der prächtigsten Menschen auf der Welt hielt, hatte Guy bei der Aussicht auf ihre Ankunft nicht besonders begeistert gewirkt. Zuerst hatte Lottie sein unaufhörliches Auf- und Abwandern draußen seiner Ungeduld zugeschrieben, aber dann schaute sie genauer hin und sah, dass er unhörbar mit sich diskutierte, wie die verrückte Frau unten im Park. Guy wirkte nicht erwartungsvoll, sondern kummervoll und schlecht gelaunt, und als er Freddies hartnäckige Forderung, mit ihm Tennis zu spielen, mit einem ganz untypischen Schimpfwort ablehnte, sandte Lottie, die vom Wohnzimmerfenster aus zuschaute, ein leidenschaftliches Gebet in den Himmel, dass sie selbst die Ursache und auch das Heilmittel für sein Elend sein möge.

Susan Holden betrachtete die drei niedergeschlagenen jungen Leute und seufzte. Keine Haltung, kein Rückgrat. Wenn sie mit ihrem Packen an Problemen – Henrys Abwesenheiten, Freddies Unarten und Sarah Chiltons endlosen Kommentaren darüber, dass sie Celia ja nun glücklicherweise unter die Haube gebracht hatten – es vermochte, der Welt mit einem Lächeln entgegenzutreten, dann sollte man doch annehmen, dass diese verflixten Kinder sich ein bisschen zusammennehmen und etwas fröhlicher sein könnten.

Sie zeigte ihrem Spiegelbild einen Schmollmund und holte dann einen Lippenstift aus ihrem Schminkkoffer. Die Farbe war ziemlich auffällig für sie, vor den Salondamen hätte sie dieses Rot nicht aufgelegt, aber Mrs. Holden sagte sich, dass es Tage gab, an denen man alle Requisiten brauchte, die einem zur Verfügung standen.

Der Lippenstift dieser Rothaarigen hatte die Farbe von Weihnachtskerzen. Als sie die Frau zum ersten Mal in Henrys Praxis sah, hatte sie den Blick gar nicht abwenden können.

Vielleicht war genau das der Punkt.

Virginia rief die Treppe hinauf: «Mrs. Holden, Ihr Besuch ist da!»

Sie überprüfte ihre Frisur im Spiegel und holte tief Luft. Hoffentlich würde Henry gut gelaunt nach Hause kommen. «Lassen Sie sie herein, ich bin sofort unten!»

«Und Freddie will dieses … dieses tote Biest nicht hergeben. Er sagt, er will es in seinem Zimmer haben. Der ganze Teppich stinkt danach.»

Verzweifelt dachte Mrs. Holden an ihre Rosen.

«Was für ein herrlicher Garten. Wie wunderbar geschickt Sie sind.» Worte, die in den Ohren einer nervösen potenziellen Schwiegermutter, die immer unter einem Defizit an Anerkennung litt, süß klangen. Auch wenn Dee Dee Bancrofts breiter amerikanischer Akzent sie immer noch überraschte (Guy hatte davon nichts gesagt!), merkte Susan Holden, dass ihr vor lauter Dankbarkeit ganz mulmig wurde.

«Ist das eine Albertine? Mit diesen herrlichen lachsrosa Blüten? Wissen Sie, dass das einfach meine Lieblingsrosen sind? In diesem so genannten Garten, den wir in Port Antonio haben, kann ich sie nicht ziehen. Offenbar der falsche Boden. Oder ich habe sie zu dicht neben etwas anderes gesetzt. Rosen können furchtbar heikel sein, nicht wahr? Kratzbürstig im wahrsten Sinne des Wortes.»

«Das stimmt», sagte Susan Holden und bemühte sich, nicht auf

Dee Dees lange braune Beine zu schauen. Konnte es sein, dass die Frau gar keine Strümpfe trug?

«Ach, Sie haben keine Ahnung, wie ich Sie um diesen Garten beneide. Schau mal, Guyliebling, sie hat Funkien. Und keine einzige Schnecke hat daran herumgeknabbert. Wie machen Sie das bloß?»

Guyliebling, wie Mr. Bancroft senior offenbar von seiner Frau genannt wurde, wandte sich von der hinteren Gartenpforte ab, von der aus man über die Sportplätze sehen konnte, und schlenderte zu den Damen zurück, die unter einem flatternden Sonnenschirm saßen und lauwarmen Tee schlürften.

«In welcher Richtung liegt das Meer?»

Guy hatte im Gras gesessen. Nun stand er auf und trat zu seinem Vater. Er deutete nach Osten.

«Ich hoffe, es macht Ihnen nichts aus, draußen zu sitzen. Ich weiß, dass es etwas windig ist, aber vielleicht ist es der letzte schöne Nachmittag im Jahr, und ich freue mich so an den Rosen.»

«O nein, wir sind so gern im Freien.» In einer Hand hatte Mrs. Bancroft ihre Teetasse, und mit der anderen hielt sie ihr Haar fest, damit es ihr beim Trinken nicht in den Mund flog.

«Ja. Im Winter fehlt es einem dann.»

«Und Freddie hat einen toten Fuchs auf den Wohnzimmerteppich gelegt», piepste Sylvias hohes Stimmchen.

«Aber Sylvia!»

«Das stimmt! Ich war's nicht. Und jetzt sagt Mummy, sie lässt uns nie wieder ins Wohnzimmer rein. Also müssen wir im eiskalten Garten sitzen.»

«Sylvia, das ist nicht wahr. Entschuldigen Sie bitte, Mrs. Bancroft. Wir hatten ein – äh, kleines Malheur im Wohnzimmer, bevor Sie kamen, aber ich hatte von Anfang an die Absicht, den Tee hier draußen zu servieren.»

«Oh, nennen Sie mich bitte Dee Dee. Und machen Sie sich unseretwegen keine Gedanken. Es ist herrlich hier draußen. Und außerdem kann Freddie gar nicht so schlimm sein, wie unser Sohn das war. Guy junior war ein fürchterlicher Wildfang.» Dee Dee strahlte, als Susan Holden ein entsetztes Gesicht machte. «Einfach schrecklich. Er hat immer Insekten mitgebracht und sie in Schachteln und Gläser eingesperrt und dann vergessen. Ich habe faustgroße Spinnen in meiner Mehldose entdeckt. Igitt!»

«Ich weiß gar nicht, wie Sie mit all den Insekten da draußen fertig werden. Ich würde bestimmt vor Angst vergehen.»

«Ich finde Insekten toll», mischte Freddie sich ein, der schon seit einer Weile die hellen Ledersitze und die Innenverkleidung aus Nussbaum in Mr. Bancrofts brandneuem Rover betrachtete. «Ich hätte gerne eine faustgroße Spinne. Die würde ich Harold nennen.»

Mrs. Holden lief ein Schauer über den Rücken. Irgendwie war es schwerer, an seinen Rosengarten zu denken, wenn man darin saß.

«Doch! Sie wäre mein Freund.»

«Dein einziger Freund», zischte Celia. Sie hatte, wie ihrer Mutter auffiel, wieder etwas von ihrer alten Schroffheit. Die Beine zu Lottie ausgestreckt, saß sie auf dem Rand der Picknickdecke und knabberte missmutig an einem Keks.

Lottie hatte die Arme um die Knie geschlungen und schaute an allen anderen vorbei zur Toreinfahrt, so als warte sie auf ein Signal zum Gehen. Sie hatte nicht angeboten, die Scones herumzureichen, wie Mrs. Holden ihr vor der Ankunft der Bancrofts aufgetragen hatte. Sie hatte sich nicht einmal etwas Nettes angezogen.

«Und wo ist dieses Haus, von dem du uns erzählt hast, Junior? Ich wette, es ist nicht halb so schön wie Susans Haus hier.»

Mr. Bancroft trat an den Tisch und schwenkte seine Zigarette, um das Gesagte zu unterstreichen. Sein Englisch hatte einen unbestimmbaren Akzent, und er sprach mit einem singenden, transatlantischen Tonfall, den Susan Holden ausgesprochen unkonventionell fand. Aber Guy Bancroft senior schien überhaupt recht unkonventionell zu sein. Er war von imposanter Statur und trug ein Hemd in leuchtendem Rot, einem Farbton, den man eher bei einem Kabarettisten erwartet hätte. Dazu sprach er sehr laut, so als wären alle anderen mindestens fünfzig Meter weit entfernt. Bei seiner Ankunft hatte er ihr nach französischer Art zwei dicke, feuchte Küsschen auf die Wangen gedrückt. Auch wenn er eindeutig kein Franzose war.

«Das liegt in dieser Richtung. Hinter dem Stadtpark», zeigte Guy wieder.

Unter normalen Umständen hätte man ihn für ziemlich ... nun ja, ordinär halten können. Er hatte überhaupt nichts Kultiviertes an sich. Seine Kleidung, seine Stimme, alles wies auf einen gewissen Mangel an Kinderstube hin. Er hatte schon zweimal geflucht, doch Dee Dee hatte bloß gelacht. Und trotzdem ging ein gewisser Glanz von ihm aus: der Glanz des Geldes. Es zeigte sich in seiner Armbanduhr, in seinen blanken, handgenähten Schuhen und in der sehr schönen Krokodilledertasche, die die Bancrofts Susan aus London mitgebracht hatten. Als sie das Geschenk aus dem Seidenpapier wickelte, hatte sie an sich halten müssen, um nicht den Kopf zu senken und diesen köstlichen teuren Duft zu schnuppern.

Mrs. Holden verscheuchte die Gedanken an die Handtasche und sah auf die Uhr. Es war fast Viertel vor vier. Henry hätte wirklich inzwischen anrufen müssen, um ihr mitzuteilen, ob er zum Abendessen nach Hause kommen würde. Sie wusste nicht, für wie viele Personen sie kochen sollten. Ob die Bancrofts noch bleiben wollten? Die beiden Brathähnchen würden keinesfalls für sieben Erwachsene reichen.

«Was – da hinten bei unserem Hotel?»

«Ja. Aber das Haus liegt auf einem anderen Felsvorsprung. Von der Küstenstraße aus ist es nicht sehen.»

Sie konnte Virginia bitten, noch schnell einen Schweinebraten zu besorgen. Und wenn die Bancrofts nicht blieben, konnten die Kinder Schweinegeschnetzeltes essen.

Dee Dee beugte sich vor. «Mein Sohn hat uns von Ihren faszinierenden Nachbarn erzählt. Es muss herrlich sein, so viele Künstler direkt vor der Tür zu haben.»

Susan Holden richtete sich kerzengerade auf und machte Virginia durchs Fenster ein Zeichen. «Äh – ja, es ist recht nett. Viele denken ja, ein Badeort hätte kulturell nichts zu bieten. Aber wir tun unser Bestes.»

«Wissen Sie, auch darum beneide ich Sie. Auf den Obstplantagen gibt es überhaupt keine Kultur. Bloß das Radio. Und ein paar Bücher. Und ab und zu eine Zeitung.»

«Nun, uns ist es ein Vergnügen, die Künste selbst zu pflegen.»

«Und dieses Haus klingt phantastisch.»

«Haus?» Mrs. Holden sah sie verständnislos an.

«Ja, bitte?» Virginia stand mit einem Tablett vor ihr.

«Entschuldigung, sagten Sie Haus?»

«Das Art-déco-Haus. Guy junior hat uns erzählt, dass es zu den schönsten Häusern gehört, die er je gesehen hat.»

Mrs. Holden schüttelte den Kopf. «Äh – danke, Virginia, ich komme sofort ins Haus und spreche mit Ihnen. Tut mir Leid, Mrs. Bancroft, könnten Sie das nochmal wiederholen?»

Mit einem missbilligenden Zischen verließ Virginia die Terrasse wieder.

«Bitte, nennen Sie mich doch Dee Dee. Ja, wir mögen moderne Architektur sehr. Im mittleren Westen, wo ich aufgewachsen bin, ist alles modern, wissen Sie? Für uns ist ein Haus schon alt, wenn es vor dem Krieg gebaut wurde!» Mrs. Bancroft brach in schallendes Gelächter aus.

Ihr Mann klopfte seine Zigarettenasche in ein Rosenbeet. «Nachher machen wir einen Spaziergang dahin. Ich möchte es mir anschauen.»

«Nach Arcadia?» Lottie drehte sich blitzschnell um.

«Heißt es Arcadia? Wie wunderbar.» Dee Dee ließ sich noch einmal Tee einschenken.

«Sie wollen nach Arcadia?» Mrs. Holdens Stimme war um einige Tonlagen höher geworden.

«Ich habe gehört, dass da so phantastisch exotische Typen leben sollen.»

«Das stimmt», meinte Celia und lächelte zum ersten Mal an diesem Tag.

Dee Dee sah Celia an und dann ihre Mutter. «Ach so. Vielleicht ist es ein bisschen schwierig. Sie wollen bestimmt nicht, dass wir sie wie Tiere im Zoo besichtigen. Guyliebling, lass uns ein andermal hingehen.»

«Aber es sind doch bloß fünf Minuten –»

«Liebling –»

Mrs. Holden bemerkte den Blick, den Dee Dee ihrem Mann zuwarf. Entschlossen stand sie auf: «Nun, ich bin bei Mrs. Armand natürlich immer willkommen … erst letzte Woche hat sie mir einen Brief geschrieben …»

Mr. Bancroft drückte seine Zigarette aus und trank in einem Zug seine Tasse leer. «Dann mal los. Guy, zeig uns, wovon du erzählt hast.»

Sicherlich bedauerte Mrs. Holden, dass sie diese Schuhe anbehalten hatte. Lottie beobachtete, wie sie auf dem steinigen Küstenpfad zum fünfzehnten Mal umknickte und sich dann besorgt umschaute, ob ihre Gäste es bemerkt hätten. Doch diese Sorge war unnötig: Mr. und Mrs. Bancroft spazierten Arm in Arm und plauderten miteinander, zeigten auf Schiffe weit draußen auf dem Meer oder auf späte Blüten oben am Abhang. Guy und Celia gingen ganz vorn, und Celia hatte sich bei ihrem Verlobten eingehakt, aber eine so zwanglose Unterhaltung wie bei den Eltern kam nicht auf. Celia redete, und Guy wanderte mit gesenktem Kopf neben ihr her. Ob er zuhörte, war nicht zu erkennen. Lottie machte den Schluss, und fast hätte sie sich Freddie und Sylvia herbeigewünscht, die unter lautem Protestgeschrei zu Hause geblieben waren. Wenn die Kinder mitgedurft hätten, hätte sie sich auf etwas anderes als auf die beiden blonden Köpfe vorne konzentrieren können, und Mrs. Holden, deren Anspannung merklich wuchs, hätte noch weitere Blitzableiter gehabt.

Je näher sie Arcadia kamen, desto häufiger sah Mrs. Holden sich um, als fürchtete sie, Bekannte zu treffen. Sie hatte den zögernden, lauernden Gang eines Gelegenheitsverbrechers angenommen, und sie sah Lottie nicht in die Augen, als schäme sie sich ihres Sinneswandels. Lottie ihrerseits war einfach elend zumute bei dem Gedanken, noch eine weitere Stunde den strahlenden Elternstolz auf das junge Brautpaar ertragen zu müssen. Auch die Aussicht, dass sie alle zusammen Adeline überfallen würden, die keinen Tee kochen konnte, selbst wenn man sie in eine Kiste mit Darjeeling gesetzt hätte, hellte ihre Stimmung nicht auf.

Guys Mutter rief Celia etwas zu. Celias Laune hatte sich wesentlich gebessert, teilweise weil Dee Dee ihr so viel Aufmerksamkeit schenkte und teilweise, argwöhnte Lottie, weil die Erwartung, ihre Mutter im Haus der Schauspielerin zu sehen, ihr ein diebisches Vergnügen bereitete. Lottie freute sich, dass ihre Freundin etwas fröhlicher war, hatte aber gleichzeitig den brennenden Wunsch, ihr diese Fröhlichkeit auszutreiben.

Guys Eltern schienen Lottie einfach zu übersehen.

Bald sind sie alle weg, sagte Lottie sich. Und ich arbeite weiter im Schuhladen. Ich werde mich wieder mit Joe vertragen. Ich werde dafür sorgen, dass ich beschäftigt bin, dass ich den Kopf so voll habe, dass für ihn kein Platz mehr darin ist. Doch ausgerechnet in diesem Moment drehte Guy, der gerade in die Auffahrt einbog, sich um und sah ihr in die Augen, so als könnte er durch seine bloße Existenz jeden Versuch ihrerseits, ihre Gefühle zu beherrschen, ad absurdum führen.

«Das ist es?» Mr. Bancroft blieb wie angewurzelt stehen, fast genauso wie vor einigen Wochen sein Sohn in der Auffahrt gestanden hatte.

Auch Guy schaute auf das flache weiße Gebäude, das vor ihnen lag. «Das ist es.»

«Sieht gut aus.»

«Es ist quasi eine Mischung aus Art déco und Moderne. Der Stil ist nach einer Ausstellung benannt, nach der *Exposition Internationale des Arts Décoratifs et Industriels Modernes*, die 1925 in Paris stattfand. Sie war der Beginn des Art déco. Die geometrischen Muster auf dem Gebäude sollen auf das Industriezeitalter hinweisen.»

Sprachlos schaute die kleine Gesellschaft Guy an.

«Das ist der längste Satz, den ich von dir gehört habe, seit wir hier angekommen sind», erklärte sein Vater.

Guy sah zu Boden. «Es hat mich interessiert. Ich hab es in der Bibliothek nachgeschlagen.»

«In der Bibliothek nachgeschlagen, was? Prima, mein Sohn.» Mr. Bancroft zündete sich eine Zigarette an, wobei er das Flämmchen des Feuerzeugs mit seiner breiten, dicken Hand schützte. «Siehst du, Dee Dee?», sagte er nach einem genussvollen Zug. «Ich hab dir doch gesagt, dass unser Junge es auch ohne Lehrer schafft. Alles, was er wissen muss, schaut er selbst nach. Noch dazu in der Bibliothek.»

«Also, ich finde das einfach faszinierend, mein Schatz. Erzähl mir mehr von diesem Haus.»

«Ach, ich glaube, Adeline kann das viel besser.»

Lottie bemerkte, dass Mrs. Holden leicht zusammenfuhr, als Guy Adelines Vornamen benutzte. Heute Abend würde es einige Fragen geben.

Außerdem sah sie, wie peinlich es Mrs. Holden war, dass es so lange dauerte, bis jemand öffnete. Sie stand vor der großen weißen Haustür, umklammerte mit beiden Händen ihre Handtasche und hob und senkte sie ein paarmal, weil sie sich einfach nicht entscheiden konnte, ob sie ein zweites Mal klopfen sollte. Vielleicht hatte es ja niemand gehört. Zu Hause waren sie jedenfalls – in der Auffahrt parkten drei Wagen.

«Vielleicht sind sie auf der Terrasse», sagte Guy. «Ich könnte über die Seitenpforte klettern und nachschauen.»

«Nein», riefen Dee Dee und Susan wie aus einem Mund.

«Wir wollen nicht aufdringlich sein», setzte Mrs. Holden hinzu. «Vielleicht … vielleicht arbeiten sie gerade im Garten.»

Dass ein Stück vergessenes Brot, das unter den großen Blumentöpfen vor sich hin schimmelte, das einzige Grün auf Adelines Terrasse war, behielt Lottie lieber für sich.

«Vielleicht hätten wir vorher anrufen sollen», bemerkte Dee Dee.

Doch da öffnete die Tür sich plötzlich. Vor ihnen stand George. Er musterte alle der Reihe nach und machte dann, mit einem Grinsen zu Celia hin, schwungvoll eine einladende Handbewegung. «Wenn das nicht Celia und Lottie sind, die ein paar fröhliche Gesellen mitgebracht haben! Kommt rein. Kommt rein und feiert mit.»

«Guy Bancroft senior.» Mr. Bancroft streckte seine große Hand aus.

George sah die Pranke und klemmte sich die Zigarette zwischen die Zähne. «George Bern. Freut mich. Keine Ahnung, wer Sie sind, aber freut mich sehr.»

Er war, wie Lottie auffiel, ziemlich betrunken.

Im Gegensatz zu Mrs. Holden, die nervös in der Tür stehen blieb, als traue sie sich nicht hinein, schien Mr. Bancroft sich von Georges merkwürdiger Begrüßung nicht im Geringsten aus der Ruhe bringen zu lassen. «Das hier ist meine Frau Dee Dee, und das ist mein Sohn, Guy junior.»

George lehnte sich theatralisch zurück, um Guy genauer in Augenschein zu nehmen. «Aha. Der berühmte Ananasprinz. Er hat einigen Eindruck gemacht, wie ich höre.»

Lottie spürte, wie sie rot wurde, und ging rasch den Flur hinunter.

«Ist Mrs. Armand zu Hause?»

«Aber sicher, Madame. Sie müssen Celias Schwester sein. Wie bitte? Celias Mutter? Nein, nicht zu glauben. Celia, du hast mir nie von ihr erzählt.»

In Georges Stimme lag eine winzige Spur von Spott. Lottie wagte es nicht, Mrs. Holden ins Gesicht zu sehen. Schweigend betrat sie den großen Salon, aus dem die Klänge eines misstönenden Klavierkonzerts drangen. Der Wind wurde stärker: Irgendwo im Haus kreischte und klapperte eine Tür.

Hinter sich hörte Lottie, wie Dee Dee lautstark ein Kunstwerk bewunderte und wie Mrs. Holden mit nervöser Stimme sagte, Mrs. Armand würde diesen unangekündigten Besuch hoffentlich nicht übel nehmen, aber sie habe ja geschrieben …

«Nein, nein, nur hereinspaziert. Kommt rein und macht mit.»

Lottie konnte den Blick nicht von Adeline abwenden. Sie saß mitten auf dem Sofa, genau da, wo sie bei ihrem ersten Besuch gesessen hatte. Nur umgab sie heute kein fremdartiger Glanz: Offenbar hatte sie geweint, ihre Wangen waren blass und fleckig, und sie hielt den Kopf gesenkt und rang die Hände.

Neben ihr saß Julian, und Stephen hatte sich auf dem Sessel in eine Zeitung vertieft. Julian erhob sich und kam den Gästen entgegen. «Lottie, wie schön, dich mal wieder zu sehen. Was für ein unerwartetes Vergnügen. Und wen hast du da mitgebracht?»

«Das sind Mr. und Mrs. Bancroft, Guys Eltern», murmelte Lottie. «Und Mrs. Holden, Celias Mutter.»

Julian schien Susan Holden gar nicht wahrzunehmen. Er stürzte sich fast auf Mr. Bancrofts Hand und schüttelte sie heftig. «Mr. Bancroft! Guy hat uns so viel von Ihnen erzählt!» Lottie bemerkte, wie Celia Guy erstaunt ansah: Nicht nur Mrs. Holden würde heute Abend Fragen stellen. «Setzen Sie sich doch bitte. Wir wär's mit einer Tasse Tee?»

«Wir wollen Ihnen bestimmt keine Umstände machen», sagte Mrs. Holden, die angesichts einer Reihe von Aktzeichnungen an der Wand erblasst war.

«Ach, das macht überhaupt keine Mühe. Nehmen Sie doch Platz! Jetzt trinken wir Tee.» Er sah zu Adeline hinüber, die sich seit ihrer Ankunft nicht gerührt, sondern ihren Gästen nur schwach zugelächelt hatte. «Es freut mich sehr, Sie alle kennen zu lernen. Ich habe es vollkommen versäumt, mich meinen Nachbarn vorzustellen. Sie müssen entschuldigen, wenn wir in Haushaltsdingen im Moment nicht so ganz funktionsfähig sind – wir haben gerade unsere Hilfe verloren.»

«Ach, mein herzliches Beileid», sagte Dee Dee und setzte sich auf einen Stuhl von Lloyd Loom. «Es gibt nichts Schlimmeres, als ohne Haushaltshilfe dazusitzen. Ich sage immer zu Guy, mit dem Personal hat man manchmal so viel Probleme, dass man die Arbeit gleich selbst tun kann.»

«In der Karibik ist das jedenfalls so», bestätigte Mr. Bancroft. «Man braucht zwanzig Angestellte, damit sie die Arbeit von zehn erledigen.»

«Zwanzig Angestellte!» Julian staunte. «Adeline wäre schon mit einer einzigen zufrieden. Wir haben anscheinend Probleme, die Leute hier zu halten.»

«Ihr solltet mal versuchen, sie hin und wieder zu bezahlen», feixte George und schenkte sich Rotwein nach.

Wieder lächelte Adeline schwach. Lottie wurde klar, dass niemand den Tee machen würde, denn Frances war offenbar nicht da. «Ich koche Tee», erklärte sie, «das tue ich gern.»

«Tatsächlich? Wunderbar. Das ist ganz reizend von dir, Lottie.»

«Wirklich, ein reizendes Mädchen», grinste George.

Froh, der angespannten Atmosphäre im Salon zu entkommen, verzog Lottie sich in die Küche. Während sie nach sauberen Tassen und Untertassen suchte, hörte sie, wie Julian Mr. Bancroft über seine Firma ausfragte und ihm mit vielleicht noch größerer Begeisterung von seiner eigenen erzählte. Er sei Kunsthändler, erklärte er Mr. Bancroft. Er besitze in London Gallerien und sei auf zeitgenössische Malerei spezialisiert.

«Sind diese Sachen gefragt?» Lottie hörte, wie Mr. Bancroft im Saal umherwanderte.

«Mehr und mehr. Für bestimmte Künstler verdreifachen sich die Preise auf den Auktionen bei Sotheby's oder Christie's jedes Jahr.»

«Hörst du das, Dee Dee? Keine schlechte Investition, was?»

«Wenn du weißt, was du kaufen musst.»

«Eben. Da haben Sie völlig Recht, Mrs. Bancroft. Wenn man schlecht beraten wird, kauft man möglicherweise etwas, das zwar einen ästhetischen Wert haben mag, aber in finanzieller Hinsicht uninteressant ist.»

«Wir haben uns eigentlich noch nie Kunst zugelegt, oder, Guyliebling? Unsere Bilder habe ich gekauft, weil sie nett aussehen.»

«Ein sehr vernünftiger Grund, etwas zu erwerben. Wenn man ein Gemälde nicht mag, spielt sein Wert keine Rolle.»

Auf dem Küchentisch lagen Papiere, mehrere hohe Rechnungen für Heizöl, Strom und Reparaturen am Dach. Lottie konnte nicht anders, sie musste die Zahlen lesen und erschrak über die Summen, um die es ging. Und anscheinend handelte es sich gar nicht um Rechnungen, sondern schon um letzte Mahnungen.

«Und was ist das hier?»

«Das ist ein Kline. Jawohl. In seinem Werk ist die Leinwand an sich genauso wichtig wie der Farbauftrag.»

«Vermutlich auch eine Methode, um Farbe zu sparen. Sieht aus, als könnte ein Kind das genauso gut.»

«Dieses Bild ist wahrscheinlich mehrere tausend Pfund wert.»

«Mehrere tausend? Dee Dee? Was meinst du, könnten wir so was nicht zu Hause anfangen? Damit du ein kleines Hobby hast?»

Dee Dee lachte laut und herzlich.

«Mal ernsthaft, Mr. Armand. Ist das wirklich so viel wert? Dieses Zeug?»

«Kunst ist, wie alles andere auch, das wert, was die Kunden zu zahlen bereit sind.»

«Dem kann ich nur beipflichten.»

Lottie kam mit dem Tablett. Mittlerweile hatte Adeline sich an eins der großen Fenster gestellt und sah hinaus. Der böige Wind hatte zugenommen und beugte Gräser und Sträucher fast bis zur Erde. Unterhalb des Hauses konnte Lottie mehrere winzige Gestalten erkennen, die sich den Küstenpfad hinaufkämpften, weil sie sich gegen das immer schlechter werdende Wetter geschlagen geben mussten.

«Möchte jemand Tee?», fragte sie.

«Das mache ich schon, Lottie», sagte Adeline und entband sie damit von weiteren häuslichen Pflichten. Lottie wusste nicht recht, was sie jetzt mit sich anfangen sollte. Celia und Guy standen verlegen an der Tür herum, bis Mr. Bancroft seinen Sohn schalt, er stehe da ja, als sei er auf dem Sprung, man könnte fast meinen, er habe Ameisen im Hintern. Celia unterdrückte ein Prusten, und Lottie merkte wieder, dass sie es nicht wagte, Mrs. Holden ins Gesicht zu sehen.

«Wohnen Sie hier schon lange, Mrs. Armand?», fragte Dee Dee, der das merkwürdige Verhalten ihrer Gastgeber genauso wenig auszumachen schien wie ihrem Mann.

«Seit Sommer letzten Jahres.»

«Und wo haben Sie vorher gelebt?»

«In London. Mittendrin, gleich hinter dem Sloane Square.»

«Ach, tatsächlich? Ich habe eine Freundin am Cliveden Place.»

«Cadogan Gardens», erklärte Adeline. «Es war ein recht schönes Haus.»

«Aber Sie haben sich trotzdem entschlossen, ganz hier herauszuziehen?»

«Ach, komm», unterbrach Julian, «wir wollen die Bancrofts doch nicht mit unseren privaten Histörchen langweilen. Also, Mr. Bancroft, erzählen Sie mir mehr von Ihrer Firma. Wie sind Sie auf die Idee gekommen, Obst zu importieren?»

Lottie beobachtete Adeline, die den Mund geschlossen und ihr Gesicht von allen Emotionen befreit hatte. Sie konnte wie eine kleine orientalische Maske aussehen – erlesen, anscheinend wohlwollend, aber ohne etwas preiszugeben.

Warum hat er sie nicht weitersprechen lassen?, fragte Lottie sich, und ihr ungutes Gefühl hatte nichts mit dem heraufziehenden Regen zu tun. Durch die großen Fenster sah sie den sich verdunkelnden Himmel in seiner ganzen Pracht und konnte beobachten, wie sich bleifarbene Wolken über den Horizont schoben. Gelegentlich tauchte plötzlich eine leere Papiertüte oder ein Blatt vor dem Fenster auf. Oben schlug immer wieder die Tür, unrhythmisch, was Lottie ganz nervös machte. Die Musik hatte schon lange aufgehört.

Julian und Mr. Bancroft setzten ihre Unterhaltung fort.

«Wie lange bleiben Sie im Riviera? So lange, dass ich ein paar Werke zusammenstellen kann, die Ihnen gefallen würden?»

«Also, eigentlich hatte ich vor, in ein paar Tagen wieder nach London zurückzufahren. Aber Dee Dee liegt mir immer in den Ohren, dass ich ein bisschen mit ihr Urlaub machen soll, daher haben wir uns gedacht, wie könnten nach unserem Besuch bei den Holdens vielleicht ein Stück an der Küste entlangfahren. Vielleicht sogar einen kurzen Abstecher rüber nach Frankreich machen.»

«Ich bin noch nie in Paris gewesen», sagte Dee Dee.

«Du bist ganz in Paris vernarrt, nicht wahr, Celia?» George hatte sich im Schaukelstuhl ausgestreckt und grinste sie an.

«Was?»

«Du liebst Paris doch so. Paris, in Frankreich.»

Er weiß Bescheid, dachte Lottie. Und ein gutes Gedächtnis hat er auch.

«Ja. Ja, Paris –», stammelte Celia errötend.

«Es ist herrlich, wenn man in der Jugend reisen kann.» George zündete sich die nächste Zigarette an und blies träge den Rauch aus. «Diese Gelegenheit haben nicht viele junge Menschen.»

Er weidete sich an ihrer Verlegenheit. Als Lottie das Unbehagen ihrer Freundin, die keine Antwort fand, nicht mehr ertragen konnte, kam sie ihr zu Hilfe. «Guy ist mehr gereist als alle anderen Leute, die ich kenne, stimmt das nicht, Guy? Er hat uns erzählt, dass er praktisch überall schon mal gelebt hat. In der Karibik, in Guatemala, in Honduras. An Orten, von denen ich noch nie gehört hatte. Es ist sagenhaft spannend, ihm zuzuhören. Er beschreibt das so wunderbar … die Eindrücke und die Menschen und alles. Die Landschaften …» Lottie merkte, wie sie sich verhaspelte, und verstummte.

«Ja. Ja, das ist wahr», nahm Celia dankbar den Faden auf. «Lottie und ich hören ihm immer wie gebannt zu. Und Mummy und Daddy auch. Ich glaube, er hat die ganze Familie mit seiner Reiselust angesteckt.»

«Und Sie, Mrs. Armand», begann Dee Dee wieder, «Sie haben einen leichten Akzent. Wo stammt der her?»

Die Tür, die oben geklappert hatte, schlug plötzlich laut zu. Lottie fuhr zusammen, und alle blickten auf. Frances stand im Türrahmen. Sie trug einen langen Samtmantel und ein gestreiftes Tuch, und ihr Gesicht war kalkweiß. Sie stand ganz still, als hätte sie nicht damit gerechnet, so viele Menschen im Raum vorzufinden. Dann wandte sie sich an Adeline. «Ich bitte um Entschuldigung», sagte sie. «Ich wollte gerade abreisen.»

«Frances –» Adeline erhob sich und streckte die Hand aus. «Bitte –»

«Nein. Ich will nicht. George, wärst du so freundlich, mich zum Bahnhof zu fahren?»

George drückte seine Zigarette aus und machte Anstalten, sich zu erheben. «Was immer du möchtest, meine Liebe …»

«Bleib sitzen, George.» Das war Adeline. Ihre Wangen hatten wieder Farbe bekommen, und sie strahlte eine fast kaiserliche Würde aus.

«Frances, so darfst du nicht abreisen.»

Frances hielt ihre Reisetasche so fest, dass das Blut aus ihren Knöcheln gewichen war. «George, bitte –»

Alle Gespräche im Raum waren verstummt.

George, der sein gewohntes Grinsen vorübergehend abgelegt hatte, schaute erst die Frauen an, dann Julian. Er zuckte die Achseln und stand langsam auf.

Lottie beobachtete, dass Mrs. Holden und Dee Dee mit ihren Teetassen in der Hand wie gelähmt dasaßen. Mrs. Holden versuchte nicht einmal, so zu tun, als würde sie nicht die Ohren spitzen. Um den erstaunten Mr. Bancroft dagegen kümmerte sich Julian. Mit dem Ausruf, er müsse ihm unbedingt ein Werk in seinem Arbeitszimmer zeigen, lotste er ihn aus dem Raum. Celia und Guy blickten ebenfalls zur Tür, und in beiden Gesichtern spiegelte sich die gleiche Ratlosigkeit. Nur Stephen schien nicht zu bemerken, was vor sich ging, sondern las weiter seine Zeitung. Sie war, wie Lottie auffiel, fast eine Woche alt.

«Bitte komm, George. Ich möchte den Zug um Viertel nach nehmen, wenn irgendmöglich.»

Adelines Stimme wurde unangenehm hoch. «Nein! Frances, du kannst nicht so abreisen! Das ist lächerlich! Einfach lächerlich!»

«Ach so, lächerlich also? Du findest alles lächerlich, Adeline. Alles, was ehrlich und echt und wahr ist. Es ist lächerlich, weil es dir unangenehm ist.»

«Das stimmt nicht!»

«Du bist zu bemitleiden, weißt du das? Du hältst dich für mutig und originell. Aber alles an dir ist gekünstelt. Ein künstliches Gebilde aus Fleisch und Blut bist du.» Frances kämpfte mit den Tränen, ihr langes Gesicht verzog sich in kindlicher Frustration.

«Äh, ich …» Mrs. Holden hatte sich erhoben. «Ich glaube, wir sollten vielleicht …» Sie sah sich um und erkannte, dass der Ausgang von George und den beiden Frauen blockiert war. «Mir scheint, wir …»

«Ich hab es dir tausendmal gesagt, Frances … du verlangst zu viel … Ich kann das nicht …» Adelines Stimme brach.

George, der zwischen den beiden Frauen stand, senkte den Kopf.

«Nein. Ich weiß, dass du es nicht kannst. Und genau deswegen verlasse ich euch.» Frances wandte sich ab, noch während Adeline mit kummervoll verzerrtem Gesicht die Hand nach ihr ausstreckte. Sie war zu langsam. George nahm Adelines Hand und legte ihr den Arm um die Schultern. Man konnte nicht sagen, ob er sie tröstete oder zurückhielt.

«Es tut mir Leid, Frances!», rief Adeline hinter ihr her. «Es tut mir wirklich Leid! Bitte …»

Lottie spürte, wie ihr Magen sich zusammenzog. Die Welt schien außer Kontrolle geraten zu sein, alle natürlichen Grenzen schienen sich aufgelöst zu haben. Die Tür oben klappte wieder ungleichmäßig, Lottie war, als würde sie immer lauter, und schließlich hörte sie nur noch Adelines Keuchen und das Schlagen und Krachen der Tür gegen den hölzernen Rahmen.

Plötzlich stand Guy mitten im Raum. «Lasst uns auf die Terrasse gehen. Habt ihr die Wandmalerei schon gesehen? Sie ist offenbar fertig. Ich möchte sie so gerne anschauen. Mutter? Guckst du sie mit mir an? Und Mrs. Holden?»

Dee Dee sprang auf und legte Mrs. Holden die Hand auf die Schulter. «Eine wundervolle Idee, Liebling. Sehr gut. Wir möchten die Wandmalerei so gern sehen, nicht wahr, Susan?»

«Aber ja», seufzte Mrs. Holden dankbar. «Die Wandmalerei.»

Lottie und Celia gingen als Letzte hinaus. Der Schreck über die vorangegangene Szene vereinte sie kurz. Sie waren sprachlos, sahen sich nur schweigend an und schüttelten die Köpfe. Als sie auf die Terrasse hinaustraten, fuhr ihnen ein heftiger Wind in die Haare.

«Was war das denn?», flüsterte Celia schließlich.

«Keine Ahnung», antwortete Lottie.

«Was Guys Eltern wohl denken müssen? Nicht zu fassen, Lottie. Zwei erwachsene Frauen, die am helllichten Tage losheulen.»

Lottie fröstelte. Unter ihnen kochte schäumend die Brandung. Heute Abend würde es zweifellos einen Sturm geben. «Wir sollten gehen», sagte Lottie, als sie den ersten Regenspritzer im Gesicht spürte. Aber Celia schien sie nicht zu hören. Sie wanderte zu Guy und den beiden Frauen hinüber, die sich Frances' Werk anschauten. Sie betrachteten gerade eine zentrale Figur und unterhielten sich dabei halblaut.

Ach, das ist bestimmt Julian, dachte Lottie. Sicher hat sie ein Schreckgespenst aus ihm gemacht.

Aber es war nicht Julian, über den sie sprachen.

«Wie faszinierend», rief Dee Dee durch den tosenden Wind. «Das ist sie, ganz bestimmt. Man erkennt sie am Haar.»

«Was? Wer?» Celia raffte den Rock um ihre Beine zusammen.

«Das ist Laodamia. Ja, Laodamia. Ach, du weißt doch, Guy, ich mit meinen griechischen Sagen. Da draußen kriegen wir nicht viel gute Literatur», erklärte sie Mrs. Holden, «deswegen habe ich angefangen, mich etwas für die Griechen zu interessieren. Die haben ganz erstaunliche Geschichten.»

«Ja. Ja, wir haben in unserem Salon ein wenig Homer studiert», strahlte Mrs. Holden.

«Der Maler hat sie als –»

«Die Malerin, Mutter. Das hat eine Frau gemalt, die – die Frau, die gerade abreist.»

«Ach so. Na, dann ist es merkwürdig. Aber sie hat Mrs. Armand als Trojanerin dargestellt. Laodamias ganze Liebe galt einer Wachsfigur, die ihren vermissten Mann darstellte – wie hieß er noch? Wartet mal – ach ja, Protesilaus. Seht mal, da hält sie die Wachsfigur.»

Fasziniert schaute Lottie auf die Wachspuppe.

«Nicht schlecht, Mrs. Bancroft, gar nicht schlecht. Die Anspielung ist gar nicht so ohne weiteres zu erkennen, würde ich meinen.» Julian war mit Guy senior auf die Terrasse getreten. «Adeline als Laodamia. *Crede mihi, plus est, quam quod videatur, imago.*» Er machte eine Pause, um die Wirkung auszukosten. «Glaube mir, das Bild ist mehr, als es scheinen mag.»

«Aber hier ist Mrs. Armands Gatte doch …» Mrs. Holden deutete auf eine Gestalt und zog ihre Handtasche dann noch fester an sich. «Sind Sie das denn nicht, Mr. Armand?», wandte sie sich an Julian.

Er warf einen Blick auf sein Konterfei. «Ja, wir sind verheiratet», erwiderte er knapp und ging ins Haus zurück.

Dee Dee schaute Mrs. Holden fassungslos an. «Guy junior hatte uns vor diesen Künstlertypen gewarnt.» Sie lugte durch die Terrassentür und hielt dabei mit einer Hand ihr Haar fest, als könnte es wegfliegen. «Glauben Sie, dass die Luft da drinnen jetzt rein ist?»

Alle wandten sich zum Gehen. Celia, die in einer ganz dünnen Jacke gekommen war, schlang sich die Arme um den Leib. «Der Regen ist so kalt. Richtig eisig. Und ich hab keinen Mantel mit.»

«Wir haben alle keine Mäntel mitgebracht, Liebes. Kommen Sie, Dee Dee. Mr. Bancroft, ist es Ihnen Recht, wenn wir jetzt gehen?»

Nur Lottie war reglos am Wandbild stehen geblieben. Sie verbarg ihre Hände in den Falten ihres Rockes, damit niemand sah, wie sehr sie zitterten.

Guy stand ein wenig abseits, doch plötzlich wurde Lottie klar, dass er es von seinem Platz aus auch gesehen haben musste. Ganz links, mit ein wenig Abstand zu den etwa vierzehn anderen Gestalten und von Pinselstrich und Farbgebung her vielleicht noch nicht ganz vollendet, stand ein junges Mädchen in einem langen smaragdgrünen Kleid und mit Rosenknospen im Haar. Mit geheimnisvoller Miene beugte sie sich vor und nahm von einem Mann, der die Sonne auf dem Rücken trug, einen Apfel entgegen.

Lottie schaute das Bild an und blickte dann zu Guy hinüber.

Plötzlich war alle Farbe aus seinem Gesicht gewichen.

Sie eilte vor den anderen nach Hause, angeblich um Virginia bei der Zubereitung des Essens zu helfen, in Wirklichkeit aber weil der Drang fortzulaufen einfach unwiderstehlich geworden war. Sie konnte sich nicht mehr zu höflicher Konversation zwingen, konnte den blanken Neid in ihrem Blick nicht mehr verbergen, wenn sie Celia ansah, konnte nicht mehr neben ihm hergehen, ihn hören, ihn sehen. Lottie rannte den ganzen Weg, ihr Herz raste, ihr keuchender Atem zerriss ihr fast die Brust, und das Blut sauste ihr in den Ohren. Sie spürte weder Kälte noch Wind, noch Nässe auf ihrem Gesicht und merkte auch nicht, dass ihr Zopf sich in salzige Strähnen auflöste.

Das ist nicht zu ertragen, sagte sie zu sich selbst. Das kann kein Mensch ertragen.

Lottie war längst oben, in Sicherheit, und ließ Freddie und Sylvia gerade ihr Bad ein, als die anderen wiederkamen. Sie hörte, wie Virginia, die froh war, dass Lottie ihr diese Arbeit abgenommen hatte, die Haustür öffnete. Mrs. Holden rief, sie habe in ihrem ganzen Leben noch nie etwas dermaßen Peinliches erlebt. Dee Dee lachte: Offenbar hatten die sonderbaren Bewohner von Arcadia die beiden Frauen einander näher gebracht. Während der Dampf aus der Badewanne aufstieg und langsam den Raum füllte, ließ Lottie den Kopf in die Hände sinken. Sie fühlte sich fiebrig, ihr Hals war trocken. Vielleicht sterbe ich ja, dachte sie. Vielleicht wäre Sterben leichter als das hier.

«Kann ich meine Kuh mit in die Badewanne nehmen?»

Freddie erschien in der Tür, bereits ausgezogen und mit einem Spielzeugtier in der Hand. An seinen Armen waren immer noch Spuren von Schmutz und getrocknetem Blut zu sehen, die der tote Fuchs hinterlassen hatte.

Lottie nickte. Für eine Auseinandersetzung mit Freddie war sie zu erschöpft.

«Ich muss Pipi. Sylvia hat gesagt, sie badet heute Abend nicht.»

«Doch, natürlich badet sie», sagte Lottie müde. «Sylvia, bitte komm jetzt her.»

«Ich kann nicht an mein Handtuch. Gibst du mir mal das Handtuch?»

Sie würde gehen müssen. Sie hatte immer gewusst, dass sie hier nicht ewig bleiben konnte, aber jetzt drängte die Entscheidung. Wenn Guy und Celia erst verheiratet waren, würde ihre Situation vollkommen unmöglich werden, denn das junge Paar würde ständig zu Besuch kommen, und es wäre zu grausam, die beiden zusammen sehen zu müssen. Und jetzt musste Lottie erst mal einen sehr guten Grund finden, um der Hochzeit fernzubleiben.

O Gott, die Hochzeit.

«Ich will ein sauberes Handtuch. Das hier stinkt.»

«Ach, Freddie …»

«Doch! Riech mal. Aua! Das Wasser ist zu heiß. Guck doch, jetzt ist meine Kuh tot. Du hast das Wasser zu heiß gemacht, und jetzt ist meine Kuh tot.»

«Sylvia!» Lottie ließ kaltes Wasser in die Wanne laufen.

«Darf ich mir selbst die Haare waschen? Bei Virginia darf ich das immer.»

«Nein, bei ihr darfst du das auch nicht. Sylvia!!»

«Bin ich nicht hübsch?» Augenscheinlich hatte Sylvia in Mrs. Holdens Schminkkoffer gekramt. Auf ihren Backen prangten zwei dicke Rougeflecken, so als würde sie gerade von einer mittelalterlichen Krankheit genesen, und von ihren Augen tropften blau schimmernde Kleckse herab.

«Ach du meine Güte! Deine Mutter legt dich übers Knie. Wisch dir das sofort ab!»

Sylvia verschränkte die Arme. «Aber ich finde es schön.»

«Willst du morgen Zimmerarrest haben? Wenn deine Mutter dich so sieht, kriegst du den nämlich, das verspreche ich dir, Sylvia.» Lottie hatte Mühe, die Fassung zu bewahren.

Sylvia verzog das Gesicht und hob eine mit Lippenstift beschmierte Hand. «Aber ich will doch ...»

«Darf ich reinkommen?»

Lottie sah auf, und ihr Gesicht begann zu prickeln. Er stand leicht gebeugt in der Tür, als sei er nicht sicher, ob er näher treten solle. Durch den Dampf und die Seife konnte sie die saubere, kalte Salzluft riechen.

«Ich habe heute einen Bären erwürgt, Guy. Guck mal! Siehst du das Blut?»

«Lottie, ich – ich musste dich sehen.»

«Mit bloßen Händen habe ich ihn erwürgt. Ich hab nämlich meine Kuh beschützt. Hast du meine Kuh schon gesehen?»

«Guy, findest du mich hübsch?»

Lottie wagte nicht, sich zu rühren. Sie fürchtete, sie könnte bei der kleinsten Bewegung zerbrechen und zersplittern und alle Teile würden zu nichts zerkrümeln.

Ihr war glühend heiß.

«Es geht um Frances», sagte Guy, und Lotties Herz, das eben noch wie rasend gepocht hatte, wurde schwer. Er war gekommen, um ihr von irgendeinem Streit unten zu erzählen. Vielleicht wollte er Frances vom Bahnhof abholen. Vielleicht wollte sein Vater Frances ein paar Bilder abkaufen.

Lottie schaute auf ihre bebenden Hände. «Ach so», murmelte sie.

«Ich hab mir die Lippen angemalt. Guck doch mal, Guy!»

«Ja», sagte er zerstreut. «Tolle Kuh, Freddie.»

Er schien nicht hereinkommen zu wollen. Sah zur Decke auf und dann wieder zu Boden, als ringe er mit etwas. Sie schwiegen, und Sylvia wischte sich unbemerkt die Schminke vom Gesicht, mit Mrs. Holdens gutem weißem Handtuch.

«Ach, das ist unmöglich. Weißt du, ich wollte dir sagen ...» Guy fuhr sich durchs Haar. «...dass sie das richtig gesehen hat. Auf dem Bild. Auf der Wandmalerei, meine ich.»

Lottie blickte zu ihm auf.

«Frances hat es erkannt. Noch bevor ich es gesehen habe.»

«Was hat sie erkannt?» Freddie hatte seine Kuh aus der Badewanne geschleudert und hängte sich gerade gefährlich weit über den Wannenrand.

«Ich glaube, ich bin der Letzte, der es kapiert.» Guy war erregt und schaute verzweifelt auf die beiden Kinder. «Aber sie hat doch Recht, oder?»

Lottie war nicht mehr heiß, und sie spürte auch das Zittern in ihren Händen nicht mehr. Langsam atmete sie aus. Dann glitt ein liebevolles Lächeln über ihr Gesicht, und zum ersten Mal gestattete sie sich den Luxus, ihn anzuschauen, ohne sich dabei ängstlich zu fragen, was er wohl sah.

«Sag mir, dass sie Recht hat, Lottie.» Guys Flüstern klang ungewohnt zaghaft.

Lottie reichte Freddie ein sauberes Handtuch und bemühte sich, eine ganze Welt in einen flüchtigen Blick hineinzulegen. Wieder lächelte sie. «Ich hab es schon lange vor dem Bild gewusst», wisperte sie.

Kapitel 7

*A*uf ihren Wangen lag heute Morgen ein rosiger Schimmer, das konnte auch sie selbst nicht leugnen. Es hatte fast den Anschein, dachte Mrs. Holden, während sie sich vorbeugte, um sich die Wimpern zu tuschen – nicht zu stark, sie wollte gleich in die Sonntagsmesse –, als sähe sie ein wenig jünger aus als sonst. Ihre Stirn war nicht so zerfurcht, und ein paar von den Krähenfüßen waren einfach verschwunden. Diese Verjüngung war, das musste sie zugeben, zum Teil darauf zurückzuführen, dass der Besuch der Bancrofts ein voller Erfolg gewesen war. Trotz des beschämenden Streits zwischen der Schauspielerin und ihrer Freundin hatte Dee Dee – wie merkwürdig diese Amerikaner sich doch nannten – alles höchst amüsant gefunden, als wäre es eine Touristenattraktion, die speziell für ihren Besuch geplant worden war. Guy Senior hatte sich über die Gemälde, die er von Mr. Armand gekauft hatte, mehr als erfreut gezeigt. Sie würden sich als hübsche kleine Investition erweisen, hatte er gesagt, als er sie nach dem Abendessen behutsam wieder ins Auto packte. Er hatte festgestellt, dass ihm dieses moderne Zeug recht gut gefiel. «Nur über meine Leiche», hatte Mrs. Holden bei der Vorstellung, irgendetwas davon in ihr Wohnzimmer hängen zu müssen, gedacht: Die Bilder sahen aus wie die Trophäen, die Mr. Beans anschleppte. Dee Dee jedoch hatte einfach in ihrer verschwörerischen Art zu ihr hinübergegrinst und dann gutmütig gesagt: «Wenn es dir Freude macht, Guyliebling.» Bei ihrer Abfahrt hatten sie weiteres Obst und weitere Besuche noch vor der Hochzeit versprochen.

Außerdem schien Celia sich etwas gefangen zu haben. Sie strengte sich wieder mehr an, nett auszusehen. Mrs. Holden hatte sich in Celias Gegenwart laut gefragt, ob diese ihren Zukünftigen vielleicht ein wenig vernachlässigt hatte, ob sie sich vielleicht zu viel mit dem Hochzeitsfest beschäftigt und den Bräutigam dabei übersehen hatte. Und ein ganz klein wenig hatte sie auch ihr Gewissen geplagt, denn möglicherweise war sie selbst daran nicht ganz unschuldig gewesen: Die Planung einer Hochzeit nahm einen einfach furchtbar in Anspruch. Aber Guy hatte sich etwas mehr um ihre Tochter bemüht, und daraufhin tat Celia nun ihr Bestes, um hinreißend auszusehen und kokett und interessant zu sein. Mrs. Holden hatte ihrer Tochter ein paar Frauenzeitschriften gegeben, einfach zur Sicherheit, in denen betont wurde, wie wichtig es war, dass eine Ehefrau für ihren Mann interessant blieb … und noch weitere Punkte, die Mrs. Holden immer noch nicht ganz unbefangen mit ihrer Tochter besprechen konnte.

Allerdings fühlte sie sich besser gerüstet denn je, um Ratschläge für das Eheleben zu geben, denn Mr. Holden war doch in den letzten Tagen wirklich ungewöhnlich nett zu ihr gewesen. Er war zwei Tage hintereinander pünktlich aus der Praxis nach Hause gekommen und hatte es irgendwie geschafft, sich nicht zu späten Patientenvisiten herausklingeln zu lassen. Als Entschädigung dafür, dass er den Besuch der Bancrofts größtenteils verpasst hatte, hatte er die ganze Familie heute zum Mittagessen ins Riviera eingeladen. Doch am wichtigsten war, dass er ihr am vergangenen Abend – sie spürte, wie sie leicht errötete – im Bett einen Besuch abgestattet hatte: zum ersten Mal, seit Celia aus London zurückgekommen war. Ihr Henry gehörte zwar nicht gerade zu den romantischen Typen, aber es war doch schön, die Aufmerksamkeit zu bekommen.

Mrs. Holden blickte hinter sich auf die beiden Einzelbetten, deren glatt gezogene Überwürfe aus Frottierplüsch die Geheimnisse der Nacht diskret überdeckten. Henry, Liebster. Und jetzt war diese grässliche Rothaarige fort.

Fast unbewusst legte Susan Holden den Lippenstift aus der Hand und klopfte leicht auf das Nussfurnier ihrer Frisierkommode. Ja, im Moment lief alles bestens.

Lottie lag oben in ihrem schmalen Bett und hörte, wie Celia und die Kinder ihre Mäntel holten, um sich für den Kirchgang fertig zu machen. In Freddys Fall bedeutete das mehrere scharfe Ermahnungen und gemurmelte Drohungen, auf die gellende Unschuldsbeteuerungen und schließlich Türenknallen folgten. Endlich fiel, begleitet von entnervten Rufen Mrs. Holdens, die Haustür ins Schloss. Bis auf Lottie hatten alle das Haus verlassen. Sie lag ganz still und horchte auf seine leisen Regungen, die sonst meistens vom Geschrei der Kinder übertönt wurden: das Ticken der Uhr unten in der Halle, das sanfte Rumpeln und Zischen der Heißwasserleitungen und draußen das ferne Zuschlagen von Autotüren. Lottie spürte, wie diese Geräusche in ihren glühenden Kopf einsickerten, und sie wünschte, sie könnte diese allzu seltenen Momente der Einsamkeit besser genießen.

Seit einer Woche war sie jetzt krank. Sie konnte genau angeben, wann es begonnen hatte: am Tag nach seinem großen Geständnis, an dem Tag, nachdem sie ihn zum letzten Mal gesehen hatte. In der Nacht, nachdem Guy ihr seine Gefühle für sie offenbart hatte, hatte sie in den frühen Morgenstunden wach gelegen, brennend und fiebernd und mit zuckenden, rastlosen Gliedern. Zuerst hatte sie geglaubt, ihre furchtbaren Schuldgefühle seien der Grund für ihre wahnhaften, chaotischen Gedanken. Aber als Dr. Holden ihr dann am Morgen in den Hals schaute, führte er das Durcheinander in ihrem Kopf weniger biblisch auf eine Erkältung zurück und verordnete eine Woche Bettruhe und so viel Flüssigkeit, wie sie nur trinken konnte.

Celia hatte zwar Mitgefühl gezeigt, war aber unverzüglich in Sylvias Zimmer umgezogen. «Tut mir Leid, Lottielein, aber ich darf jetzt einfach nicht krank werden, wo die ganze Sache mit der Hochzeit organisiert werden muss», hatte sie gesagt und Lottie allein gelassen. Nur Virginia brachte regelmäßig und leider ziemlich mürrisch Tabletts mit Suppe und Fruchtsaft herauf, und hin und wieder kam Freddie, um «mal zu gucken, ob du schon tot bist».

Manchmal wünschte Lottie sich wirklich, sie wäre tot. Sie hatte gehört, wie sie nachts vor sich hin murmelte, und befürchtete, sich im Delirium zu verraten. Endlich erwiderte Guy ihre Gefühle, und sie ertrug es nicht, dass er ausgerechnet jetzt so wirksam von ihr fern gehalten wurde, als sei sie Rapunzel, die mit einer neuen Frisur oben in ihrem Turm saß. Normalerweise hatte sich ein Dutzend Anlässe gefunden, bei denen sie sich im Haus oder draußen, etwa beim Spaziergang mit dem Hund, begegnen konnten, aber es gab keinen einzigen vernünftigen Grund, warum ein junger Mann, der mit der Tochter des Hauses verlobt war, das Schlafzimmer einer Fremden betreten sollte.

Als Lottie nach zwei Tagen die Trennung einfach nicht mehr aushalten konnte, hatte sie alle Kraft zusammengenommen und war nach unten geschlichen, vorgeblich um sich ein Glas Milch zu holen, in Wirklichkeit aber um ihn ganz kurz zu sehen. Im Flur jedoch war sie fast zusammengebrochen, und Mrs. Holden und Virginia hatten sich jede einen ihrer kraftlosen, bleichen Arme über die Schultern gelegt und sie unter viel Murren und Schimpfen wieder nach oben geschleppt. Nur einen Moment lang hatte sie Guy in die Augen sehen können, aber nach diesem kurzen Blick wusste sie, dass zwischen ihnen ein geheimes Einverständnis herrschte, und das hatte ihren Glauben für einen weiteren endlosen Tag und eine Nacht gestärkt.

Während der langen Tage ihrer Krankheit hatte sie seine Gegenwart gespürt: Er hatte ihr Weintrauben aus Südafrika hinaufgeschickt, so prall und süß, dass sie fast ihre Schalen sprengten. Er hatte dafür gesorgt, dass sie spanische Zitronen bekam, die, mit kochendem Wasser und Honig vermischt, ihr Halsweh lindern sollten, und weiche, fleischige Feigen, um ihren Appetit anzuregen. Mrs. Holden hatte voller Bewunderung die Großzügigkeit seiner Familie gelobt – und ohne Zweifel ein paar Früchte für sich selbst abgezweigt.

Aber das reichte Lottie nicht. Wie eine Verdurstende, der jemand einen Fingerhut voll Wasser reicht, merkte sie bald, dass diese Spuren seiner Fürsorge ihren Zustand noch verschlimmerten. Denn jetzt quälten sie Vorstellungen, wie er, in ihrer Abwesenheit, die vielen zarten Reize Celias wiederentdeckte. Wie konnte es anders sein, wenn Celia ausschließlich damit beschäftigt war, ihn ganz für sich zu gewinnen? «Wie findest du dieses Kleid, Lottielein?», sagte sie und spazierte in ihrer neuesten Erwerbung im Zimmer auf und ab. «Findest du nicht, dass mein Busen darin größer aussieht?» Und Lottie lächelte schwach und entschuldigte ihr mangelndes Urteilsvermögen damit, dass sie wohl wieder ein Nikkerchen machen müsse.

Die Tür unten öffnete sich wieder. Lottie lag wach und horchte auf die Schritte, die die Treppe heraufkamen.

Mrs. Holden stand in der Tür. «Lottie, ich wollte dir noch sagen, dass ich ein paar Sandwiches für dich in den Kühlschrank gestellt habe. Wir gehen wahrscheinlich gleich von der Kirche aus ins Hotel zum Mittagessen. Da ist eins mit Ei und Kresse, und ein paar sind mit Schinken, und Zitronensaft habe ich dir auch gemischt. Henry meint, du sollst den Krug heute ganz austrinken – du trinkst immer noch nicht genug.»

Lottie brachte ein dankbares Lächeln zustande.

Mrs. Holden zog ihre Handschuhe aus und schaute an Lottie vorbei auf das Bett, als überlege sie etwas. Dann kam sie rasch herüber, zog die Decken glatt und stopfte sie fest unter die Matratze. Daraufhin befühlte sie Lotties Stirn. «Du bist immer noch ein bisschen warm», sagte sie. «Du armes Kind. Du hast wirklich eine schlimme Woche hinter dir.»

Diese Weichheit in ihrer Stimme hatte Lottie nicht oft gehört. Als Mrs. Holden ihr erst das ungewaschene Haar aus der Stirn strich und dann ihre Hand drückte, beantwortete sie den Druck.

«Kommst du denn allein zurecht?»

«Doch, danke», krächzte Lottie. «Wahrscheinlich werde ich schlafen.»

«Gute Idee.» Mrs. Holden wandte sich zum Gehen. «Wir werden voraussichtlich etwa um zwei zurück sein. Wir essen früh, wegen der Kinder. Keine Ahnung, wie Freddie sich in einem guten Restaurant benimmt. Ich fürchte, ich werde vor Scham vergehen, bevor auch nur das Dessert kommt …» Sie suchte etwas in ihrer Handtasche. «Hier sind noch zwei Aspirin. So, und vergiss nicht, was Henry gesagt hat, Liebes. Immer schön viel trinken.»

Lottie spürte bereits, wie der Schlaf ihre Lider schwer werden ließ.

Mit einem leisen Klicken schloss sich die Tür.

Sie mochte Minuten oder auch Stunden geschlafen haben, als sie merkte, dass das Klopfgeräusch aus ihrem Traum anhielt, auch nachdem sie erwacht war. Als sie zur Tür sah, wurde es deutlicher. Dringlicher.

«Lottie?»

Offenbar hatte sie wieder Halluzinationen, wie neulich, als sie überzeugt gewesen war, dass alle Fensterbänke mit braunen Forellen bevölkert waren.

Lottie schloss die Augen. Ihr Kopf war so heiß.

«Darf ich reinkommen?»

Sie öffnete die Augen wieder. Und er war immer noch da, blickte sich um, als er hereinkam, das blaue Hemd mit winzigen Regentropfen gesprenkelt. In der Ferne hörte sie Donnergrollen. Im Zimmer war es dämmrig geworden, und den Himmel draußen verdunkelten schmutzig braune Regenwolken, so als ginge der Tag schon zur Neige. Mit verschlafenem Gesicht richtete Lottie sich auf, unsicher, ob sie nicht doch noch träumte. «Ich dachte, du wärst in der Kirche.»

«Ich habe gelogen, hab gesagt, ich würde eine Kiste Obst vom Bahnhof holen.»

Das Zimmer wurde immer dunkler, sodass sie sein Gesicht kaum noch erkennen konnte. Nur seine Augen leuchteten, sahen sie mit einer so glühenden Intensität an, dass sie dachte, er müsse krank sein, genauso wie sie selbst.

«Es ist zu schlimm, Lottie. Mir ist als … als würde ich wahnsinnig.»

Diese Freude. Er war reine Freude. Lottie ließ den Kopf auf ihr Kissen sinken und streckte den Arm aus. Im Zwielicht schimmerte er weiß.

«Lottie …»

«Komm her.»

Im nächsten Moment kniete er neben ihrem Bett auf dem Boden und legte den Kopf auf ihre Brust. Sie spürte das Gewicht auf ihrem feuchten Nachthemd und erlaubte sich, sein Haar zu berühren. Es war weicher, als sie erwartet hatte, weicher als Freddys Haar. «Du füllst alles aus. Ich kann nicht mehr klar sehen.»

Er hob den Kopf, sodass sie seine Augen sah, die in dem trüben Licht immer noch wie dunkler Bernstein schimmerten. Sie konnte nicht zusammenhängend denken, alles verschwamm in ihrem Kopf, und wenn das Gewicht seines Armes sie nicht festgehalten hätte, wäre sie vielleicht aufwärts geschwebt und aus dem Fenster hinaus, in die dunkle, feuchte Unendlichkeit hinein.

«Ach, Lottie, dein Nachthemd ist ja ganz nass … du bist krank. Du bist doch krank, Lottie. Es tut mir Leid, ich hätte nicht –»

Als er sich aufrichtete, streckte sie die Arme aus und zog ihn wieder zu sich hinunter. Es kam ihr nicht in den Sinn, sich für ihr Aussehen zu entschuldigen, für ihr strähniges, ungewaschenes Haar und den muffigen Geruch nach Krankenbett: Ihre Sinne und ihre Vernunft waren in ihrem Verlangen untergegangen. Sie hielt sein Gesicht zwischen den Händen, und seine Lippen waren so nah, dass sie seinen Atem spüren konnte. Trotz ihrer Unerfahrenheit hielt sie inne, denn ihr war bewusst, dass im Warten, im Begehren, etwas besonders Kostbares lag. Und dann, mit einem fast qualvollen Stöhnen, legte er sich zu ihr.

Richard Newsome futterte schon wieder Bonbons: Mrs. Holden konnte sehen, wie er ganz unverfroren eins nach dem anderen in den Mund schob und sich nicht einmal Mühe gab, weniger laut mit dem Papier zu rascheln, ganz so, als säße er im Kino in der letzten Reihe. Es war respektlos, und von Seiten seiner Mutter, die vollkommen unbeteiligt neben ihm saß, war es nachlässig. Aber die Newsomes waren, wie Sarah Chilton oft bemerkt hatte, alle so: Anstand und Umgangsformen waren ihnen gleichgültig, Hauptsache, sie fühlten sich wohl.

Während des 109. Psalms warf Mrs. Holden dem Störenfried einen finsteren Blick zu, aber das scherte ihn überhaupt nicht. Er wickelte bloß fachmännisch ein lilafarbenes Bonbon aus, betrachtete es mit der gleichgültigen Versunkenheit einer wiederkäuenden Kuh und steckte es in den Mund.

Es war sehr ärgerlich, dass der kleine Newsome und seine Bonbonpapierchen sie so ablenkten, denn sie hatte über Lottie nachdenken wollen und darüber, was sie nach Celias Hochzeit mit ihr anfangen sollte. Es war wirklich ein Problem: Das Mädchen musste wissen, dass sie nicht ewig bei den Holdens bleiben konnte, dass sie sich entscheiden musste, was sie mit ihrem Leben anfangen wollte. Mrs. Holden hätte ihr gern vorgeschlagen, ebenfalls einen Sekretärinnenkurs zu belegen, aber Lottie wollte unter keinen Umständen nach London zurück. Einmal hatte Mrs. Holden auch den Lehrerberuf vorgeschlagen – schließlich konnte das Mädchen gut mit Kindern umgehen –, aber das hatte Lottie mit einem so angewiderten Blick quittiert, als hätte man ihr nahe gelegt, ihren Lebensunterhalt auf der Straße zu verdienen. Ideal wäre es natürlich, wenn man sie verheiraten könnte: Nach Celias Ansicht war Joe ganz vernarrt in sie, aber Lottie war ein derart widerborstiges kleines Ding, dass Mrs. Holden sich über ihr kürzliches Zerwürfnis gar nicht wunderte.

Henry war ihr keine Hilfe. Bei den wenigen Malen, die Mrs. Holden dieses Anliegen ihrem Mann gegenüber erwähnt hatte, war er ärgerlich geworden und hatte erklärt, das arme Mädchen habe genug Sorgen, sie mache doch keine Mühe und sie würde sich zu gegebener Zeit eine passende Stelle besorgen. Mrs. Holden war zwar nicht klar, welche Sorgen Lottie hatte – fast zehn Jahre lang hatte sie sich weder um ihr Essen noch um ihre Kleidung kümmern müssen –, aber sie stritt nicht gern mit Henry, daher ließ sie das Thema fallen.

Natürlich muss sie so lange bei uns bleiben, wie sie möchte, hatte Susan Holden zu Deirdre Colquhoun gesagt. Wir haben Lottie so lieb, als wäre sie unser eigenes Kind. Manchmal, etwa wenn Lottie hilflos und krank in dem schmalen Bett lag, so wie vorhin, glaubte Mrs. Holden das selbst. Es war viel einfacher, das Mädchen lieb zu haben, wenn es wehrlos war, wenn die Igelstacheln sich in Schweiß und Tränen auflösten. Doch eine leise, sehr unangenehme Stimme in ihrem Innern sagte Susan Holden, dass sie sich damit etwas vormachte.

Als der Klingelbeutel durch die Reihe auf sie zu kam, stupste sie Henry an. Mit einem Seufzer griff er in die Innentasche seines Mantels, zog irgendeine Banknote hervor und steckte sie hinein. Mrs. Holden, die ihre neue Handtasche unübersehbar vor sich auf dem Schoß hielt, nahm ihm den Beutel ab und reichte ihn weiter, tief befriedigt, dass alle gesehen hatten, wie sie das Richtige taten.

«Joe? He, Joe!» Celia packte Joe am Arm, als er aus der Kirchentür heraus in den Sonnenschein trat. Am Himmel blies ein starker Wind die letzten Gewitterwolken fort. Der Bürgersteig war noch rutschig vom Regen, und Celia schimpfte leise, als sie unversehens in eine Pfütze trat und ein Spritzer Schmutzwasser sie am Schienbein traf.

Erschrocken über Celias handgreifliche Begrüßung, drehte Joe sich um. Er trug ein blassblaues Hemd und einen ärmellosen Pullover unter dem offenen Mantel, und sein sonst widerspenstiges und ölverschmiertes Haar war dem Anlass entsprechend glatt gekämmt. «Ach, hallo, Celia.»

«Hast du Lottie in letzter Zeit gesehen?»

«Nein, das weißt du doch.»

«Es geht ihr nicht gut.» Celia passte sich seinem Schritt an, wohl wissend, dass ihre Mutter ihr von der Friedhofspforte aus nachsah. Es wäre schön, die beiden wieder miteinander zu versöhnen, hatte Mrs. Holden gesagt. Lottie würde sonst furchtbar einsam sein, wenn Celia fort war.

«Sie war richtig krank. Mit Fieber und allem, meine ich. Sie hat phantasiert, dass was aus den Wänden kommt und so.»

Das veranlasste Joe stehen zu bleiben. «Was hat ihr denn gefehlt?»

«Daddy sagt, es war eine richtig schlimme Grippe. Sie hätte sterben können.»

Joe wurde kalkweiß und sah Celia entsetzt an. «Sterben?»

«Na, jetzt geht es ihr ja schon wieder besser, aber es war ganz dramatisch. Daddy hat sich furchtbare Sorgen um sie gemacht. Es ist so traurig ...» Theatralisch senkte Celia die Stimme.

Joe wartete. «Was denn?», meinte er dann.

«Dieser Streit. Mit dir. Und dass sie gerufen hat und alles ...» Sie verstummte abrupt, als hätte sie zu viel gesagt.

«Was hat sie gerufen?»

«Ach, nichts, Joe. Vergiss, dass ich davon gesprochen habe.»

«Komm, Celia. Was wolltest du sagen?»

«Ich kann das nicht, Joe, es wäre unkameradschaftlich.»

«Wie kann es unkameradschaftlich sein, wenn wir beide ihre Freunde sind?»

Celia legte den Kopf schief und überlegte. «Gut. Aber du darfst ihr nicht sagen, dass ich es dir erzählt habe. Sie hat nach dir gerufen. Ich meine, als es ihr am schlechtesten ging. Ich hab ihr die Stirn abgewischt, und sie hat gemurmelt: ‹Joe ... ach, Joe ...› Und ich konnte sie überhaupt nicht beruhigen. Weil ihr beiden euch gestritten habt.»

Joe schaute Celia misstrauisch an. «Sie hat meinen Namen gerufen?»

«Endlos. Na ja, ziemlich oft. Als sie sterbenskrank war.»

Beide schwiegen.

«Du ... du erzählst mir doch keine Märchen, oder?»

Beleidigt funkelte Celia ihn an und verschränkte die Arme. «Über meine eigene Schwester? Oder jedenfalls praktisch meine Schwester? Joe Bernard, dass ist das Gemeinste, was ich je von dir gehört habe. Ich erzähle dir, dass die arme, todkranke Lottie nach dir gerufen hat, und du faselst etwas von Lügenmärchen. Also, es tut mir wirklich Leid, dass ich überhaupt was gesagt habe.» Sie drehte sich auf ihrem hohen Absatz um und stöckelte davon.

Doch nun lief Joe ihr nach und packte sie am Arm. «Celia, entschuldige bitte. Warte doch mal», sagte er atemlos. «Ich kann das einfach nicht so leicht glauben, dass Lottie gerufen hat und so … aber wenn sie wirklich krank ist, dann ist das schlimm. Tut mir Leid, dass ich nicht da war.» Er wirkte niedergeschlagen.

«Weißt du, ich hab es ihr nicht erzählt.» Ernst blickte Celia ihn an.

«Was hast du ihr nicht erzählt?»

«Dass du mit Virginia ausgegangen bist.»

Joe errötete. Die Farbe stieg von seinem Hals auf, als wäre sein Kopf ein Schwamm, der sich mit rotem Wasser vollsaugte.

«Du hast doch nicht erwartet, dass das lange geheim bleiben würde, oder? Virginia arbeitet schließlich bei uns.»

Joe schaute zu Boden und trat gegen den Bordstein. «Wir gehen ja nicht richtig miteinander. Ich meine, wir waren bloß ein paarmal tanzen. Es ist … nichts Ernsthaftes oder so.»

Celia schwieg.

«Es ist nicht wie mit Lottie. Weißt du, wenn ich nur glauben könnte, dass ich bei Lottie eine Chance habe …» Er verstummte, biss sich auf die Lippen und sah in die Ferne.

Freundschaftlich legte Celia ihm die Hand auf den Arm. «Siehst du, Joe, ich kenne sie ja länger als ihr alle, und ich kann nur sagen, unsere Lottie kann komisch sein. Manchmal weiß sie selbst nicht, was sie will. Aber das eine weiß ich, als sie aus tiefstem Herzen sprach, als sie wirklich auf der Schwelle des Todes stand, da hat sie nach dir gerufen. So ist das. Was du jetzt damit machst, das ist deine Sache.»

Joe dachte offensichtlich angestrengt nach. «Meinst du, dass ich sie besuchen sollte?», fragte er nach einer Weile hoffnungsvoll.

«Ich glaube, sie würde sich unendlich freuen.»

«Wann soll ich kommen?»

Celia sah sich nach ihrer Mutter um, die auf ihre Armbanduhr klopfte. «Hör mal, das ist jetzt gerade eine günstige Gelegenheit. Ich laufe eben zu Mummy zurück und sage ihr, dass ich etwas später ins Hotel komme, und dann gehe ich mit dir nach Hause. Ich würde dich auch allein gehen lassen», erklärte sie lachend, «aber ich fürchte, es wäre Lottie nicht so lieb, wenn du sie im Nachthemd überraschen würdest.»

Lotties Arm war fast abgestorben, aber das war ihr gleichgültig: Lieber hätte sie den Arm abfallen lassen, als das friedliche, samthäutige Gesicht von seinem Ruheplatz zu schieben, als die unsichtbare Bahn, auf der sein Atem sich mit ihrem vermengte, zu verändern. Sie blickte auf seine geschlossenen Augen, die sich in einem kurzen Schlummer erholten, auf den feinen Schimmer von Schweiß, der auf seiner Haut trocknete, und fand, dass sie sich noch nie so wahrhaft ausgeruht gefühlt hatte wie in diesem Moment. Es war, als könnte sie keine Spannungen mehr empfinden, als sei sie geschmolzen wie Butter, mild und süß.

Er bewegte sich im Schlaf, und sie verschob ihren Kopf, sodass sie ihm sanft einen Kuss auf die Stirn geben konnte. Er antwortete mit einem Murmeln, und Lottie spürte, wie ihr Herz sich vor Dankbarkeit zusammenzog. Danke, sagte sie zu ihrer Gottheit. Danke, dass du mir das geschenkt hast. Wenn ich jetzt sterben würde, wäre ich nichts als dankbar.

Sie fühlte sich jetzt klar im Kopf; ihr Fieber war so schnell verschwunden wie ihre Sehnsucht gestillt worden war. Oder vielleicht hat er mich geheilt, dachte sie. Vielleicht wäre ich fast gestorben, weil er mir gefehlt hat. Lautlos lachte sie ein wenig. Die Liebe hat mich wunderlich und dumm gemacht, überlegte sie. Aber sie bereute nichts. Gar nichts.

Lottie schaute zum Fenster. Regentropfen klatschten dagegen, und ab und zu ließ der Wind die Scheiben klirren, weil Mrs. Holden vergessen hatte, die Ritzen mit Filz zuzustopfen. Hier an der Küste wurde man vom Wetter regiert. Es bestimmte den Ablauf des Tages, seine Atmosphäre, seine Möglichkeiten; für die Urlauber ließ es Träume wahr werden und buchstäblich ins Wasser fallen. Doch Lottie blickte unbeteiligt in den Regen hinaus. Was hatte jetzt noch Bedeutung? Von ihr aus konnte die Erde sich auftun,

Vulkane konnten Feuer spucken. Ihr war das alles gleichgültig, solange sie nur seine warmen Glieder spürte, solange sie seinen Mund auf dem ihren und die fremde, leidenschaftliche Vereinigung ihrer beiden Körper fühlen konnte. Es waren Empfindungen, die Mrs. Holden bei ihren kargen Hinweisen zur ehelichen Liebe nie auch nur angedeutet hatte.

Ich liebe dich, sagte sie lautlos zu ihm. Ich werde immer nur dich lieben. Und während draußen der Regen fiel, füllten Lotties Augen sich mit Tränen.

Guy öffnete die Lider. Einen Moment lang schaute er sie nichts sagend und verständnislos an, doch dann kam die Erinnerung wieder, und sein Blick wurde liebevoll.

«Hallo.»

«Hallo, du.» Plötzlich wirkte er besorgt. «Weinst du?»

Lächelnd schüttelte Lottie den Kopf.

«Komm her.» Er zog sie an sich und überschüttete ihren Hals mit Küssen. Sie überließ sich den Empfindungen, spürte wie ihr Herz fast aussetzte. «Oh, Lottie …»

Sie legte ihm den Finger auf den Mund und sah ihm in die Augen, als könnte sie ihn mit ihrem Blick in sich aufnehmen. Sie wollte keine Worte: Sie wollte ihn in ihr Innerstes aufsaugen, unter ihre Haut. Eine Weile später legte er den Kopf in ihre Halsbeuge, und sie ruhten schweigend nebeneinander und lauschten auf die fernen Paukenwirbel aus Wind und abziehendem Donner.

«Es regnet.»

«Schon lange.»

«Bin ich eingeschlafen?»

«Das macht nichts, es ist noch früh.»

Nach einer Pause sagte er: «Tut mir Leid.»

«Was denn?» Sie ließ ihre Hand an seiner Schläfe hinuntergleiten, und er presste die Kiefer zusammen, damit sie die Bewegung spüren konnte.

«Du bist doch krank. Und ich habe dich überfallen.»

Lottie musste kichern. «Was für ein Überfall.»

«Aber dir geht's gut … ich meine, ich habe dir nicht wehgetan oder so?»

Lottie schloss die Augen. «Nein, nein.»

«Bist du noch krank? Du fühlst dich kühl an.»

Sie wandte ihm das Gesicht zu. «Mir geht es eigentlich viel besser.»

Guy grinste. «Dann war es das, was du gebraucht hast. Mit Grippe hatte deine Krankheit überhaupt nichts zu tun.»

«Ein wunderbares Heilmittel.»

«Mein Blut singt. Meinst du, dass wir Dr. Holden davon berichten sollten?»

Lottie lachte. Das Lachen sprudelte aus ihr heraus wie ein Schluckauf, als hätte es dicht unter der Oberfläche gewartet. «Ach, ich glaube, Dr. Holden verwendet seine eigene Variation von diesem Heilmittel.»

Guy sah sie erstaunt an. «Tatsächlich? Der perfekte Ehemann Dr. Holden?»

Lottie nickte.

«Ist das wirklich wahr?» Er sah zum Fenster hinüber. «Die arme Mrs. Holden.»

Der Name ließ sie beide verstummen. Lottie rückte nun doch ihren Arm zurecht, weil sie spürte, wie er zu kribbeln begann. Guy bewegte entsprechend den Kopf, und sie sahen zur Decke hinauf.

«Was sollen wir tun, Lottie?»

Das war die Frage, die sie vollkommen in Anspruch nahm. Und nur er kannte die Antwort.

«Wir können nicht zurück, oder?» Er wartete auf ihre Bestätigung.

«Ich nicht. Wie denn?»

Guy stützte sich auf einen Ellbogen und rieb sich die Augen. Sein Haar stand auf einer Seite hoch. «Nein … aber es ist ein ganz schöner Schlamassel.»

Lottie biss sich auf die Lippe.

«Früher oder später muss ich es Celia sagen.»

Sie atmete aus. Das hatte sie hören wollen, und er hatte es von sich aus sagen müssen. Dann dachte sie an die Konsequenzen seiner Worte und spürte, wie sich ihr Magen zusammenzog. «Das wird schrecklich.» Schaudernd setzte Lottie sich auf. «Dann muss ich auch weg.»

«Wie meinst du das?»

«Also, hierbleiben könnte ich auf keinen Fall. Ich glaube kaum, dass Celia mich dann noch um sich haben wollte.»

«Vermutlich nicht. Wo würdest du hingehen?»

Lottie schaute ihn an. «Das weiß ich nicht. Darüber habe ich noch nicht nachgedacht.»

«Also, dann nehme ich dich mit. Wir gehen zu meinen Eltern.»

«Aber die werden mich hassen.»

«Nein. Sie müssen sich ein bisschen an dich gewöhnen, und dann werden sie dich lieb haben.»

«Ich weiß gar nicht, wo sie leben. Ich weiß nicht einmal, wo du lebst. Ich weiß so wenig.»

«Wir wissen genug.» Er umspannte mit beiden Händen ihr Gesicht. «Liebste, liebste Lottie. Ich brauche wirklich nichts weiter über dich zu wissen. Außer dass du für mich bestimmt bist. Wir passen zusammen, oder? Wie Hand und Handschuh.»

Lottie spürte, wie ihr wieder die Tränen kamen. Sie senkte den Blick, fürchtete fast, ihn anzusehen, so überwältigend waren ihre Gefühle.

«Alles in Ordnung?»

Sie nickte.

«Brauchst du ein Taschentuch?»

«Eigentlich möchte ich was trinken. Mrs. Holden hat unten einen Krug Zitronensaft für mich fertig gemacht. Ich hole ihn.» Lottie ließ die Füße auf den Boden gleiten und griff nach ihrem Nachthemd.

«Bleib du hier, ich gehe ihn holen.» Guy tappte im Zimmer herum und sammelte seine Kleidungsstücke ein. Lottie beobachtete seine unbefangenen Bewegungen, sie bestaunte seine Schönheit, das Spiel der Muskeln unter der Haut. «Du rührst dich nicht von der Stelle», wies er sie an. Dann zog er sich das Hemd über den Kopf und war fort.

Lottie legte sich wieder hin, roch seinen Meersalzduft auf ihrem feuchten Nachthemd, horchte auf das ferne Geräusch der Kühlschranktür, die geöffnet wurde, und das Klirren von Gläsern und Eiswürfeln. Wie oft konnte man den Geräuschen des Geliebten lauschen, bevor sie so vertraut wurden, dass man dagegen abstumpfte?

Sie hörte den Klang seiner Schritte auf der Treppe und dann eine Pause, als er das Tablett neu fasste und mit der Hüfte die Tür aufstieß. «Da bin ich wieder.» Er lächelte. «Ich habe mir gerade vorgestellt, das hier in der Karibik für dich zu tun. Da kommt das Obst direkt von –»

Guy erstarrte. Unten in der Tür drehte sich ein Schlüssel.

Entsetzt schauten sie sich an. Dann stürzte Guy sich auf seine Schuhe, schlüpfte hinein und stopfte die Socken in die Hosentaschen. Angsterfüllt zog Lottie die Decke hoch.

«Hallo? Lottielein?»

Die Haustür wurde geschlossen, Schritte kamen die Treppe herauf, Schritte von mehr als einer Person.

Guy griff nach dem Tablett.

«Bist du empfangsbereit?» Celia sprach singend, mit leicht spöttischer Stimme.

«Celia?» Es klang wie ein Krächzen.

«Ich hab hier –» Celias Lächeln erstarrte, als sie die Tür öffnete. Fassungslos sah sie die beiden an. «Was machst du denn hier?»

Der Mann hinter ihr war Joe. Lottie erkannte ihn daran, wie er verlegen den Kopf senkte.

Guy reichte Celia das Tablett. «Ich habe Lottie gerade was zu trinken geholt. Aber jetzt bist du ja wieder hier und kannst das übernehmen. Als Krankenpfleger war ich nie besonders gut.

Celia schaute auf das Tablett mit den beiden Gläsern. «Ich habe Joe mitgebracht», sagte sie, immer noch verwirrt. «Er wollte Lottie besuchen.» Joe hüstelte hinter vorgehaltener Hand.

«Wie – wie schön», sagte Lottie. «Aber ich bin nicht – ich muss mich wirklich erst frisch machen.»

«Ich gehe jetzt –», sagte Joe.

«Du brauchst nicht zu gehen, Joe», rief Lottie. «Ich – ich muss mich nur ein bisschen frisch machen.»

«Nein, wirklich. Ich will keine Umstände machen. Ich komme wieder, wenn du aufgestanden bist.»

«Äh … das wäre schön, Joe.»

Behutsam stellte Celia das Tablett auf Lotties Nachttisch. Sie warf Guy einen Seitenblick zu und strich sich mit einer unbewussten Bewegung das Haar glatt. «Du siehst aus, als wäre dir sehr warm.»

Guy hob eine Hand an die Wange, als sei er überrascht. Er setzte zum Sprechen an, überlegte es sich dann aber anders und schüttelte stumm den Kopf.

Ein langes, peinliches Schweigen entstand, und Lottie merkte, wie sie die Decke bis ans Kinn hochzog.

«Ich glaube, wir lassen dich jetzt lieber in Ruhe», sagte Celia und bedeutete Guy, das Zimmer zu verlassen. Leise und stockend sprach sie weiter, ohne Lottie dabei anzusehen. «Willst du wirklich nicht bleiben, Joe?»

Lottie hörte sein gedämpftes Nein. Bestimmt hatte er den Kopf tief auf die Brust gesenkt.

Guy ging an ihrem Bett vorbei auf den Flur hinaus. Nervös bemerkte Lottie, dass sein Hemd hinten aus der Hose hing.

«Bis bald, Lottie. Und gute Besserung.» Die falsche Fröhlichkeit tat weh.

«Danke. Und danke für den Saft.»

Celia, die Guy die Tür aufhielt, drehte sich um. «Wo ist denn das Obst?»

«Wie bitte?»

«Das Obst. Du wolltest doch eine Kiste vom Bahnhof holen. Unten in der Halle steht keine. Wo ist sie?»

Guy sah sie kurz verständnislos an, dann hob er den Kopf. «Ach ja, die Kiste ist nicht angekommen. Ich habe eine halbe Stunde gewartet, aber sie war nicht im Zug. Wahrscheinlich kommt sie mit dem nächsten.»

«Ich hab gehört, dass ihr eine frische Kokosnuss hattet», sagte Joe und trat sich oben an der Treppe selbst auf den Fuß. «Merkwürdige Dinger, diese Kokosnüsse. Wie Menschenköpfe. Aber ohne Augen … und so.»

Celia stand einen Moment lang ganz still. Dann schaute sie zu Boden, ging an Guy vorbei und trippelte die Treppe hinunter.

Fast achtundvierzig Stunden später stand Lottie zitternd in der Strandhütte Nummer 87, die, wie das abgefallene Namensschild besagte, Saranda hieß. Sie zog den Mantel enger um sich und zerrte Mr. Beans an der Leine zurück. Es war schon fast dunkel, und ohne Beleuchtung wirkte die Hütte noch düsterer und unbehaglicher.

Sie wartete schon fast eine Viertelstunde. Noch ein paar Minuten, und sie würde zurückgehen müssen. Mrs. Holden mochte es zurzeit nicht, wenn sie ausging. Sie hatte ihr zweimal die Stirn gefühlt, bevor sie ihr widerstrebend den kleinen Spaziergang erlaubt hatte. Wenn sie nicht ein Weilchen mit ihrem Mann hätte allein sein wollen, hätte Mrs. Holden sie wohl gar nicht gehen lassen, vermutete Lottie.

Auf dem Fußweg sausten Fahrradreifen, dann wurde die Tür aufgestoßen, und da war er, sprang vom Fahrrad und ließ es krachend zu Boden fallen. Sie umarmten sich hastig, und ihre Münder trafen sich ungeschickt.

«Ich hab nicht viel Zeit. Celia folgt mir auf Schritt und Tritt. Ich konnte nur raus, weil sie gerade badet.»

«Vermutet sie etwas?»

«Ich glaube nicht. Sie hat kein Wort verloren über – du weißt schon.» Guy bückte sich und tätschelte Mr. Beans, der an seinen Füßen schnupperte. «Ach, es ist schrecklich. Ich hasse diese Lügerei.» Er zog Lottie an sich und küsste sie auf den Kopf. Sie schlang die Arme um ihn, atmete seinen Duft ein und versuchte, sich das Gefühl seiner Hände auf ihren Hüften einzuprägen. «Wir brauchen es ihnen eigentlich gar nicht zu sagen. Wir könnten einfach abhauen. Einen Brief dalassen.» Er sprach in ihr Haar, als wollte er sie auch einatmen.

«Nein. So kann ich das nicht. Sie sind gut zu mir gewesen. Ich will es ihnen wenigstens erklären.»

«Ich weiß nicht, ob man das erklären kann.»

Lottie machte sich los und versuchte, im Dämmerlicht sein Gesicht zu erkennen. «Sie werden es doch verstehen, Guy, oder? Sie müssen es verstehen. Dass wir sie nicht verletzen wollten? Dass es nicht unsere Schuld war? Denn wir konnten es doch nicht ändern, oder?» Sie fing an zu weinen.

«Niemand ist Schuld daran. Manches muss einfach so kommen, wie es kommt. Man kann sich nicht dagegen wehren.»

«Ich finde es schrecklich, dass unser Glück aus solchem Unglück entstehen soll. Die arme Celia. Ach, die arme Celia.» Jetzt gehörte er ihr, und sie konnte es sich leisten, großmütig zu sein. Doch dass ihr Mitgefühl mit Celia so stark war, erschreckte Lottie. Sie wischte sich mit dem Ärmel die Nase.

«Celia übersteht das schon. Die sucht sich einen anderen.» Die Nüchternheit in Guys Stimme versetzte Lottie einen kleinen Stich. «Manchmal denke ich, sie ist eigentlich gar nicht in mich verliebt, sondern bloß in die Vorstellung, verliebt zu sein.»

Lottie starrte ihn an.

«Ich hatte einfach manchmal das Gefühl, dass es nicht speziell um mich ging, verstehst du?»

Lottie dachte an George Bern, kam sich dann aber unloyal vor. «Ich bin sicher, dass sie dich liebt», sagte sie mit leiser, zögernder Stimme.

«Lass uns nicht mehr davon sprechen. Hör mal, Lottie, wir müssen einen Plan machen. Wir müssen uns überlegen, wann wir es ihnen sagen wollen. Ich kann nicht weiterlügen – es ist mir wirklich zuwider.»

«Gib mir bis zum Wochenende Zeit. Ich will sehen, ob Adeline mich nimmt. Frances ist ja jetzt weg, und sie braucht bestimmt Hilfe im Haushalt. Mir würde das nichts ausmachen.»

«Nein? Es wäre vermutlich nicht für lange. Ich muss es meinen Eltern nur erklären.»

Lottie drückte das Gesicht an seine Brust. «Ich wünschte, wir hätten es schon hinter uns. Ich wünschte, wir wären drei Monate weiter.» Sie schloss die Augen. «Es ist ein Gefühl, als würde man darauf warten, dass jemand stirbt.»

Guy schaute aus der Tür ins Freie. «Wir müssen zurück. Ich fahre schon mal los.»

Er neigte den Kopf und küsste sie auf die Lippen. Lottie behielt die Augen offen, weil sie keinen Moment verpassen wollte. Hinter ihm funkelten die Lichter eines Schiffes, das durch den Hafen fuhr.

«Sei tapfer, Lottie, mein Schatz. Es dauert nicht ewig.»

Dann strich er ihr übers Haar und war draußen, jagte den dunklen Weg hinauf nach Hause.

Celia war wieder in ihr Zimmer eingezogen. Als Lottie das Nachthemd auf ihrer Tagesdecke liegen sah, hatte sie innerlich gestöhnt. Früher hatte sie sich wunderbar verstellen können, doch jetzt lagen ihre Gefühle alle bloß, so als sei ihr Inneres nach außen gestülpt, und sie merkte, dass sie es gar nicht erst zu versuchen brauchte, dass sie nur noch errötend und stammelnd Ausflüchte vorbrachte.

So gut es ging, war sie Celia aus dem Weg gegangen. Das war umso einfacher gewesen, als Celia einen fast manischen Tätigkeitsdrang entwickelt hatte. Wenn sie nicht gerade Einkäufe machte und mit fast religiöser Inbrunst das Geld ihres Vaters ausgab, ordnete sie ihre Habseligkeiten und sortierte alles aus, was sie als «zu jung» oder «für London ungeeignet» erachtete. Beim Abendessen, wenn die Gesellschaft der anderen ihr Sicherheit gab, konnte Lottie sich in sich selbst zurückziehen. Sie versuchte wieder, sich ganz auf ihr Essen zu konzentrieren, und nur Dr. Holden zog sie halbherzig ins Gespräch, schien aber selbst merkwürdig zerstreut zu sein. Mrs. Holden war offenbar entschlossen, Guy für sich zu gewinnen. Sie überschüttete ihn mit Fragen nach seinen Eltern und nach ihrem Leben im Ausland und lächelte ihn mit so kokettem Augenaufschlag an, als wolle sie ihrer Tochter Konkurrenz machen. Zu Lotties Erleichterung waren sie nur einmal aufeinander getroffen, am vergangenen Abend, als Lottie Celias neuen Stufenhaarschnitt bewundert hatte, sich dann aber damit entschuldigt hatte, dass sie jetzt ein langes heißes Bad nehmen müsse.

Als Lottie atemlos von ihrem Spaziergang mit Mr. Beans zurückkam, lag Celia in ein Badetuch gehüllt auf ihrem Bett und war offensichtlich in eine Zeitschrift für junge Bräute vertieft.

Das Zimmer schien geschrumpft zu sein.

«Hallo», sagte Lottie und zog die Schuhe aus. «Ich – ich wollte gerade in die Badewanne.»

«Mummy ist im Bad», sagte Celia und blätterte um. «Du musst warten. Bestimmt ist kein heißes Wasser mehr da.» Ihre Beine waren lang und blass und die Fußnägel rosa lackiert.

«Ach so.» Lottie setzte sich mit ihren Schuhen in der Hand auf ihr Bett und überlegte angestrengt, wo sie hingehen konnte. Früher hatten sie stundenlang auf ihren Betten gelegen und ausgedehnte Gespräche über die belanglosesten Themen geführt. Jetzt konnte Lottie den Gedanken, auch nur wenige Minuten mit Celia allein zu sein, nicht ertragen. Aber Freddie und Sylvia schliefen schon, und dass Dr. Holden sich mit ihr unterhalten wollte, war unwahrscheinlich. Vielleicht könnte sie sich mit Joe treffen. Sie würde Dr. Holden fragen, ob sie telefonieren dürfte.

Plötzlich schlug Celia die Zeitschrift zu und sah sie an. «Lottie, ich muss mit dir reden.»

Lottie schloss die Augen. Lieber Gott, bitte nicht, dachte sie.

«Lottielein?»

Sie öffnete die Augen wieder, rang sich ein Lächeln ab und stellte ihre Schuhe sorgfältig vor das Bett. «Ja?»

Celia schaute sie mit einem intensiven, fast forschenden Blick an. Ihre Augen hatten ein beinahe unnatürliches Blau, wie Lottie auffiel. «Es – es ist ein bisschen schwierig.»

Ein kurzes Schweigen entstand, und Lottie schob unauffällig die Hände unter ihre Beine, denn sie hatten angefangen zu zittern. Bitte, frag mich nicht, flehte sie stumm. Ich kann dich nicht anlügen. Bitte, lieber Gott, lass sie nicht fragen.

«Was ist denn?»

«Ich weiß nicht, wie ich anfangen soll … hör mal, Lottie, was ich sagen will … muss ganz unter uns bleiben.»

Lottie stockte der Atem. Einen Augenblick lang fürchtete sie, ohnmächtig zu werden.

«Was ist denn?», flüsterte sie.

Celia schaute sie immer noch unverwandt an, und Lottie merkte, dass auch sie den Blick nicht abwenden konnte.

«Ich bin schwanger.»

Kapitel 8

*E*igentlich war er für Notfälle vorgesehen; wie etwa für den Nachmittag, als sie die vermisste Fünfjährige unten bei Mer Point aus dem Hafenbecken gezogen hatten. Oder wenn er eine Mitteilung machen musste, für die der Empfänger sich besser erst einmal hinsetzte; in solchen Fällen konnte ein steifer Whisky helfen, die Nachricht etwas besser zu verkraften. Doch während Dr. Holden die Flasche mit dem fünfzehn Jahre alten Maltwhisky in seiner obersten Schreibtischschublade anschaute, überlegte er, dass es Tage gab, an denen man ein oder zwei Gläschen fairerweise als Medizin betrachten musste. Nicht bloß als Medizin, sondern als Lebensnotwendigkeit. Sobald er sich nämlich erlaubte, darüber nachzudenken, wurde ihm klar, dass es hier nicht einfach um die Bedenken eines Vaters ging, der seine geliebte Tochter vor den

Traualtar schickte, sondern dass seine innere Unruhe und die Verlassenheitsängste sich einstellten, sobald er daran dachte, was ihm nach Celias Hochzeit bleiben würde: eine sterile, lieblose Ehe mit einer unglücklichen, panischen Frau. Ein Leben, in dem nicht einmal mehr Gillian Zerstreuung bot, weil sie nach Colchester gezogen war. Sie war ein bisschen zu direkt gewesen und hatte ihm immer zu verstehen gegeben, dass er bloß eine Zwischenstation auf ihrem Weg war, aber ihr Witz und ihre erfrischende Respektlosigkeit hatten ihn erheitert, und ihre Haut war wie Alabaster, wie Marmor, glatt und tadellos, aber dabei warm. O Gott, ja. Warm. Und jetzt war sie fort. Und Celia, das einzige andere Wesen, das Schönheit in sein Leben gebracht hatte, würde nun auch fortgehen. Und was erwartete ihn? Nur der alltägliche Trott des mittleren Alters, mit den endlosen, banalen Beschwerden und den gelegentlichen Nachmittagen an der Bar des Golfklubs, mit Leuten wie Stadtrat Elliott, die ihm auf den Rücken klopften und ihm fröhlich mitteilten, dass er seine besten Jahre längst hinter sich habe.

Henry Holden griff nach dem Medizingläschen auf dem Regal hinter sich und goss sich langsam ein paar Fingerbreit Whisky ein. Es war Vormittag, erst kurz nach zehn, und das *Wasser des Lebens* kratzte und brannte in seiner Kehle wie Feuer. Doch selbst dieser kleine Akt der Auflehnung war beruhigend.

Sie würde es merken, das war klar. Sie würde seine Krawatte zurechtrücken oder sich irgendeine andere besitzergreifende Fummelei ausdenken, und dabei würde sie seinen Atem riechen, zurücktreten und ihn ansehen, und in ihrer Miene würde eine winzige Spur Ekel liegen. Aber sie würde nichts sagen. Sie würde einfach dieses leicht gekränkte Gesicht aufsetzen, das er nicht ausstehen konnte, dieses Gesicht, das von Kreuzen sprach, die getragen werden mussten, und von endlosen Märtyrertagen. Und auch wenn sie es nicht direkt sagte, würde sie doch eine Möglichkeit finden, ihm unterschwellig zu verstehen zu geben, dass er sie enttäuscht hatte, dass er sie mal wieder im Stich gelassen hatte.

Dr. Holden schenkte sich nach und kippte noch einmal zwei Fingerbreit hinunter. Dieses Mal war es leicht, und er genoss das Nachbrennen im Mund.

Meister auf ihrem Gebiet, nannte man sie. Könige auf ihrer eigenen Burg. Was war das doch für ein Quatsch. Susan Holdens Wünsche, Bedürfnisse und Nöte beherrschten ihre Ehe so sicher, als hätte sie alles mit Tinte niedergeschrieben und mit einem flammenden Stock in ihn hineingeprügelt. Nichts entging ihr, nichts konnte sie spontan erfreuen. Nichts war von der schönen, unbeschwerten jungen Rechtsanwaltstochter geblieben, die er einst kennen gelernt hatte, mit einer Taille, die er mit den Händen umfassen konnte, und einem Blitzen in den Augen, bei dem ihm die Knie weich wurden. Nein, die junge Susan war langsam von dieser unglücklichen Matrone aufgefressen worden, von dieser nervösen, übellaunigen Xanthippe, für die nur der Schein zählte und der das wahre Sein nichts bedeutete.

Sieh uns doch an!, hätte er sie manchmal am liebsten angebrüllt. Sieh doch, was aus uns geworden ist! Ich will meine Pantoffeln nicht! Mir ist es egal, dass Virginia den falschen Fisch gekauft hat! Ich will mein altes Leben wiederhaben – ein Leben, in dem wir tagelang verschwinden konnten, in dem wir uns bis zum Morgengrauen lieben konnten und in dem es Gespräche gab, echte Gespräche, nicht bloß dieses endlose Geschwafel, das in deiner Welt als Gespräch gilt. Doch er wusste, dass Susan ihn nicht verstehen würde: Mit vor Entsetzen geweiteten Augen würde sie ihn anstarren und sich dann, nach einem kaum unterdrückten Schaudern, zusammennehmen und ihm Tee anbieten. Oder vielleicht einen Keks. Etwas, um «dich ein bisschen aufzumuntern».

Manchmal argwöhnte er auch, dass sein Leben vielleicht nie anders gewesen war, sondern dass man sich genauso, wie man die Sommer der Kindheit als warm und endlos lang in Erinnerung hatte, auch an Liebesakte erinnerte, die nie stattgefunden hatten, an eine unkomplizierte Leidenschaft, die es nie gegeben hatte. Und so verschloss Henry Holden sich noch ein bisschen mehr. Er gestattete sich keinen Gedanken an das Verlorene. Wie ein Hamster im Rad lief er einfach weiter und versuchte, nicht nach links und rechts zu schauen. Meistens funktionierte das auch.

Meistens.

Aber am Abend des heutigen Tages würde Celia mit ihren Albernheiten, ihrer Quecksilbrigkeit und ihrem Gelächter verschwunden sein. Er hoffte inständig, dass sie nicht wie ihre Mutter endete, dass den beiden jungen Leuten dieses Schicksal erspart bliebe. Ursprünglich hatte er nicht verstanden, warum Celia es mit dem Heiraten so eilig hatte. Er hatte ihr nicht ganz geglaubt, als sie sagte, eine Hochzeit im Oktober sei der letzte Schrei. Aber dann sah er, wie panisch und gereizt sie reagierte, als Susan anfing, vom nächsten Sommer zu sprechen, und er erkannte, was los war – sie wollte unbedingt weg. Wollte diesem erstickenden Haushalt entfliehen. Wer konnte ihr das verübeln? Heimlich wünschte er sich, er könnte es ihr gleichtun.

Und dann war da noch Lottie, die angesichts Celias bevorstehender Abreise so trübsinnig war, dass es ihn schmerzte. Die seltsame, unergründliche, stets wachsame Lottie, deren Lächeln ihm manchmal immer noch das Herz erwärmte. Als kleines Mädchen hatte sie ihm vertraut, hatte ihn lieb gehabt, mehr als alle anderen. Sie war ihm überallhin gefolgt, hatte ihre kleine Hand in seine geschoben. Auch heute noch gab es, das wusste er, eine Verbindung zwischen ihnen. Lottie begriff, was sich zwischen Susan und ihm abspielte. Das sah er an der Art, wie sie die ganze Familie beobachtete. Und Susan sah es ebenfalls.

Aber auch Lottie würde nicht mehr lange im Haus sein. Susan machte bereits hektisch Andeutungen über Zukunftspläne und überlegte, was wohl das Beste für sie wäre. Und dann, nach Lottie, würden die Kleinen gehen, und dann blieben nur noch Susan und er, die sich gegenseitig umkreisten, jeder in sein eigenes Elend eingeschlossen.

Reiß dich zusammen, befahl Dr. Holden sich. Denk lieber nicht zu viel über diese Dinge nach. Er schob die Schublade zu.

Einen Augenblick saß er still und schaute aus dem Fenster seiner Praxis, vorbei an der Tafel mit dem Blutkreislauf und den Medikamentenbroschüren, die ein Pharmavertreter gestern Vormittag dagelassen hatte. Vorbei auch an dem gerahmten Foto von Merhams hochgeschätztem Arzt mit seiner schönen Gattin und seinen Kindern. Dann, fast ohne sich dessen bewusst zu sein, zog er die Schublade wieder auf.

Schwungvoll fuhr Joe ein letztes Mal mit seinem Lederlappen über die auf Hochglanz polierte Kühlerhaube des dunkelblauen Daimler. Strahlend vor Befriedigung trat er zurück. «Da kann man sich jetzt drin spiegeln», erklärte er.

Lottie, die schweigend auf dem Rücksitz saß und darauf wartete, dass er fertig wurde, versuchte, sich ein Lächeln abzuringen, was ihr aber nicht gelang. Immer wieder schaute sie auf die hellen Ledersitze, wohl wissend, wer die nächsten Fahrgäste sein und welchen Status sie haben würden. Denk nicht dran, befahl sie sich. Denk nicht dran.

«Sie hatte Angst, dass ich zu spät kommen würde, was? Mrs. Holden, meine ich?»

Lottie hatte von sich aus angeboten, nach dem Wagen zu sehen, denn es war eine Möglichkeit gewesen, der wachsenden Hysterie bei den Holdens zu entfliehen. «Du kennst sie doch.»

Joe faltete das Ledertuch sorgfältig zusammen. «Aber Celia freut sich darauf wegzukommen.»

Lottie nickte und versuchte, ein gelassenes Gesicht zu machen.

«Sie fahren gleich los, oder? Wohin, nach London?»

«Erst mal.»

«Und dann in irgendein exotisches Land, schätze ich. Wo es heiß ist. Das wird Celia gefallen. Aber ich könnte nicht sagen, dass ich sie darum beneide – du etwa?»

Lottie stand mittlerweile fast jede Unterhaltung durch: Nach einem Monat Übung beherrschte sie ihre Mimik so gut wie ein professioneller Pokerspieler. Ihre Miene gab nichts preis, drückte nichts aus. Sie dachte an Adelines Maske: eine wohlwollende äußere Erscheinung, die nichts enthüllte. Nur noch ein paar Stunden.

«Wie bitte?» Sie musste es laut gesagt habe. Manchmal passierte ihr das.

«Ach, nichts.»

«Wie macht Freddie sich denn in seinem Pagenkostüm? Hat Mrs. Holden ihn reingekriegt? Ich hab ihn am Samstag in der High Street getroffen, und er hat mir erzählt, er würde sich die Beine abhacken, damit sie ihm diese Hosen nicht anziehen kann.»

«Er hat sie schon an.»

«Ach, verdammt. 'tschuldigung, Lottie.»

«Dr. Holden hat ihm zwei Schilling versprochen, wenn er sie bis nach dem Empfang anbehält.»

«Und Sylvia?»

«Hält sich für eine kleine Königin. Sie wartet darauf, dass Queen Elizabeth kommt und eine vermisste Schwester in ihr erkennt.»

«Sie wird sich nie ändern.»

Doch, dachte Lottie. Sie wird glücklich und fröhlich und sorglos sein, und dann wird ein Mann daherkommen und mit der Wucht einer Abrissbirne ihr ganzes Leben in Stücke schlagen. So, wie Lotties Vater es vermutlich mit dem Leben ihrer Mutter gemacht hatte. Wie Henry Holden es mit Susan Holdens Leben gemacht hatte. Es gab kein dauerhaftes Glück.

Lottie dachte an Adeline, die sie Anfang der Woche zum ersten Mal nach dem Besuch der Bancrofts wiedergesehen hatte. Auch Adeline war bedrückt gewesen, ihr Schwung hatte sie verlassen, und sie war durch die hellen, hallenden Räumen gegangen, als würde nichts darin sie interessieren, als hätte sie für die ausdrucksvollen Gemälde, die bizarren Skulpturen und die Bücherstapel keinen Blick mehr. Julian war mit Stephen nach Venedig gereist. George hatte in Oxford ein Stipendium für eine wissenschaftliche Arbeit über Ökonomie bekommen. Nach Frances mochte Lottie nicht fragen. Und bald würde Adeline selbst auch fort sein. England im Winter sei unerträglich, hatte sie wiederholt betont, als müsse sie sich selbst davon überzeugen. Sie wollte nach Südfrankreich, in die Villa einer Freundin in der Provence. Da würde sie sitzen und billigen Wein trinken und den Lauf der Welt betrachten. Es würde ein herrlicher Urlaub werden, erklärte sie, aber ihre Stimme klang weder nach herrlich noch nach Urlaub.

«Du musst mitkommen», sagte sie zu Lottie, die versuchte, gleichgültig zu wirken. «Ich werde allein sein, Lottie. Du musst kommen und mich besuchen.»

Langsam waren sie auf die Terrasse hinausgegangen, zum Wandbild, und dort hatte Adeline sehr sanft Lotties Hand genommen. Dieses Mal war sie nicht zurückgezuckt.

Das Brausen in ihren Ohren hatte Lottie so taub gemacht, dass sie Adelines nächste Worte kaum hörte. «Es wird besser, mein liebes Kind», sagte sie, «du darfst den Glauben nicht verlieren.»

«Ich glaube nicht an Gott.» Es hatte nicht so bitter klingen sollen.

«Von Gott rede ich nicht. Ich glaube einfach, dass die Schicksalsgöttinnen manchmal eine Zukunft für uns bereithalten, die wir uns nicht ausmalen können. Und damit diese Zukunft möglich wird, müssen wir einfach weiter daran glauben, dass etwas Gutes passieren wird.»

Da war Lotties felsenfester Vorsatz ein wenig ins Wanken geraten. Sie hatte geschluckt und war Adelines forschendem Blick ausgewichen, doch das bedeutete, dass ihr Blick auf das Wandbild mit den beiden verräterischen Gestalten fiel. Ihr Gesicht verzog sich vor Kummer und Zorn. «Ich glaube nicht an das Schicksal. Ich glaube an gar nichts. Wie können die Schicksalsgöttinnen auf uns aufpassen, wenn sie – wenn sie alles so furchtbar verdrehen? Es ist Quatsch, Adeline. Abstruser Unsinn. Niemand lenkt unser Geschick. Menschen, Ereignisse, das trifft einfach aufeinander, zufällig, und dann geht die Geschichte weiter, und wer übrig bleibt, muss sehen, wie er aus dem Schlamassel wieder rauskommt.»

Adeline war sehr still. Langsam strich sie Lottie übers Haar, und nach einer Pause sagte sie: «Wenn er für dich bestimmt ist, wird er zu dir zurückkehren.»

Lottie entzog sich ihr und zuckte die Achseln. «Du hörst dich an wie Mrs. Holden mit ihren verfluchten Apfelschalen.»

«Du musst nur deinen Gefühlen treu bleiben.»

«Und was ist, wenn meine Gefühle bei der ganzen Sache gar keine Rolle spielen?»

Verwirrt runzelte Adeline die Stirn. «Deine Gefühle spielen immer eine Rolle, Lottie.»

«Ach, ich muss jetzt los, ich muss gehen.» Mit den Tränen kämpfend, schnappte Lottie sich ihren Mantel, und ohne Adeline weiter zu beachten, verließ sie rasch das Haus und schritt die Auffahrt hinunter.

Am nächsten Tag bereute sie ihr Verhalten, aber da kam ein Brief. Adeline erwähnte Lotties Ausbruch darin nicht, sondern nannte eine Adresse, unter der sie in Frankreich zu erreichen sein würde. Sie bat Lottie, Kontakt zu ihr zu halten, und schrieb, die einzige wirkliche Sünde bestehe in dem Versuch, jemand zu sein, der man eigentlich nicht war. «Es ist ein Trost, wenn man weiß, dass man sich selbst treu geblieben ist, Lottie. Glaube mir.» Eigentümlicherweise hatte sie den Brief mit «eine Freundin» unterschrieben.

Lottie fühlte den Brief in ihrer Tasche, als sie nun vom Rücksitz aus zusah, wie Joe die dunkelblaue Kühlerhaube mit weißen Bändern schmückte. Sie wusste nicht, warum sie ihn noch mit sich herumtrug: Vielleicht war es einfach ein Trost, eine Verbündete zu haben – wenn Adeline fort war, gab es niemanden mehr, mit dem sie sprechen konnte. Sie hörte Joe zu, wie man einer Fliege lauscht, die durchs Zimmer summt: gleichgültig und ab und zu ein wenig gereizt. Celia war recht nett gewesen, aber die beiden Mädchen hatten den Kontakt weder gesucht noch ihre zufälligen Begegnungen ausgedehnt.

Und dann war da Guy, dessen verwirrtes, unglückliches Gesicht sie überallhin verfolgte, der mit seinen Händen, seiner Haut und seinem duftenden Atem in ihre Träume eindrang. Sie konnte seine

Nähe nicht ertragen, hatte seit ihrem Treffen in der Strandhütte vor einigen Wochen nicht mehr mit ihm gesprochen. Nicht weil sie wütend auf ihn gewesen wäre – obwohl sie auch Zorn verspürte –, sondern weil sie genau wusste, dass sie ins Wanken käme, wenn er mit ihr sprechen würde, wenn er sie bitten würde. Und falls er immer noch mit ihr zusammen sein wollte, selbst nach allem, was vorgefallen war, war ihr klar, dass sie ihn nicht mehr so lieben konnte wie vorher. Wie sollte sie einen Mann lieben, der bereit war, Celia in diesem Zustand zu verlassen?

Als Celia es ihr erzählte, hatte er noch nichts geahnt, aber inzwischen musste er Bescheid wissen. Er hatte aufgehört, ihr zu folgen, er hinterließ keine Botschaften mehr, keine kleinen, mit Bleistift bekritzelten Zettelchen, die unglücklich schrien: «SPRICH MIT MIR!!», an Stellen, wo nur Lottie sie finden konnte. Es war ihr leicht gefallen, in Mrs. Holdens Nähe zu bleiben und so dafür zu sorgen, dass sie nie mit ihm allein war. Anfangs hatte er es nicht verstanden, doch inzwischen war es ihm vermutlich klar: Celia hatte ja gesagt, sie wollte es ihm erzählen, und jetzt schaute er Lottie nicht einmal mehr an, sondern wandte sich immer ein wenig von ihr ab, mit verschlossenem, freudlosem Gesicht, sodass keiner den Kummer des anderen richtig sehen konnte.

Lottie wollte sich nicht vorstellen, was hätte geschehen können. Denn auch wenn es Celia wehgetan hätte – solange sie noch die Möglichkeit gehabt hatte, einen anderen zu finden, hätte Lottie ihr diese Grausamkeit zufügen können. Aber wie konnte sie die frühere Freundin jetzt der Schande überlassen? Wie konnte sie Schande über die Familie bringen, die sie selbst aus schändlichen Verhältnissen gerettet hatte? Und dann wieder war Lottie einfach böse auf Guy: Sie konnte nicht fassen, dass er diese Nähe, diese Gefühle auch mit Celia geteilt hatte. Sie wollte die Einzige auf der Welt sein, die das jemals mit ihm empfunden hatte, sie und er sollten das einzige Paar sein, dem sich diese Geheimnisse enthüllt hatten. Sie passten zusammen wie Hand und Handschuh – schließlich waren das seine Worte gewesen. Lottie fühlte sich verraten.

«Warum?», hatte er flüsternd gefragt, als sie einmal kurz in der Küche allein waren. «Was habe ich getan?»

«Es ist nicht meine Aufgabe, dir das zu sagen», hatte Lottie geantwortet und sich ihm entzogen, obwohl der Zorn und die Verzweiflung in seinem Gesicht sie innerlich erbeben ließen. Aber sie musste ihn abweisen. Das war die einzige Möglichkeit, es durchzustehen.

«Ich nehme dich mit zurück, Lottie, ja?»

Joe hatte eine Hand auf das Wagendach gestützt und schaute sie durchs Fenster an. In seiner eigenen Umgebung wirkte er ausnahmsweise lebhaft, fröhlich und unbekümmert. «Aber oben an der Straße steigst du am besten aus. Mrs. Holden will vermutlich, dass der Wagen leer ankommt.»

Lottie zwang sich zu einem Lächeln und schloss dann die Augen. Sie horchte auf den satten Klang der zufallenden Wagentür und auf das gut geschmierte Brummen des Motors, als Joe den Zündschlüssel umdrehte.

Ein paar Stunden noch, sagte sie sich und tastete nach dem Brief in ihrer Tasche.

Nur noch ein paar Stunden.

Alle Bräute sind schön, sagte man, aber Susan Holden war sich sicher, dass ihre Celia die schönste Braut war, die Merham seit langem gesehen hatte. Mit ihrem dreilagigen Schleier und dem gefütterten Satinkleid, das für ihre zarte Figur maßgeschneidert war, steckte sie Miriam Ansty und Lucinda Perry, die im vorigen Jahr geheiratet hatten, mühelos in die Tasche. Selbst Mrs. Chilton, die Lucinda Perrys recht gewagtes lila und cremefarbenes Ensemble für die Hochzeitsreise sehr bewundert hatte, gab das zu. «Sie ist wahrhaftig eine Augenweide, deine Celia», hatte sie nach der Trauung gesagt, die Unterarmtasche unter den Busen geklemmt und den federgeschmückten Hut gewagt schief aufgesetzt, «das muss ich wirklich sagen. Eine Augenweide.»

Mehr als das, die beiden waren ein schönes Paar. Celia standen die glitzernden Tränen in den Augen ausgezeichnet, als sie den Arm ihres gut aussehenden jungen Ehemannes ergriff, der ernst und ein wenig nervös wirkte, so wie sie alle. Er hatte zwar nicht so viel gelächelt, wie Mrs. Holden es gern gesehen hätte, aber das überraschte sie nicht: Henry war bei ihrer Hochzeit ebenfalls erst richtig aufgetaut, als sie oben allein waren, und dann auch nur nach mehreren Gläsern Sekt.

Freddie und Sylvia hatten die ganze Trauung durchgehalten, ohne sich zu zanken. Gut, beim letzten Lied hatte es einen verstohlenen Tritt gegeben, aber Sylvias Kleid hatte das Schlimmste aufgefangen.

Mrs. Holden gestattete sich das erste Schlückchen Sherry. Aufrecht saß sie auf dem Stuhl mit der goldenen Lehne am erhöhten Tisch und schaute auf die vielen Tische unter sich. Alles, was in ihrer Stadt Rang und Namen hatte, so dachte sie gern. Wenn man berücksichtigte, wie wenig Zeit sie zur Planung der Hochzeit gehabt hatten, war alles recht gut verlaufen.

«Alles okay mit dir, Susan?» Das war Guy Bancroft senior, der sich mit einem breiten Grinsen zu ihr hinüberbeugte. «Eigentlich wollte ich in meiner Rede noch erwähnen, dass die Brautmutter heute Nachmittag besonders hinreißend aussieht.»

Mrs. Holden gab das Kompliment elegant zurück. Es war dieser Lippenstift, *Autumn Berry*, der ihr in letzter Zeit Glück brachte. «Nun, ich finde, das Ehepaar Bancroft sieht auch besonders schick aus.»

Für Dee Dee galt das jedenfalls: Sie trug einen türkisfarbenen Zweiteiler aus Schantungseide und dazu seidene Sandaletten. Mrs. Holden nahm schon den ganzen Nachmittag ihren Mut zusammen, um sie zu fragen, ob sie die Schuhe extra hatte anfertigen lassen.

«Ah. Ja … Dee Dee sieht in ihren Klamotten immer prima aus.»

«Wie bitte?»

«Aber ein Paar Shorts und bloße Füße stehen ihr genauso gut.

Am liebsten ist sie draußen, meine Frau. Mein Sohn kommt nach ihr. Oder sollte ich sagen, dein Schwiegersohn …» Er lachte. «Es braucht vermutlich eine Weile, bis man sich an das alles gewöhnt hat, was?»

«Ach, wir betrachten euch schon als Teil der Familie.»

Wenn nur Henry ein wenig fröhlicher aussehen würde. Er starrte niedergeschlagen auf das Meer von Freunden, stocherte in seinem Essen herum und murmelte nur gelegentlich seiner Tochter etwas zu. Sein Glas hingegen ließ er sich öfter als gelegentlich auffüllen. Dass Henry sich bloß nicht betrinkt, dachte Susan Holden. Nicht vor allen Leuten. Nicht heute.

«Ich muss Mr. Bancroft zu seinen wunderbaren Desserts gratulieren.» Das war Deirdre Colquhoun, atemlos und strahlend in rosa Damast, einem Mantelkleid im Empirestil. Freddie hatte lautstark darauf bestanden, er wisse, von welchem alten Sofa Mrs. Colquhoun den Stoff genommen habe; Susan Holden vergewisserte sich mit einem kurzen Blick in die Runde, dass niemand es gehört hatte. Deirdre deutete auf das inzwischen einstürzende Bauwerk aus exotischen Früchten und die Kristallglasschalen mit Obstsalat. Dieser enthielt weder einheimische Äpfel noch Schattenmorellen, noch Ananas aus der Dose, sondern Kumquats in Scheiben, Papayas und Mangos, geschnittene Sternfrüchte und milchig schimmernde Litschis, Fruchtfleisch mit Farben und Konsistenzen, die den englischen Gaumen unbekannt waren. Nach dem Festessen würden die Gäste um viele der Früchte einen großen Bogen machen und sich an das Altbekannte halten: Pflaumen. Und Apfelsinen. «Richtiges Obst», wie Sarah Chilton Mrs. Ansty zuflüsterte.

«Wie wunderschön Sie das angerichtet haben», sagte Mrs. Colquhoun bewundernd.

«Alles frisch, alles gestern Morgen eingeflogen.» Mr. Bancroft lehnte sich zurück und zündete sich wohlwollend eine Zigarette an. «Ich könnte noch hinzufügen, dass alles von honduranischen Jungfrauen geschält und geschnitten wurde.»

Mrs. Colquhoun errötete. «Du meine Güte …»

«Was sagst du da, Guyliebling? Doch nichts Unartiges?» Dee Dee drehte sich zu ihm um und zeigte dabei ein gutes Stück gebräuntes Bein.

«Sie lässt mir aber auch gar nichts durchgehen.» Mr. Bancroft schmunzelte.

«Ich lasse dir viel mehr durchgehen, als gut für dich ist.»

«Bei deinem Aussehen kannst du mir daraus doch keinen Vorwurf machen, oder, meine Süße?» Er warf ihr schmatzend eine Kusshand zu.

«Also … Wie dem auch sei. Die Arrangements sind großartig.» Mit einer Hand an ihrer Frisur drehte Mrs. Colqhoun sich schwankend um und stakste an ihren Tisch zurück.

Mrs. Holden wandte sich ihrem Mann zu. Das war bestimmt schon sein dritter Kognak. Sie beobachtete, wie er ihn im Ballonglas schwenkte und dann mit einer Art grimmiger Entschlossenheit hinunterkippte. Ach, warum musste er ausgerechnet heute schlechte Laune haben?

Lottie, die als Kampfrichterin zwischen Freddie und Sylvia platziert worden war, merkte, wie ihr wieder übel wurde. Seit Tagen schon hatte sie sich merkwürdig gefühlt, was sie jedoch nicht weiter wunderte, weil ihr ganzes Wesen sich nur danach sehnte, sich in irgendeinem Versteck zusammenzurollen und zu sterben. Im vergangenen Monat hatte sie sich so fremd gefühlt, als würde sie durch Nebel gehen und andere Menschen nur aus der Ferne sehen und hören. Es war erleichternd gewesen: Wenn ihr ab und zu Gefühle aufgezwungen wurden – etwa wenn sie hinzukam, wie Celia Guy die Arme um den Hals legte oder wie sie mit ihrer Mutter verschwörerisch über etwas kicherte, was er gesagt oder getan hatte –, war der bohrende Schmerz fast unerträglich. Er war real: scharf, gezielt, strafend.

Aber dieses Gefühl jetzt war anders. Lottie war, als sei sie körperlich aus dem Gleichgewicht geraten, als würde ihr Blut, wie die Wellen, bei jeder Bewegung von ihr wegströmen. Das Essen betrachtete sie mit Misstrauen. Es schmeckte verkehrt, war kein Genuss. Sie konnte die protzigen Arrangements der Früchte einfach nicht ansehen, sie waren zu knallig, als wäre allein ihre Fröhlichkeit eine Beleidigung für sie.

«Guck mal, Freddie. Guck doch!»

Sylvia hatte den Mund geöffnet und ließ etwas vom gut durchgekauten Inhalt ihres Tellers sehen.

«Aber Sylvia!» Lottie musste sich abwenden. Sie hörte, wie Freddie vor Vergnügen gluckste und dann mit einem «Gaaah» selbst den vollen Mund aufriss.

«Schluss jetzt, ihr beiden.»

Joe saß auf Freddies anderer Seite. Er gehörte zwar nicht zur Familie, aber Mrs. Holden hatte ihn trotzdem an ihren Tisch gesetzt. Lottie hatte nicht genug Energie, um sich darüber zu ärgern, und im Laufe des langen Nachmittags empfand sie sogar Dankbarkeit dafür.

«Alles in Ordnung, Lottie? Du bist ein bisschen blass.»

«Mir geht's gut, Joe.»

Sie wollte einfach nach Hause, sich auf ihr Bett legen und sich lange, lange Zeit nicht rühren. Bloß dass dieses «Zuhause» sich nicht mehr wie ihr Zuhause anfühlte. Vielleicht war es das nie gewesen. Lottie sah sich unter den Gästen um, und ihre gewohnte Niedergeschlagenheit, das Gefühl, nicht richtig dazuzugehören, überwältigte sie beinahe.

«Sieh mal, ich habe dir Wasser nachgeschenkt. Trink ein bisschen.»

«Sylvia. Sylvia!! Wie viele Weintrauben passen in deinen Mund rein?»

«Du siehst wirklich nicht gut aus. Hoffentlich hast du dir nicht wieder irgendwas eingefangen.»

«Guck mal, ich kriege viel mehr rein als du. Guck doch mal, Sylvia!»

«Du hast dein Essen kaum angerührt. Komm, trink etwas. Dann geht's dir besser. Ich könnte sie auch bitten, dass sie dir ein bisschen Milch warm machen – die beruhigt angeblich den Magen.»

«Bitte, hör auf, Joe. Mir geht's gut, wirklich.»

Seine Rede war sehr kurz gewesen. Er hatte sich bei den Holdens für ihre Gastfreundschaft und für das großartige Festmahl bedankt und bei seinen Eltern für die wunderbaren Desserts und dafür, dass sie es die vergangenen sechsundzwanzig Jahre mit ihm ausgehalten hatten. Und schließlich bei Celia. Dafür dass sie seine Frau geworden war. Dass er das ohne große Begeisterung, ohne verliebten Schwung sagte, war nur ein schwacher Trost. Sie war trotzdem seine Ehefrau.

Und da saß sie mit ihrem bezaubernden Lächeln in ihrem Brautschleier, der vorteilhaft die elegante Linie ihres Halses einrahmte. Lottie konnte nicht hinsehen, so erschrocken war sie über den tiefen Hass, den sie inzwischen verspürte. Zu wissen, dass sie das Richtige getan hatte, war überhaupt kein Trost, und dass sie sich selbst treu geblieben war, wie Adeline es formuliert hatte, war erst recht keiner. Wenn sie sich nur hätte einbilden können, dass ihre Gefühle nicht echt gewesen waren, dann hätte sie einen Schlussstrich unter das Vergangene ziehen können.

Aber ihre Gefühle waren echt gewesen.

Ach, sie wollte sich nur hinlegen. Irgendwo, wo es dunkel war.

«Soll ich dir ein Schüsselchen Obstsalat holen?», fragte Joe.

Allmählich wurden die Gäste unruhig. Es war Zeit, entschied Mrs. Holden, dass die Jungvermählten aufbrachen, damit einige ältere Damen nach Hause kamen, bevor es zu spät wurde. Mrs. Charteris und Mrs. Godwin sahen ein wenig müde aus, und der ganze hintere Tisch hatte schon die Mäntel geholt.

Sie kam zu dem Schluss, dass es wirklich Henrys Aufgabe war. Er hatte während der Feier nur sehr wenig getan – selbst seine Rede hatte wie eine bloße Pflichtübung gewirkt –, und sie wollte nicht, dass geklatscht wurde. Mit einer Entschuldigung erhob sie sich und trat zu ihrem Mann. Er starrte auf das Tischtuch, offenbar ohne die vergnügte Unterhaltung um sich herum wahrzunehmen. Schon auf Armeslänge konnte Mrs. Holden den Alkoholdunst um ihn herum riechen.

«Henry, mein Lieber, könnte ich dich mal eben sprechen?»

Als er den Kopf hob, sank ihr der Mut, so kalt schaute er sie an. Ihr war, als würde er sie eine Ewigkeit lang ansehen, mit diesem Blick, der ihr die Fassung raubte.

«Was habe ich jetzt schon wieder angestellt, Liebste?», fragte er. Das «Liebste» spuckte er aus, als hätte es einen üblen Geschmack.

Susan Holden schaute sich um. Hoffentlich hatte es niemand bemerkt. «Du hast gar nichts angestellt, Schatz. Ich wollte dich nur kurz mit Beschlag belegen.» Sie legte ihm die Hand auf den Arm und sah zu den Bancrofts hinüber, die aber in ihre Unterhaltung vertieft waren.

«Ich habe also nichts angestellt.» Mr. Holden senkte den Kopf wieder und legte die Handflächen auf den Tisch, als wollte er sich hochstemmen. «Na, das ist mal was anderes, meine liebe Susan, oder nicht?»

Ach, in so schlechter Verfassung hatte sie ihn noch nie erlebt. Sie zerbrach sich den Kopf, wie sie ihn, ohne in aller Öffentlichkeit einen Streit vom Zaun zu brechen, hier herausbekommen sollte.

«Es ist mal was anderes, dass du ausnahmsweise mit allem zufrieden bist.»

«Henry», bat sie leise.

«Es gelingt uns ja nicht oft, dass du nichts an uns auszusetzen hast, oder? Nicht oft werden wir den strengen Maßstäben von Merhams bester Gastgeberin gerecht.» Er war aufgestanden und lachte jetzt: ein scharfes, bitteres Lachen.

«Liebling, bitte, können wir –»

Mit gespielter Überraschung sah er sie an. «Ach, jetzt heißt es plötzlich ‹Liebling›, was? Wie nett. Jetzt bin ich also dein Liebling. Meine Güte, Susan, als nächstes sagst du noch ‹Geliebter›.»

«Henry!»

«Mummy?» Celia war an ihrer Seite aufgetaucht. Sie schaute ihren Vater und dann wieder ihre Mutter an. «Ist alles in Ordnung?»

«Alles in Ordnung, Liebes», sagte Mrs. Holden beruhigend und versuchte, sie mit einem leichten Rückenklopfen fortzudrängen. «Du und Guy, ihr macht euch jetzt fertig. Ihr solltet wirklich bald losfahren.»

«Alles in Ordnung. Ja, liebe Celia, es ist alles in Ordnung.» Dr. Holden legte seiner Tochter schwer die Hände auf die Schultern. «Du ziehst jetzt los und machst es dir mit deinem netten jungen Mann hier schön.»

«Daddy …» Celia wirkte verunsichert.

«Du machst dich auf den Weg und bleibst so schön und so witzig und so lieb, wie du bist. Tu dein Bestes, um nicht wegen jedem Scheißdreck an ihm herumzunörgeln. Versuche, ihn nicht so anzusehen, als wäre er ein räudiger Köter, wenn er mal was tut, was er selbst gern tun möchte … irgendwas anderes, als hübsch brav herumzusitzen und Tee zu trinken und sich Gedanken darüber zu machen, was die anderen wohl denken könnten.»

«Henry!» Die Augen seiner Frau hatten sich mit Tränen gefüllt.

Guy stand jetzt hinter Celia und versuchte offenbar herauszufinden, was vor sich ging.

«Ach, erspare mir doch die Tränen, Susan. Erspare mir eine weitere verfluchte Dosis Tränen. Wenn hier jemand Grund zum Heulen hat, dann bin ich das.»

Celia brach in lautes Schluchzen aus. Die Gäste an den Tischen ringsherum waren verstummt, hielten ihre Gläser in der Luft still und blickten sich unsicher an.

«Daddy – warum bist du so ekelhaft? Bitte, heute ist mein besonderer Tag.» Celia versuchte, ihn vom Tisch fortzuziehen.

«Aber es geht nicht nur um diesen Tag, meine liebe Celia, oder? Es geht nicht bloß um die verdammte Hochzeit. Es geht um jeden verdammten Tag danach. Jeden verflucht endlos langen Tag, bis dass der Tod euch scheidet.» Dr. Holden brüllte die letzten Worte.

Mit Entsetzen sah Susan Holden, dass sie jetzt im Mittelpunkt der Aufmerksamkeit standen.

«Alles okay hier?», rief Mr. Bancroft.

Guy legte seiner Schwiegermutter den Arm um die Schultern. «Schon gut, Dad. Äh, Susan, komm und setz dich doch.»

«Ach, gib dir keine Mühe», schnaubte Dr. Holden. «Ich geh ja schon raus. Ihr könnt eure perfekte Feier ohne mich zu Ende bringen. Entschuldigen Sie, meine Damen und Herren, die Vorstellung ist beendet. Ihr braver Arzt verlässt soeben den Saal.»

«Du bist ein Vieh, Daddy», schluchzte Celia, als er sich schwankend zwischen den Tischen im Speisesaal des Riviera hindurchschob. «Das werde ich dir nie verzeihen, niemals.»

«Kognak», sagte Mr. Bancroft, «hat manchmal diese Wirkung.»

«Bitte, nimm dich zusammen, Celia», sagte Mrs. Holden, die bereits an einem stärkenden Sherry nippte. Nur die zitternden Hände verrieten, dass auch sie noch um Fassung rang. «Die Leute gucken ja schon.»

Unten an der Hafeneinfahrt blinkten drei Lichter. Fischerboote, stellte Lottie fest. Für andere Schiffe waren die Lampen zu klein. Sie zogen ihre Schätze vom Meeresgrund hoch, aus der kühlen, tintenschwarzen Dunkelheit zerrten sie lautlos keuchende Wesen in die erstickende Abendluft hinauf. Der Herbstwind war kühl, und während Lottie dem Rauschen und Zischen der Wellen zuhörte, die sich den Strand aneigneten und mit den Kieseln spielten, zog sie ihre Jacke enger um sich. Angeblich war Ertrinken die angenehmste Todesart. Ein Fischer hatte ihr das erzählt: Sobald man einmal aufgehört hatte zu kämpfen und den Mund öffnete, ließ die Panik offenbar nach, und das Wasser nahm einen auf, umhüllte einen mit seiner weichen, liebevollen Schwärze. Eine friedliche Art zu gehen, hatte er es genannt. Merkwürdigerweise hatte er auch nicht schwimmen können. Lottie hatte gelacht, als er ihr das gestanden hatte. Aber das war damals gewesen, als ihr das Lachen noch leicht fiel.

Lottie atmete die Salzluft ein und fragte sich, inwiefern sie sich anders anfühlte als das Wasser. Sie schluckte ein paarmal hörbar, als wollte sie es ausprobieren, aber die Luft war wohl kein passender Ersatz. Bei den wenigen Malen, die Lottie Meerwasser geschluckt hatte, hatte es in der Kehle gebrannt, und sie hatte mit Salzgeschmack im Mund gewürgt und gespuckt. Beim bloßen Gedanken daran wurde ihr schon wieder übel.

Nein, die einzige Lösung war, es auszuprobieren. Es ganz und gar zu schlucken, bereitwillig in die dunkle Umarmung hineinzugehen. Lottie schauderte zusammen und schloss die Augen, als ihr klar wurde, in welche Richtung sich ihre Gedanken plötzlich bewegten. Es ist nicht der Schmerz des heutigen Tages, den ich nicht ertragen kann, dachte sie und schlug die Hände vors Gesicht. Es ist der Gedanke an die vielen Tage, die mir noch bevorstehen, an die endlose Wiederholung des Schmerzes, an die Schrecken unwillkommener Informationen. Denn ich werde alles über sie erfahren müssen: über ihr Zuhause, ihr Kind, ihr Glück. Selbst wenn ich weit wegziehen würde, müsste ich es doch erfahren. Ich müsste einfach beobachten, wie er vergisst, dass wir uns jemals nah waren, dass er mir gehörte. Und dabei werde ich alt und runzlig werden und jeden Tag ein bisschen sterben.

Was war ein Tod im Vergleich zu tausend Toden?

Lottie erhob sich von ihrem Stuhl und ließ den Wind an ihrem Rock und ihrem Haar zerren. Von der Hotelterrasse bis an den Strand hinunter war es nicht weit. Niemand würde bemerken, dass sie fort war.

Merkwürdig unbeteiligt blickte sie auf ihre Füße hinunter. Sie bewegten sich zögernd, einer setzte sich vor den anderen, als hätte sie gar keine Gewalt mehr darüber.

Schon jetzt existierte sie ja kaum noch; und nun ging sie bloß noch ein winziges Schrittchen weiter.

Draußen vor der Hafeneinfahrt glitten die drei Lichter blinkend in die Dunkelheit hinaus.

«Wer ist da?»

Erschrocken drehte Lottie sich um.

Ein hoher, schwankender Schatten stolperte auf sie zu und versuchte dabei ungeschickt, ein Streichholz anzuzünden.

«Ach, du bist es. Gott sei Dank. Ich dachte schon, es wäre eine von Susans Busenfreundinnen.»

Dr. Holden ließ sich schwerfällig auf dem Rand einer Bank nieder und schaffte es endlich, sein Streichholz anzuzünden. Er hielt es an die Zigarette in seinem Mund, paffte und ließ das Flämmchen vom Wind ausblasen. «Auch auf der Flucht, was?»

Lottie schaute zu den Lichtern weit draußen und wandte sich dann ihm zu. «Nein. Eigentlich nicht.»

Im Lichtschein, der aus den Fenstern im oberen Stockwerk fiel, konnte sie sein Gesicht sehen. Obwohl der Wind vom Meer kam, roch sie seine Alkoholfahne.

«Scheußliche Sache, so eine Hochzeit.»

«Ja.»

«Bringt das Schlimmste in mir zum Vorschein. Tut mir Leid, Lottie. Hab ein bisschen viel getrunken.»

Lottie verschränkte die Arme und fragte sich, ob er wohl wollte, dass sie sich zu ihm setzte. Schließlich hockte sie sich einen Meter von ihm entfernt auf das andere Ende der Bank.

«Willst du eine?» Lächelnd bot er ihr eine Zigarette an.

Es hätte ein Scherz sein können. Sie schüttelte den Kopf und erwiderte zögernd sein Lächeln.

«Warum eigentlich nicht? Du bist kein Kind mehr. Auch wenn meine Frau dich hartnäckig wie ein Kind behandelt.»

Lottie schaute wieder auf ihre Füße hinunter.

Eine Weile saßen sie schweigend auf der Bank und lauschten der gedämpften Musik und dem Lachen, das durch die Abendluft drang.

«Was sollen wir bloß machen, Lottie? Du wirst demnächst gewaltsam in die große weite Welt hinausgeschickt, und ich würde wahnsinnig gern wieder dorthin zurückflüchten.»

Sie hörte einen neuen Ton in seiner Stimme und versuchte, ihn zu beschwichtigen.

«Es ist ein totaler Schlamassel, das steht fest.»

«Ja. Ja, das stimmt.»

Henry Holden wandte sich Lottie zu und rutschte auf der Bank etwas dichter an sie heran. Hinter ihnen im Hotel hörten sie gedämpften Jubel, untermalt von Ruby Murray mit einem Lied von glücklichen Tagen und einsamen Nächten.

«Arme Lottie, muss sich das Geschwafel eines betrunkenen alten Narren anhören.»

Darauf fiel ihr nichts ein.

«Doch, das bin ich. Ich mache mir nichts vor. Ich habe die Hochzeit meiner eigenen Tochter versaut, habe meine Frau beleidigt, und jetzt bin ich hier draußen und langweile dich.»

«Sie langweilen mich nicht.»

Er zog an seiner Zigarette und warf ihr einen Seitenblick zu. «Findest du nicht?»

«Ich habe das nie so empfunden. Sie – Sie waren immer sehr freundlich zu mir.»

«Freundlich. Freundlichkeit. Wie hätte ich mich denn anders verhalten können? Das Schicksal hatte dir übel mitgespielt, Lottie, und du bist hergekommen und trotzdem aufgeblüht. Ich bin auf dich immer genauso stolz gewesen wie auf Celia.»

Lottie spürte, wie Tränen in ihren Augen brannten. Freundlichkeit auszuhalten fiel ihr am schwersten.

«Mhm. In mancher Hinsicht warst du sogar eher meine Tochter als Celia. Du bist klüger, das steht fest. Hast dir den Kopf nicht mit romantischem Blödsinn und albernen Zeitschriften voll gestopft.»

Lottie schluckte und blickte wieder aufs Meer hinaus. «Ach … ich neige sicher genauso zu romantischen Träumereien wie jede andere.»

«Wirklich?» In seiner Stimme lag echte Herzlichkeit.

«Ja», erwiderte Lottie. «Und das habe ich nun davon.»

«Ach, Lottie …»

Und da begann sie ohne Vorwarnung zu weinen.

Im nächsten Moment war er bei ihr, schloss sie in die Arme und zog sie an sich. Sie konnte den Pfeifenrauch in seinem Jackett riechen, die warmen, vertrauten Düfte ihrer Kindheit. Sie überließ sich seiner Umarmung, vergrub ihr Gesicht an seiner Schulter und befreite sich von dem Kummer, den sie so lange hatte verbergen müssen. Sie spürte, wie er ihr über den Rücken strich, so wie man ein Baby streicheln würde. Und sie hörte, wie er besänftigend auf sie einredete: «Ach, Lottie, ach, mein armes Mädchen, ich verstehe. Ich verstehe dich.»

Und dann bewegte er sich, und Lottie schaute zu ihm auf und sah in dem trüben Licht, dass eine unendliche Traurigkeit in seiner Miene lag, die Last eines lange ertragenen Unglücks. Sie zitterte, denn sie erkannte sich selbst darin wieder. «Arme, liebe Lottie», wisperte Henry Holden.

Er senkte den Kopf zu ihr hinunter, und sie zuckte zurück, denn während er mit den Händen ihr Gesicht umfasste, drückte er seine Lippen auf ihren Mund und küsste sie gierig, verzweifelt. Lottie spürte, wie seine Tränen sich mit ihren mischten, und schmeckte den widerlichen Alkoholgeschmack. Schockiert versuchte sie, sich ihm zu entziehen, aber er stöhnte nur und hielt sie noch fester.

«Herr Dr. Holden – bitte –»

Das Ganze hatte keine Minute gedauert. Aber während Lottie sich losmachte, schaute sie zum Hotel hinüber, und ihr Blick fiel auf Mrs. Holden, die schockiert im Eingang stand. Da wusste Lottie, dass es die längste Minute ihres Lebens gewesen war.

«Henry …» Mrs. Holdens Stimme war leise und zitterte. Und während Susan Holden mit einer Hand tastend nach der stützenden Hauswand griff, floh Lottie in die Dunkelheit.

Es war sehr zivilisiert abgelaufen, wenn man alles so bedachte. Dr. Holden war nach Hause gekommen, bevor Lottie ihren Koffer fertig gepackt hatte, und hatte erklärt, sie brauche das Haus nicht so überstürzt zu verlassen, ganz gleich, was Susan gesagt hätte. Sie hätten allerdings gemeinsam beschlossen, dass es das Beste sei, wenn sie aus Merham fortginge, sobald passende Regelungen getroffen werden könnten. Er habe einen Freund in Cambridge, der eine Hilfe für seine Kinder brauche, und er wisse, dass Lottie dort sehr glücklich sein würde. Als sie jedoch erwiderte, sie habe bereits eigene Pläne, hatte er fast erleichtert gewirkt.

Er hatte sie nicht nach diesen Plänen gefragt.

Um kurz nach elf am nächsten Vormittag war Lottie aufgebrochen, Adelines Adresse in Frankreich sicher in der Tasche, zusammen mit einem kurzen Brief an Joe. Celia und Guy waren bereits fort. Virginia wirkte gleichgültig. Weder Freddie noch Sylvia weinte: Man hatte ihnen nicht gesagt, dass Lottie für immer fortging. Linkisch und verkatert hatte Dr. Holden ihr heimlich dreißig Pfund zugesteckt, «für deine Zukunft». Mrs. Holden war bleich und steif gewesen und hatte sie kaum angeschaut, als sie sich verabschiedete.

Dr. Holden hatte sich nicht entschuldigt. Niemand schien traurig über ihr Weggehen zu sein, obwohl sie zehn Jahre lang wie ein Familienmitglied bei ihnen gelebt hatte.

Allerdings war Dr. Holdens Umarmung noch nicht das Ungerechteste, was Lottie widerfahren war. Nein, erkannte sie, während sie im Zug nach London saß und auf ihren Taschenkalender starrte. Zum hundertsten Mal rechnete sie nach. Nein, Adelines Schicksalsgöttinnen hatten einen viel grausameren Sinn für Humor, als selbst sie es hatte vorhersehen können.

ZWEITER TEIL

Kapitel 9

«*A*b sofort stehen dem Verkehr auf der M 11 wieder alle drei Fahrstreifen zur Verfügung, aber achten Sie in Höhe der Auffahrt auf die M 25 auf den Gegenverkehr, dem nur ein Fahrstreifen zur Verfügung steht. Und soeben wird stockender Verkehr um den Hammersmith Broadway herum gemeldet, mit Rückstau auf die M 4 und die Fulham Palace Road. Sieht so aus, als sei da ein Fahrzeug liegen geblieben. Wir halten Sie auf dem Laufenden. Es wird jetzt neun Uhr dreizehn, und ich übergebe wieder an Chris …»

Schwäne paaren sich für das ganze Leben. Daisy war sich ziemlich sicher, dass es Schwäne waren. Vielleicht aber auch Störche. Oder sogar Fischreiher. Hießen sie tatsächlich Fischreiher? Das war ja so, als würde man jemanden Kartoffelmensch nennen. Oder, in ihrem Fall, Vollkornkeks- und Zigarettenfrau. Daisy Parsons saß ganz still und starrte aus dem Wagenfenster auf das Vogelpaar, das sich friedlich unter die Brücke treiben ließ. Das Wasser ringsherum glitzerte strahlend im Licht der Frühlingssonne. Es mussten Schwäne sein. Natürlich. Wen interessierten denn schon Fischreiher?

Sie sah auf die Uhr. Seit fast siebzehn Minuten saß sie jetzt hier. Auch wenn die Zeit im Moment keine große Bedeutung zu haben schien. Entweder raste sie vorwärts, als hätte man mit einem Mal mehrere Stunden verschluckt, oder, was noch häufiger geschah, sie schleppte sich dahin, dehnte sich aus wie billiges Gummiband, Minuten wurden zu Stunden und Stunden zu Tagen. Und Daisy saß mittendrin und wusste nicht, in welche Richtung sie sich wenden sollte.

Auf dem Beifahrersitz gähnte Ellie im Schlaf und winkte mit ihrem Seesternhändchen einen Gruß. Daisy befiel die vertraute Furcht, dass sie aufwachen könnte, und sie beugte sich vor und stellte das Radio leiser. Es war sehr wichtig, Ellie nicht aufzuwecken, es war immer oberstes Gebot.

Im Geiste stufte Daisy das Brausen des Verkehrs ringsherum ein, das dumpfe Brummen der Motoren, und beurteilte die Lautstärke. Zu laut, und das Baby würde aufwachen. Zu leise, und die Kleine würde vom Geräusch einer fallenden Stecknadel wach werden. Daher war dieses Geschrei draußen wirklich ziemlich ärgerlich.

Daisy ließ den Kopf auf das Lenkrad sinken. Doch als das Klopfen an der Scheibe zu laut wurde, blickte sie auf und öffnete seufzend die Wagentür.

Der Mann trug einen Motorradhelm, den er zum Sprechen abnahm. Hinter ihm tauchten undeutlich mehrere wütende Leute auf. Einige hatten ihre Autotüren offen gelassen. Man durfte seine Autotür nicht auflassen. Nicht in London. Das war Vorschrift.

«Haben Sie eine Panne?» Sie wünschte, er würde nicht so brüllen.

Der Polizist schaute seinen Kollegen an, der gerade auf der anderen Seite ihres Wagens erschienen war. Alle glotzten sie an. «Haben Sie 'ne Panne? Sie müssen von der Straße weg. Sie versperren die Brücke.»

Die Schwäne waren wieder aufgetaucht. Gelassen schwammen sie in Richtung Richmond davon.

«Madam? Können Sie mich hören?»

«Herr Wachtmeister, können Sie den Wagen nicht einfach wegschieben? Ich kann nicht den ganzen Tag hier warten.» Der Kerl sah bestimmt auch sonst aus, als würde er gleich vor Wut platzen. Dicke rote Pausbacken, überhängende Wampe, teurer Anzug und entsprechender Wagen. «Die Frau gehört in die Klapsmühle, das sehen Sie doch!»

«Bitte steigen Sie wieder ein, Sir. Es geht gleich weiter. Madam?»

Es waren Hunderte. Tausende. Blinzelnd schaute Daisy sich um und sah die Unmenge von Autos, die sich wie ein bunter Fächer ausbreiteten. Alle versuchten, auf die Brücke zu kommen. Alle mussten anhalten, weil sie mit ihrem kleinen roten Ford Fiesta im Weg stand.

«Was ist los?» Das fragte er jetzt schon zum zweiten Mal. Wenn er doch bloß nicht so schreien würde. Gleich würde Ellie aufwachen.

«Ich kann nicht –»

«Soll ich mal unter die Motorhaube schauen? Wir müssen das Auto nur vorher an den Rand schieben. Komm, Jason, du machst die Handbremse los, ja? Wir müssen die Straße frei machen.»

«Sie wecken das Baby auf.» Daisy verkrampfte sich, als sie den Mann in ihrem Auto sah, dicht an Ellies Gesicht, das im Schlaf so verletzlich war. Plötzlich merkte sie, wie sie anfing zu zittern, wie die inzwischen vertraute Panik von ihrer Brust aus den ganzen Körper erfasste.

«Wir schieben ihren Wagen bloß an die Seite. Dann bringen wir ihn wieder in Gang.»

«Nein. Bitte nicht. Lassen Sie mich einfach –»

«Hören Sie, lösen Sie die Handbremse. Wenn Sie möchten, beuge ich mich rüber und –»

«Ich wollte zu meiner Schwester fahren. Aber es geht nicht.»

«Wie bitte, Madam?»

«Ich kann nicht über die Brücke fahren.»

Der Polizist hielt inne. Sie sah, wie er mit seinem Kollegen bedeutungsvolle Blicke tauschte.

«Fahr doch weiter!»

«Blöde Kuh!»

Jemand hupte ununterbrochen.

Daisy versuchte zu atmen und den Krach aus ihrem Kopf herauszubekommen.

«Wo liegt das Problem, Madam?»

Daisy konnte die Schwäne nicht mehr sehen. Sie waren hinter der Biegung verschwunden, als sie nicht hingeschaut hatte.

«Bitte … ich kann einfach nicht. Ich kann nicht über die Brücke fahren.» Mit aufgerissenen Augen sah Daisy die Polizisten an und versuchte, sich verständlich zu machen. Aber als sie die Worte schließlich herausbrachte, wurde ihr bewusst, dass sie es nicht verstehen würden. «Auf der Brücke – da hat er mir zum ersten Mal gesagt, dass er mich liebt.»

Ihre Schwester trug den Stadtmantel. Es war ein schicker Mantel, dunkelblaue Wolle mit Marineknöpfen, der von einer gewissen Wohlhabenheit seiner Trägerin zeugte und sie gegen das fiebrige, nicht vertrauenswürdige London abschirmte. Daisy erkannte den Mantel als Erstes, durch die halb geöffnete Tür, durch die die gleichgültige Polizeibeamtin herein- und wieder hinausgehuscht war, mit professionellem Verständnis und ekligem Automatenkaffee. Daisy hatte ihn getrunken, ohne viel zu schmecken, sich dann aber erinnert, dass sie kein Koffein zu sich nehmen durfte. Nicht solange sie stillte.

«Sie ist nebenan», sagte eine gedämpfte Stimme.

«Aber es geht ihr gut?»

«Ja. Beiden.»

Ellie schlief klaglos in dem Autositz zu ihren Füßen. So lange schlief sie selten, aber es gefiel ihr in dem Autositz. Sie mochte das Gefühl, umschlossen und geborgen zu sein, hatte die Krankenschwester vom Sozialdienst gesagt. Nachdenklich und etwas neidisch betrachtete Daisy den Autositz.

«Daisy?»

Sie blickte auf.

Ihre Schwester zögerte beim Eintreten, als nähere sie sich einem Wesen, das beißen könnte. «D-darf ich reinkommen?» Wie zur Beruhigung schaute sie zu Ellie hinunter. Dann setzte sie sich auf den Stuhl neben Daisy und legte ihr die Hand auf die Schulter. «Was ist denn passiert, Kindchen?»

Daisy war, als würde sie aus einem Traum erwachen. Das Gesicht ihrer Schwester. Ihr duftiger Helm aus rostrotem Haar, das anscheinend nie geschnitten zu werden brauchte. Ihr forschender, besorgter Blick. Ihre Hand. Seit fast vier Wochen hatte kein Erwachsener sie mehr berührt. Daisy öffnete den Mund zum Sprechen, aber es kam kein Wort heraus.

«Daisy? Schwesterchen?»

«Er ist weg, Julia.» Es war nur ein Flüstern.

«Wer ist weg?»

«Daniel. Er – er ist weg.»

Julia sah sie verwundert an und blickte dann zu Ellie hinunter. «Wo ist er denn?»

«Er hat mich verlassen. Und sie auch. Ich weiß nicht, was ich machen soll …»

Julia hielt sie lange. Daisy schluchzte in den dunklen Wollmantel hinein und versuchte, in den Armen ihrer Schwester den Moment hinauszuzögern, in dem sie wieder erwachsen werden musste. Ellie wimmerte im Schlaf.

«Warum hast du mir das nicht erzählt?», wisperte Julia und streichelte ihr den Kopf.

Daisy schloss die Augen. «Ich dachte – ich dachte, wenn ich es keinem erzähle, kommt er vielleicht wieder.»

«Ach, Daisy …»

Die Polizistin streckte den Kopf durch die Tür. «Ihre Autoschlüssel liegen beim Pförtner. Wir haben den Wagen nicht abschleppen lassen. Wenn Sie sich bereit erklären, Ihre Tochter nach Hause zu fahren, lassen wir die Sache einfach auf sich beruhen.» Die beiden Frauen zuckten nicht mit der Wimper: Sie waren daran gewöhnt. Der Altersunterschied zwischen ihnen betrug zwanzig Jahre, und häufig benahmen sie sich auch eher wie Mutter und Tochter als wie Schwestern.

«Das ist sehr freundlich von ihnen.» Julia machte Anstalten aufzustehen. «Es tut mir Leid, wenn wir Ihnen Umstände gemacht haben.»

«Nein, nein, lassen Sie sich Zeit. Wir brauchen das Zimmer im Augenblick nicht. Wenn Sie so weit sind, bitten Sie jemanden an der Pforte, ihnen den Parkplatz zu zeigen. Es ist nicht weit.»

Mit einem nichts sagenden Lächeln entfernte sie sich.

Julia wandte sich wieder ihrer Schwester zu. «Ach, Kindchen. Aber warum? Wo ist er denn hin?»

«Das weiß ich nicht. Er hat gesagt, er käme einfach nicht mehr damit klar. Es wäre anders, als er gedacht hatte, und jetzt wäre er sich nicht einmal mehr sicher, ob er das wirklich so wollte.» Daisy brach wieder in Schluchzen aus.

«Das hat Daniel gesagt?»

«Ja. Und ich hab ihm gesagt, ich hätte es mir schließlich auch anders vorgestellt, aber meine Gefühle schienen irgendwie nicht zu zählen. Er hat gesagt, er hätte wahrscheinlich eine Art Nervenzusammenbruch und brauchte etwas Luft, und das war's. Ich habe seit über drei Wochen nichts mehr von ihm gehört. Er hat nicht mal sein Handy mitgenommen.» Daisy hatte ihre Stimme wiedergefunden.

Julia schüttelte den Kopf. «Nochmal. Was hat er gesagt?»

«Dass ihm alles zu viel wäre. Dass ihm das ganze Chaos nicht passen würde. Die Unordnung.»

«Aber nach dem ersten Baby ist es immer ein bisschen schwierig. Und sie ist ja erst vier Monate alt.»

«Mir brauchst du das nicht zu erzählen.»

«Und es wird leichter. Jeder weiß doch, dass es leichter wird.»

«Na, Daniel offenbar nicht.»

Julia schaute auf ihre makellosen Pumps hinunter. «Hast du denn noch … ich meine, manche Frauen kümmern sich nach der Geburt eines Kindes nicht mehr um ihren Partner. Habt ihr noch …?»

Daisy starrte sie ungläubig an. Nach einem kurzen Schweigen rückte Julia ihre Handtasche auf dem Schoß zurecht und schaute aus dem kleinen, hohen Fenster. «Ich wusste es ja, ihr hättet heiraten sollen.»

«Das hätte ihn nicht davon abgehalten, mich zu verlassen. Schließlich kann man sich auch wieder scheiden lassen.»

«Ja, Daisy, aber dann hätte er wenigstens finanzielle Verpflichtungen gehabt. So, wie die Dinge jetzt stehen, kann er sich einfach auf Nimmerwiedersehen davonmachen.»

«Ach, Julia. Er hat mir doch die Wohnung gelassen. Und von unserem gemeinsamen Konto hat er so gut wie nichts mitgenommen. Schließlich hat er mich nicht wie ein entehrtes viktorianisches Dienstmädchen sitzen lassen.»

«Also, Kindchen, es tut mir Leid, aber er wenn er dich wirklich verlassen hat, dann musst du das von der praktischen Seite betrachten. Von was willst du leben? Und wer soll die Miete bezahlen?»

Fassungslos schüttelte Daisy den Kopf. «Wie kannst du mir das antun, Julia? Meine große Liebe hat mich verlassen, ich stecke mitten in einer Nervenkrise, und du kannst an nichts anderes denken als an die verdammte Miete.»

Ihr Geschrei weckte das Baby auf. Es begann zu weinen, mit fest zusammengekniffenen Augen, als wollte es sich so gegen die Störung schützen, die es in seinen Träumen unterbrochen hatte.

«Jetzt siehst du, was du gemacht hast.» Daisy schnallte ihr Töchterchen aus dem Sitz los und hob es an die Brust.

«Du brauchst nicht gleich hysterisch zu werden, Kindchen. Irgendjemand muss doch praktisch denken. Hat er versprochen, die Miete zu zahlen?»

«Ganz so weit sind wir in unserem Gespräch nicht gekommen.» Daisys Stimme war eisig.

«Und was ist mit der Firma? Was ist mit dem großen neuen Projekt, von dem du erzählt hast?»

Daisy legte Ellie an die Brust und drehte sich mit dem Rücken zur Tür. Das Hotel hatte sie ganz vergessen. «Ich weiß nicht. Ich kann darüber jetzt nicht nachdenken. Ich versuche einfach nur, heil durch den Tag zu kommen.»

«Gut. Ich glaube, es ist höchste Zeit, dass ich mit dir nach Hause fahre und dir helfe, alles zu regeln. Wir setzen uns zusammen und überlegen, wie wir für dich und für meine kleine Nichte die Zukunft gestalten wollen. Und außerdem rufe ich Marjorie Wiener an und sage ihr klipp und klar, was ich von ihrem wohl geratenen Söhnchen halte.»

Daisy hielt sich an ihrem Baby fest. Wellen von Müdigkeit überspülten sie. Als Ellie fertig war und ihre Brustwarze aus dem Mund stieß, stand sie auf und zog ihren Pullover wieder herunter.

Ihre Schwester starrte sie an. «Du meine Güte, du hast Probleme, das Babyfett wieder loszuwerden, was? Ich sag dir was, wenn wir bei dir zu Hause alles ins Lot gebracht haben, melde ich dich für einen Schlankheitskurs an. Als Geschenk von mir. Wenn du ein bisschen netter aussiehst, fühlst du dich auch gleich viel besser, das verspreche ich dir.»

Fast fünf Jahre lang hatten Daniel Wiener und Daisy Parsons in der Zweizimmerwohnung in Primrose Hill zusammengelebt. In dieser Zeit war die Gegend fast unerträglich schick geworden, und ihre Miete war dementsprechend fast ins Unerschwingliche gestiegen. Daisy wäre ganz gern ausgezogen: Während ihr Innenarchitekturbüro langsam wuchs, sehnte sie sich immer mehr nach hohen Decken, Fenstern bis zum Boden, Hauswirtschaftsräumen und Speisekammern. Und nach einem Garten. Aber Daniel hatte darauf bestanden, in Primrose Hill zu bleiben: Diese Adresse zog mehr Kunden an als irgendwelche größeren Räume in Hackney oder Islington. Schau dir die Lebensqualität hier an, argumentierte er. Die eleganten georgianischen Häuser, die Pubs und Restaurants, Primrose Hill selbst, wo man im Sommer picknicken konnte. Und ihre Wohnung war schön. Sie lag über einem Laden für Designerschuhe, hatte ein riesiges Wohnzimmer im Regency-Stil und ein Schlafzimmer mit einem winzigen Balkon, von dem aus man über mit Mauern umfriedete, von Schnecken heimgesuchte Gärten blickte. Daniel und Daisy hatten sich raffiniert eingerichtet: Die Waschmaschine hatten sie in einem Schrank verstaut und in eine Nische eine Dusche eingebaut. Eine winzige, minimalistische Küche mit einem schicken, extraschmalen Herd und einer übergroßen Dunstabzugshaube. Im Sommer hatten sie oft zwei Stühle auf den Balkon gequetscht, ihren Wein dort getrunken und sich dazu beglückwünscht, wo sie lebten und wie weit sie es gebracht hatten. Sie hatten in der Abendsonne gebadet und sich an dem Gedanken gefreut, dass ihr Zuhause und seine Umgebung Spiegel ihrer selbst waren.

Dann war Ellie gekommen, und irgendwie war in dem Maße, wie die Wohnung allmählich schrumpfte, auch ihr Zauber verschwunden. Die Wände waren zusammengerückt, und auf jedem freien Fleckchen stapelten sich feuchte Strampelanzüge, halb leere Kleenexschachteln und knallbunte Plüschtiere. Angefangen hatte es mit den Blumen: Ein Strauß nach dem anderen war eingetroffen, bis alle Regale besetzt waren und sie keine Vasen mehr hatten, sodass sie die Sträuße in die Badewanne packten. Die Luft wurde drückend, und der Gestank des fauligen Wassers durchdrang die Wohnung, denn Daisy war zu ausgelaugt und zu überfordert, um sich darum zu kümmern. Der Raum, in dem man sich noch bewegen konnte, wurde immer weniger: Sie staksten durch die Wohnung, suchten sich den Weg zwischen Haufen mit ungebügelter Wäsche und Bergen von in Schrumpffolie verpackten Windeln. Der Hochstuhl, den Daisys Kusinen geschickt hatten, stand unbenutzt in seinem Karton, genau in der Ecke, die sie als ihre Bibliothek betrachtet hatten, die kleine Plastikbadewanne lehnte im Flur an der Wand, und daneben stand die Sportkarre, die sich nie ganz zusammenklappen ließ. Im Schlafzimmer passte Ellies Bettchen gerade zwischen ihr Bett und die Wand: Wenn Daisy nachts aufs Klo gehen wollte, musste sie entweder über Daniel klettern oder ans Fußende des Bettes rutschen. Das Geräusch der Spülung weckte Ellie jedes Mal, und dann vergrub Daniel den Kopf unter dem Kissen und schimpfte über die Ungerechtigkeit des Lebens.

Seit er weg war, hatte Daisy nicht mehr sauber gemacht. Vorgenommen hatte sie es sich, aber die Tage und Nächte waren miteinander verschmolzen, und es schien ihr, als hätte sie meistens auf ihrem einst so makellosen beigefarbenen Leinensofa gesessen, die nuckelnde Ellie in den Armen, und, ohne etwas zu sehen, auf das geistlose Tagesprogramm im Fernsehen gestarrt oder aber geweint, wenn ihr Blick auf das Foto auf dem Kaminsims fiel, das sie alle drei in einer Umarmung vereint zeigte. Daniel, der abends abgewaschen oder den Müll runtergebracht hatte – wie sollte sie eine Mülltüte und ein Baby zwei steile Treppen hinuntertragen? –, fehlte, und nach und nach hatten die Stapel von fleckigen weißen Hemdchen und vollgemachten Latzhöschen etwas Unnahbares bekommen, waren einfach zu groß geworden, um sie anzugehen. Der Abfall war Teil der Einrichtung geworden, sodass Daisy ihn allmählich nicht einmal mehr sah. In diesem Chaos hatte sie Tag für Tag den gleichen Jogginganzug getragen, weil er über dem Stuhl hing und daher sichtbar war, und ernährt hatte sie sich von Kartoffelchips und Vollkornschokokeksen aus dem kleinen Laden unten, denn Kochen hätte bedeutet, dass sie vorher hätte abwaschen müssen.

«Okay. Jetzt mache ich mir Sorgen.» Ihre Schwester schüttelte ungläubig den Kopf. Der kühle Duft ihres Anaïs Anaïs wurde von dem stechenden, unhygienischen Geruch nach schmutzigen Windeln, die neben der Wickelkommode auf dem Fußboden lagen, fast überdeckt. «Lieber Himmel, Daisy, was hast du denn gemacht? Wie konntest du es so weit kommen lassen?»

Daisy hatte keine Ahnung. Ihr war, als betrete sie eine fremde Wohnung.

«Ach, du meine Güte.» Julia schloss die Wohnungstür hinter den dreien. Ellie wand sich in den Armen ihrer Mutter. Sie hatte ausgeschlafen und schaute sich munter um.

«Ich muss Don anrufen und ihm sagen, dass ich hierbleibe. Ich kann dich so nicht allein lassen.» Und schon flitzte sie durch das Wohnzimmer, sammelte benutztes Geschirr ein und warf die Babysachen neben dem Couchtisch auf einen Haufen. «Ich hab ihm gesagt, ich würde nur eben reinfahren, um ein paar neue Bettbezüge für die Scheune zu besorgen.»

«Sag es ihm nicht», bat Daisy die Schwester.

Julia blieb stehen und schaute sie fest an. «Ob Don es nun weiß oder nicht, davon wird es auch nicht anders, Kindchen. Mir scheint, hier hat jemand schon viel zu lange nicht hinsehen wollen.»

Schließlich hatte Julia sie mit Ellie in den Park geschickt, mit der Begründung, dass sie ihr ständig vor den Füßen herumlaufe – was durchaus nicht nur im übertragenen Sinne gemeint war. Es gab Daisy ein bisschen Zeit zum Luftholen: Ihr war, als wisse sie seit Wochen zum ersten Mal, was sie tat. Allerdings half ihr das nicht. Der Schmerz wurde nur noch heftiger. «Bitte, komm nach Hause», murmelte sie flehentlich vor sich hin, sodass Vorübergehende ihr argwöhnisch nachschauten. Als sie zurückkam, hatte ihre Schwester Ordnung in die Wohnung gezaubert und sogar eine Vase mit frischen Blumen auf das Kaminsims gestellt.

«Falls er doch wieder zur Vernunft kommt», erklärte sie, «soll er denken, dass du allein prima klarkommst. Es soll doch so aussehen, als hättest du dich im Griff.» Nach einer Pause fügte sie hinzu: «Dieser kleine Scheißkerl.»

Aber ich habe mich nicht im Griff, hätte Daisy am liebsten geschrien. Ich kann nicht essen, ich kann nicht schlafen, ich kann nicht mal fernsehen, weil ich ständig aus dem Fenster gucke, ob er vielleicht zufällig vorbeigeht. Ohne ihn weiß ich gar nicht, was ich eigentlich soll. Julia Warren dagegen war Meisterin in der Kunst, ihr Leben zu bewältigen. Nachdem ihr erster Mann gestorben war, hatte sie eine schickliche Trauerzeit eingehalten und war dann in einige ausgewählte Partnervermittlungsklubs eingetreten. Nach ein paar Fehlstarts hatte sie Don Warren umworben und gewonnen, einen Geschäftsmann aus Weybridge, der ein Einfamilienhaus und eine erfolgreiche Firma besaß und dichtes dunkles Haar und eine schlanke Taille hatte, die ihn in Julias Augen zu einem recht ordentlichen Fang machte. «In dem Alter haben sie doch alle eine Glatze, Kindchen. Oder eine halbe Tonne Speck über dem Gürtel hängen. Und das kann ich mir nicht antun», hatte sie Daisy anvertraut. Die damalige Julia Bartlett war selbst eine recht gute Partie: Unabhängig und gut situiert und stets wie aus dem Ei gepellt. Niemand habe sie je ohne Make-up gesehen, sagte sie gern: In beiden Ehen war sie immer zwanzig Minuten vor ihrem Mann aufgestanden, um sich fertig zu machen. Außerdem führte sie in ihrer Scheune ein Bed-and-Breakfast mit mehreren Zimmern, das sie nicht aufgeben wollte, auch wenn sie das Geld nicht brauchte, denn man konnte ja nie wissen.

Das hatte sich jetzt gerade bei ihrer Schwester gezeigt.

«Ich bin eben deine Kontoauszüge durchgegangen, Daisy. Du wirst da ein paar Dinge regeln müssen.»

«Wie bitte? Was hast du gemacht? Dazu hattest du kein Recht. Das ist meine Privatangelegenheit!»

«Wenn sie privat sind, Kindchen, dann hättest du sie abheften und nicht für jeden sichtbar auf deinem Sofatisch herumliegen lassen sollen. Na gut, also, ich denke, dass du bei deinen Ausgaben noch drei Wochen über die Runden kommst, bevor du deine Ersparnisse angreifen musst. Ich war so frei, ein paar von den Briefen hier zu öffnen, und leider hat dein Vermieter ab Mai die Miete erhöht. Scheint mir ein kleiner Raffzahn zu sein. Du musst dir also überlegen, ob du dir diese Wohnung weiter leisten kannst. Für das, was sie zu bieten hat, finde ich sie furchtbar teuer, das muss ich ja sagen.»

Daisy übergab Ellie an ihre Schwester. Ihr Kampfgeist verließ sie. «Es ist eben Primrose Hill.»

«Aber du wirst dich nach der Decke strecken müssen. Oder dich ans Jugendamt oder an so eine Stelle wenden. Die die Männer dazu bringt, die Knete rauszurücken.

«Ich glaube, so weit ist es noch nicht, Julia.»

«Aber wovon willst du sonst leben? Die Wieners haben doch Kohle. Aber sie halten sie auch zusammen, was?» Julia setzte sich und schaute ihre kleine Nichte zärtlich an.

«Sieh mal, Kindchen, ich hab nachgedacht, während du draußen warst. Wenn Daniel innerhalb der nächsten Woche nicht zurückkommt, sollten wir dich wirklich nach Hause holen. Ich gebe dir die kleine abgeschlossene Wohnung in der Scheune, umsonst, einfach bis du wieder auf die Füße kommst. Da hast du deine Ruhe, aber Don und ich sind gleich am anderen Ende des Gartens. Und in Weybridge gibt es 'ne Menge Innenarchitekten – Don kann bestimmt ein paar Geschäftsfreunde fragen, ob nicht jemand eine Stelle für dich hat.»

Weybridge. Daisy sah sich auf ewig verbannt, zwischen Ziergirlanden und Schabracken und dem Tudorstil nachempfundene Vorstandsvillen, die von Fernsehkomikern in Golfschuhen bewohnt wurden. «Das bin ich nicht, Julia. Meine ... meine Welt ist eher die Großstadt.»

«Im Moment ist deine Welt eher eine illegale städtische Mülldeponie, Daisy. Also, mein Angebot steht. Ich fahre heute Abend zurück, weil wir ein Dinner haben. Aber morgen früh komme ich wieder und nehme dir für ein paar Stunden die kleine Ellie ab. Gegenüber im Friseurladen arbeitet ein netter Mann, der dich morgen zum Schneiden und Föhnen dazwischenschieben will. In null Komma nichts haben wir dich wieder aufgemöbelt.»

Sie gab Daisy das Baby zurück und wandte sich zum Gehen.

«Du musst der Sache ins Auge sehen, Kindchen. Ich weiß, dass das wehtut, aber es geht nicht mehr nur allein um dich.»

Es ist, als würde man mit dem Körper seiner Mutter aufwachen, hatte eine Freundin es einmal beschrieben. Als Daisy ihre Figur in dem hohen Spiegel betrachtete, dachte sie sehnsüchtig an ihre Mutter, an die wohl geformte Gestalt, die sie in Erinnerung hatte. Ich quelle einfach über, dachte sie traurig beim Anblick der Reithosen aus Fleisch auf ihren Schenkeln und der neuerdings pergamentartigen Haut, die an ihrem Bauch hing. Ich bin mit dem Körper meiner Großmutter aufgewacht, sagte sie sich.

Daniel hatte ihr einmal erzählt, er hätte in dem Moment, als er sie zum ersten Mal sah, gewusst, dass er sie haben musste, sonst würde er keine Ruhe mehr finden. Dieses «haben» hatte Daisy gefallen, weil es auf Sex und Besitzenwollen anspielte. Aber das war damals gewesen, als sie Größe 34 gehabt und hautenges Leder und Tops getragen hatte, die ihre schön modellierte Taille und ihre festen Brüste zeigten. Damals, als sie blond und golden und unbekümmert gewesen war und alle, die mehr als Größe 38 trugen, wegen ihrer mangelnden Selbstbeherrschung verachtet hatte. Jetzt sahen diese koketten Brüste aufgequollen und gleichzeitig eingefallen aus, wie blau geäderte, fleischfarbene Tierköpfe, aus deren rosigen Schnauzen zu den unpassendsten Zeitpunkten Milch tropfte. Daisys Augen waren kleine rosa Punkte über verwischten blauen Schatten. Sie konnte nicht schlafen: Seit Ellies Geburt hatte sie nie länger als zwei Stunden am Stück geschlafen, und jetzt lag sie selbst dann unruhig wach, wenn ihre Tochter schlummerte. Ihr Haar war fettig, und sie hatte es mit einem alten Frotteeband straff zurückgebunden, sodass der handbreite dunkle Haaransatz zu sehen war. Und dass man durch ihre weit geöffneten Poren nicht den Wind hindurchpfeifen hörte, erstaunte sie.

Daisy musterte sich kalt, mit dem kritischen Blick ihrer Schwester. Kein Wunder, dass er sie nicht mehr gewollt hatte. Dicke, heiße Tränen quollen ihr aus den Augen und zogen salzige Spuren über ihre Wangen. Man sollte nach einer Entbindung schnell wieder auf die Beine kommen. Vor der Ampel die Beckenbodenmuskeln anspannen; Treppen hoch- und runterlaufen, um die Schenkel zu kräftigen. Das war Vorschrift. Schon tausendmal hatte sie an die wenigen Gelegenheiten zurückgedacht, als Daniel nach Ellies Geburt versucht hatte, sich ihr zu nähern, und an ihre erschöpften, tränenreichen Weigerungen. Er würde ihr das Gefühl geben, ein Stück Fleisch zu sein, hatte sie einmal wütend gesagt. Da war Ellie, die den ganzen Tag lang an ihr herumfummelte, und jetzt wollte er auch noch. Daisy dachte an sein schockiertes, verletztes Gesicht und wünschte, sie könnte die Zeit zurückdrehen. «Ich möchte nur meine Daisy wiederhaben», hatte er traurig gesagt. Sie hatte sich auch wiederhaben wollen, wollte es immer noch, fühlte sich zerrissen zwischen der tiefen, überwältigenden Liebe zu ihrem Kind und einer heftigen Sehnsucht nach dem jungen Mädchen, das sie einmal gewesen war, und nach dem Leben, das sie geführt hatte.

Und nach Daniel.

Als das Telefon im Wohnzimmer klingelte, fuhr sie zusammen. Wenn nur das Baby nicht aufwachte. Sie schnappte sich eine Jacke, hängte sie sich über die Schultern und schaffte es gerade noch, bevor sich der Anrufbeantworter einschaltete.

«Mr. Wiener?»

Er war es nicht. Daisy stieß einen leisen Seufzer der Enttäuschung aus und wappnete sich für eine Unterhaltung.

«Nein. Er ist nicht da.»

«Ist da Daisy Parsons? Jones am Apparat. Von den Red Rooms. Wir haben uns vor ein paar Wochen in meinem Hotel gesehen, das heißt, ich habe mich da mit Ihrem Partner getroffen.»

«Ja. Ach ja.»

«Sie wollten mir doch noch schriftlich geben, wann sie anfangen. Soweit ich das sehe, habe ich bisher noch nichts bekommen.»

«Ach so.»

Eine kurze Pause entstand.

«Rufe ich zu einem ungünstigen Zeitpunkt an?» Seine Stimme war schroff, durch Alkohol oder Tabak gealtert.

«Nein. Entschuldigen Sie ...» Daisy holte tief Luft. «Ich – es war ein schwieriger Tag.»

«Ja. Gut. Können Sie mir den Anfangstermin schriftlich geben?»

«Für das Hotel?»

Jetzt klang er ungeduldig. «Sehr richtig. Für das Sie den Kostenvoranschlag gemacht haben.»

«Es ist bloß – seit unserem letzten Telefonat haben sich Veränderungen ...»

«Ich hab es Ihnen doch gesagt. Ihr Endpreis ist mein absolutes Limit.»

«Nein, nein – nicht in Bezug auf die Kosten. Äh ...» Daisy fragte sich, ob sie es herausbringen würde, ohne zu weinen. Sie holte tief Luft. «Es ist ... also, mein Partner ... er – er hat sich getrennt.»

Beide schwiegen.

«Aha. Also, was heißt das? Besteht die Firma noch? Halten Sie Ihre Verträge ein?»

«Ja.» Daisy hatte das ganz automatisch gesagt. Jones wusste ja nicht, dass er zurzeit der einzige Kunde war.

Er überlegte kurz. «Gut, wenn Sie mir die gleiche Arbeit garantieren können, sehe ich da kein Problem. Bei unseren Telefonaten waren Sie ja genauestens informiert …» Er machte eine Pause. «Mich hat auch mal ein Partner im Stich gelassen, als ich gerade anfing. Ich hab's erst gemerkt, als er weg war, aber das war der Anfang meiner Karriere.»

Er verstummte, als sei ihm diese Enthüllung unangenehm. «Okay, Sie behalten den Auftrag, wenn Sie wollen. Ihre Pläne haben mir gefallen.»

Daisy wollte ihn unterbrechen, schwieg dann aber. Sie schaute sich in der Wohnung um, in der sie sich nicht mehr heimisch fühlte und die vielleicht ohnehin nicht mehr lange ihr Zuhause sein würde.

«Miss Parsons?»

«Ja», sagte sie langsam, «ja, ich übernehme den Auftrag allein.»

«Gut.»

«Nur einen Punkt müssten wir noch klären.»

«Und der wäre?»

«Wir – ich meine, ich wohne gerne an Ort und Stelle, während ich arbeite. Wäre das ein Problem?»

«Die Wohngelegenheit da ist ziemlich einfach … aber nein, ich glaube nicht. Sie haben gerade ein Baby bekommen, oder?»

«Ja.»

«Vielleicht sollten Sie dann vorher dafür sorgen, dass die Heizung funktioniert. Da oben kann es noch ein bisschen frisch sein. Jedenfalls noch einen Monat oder so.

«Außerdem brauche ich einen Vorschuss. Wären Sie mit fünf Prozent einverstanden?»

«Damit kann ich leben.»

«Mr. Jones, der Brief geht heute noch raus.»

«Jones. Einfach Jones. Wir sehen uns auf der Baustelle.»

Staunend überdachte Daisy ihre irrwitzige Entscheidung. Sie stellte sich Hammersmith Bridge vor und Weybridge und Dons Freunde, die sie mit gönnerhaften Blicken überschwänglich begrüßen würden. Unsere arme Daisy. Aber kein Wunder, wenn man sieht, wie sie sich hat gehen lassen. Daisy dachte an ihre Schwester, die «nur mal eben» in der Scheune vorbeischauen würde, um sicherzugehen, dass sie nicht gerade zum Trost eine weitere Packung Schokoladenkekse vertilgte. Sie dachte an das namenlose Städtchen am Meer, an Salzluft und klaren Himmel, und stellte sich vor, nicht jeden Morgen in ihrem gemeinsamen Bett aufwachen zu müssen. Es war eine Chance, wieder aufzuatmen und dem Chaos und der Vergangenheit zu entfliehen. Daisy hatte keine Ahnung, wie sie den Auftrag allein schaffen würde. Aber das schien ihr das geringste Problem zu sein.

Nebenan begann Ellie zu weinen, und ihr leises Jammern wurde rasch lauter. Aber Daisy begab sich zu ihrer Tochter, ohne mit der Wimper zu zucken. Zum ersten Mal seit Wochen verspürte sie fast etwas wie Erleichterung.

Kapitel 10

«*W*issen Sie, solche Unterwäsche hab ich in meinem ganzen Leben noch nicht gesehen. Fast nichts dran, bloß ein Hauch von Spitze. Also, wenn ich das anziehen würde, hab ich gedacht, würde ich nicht wie eine aufgetakelte Fregatte aussehen, sondern eher wie eine abgetakelte – da bleibt ja nichts mehr übrig.» Evie Newcomb lachte, und Camille unterbrach ihre Arbeit, um ihr nicht aus Versehen Creme in die Augen zu schmieren. «Sie sollten mal sehen, was die in diesen Katalogen anbieten. Ich sag Ihnen was, meine liebe Camille, an einem kalten Tag sollte man dieses Zeug lieber nicht tragen. Und das liegt gar nicht mal am Stoff – auch wenn das keine dolle Qualität ist –, sondern das sind die verflixten Löcher, die sie überall reingeschnitten haben! Löcher an Stellen, das ist nicht zu glauben! Einen Schlüpfer habe ich mir angesehen, da hätte ich nicht sagen können, durch welche Löcher man nun die Beine stecken soll, das steht mal fest.»

Camille strich Evies Haar unter das weiße Baumwollhaarband zurück und begann, mit den Händen sanft über ihre Stirn zu streichen.

«Und dann diese Accessoires oder wie man das nennt, also, ich hab mir das gründlich angeguckt, aber bei der Hälfte der Sachen hab ich einfach nicht rausgekriegt, wozu sie gut sein sollen. Und man will doch damit nichts verkehrt machen, oder? Ich meine, man will doch nicht im Krankenhaus landen und dann die ganze Sache dem Onkel Doktor erklären müssen. Nein, nein, davon hab ich schön die Finger gelassen.»

«Dann haben Sie damit nichts erreicht?», fragte Camille, als sie die Maske fertig aufgetragen hatte.

«O doch. Ich bin Ihrem Rat gefolgt, meine Liebe. Ich hab zwei Garnituren bestellt.» Sie senkte die Stimme. «Zweiunddreißig Jahre sind wir jetzt verheiratet, aber so habe ich Leonards Gesicht noch nie gesehen. Das hätte er sich in seinen kühnsten Träumen nicht erhofft.» Sie kicherte leise. «Und danach dachte ich, ich hätte ihn umgebracht.»

«Aber er redet nicht mehr davon, dieses Kabelfernsehding anzuschaffen? Das mit den holländischen Kanälen?»

«Nee, und mit Bowling will er auch nicht mehr anfangen. Da haben Sie mir also einen großen Gefallen getan, Camille. Einen ganz großen Gefallen. Kann ich wieder ein paar von den Eye Pads haben? Die haben letztes Mal so gut getan.»

Camille Hatton trat an den Schrank und griff hinauf ins vierte Fach, wo sie ihre Cooling Eye Pads aufbewahrte. Heute Vormittag war viel zu tun gewesen: Normalerweise hatte sie nicht so viele Termine, es sei denn, im Hotel Riviera fand eine Hochzeit oder ein

Tanzabend statt. Aber die Sommersaison rückte näher, und in der ganzen Stadt gönnten die Frauen sich etwas, stärkten sich für den alljährlichen Ansturm der Gäste. «Mit Tee oder mit Gurke?», fragte sie, während sie nach den Schachteln tastete.

«Oh, mit Tee bitte. Und wo wir gerade davon sprechen, Tess könnte mir nicht zufällig ein Tässchen machen? Ich verdurste fast.

«Kein Problem.» Camille rief nach ihrer jungen Assistentin.

«Aber über eine Sache musste ich doch lachen. Das bleibt unter uns, ja? Kommen Sie mal her, ich will nicht durch den ganzen Salon brüllen. Hab ich Ihnen von den Federn erzählt?»

Mit Beginn des Frühlings schien das Mitteilungsbedürfnis der Menschen zu steigen. Es war, als würden die auffrischenden Märzwinde, die vom Meer hereinwehten, die Winterstarre lautlos wegblasen und die Menschen daran erinnern, dass Veränderungen möglich waren. Die Märzwinde und, im Fall der Damen, die neuen Frauenzeitschriften.

Als Kay, Camilles Chefin, vor fast neun Jahren den Salon eröffnet hatte, waren die Frauen scheu gewesen. Sie hatten die Behandlungen nur zögernd ausprobiert, waren ängstlich gewesen, dass es so aussehen könnte, als würden sie sich zu sehr verwöhnen. Steif und stumm hatten sie dagesessen, während Camille Gesichtsmasken auftrug und glatt strich, so als erwarteten sie, ausgelacht zu werden oder Camille bei einem fürchterlichen Fehler zu ertappen. Doch allmählich waren sie dann regelmäßig gekommen. Und etwa zu der Zeit, als die Adventisten vom Siebenten Tage die alte Methodistenkirche übernahmen, fingen sie an zu sprechen.

Inzwischen erzählten sie Camille alles: von untreuen Ehemännern und widerspenstigen Kindern, vom herzzerreißenden Kummer beim Verlust eines Babys und von der Freude über ein Neugeborenes. Sie vertrauten Camille Dinge an, die sie ihrem Pastor nicht erzählt hätten, scherzten sie – über Lust und Liebe und Libido, die, wie bei Leonard, neu entfacht worden war. Und Camille schwieg. Sie urteilte nicht, sie lachte nicht, sie kritisierte nicht. Sie hörte einfach zu, während sie arbeitete, und versuchte gelegentlich, einen Vorschlag zu machen, der den Frauen zu mehr Selbstbewusstsein verhelfen sollte. Deine Gemeinde, witzelte Hal. Aber das war damals, als Hal noch Witze gemacht hatte.

Camille beugte sich über Evie Newcombs Gesicht und fühlte, wie die Feuchtigkeitsmaske unter ihren Fingerspitzen hart wurde. Das Meeresklima setzte der Haut arg zu. Der salzige Wind blies den Frauen vorzeitig feine Fältchen ins Gesicht, ließ die Haut altern und sommersprossig werden und riss jede Feuchtigkeitscreme unbarmherzig wieder herunter. Camille hatte ihre Creme immer in der Handtasche und trug sie tagsüber mehrmals auf. Sie konnte es nicht haben, wenn ihre Haut sich trocken anfühlte.

«Ich nehme sie gleich ab», sagte sie und klopfte Evie auf die Wange. «Aber erst lasse ich Sie Ihren Tee trinken. Tess kommt gerade.»

«Ach, es geht mir viel besser, meine Liebe.» Evie lehnte sich zurück, sodass das Leder des Sessels unter ihrem beträchtlichen Gewicht knarrte. «Wenn ich hier rausgehe, bin ich wie neugeboren.»

«Jedenfalls scheint Ihr Leonard das zu glauben.»

«Hier ist Ihr Tee. Sie nehmen keinen Zucker, oder, Mrs. Newcomb?» Tess hatte ein fotografisches Gedächtnis für die Tee- und Kaffeezutaten. Das war in einem Schönheitssalon unbezahlbar.

«Oh, nein, so ist das wunderbar.»

«Telefon, Camille. Ich glaube, es ist die Schule von deiner Tochter.»

Es war die Sekretärin. Sie sprach in der bestimmten, aber öligen Weise derjenigen, die es gewohnt sind, sich mit stahlhartem Charme durchzusetzen. «Mrs. Hatton? Hallo, hier spricht Margaret Way. Wir haben ein kleines Problem mit Katie, und wir möchten wissen, ob Sie vielleicht kommen und sie abholen könnten.»

«Ist sie verletzt?»

«Nein, nein. Es geht ihr einfach nicht gut.»

Bei nichts wurde einem so bang ums Herz wie bei einem Notruf aus der Schule, fand Camille. Für eine berufstätige Mutter bedeutete so ein Anruf eine ungeheure Erleichterung – wenn sich herausstellte, dass das Kind nicht verletzt war – und gleichzeitig Ärger darüber, dass der Arbeitstag vermasselt war.

«Sie sagt, sie fühlt sich schon seit ein paar Tagen nicht ganz wohl.» Diese scheinbar beiläufige Bemerkung enthielt einen milden Tadel: Schickt eure Kinder nicht krank in die Schule.

Camille dachte an ihren Terminkalender. «Ihren Vater haben Sie vermutlich noch nicht angerufen, oder?»

«Nein, wir rufen immer gern zuerst die Mutter an. Meistens fragen die Kinder nach der Mutter.»

Na, jetzt hat sie's mir aber gegeben, dachte Camille. «Gut», sagte sie, «ich komme so schnell ich kann. Tess!», rief sie, noch während sie auflegte, «ich muss weg und Katie abholen. Es geht ihr offenbar nicht gut. Ich versuche, das zu regeln, aber vielleicht musst du ein paar von den Nachmittagsterminen absagen. Tut mir wirklich Leid.»

Nur wenige von den Damen waren bereit, sich statt von Camille von Tess behandeln zu lassen. Sie hatten das Gefühl, Tess nicht so viel erzählen zu können, erklärten sie Camille. Irgendwie war sie zu jung, zu … Aber Camille wusste, was sie eigentlich meinten.

«Das geht im Moment um», sagte Evie unter ihrer Maske. «Sheila aus dem Café ist seit fast zehn Tagen in Behandlung. Vermutlich war der Winter zu warm. Da konnten die Bazillen sich alle vermehren.»

«So, Sie sind gleich fertig, Evie. Hätten Sie etwas dagegen, wenn ich schon gehe? Tess nimmt Ihnen die Maske wieder ab.»

«Ziehn Sie nur los, meine Liebe. Ich muss ja auch gleich weg. Ich hab Leonard Fisch zum Abendessen versprochen, und meine Backofenpommes sind alle.»

Katie war unter ihrer Decke eingeschlafen. Mit ihrer eigentümlichen Reife, die man eher bei einer Achtundzwanzigjährigen als bei einer Achtjährigen vermutet hätte, hatte sie sich dafür entschuldigt, dass sie den Arbeitstag ihrer Mutter unterbrochen hatte, und dann gesagt, sie würde gern schlafen. Also hatte Camille eine Weile neben ihr gesessen, mit der Hand auf den zugedeckten Beinen ihrer Tochter, und sich gleichzeitig machtlos, besorgt und irgendwie gereizt gefühlt. Die Krankenschwester in der Schule hatte gesagt, Katie sei sehr blass, und gefragt, ob die dunklen Ringe unter den Augen vielleicht bedeuteten, dass das Kind zu wenig Schlaf bekam. Camille hatte ihren Ton als beleidigend empfunden, denn sie unterstellte damit, dass Camille in ihrer «Situation», wie man's in der Schule höflich nannte, nicht immer wusste, wie lange ihre Tochter abends aufblieb.

«Katie hat keinen Fernseher in ihrem Zimmer, wenn Sie das meinen», hatte Camille schroff gesagt. «Sie geht um halb neun ins Bett, und dann lese ich ihr noch was vor.»

Aber die Krankenschwester hatte hinzugefügt, Katie sei in dieser Woche zweimal im Unterricht eingeschlafen und sie wirke lethargisch und lustlos. Außerdem hatte sie sie daran erinnert, dass das Mädchen schon vor knapp zwei Wochen krank gewesen war. «Vielleicht ist sie ein bisschen anämisch», hatte sie gemeint, und ihre Freundlichkeit hatte Camilles Gewissensbisse noch verstärkt.

Während sie langsam nach Hause gingen, hatte Camille das Kind gefragt, ob es etwas mit ihr und Daddy zu tun habe, aber Katie hatte geantwortet, sie sei «einfach krank», in einem Tonfall, der das Gespräch beendete. Camille drang nicht weiter in sie. Katie war gut damit zurechtgekommen, sagten alle. Vielleicht zu gut.

Sie beugte sich vor und küsste ihre schlafende Tochter. Dann streichelte sie Rollo, ihrem Labrador, über die seidige Schnauze. Er hatte sich mit einem Seufzer zu ihren Füßen niedergelassen. Ein paar Augenblicke lauschte Camille dem gleichmäßigen Ticken der Uhr auf dem Kaminsims und dem fernen Brausen des Verkehrs. Sie würde ihn anrufen müssen. Sie holte tief Luft.

«Hal?»

«Camille?» Sie rief ihn nie mehr in der Werkstatt an.

«Tut mir Leid, dass ich dich störe. Es ist nur wegen heute Abend. Ich wollte fragen, ob du vielleicht ein bisschen früher zurückkommen könntest.»

«Warum?»

«Sie haben Katie aus der Schule nach Hause geschickt, und ich muss ein paar Termine nachholen, die ich heute Nachmittag absagen musste. Will sehen, ob ich sie umlegen kann.»

«Was hat sie denn?»

Im Hintergrund hörte Camille nichts, nur weiter entfernt ein Radio, aber weder Hämmern noch schwere Schritte, noch Stimmen, die auf einen florierenden Betrieb hingedeutet hätten. «Bloß irgendeinen Virus oder so. Sie ist ein bisschen schwach, aber ich glaube nicht, dass es was Ernstes ist.»

«Ach so. Gut.»

«Die Krankenschwester in der Schule meint, sie wäre etwas anämisch. Ich habe Eisentabletten besorgt.»

«Gut. Ja, ich finde auch, dass sie in letzter Zeit etwas blass ist», sagte er beiläufig. «Zu wem willst du denn?»

Camille hatte gewusst, dass die Frage kommen würde. «Ich habe noch nichts organisiert. Ich wollte dich erst fragen, ob es überhaupt geht.»

Sie hörte, wie er mit sich rang.

«Also, soweit ich sehe, gibt es hier nichts, was ich nicht mit nach Hause bringen könnte.»

«Hast du viel zu tun?»

«Nein. Eigentlich war die ganze Woche gar nichts los. Ich hab ausgerechnet, was ich an Toilettenpapier und Glühbirnen gespart habe.»

«Also, wie gesagt, ich habe noch nichts verabredet. Wenn keine der Damen kann, brauchst du auch nicht früher nach Hause zu kommen.»

Sie waren ja so höflich. So bemüht.

«Kein Problem», sagte Hal. «Du solltest deine Kundinnen nicht verärgern. Es hat keinen Sinn, unseren einzigen guten Job aufs

Spiel zu setzen. Ruf mich – ruf mich einfach an, wenn ich dich irgendwo abholen soll. Ich kann ja jederzeit deine Mutter bitten, sich fünf Minuten zu Katie zu setzen.»

«Danke, Schatz, das ist wirklich nett.»

«Kein Problem. Ich fahre jetzt los.»

Camille und Hal Hatton waren exakt elf Jahre und einen Tag verheiratet gewesen, als sie ihm eröffnete, dass sein Verdacht in Bezug auf Michael, den Makler aus London, richtig gewesen war. Der Zeitpunkt war, das musste man fairerweise sagen, denkbar schlecht gewählt. Es war der Morgen, nachdem sie ihren Hochzeitstag gefeiert hatten, und sie lagen noch im Bett. Aber Camille war eben ein recht direkter Mensch – oder jedenfalls hatte sie das bis zu der Affäre mit Michael von sich geglaubt –, und ihr Talent, die Geheimnisse anderer Menschen zu hüten, erstreckte sich nicht auf ihre eigenen heimlichen Eskapaden.

Sie waren glücklich verheiratet gewesen: Das sagten alle. Auch Camille selbst sagte es, wenn sie überhaupt über ihre Ehe sprach. Nach außen hin zeigte sie keine Verliebtheit, aber sie hatte Hal mit glühender Leidenschaft geliebt, und ihre Beziehung war, anders als die Ehen ihrer Freundinnen, nicht allmählich in etwas Entspannteres übergegangen – das war, wie ihre Mutter sagte, ein Euphemismus für eine Ehe ohne Sexualität. Die beiden waren ein schönes Paar gewesen. Hal, da war man sich allgemein einig, war «fit», während Camille hochgewachsen und kräftig war, dichtes blondes Haar hatte und einen Busen wie eine Bardame aus einem Cartoon. Und Hal mit seinem Universitätsabschluss, seinen Aussichten und seiner Kunstfertigkeit im Restaurieren antiker Möbel – Hal war bereit gewesen, sie zu nehmen. Das hätte nicht jeder getan, trotz ihrer offensichtlichen Reize. Vielleicht hatten alle diese Gründe dazu geführt, dass ihre Leidenschaft füreinander so stark und anhaltend gewesen war, dass ihre Freunde schon Witze darüber machten. Allerdings hörte Camille bei diesen Witzeleien immer noch einen Unterton heraus: etwas wie Neid. Das Liebesspiel war ihre beste

Kommunikationsmethode. Wenn Hal schweigsam und in sich gekehrt war und sie sich nicht in der Lage fühlte, die Kluft zwischen ihnen zu überbrücken, wenn sie sich gestritten hatten und sie nicht wusste, wie sie ihn besänftigen sollte, hatte es immer den Sex gegeben, intensiv, fröhlich und erholsam. Auch nach Katies Geburt. Camilles Verlangen nach Hal war im Laufe der Jahre eher noch gewachsen.

Und da hatte zum Teil das Problem gelegen. Nachdem Hal sich selbständig gemacht hatte und in seine neue Werkstatt in Harwich umgezogen war, hatte die Firma immer mehr Zeit in Anspruch genommen. Er würde noch länger bleiben müssen, erklärte er dann wieder mal spätabends am Telefon. Das erste Jahr war für eine neue Firma immer entscheidend. Camille hatte sich bemüht, das zu verstehen, aber ihre körperliche Sehnsucht nach ihm – und dazu die praktischen Probleme, weil er nicht im Haus war – hatten zugenommen.

Als die Rezession einsetzte und Möbelrestaurierungen nicht mehr zu den wichtigen Dingen des Lebens gehörten, war Hal noch angespannter und distanzierter geworden und in manchen Nächten überhaupt nicht mehr nach Hause gekommen. Der Schweißgeruch in seinen Kleidern und die Stoppeln auf seinem Kinn verrieten, dass er wieder eine Nacht auf dem Sofa in seinem Büro zugebracht hatte, und seine finstere Miene kündete von vorübergehend entlassenen Mitarbeitern und unbezahlten Rechnungen. Und er wollte nicht mehr mit ihr schlafen. Zu müde. Zu bedrückt. Nicht an Fehlschläge gewöhnt. Und Camille, die in den fünfunddreißig Jahren ihres Lebens nie eine Zurückweisung erlebt hatte, war von Panik erfasst worden.

An diesem Punkt war Michael aufgetaucht. Michael Bryant kam aus London und war kürzlich in die Stadt gezogen, um aus der wachsenden Nachfrage nach Strandhütten und Bungalows am Meer Kapital zu schlagen. Er hatte Camille von Anfang an gewollt und keine Zeit verloren, ihr das auch zu sagen. Und allmählich, wie von Sinnen vor Kummer über den vermeintlichen Verlust ihres Mannes und der körperlichen Liebe, die ihr immer Kraft gegeben hatte, war sie seinem Werben erlegen.

Unmittelbar darauf hatte sie es auch schon bereut.

Und den Fehler gemacht, es Hal zu erzählen.

Zuerst hatte er getobt, dann geweint. Und sie hatte voller Hoffnung gedacht, ein so leidenschaftlicher Ausbruch könnte ein gutes Zeichen sein, weil er zeigte, dass Hal noch etwas an ihr lag. Aber dann war er abweisend und verschlossen geworden, war ins Gästezimmer umgezogen und schließlich in ein Zimmer an der Straße nach Kirby-le-Soken.

Drei Monate später war er zurückgekommen. Er liebe sie immer noch, hatte er mit gesenktem Kopf hervorgestoßen. Er würde nie aufhören, sie zu lieben. Aber er würde eine Weile brauchen, um ihr wieder vertrauen zu können.

Camille hatte stumm genickt, dankbar für diese zweite Chance. Dankbar dafür, dass Kate nicht ein Fall für die deprimierende Statistik der Scheidungskinder werden würde, und voller Hoffnung, dass sie ihre frühere Liebe wieder zum Leben erwecken könnten.

Ein Jahr später bewegten sie sich immer noch auf Zehenspitzen durch Minenfelder.

«Geht's ihr besser?»

Im vorderen Zimmer, eben außer Hörweite, saß Katie mit glasigen Augen vor einer nervtötenden Sequenz knatternder Cartoon-Explosionen.

«Sie sagt ja. Wir stopfen sie mit Eisentabletten voll. Ich mag gar nicht daran denken, was das mit ihrem Verdauungssystem macht.»

Camilles Mutter schnaubte und stellte den nächsten Stapel Teller in den Küchenschrank. «Na, jedenfalls hat sie etwas mehr Farbe im Gesicht. Ich hatte wirklich den Eindruck, dass sie ein bisschen blass geworden war.»

«Du auch! Warum hast du denn nichts gesagt?»

«Du weißt doch, dass ich mich nicht gerne einmische.»

Camille lächelte schief.

«Wie machst du es eigentlich morgen? Ich dachte, Hal wäre dieses Wochenende in Derby.»

«Da ist eine Antiquitäten-Messe, aber nur am Freitag. Er kommt mit dem Spätzug nach Hause. Aber, ja, wenn sie nicht zur Schule geht, muss ich meine Termine wieder absagen. Kannst du mal sehen, ob Katies Ei fertig ist, Mum? Ich hab nasse Hände.»

«Noch einen Augenblick, glaube ich … Da fährt er aber weit, bloß für einen Tag.»

«Das stimmt.»

Sie schwiegen. Camille wusste, dass auch ihrer Mutter klar war, warum Hal nicht über Nacht fortbleiben wollte. Sie schob die Hände tiefer in das Abwaschwasser und tastete nach vergessenem Besteck.

«Ich finde, du solltest Katie nicht für einen Tag wieder in die Schule schicken. Sie braucht ein langes Wochenende, um sich richtig zu erholen. Wenn du möchtest, dass ich sie nehme, ich bin vom späteren Vormittag an frei. Und am Samstagabend nehme ich sie dann auch, wenn ihr ausgehen wollt.»

Camille beendete den Abwasch und stellte den letzten Teller behutsam auf das Abtropfgestell. Stirnrunzelnd wandte sie sich ihrer Mutter zu. «Gehst du denn nicht zu Doreen?»

«Nein. Ich muss mich mit dieser Innenarchitektin treffen. Ihr die Schlüssel geben. Und meine letzten Sachen holen.»

Camille blieb reglos stehen. «Ist es wirklich verkauft?»

«Natürlich ist es verkauft.» Die Stimme ihrer Mutter klang abweisend. «Es ist schon seit Ewigkeiten verkauft.»

«Es – es kommt mir einfach so plötzlich vor.»

«Es ist überhaupt nicht plötzlich. Ich hab dir ja gesagt, dass ich es vorhatte. Dieser Mann brauchte keine Hypothek aufzunehmen und nichts, also hatte es keinen Sinn, noch zu warten.»

«Aber es war dein Haus.»

«Und jetzt gehört es ihm. Will sie Ketchup zum Ei?»

Wenn ihre Mutter in diesem Tonfall sprach, hütete Camille sich, mit ihr zu diskutieren. Sie trocknete sich die Hände ab, rieb sie mit

Feuchtigkeitscreme ein und dachte dabei an das Haus, das auf seine Weise ihre Kindheit beherrscht hatte. «Und was hat er damit vor?»

«Anscheinend will er ein Luxushotel draus machen. Irgendwas Exklusives für Kreative. Er hat in London einen Klub – alles Schriftsteller und Künstler und Unterhaltungsbranche – und will was Ähnliches am Meer aufbauen. Wo solche Leute sich zurückziehen können. Es soll sehr modern werden, sagt er. Eine große *Herausforderung.*»

«Genau das Richtige für unser Städtchen.»

«Unser Städtchen kann mich mal. Außen wird er das Haus gar nicht verändern – es geht also keinen was an.»

«Dass es keinen was angeht, hat hier doch noch nie jemanden von irgendwas abgehalten. Das Riviera macht bestimmt Theater, schließlich wird es Konkurrenz für sie.»

Mrs. Bernard trat hinter ihre Tochter und setzte den Teekessel auf. «Das Riviera hat kaum genug Gäste, um seine Zierdeckchen zu bezahlen. Ich sehe nicht, dass ein Hotel für Szeneleute aus London denen das Geschäft kaputtmacht. Nein, das wird Merham guttun. Die Stadt geht ja ein. Vielleicht hilft es, wieder ein bisschen Leben reinzubringen.»

«Katie wird das Haus vermissen.»

«Katie kann immer noch gern hinkommen. Er hat gesagt, er will die Geschichte des Hauses lebendig erhalten. Das hat ihm sofort daran gefallen – die ganze Geschichte.» Mit einer Spur von Befriedigung in der Stimme fügte sie hinzu: «Er hat mich gebeten, bei einigen Renovierungsarbeiten als Beraterin mitzuhelfen.»

«Was?»

«Weil ich doch noch weiß, wie es früher aussah. Ich hab die Fotos und die Briefe aufbewahrt. Er ist nicht einfach irgendein trampeliger Bauunternehmer. Er will den Charakter des Hauses erhalten, hat er gesagt.»

«Das klingt, als würdest du ihn mögen.»

«Ich mag ihn tatsächlich. Er nimmt kein Blatt vor den Mund.

Aber er ist neugierig. Es gibt nicht viele Männer von der Sorte, die neugierig sind.»

«Wie Paps.» Camille konnte nicht anders.

«Er ist jünger als dein Vater. Aber du weißt doch, dass dein Vater sich nie für das Haus interessiert hat.»

Camille schüttelte den Kopf. «Eigentlich verstehe ich es nicht, Mum. Ich verstehe nicht, warum du es nach all den Jahren jetzt doch verkauft hast. Es war das Einzige, wo du immer hart geblieben bist – selbst als Paps es satt hatte –»

Ihre Mutter unterbrach sie: «Ach, ihr Kinder. Ihr meint, die Welt wäre euch eine Erklärung schuldig. Es ist doch meine Sache. Mein Haus ist meine Sache. Es wird euch in keiner Weise betreffen, also Schwamm drüber.»

Nachdenklich schlürfte Camille ihren Tee. «Und was hast du mit dem Geld vor? Du musst ein hübsches Sümmchen dafür bekommen haben.»

«Geht dich nichts an.»

«Hast du's Paps erzählt?»

«Ja. Er hat genauso ein dummes Gesicht gemacht wie du.»

«Und dann hat er gesagt, er hätte eine tolle Idee, was man mit dem Geld anfangen könnte.»

Ihre Mutter prustete vor Lachen. «Du bist noch genau wie früher, dir entgeht gar nichts, was?»

Camille senkte den Kopf. Scheinbar ganz harmlos rutschte es ihr heraus: «Du könntest Paps zu einer Kreuzfahrt einladen. Nur ihr beide.»

«Und ich könnte alles der NASA spenden, damit sie erforschen, ob es auf dem Mars kleine grüne Männchen gibt. So, ich trinke jetzt meinen Tee aus, und dann gehe ich schnell einkaufen. Brauchst du was? Deinen abgeschlafften Hund da nehme ich mit. Er sieht aus, als würde er Fett ansetzen.»

«Du siehst sehr hübsch aus. Ich mag dein Haar so.»

«Danke.»

«So hast du es früher getragen, als du in der Bank gearbeitet hast.»

Camille griff sich an den Kopf und betastete den glatten Knoten, den Tess ihr aufgesteckt hatte, bevor sie gegangen war. Tess hatte ein Händchen für Frisuren. Camille vermutete, dass sie im Laufe des nächsten Jahres weggehen würde – zu viel Talent für einen Schönheitssalon in einem verschlafenen Seebad. «Ja, das stimmt.»

Es war zu einem Ritual geworden, dieses gemeinsame Ausgehen am Samstagabend. Sie taten es jetzt immer, egal, ob sie knapp bei Kasse waren oder vor lauter Erschöpfung eigentlich keine Lust dazu hatten. Camilles Mutter kümmerte sich um Katie – was sie herzlich gern tat –, und die beiden bemühten sich umeinander. Sie zogen sich schick an, als würden sie noch umeinander werben, wie die Eheberaterin es ausdrückte. Und sie unterhielten sich miteinander, weit weg von dem Beruhigungsmittel Fernsehen und den Ablenkungen eines gemeinsamen Haushalts. Manchmal argwöhnte Camille, dass sie es beide grässlich fanden, dass Hal sich das erforderliche Kompliment abringen musste, um ihr zu zeigen, dass er ihr Aussehen wahrgenommen hatte. Es war schwer, für zwei Stunden frischen Gesprächsstoff zu finden, wenn man die ganze Woche miteinander geredet hatte. Insbesondere wenn es nicht erlaubt war, nur über das Kind oder den Hund zu sprechen. Aber manchmal, wie heute Abend, hörte Camille aus Hals Bemerkungen Aufrichtigkeit heraus, und die Routine dieser Samstagabende beruhigte sie, angefangen von ihrem ausgedehnten Bad bis zu der Art, wie Hal ihr immer noch den Stuhl zurechtrückte, bevor sie sich setzte. Und wie sie sich gelegentlich am Ende des Abends liebten. Man muss sich Zeit füreinander nehmen, hatte die Eheberaterin gesagt. Man muss Gewohnheiten entwickeln. Und sie mussten eine Menge wieder neu aufbauen.

Hal bestellte den Wein. Schon bevor er sprach, wusste sie, welchen er nehmen würde: einen Shiraz. Wahrscheinlich einen australischen. Sanft lehnte sie unter dem Tisch ihr Bein gegen seines und spürte als Antwort einen leichten Druck.

«Meine Mutter hat ihr Haus endgültig verkauft.»

«Das weiße Haus?»

«Ja. Nicht Paps' Haus.»

«Sie hat's also wirklich gemacht. Ich möchte bloß wissen, warum.»

«Keine Ahnung. Sie will es mir nicht sagen.»

«Das sieht ihr ähnlich.»

Camilles Antennen waren auf geringschätzige Bemerkungen eingestellt, aber sie hörte aus seinen Worten nur heraus, dass er die Geheimniskrämerei ihrer Mutter bestätigte.

«An wen hat sie es denn verkauft?»

«An einen Hotelbesitzer. Er will eine Luxusherberge daraus machen.»

Hal pfiff durch die Zähne. «Da hat er aber 'ne Menge zu tun. Sie hat jahrelang nichts dran gemacht.»

«Vor ein paar Jahren hat sie einen Teil des Daches reparieren lassen. Aber ich glaube, Geld spielt keine Rolle.»

«Was? Hat er Kohle?»

«Den Eindruck habe ich.»

«Ich frage mich, was sie dafür bekommen hat. Die Lage ist toll. Herrliche Aussicht.»

«Ich glaube, die Tatsache, dass am Haus nichts verändert worden ist, hat dafür gesprochen. Heutzutage machen doch alle mit ‹Originalzustand› und so Reklame. Und die Möbel hat sie wohl zum Teil mit verkauft.»

Hal murmelte etwas Zustimmendes. «Ich hätte gerne in dem Haus gewohnt», sagte er dann.

«Ich nicht. Ist zu nah an der Klippe.»

«Ja. Ja, das stimmt wohl.»

Manchmal gelangen ihnen ganze Gesprächsabschnitte, ohne dass einer von ihnen darauf anspielte oder auch nur daran dachte. Camille verkniff sich eine weitere Bemerkung über das Haus, weil sie nur dazu gedient hätte, das unverfängliche Thema fortzusetzen. Darauf bereitete einen niemand vor: dass man bei einer Trennung auch den Menschen verlor, bei dem man normalerweise all die mäßig interessanten Beobachtungen ablud, die man tagsüber gesammelt hatte. Dinge, die nicht aufregend genug waren, um einen Telefonanruf bei Freundinnen oder Bekannten zu rechtfertigen, über die man aber einfach eine Bemerkung machen wollte. Das hatte mit Hal immer gut geklappt. Der Gesprächsstoff war ihnen nie ausgegangen. Camille war dankbar dafür.

Sie roch die Ente, noch bevor der Kellner sie auf den Tisch stellte: heiß, fettig, saftig, mit einem Hauch von etwas Zitronigem in der Soße. Camille hatte seit dem Frühstück nichts mehr gegessen – an Samstagen kam sie oft nicht dazu.

«Besuchst du morgen deine Mum?»

«Nein.»

«Wo fährst du denn hin?», fragte Camille und merkte sofort, dass die Worte falsch geklungen hatten, dass sie einen Unterton bekommen hatten, den sie nicht beabsichtigt hatte. Sie setzte noch einmal an: «Ich wollte nur wissen, ob du besondere Pläne hast.»

Hal seufzte, als wäge er ab, wie er antworten solle. «Ich weiß nicht, ob das wirklich was ‹Besonderes› ist, aber einer meiner früheren Nachbarn in Kirby gibt am Sonntag eine Lunchparty, und Katie und ich sind eingeladen. Er hat ein kleines Mädchen, ein bisschen jünger», fügte er hinzu. «Wenn du nichts dagegen hast, könnten wir hinfahren, dachte ich. Katie hat sich mit ihr recht gut verstanden.»

Mit einem Lächeln versuchte Camille das Unbehagen zu überspielen, das sie plötzlich überkam. Es tat ihr weh, dass die beiden ohne sie eingeladen waren. Der Gedanke, dass Katie dort Freunde gefunden hatte, dass sie in dem Haus, wo er allein gewohnt hatte, Wurzeln geschlagen hatte …

«Ist das okay?»

«Aber natürlich. Es interessierte mich einfach.»

«Du kannst auch mitkommen, wenn du möchtest. Du verstehst dich bestimmt gut mit den Leuten. Ich hätte dich sowieso gefragt, aber normalerweise möchtest du sonntags Zeit für dich haben.»

«Nein … nein … fahrt ihr nur. Es ist einfach … Ich weiß so wenig von deinem Leben da drüben. Es – es fällt mir schwer, mir vorzustellen, dass du … dass sie –»

Hal legte Messer und Gabel hin und dachte darüber nach. «Ja», sagte er schließlich. «Möchtest du, dass ich dich irgendwann mal hinfahre? Damit du eine Ahnung davon kriegst?»

«Nein. Nein, ich bin sicher, ich …»

«Hör mal, wir fahren nicht hin. Es ist dir unangenehm. Das möchte ich nicht.»

«Nein, das ist es nicht. Fahrt ruhig hin. Es ist ein Teil von unserer Vergangenheit, und zum Glück sind ein paar gute Dinge daraus entstanden. Ihr müsst hinfahren.»

Man sollte offen über das sprechen, was in der Beziehung geschehen war, der Vergangenheit ins Auge sehen, um vorwärts gehen zu können. Das hatte die Eheberaterin gesagt.

Eine Weile aßen sie schweigend weiter. Rechts von ihnen hatte ein Paar begonnen, sich heftig flüsternd zu streiten. Camille hielt ihr Gesicht geradeaus gerichtet und horchte auf die Anspannung in der Stimme der Frau. Der Kellner kam und schenkte ihr nach.

«Die Ente sieht gut aus», sagte Hal. Er bewegte sich ein wenig und verstärkte damit den Druck auf ihr Bein. Ein zarter Druck, aber er war spürbar.

«Ja», bestätigte Camille, «sie schmeckt auch gut.»

Katie war noch wach, als ihr Vater bei ihr hereinschaute. Sie las in einem Taschenbuch mit Eselsohren, das sie, wie er wusste, schon zweimal ganz durchgelesen hatte. Sie weigerte sich im Moment, irgendetwas Neues zu lesen, sondern nahm sich einfach ihre vier oder fünf Lieblingsbücher der Reihe nach immer wieder vor.

«Na du», sagte er sanft.

Katie sah auf, ihr halb beleuchtetes Gesicht war klar und arglos. Ihm wurde weh ums Herz, als er die Schönheit der Achtjährigen sah und an die Verletzungen und den Kummer dachte, die sie in der Zukunft erwarteten.

«Du solltest längst schlafen.»

«War's schön?»

«Sehr schön.»

Sie wirkte beruhigt, schloss ihr Buch und ließ sich von ihm die Decke feststopfen. «Fahren wir morgen nach Kirby?»

«Ja. Wenn du noch Lust dazu hast.»

«Kommt Mummy mit?»

«Nein. Sie möchte, dass wir etwas Zeit ganz für uns haben.»

«Aber sie hat nichts dagegen?»

«Natürlich nicht. Sie findet es schön, dass du neue Freunde hast.»

Katie lag schweigend im Bett, während ihr Vater ihr das Haar streichelte. Er tat das in letzter Zeit oft, einfach dankbar dafür, dass er es jetzt wieder konnte, jeden Abend, wenn er wollte.

Mit gekrauster Stirn drehte Katie sich zu ihrem Vater. «Daddy …»

«Ja.»

«Weißt du, als du ausgezogen bist …»

Ihm wurde die Brust eng. «Ja.»

«… hattest du Mummy da satt, weil sie nicht sehen kann?»

Hal starrte auf die Bettdecke mit dem rosa Comicmuster aus Katzen und Blumentöpfen. Dann legte er seine Hand auf die Hand seiner Tochter. Sie drehte ihre kleine Handfläche nach oben, damit sie seinen Händedruck erwidern konnte. «Irgendwie schon, mein Liebes.» Er schwieg und atmete tief aus, bevor er fortfuhr: «Aber es hatte nichts mit Mummys Augen zu tun. Es hatte wirklich nichts mit Mummys Augen zu tun.»

Kapitel 11

*D*as traditionelle Seebad war wieder «in». Daisy hatte das in einer Samstagsbeilage und in verschiedenen Einrichtungszeitschriften gelesen, außerdem in einem Bericht im *Independent.* Nach einigen langen Jahrzehnten, in denen Sonnenölbräune und billige Pauschalreisen die Freuden von Windschutzplanen, sandigen Sandwiches und blaugefrorenen Beinen verdrängt hatten, hatte das Blatt sich langsam wieder gewendet, und insbesondere junge Familien kehrten in die alten Seebäder zurück und versuchten, die mythische Unschuld ihrer Jugend wiederzufinden. Die Wohlhabenderen griffen sofort zu, wenn sie heruntergekommene Ferienhäuser oder Bungalows erwerben konnten, während der Rest die Strandhütten aufkaufte, deren Preis derart Schwindel erregende Höhen erreichte, dass es Schlagzeilen machte. Sidmouth statt St. Tropez, Aldeburgh statt Alicante. Wer etwas auf sich hielt, schlenderte jetzt durch irgendein angeblich unverdorbenes Städtchen am Meer, speiste in einfachen Fischrestaurants und rühmte die Freuden, die der gute alte Eimer und die Schaufel mit sich brachten.

Nur hatte das in Merham anscheinend noch niemand gehört. Daisy fuhr durch das Städtchen, langsam, weil das Reisebettchen, der Hochstuhl und die Müllsäcke mit Kleidung, die sie irgendwie hinten in ihren Wagen hineingequetscht hatte, ihre Sicht behinderten, und staunte über den verstaubten Handarbeitsladen, den Supermarkt mit den Sonderangeboten und die Kirche der Adventisten vom Siebenten Tage. Plötzlich überfiel sie eine schlimme Vorahnung. Das hier war nicht Primrose Hill. Selbst in dem milchig hellen Licht des Frühlingsvormittages wirkte die Stadt verblichen und müde, als sei sie in einer Zeit stecken geblieben, in der alles, was ins Auge sprang oder einfach schön war, als «protzig» und unerwünscht galt.

Daisy hielt an einem Zebrastreifen, um zwei alte Frauen über die Straße zu lassen. Die eine stützte sich schwer auf einen Einkaufswagen, während die andere sich ärgerlich in ein gemustertes Taschentuch schneuzte. Eine durchsichtige Plastikhaube sorgte dafür, dass ihr Haar ordentlich am Kopf anlag.

Fast eine Viertelstunde fuhr sie jetzt schon auf ihrer Suche nach dem Haus durch das Städtchen, und während dieser Zeit hatte sie nur zwei Menschen gesehen, die noch nicht im Rentenalter waren.

Vor dem Autohaus prangte ein Spruchband, das TÜV-abgenommene Wagen für Behinderte anpries. Neben dem einzigen Restaurant, das sie entdeckt hatte, befand sich links ein Geschäft für Hörgeräte, und rechts reihten sich nicht weniger als drei Läden aneinander, in denen Wohlfahrtsorganisationen gespendeten Krimskrams verkauften und ihre traurige Beute von altmodischem Geschirr, übergroßen Männerhosen und Schmusetieren, mit denen niemand mehr schmusen wollte, zur Schau stellten. Den einzigen Ausgleich dafür boten, soweit Daisy sehen konnte, der endlose Strand, der in gleichmäßigen Abständen von Wellenbrechern unterteilt wurde, und die gepflegte, griechisch anmutende Pracht des Stadtparks.

Als Daisy einen Mann mit einem kleinen Mädchen erspähte, ließ sie das Fenster herunter: «Entschuldigen Sie bitte!»

Er sah auf. Seine Kleidung verriet einen relativ jungen Mann, aber das Gesicht hinter den dünnrandigen Brillengläsern war erschöpft und vorzeitig zerfurcht.

«Sind Sie von hier?»

Er warf einen Blick auf das kleine Mädchen, das ein Päckchen mit Batterien in der Hand hatte und angestrengt versuchte, eine herauszudrücken. «Ja.»

«Könnten Sie mir sagen, wie ich nach Arcadia House komme?»

Der Mann nickte kurz und betrachtete Daisy genauer. «Sie machen bestimmt den Innenausbau.»

Ach herrje, was man über diese Kleinstädte munkelte, stimmte offenbar wirklich. Daisy brachte ein Lächeln zustande. «Ja. Aber erst muss ich das Haus finden.»

«Es ist nicht weit. Sie müssen da vorne rechts abbiegen, bis zum Kreisverkehr fahren und dann geradeaus der Straße am Park entlang folgen. Das Haus steht oben auf der Klippe. Es ist das letzte Haus an der Straße.»

«Danke schön.»

Das kleine Mädchen zerrte seinen Vater ungeduldig an der Hand. «Dad …»

«Ich vermute, dass die Vorbesitzerin schon auf sie wartet. Viel Glück», fügte er hinzu und grinste plötzlich, drehte sich dann aber um, bevor Daisy fragen konnte, woher er das wusste.

Das Haus entschädigte sie für alles. Das sah sie auf den ersten Blick. Sie spürte dieses Aufflackern der Begeisterung, die Freude des Malers an einer neuen Leinwand, kaum dass es, breit und weiß und eckig, auf der anderen Seite der kreisrunden Auffahrt vor ihr stand. Es wirkte größer, als sie es sich nach den Plänen vorgestellt hatte, länger und niedriger, und die Reihen der quadratischen Fenster und der Bullaugen schauten auf das glitzernde Meer hinaus. Ellie schlief noch, daher öffnete Daisy leise die Autotür und trat behutsam auf den Kies, und während sie zusammen mit der frischen Seeluft die modernen Linien und die kühnen Winkel in sich aufnahm, verschwanden alle Steifheit und alle Müdigkeit. Wie ein mächtiger Felsblock lag das Haus vor der weiten Krümmung des Meeres, unter dem hohen, offenen Himmel, und ohne es von innen gesehen zu haben, wusste Daisy, dass die Zimmer großzügig und lichtdurchflutet waren. Daniel hatte Fotos gemacht und sie mitgebracht, als sie mit der neugeborenen Ellie zu Hause geblieben war, und abends hatte Daisy an ihren Ideen gearbeitet und anhand dieser Fotos ihre ersten Skizzen gezeichnet. Aber die Aufnahmen wurden dem Haus nicht gerecht, sie hatten seine minimalistische Schönheit und seinen strengen Charme nicht annähernd einfangen können, und die Entwürfe, die sie mit Daniel zusammen gemacht hatte, erschienen ihr schon jetzt zu zahm und zu banal.

Daisy vergewisserte sich noch einmal, dass Ellie noch fest schlief, und rannte dann leichtfüßig zu der offenen Pforte hinunter, die in den terrassierten Garten führte. Hinter dem Haus lag eine gepflasterte Terrasse, deren ehemals weiß getünchte Mauern fleckig und mit Flechtenbewuchs gesprenkelt waren, und weiter unten gelangte man unter Fliederbüschen hindurch über eine Reihe von Stufen und zugewachsene, ummauerte Rasenstücke auf einem Fußweg zum Strand hinunter. Versonnen murmelte der Wind in den Ästen zweier Kiefern, und in einer verwilderten Weißdornhecke flatterte aufgeregt ein Schwarm Spatzen herum.

Daisy blickte sich um. Sie hatte den Kopf schon voller Ideen, die sich rasch einstellten und ebenso schnell wieder verworfen wurden, wenn ihr eine neue Eigenart auffiel, eine weitere ungewöhnliche Kombination von Raum und Linie. Sie dachte kurz an Daniel, überlegte, dass es ihr gemeinsames Projekt hatte werden sollen, aber dann schob sie sein Bild weit fort. Diese Aufgabe würde sie nur bewältigen können, wenn sie das Projekt als Neuanfang betrachtete, wenn sie sich, wie Julia es ausgedrückt hatte, im Griff hatte. Das Haus würde ihr dabei helfen. Sie trat dichter heran, spähte in die Fenster und betrachtete das Gebäude aus verschiedenen Winkeln, um alle seine Möglichkeiten und seine verborgene Schönheit zu entdecken. O ja, aus diesem Haus konnte sie etwas Großartiges entstehen lassen. Noch nie hatte sie an einem so viel versprechenden Projekt gearbeitet; sie konnte es zu einem Augenschmaus machen, der die Seiten der elegantesten Zeitschriften zieren würde, zu einem Hafen, der alle, die einen Begriff von echtem Stil hatten, magnetisch anziehen würde. Das Haus entwirft sich selbst, dachte Daisy. Es spricht jetzt schon zu mir.

«Das arme Würmchen soll wohl seine Lungen trainieren, was?»

Daisy fuhr herum und erblickte Ellie, tränenüberströmt und von einem heftigen Schluckauf geschüttelt, in den Armen einer gedrungenen, älteren Frau mit grauem, zu einem strengen Bubikopf geschnittenem Haar. «Wie bitte?» Rasch lief sie der Fremden entgegen.

Die Frau übergab ihr Ellie, wobei mehrere dicke Armreifen an ihren Armen klimperten. «Ich dachte schon, Sie wollten einen Opernstar aus dem Kind machen, so haben Sie es schreien lassen.»

Sanft ließ Daisy ihre Hand über Ellies trocknende Tränen gleiten. Ellie schmiegte das Gesichtchen an die Brust ihrer Mutter. «Ich habe sie nicht gehört», entschuldigte Daisy sich kleinlaut.

Die grauhaarige Frau sah an den beiden vorbei aufs Meer hinaus. «Ich dachte, ihr jungen Frauen von heute hättet alle schreckliche Angst, dass eure Babys geklaut werden, und ihr würdet sie keine Sekunde aus den Augen lassen.» Sie betrachtete Ellie, die sie jetzt anlächelte. «Wie alt ist sie denn? Vier, fünf Monate? Für meine Begriffe geht ihr vollkommen abartig mit den Kleinen um. Wenn ihr euch nicht gerade Sorgen darum macht, was ihr ihnen in den Schnabel steckt und sie für Wege von zehn Metern ins Auto packt, dann lasst ihr sie mutterseelenallein, sodass sie sich die Lunge aus dem Hals schreien. Ich kapiere das nicht.»

«Ich war ja ganz in der Nähe.»

«Und erst stellt ihr Kindermädchen an, und dann beschwert ihr euch, wenn die Kleinen an der Nanny hängen.»

«Ich habe keine Nanny. Und als ich weggegangen bin, schlief sie noch.» Auch Daisy selbst konnte die trotzige Weinerlichkeit in ihrer Stimme nicht überhören. In letzter Zeit war sie ständig den Tränen nahe, als warteten sie nur auf die Gelegenheit loszufließen.

«Wie dem auch sei, Sie wollen bestimmt die Schlüssel. Jones, oder wie er sich nennt, kann erst Mitte der Woche herkommen, daher hat er mich gebeten, Ihnen hier zu helfen, sich einzurichten. Ich hab Ihnen das alte Kinderbett von meiner Enkelin stehen lassen, und da sind auch noch ein paar andere Möbel, und in der Küche finden Sie Töpfe und Geschirr. Bettzeug und Handtücher hab ich auch dagelassen, denn er hat nicht gesagt, was Sie mitbringen. In der Küche steht ein Karton mit Lebensmitteln. Ich hab mir gedacht, dass Sie wahrscheinlich wenig dabeihaben.» Sie schaute sich um. «Mein Mann bringt noch eine Mikrowelle hoch, weil wir den Herd nicht in Gang gekriegt haben, aber dann haben Sie was für die Fläschchen. Er kommt so um halb sechs.»

Daisy wusste nicht recht, wie sie auf diesen plötzlichen Wechsel von Kritik zu Großzügigkeit reagieren sollte. «Vielen Dank.»

«Ich bin immer mal wieder hier, aber ich komme Ihnen nicht in die Quere. Ich muss noch ein paar Sachen ausräumen. Jones hat gesagt, ich könnte mir Zeit lassen.»

«Ja. Tut mir Leid, ich habe mir Ihren Namen nicht gemerkt.»

«Weil ich ihn noch gar nicht gesagt habe. Ich bin Mrs. Bernard.»

«Ich bin Daisy. Daisy Parsons.»

«Ich weiß.»

Als Daisy ihr die Hand reichte, wobei sie Ellies Gewicht auf ihrer Hüfte verschob, bemerkte sie, dass Mrs. Bernard rasch einen Blick auf ihren Ringfinger warf.

«Sie werden allein hier wohnen?»

Daisy schaute ebenfalls auf ihre Hand. «Ja.»

Mrs. Bernard nickte, als habe sie das erwartet. «Ich schaue mal nach, ob die Heizung richtig funktioniert, dann lasse ich Sie allein. Im Moment müssen Sie noch nicht heizen, aber für heute Nacht ist Frost angesagt.» An der Seitenpforte angekommen, drehte sie sich noch einmal um und rief: «Hier machen sich schon alle möglichen Leute ins Hemd wegen des Hauses. Bevor Sie sich's versehen, stehen die vor der Tür und erklären Ihnen, was Sie alles verkehrt machen.»

«Das sind ja schöne Aussichten», antwortete Daisy kläglich.

«Ich an Ihrer Stelle würde mich gar nicht darum kümmern. Dieses Haus hat die Leute in Merham schon immer aufgeregt, auf die eine oder andere Weise. Ich glaube kaum, dass Sie das ändern können.»

Erst als sie Ellie versorgt und sicher hinter einem Berg von Kissen in dem Doppelbett schlafen gelegt hatte, kamen die Tränen. Daisy saß in dem halb möblierten Haus, übermüdet, einsam und ohne von ihrer Tochter abgelenkt zu werden, und nun konnte sie der Mammutaufgabe, die sie übernommen hatte – die sie ganz allein übernommen hatte – nicht mehr entgehen.

Sie machte sich in der Mikrowelle eine Mahlzeit heiß, zündete sich eine Zigarette an – sie hatte wieder angefangen zu rauchen – und wanderte durch die heruntergekommenen Räume, in denen es nach schimmelnden Stoffen und Bienenwachs roch. Ihre Visionen von Glanzpapierseiten und kahlen, modernen Wänden wichen langsam anderen Bildern: wie sie mit einem schreienden Baby auf dem Arm vor störrischen Handwerkern und einem zornigen Besitzer stand, während draußen eine Meute wütender Einheimischer ihre Ablösung forderte.

Was habe ich da bloß gemacht?, dachte Daisy mutlos. Das ist zu groß, das geht über meine Kräfte. Schon an einem einzelnen Raum könnte ich einen ganzen Monat lang arbeiten. Aber es gab kein Zurück mehr: Die Wohnung in Primrose Hill war leer, und die Möbel standen bei ihrer Schwester in der Scheune. Auf dem Anrufbeantworter von Daniels Mutter hatte sie ein halbes Dutzend Nachrichten für ihn hinterlassen, woraufhin Mrs. Wiener ihr nervös mitgeteilt hatte, sie wisse auch nicht, wo ihr Sohn sich aufhalte. Wenn Daniel sich nicht bei seiner Mutter meldete, würde er sie und Ellie nicht finden können. Falls er überhaupt vorhatte, sie zu suchen.

Daisy dachte an ihre Tochter, die friedlich schlief und nicht ahnte, dass ihr Vater sie verlassen hatte. Wie würde sie die Tatsache bewältigen, dass er sie nicht genug geliebt hatte, um bei ihr zu bleiben? Und wie konnte er Ellie nicht lieb genug haben?

Daisy brach wieder in Tränen aus und weinte fast zwanzig Minuten still vor sich hin, rücksichtsvoll, denn selbst in diesem riesigen Haus war sie noch besorgt, dass sie das Baby stören könnte. Und dann endlich wirkten die beiden Betäubungsmittel, die Erschöpfung und das ferne Ziehen und Zischen des Meeres, und brachten ihr Schlaf.

Als Daisy wieder erwachte, stand auf der vorderen Veranda ein weiterer Karton. Er enthielt zwei Flaschen Vollmilch, eine topographische Karte von Merham und Umgebung und eine kleine Auswahl von altem, aber tadellos erhaltenem Babyspielzeug.

Für ein Baby, das es normalerweise als traumatisches Erlebnis betrachtete, wenn die Mutter sich ans andere Ende des Sofas setzte, und daraufhin einen längeren Schreianfall bekam, fand Ellie sich bemerkenswert schnell in ihrem neuen Zuhause ein. Sie lag auf ihrer Häkeldecke, schaute aus dem großen Fenster und juchzte den kreischenden Möwen zu, die über ihr am Himmel kreisten. Wenn

Daisy die Kleine aufsetzte, beobachtete sie, was ihre Mutter im Zimmer machte, während ihre Händchen damit beschäftigt waren, jeden greifbaren Gegenstand in den Mund zu stecken. Nachts schlief sie oft vier oder fünf Stunden am Stück – zum ersten Mal in ihrem Leben.

Die offensichtliche Zufriedenheit des Kindes mit seiner neuen Umgebung bedeutete, dass Daisy in diesen ersten Tagen einen ganzen Block mit neuen Entwürfen füllen konnte, wobei sie sich von den Skizzen und dem unleserlichen Gekritzel auf einigen Wänden inspirieren ließ, die mehrere Jahrzehnte lang unberührt gewartet hatten. Neugierig hatte Daisy Mrs. Bernard gefragt, wer die Wände so verziert habe, aber diese hatte nur geantwortet, es habe schon immer so ausgesehen, und als sie den Freund ihrer Tochter als Kind dabei erwischt habe, wie er selbst etwas dazukritzelte, habe sie ihn mit dem Besenstiel vertrimmt.

Mrs. Bernard erschien jeden Tag. Daisy konnte sich das anfangs nicht erklären, denn ihre Gesellschaft schien der Älteren kein Vergnügen zu bereiten, und ihre Vorschläge kommentierte sie meistens nur mit herablassendem Naserümpfen. «Keine Ahnung, warum Sie mir das erzählen», sagte die alte Dame einmal, als Daisy über ihre Reaktion enttäuscht zu sein schien.

«Vielleicht weil das Haus mal Ihnen gehört hat?», meinte Daisy, die ihren Ton satt hatte.

«Und jetzt gehört es mir nicht mehr. Es hat keinen Sinn, in der Vergangenheit herumzuwühlen. Wenn Sie wissen, was Sie mit dem Haus vorhaben, müssen Sie sich einfach an die Arbeit machen. Dazu brauchen Sie meine Genehmigung nicht.»

Daisy vermutete, dass das unfreundlicher klang, als es gemeint war.

Der Lockvogel, überlegte sie, musste wohl Ellie sein. Mrs. Bernard näherte sich dem Baby scheu, fast misstrauisch, als rechne sie damit, dass Daisy sie zurückrufen würde. Doch dann nahm sie, nach einem Seitenblick auf die Mutter, die Kleine auf den Arm und trug sie mit wachsendem Selbstvertrauen durch die Zimmer, zeigte ihr dies und das und sprach dabei mit ihr, als wäre sie schon zehn Jahre älter. Offenbar genoss sie die Reaktionen des Babys. «Sie guckt sich gerne die Kiefern an» oder «Blau ist ihre Lieblingsfarbe», verkündete sie dann mit einer Spur von Herausforderung in der Stimme. Daisy hatte nichts dagegen: Sie war dankbar, dass sich außer ihr noch jemand um Ellie kümmerte – das half ihr, sich auf ihre Pläne zu konzentrieren, denn schon jetzt war ihr klar, dass es nahezu unmöglich sein würde, dieses Hotel mit einem anspruchsvollen, vier Monate alten Baby am Hals zu restaurieren.

Mrs. Bernard sprach wenig darüber, welche Rolle sie in der Geschichte des Hauses gespielt hatte, und obwohl Daisys Neugier immer größer wurde, hielt das Verhalten der Vorbesitzerin sie von näherem Nachfragen ab. In einem Gespräch hatte sie Daisy kurz erzählt, sie habe das Haus «ewig» gehabt, ihr Mann sei nie hergekommen, und die Möbel, etwa das Bett und die Kommode im zweitgrößten Schlafzimmer, rührten daher, dass sie das Haus während ihrer Ehe meistens als Schlupfloch benutzt habe. Weiter ließ Mrs. Bernard nichts über ihre Familie verlauten, und Daisy sprach auch nicht über ihre eigene. So lebten sie in einer Art unbehaglicher Eintracht nebeneinander her. Daisy war dankbar für Mrs. Bernards Interesse an Ellie, war sich aber gleichzeitig auch bewusst, dass die ältere Dame eine unterschwellige Missbilligung hegte, die sich sowohl auf Daisys Situation als auch auf ihre Pläne für das Hotel bezog. Sie fühlte sich ein wenig wie eine zukünftige Schwiegertochter, der man zu verstehen gab, dass sie den Ansprüchen nicht ganz genügte.

Am Mittwoch war die Phase, in der Ellie sich so ungewohnt einsichtig verhielt, plötzlich zu Ende. Sie wachte um Viertel vor fünf auf und wollte nicht wieder einschlafen, sodass Daisy um neun bereits vor Erschöpfung schielte und nicht mehr wusste, wie sie ihr quengelndes Baby zufrieden stellen sollte. Es regnete, dunkle, schwere Wolken jagten über den Himmel, sodass sie ins Haus eingesperrt waren, während sich draußen die Sträucher im Wind bogen. Unter ihnen kochte schmutzig grau das Meer, ein bedrohlicher Anblick, der alle romantischen Illusionen über die britische Küste im Keim erstickte. Und ausgerechnet an diesem Tag tauchte Mrs. Bernard nicht auf. Daisy wanderte endlos auf und ab, wiegte und schaukelte das Kind vor ihrer Brust und versuchte dabei, ihre sirupartig zähen Gedanken auf antike Holzdielen und Türgriffe aus poliertem Stahl zu konzentrieren. «Komm, Ellie, bitte, mein Schatz», murmelte sie, aber das Kind jammerte nur noch lauter und heftiger, als wäre allein schon ihre Bitte eine Beleidigung.

Jones erschien um Viertel vor elf, genau zweieinhalb Minuten, nachdem Daisy ihr Töchterchen endlich schlafen gelegt und dreißig Sekunden nachdem sie sich die erste Zigarette des Tages angezündet hatte. Sie schaute sich gerade im Zimmer um, in dem halb geleerte Kaffeetassen und die Reste der Mikrowellenmahlzeit von gestern Abend herumstanden, und fragte sich, welche Arbeit sie zuerst in Angriff nehmen sollte, als er eintrat. Er schlug die Tür hinter sich zu, natürlich, was dazu führte, dass oben ein empörter Schrei aus einer Babykehle die Luft zerriss und Daisy giftig auf ihren neuen Chef losging, der seinerseits ungläubig auf dieses nicht einmal minimalistisch eingerichtete Wohnzimmer starrte.

«Jones», sagte er und schaute zur Decke hinauf, durch die Ellies Geschrei nach unten drang. «Ich nehme an, Sie haben vergessen, dass ich kommen wollte.»

Er war jünger, als Daisy ihn sich vorgestellt hatte, ging eher auf die mittleren Jahre zu, als dass er sie hinter sich ließ, und er sah finsterer aus, als er sich angehört hatte, mit den dunklen Augenbrauen, die sich über der nach einem Bruch schief zusammengewachsenen Nase trafen. Dazu war er groß und leicht übergewichtig, was ihm das unkultivierte Aussehen eines Rugbystürmers verlieh, das aber nicht recht zu den graugrünen Wolltuchhosen und dem teuren, blassgrauen Hemd, der unauffälligen Kluft der Superreichen, passen wollte.

Daisy versuchte, den Lärm ihres Kindes zu überspielen. Sie streckte Jones die Hand hin und verkniff es sich, ihn wegen seiner lauten Rücksichtslosigkeit auszuschimpfen. «Daisy Parsons. Aber das wissen Sie ja. Ellie – Ellie ist heute Morgen etwas schwierig. Sie ist sonst nicht so. Darf ich Ihnen eine Tasse Kaffee holen?»

Er beäugte die Tassen auf dem Fußboden. «Nein, danke. Hier drinnen stinkt es nach Rauch.»

«Ich wollte gerade ein paar Fenster öffnen.»

«Mir wäre es lieber, wenn Sie im Haus nicht rauchen würden. Wenn sich das irgendwie machen lässt. Sie erinnern sich doch, warum ich hier bin?»

Verzweifelt durchforschte Daisy ihr Gedächtnis nach abgespeicherten Informationen. Ihr war, als versuche sie, durch Watte zu schauen.

«Die Dame vom Bauamt. Sie kommt heute Vormittag, um sich die Pläne für die Bäder anzusehen. Und für den Umbau der Garagen. Für die Personalwohnungen.»

Daisy erinnerte sich dunkel an einen Brief, in dem irgend so was gestanden hatte. Sie hatte ihn zusammen mit anderen Papieren in eine Tragetasche gestopft. «Doch», sagte sie, «natürlich.»

Er ließ sich nicht hinters Licht führen. «Möchten Sie vielleicht, dass ich mein Exemplar der Pläne aus dem Wagen hole, damit es wenigstens so aussieht, als wären wir vorbereitet?»

Oben steigerte Ellie sich zu neuen Crescendos. «Ich bin vorbereitet. Ich weiß, dass es hier ein bisschen chaotisch aussieht, aber ich hatte heute Morgen einfach noch keine Gelegenheit, Ordnung zu machen.»

Daisy hatte vor fast drei Wochen mit dem Stillen aufgehört, aber bei Ellies anhaltendem Weinen begann sie, wie sie entsetzt feststellte, zu tropfen. «Ich hole eben meine Akte», sagte sie rasch. «Sie ist oben.»

«Und ich versuche wohl lieber mal, hier aufzuräumen. Die Dame soll wenigstens den Eindruck haben, dass wir was von unserer Arbeit verstehen, oder?»

Daisy zwang sich zu einem Lächeln und lief leise schimpfend nach oben. Im Schlafzimmer beruhigte sie ihr puterrot angelaufenes Kind und durchwühlte dann ihre Reisetasche nach Kleidungsstücken, die professioneller aussahen oder zumindest weder aus Sweatshirtstoff bestanden noch von Ellie vollgespuckt waren. Sie fand einen schwarzen Rollkragenpullover und einen langen Rock, schlängelte sich hinein und stopfte ihren BH mit Papier aus, das jeden weiteren peinlichen Ausfluss aufsaugen sollte. Nachdem sie ihr Haar zu einem Pferdeschwanz zurückgebunden hatte – wenigstens hatte ihre Schwester dafür gesorgt, dass sie es wieder hatte färben lassen –, ging sie wieder nach unten, auf einer Hüfte die mittlerweile friedliche Ellie und unter dem anderen Arm die Mappe mit den Badezimmerplänen.

«Was ist das hier?» Jones hielt einen Packen mit ihren neuen Zeichnungen hoch.

«Bloß ein paar Ideen. Ich wollte mit Ihnen sprechen –»

«Ich dachte, wir wären uns einig. Über die einzelnen Räume. Und über die Kosten.»

«Das weiß ich. Es ist einfach, dass … als ich herkam – das Haus – es war einfach so unglaublich … Es hat mich inspiriert. Da sind mir noch andere Sachen eingefallen –»

«Halten Sie sich an die Pläne, okay? Die Zeit ist jetzt schon knapp. Ich kann mir keine Abschweifungen leisten.» Er knallte die Papiere auf das alte Sofa.

Als Daisy sah, wie ihre Zeichnungen auf den Boden hinunterflatterten, wurde sie sauer. «Ich hatte nicht im Sinn, Ihnen irgendwas zusätzlich zu berechnen», sagte sie spitz. «Ich dachte bloß, Sie wollten die bestmöglichen Entwürfe für das Haus haben.»

«Und ich dachte, ich hätte damals schon die bestmöglichen Entwürfe in Auftrag gegeben.»

Mit einiger Mühe hielt Daisy seinem Blick stand. Gerade weil sie in allem anderen klein beigegeben hatte, war sie entschlossen, sich von diesem Mann nicht überfahren zu lassen. Er glaubte, sie wäre der Sache nicht gewachsen. Das ließ er nur allzu deutlich durchblicken, mit der Art, wie er auf seinem Rundgang durch den Raum ständig seufzte, wie er ihr ins Wort fiel und wie er sie von oben bis unten musterte, als wäre sie etwas Unangenehmes, das gerade im Zimmer aufgetaucht war.

Daisy dachte ganz kurz an Weybridge. Aber da nieste Ellie, grunzte laut und ließ den giftigen Inhalt ihrer Gedärme in ihre saubere Windel schießen.

Einigermaßen besänftigt fuhr Jones wieder ab, denn die Frau vom Bauamt war mit den Plänen einverstanden gewesen. Die inzwischen hygienisch einwandfreie Ellie hatte die Dame, fand Daisy, abgelenkt und so betört, dass sie unter Vorbehalt eine dreispurige Autobahn vom Wirtschaftsraum in den Garten genehmigt hätte. «Wissen Sie, es ist so schön, dass das Haus nach all den Jahren wieder genutzt wird», sagte sie, als sie den Rundgang beendeten. «Und für mich ist es herrlich, zur Abwechslung mal etwas Anspruchsvolles zu sehen. Normalerweise habe ich bloß mit Doppelgaragen und Wintergärten zu tun. Nein, ich glaube, das wird wunderschön, und wenn Sie sich an die Pläne halten, sehe ich auch keine Probleme mit dem Gemeinderat.»

«Ich habe gehört, dass die Einheimischen zum Teil nicht gerade begeistert sind, dass das Haus renoviert wird.» Daisy fing einen scharfen Blick von Jones auf, als sie das sagte.

Aber die Dame vom Bauamt zuckte die Achseln. «Unter uns gesagt, in diesem Nest hier sind die Leute sehr rückständig. Und das schadet ihnen. Die anderen kleinen Seebäder haben ab und zu mal einen Pub oder ein Restaurant am Strand genehmigt, und jetzt ist da das ganze Jahr über Betrieb. Aber in Merham ist man so damit beschäftigt, alles beim Alten zu lassen, dass man den Blick für die Realität verloren hat.» Sie deutete aus dem Fenster auf die Küste. «Ich meine, allmählich verkommt das hier doch. Für junge Leute gibt es gar nichts. Ich persönlich finde, es würde der Stadt nur gut tun, wenn wir ein paar neue Gäste bekämen. Aber sagen Sie das nicht weiter.»

Nachdem sie noch einmal zärtlich Ellies Bäckchen gekitzelt hatte, versprach sie, sich wieder zu melden, und verschwand.

«Ich finde, das ist recht gut gelaufen.» Daisy war entschlossen, ihm eine Anerkennung abzuringen.

«Wie sie schon sagte, die Stadt braucht das Geschäft.»

«Trotzdem, ich bin froh, dass sie die Pläne genehmigt hat.»

«Wenn Sie Ihren Job ordentlich gemacht haben, gibt es keinen Grund, warum sie das nicht hätte tun sollen. So, ich muss zurück nach London, ich habe um fünf eine Besprechung. Wann fangen die Handwerker an?»

Seine Körpergröße hatte etwas Einschüchterndes. Daisy fühlte, wie sie schrumpfte, als er an ihr vorbei zur Tür ging. «Die Klempner kommen am Dienstag, und zwei Tage später fangen die Maurer an, die Küchenwand zu versetzen.»

«Gut. Halten Sie mich auf dem Laufenden. Ich komme nächste Woche wieder. Bis dahin müssen Sie sich aber eine Kinderbetreuung besorgen. Es geht nicht, dass Sie sich mit einem Baby abgeben, wenn Sie eigentlich arbeiten sollen. Oh», er schaute auf Daisys Bauch, «unten aus Ihrem Pullover hängt Toilettenpapier heraus.»

Er verabschiedete sich nicht. Aber immerhin schloss er die Tür leise, als er ging.

In Weybridge stehe immer ein Bett für sie bereit, das solle sie nicht vergessen, hatte ihre Schwester am Telefon zu ihr gesagt. Inzwischen ungefähr drei Mal. Sie hielt Daisy ganz einfach für übergeschnappt, weil sie ihr kleines Baby in eine zugige alte Ruine am Meer mitschleppte, wo sie doch in zentral beheizter Pracht im besten Zimmer von Julias Scheune wohnen konnte und dazu auch gleich noch einen Babysitter aus der Familie in der Nähe gehabt hätte. Doch sie musste ihre Probleme auf ihre Weise lösen, das verstand Julia immerhin. «Aber du sollst wissen, dass ich immer da bin, um die Scherben aufzusammeln.»

«Ich bin kein Scherbenhaufen mehr. Mir geht's prima.» Das klang überzeugender, als Daisy zumute war.

«Zählst du deine Kalorien?»

«Nein. Und ich treibe auch keinen Sport und föhne auch mein Haar nicht. Ich habe zu viel zu tun.»

«Viel arbeiten ist gut. Das hält den Verstand auf Trab. Und dein treuloser Liebhaber? Was von ihm gehört?»

«Nein.» Daisy hatte es aufgegeben, seine Mutter anzurufen. Es war peinlich geworden.

«Also, ich weiß ja, dass du das nicht willst, aber ich hab die Nummer von diesem Amt für ...»

«Julia!»

«Wenn er bei den Erwachsenen mitspielen wollte, hätte er auch wie ein Erwachsener die Konsequenzen einkalkulieren müssen. Hör mal, ich will dir die Nummer nicht aufdrängen, ich sage dir nur, dass ich sie habe. Wenn du bereit bist. Genauso wie die Scheune. Es ist alles da und wartet auf dich.»

Daisy schob Ellie in ihrem Geländebuggy auf dem Küstenpfad entlang und paffte die vierte Zigarette an diesem Vormittag. Julia traute ihr Arcadia nicht zu. Ihre Schwester dachte, sie würde sich kopfüber in das Projekt hineinstürzen und dann zugeben, dass ihr alles zu viel war, die Sache hinschmeißen und nach Hause kommen. Wenn Daisy bedachte, in welcher Verfassung Julia sie gefunden hatte, konnte sie ihr das nicht verübeln. Und, zugegeben, in den letzten Tagen hatte Weybridge einen eigenartigen Reiz bekommen. Am Dienstag waren die Klempner nicht erschienen, obwohl sie es versprochen hatten, weil sie offenbar zu einer Reihe von Notfällen gerufen worden waren. Die Maurer hatten zwar angefangen, die Küchenwand durchzubrechen, aber der Stahlträger zum Abstützen war nicht geliefert worden, sodass sie wieder aufgehört hatten, als das Loch so groß wie ein Auto war, «einfach der Sicherheit wegen». Im Moment saßen sie draußen auf der Terrasse, genossen die Frühlingssonne und schlossen Wetten zum Cheltenham Gold Cup ab. Als Daisy gefragt hatte, ob sie nicht etwas anderes tun könnten, hatten sie ihr lautstark etwas von Sicherheitsvorschriften und chronischem Überlastungssyndrom erzählt. Daisy hatte krampfhaft die Tränen zurückgehalten und versucht, sich nicht vorzustellen, wie anders die Situation ausgesehen hätte, wenn Daniel da gewesen wäre, um ihnen die Meinung zu sagen. Schließlich, nachdem sie den größten Teil des Vormittags am Telefon gehangen und sich mit verschiedenen Lieferanten herumgezankt hatte, hatte sie sich nach draußen gewagt, um frische Luft zu schnappen. Und neuen Tee zu kaufen. Wenn man bedachte, dass sie eigentlich die Projektleiterin war, hatte sie die Anweisung «mit Milch und viel Zucker» um einiges öfter gehört, als ihr lieb war.

Eigentlich war es eine Schande, denn wenn sie in Arcadia nicht so viel Stress gehabt hätte, wäre sie heute Morgen fast fröhlich gewesen. Die Natur schien sich verschworen zu haben, sie aufzumuntern, Meer und Himmel zeigten Blautöne wie im Bilderbuch, die Narzissen nickten fröhlich auf den Beeten, und ein sanftes Lüftchen kündete von den zukünftigen Sommermonaten. Ellie quietschte und krähte den Möwen nach, die vor ihnen herabstießen, weil sie auf ein Stückchen Zwieback aus dem Kinderwagen hofften. Ellies Bäckchen glühten in der frischen Luft wie rote Äpfel. Auch das Städtchen wirkte fröhlicher, was vor allem an den Verkaufsständen auf dem kleinen Marktplatz lag, deren gestreifte Markisen und überquellende Obst- und Gemüsekisten Leben und Farbe in das Grau brachten.

«Weißt du, Ellie», sagte Daisy, «Mummy könnte sich heute Abend ganz luxuriös eine Ofenkartoffel leisten.» Die Mahlzeiten aus der Mikrowelle hatte sie aufgegeben, stattdessen ernährte sie sich jetzt von dicken Scheiben Brot mit Butter oder leerte Ellies Gläschen. Oft war sie selbst dazu zu erschöpft und schlief einfach auf ihrem Platz auf dem Sofa ein. Um fünf erwachte sie dann mit knurrendem Magen.

Daisy blieb eine Weile an einem Stand stehen und lud Möhren für Ellies Brei und Obst für sich selbst in den Wagen. Obst brauchte man nicht zu kochen. Als sie das Wechselgeld entgegennahm, klopfte ihr jemand auf die Schulter. «Sind Sie die junge Frau im Haus von der Schauspielerin oben?»

«Wie bitte?» Daisy erwachte aus ihren biologisch-dynamischen

Träumen. Vor ihr stand eine Frau mittleren Alters in einer grünen Steppjacke von der Art, wie Pferdebesitzer sie schätzten, und mit einem weinroten Filzhut, den sie tief über die Ohren gezogen hatte. An den Waden trug sie, weniger konventionell, dunkelrote Beinwärmer und an den Füßen ein Paar derbe Wanderschuhe. Sie stand, genauso wie ihr von Flöhen geplagter Schäferhund, etwas zu nah vor Daisy.

«Sind Sie die Frau in Arcadia House? Die alles abreißt?»

Ihr Tonfall war so aggressiv, dass mehrere Vorübergehende mit ihren Einkäufen neugierig stehen blieben.

«Ich ‹reiße nicht alles ab›, aber ja, ich bin die Architektin, die in Arcadia House arbeitet.»

«Und stimmt es, dass Sie eine öffentliche Bar einbauen? Um alle möglichen Typen aus London herzulocken?»

«Ja, eine Bar ist vorgesehen. Wer sie besuchen wird, kann ich nicht sagen, weil ich nur für die Einrichtung zuständig bin.»

Das Gesicht der Frau rötete sich zusehends. Ihre Stimme schallte über den Platz wie die Stimme eines Menschen, der seine Meinung gerne hörbar vertritt. Währenddessen schob ihr Hund, scheinbar unbemerkt, seine Nase unangenehm nah an Daisys Schoß heran. Daisy machte eine winzige Bewegung, als wolle sie ihn fortscheuchen, aber er schaute sie mit seinen gelben Augen unverwandt an und kam nur noch näher.

«Ich bin Sylvia Rowan. Die Besitzerin des Riviera. Und ich fühle mich verpflichtet, Ihnen mitzuteilen, dass wir hier kein weiteres Hotel haben wollen. Und schon gar nicht so eins, das alle möglichen unerwünschten Personen anzieht.»

«Ich glaube kaum –»

«Weil das nicht zu unserer Stadt passt. Sie können das ja nicht wissen, aber wir arbeiten hart daran, dass diese Stadt etwas Besonderes bleibt.»

«Merham mag ja durchaus was Besonderes sein, aber ich glaube kaum, dass Sie päpstlicher sein müssen als der Papst.»

Mindestens vier weitere Gesichter rückten jetzt näher und warteten auf das nächste Kapitel in diesem Schlagabtausch. Mit ihrer kleinen Tochter vor sich fühlte Daisy sich verwundbar, und das machte sie ungewöhnlich aggressiv. «Alles, was im Hotel passiert, ist durch die Baugenehmigung abgesichert. Und zweifellos wird auch jede Bar die Genehmigung der zuständigen Behörde erhalten. Bitte entschuldigen Sie mich jetzt …»

«Sie verstehen mich nicht, oder?» Sylvia Rowan pflanzte sich vor Ellies Kinderwagen auf, sodass Daisy nur die Wahl gehabt hätte, in die wachsende Zuschauermenge auszuweichen oder sie umzustoßen. Ob der Hund ihren Schoß nun mit Begeisterung oder mit Boshaftigkeit beäugte, war schwer zu entscheiden.

«Ich wohne mein ganzes Leben lang in dieser Stadt, und wir alle kämpfen hart darum, hier ein gewisses Niveau aufrechtzuerhalten», brüllte Sylvia Rowan und zielte mit ihrer Geldbörse auf Daisys Brust. «Und dazu gehört es auch zu verhindern, dass irgendwelche hergelaufenen Leute unseren Strand mit Bars und Cafés zubauen, wie das in so vielen anderen Seebädern passiert ist. Deswegen lässt es sich hier noch angenehm leben, und die Gäste kommen gern und bleiben auch.»

«Und es hat nichts damit zu tun, dass eine der Bars sich in Ihrem Hotel befindet.»

«Das spielt keine Rolle. Ich wohne schon mein ganzes Leben hier.»

«Wahrscheinlich können Sie deswegen nicht sehen, wie heruntergekommen die Stadt ist.»

«Jetzt hören Sie mal, mein Fräulein. Wir wollen hier kein Unterschichtsmilieu. Und wir wollen nicht von den Betrunkenen überrannt werden, denen es in Soho zu eng wird. Das passt einfach nicht in unsere Stadt.»

«Und das passt auch nicht zu Arcadia House. Nur zu ihrer Information, es wird ein Hotel für gehobene Ansprüche, für Gäste, die gern zwei- oder dreihundert Pfund pro Nacht für ein Zimmer bezahlen. Und diese Leute erwarten Geschmack, Stil und eine ganze Menge Ruhe und Frieden. Bitte halten Sie sich doch an die Tatsachen und lassen Sie mich in Ruhe meiner Arbeit nachgehen.»

Daisy schob den Kinderwagen um sie herum, ohne sich darum zu kümmern, dass aus dem Netz Kartoffeln herauspurzelten, und ging mit forschem Schritt über den Marktplatz zurück. Sie drehte sich noch einmal um und rief gegen den Wind an: «Und Sie sollten Ihren Hund besser erziehen.»

«Junge Frau, Sie können Ihrem Chef sagen, dass das letzte Wort hier noch nicht gesprochen ist», schrie Sylvia Rowan ihr nach.

«Ach, hau doch ab, du grässliche alte Schachtel», murmelte Daisy. Als sie außer Sichtweite war, blieb sie stehen, zündete sich die fünfte Zigarette des Tages an, zog einmal heftig daran und brach dann in Tränen aus.

Kapitel 12

*D*aisy Parsons war zu einer jungen Frau herangewachsen, über die ältere Leute beifällig murmelten: «Ein bezauberndes Geschöpf.» Und das war sie wirklich: Als Kind war sie niedlich gewesen, mit den geringelten blonden Locken eines Miss-Pears-Models, immer zu einem Lächeln bereit und stets darauf bedacht zu gefallen. Sie war auf eine Privatschule gegangen, auf der alle sie gemocht hatten, und hatte für ihre Prüfungen in den Fächern Architektur, Kunst und Design fleißig gearbeitet. Ihre Tutoren bestätigten, dass sie auf ihrem Gebiet «einen guten Blick» besaß. Abgesehen von einem kurzen, missglückten Haarfärbeexperiment mit Pflanzenfarben hatte sie als Jugendliche nichts getan, was ihre Eltern beunruhigt oder ihnen in den frühen Morgenstunden den Schlaf geraubt hätte. Daisy hatte sich nur mit wenigen jungen Männern getroffen, die sorgfältig ausgesucht und im Allgemeinen nett gewesen waren. Sie hatte sie mit Bedauern wieder gehen lassen, normalerweise mit reuevollen Tränen, sodass fast alle ohne Bitterkeit an sie zurückdachten.

Und dann war Daniel gekommen: der große, dunkle, gut aussehende Daniel mit seinen angesehenen Eltern, den beiden Steuerberatern, seinem protestantischen Arbeitsethos und dem entsprechenden Stil. Ein Mann, der bei allen anderen jungen Frauen sofort Unzufriedenheit mit dem eigenen auslöste. Daniel war als Beschützer aufgetaucht, zu einem Zeitpunkt, als Daisy es allmählich müde wurde, selbst auf sich aufzupassen, und beide hatten ihre Rollen in der Beziehung mit dem zufriedenen Geflatter von Hühnern übernommen, die sich zum Schlafen auf der Stange zurechtsetzen. Daniel war die treibende Kraft in der Firma, der Starke, Direkte. Das gab Daisy die Freiheit, auf ihre Weise perfekt zu werden: schön, süß, sexy, voller Vertrauen auf seine Liebe und Bewunderung. Eine bezaubernde junge Frau. Beide sahen die vollkommene Vision von sich selbst in den Augen des anderen gespiegelt, und beide gefielen sich so. Sie stritten sich selten – es gab kaum Grund dazu. Außerdem mochten sie das emotionale Chaos nicht, das beim Streiten entstand, außer wenn sie wussten, dass es sich dabei um ein temperamentvolles Vorspiel handelte.

Auf dieses neue Leben war Daisy überhaupt nicht vorbereitet. Plötzlich wurde sie ständig in ein Rampenlicht aus Missbilligung gestoßen und war fast unaufhörlich in Auseinandersetzungen verwickelt – mit Handwerkern, Stadtbewohnern, Daniels Eltern – und das zu einer Zeit, in der sie sich sehr verletzlich fühlte und ihr nicht einmal mehr ihre alte Rüstung aus Liebreiz zur Verfügung stand. Die Klempner hatten ihr Flehen offenbar überhört und waren auf eine andere Baustelle verschwunden, weil sie mit den Arbeiten in den Bädern erst beginnen konnten, wenn die Maurer mit der Abdeckung des neuen Abwassertanks fertig waren. Die Maurer wiederum konnten die Abdeckung nicht fertig stellen, weil sie noch auf Teile warteten. Die Lieferanten waren anscheinend ausgewandert. Sylvia Rowan, so hörte man, plante eine öffentliche Veranstaltung, um gegen die Entweihung von Arcadia House und die Gefahr für das Niveau, die Sitten und das allgemeine Wohlbefinden von Merhams Bürgern vorzugehen, die bei einem Fortgang der Arbeiten drohte.

Jones seinerseits hatte am Tag nach der Konfrontation auf dem Marktplatz voll kalter Wut angerufen und ihr mit einem Redeschwall klar gemacht, wo sie bisher bereits versagt hatte. Es sei nicht zu fassen, dass sie schon jetzt zeitlich in Verzug seien. Er könne einfach nicht verstehen, wieso der Doppel-T-Träger, als er endlich eingetroffen sei, die falsche Breite gehabt habe. Er habe wenig Vertrauen, dass die Eröffnung im August stattfinden könne, wie er es ursprünglich geplant hatte. Und er zweifle, um ehrlich zu sein, allmählich daran, dass Daisy die Arbeit zu seiner Zufriedenheit beenden wolle und könne.

«Sie geben mir keine Chance.» Daisy kämpfte mit den Tränen.

«Sie haben keine Ahnung, wie viel Chancen ich Ihnen gebe», knurrte er und legte auf.

Mrs. Bernard erschien mit Ellie auf dem Arm in der Tür. «Sie dürfen nicht anfangen zu weinen», sagte sie und nickte zur Terrasse hinüber. «Dann nehmen die sie nicht ernst. Wenn Sie immer gleich losflennen, gelten Sie bei denen als hormongesteuerte Heulsuse.

«Herzlichen Dank, Mrs. Bernard. Das hilft mir wirklich sehr.»

«Ich sage bloß, dass Sie sich nicht unterbuttern lassen sollen.»

«Und ich sage bloß, wenn ich Ihre Meinung hören will, werde ich Sie danach fragen, verdammt nochmal.»

Daisy fegte eine Mappe mit Papieren vom Tisch und marschierte nach draußen, wo sie endlich einen Wutausbruch bekam und die Handwerker anschnauzte, was erst zum zweiten Mal in ihrem Leben passierte – beim ersten Mal hatte es Daniel erwischt, nachdem er zugegeben hatte, dass ihr Schmusehase im Müll gelandet war, weil er farblich nicht in ihr Schlafzimmer passte. Dieses Mal brüllte Daisy so laut, dass man sie bis zur Kirche hin hören konnte. Sie füllte die Luft, die eher an die Rufe von Möwen und Säbelschnäblern gewöhnt war, mit einer erlesenen Auswahl an Drohungen und Schimpfwörtern. Gleichzeitig war zu sehen, wie das Radio auf einer zielgerichteten Flugbahn über den Küstenpfad sauste, bevor es auf den Felsen unten zerschellte. Darauf folgten ein längeres Schweigen und dann Gemurmel und langsames Füßescharren, als sechs kleinlaute Handwerker sich andere Beschäftigungen suchten.

Daisy verschwand ins Haus, die Hände auf die Hüften gestützt, als wären es Pistolenhalfter, lud nach, wie die Handwerker später tuschelten, und war bereit für die nächste Explosion.

Dieses Mal wurde sie mit Schweigen empfangen. Mrs. Bernard und Ellie hatten sich, beide mit einem Lächeln auf den Lippen, wieder in die Küche verzogen.

«Na, und wie geht es da oben?»

Camille faltete die Plastikfolie über der duftenden Creme und schob die Hände ihrer Mutter dann in die vorgewärmten Fäustlinge. Es war die einzige Behandlung, die Mrs. Bernard sich gefallen ließ, einmal in der Woche eine Maniküre. Gesichtsbehandlungen, Ganzkörperpackungen, alles das war Zeitverschwendung, aber ihre Hände hatte sie immer gepflegt. Vor langer Zeit schon hatte sie entschieden: Wenn Berührung zu den wichtigsten Kommunikationsmitteln zwischen ihr und ihrer Tochter zählte, dann sollte diese Berührung immer angenehm sein.

«Es geht so.»

«Findest du es schwierig?»

«Ich?» Mrs. Bernard schniefte. «Nein. Mir ist es egal, was sie damit machen. Aber ich glaube, das arme Mädchen ist ein bisschen überfordert.

«Warum?» Camille ging zur Tür, um nach einer Tasse Tee zu rufen. «Tess hat gesagt, sie hat gehört, dass die Frau mit dem Baby allein ist.»

«Ja, sie ist allein. Und macht ein Gesicht wie sieben Tage Regenwetter. Die Handwerker lachen bloß über sie.»

«Glaubst du, dass sie es schafft?»

«In ihrer jetzigen Form? Wohl kaum. Sie ist ein Angsthase, kriegt kein Bein an den Boden. Keine Ahnung, wie sie ein Hotel renovieren will. Und sie hat nur bis August Zeit.»

«Die Arme.» Camille setzte sich ihrer Mutter gegenüber. «Wir sollten sie mal besuchen. Vermutlich ist sie einsam.» Zielsicher griff sie nach der Creme hinter sich und rieb sich selbst die Hände ein.

«Ich bin dauernd da.»

«Du gehst wegen des Babys hin. Das hab sogar ich mitgekriegt.»

«Wenn ihr einfach reinschneit, sieht das so aus, als hätte ich über sie gesprochen.»

«Das hast du ja auch. Komm, wir machen einen Familienausflug daraus. Katie fände das toll. Sie ist ewig nicht mehr im Haus gewesen.»

«Muss Hal denn nicht arbeiten?»

«Hal hat auch mal ein Recht auf ein freies Wochenende, Mum, genau wie alle anderen.»

Ihre Mutter rümpfte die Nase.

«Wir wollen doch nicht, dass sie sich unterkriegen lässt. Wenn sie weggeht, kommt irgendein Idiot, der goldene Sockel und Jacuzzis und was weiß ich alles einbauen will. Ach, hallo, Tess. Mit Milch und ohne Zucker, wenn du fertig bist. Und außen dran Satellitenschüsseln und jedes Wochenende Vorstandssitzungen.»

«Alles in Ordnung, Mrs. Bernard?»

«Danke ja, Tess. Meine Tochter hier versucht gerade, sich oben in Arcadia einzumischen.

Tess grinste. «Haha, Camille, mit der Bande würde ich mich nicht anlegen. Es wird Krieg um das Hotel geben. Sylvia Rowan war hier und hat den ganzen Morgen herumgebrüllt. ‹Das wäre in den alten Zeiten des Gästehausverbandes nicht passiert›», äffte Tess die Hotelbesitzerin nach.

«Erst recht ein Grund, ein bisschen nett zu der Architektin zu sein. Sie fragt sich bestimmt, auf was sie sich da eingelassen hat», lachte Camille.

Mrs. Bernard schüttelte gereizt den Kopf. «Also gut. Wir fahren am Sonntag hoch. Ich sag ihr, dass sie sich auf eine Invasion gefasst machen soll.»

«Schön. Aber du musst Paps auch mitbringen. Er möchte gerne mal sehen, was sie da macht.»

«Ja, ja, das glaube ich.»

«Wieso?»

«Er denkt, wo das Haus jetzt verkauft ist, werde ich nur noch bei ihm zu Hause hocken.»

Sie kamen alle. Ein Familienausflug der Bernards, wie Camilles Vater es ausdrückte, als er den Frauen aus seinem geliebten Jaguar auf die kiesbestreute Auffahrt half. «Wisst ihr was? Ich kann mich nicht erinnern, wann wir zum letzten Mal alle zusammen weggefahren sind.»

Daisy, die mit Ellie auf der Hüfte in ihrer einzigen guten Bluse in der Tür stand, betrachtete Mr. Bernard voller Interesse. Mrs. Bernard erschien ihr sehr einzelgängerisch, daher fiel es Daisy schwer, sie jetzt neben diesem raubeinigen, aber herzlichen Mann zu sehen, der einen entschuldigenden Blick und Hände wie zwei Schinken hatte. Er trug Hemd und Krawatte, wie solche Männer es am Wochenende immer taten, und auf Hochglanz polierte Schuhe.

«Bei Katies Taufe», rief Camille, die Katie und Rollo die hintere Tür aufhielt. Sie winkte zum Haus hin. «Hallo. Ich bin Camille Hatton.»

«Das zählt nicht», sagte Hal. «Das war eigentlich kein Ausflug.»

«Und ich kann mich nicht dran erinnern», ergänzte Katie.

«Am Muttertag vor drei Jahren, als wir dich und Camille in das Restaurant in Halstead eingeladen haben ... Was war das noch?»

«Überteuert.»

«Danke, Schwiegermutter. Französisch, oder?»

«Das einzige Französische daran war der Gestank aus den Abflussrohren. Ich hab Kuchen mitgebracht.» Mrs. Bernard reichte Daisy die Schachtel, die sie auf dem Schoß gehabt hatte, und nahm dafür die fügsame Ellie aus dem Arm ihrer Mutter entgegen.

«Wie schön», sagte Daisy, die sich allmählich unsichtbar fühlte. «Danke.»

«Wir haben uns prächtig amüsiert», sagte Mr. Bernard, während er Daisy herzlich die Hand schüttelte. «Ich habe Steak *au poivre* gegessen. Das weiß ich noch. Und Katie hatte Meeresfrüchte, nicht wahr, Liebes?»

«Weiß ich nicht mehr», sagte Katie. «Haben Sie wirklich keinen Fernseher?»

«Nein. Nicht mehr. Sie sind der Mann, der mir den Weg erklärt hat», wandte Daisy sich an Hal.

«Hal Hatton. Und Katie haben Sie auch schon gesehen.» Sein Gesicht wirkte jünger und entspannter als bei ihrer ersten Begegnung. «Nett, dass Sie uns eingeladen haben. Ich höre, dass Sie unter Termindruck stehen.» Er trat einen Schritt zurück. «Ich hab das Haus jahrelang nicht gesehen.»

«Sie haben ein paar Wände durchgebrochen und ein paar von den kleineren Schlafzimmern zu Badezimmern gemacht», erklärte Mrs. Bernard. «Heutzutage will anscheinend jeder *en suite* wohnen.»

«Kommen Sie doch mit durch», bat Daisy. «Ich habe ein paar Stühle zusammengesucht und auf die Terrasse gestellt, weil es so ein schöner Tag ist. Aber wir können auch reingehen, wenn Sie möchten. Achten Sie nur auf die Schuttbrocken.»

Erst als sie die Tür aufhielt, wurde ihr klar, dass Camille Hatton nicht sehen konnte. Ihr Hund sah gar nicht wie ein Blindenhund aus. Er trug kein Geschirr, an dem sie sich hätte festhalten können, aber manchmal schaute er sich um, als sei er es gewöhnt, sein Tempo anzupassen. Als Camille am Eingang angekommen war, erschien die Hand ihres Mannes an ihrem Ellbogen und zog sich diskret wieder zurück, als sie die Vordertreppe bewältigt hatte.

«Geradeaus, aber das wissen Sie vermutlich», meinte Daisy ein wenig verlegen.

«Ach, eigentlich nicht», sagte Camille und wandte ihr das Gesicht zu. Ihre Augen waren klar und blau, auch wenn sie vielleicht ein wenig tiefer lagen als normal. «Das hier war immer Mums Haus. Wir hatten nie viel damit zu tun.»

Sie sah nicht wie eine Blinde aus. Daisy hatte zwar keine klare Vorstellung, wie ein blinder Mensch aussehen sollte, aber irgendwie hatte sie eine unscheinbarere Person erwartet. Vielleicht etwas übergewichtig. Jedenfalls keine Frau in Designerjeans und Make-up und mit einer Taillenweite, die wahrscheinlich nur halb so groß war wie ihr Brustumfang. «Sind Sie denn als Kind nicht oft hier gewesen?»

Camille rief nach vorn: «Hal? Ist Katie bei dir?» Sie horchte. «Manchmal waren wir schon hier. Ich glaube, Mum wurde nervös, wenn ich so nah am Klippenrand gespielt habe.»

«Ach so.» Daisy fiel nichts mehr ein, was sie noch hätte sagen können.

Camille blieb stehen. «Sie hat Ihnen nicht erzählt, dass ich blind bin, was?»

«Nein.»

«Meine Mutter lässt sich eben nicht in die Karten gucken. Aber vermutlich ist Ihnen das schon aufgefallen.»

Daisy blieb einen Augenblick stehen und betrachtete die glatte, karamellfarbene Haut und das üppige blonde Haar. Unbewusst griff sie sich in ihr eigenes. «Möchten Sie … ich meine, möchten Sie mein Gesicht betasten oder so?»

Camille lachte. «Nein, bloß nicht. Das kann ich nicht ausstehen. Außer bei der Arbeit, heißt das.» Zögernd berührte sie Daisys Arm. «Und Bärte kann ich schon gar nicht leiden – da kriege ich eine Gänsehaut. So, hat mein Dad es geschafft, sich mal für zwei Minuten von seinem Auto zu trennen? Seit er in Rente ist, kennt er nichts anderes mehr», vertraute sie Daisy an. «Der Wagen und sein Bridge. Und sein Golf. Mein Paps liebt seine Hobbys.»

Sie traten auf die Terrasse hinaus. Hal führte seine Frau zu einem Stuhl, und Daisy beobachtete diese beiläufige Intimität mit einem Anflug von Neid. Sie vermisste es, einen Beschützer zu haben.

«Es war ein schönes Haus, nicht wahr, Schatz?» Mr. Bernard steckte die Autoschlüssel in die Tasche und sah sich nach seiner Frau um. Ein merkwürdiges Gemisch von Gefühlen malte sich auf seinem Gesicht.

«Aber niemand hier in der Gegend hat das je so gesehen.» Mrs. Bernard zuckte die Achseln. «Bis es anfing, sich zu verändern.»

«Ich habe immer gedacht, mit einer Araukarie würde es noch schöner aussehen», sagte Mr. Bernard leise.

Daisy bemerkte, wie die Bernards rasch einen Blick wechselten, dem ein unbehagliches Schweigen folgte.

«Und was halten Sie von Merham?», erkundigte sich Hal.

Da Daisy aus einer Familie kam, die nicht zerrüttet, sondern durch Todesfälle unwiderruflich zerbrochen war, nahm sie automatisch an, dass alle anderen Familien wie die Wieners waren. Daniel hatte ihr das mehr als einmal gesagt, wenn sie von einem seiner Familientreffen zurückkamen und Daisy über die lärmenden Streitereien und den schwelenden Groll, der ebenso regelmäßig aufflammte wie der Grill, schockiert war. Doch trotzdem fiel es ihr schwer, seine Familie nüchtern zu betrachten. Daisy merkte, wie sie versuchte, sich einzufügen und an einer gemeinsamen Familiengeschichte teilzuhaben. Ihrer Meinung nach musste es einfach tröstlich und beruhigend sein, einer Großfamilie anzugehören.

Die Bernards und die Hattons dagegen zeigten eine gezwungene Munterkeit, als würden sie sich dauernd gegenseitig ihre Familienzugehörigkeit bestätigen, und dazu kam eine auffallende Entschlossenheit, nur über Gutes zu sprechen. Über alles äußerten sie sich lobend: über das Wetter, über die Umgebung und über die Kleidung der anderen, und sie neckten sich mit zärtlichen Beleidigungen und machten Anspielungen auf Familienwitze. Eine Ausnahme war Mrs. Bernard, die jedem Anflug von familiärer Rührseligkeit mit der Effektivität eines Kammerjägers, der Ungeziefer totschlägt, den Garaus machte. Genauso wie die Muttertagseinladung nur wegen der stinkenden Kanalisation unvergesslich war, mussten auch alle anderen Geschichten mit bissigen Bemerkungen kommentiert werden, die nur gelegentlich etwas Witziges hatten. So wurde die unendliche Schönheit des Strandes durch die Tatsache beeinträchtigt, dass die Urlauber wegblieben – was ihnen nicht zu verdenken war; das schimmernde neue Auto der Familie fuhr so ruhig, dass ihr dabei schlecht wurde; Camilles Chefin im Salon war wirklich eine aufgetakelte alte Fregatte. Von solchen Spitzen verschont blieben nur Katie, auf die ihre Großmutter offensichtlich stolz war, und das Haus, über das Mr. Bernard anscheinend überhaupt nicht sprechen wollte.

Daisy hatte sich auf den Besuch der Familie mehr gefreut, als sie sich eingestehen wollte, aber nun fand sie den Nachmittag ermüdend. Weil sie noch nie mit einem blinden Menschen zusammen gewesen war, war sie Camille gegenüber linkisch, wusste nicht, wo sie hinschauen sollte, wenn die Blinde sie ansprach, und schwankte, ob sie ihr das Essen direkt auf den Teller legen oder ob sie das lieber Hal, der sich neben seine Frau gesetzt hatte, überlassen sollte. Zweimal war sie über den Hund gestolpert, und beim zweiten Mal hatte er ein höfliches Protestgejaul von sich gegeben.

«Sie brauchen ihr die Sandwiches nicht auch noch in den Mund zu schieben», sagte Mrs. Bernard plötzlich. «Sie ist bloß blind, nicht körperbehindert.»

«Schatz …», sagte Mr. Bernard.

Errötend entschuldigte Daisy sich und machte dabei einen Schritt rückwärts in den Goldregen.

«Sei nicht so grob, Mum. Sie versucht nur, mir zu helfen.»

«Sei nicht so grob, Oma», wiederholte Katie, die ihr Schokoladen-Eclair halb aufgegessen hatte. Sie schaukelte Ellies Autositz mit dem Fuß.

«Ich möchte mich für meine Mutter entschuldigen», fuhr Camille fort. «In ihrem Alter sollte sie das besser wissen.»

«Ich kann es nicht leiden, wenn die Leute so ein Theater um dich machen.»

«Und ich kann es nicht leiden, wenn du dich über meinen Kopf hinweg einmischst. Dann fühle ich mich nämlich wirklich wie eine Behinderte.»

Nach einem kurzen Schweigen griff Camille ungerührt nach ihrem Glas.

«Es tut mir Leid», erklärte Daisy. «Ich wusste einfach nicht, wie Sie zwischen Krabben und Käse unterscheiden.»

«Ach, ich nehme einfach von allem etwas. Auf diese Weise kriege ich normalerweise, was ich will.» Camille lachte. «Oder ich bitte Hal, es mir zu holen.»

«Du bist durchaus in der Lage, selbst für dich zu sorgen.»

«Das weiß ich, Mutter.» Diesmal lag eine gewisse Schärfe in Camilles Ton.

«Ich habe keine Ahnung, wie Sie damit klarkommen, meine Schwiegermutter den ganzen Tag um sich zu haben, Daisy», mischte Hal sich ein. «Die schärfste Zunge an der ganzen Ostküste.»

«Mummy hat gesagt, Oma kann mit ihrer Zunge Papier schneiden», erklärte Katie und löste damit in der ganzen Runde verlegenes Gelächter aus.

Mrs. Bernard jedoch schwieg plötzlich. Sie betrachtete erst ihren gefüllten Teller und sah dann mit ausdrucksloser Miene zu Hal hinüber. «Wie geht das Geschäft?»

«Nicht so toll. Aber in Wix gibt es einen Antiquitätenhändler, der versprochen hat, mir Arbeit zu geben.»

«Vermutlich ist das ein bisschen wie bei mir», sagte Daisy. «In mageren Zeiten geben die Leute kein Geld für Inneneinrichtungen aus.»

«Von diesem Händler redest du schon seit Wochen. Du kannst doch nicht ewig hier herumhängen und warten. Solltest du nicht lieber gleich zumachen? Und versuchen, irgendwo einen Job zu kriegen?»

«Komm, Schatz … nicht hier.» Mr. Bernard legte seiner Frau die Hand auf den Arm.

«Es muss doch Firmen geben, die Schreiner brauchen. Möbelhäuser und so.»

«Ich mache keine Fabrikmöbel, Ma.» Hal gab sich Mühe, weiter zu lächeln. «Ich restauriere Einzelstücke. Das ist Kunsthandwerk. Ein großer Unterschied.»

«Wir hatten in den ersten Jahren auch große Probleme, an Arbeit ranzukommen», sagte Daisy rasch.

«Hal hat ein paar Sachen in Aussicht», meinte Camille und griff unter dem Tisch nach der Hand ihres Mannes. «Die Zeiten sind für alle recht ruhig.»

«So ruhig nun auch wieder nicht», widersprach ihre Mutter.

«Ich lebe im Moment von Tag zu Tag, Ma, aber ich bin auf meinem Gebiet gut. Mein Betrieb ist gut. Ich bin noch nicht bereit, ihn aufzugeben.»

«Ja, aber du musst aufpassen, dass du nicht Bankrott machst. Dann reißt du alle mit dir in den Abgrund. Auch Camille und Katie.»

«Ich habe nicht die Absicht, Bankrott zu machen.» Seine Züge hatten sich verhärtet.

«Es hat noch nie jemand mit Absicht Pleite gemacht, Hal.»

«Jetzt reicht es aber, mein Schatz.»

Mrs. Bernard wandte sich mit kindlich trotzigem Gesicht ihrem Mann zu.

Ein langes Schweigen entstand.

«Möchte noch jemand etwas essen?», fragte Daisy. In einem der Schränke unten hatte sie eine alte, handgetöpferte Schüssel gefunden, die sie nun bis zum Rand mit glänzendem Obstsalat gefüllt hatte.

«Haben Sie auch Eis?», fragte Katie.

«Ich esse kein Obst», meinte Mrs. Bernard und stand auf, um die Teller abzuräumen. «Ich mache uns eine Kanne Tee.»

«Nehmen Sie sich Mummys Kommentare nicht allzu sehr zu Herzen», sagte Camille, die neben Daisy in der Küche auftauchte. «Sie ist eigentlich gar nicht übel … Sie hat bloß eine harte Schale.»

«Und einen harten Kern», witzelte Hal, der hinter seiner Frau in die Küche getreten war. Er folgte ihr auf Schritt und Tritt, hatte Daisy bemerkt. Allmählich war sie sich unsicher, ob er sie beschützen wollte oder ob er sie einfach brauchte.

«Nein, sie ist eine gute Seele. Sie war schon immer etwas – na ja, bissig. Oder wie würdest du das nennen, Hal?»

«Neben deiner Mutter wirkt ein Wolfsgebiss harmlos.»

Camille wandte sich Daisy zu, und diesmal konzentrierte Daisy sich auf ihren Mund. «Aber mit Ihnen versteht Sie sich. Meine Mutter mag Sie.»

«Was? Hat sie das gesagt?»

«Nein, natürlich nicht. Aber das sehen wir.»

«Weil sie nicht um Mitternacht mit geifertriefendem Maul nach Ihrem Blut geheult hat.» Hal grinste.

Daisy wunderte sich. «Ich habe nicht den Eindruck, dass … Es überrascht mich.»

Camille strahlte ihren Mann an. «Es war Mummys Idee, heute mit der ganzen Familie herzukommen. Sie meinte, Sie wären vielleicht einsam.»

Daisy lächelte, aber ihre leise Freude, dass Mrs. Bernard sie anscheinend doch mochte, wurde von dem Gedanken getrübt, dass man sie bemitleidete. Achtundzwanzig Jahre lang war sie ein Mensch gewesen, den alle beneideten, und der Mantel des Mitgefühls passte ihr nicht richtig. «Das war nett. Dass Sie gekommen sind, meine ich.»

«Es war uns ein Vergnügen», meinte Hal. «Um ehrlich zu sein, wir wollten gerne das Haus sehen.» Seine Wortwahl gefiel Daisy nicht, aber seine Frau schien das nicht zu bemerken. «Sie wollte hier oben eigentlich nie Besuch haben, wissen Sie», erklärte Camille und tätschelte Rollo den Kopf. «Es war immer ihr kleines Schlupfloch.»

«Na, so klein ist es auch wieder nicht.»

«Wir sind nur zu bestimmten Gelegenheiten raufgekommen. Und Dad hat es hier nie richtig gefallen, es war also eigentlich nie ein Zuhause für die Familie.»

«Dann wird es Ihnen also nicht fehlen?»

«Kaum. Unbekannte Häuser sind für mich meistens einfach ein Hindernisparcours.»

«Aber hat Ihnen das nichts ausgemacht? Dass Ihre Mutter immer ohne Sie hier hochgekommen ist?»

Camille zuckte die Achseln. «Wir haben es ja nie anders gekannt. Mum brauchte immer ihren eigenen Raum.»

«Vermutlich haben alle Familien ihre Eigentümlichkeiten», meinte Daisy.

«Aber manche mehr als andere.»

Zwei Stunden später schlenderten Hal und Camille Arm in Arm durch Merham nach Hause zurück. Rollo lief ein paar Schritte vor ihnen her, und Katie hatte sich offenbar eine komplizierte Fortbewegungsart auf der Bordsteinkante ausgedacht, bei der sie abwechselnd vorwärts und rückwärts hüpfte. Ab und zu kam sie zu ihren Eltern, warf sich fröhlich zwischen die beiden und verlangte, in die Luft geschwungen zu werden, obwohl sie dazu schon zu groß und zu schwer war. Inzwischen blieb es abends länger hell, und Hundebesitzer und andere abendliche Spaziergänger wirkten weniger verbissen und hielten den Kopf nicht mehr gegen den Wind gesenkt. Hal nickte dem Zeitungshändler zu, der gerade seinen Laden schloss, und dann bogen sie in ihre Straße ein. Katie rannte vor und rief einer Freundin etwas zu, die sie am Ende der Straße erspäht hatte.

«Tut mir Leid, dass Mum so ist.»

Hal legte den Arm um seine Frau. «Ist schon okay.»

«Nein, das ist nicht okay. Sie weiß doch, dass du so hart arbeitest, wie du kannst.»

«Vergiss es einfach. Sie macht sich Sorgen um dich. Ich nehme an, dass alle Mütter das tun würden.»

«Das glaube ich nicht. Jedenfalls wären nicht alle so gemein.»

«Stimmt.» Hal blieb stehen, um Camilles Halstuch neu zu binden, das mit einem Ende unterwegs zu ihren Füßen war. «Weißt du, vielleicht hat sie Recht», sagte er, während er ihr den Mantelkragen wieder zuknöpfte. «Wahrscheinlich hält der Händler mich wirklich hin.» Er seufzte.

«Ist das schlimm?»

«Wir müssen jetzt vollkommen ehrlich zueinander sein, oder?» Er lächelte unfroh, als er die Worte der Eheberaterin wiederholte. «Okay … gut ist es jedenfalls nicht. Ich habe sogar schon daran gedacht, dass ich vielleicht in unserer Garage arbeiten sollte. Ist ja blöd, für eine Werkstatt zu bezahlen, in … in der nichts los ist …»

«Aber Daisy hat doch gesagt, sie könnte vielleicht Arbeit für dich finden –»

«Und sonst kann ich den Betrieb dichtmachen.»

«Ich will nicht, dass du ihn aufgibst. Er ist dir wichtig.»

«Ihr seid mir wichtig, du und Katie.»

Aber ich gebe dir nicht das Gefühl, ein Mann zu sein, dachte Camille. Du fühlst dich immer noch von mir erniedrigt. Der Betrieb scheint das Einzige zu sein, was dich aufrecht hält.

«Ich finde, du solltest der Sache noch etwas Zeit geben.»

Daisy machte es sich mit einem Packen Stoffmuster bequem. Es war Abend, und sie fühlte sich etwas besser. Camille hatte sie in den Salon zu einer Behandlung eingeladen. Das würde bestimmt eine Abwechslung sein. Mrs. Bernard hatte sich bereit erklärt, regelmäßig auf Ellie aufzupassen, und dabei ihre offensichtliche Freude hinter einer Litanei von Bedingungen verborgen. Mr. Bernard hatte, mit einem Blinzeln zu seiner Frau hinüber, gemeint, sie solle sich von den Fieslingen bloß nicht unterkriegen lassen. Und Ellie, von der ungewohnten Aufmerksamkeit erschöpft, war ohne jedes Murren eingeschlafen. Gut gegen die Abendkühle verpackt, saß Daisy nun auf der Terrasse, schaute auf das Meer hinaus und rauchte genussvoll eine Zigarette. Für kurze Zeit fühlte sie sich nicht mehr einsam oder jedenfalls nicht mehr ganz so einsam. Das durfte ruhig ein paar Tage so bleiben. Daher erschien es ihr doppelt unfair, dass die Schicksalsgöttinnen sich in Gestalt ihres Handys, das lange geschwiegen hatte, verschworen hatten, ihr dieses neu gefundene Gleichgewicht schon wieder zu rauben.

Jones war dran und teilte ihr mit – ohne zu fragen, ob es ihr passte –, dass er morgen Abend «ein Gespräch» mit ihr führen wolle. Allein diese Worte legten sich ihr wie eine feuchtkalte Hand ums Herz. Vor sieben Wochen und drei Tagen hatte Daniel sie um «ein Gespräch» gebeten. «Wir gehen irgendwo hin. Damit wir nicht ... abgelenkt werden», erklärte Jones. Daisy wusste, dass er Ellie meinte.

«Ich passe auf sie auf», sagte Mrs. Bernard am nächsten Tag. «Es tut Ihnen gut, wenn Sie mal ein bisschen rauskommen.»

«Wie der Henker zum Verurteilten sagte», brummte Daisy.

Und dann, am Montag, kurz bevor Jones eintreffen sollte, klingelte das Handy wieder. Dieses Mal war es Marjorie Wiener, die ihr atemlos erzählte, sie habe endlich von ihrem Sohn gehört. «Er wohnt bei einem alten Studienfreund. Er sagt, er hat einen kleinen Nervenzusammenbruch.» Sie klang verstört. Aber schließlich hörte Marjorie Wiener sich immer etwas verstört an.

Nachdem Daisy zuerst fast das Herz stehen geblieben wäre, wurde sie ärgerlich, und bald kochte sie vor Wut. Einen Nervenzusammenbruch? Wenn man wirklich einen Nervenzusammenbruch hatte, war man doch so daneben, dass man das gar nicht erkannte, oder? Darum ging es doch in *Catch 22*, oder nicht? Und er konnte es sich leisten, einfach zusammenzubrechen, denn er brauchte sich nicht um ein Kind zu kümmern. Ihrer Meinung nach war so ein Zusammenbruch ein Luxus – sie selbst hatte weder die Zeit noch die Energie dafür.

«Und kommt er zurück?» Daisy fiel es schwer, mit halbwegs normaler Lautstärke zu sprechen.

«Er braucht einfach etwas Zeit, um alles zu verarbeiten, Daisy. Es geht ihm wirklich schlecht. Ich mache mir Sorgen um ihn.»

«Also gut, dann kannst du ihm ausrichten, dass es ihm noch viel schlechter gehen wird, wenn er auch nur in unsere Nähe kommt.

Was glaubt er denn, wie wir ohne ihn überlebt haben? Keine fünf Pfund haben wir von ihm gekriegt.»

«Ach, Daisy, du hättest doch sagen sollen, dass es bei dir knapp ist. Ich hätte dir Geld geschickt ...»

«Als ob es darum ginge, Marjorie. Du bist nicht für mich verantwortlich. Daniel hatte die Verantwortung, die Scheißverantwortung für uns beide!»

«Wirklich, Daisy, diese Ausdrucksweise ist nicht angebracht –»

«Will er mich anrufen?»

«Das weiß ich nicht.»

«Was? Er hat dich gebeten, mich anzurufen? Sechs Jahre waren wir zusammen, wir haben ein Kind, und plötzlich kann er nicht mal mehr persönlich mit mir sprechen?»

«Hör mal, ich bin im Moment auch nicht besonders stolz auf ihn, aber er ist nicht ganz bei sich, Daisy. Er –»

«Was soll das denn heißen? Nicht ganz bei sich! Er ist jetzt Vater, Marjorie. Oder wenigstens sollte er das sein. Hat er eine andere? Ist es das?»

«Ich glaube nicht, dass es eine andere gibt.»

«Du glaubst es nicht?»

«Ich weiß es. Das würde er dir nicht antun.»

«Na ja, es hat ihm anscheinend nichts ausgemacht, mir so ziemlich alles andere anzutun.»

«Bitte, reg dich nicht so auf, Daisy. Ich weiß, dass es schwer ist, aber –»

«Nein, Marjorie. Es ist nicht bloß schwer. Es ist vollkommen unmöglich! Er hat mich fast ohne Erklärung sitzen lassen, und jetzt kann er sich nicht mal überwinden, mit mir zu sprechen. Ich musste unsere Wohnung räumen, weil er sich nicht überlegt hat, dass ich kein Geld habe, um mich und unser gemeinsames Kind zu ernähren. Ich sitze auf einer Baustelle am Arsch der Welt fest, weil Daniel ein verdammtes Projekt übernommen hat und gar nicht daran denkt, es auch auszuführen –»

«Also, das ist wohl kaum fair.»

«Fair? Willst du mir etwa sagen, was fair ist? Marjorie, nichts für ungut, aber jetzt lege ich auf. Ich … Nein, ich höre nicht mehr zu. Ich lege jetzt –»

«Daisy, ach, Daisy, wir würden das Baby so gerne sehen –»

Zitternd setzte sie sich hin, das ausgeschaltete Handy in der geballten Faust, und Marjories zaghafte Bitte erstickte unter ihrer wachsenden Empörung. Er hatte nicht einmal daran gedacht zu fragen, wie es seiner Tochter ging, obwohl er sie seit mehr als sechs Wochen nicht gesehen hatte. Wer war dieser Mann, den sie geliebt hatte? Was war mit Daniel passiert? Daisys Gesicht verzog sich, und sie ließ den Kopf auf die Brust sinken und staunte, dass der Kummer sich immer noch so sehr körperlich zeigen konnte.

Und während sie noch darum kämpfte, ihren Zorn und den Ärger über die Ungerechtigkeit für sich zu behalten, fragte schon eine leise Stimme, ob sie überhaupt so in Wut hätte geraten dürfen. Sie wollte doch nichts tun, was ihn von der Rückkehr abhalten könnte, oder? Was würde Marjorie ihm jetzt erzählen?

Plötzlich wurde Daisy bewusst, dass noch jemand im Raum war, und als sie sich umdrehte, sah sie Mrs. Bernard reglos in der Tür stehen, mit Ellies schmutziger Wäsche auf dem Arm. «Ich nehme die Sachen heute Abend mit und stecke sie in die Waschmaschine. Dann brauchen Sie nicht zum Waschsalon zu laufen.»

«Danke», sagte Daisy und unterdrückte ein Schniefen.

Mrs. Bernard stand immer noch in der Tür und schaute sie an. Daisy hätte sie am liebsten weggeschickt. «Wissen Sie, manchmal muss man einfach weitergehen», sagte die Ältere jetzt.

Abrupt blickte Daisy auf.

«Um weiterzuleben. Manchmal muss man einfach weitergehen. Das ist die einzige Möglichkeit.»

Daisy öffnete den Mund, als wollte sie etwas sagen.

«Gut. Wie gesagt, ich nehme die Wäsche mit, wenn ich heute Abend gehe. Die Kleine ist ganz problemlos eingeschlafen. Ich habe ihr die zweite Decke übergelegt, bei dem Ostwind ist es ein bisschen frisch.»

Ob es nun der Wind war oder die Wieners, Daisy befiel eine Art Tollkühnheit. Sie rannte nach oben und zog ihre schwarze Hose an – zum ersten Mal seit Ellies Geburt passte sie hinein – und die rote Chiffonbluse, die David ihr zum Geburtstag geschenkt hatte, damals, bevor sie schwanger geworden war und sich in die Obhut zeltartiger Kleidungsstücke hatte begeben müssen. Die Kombination aus Stress und gebrochenem Herzen konnte zwar dem Seelenfrieden enormen Schaden zufügen, dachte sie, aber ihre Wirkung auf die Figur war großartig. Dazu wählte sie Stiefel mit hohen Absätzen und ungewöhnlich viel Make-up. Lippenstift war etwas Wunderbares für das Selbstwertgefühl, hatte ihre Schwester gesagt. Allerdings sah man Julia auch niemals ohne, selbst dann nicht, wenn sie mit Schnupfen im Bett lag.

«Durch die Bluse kann man Ihren BH sehen», bemerkte Mrs. Bernard, als sie die Treppe herunterkam.

«Gut», sagte Daisy spitz. Von Mrs. Bernards verdrießlichen Bemerkungen würde sie sich schon gar nicht verunsichern lassen.

«Aber vielleicht sollten Sie das Etikett in den Kragen stecken.» Mrs. Bernard schmunzelte. «Sonst gibt es Gerede.»

Als Jones mit seinem Saab in Merhams Hauptstraße einbog und in Richtung Stadtpark weiterfuhr, rieb er sich die Stirn. Kurz nach Canary Wharf hatte sein Kopf angefangen zu pochen, und als er die A 12 halb hinter sich hatte, hatte sich das leichte Pulsieren über den Augen in bohrende Kopfschmerzen verwandelt. Einer Eingebung folgend, hatte er sein Handschuhfach durchwühlt und die Pillen gefunden, die Sandra, seine Sekretärin, dort heimlich deponiert hatte. Wirklich ein Goldstück, diese Frau. Er würde ihr Gehalt erhöhen. Falls er das nicht schon vor drei Monaten getan hatte.

Dass er das Paracetamol fand, war der einzige Höhepunkt in dieser Woche voller Tiefschläge. Alex, seine Exfrau, hatte ihm eröffnet, dass sie heiraten würde. Einer seiner ältesten Barkeeper hätte sich um ein Haar mit zwei einflussreichen Journalisten geprügelt, die beschlossen hatten, nackt auf dem Pooltisch Ball zu spielen. Es war ja gar nicht ihre Nacktheit gewesen, hatte der Barmann hinterher im Gespräch mit Jones protestiert, sondern dass sie sich geweigert hatten, ihre Gläser von dem Filzbezug herunterzunehmen. Aber jetzt verging kaum ein Tag, an dem es nicht in den Klatschspalten hieß, der Klub Red Rooms habe «seine Glanzzeit hinter sich» oder sei «kurz vor der Pleite», und mit seinen Bemühungen, die Journalisten mit einer Kiste Whisky zu umwerben, war er gründlich baden gegangen, denn sie hatten sofort über diese Geste berichtet und sie als «verzweifelt» gebrandmarkt.

Noch dazu sollte in einem Monat zwei Straßen weiter ein Konkurrenzunternehmen – der Klub Opium Rooms – eröffnet werden, der von der Zielgruppe, dem Ambiente und dem Firmenethos her dem Red Rooms verdächtig ähnelte. Die bevorstehende Eröffnung sorgte in den Kreisen, die Jones bisher als seine eigenen betrachtet hatte, bereits für Aufregung. Aus diesem Grund war die Rückzugsmöglichkeit in Merham so wichtig geworden. Man musste immer einen Schritt voraus sein und neue Wege finden, um die Mitglieder bei der Stange zu halten.

Und jetzt versaute diese Zimtzicke ihm alles. Er hatte schon vermutet, dass sie der Sache nicht gewachsen war, damals, als sie gejammert hatte, er würde «zu einem ungünstigen Zeitpunkt» anrufen. Er hätte auf seinen Instinkt hören sollen: Im Geschäftsleben gab es keine ungünstigen Zeitpunkte. Wenn man professionell arbeitete, dann legte man einfach los und machte den Job. Keine Vorwände, keine Ausflüchte. Deswegen arbeitete er nicht gern mit Frauen zusammen – sie hatten immer gerade Regelschmerzen oder Probleme mit ihrem Freund und konnten sich deswegen nie ganz auf ihre Aufgabe konzentrieren. Und wenn man sie deswegen zur Rede stellte, flossen normalerweise Tränen. Abgesehen von seiner Sekretärin gab es eigentlich nur zwei Frauen, mit denen er sich auch nach all den Jahren noch vollkommen wohl fühlte: Carol, seine langjährige PR-Frau, die nur eine gezupfte Augenbraue heben musste, um ihre Missbilligung zu äußern, und Alex, die einzige Frau außer diesen beiden, auf die er weder besonderen Eindruck machte noch Angst einjagte. Aber Alex heiratete jetzt.

Als sie es ihm erzählt hatte, war sein erster, kindischer Wunsch gewesen, sie noch einmal um ihre Hand zu bitten. Sie hatte laut losgelacht. «Du bist unverbesserlich, Jones. Das waren doch für uns beide die schlimmsten achtzehn Monate unseres Lebens. Und außerdem willst du mich erst jetzt, wo jemand anders mich nimmt.» Was, wie er zugeben musste, zum Teil stimmte. In den Jahren seit ihrer Scheidung hatte er gelegentlich Annäherungsversuche gemacht, die sie taktvoll abgewehrt hatte – was ihn insgeheim erleichtert hatte. Aber beide hatten sehr viel Wert darauf gelegt, dass ihre Freundschaft weiter bestand, was, wie er wusste, Alex' neuem Partner ein Dorn im Auge war. Und jetzt ging sie weiter, und alles würde anders werden. Damit gehörte ihre Beziehung endgültig der Vergangenheit an.

Nicht, dass er keine Ablenkung gehabt hätte. Wenn man einen Klub leitete, war es ganz einfach, sich vernaschen zu lassen. Anfangs hatte er häufig mit den Kellnerinnen gepennt. Normalerweise waren das hochgewachsene, schlanke Frauen, die Schauspielerin oder Sängerin werden wollten und alle hofften, beim Getränkeservieren einen Produzenten oder einen Intendanten aufzugabeln. Er hatte jedoch schnell gemerkt, dass seine Unbekümmertheit zu Rivalitäten, tränenreichen Forderungen nach Lohnerhöhungen und schließlich dem Verlust von guten Arbeitskräften führte. In den letzten anderthalb Jahren hatte er daher wie ein Mönch gelebt. Na ja, wie ein leicht promiskuitiver Mönch. Ab und zu lernte er ein Mädchen kennen und nahm sie mit, aber es befriedigte ihn immer weniger, und er kränkte sie stets, weil er sich hinterher nie an ihre Namen erinnern konnte. Meistens war es das ganze Theater nicht wert.

«Jones. Hier ist Sandra. Tut mir Leid, dass ich dich beim Fahren störe, aber der Termin für deine Konzessionsvergabe ist da.»

«Und?» Er fummelte mit seinen Kopfhörern herum.

«Fällt mit deinem Trip nach Paris zusammen.»

Jones stieß einen Fluch aus. «Du musst anrufen. Sag ihnen, sie sollen mir einen anderen Termin geben.»

«Für Paris?»

«Nein. Für die Schankkonzession. Sag ihnen, ich kann zu dem Termin nicht.»

Sandra schwieg. «Ich rufe dich wieder an», sagte sie dann.

Jones steuerte den Saab den Berg hinauf nach Arcadia. Probleme, nichts als Probleme. Manchmal hatte er das Gefühl, er würde nichts anderes machen, als das Chaos, das andere Leute anrichteten, wieder zu entwirren, statt einfach das zu tun, was er am besten konnte.

Er stellte den Motor ab und blieb noch einen Moment lang sitzen. Sein Kopf tat noch weh, und sein Hirn war so überanstrengt und voll gestopft, dass er die Stille nicht genießen konnte. Und jetzt ging das weiter. Diese Frau musste gehen. Das war das Beste. Er war immer dafür, eine Situation abzubrechen, bevor sie unerträglich wurde. Er würde die andere Firma nehmen, die in Battersea. Aber sie sollte bitte, bitte nicht in Tränen ausbrechen.

Jones griff ins Handschuhfach, schaufelte sich weitere Kopfschmerztabletten in den Mund und hatte etwas Mühe, sie trocken hinunterzuschlucken. Seufzend stieg er aus und ging zur Haustür. Noch ehe er klingeln konnte, öffnete sie sich. Mrs. Bernard stand vor ihm, mit diesem ruhigen Blick, der zu sagen schien, dass sie genau wusste, was man im Schilde führte. Auch darauf konnte er verzichten.

«Mr. Jones.»

Er brachte es nie über sich, sie zu korrigieren.

«Ich hatte nicht damit gerechnet, Sie hier anzutreffen.» Er beugte sich zu ihr hinab und gab ihr einen Kuss auf die Wange.

«Weil Sie nie Kinder gehabt haben.»

«Wie bitte?»

«Jemand muss doch auf das Baby aufpassen.»

«Ach so.» Er trat ein und betrachtete die Wände mit den halb abgerissenen Tapeten und die Schutthaufen. «Ja.»

«Hier tut sich was.»

«Das sehe ich.»

Mrs. Bernard drehte sich um und ging durch den Flur, wobei sie sorgfältig den Farbeimern auswich. «Ich sage ihr, dass Sie da sind. Sie telefoniert gerade mit den Klempnern.»

Jones ließ sich auf einer Stuhlkante nieder und sah sich in dem halb fertigen Raum um. Es roch muffig, nach trocknendem Putz und frisch repariertem Fußboden. In der Ecke stand eine Aluminiumpyramide mit Farben von Farrow und Ball, und über die Lehne des wackligen alten Sofas flossen Stoffbahnen herab. In die Wände gestemmte Rinnen zergliederten das Zimmer wie ein Netz aus Blutgefäßen und zeigten, wo Kabel herausgerissen und neu verlegt worden waren. Kataloge auf dem Fußboden boten Lampenfassungen an: «Miami», «Austen» und «Blink».

«Das waren McCarthy und seine Leute. Sie fangen morgen mit den beiden vorderen Bädern an.»

Jones blickte von den Katalogen auf und sah eine Frau, die er nicht wiedererkannte, mit dem Handy in der Hand eintreten.

«Ich hab ihnen angedroht, dass wir ihnen Geld abziehen, falls es noch weitere Verzögerungen gibt. Wir hätten im Kleingedruckten für jeden verlorenen Tag ein Prozent vereinbart, habe ich gesagt.»

«Stimmt das denn?», fragte Jones.

«Nein. Aber ich vermute, dass er zu faul ist, um es nachzuprüfen, und es hat ihm offenbar Beine gemacht. Er hat versprochen, dass er die Arbeit, die er gerade macht, unterbricht und morgen früh um neun hier ist. Wollen wir los?» Sie holte ihre Brieftasche, ihre Schlüssel und einen Aktenordner aus einer Tasche auf dem Fußboden.

Jones widerstand dem Drang, auf die Suche nach der Frau zu gehen, an die er sich erinnerte, die etwas aufgeweicht wirkte, formlose alte Klamotten anhatte und ein Baby auf der Hüfte herumschleppte. Diese hier sah weder aufgelöst noch verheult aus. Ja, diese hier hätte glatt in seinen Klub gepasst. Sie trug eine Bluse, unter der ein schwarzer BH zu erkennen war, der ein paar faszinierende Brüste erahnen ließ.

Sie wartete. «Gibt's ein Problem?» In ihren funkelnden Augen lag etwas wie Herausforderung oder auch Aggression, aber jedenfalls zogen seine Eier sich unerwartet zusammen.

«Nein», sagte er und folgte ihr nach draußen.

Sie entschieden sich für das Riviera – auch, sagte Jones, um dem Gegner auf den Zahn zu fühlen, aber vor allem weil es in Merham weder Pubs noch Bars gab. Wer außerhalb seiner vier Wände etwas trinken wollte, tat das im Hotel oder in einem der beiden Restaurants mit Alkoholausschank, oder aber er verließ die Stadt. Unter normalen Umständen – soweit man an ihrem derzeitigen Leben überhaupt etwas als normal betrachten konnte – hätte Daisy es einigermaßen unangenehm gefunden, das Riviera zu betreten. Aber dieser Abend und ihre rote Chiffonbluse und die Tatsache, dass sie Jones trotz seines wilden Gehabes offenbar schon aus dem Gleichgewicht gebracht hatte, stimmten Daisy optimistisch, sodass sie in behaglichem Schlenderschritt neben ihm in die Bar spazierte.

«Darf ich mal die Weinkarte sehen?» Jones lehnte sich mit seiner beträchtlichen Masse an die Bar. Dahinter stand ein junger, pickliger Mensch, der kaum seinen Hemdkragen ausfüllte und sein Gewisper mit einer kichernden Kellnerin mit schlecht verhohlenem Ärger unterbrach. Im Raum befanden sich noch zwei weitere Paare: ein älteres, das zufrieden schweigend das Meer betrachtete, und zwei Männer, wohl Geschäftspartner, die über ein paar Zahlen auf einem Notizblock diskutierten.

Während Jones brummelnd die Weinkarte studierte, schaute Daisy sich in dem Raum mit den hohen Fenstern und dem Meerblick um. Die Sonne ging gerade unter, aber nichts in dieser Bar lockte den Gast, sich gemütlich niederzulassen und auf das Meer zu lauschen, während es schwarz wie Tinte wurde. Eigentlich hätte der Raum schön sein können, aber er war von oben bis unten mit Rüschen und Krimskrams voll gestopft. Der Stoff mit dem apricotfarbenen Blumenmuster tauchte überall auf: die Gardinen, die Schabracken, die Sitzbezüge, selbst die Manschetten um die Blumentöpfe herum waren daraus gefertigt. Die Tische bestanden aus weiß lackiertem, übermäßig stark verschnörkeltem Gußeisen, sodass man sich eher in ein Café als in eine Bar versetzt fühlte. Aber, dachte Daisy, den Gästen nach zu urteilen, wurde wahrscheinlich auch mehr Tee als Alkohol ausgeschenkt.

«Siebzehn Pfund für so was Ähnliches wie Liebfrauenmilch», knurrte Jones. «Kein Wunder, dass der Laden nicht gerade brummt. Möchten Sie denn überhaupt Wein?»

«Nein», log Daisy. «Aber das ist schon okay.» Sie hätte sich liebend gern eine Zigarette angezündet, aber das hätte ihm moralisch gesehen irgendwie einen Vorsprung gegeben.

Sie suchten sich einen Ecktisch aus und Jones setzte sich im rechten Winkel zu ihr. Er schenkte ihre beiden Weingläser voll und musterte Daisy dann aus den Augenwinkeln, als versuche er, etwas herauszufinden.

«Scheußliche Einrichtung», sagte sie

«Hier war ich als Erstes, als ich das Haus besichtigt habe. Ich wollte sehen, was so angeboten wird. Wer das verbrochen hat, gehört erschossen.»

«Mit Kieselrauputz beworfen, bis er's einsieht.»

Jones hob eine Augenbraue.

Daisy schaute wieder auf ihr Weinglas. Ihm war also nicht nach Scherzen zumute. Blödmann. Sie dachte kurz an Ellie, fragte sich, ob sie unter Mrs. Bernards Obhut wohl durchschlafen würde. Dann schob sie den Gedanken beiseite und trank langsam einen Schluck Wein.

«Ich nehme an, Sie wissen, warum ich hier bin», sagte Jones schließlich.

«Nein.» Die zweite Lüge heute Abend.

Er seufzte und betrachtete seine Hände. «Ich bin nicht zufrieden damit, wie das hier läuft.»

«Ich auch nicht», unterbrach Daisy. «Eigentlich klappt es erst in den letzten Tagen richtig gut. Ende der Woche haben wir, denke ich, die verlorene Zeit aufgeholt.»

«Aber das reicht eigentlich nicht –»

«Nein, da haben Sie Recht. Und ich habe den Maurern auch gesagt, dass ich nicht zufrieden bin.»

«Es sind nicht bloß die Maurer –»

«Nein, ich weiß. Auch die Klempner. Aber die spuren jetzt, wie gesagt. Und ich glaube, ich kann ihnen ein bisschen von der Rechnung abziehen, sodass wir vielleicht unter der Endsumme bleiben.»

Jones schwieg eine Weile und schaute sie unter seinen dunklen Brauen misstrauisch an. «Sie machen es mir nicht gerade leicht, was?»

«Nein.»

Ohne zu blinzeln, starrten sie sich ein Weilchen an. Daisy war sehr ruhig. Noch nie hatte sie einem Blick so lange standgehalten, selbst bei Daniel nicht. Sie war immer die Versöhnliche gewesen. Es war ihre Natur.

«Ich kann es mir nicht leisten, in Verzug zu geraten, Daisy. Für mich hängt viel davon ab.»

«Für mich auch.»

Er rieb sich die Stirn und überlegte. «Ich weiß nicht ...», murmelte er. Und dann noch einmal: «Ich weiß nicht.»

Dann hob er plötzlich und unerwartet sein Glas. «Ach, zum Teufel. Ich sehe ja, dass sie seit unserem letzten Treffen den Leuten Feuer unterm Hintern gemacht haben, also machen Sie weiter. Erst mal jedenfalls.» Er wartete, bis auch Daisy ihr Glas hob. Sie stießen an. «Gut. Lassen Sie mich nicht hängen.»

Für eine Flasche Mückenpisse, wie Jones es taktvoll formulierte, trank der Wein sich bemerkenswert gut. Daisy hatte seit der Entbindung nichts Stärkeres als *Irn Bru* zu sich genommen, und der Kick, den der Alkohol ihr gab, erinnerte sie an ihr altes Selbst, er war ein willkommenes Zeichen dafür, dass eine andere Daisy auf ihren Auftritt wartete.

Sie bekam so rasch einen Schwips, dass sie alle Hemmungen vor dem Mann neben sich vergaß und ihn so behandelte, wie sie vor Ellies Geburt jeden Mann behandelt hätte. Sie versuchte, mit ihm zu flirten. «Und wie heißen Sie wirklich?», fragte sie, als er die zweite Flasche bestellte.

«Jones.»

«Nein, mit Vornamen.»

«Den benutze ich nicht.»

«Wie … zeitgemäß.»

«Sie meinen, wie eingebildet», knurrte er.

«Nein. Na ja, doch. Das ist es schon ein bisschen, wenn man sich nur einen Namen gibt. So wie Madonna.»

«Sie sollten mal ausprobieren, wie das ist, in Südwales mit einem Vornamen wie Inigo aufzuwachsen, dann würden Sie schon merken, wohin das führt.»

Daisy hätte fast ihren Wein ausgespuckt. «Das ist nicht Ihr Ernst», sagte sie. «Inigo Jones?»

«Meine Mutter hat sich sehr für Architektur interessiert. Sie sagte, ich wäre im Wilton House in Wiltshire gezeugt worden … Das Problem ist, dass sie inzwischen herausgekriegt haben, dass Inigo Jones das Haus gar nicht selbst geplant hat. Sondern sein Neffe.»

«Wie hieß der?»

«Webb. James Webb.»

«Webb», probierte Daisy. «Webby. Nein, das hat nicht den gleichen Klang.»

«Nein.»

«Ach, wenigstens erklärt das, warum Sie so einen guten Blick für Gebäude haben.» Sie war schamlos. Aber es gab da jemanden, der sie mögen sollte, verflixt nochmal, und dafür waren ihr alle Mittel recht.

Jones sah sie prüfend an.

«Es wird phantastisch», sagte sie entschlossen.

«Das will ich auch geraten haben.» Jones leerte sein Glas. «Aber wenn Sie darauf bestehen, die Fenster von Hand anfertigen zu lassen, kriegen wir Streit. Ich hab mir die Zahlen gestern nochmal genauer angeguckt. Für Badezimmerfenster ist das einfach zu teuer.»

Daisy sah auf. «Aber sie müssen maßgefertigt sein.»

«Warum? Wer guckt sich denn ein Badezimmerfenster an?»

«Das ist es nicht. Es geht um den Stil, um den Stil des Hauses. Maßgefertigte Fenster sind was Besonderes. Man kann sie nicht im Baumarkt kaufen.»

«Aber dafür bezahle ich nicht.»

«Sie haben den Kostenvoranschlag bewilligt. Vor ein paar Wochen schon.»

«Ja, aber da hatte ich keine Zeit, mir das Kleingedruckte durchzulesen.»

«Wenn Sie das so sagen, klingt es, als wollte ich Sie betrügen.»

«Seien Sie nicht so melodramatisch. Ich hab's mir jetzt einfach genauer angeguckt, und ich sehe nicht ein, warum ich handgemachte Fenster an einer Stelle bezahlen soll, wo sie ohnehin kein Schwein sieht.»

Die Spur von Herzlichkeit war im Nu wieder verflogen. Daisy spürte das wohl, und sie wusste, dass sie einen Rückzieher hätte machen sollen, um noch etwas zu retten. Aber sie konnte nicht. Die Fenster waren zu wichtig.

«Sie haben die Fenster abgesegnet.»

«Ach, hören Sie doch damit auf, Daisy. Wir wollen schließlich als Partner zusammenarbeiten. Und das klappt nur, wenn Sie nicht am Buchstaben kleben.»

«Nein, es klappt nur dann, wenn Sie nicht anfangen, Dinge zurückzunehmen, die Sie längst bewilligt hatten.»

Jones griff in seine Innentasche, holte ein Päckchen Tabletten heraus und steckte sich zwei in den Mund. «Ich vermute mal, dass Sie in Ihrer Partnerschaft nicht diejenige waren, die für den Bereich Unterhaltung und Bewirtung zuständig war.»

Daisy war gekränkt. Mit eisiger Stimme sagte sie: «Das ist richtig, aber Sie haben mich ja nicht wegen meiner zwischenmenschlichen Fähigkeiten eingestellt.»

«Ach, kommen Sie, ich kann diese Zankerei nicht ausstehen. Lassen Sie uns was essen gehen. Ich habe bisher noch keine Frau gefunden, mit der ich mich auf vollen Magen streiten konnte.»

Daisy biss sich auf die Zunge.

«Okay, Daisy. Sie kennen die Gegend. Suchen Sie was Schönes aus. Was mir gefallen könnte.»

Die Terrassen von Arcadia House breiteten sich in Stufen über den Hang aus, die Kanten wurden von wuchernden Büschen abgemildert, und auf den Pflastersteinen lag das sanfte Licht aus den Fenstern. Darunter, auf dem Küstenpfad, spazierten Menschen, die noch nach unten an den Strand wollten oder die bergauf auf dem Heimweg waren. Sie nahmen das wuchtige Gebäude über sich kaum zur Kenntnis.

«Das Haus wirkt gut von hier unten», sagte Jones und stopfte sich eine Hand voll Pommes frites in den Mund. «Es ist immer gut, so was mal aus einem anderen Blickwinkel zu sehen.»

«Ja.»

«Allerdings ist es nicht ganz der Blickwinkel, den ich erwartet hatte, dass muss ich zugeben.»

Er war, fiel Daisy auf, während sie auf der Ufermauer saßen, nicht gerade ein besonders fröhlicher Mann. Aber gefüttert, getränkt und von seinen Kopfschmerzen befreit war er kein so anstrengendes Gegenüber mehr. Sie merkte, dass sie sich bemühte, ihn zum Lachen zu bringen, dass sie ihn zwingen wollte, sie zu bewundern. Männer, die nichts preisgaben, hatten bei ihr immer diese Wirkung.

Daniel war das genaue Gegenteil: Er zeigte seine Gefühle – seine Bedürfnisse, seine Leidenschaft, seine Unbeherrschtheit –, und Daisy war diejenige gewesen, die sich zurückhielt. Bis zu Ellies Geburt. Das alles hatte bis zu Ellies Geburt gegolten. Daisy schaute auf das Haus, in dem ihr Kind – hoffentlich – schlief, und fragte sich, nicht zum ersten Mal, was geschehen wäre, wenn sie Ellie nicht bekommen hätten. Wäre Daniel geblieben? Oder hätte ihn etwas anderes in die Flucht geschlagen?

Sie veränderte ihre Sitzposition, denn sie merkte, wie die Kälte der Ufermauer durch ihren Hosenboden drang. Sie war betrunken, stellte sie fest, und das machte sie rührselig. Daisy richtete sich gerade auf und versuchte, sich zusammenzureißen. «Haben Sie Kinder?»

Er aß die letzten Pommes, knüllte das Papier zu einem Ball zusammen und legte es neben sich. «Ich? Nein.»

«Nie verheiratet gewesen?»

«Doch, aber keine Kinder, zum Glück. Es war auch so schon eine Katastrophe. Der Fisch und die Chips waren gut. Hab seit Jahren keinen Rochen mehr gegessen.»

Daisy schwieg. Sie sah auf das Meer hinunter und verlor sich einen Augenblick im sanften Plätschern der Wellen.

«Und was ist Ihnen passiert?», fragte er nach einer Weile.

«Wie meinen Sie das?»

«Ich nehme mal an, dass es keine unbefleckte Empfängnis …»

«Was? Ach so, nein. Die alte Geschichte, denke ich. Ein Mann lernt eine Frau kennen, die Frau kriegt ein Kind, der Mann stellt fest, dass er eine verfrühte Midlife-Crisis hat und macht sich aus dem Staub.»

Jones lachte. Daisy wusste nicht recht, ob sie sich darüber freuen oder ob sie sich schelten sollte, weil sie die Tragödie ihres Lebens auf diese komische Kurzfassung reduziert hatte.

«Aber eigentlich ist das nicht fair», hörte sie sich sagen. «Er hat einfach gerade eine schwierige Zeit. Ich will ihn nicht … ich meine, er ist ein guter Mensch. Ich glaube, er ist bloß etwas durcheinander. Viele Männer finden das schwierig, oder? Sich an diese neue Situation anzupassen …»

Ein Hund tauchte aus der Dunkelheit auf und schnüffelte an Jones' fettigem Papierknäuel herum. Sein Besitzer, der am Strand entlangstapfte, rief ihn zurück.

«Das war der Mann, mit dem zusammen Sie das Büro hatten? Daniel hieß er, oder?»

«Ja, das war er.»

Jones zuckte die Achseln und blickte auf das tiefschwarze Meer hinaus. «Das ist hart.»

«Das ist mehr als hart.» Daisy staunte selbst über die Bitterkeit, die sich in ihre Stimme eingeschlichen hatte.

Eine ganze Weile sprachen beide nicht.

Daisy zitterte in der Abendluft und schlang die Arme um sich. Die Chiffonbluse war nicht gerade warm.

«Jedenfalls ...», sagte Jones und sein Gesicht entspannte sich zu einem sanften Lächeln, das im Mondlicht nur teilweise zu sehen war.

Das Herz schlug ihr bis zum Hals, als er die Hand ausstreckte. Und einen von ihren unberührten Pommes frites stibitzte.

«... machen Sie das gut. Sieht jedenfalls ganz so aus, als würden Sie es gut hinkriegen.»

Er stand auf und zog sie auf die Füße. «Na los, Daisy Parsons, lassen Sie uns noch was trinken.»

Mrs. Bernard war schon im Mantel, als sie zurückkamen. Jones stolperte in der Eingangshalle über zwei Schutthaufen. «Ich habe sie schon auf der Auffahrt gehört», sagte sie. «War's schön?»
«Sehr ... produktiv», meinte Jones. «Es war doch sehr produktiv, Daisy, oder?»

«Aber ich wette, bei deinen geschäftlichen Besprechungen in London gibt's weder Fisch und Chips noch Sitzplätze auf Ufermauern», grinste Daisy. Die dritte Flasche Wein war anfangs ein ganz dummer Einfall gewesen, hatte sich dann aber als absolut notwendig herausgestellt.

«Und auch keinen Alkohol», sagte Mrs. Bernard und musterte beide kritisch.

«Doch, doch», sagte Jones. «Es gibt immer Wein. Aber nicht ...», hier sah er Daisy an und beide kicherten los «... ganz diese Sorte.»

«Dafür, dass du ihn so grauenvoll fandest, hast du ganz schön gebechert», lachte Daisy.

Jones schüttelte den Kopf, als wollte er ihn frei bekommen. «Weißt du, für so ein lausiges Gesöff war doch 'ne ganze Menge Alkohol drin. Ich fühle mich tatsächlich ein bisschen angesäuselt.»

«Sie sehen betrunken aus», stellte Mrs. Bernard fest. Es mochte ein Tadel sein, aber Daisy war in einer Verfassung, in der ihr das vollkommen egal war.

«Aber ich werde nie betrunken. Nie.»

«Jaha», erklärte Daisy mit warnend erhobenem Zeigefinger, «du wirst nie betrunken ... es sei denn, du nimmst gleichzeitig ganz viele Kopfschmerztabletten. Dann bist du wahrscheinlich blitzschnell blau.»

«Ach herrje ...» Jones wühlte in seiner Hosentasche und zog eine Pillenpackung hervor. «*Nicht mit Alkohol einnehmen.*»

Mrs. Bernard war verschwunden. Daisy sank schwer auf einen Stuhl und fragte sich, ob sie wohl zu Ellie hinaufgegangen war. Sie hoffte, dass die Kleine nicht weinte, denn sie war sich nicht sicher, ob sie die Treppe nach oben schaffen würde. «Ich hol dir einen Kaffee», sagte sie und versuchte, sich aufzurappeln.

«Also, ich bin jetzt weg», erklärte Mrs. Bernard, die wieder in der Tür erschienen war. «Bis bald, Mr. Jones. Tschüs, Daisy.»

«Ich heiße ... äh ... ja, ja, Mrs. Bernard. Nochmals vielen Dank. Ich begleite Sie zur Tür.»

Die Tür wurde leise geschlossen. Gleich darauf kam Jones ins Zimmer zurück. Plötzlich spürte Daisy seine Anwesenheit sehr deutlich. Seit ... seit der Polizeibeamte ihren Wagen über die Hammersmith Bridge gefahren hatte, war sie nicht mehr mit einem Mann allein gewesen. Sie musste weinen.

Es roch immer noch nach feuchtem Putz, das Sofa mitten im Zimmer war mit Plastikplanen gegen den Staub geschützt, und die einzige Lichtquelle bestand aus einer einzelnen Glühbirne. Doch für eine Baustelle war der Raum auf einmal unangenehm intim.

«Alles in Ordnung?», fragte Jones. Seine Stimme war leise.

«Ja. Ich mache jetzt Kaffee», erklärte Daisy, und beim dritten Anlauf gelang es ihr aufzustehen.

Fast ein Drittel war auf dem Weg von der Küche aus der Tasse geschwappt, aber Jones schien nicht zu bemerken, dass er eine recht dürftige Portion serviert bekam. «Ich kann meine Autoschlüssel nicht finden.» Schwankend stand er im Zimmer und klopfte immer wieder seine Taschen ab, als könnten die Schlüssel plötzlich doch noch auftauchen. «Ich hätte schwören können, dass ich sie auf den Tisch da gelegt habe, als wir reingekommen sind.»

Daisy sah sich im Raum um und versuchte dabei zu verhindern, dass die Horizontalen vor ihr wegkippten und sie aus dem Gleichgewicht brachten. Seit ihrem Abstecher in die Küche fühlte sie sich immer wackliger, und ihre Unruhe wegen Jones' zunehmender Anziehungskraft war der Sorge darum gewichen, dass sie nicht mehr gerade stehen konnte. «Ich hab sie nicht gesehen.» Sie stellte die Tasse auf eine mit Farbe bespritzte Kiste.

«Wir hatten den Wagen doch nicht mit, oder?»

«Das weißt du doch. Wir sind in der Auffahrt dran vorbeigegangen, als wir wiedergekommen sind. Du hast ihn gestreichelt, erinnerst du dich?»

«So ist das, wenn man in die Jahre kommt», brummte er. «Man fängt an, sein Auto schön zu finden. Als nächstes kommen dann Lederjacken.»

«Und gefärbte Haare. Und vorpubertäre Freundinnen.»

Daraufhin war er eine Weile still.

Daisy ließ ihn das Zimmer absuchen, während sie nach ihrem Handy fahndete, das sich plötzlich von irgendwoher meldete. So spät rief doch niemand mehr an. Außer Daniel. Sie stürzte auf den Flur hinaus, wo ihre Jacke hing, suchte die richtige Tasche und befürchtete dabei, Daniel könnte erraten, dass sie einen Mann im Haus hatte.

«Hallo?»

«Ich bin's.»

Daisy sackte das Kinn herunter.

«Sie können Mr. Jones sagen, dass ich seine Autoschlüssel morgen wieder mitbringe. Die Vorstellung, dass er noch fahren würde, gefiel mir gar nicht, und ich fand, dass Sie nicht die Richtige waren, um ihm das zu sagen, weil Sie ja für ihn arbeiten und so.»

Daisy rutschte an der Wand herunter, das Handy nur noch halb am Ohr.

«Ich komme so um acht. Ellies Fläschchen sind fertig. Im Kühlschrank.»

«Aber wo soll er denn schlafen?»

«Er kann wieder ins Riviera runterlaufen. Oder auf dem Sofa pennen. Er ist ein erwachsener Mann.»

Daisy schaltete ihr Handy aus, kam wieder auf die Beine und ging zu Jones zurück. Er hatte seine Suche aufgegeben und war auf das plastiküberzogene Sofa gesunken, die Beine vor sich ausgestreckt.

«Mrs. Bernard hat deine Schlüssel mitgenommen», sagte sie.

Es dauerte ein paar Sekunden, bis es bei ihm klickte.

«Aber nicht irrtümlich», fügte Daisy hinzu.

«Verflixtes Weib.» Er rieb sich den Kopf. «Ich habe um Viertel vor acht einen Termin. Wie soll ich denn jetzt nach London zurückkommen?»

Auf einmal war Daisy sehr müde: Mit dem Anruf war die fröhliche, gelöste Stimmung verflogen. Wochenlang war sie nie länger als bis zehn aufgeblieben, und jetzt ging es langsam auf Mitternacht zu.

«Sie hat vorgeschlagen, dass du dir im Riviera ein Zimmer nimmst.» Daisy hockte sich auf eine Stuhlkante und schaute zum Sofa hinüber. «Oder du kannst auch hierbleiben. Ich schlafe ganz gern auf dem Sofa. Und ich glaube, du würdest auch nicht ganz draufpassen», fügte sie hinzu. «Ellie kommt früh, also wecken wir dich vielleicht.» Sie gähnte.

Jones schaute sie an. Er wirkte nüchterner, ernster. «Ich klopfe jetzt nicht mehr beim Riviera an. Aber ich kann dich auch nicht aus deinem Bett vertreiben.»

«Und ich kann dich nicht auf dieser Couch schlafen lassen. Du bist doch doppelt so lang.»

«Musst du mir denn immer widersprechen? Wenn du auf dem Sofa schläfst und ich in deinem Zimmer, was ist dann, wenn das Baby wach wird?»

Daran hatte Daisy nicht gedacht.

Er beugte sich vor und stützte den Kopf in die Hände. Dann hob er ihn wieder und grinste, ein breites Piratengrinsen. «Ach, Daisy. Wir sind doch ein paar besoffene Idioten, was?» Das spitzbübische Lächeln veränderte sein ganzes Gesicht. Daisy merkte, wie sie sich wieder entspannte. «Ich bin hergekommen, um dich zu feuern. Und jetzt sieh dir das an. Was sind wir doch für ein paar besoffene …»

«Du bist der Boss. Ich bin nur deinen Anweisungen gefolgt.»

«Nur den Anweisungen gefolgt. Ja …» Er stand auf. «Hör mal», fragte er, während er schon auf die Treppe zuwankte, «sag mir, wenn ich falsch liege, aber du hast doch ein Doppelbett, oder?»

«Ja.»

«Du legst dich auf die eine Seite, ich mich auf die andere. Keine krummen Dinger, wir bleiben beide angezogen, und morgen früh reden wir nicht mehr davon. Auf diese Weise kriegen wir heute Nacht beide genug Schlaf.»

«Gut», sagte Daisy und gähnte so heftig, dass ihre Augen feucht wurden. Sie war so müde, dass sie sich auch bereit erklärt hätte, in Ellies Bettchen zu schlafen.

«Eine Sache noch», lallte Jones, nachdem er seine Schuhe weggeschleudert und seinen Schlips gelockert hatte. Er plumpste aufs Bett.

Daisy lag bereits auf ihrer Seite. Sie wusste, dass sie sich in seiner Gegenwart eigentlich befangen und gehemmt fühlen sollte, aber dazu war sie zu betrunken und zu müde. «Was denn?», murmelte sie in die Dunkelheit hinein. Dabei fiel ihr ein, dass sie vergessen hatte, sich abzuschminken, aber auch das war ihr eigentlich egal.

«Als meine Angestellte musst du morgen früh Kaffee machen.»

«Nur wenn ich die maßgefertigten Fenster einbauen darf.»

Daisy hörte einen gedämpften Fluch.

Sie musste grinsen, schob die Hände unter ihr Kopfkissen und war weg.

Früher einmal hatte sie gedacht, bei Daniels Rückkehr würde sie zerspringen, vor Freude und Erleichterung buchstäblich explodieren, sprühen wie ein Feuerrad, blitzende Funken in den Himmel schicken wie eine Rakete. Aber jetzt wusste Daisy, dass es ganz anders war: Daniels Heimkehr gab ihr ein Gefühl, als sei ein tiefer Friede zurückgekehrt, als sei ein Schmerz, der sich in ihre Knochen eingegraben hatte, gestillt worden. Es war, als sei sie nach Hause gekommen. Dieses Bild hatte einmal jemand gebraucht, um ihr zu beschreiben, wie es sich anfühlte, wenn man die wahre Liebe fand, und Daisy, die in seinen Armen ruhte, spürte nun, dass es auch für das Wiederfinden dieser Liebe galt. Es war wie Nachhausekommen. Sie rührte sich, und der Arm, der sie so fest umschlungen hielt, dass die Finger sich mit ihren verflochten hatten, bewegte sich mit. Daisy hatte sich danach gesehnt, dieses Gewicht zu spüren. Während ihrer Schwangerschaft war es zu schwer gewesen, fast zudringlich, und sie war, von Kissen gestützt, auf ihrer Seite des Bettes geblieben. Aber nach Ellies Geburt war das Gewicht ein beruhigendes Zeichen dafür gewesen, dass er noch da war.

Aber Daniel war nicht da.

Daisy öffnete die Augen und wartete, bis die verschwommenen Umrisse langsam scharf wurden und sie sich an das kühle Morgenlicht gewöhnte. Ihre Augen waren trocken, sandig, und ihre Zunge war so dick geschwollen, dass sie den ganzen Mund ausfüllte. Das Zimmer, so viel wusste sie, während sie mühsam schluckte, war ihr eigenes Zimmer. Gleich neben ihr regte Ellie sich in ihrem Bettchen und beschleunigte den kurzen Übergang vom Tiefschlaf zum Wachen. Durch den Spalt zwischen den Vorhängen blinzelte das Tageslicht auf Ellies Decken. Draußen schlug eine Autotür zu, und unten auf dem Weg rief jemand etwas. Vermutlich einer der Handwerker. Daisy hob den Kopf und sah, dass es Viertel nach sieben war. Die Hand löste sich aus ihrer, rutschte an ihrer Seite hinab und sackte schließlich ganz weg.

Daniel war nicht da.

Daisy richtete sich auf, und allmählich nahm ihr Gehirn den Betrieb wieder auf. Neben ihr lag ein dunkler Kopf auf dem Kissen, das Haar vom Schlaf zerwühlt. Sie saß ganz still und schaute ihn an, betrachtete das zerknautschte Hemd darunter und setzte das Durcheinander aus Wörtern und Bildern, das ihr Gedächtnis ihr anbot, mit einiger Mühe zusammen. Und langsam, mit der Wucht eines Fausthiebes, der in Zeitlupe ausgeführt wird, traf sie die Erkenntnis. Der Arm war nicht Daniels Arm gewesen. Daniel war nicht zurückgekehrt.

Der Friede war nur ein Traum gewesen.

Und plötzlich brach Daisy in lautes Schluchzen aus.

Es war ja sonnenklar, was passiert war, dachte Mrs. Bernard, als das Heck des Saabs in einem Sprühregen aus Kieselsteinchen die Auffahrt hinunter und in Richtung London verschwand. Man brauchte kein Gehirnchirurg zu sein, um sich das zusammenzureimen. Die beiden hatten sich ja heute morgen, als sie ins Haus kam, kaum anschauen können. Daisy hatte das Kind wie einen Schild vor sich hergetragen und war blass und verheult gewesen. Jones hatte ausgesehen, als stehe ihm alles bis sonstwo und als wolle er nur noch weg. Und als habe er einen ganz schlimmen Kater, und das hatte er natürlich auch, wegen dieser albernen Kopfwehpillen.

Gestern Abend hatte es so herrlich zwischen ihnen geknistert, sie hatten so verschwörerisch zusammen herumgescherzt, hatten sich sogar schon geduzt, als würden sie sich seit Jahren kennen, nicht erst seit ein paar Tagen. Und auf dem Sofa, das sah ja ein Blinder mit Krückstock, hatte niemand geschlafen.

«Es kostet immer seinen Preis, wenn man Arbeit und Vergnügen vermischt», hatte sie zu Jones gesagt, als sie ihm die Schlüssel zurückgab. Sie hatte das Trinken gemeint, aber er hatte sie scharf angesehen – vermutlich mit dem Blick, mit dem er normalerweise sein Personal einschüchterte. Mrs. Bernard hatte bloß gelächelt. Sie war viel zu abgebrüht, als dass einer wie er ihr hätte Angst einjagen können. «Bis bald, Mr. Jones», hatte sie bloß gesagt.

«Ich bezweifle, dass ich so bald wieder herkomme», hatte er erwidert und war, praktisch ohne nochmal zu Daisy hinüberzuschauen, in seinen Wagen gestiegen und davongebraust.

«Was hast du nur für eine behämmerte Mama», sagte Mrs. Bernard ganz leise zu Ellie, als sie durch den Garten ins Haus zurückging. «Ich glaube, sie hat meinen Rat ein bisschen zu wörtlich genommen, meinst du nicht auch? Kein Wunder, dass es ihr so schlecht geht.»

Es war wirklich schade. Denn Jones hatte ihr, besoffen wie er war, als er sie am Vorabend zur Tür begleitet hatte, anvertraut, dass Daisy etwas wie eine Offenbarung für ihn war, nicht die jämmerliche Heulsuse, für die er sie gehalten hatte, und auch nicht die militante Feministin, als die sie sich darzustellen versuchte, sondern einfach, wie er es erstaunt und kopfschüttelnd ausdrückte, «eine bezaubernde junge Frau».

Kapitel 13

Camille glättete Mrs. Martignys Algenpackung, indem sie die Hände über ihren Bauch gleiten ließ und den schlammigen Brei gleichmäßig verteilte. An manchen Stellen trocknete die Packung bereits an, dort schob Camille noch mehr von der Algenpaste hin. Dann riss sie mit einer raschen Bewegung ein Stück Klarsichtfolie ab, strich es auf Mrs. Martignys Bauch und Oberschenkeln glatt und deckte sie schließlich mit zwei angewärmten Handtüchern zu, die so frisch aus der Wäsche kamen, dass sie noch nach Weichspüler rochen. Camilles Bewegungen waren fließend und rhythmisch, ihre Hände arbeiteten rasch und sicher. Sie hätte diese Tätigkeit im

Schlaf verrichten können. Das war auch gut so, denn in Gedanken war sie weit fort, noch ganz bei einem Gespräch, das vor einigen Stunden stattgefunden hatte.

«Brauchst du Hilfe?» Tess streckte den Kopf durch die Tür, sodass die Walgesänge und die elektronische Entspannungsmusik vom Endlosband durch den Spalt drangen. «Ich hab zehn Minuten Zeit, bis Mrs. Forsters Strähnchen fertig sind.»

«Nein, hier ist alles klar, es sei denn, Sie möchten etwas trinken, Mrs. Martigny. Tee oder lieber Kaffee?»

«Für mich nicht, Camille. Ich döse hier gemütlich vor mich hin.»

Hilfe brauchte Camille nicht, aber demnächst würde sie einen Job brauchen. Sie schloss die Tür hinter Mrs. Martigny und ihrer Packung gegen die Fettpölsterchen und ließ Kays entschuldigende Worte noch einmal auf sich wirken. «Es tut mir wirklich Leid, Camille. Ich weiß, dass du an diesem Salon hängst – und du bist eine der besten Kosmetikerinnen, mit denen ich je zusammengearbeitet habe. Aber John wollte schon immer zurück nach Chester ziehen, und jetzt ist er in Rente, und ich finde, ich kann es ihm nicht mehr abschlagen. Um ehrlich zu sein, ich glaube, dass die Veränderung uns gut tun wird.»

«Und wann verkaufst du?» Camille hatte sich bei dieser Frage um eine gelassene Miene und einen munteren Tonfall bemüht.

«Bisher habe ich es weder Tess noch sonst jemandem gesagt, aber ich wollte noch in dieser Woche einen Makler beauftragen. Und ich hoffe, dass wir den Salon als laufenden Betrieb verkaufen können. Aber unter uns, Camille, ich glaube, Tess hält es hier nicht mehr lange. Sie will weg, das sieht man.»

«Ja.» Camille versuchte zu lächeln. Wie es um ihre eigenen Aussichten auf einen Job stand, blieb unausgesprochen.

«Es tut mir Leid, meine Liebe. Ich hatte Angst, es dir zu erzählen.» Zaghaft berührte Kate Camilles Arm.

«Sei doch nicht albern. Du musst das tun, was du für richtig hältst. Es hat ja keinen Sinn, hier herumzuhängen, wenn du lieber anderswo wärst.»

«Du weißt ja, dass mein Sohn da oben ist, und Deborah erwartet ein Kind. Hatte ich dir das erzählt?»

Während Camille mit einer Stimme, die sich fremd anhörte, die richtigen, ermutigenden und beruhigenden Antworten gab, machte sie im Stillen hektisch eine Rechnung auf, was diese Veränderung für sie bedeuten würde.

Jedenfalls hätte sie zu keinem ungünstigeren Zeitpunkt kommen können. Hal hatte ihr am Vorabend erklärt, wenn er in den nächsten zehn Tagen keinen Auftrag bekäme, würde er sich geschlagen geben und die Firma zumachen. Seine Stimme hatte merkwürdig emotionslos geklungen, doch als Camille in dem Versuch, ihn zu trösten, die Hand nach ihm ausgestreckt hatte, hatte er sie sanft fortgeschoben. Sie versuchte es nicht noch einmal. Inzwischen tat sie das nicht mehr. Lassen Sie ihn in seinem eigenen Tempo zu Ihnen zurückkehren, hatte die Eheberaterin empfohlen. Sie hatte jedoch nicht gesagt, was Camille tun sollte, falls er gar nicht zurückkam.

Ganz still saß sie draußen vor dem Behandlungsraum und hörte mit halbem Ohr auf die Geräusche, die sie normalerweise als beruhigend empfand: das gedämpfte Brummen des Föhns, die weichen Schuhsohlen auf dem Holzfußboden, die ungleichmäßigen Rhythmen des Geplauders drinnen.

Wenn sie ihre Arbeit verlor, war das nicht seine Schuld. Aber er würde es als weiteren Knüppel benutzen, um sich damit zu prügeln, als weiteres Werkzeug, um die Kluft zwischen ihnen zu vergrößern. Ich kann es Hal jetzt nicht sagen, dachte Camille. Das kann ich ihm nicht antun.

«Alles in Ordnung, Camille?»

«Doch, ja, danke, Tess.»

«Mrs. Green hat sich gerade für eine Gesichtsmassage mit Aromatherapie angemeldet, für Dienstag. Ich habe ihr angeboten, das zu übernehmen, weil du schon fast ausgebucht bist, aber nein, sie wollte unbedingt zu dir. Sie hat gesagt, sie wollte was mit dir besprechen.» Tess lachte gutmütig. «Ich wüsste zu gerne, was diese

Frauen dir erzählen, Camille. Du bist ja immer sehr diskret, aber ich wette, diese Stadt ist hinter ihrer harmlosen Fassade eine Brutstätte für alle möglichen schlimmen Geschichten.»

Ein paar hundert Meter weiter die Küste hinauf saß Daisy auf einem kleinen, grasbewachsenen Felsvorsprung. Ellie schlief neben ihr in der Sportkarre. Der Himmel war hell und still, die Wellen tanzten und rollten sacht, wie auf Zehenspitzen, über den Strand. Daisy hielt einen Brief in der Hand.

... Du bist wahrscheinlich wütend auf mich. Und das kann ich gut verstehen. Aber ich habe hier Zeit zum Nachdenken gehabt, und mir ist unter anderem klar geworden, dass ich eigentlich nie die Chance hatte, mir ein Baby zu wünschen. Ich wurde sozusagen vor vollendete Tatsachen gestellt. Und auch wenn ich Ellie lieb habe, gefällt es mir doch gar nicht, wie sie uns und unser Leben beeinflusst hat ...»

Daisy weinte nicht. Ihr war zu kalt zum Weinen.

«Du fehlst mir. Du fehlst mir wirklich. Aber ich bin noch so durcheinander. Ich weiß einfach nicht, wo mir der Kopf steht. Ich kann nicht richtig schlafen. Der Arzt hat mir Antidepressiva verschrieben und mir empfohlen, jemanden aufzusuchen, mit dem ich das alles durchsprechen kann, aber ich habe das Gefühl, dass das zu schmerzhaft wäre. Ich weiß nicht, ob ich dich sehen will, ich fühle mich zerrissen ... aber im Moment würde es wohl ohnehin kaum etwas klären, wenn wir uns sehen würden.»

Daniel hatte einen Scheck über 500 Pfund beigelegt, der von seiner Mutter unterschrieben war.

Gib mir einfach etwas Zeit. Ich melde mich wieder, das verspreche ich dir. Aber ich brauche noch mehr Zeit. Es tut mir wirklich Leid, Daisy. Ich fühle mich wie ein Stück Scheiße, denn ich weiß, dass ich dir wehgetan habe. An manchen Tagen hasse ich mich einfach ...

Es ging nur um ihn. Nur um sein Trauma, seine Kämpfe. Der Brief enthielt kein einziges Fragezeichen – keine Frage nach seiner Tochter, ob sie schon Brei aß, ob sie nachts durchschlief und wie sie überhaupt mit der Situation klarkam. Daniels Selbstbezogenheit, fand Daisy, wurde nur noch von seinem Mangel an Selbsterkenntnis übertroffen. Ich wollte, dass du einen Vater hast, erklärte Daisy ihrem Kind im Stillen. Ich habe dir die väterliche Liebe und Bewunderung gewünscht, auf die du eigentlich ein Anrecht hast. Und stattdessen hast du eine selbstsüchtige Qualle gekriegt.

Und doch klang in seinen geschriebenen Worten ein Echo seiner Sprache nach, ein geisterhaftes Echo der emotionalen Intensität, die Daisy so lange an ihm geliebt hatte. Und eine Aufrichtigkeit, der sie vielleicht noch gar nicht gewachsen war. Er hatte nicht gewusst, ob er für ein Baby bereit war, und hatte sie darüber auch nie im Zweifel gelassen. «Wenn das Geschäft läuft, Schatz», hatte er gesagt, oder «Wenn wir ein bisschen auf der hohen Kante haben.» Als sie ihm sagte, dass sie schwanger war, war er bestimmt wütend gewesen, aber er hatte das gut kaschiert. Nach außen hin hatte er Daisy unterstützt, war in alle Kurse und zu allen Untersuchungen mitgegangen und hatte das Richtige gesagt. Schließlich war es nicht ihre Schuld, hatte er ihr mehr als einmal versichert. Sie steckten beide drin. «Dazu gehören zwei», hatte Julia hinzugefügt.

Aber nicht immer, oder?

Daisy saß im Gras und gestattete sich schuldbewusst zum ersten Mal einen Rückblick. Auf eine Packung Pillen, die sie kurz angeschaut und dann weggeworfen hatte. Vierzehn Monate war das jetzt her.

«Die beiden vorderen Räume sind fertig. Wollen Sie mal sehen?»

Mrs. Bernard hob Ellie, die gerade aufgewacht war, aus ihrer Sportkarre und schloss die große weiße Tür hinter ihnen. «Die Betten kommen morgen. Und der Mann hat wegen der Jalousien angerufen – er probiert es heute Nachmittag nochmal.»

Ausgekühlt und müde zog Daisy den Mantel aus. Ungewöhnlich vergnügt winkte Mrs. Bernard sie auf die Terrasse hinaus. «Und sehen Sie nur. Sie haben mit dem Garten angefangen. Ich hätte Sie fast angerufen, aber dann dachte ich, dass Sie ja bald wieder hier sind.»

Daisy schaute über die terrassierte Anlage, wo die Gärtner gerade eine Auswahl von Bäumen und Sträuchern in die frisch mit Kompost vermischte Erde pflanzten. Einige wuchernde Büsche und Rankpflanzen hatten sie behutsam zurückgeschnitten, sodass eine Andeutung von Wildnis und Geheimnis geblieben war. Aber die geschrubbten und ausgebesserten Terrassen hoben sich jetzt klar und deutlich von den organischen Formen ringsherum ab, und der Geruch nach Salbei und Thymian aus dem neuen Kräutergarten vermischte sich mit dem Duft des Flieders, der sich unter dem Gewicht seiner üppigen Blütenrispen beugte.

«Das sieht doch schon ganz anders aus, was?» Strahlend zeigte Mrs. Bernard Ellie die Blütenpracht. Das machte sie gern, wie Daisy bemerkt hatte. Es gab ihr einen Stich, als ihr klar wurde, dass Mrs. Bernard ihrer Tochter Camille nie etwas hatte zeigen können.

«Es geht vorwärts», meinte Daisy, während sie sich umblickte. Ein seltenes Gefühl von Freude über ihre vollbrachte Leistung durchströmte sie und verdrängte das schwarze Loch, das anscheinend alles Gute hatte einsaugen wollen. Sie waren zwar immer noch im Verzug, aber allmählich sah man doch Fortschritte.

Die Zimmer, in denen ein Durchbruch nötig gewesen war, wirkten offen und hell. Eine neu angebrachte elektronische Jalousie ließ bei Bedarf Tageslicht durch das übergroße Oberlicht einfallen, schützte aber vor der gleißend hellen Mittagssonne. Mindestens drei Gästezimmer warteten jetzt nur noch auf ihre Möbel. Die neu verputzten Wände rochen berauschend nach frischer Farbe, und auch die Parkettböden waren frisch gewachst. In der Küche waren die Einbauelemente aus Edelstahl installiert, zusammen mit den Kühl- und Gefrierschränken für Großküchen, und die Bäder waren bis auf eines mit sanitären Einrichtungen versehen. Auf dieser Grundlage konnte Daisy nun anfangen, sich mit den Details zu befassen. Das war immer ihr Spezialgebiet gewesen. Stundenlang hatte sie stillvergnügt nach einem Stück altem Stoff gesucht oder in Fachbüchern nachgeschlagen, wie man stilgerecht Bilder an die Wand hängte oder Bücher aufstellte. Nächste Woche, sagte sie sich, würde sie sich mit Mrs. Bernards Fotoalben vom Haus hinsetzen. Das war ein Schatz, dessen Durchsicht sie sich erst gestatten wollte, wenn, wie sie es empfand, «Daniels» Anteil an der Arbeit getan war.

«Ach, das wollte ich Ihnen noch sagen. Die Eckbank wird rausgerissen. Das Holz ist offenbar zu morsch. Aber der Schreiner meint, er kann sie genauso nachmachen. Und der Jasmin da an der Regenrinne muss ausgedünnt werden, weil er zu schwer wird. Ich habe gesagt, das ist in Ordnung. Ich hab ihn selbst gepflanzt, als Camille klein war.» Erklärend fügte Mrs. Bernard hinzu: «Der Duft, verstehen Sie? Sie mochte alles, was gut roch.»

Fragend schaute Daisy sie an. «Geht Ihnen das nicht gegen den Strich?»

«Was soll mir gegen den Strich gehen?»

«Dass so viel rausgerissen wird. Das Haus hat jahrelang Ihnen gehört, und jetzt reiße ich es halb ab und baue es so wieder auf, wie ich es haben will. Nichts ist mehr so, wie es war.»

Mrs. Bernards Miene verfinsterte sich.

«Na und?», sagte sie schulterzuckend, aber ihre Stimme klang gereizt. «Es hat doch keinen Sinn, zurückzuschauen und sich an etwas zu klammern, was vorbei ist.»

«Aber es ist doch Ihre Geschichte, ich meine bloß …»

«… Sie meinen bloß, dass alte Leute immer der Vergangenheit nachweinen müssen. Ich habe weder ’ne Dauerwelle mit blauer Tönung noch einen Seniorenpass, und von mir aus können Sie die Wände gelb anstreichen und blaue Punkte draufmalen … Tun Sie, wozu Sie Lust haben, das sage ich Ihnen immer wieder. Und hören Sie auf, es allen recht machen zu wollen.»

Daisy wusste wohl, wann ein Gespräch beendet war. Sie biss sich auf die Lippen und ging ins Haus zurück, um Tee zu machen. Aidan, der Vorarbeiter, war bereits in der Küche. Hinter ihm murmelte blechern ein Radio.

«Sie hat Ihnen wohl von der Versammlung erzählt, oder?»

Sein hageres Gesicht war mit blasstürkisen Farbspritzern gesprenkelt, und er drückte den Teebeutel mit den Fingern aus.

«Von welcher Versammlung?»

«Die Frau von dem Hotel da unten, die hat 'ne Versammlung einberufen. Sie will, dass der Gemeinderat die Arbeiten hier stoppt.»

«Das soll wohl ein Witz sein.»

«Das ist kein Witz.» Aidan warf den Teebeutel in die Plastiktüte, die als Mülleimer diente. «Gehen Sie lieber heute Abend hin. Den Chef würde ich auch mitnehmen. Sie wissen ja, wie das in diesen Kleinstädten ist. Diese Frauen können schrecklich sein.»

«Mir hat sie jedenfalls 'nen ganz schönen Schreck eingejagt.» Trevor, der Klempner, kam auf der Suche nach Keksen in die Küche. «Ende fünfzig, mit 'nem Hund bei Fuß, oder? Hat mich im Zeitungsladen erwischt, als ich Zigaretten geholt hab, und mir die Hölle heiß gemacht. Ich wüßte gar nicht, was ich da täte und so …»

«Es geht um die Bar», erklärte Aidan. «Sie wollen keine Bar.»

«Aber wie kann man ein Hotel ohne Bar führen?»

«Das müssen Sie mich nicht fragen, meine Liebe. Ich sage Ihnen bloß, warum die alle rummeckern.»

«Ach verdammt, was machen wir jetzt bloß?» Daisys neu gewonnene Selbstbeherrschung verflog wieder.

«Machen?» Mrs. Bernard stand mit Ellie auf der Hüfte in der Tür. «Da ist nichts zu machen. Sie gehen runter, hören sich an, was die Dame zu sagen hat, und dann stehen Sie auf und erklären denen, dass sie eine Bande von rückständigen Idioten sind.»

«Das hören sie bestimmt gerne», sagte Trevor trocken.

«Und dann schildern Sie ihnen, wie es hier wirklich aussieht, und überzeugen sie von der Sache.»

«Vor Publikum sprechen?» Daisy bekam große Augen. «Nein danke.»

«Dann holen Sie Jones. Damit er das macht.»

Daisy dachte an die beiden Gespräche zurück, die sie seit seiner überstürzten Abfahrt mit ihm geführt hatte. Er hielt sie wieder für die überempfindliche, weinerliche Verrückte, der nichts zuzutrauen war, das war ihr klar. Er war wachsam und abweisend gewesen und hatte die Telefonate vorzeitig und unvermittelt beendet. Daisy kam sich nach ihrem Ausbruch immer noch albern vor und hatte ihn auf, wie sie meinte, versöhnliche Weise gefragt, für wann er seinen nächsten Besuch plane. «Warum?», hatte er wissen wollen. Ob sie meine, sie käme allein nicht klar?

«Nein, ich will ihn nicht herholen», erklärte sie nun zornig.

«Hört sich aber so an, als würde er das besser hinkriegen als Sie.»

«Wir gehen einfach nicht zu der Versammlung. Das Hotel soll für sich sprechen.»

«Ach, wie mutig. Damit geben Sie Sylvia Rowan freie Bahn, vor der ganzen Versammlung über Sie herzuziehen.»

Mrs. Bernards spöttischer Tonfall brachte Daisy auf die Palme. Sie hatte ihn einfach zu oft gehört.

«Hören Sie, ich spreche nicht öffentlich.»

«Das ist aber dumm.»

«Wie bitte?»

«Sie stehen nicht für Ihre Arbeit ein. Und Jones wollen Sie nicht anrufen, weil Sie sich vor ihm lächerlich gemacht haben. Also bleiben Sie hier und lassen sich von allen herumschikanieren. Das ist einfach dumm.»

Daisy hatte genug. «Ach, und Sie haben wohl in Ihrem Leben nie was falsch gemacht, oder?»

«Ich sage ja bloß, dass Sie in Ihrer Lage ein bisschen besser Ihren Mann stehen sollten.»

«Ich in meiner Lage? Was soll das denn heißen? Überall ziehen Frauen ihre Kinder allein groß, und niemand hält ihnen ihre ‹Lage› vor, wie Sie es ausdrücken.»

«Ich sehe ja ein, dass –»

«Ich hab mir das hier nicht ausgesucht, wissen Sie? Ich dachte, wir würden eine Familie gründen. Meinen Sie denn, ich hätte das so geplant? Als Alleinerziehende zu leben? Auf einer Baustelle, mit einem Baby, dessen Vater gar nicht mehr weiß, wie es überhaupt aussieht? Und mit einer Horde von kritiksüchtigen alten Drachen? Glauben Sie, ich hätte das gewollt?»

Trevor und Aidan sahen sich schweigend an.

«Sie brauchen nicht gleich hysterisch zu werden.»

«Dann hören Sie auf, ständig an mir rumzunörgeln!»

«Seien Sie doch nicht so empfindlich.»

Nach einer kurzen Pause fragte Daisy: «Und was soll das heißen, dass ich mich vor Jones lächerlich gemacht habe?»

Mrs. Bernard warf den Männern einen Blick zu. «Soll ich das wirklich sagen?»

«Was sagen?»

«Lassen Sie sich von uns nicht stören», meinte Aidan und lehnte sich mit seinem Teebecher gegen die neue Arbeitsplatte aus Edelstahl.

Zum ersten Mal schien Mrs. Bernard verunsichert zu sein.

«Also gut. Wahrscheinlich haben Sie gedacht, Sie würden das Richtige tun, als Sie … diesen Schritt …»

«Wovon reden Sie bloß?»

«Neulich morgens … als Sie beide …»

Daisy wartete. Die Männer hörten reglos zu.

«Die jungen Leute von heute sind ja anders … Die Zeiten haben sich geändert.»

«Ach Gott, Sie glauben, ich hätte mit ihm geschlafen? Ach, das ist ja nicht zu fassen …» Daisy lachte bitter auf.

Mrs. Bernard ging an ihr vorbei und zeigte Ellie durchs Fenster etwas ungeheuer Interessantes.

«Zu Ihrer Information, Mrs. Bernard, auch wenn es Sie nicht das Geringste angeht, Mr. Jones und ich haben uns nicht angerührt. Er ist hiergeblieben, weil Sie ihm die Autoschlüssel weggenommen haben – aus keinem anderen Grund.»

«Aber er ist schon ein toller Mann», warf Trevor ein.

«Ganz prima Kerl. Ich würde mit ihm ausgehen. Wenn ich 'ne Frau wäre.» Aidan grinste.

Mrs. Bernard wandte sich vom Fenster ab. «Davon habe ich kein Wort gesagt. Ich meinte bloß, Sie hätten sich in seiner Gegenwart nicht betrinken sollen, dass ist alles. Wo er doch ihr Chef ist. Aber ich werde meine Meinung in Zukunft für mich behalten, wenn Ihnen das lieber ist.»

«Das ist mir wirklich lieber. Lassen Sie mich doch einfach in Ruhe.»

«Nichts leichter als das. Hier, nehmen Sie die Kleine. Ich muss einkaufen.» Sie schob sich an Daisy vorbei, drückte ihr das Baby in den Arm und verließ das Haus.

«Daisy? Ist alles in Ordnung?»

«Nein. Doch. Ich weiß nicht. Ich wollte bloß eine freundliche Stimme hören.»

«Was ist denn los, Kindchen?»

«Ach, du weißt schon. Ärger mit dem Haus.» Zögernd fuhr sie mit dem Finger über den Hörer. «Und Daniel hat mir geschrieben.»

«Wie schade. Ich hatte gehofft, er wäre tot. Was schreibt er denn?»

«Dass er durcheinander ist. Und unglücklich.»

«Ach, der arme Kerl. Na, damit zeigt er Größe. Und was hat er jetzt vor?»

Daisy wurde klar, dass Julia vielleicht doch keine geeignete Gesprächspartnerin war.

«Nichts. Er – er will sich über seine Situation klar werden.»

«Und was heißt das für dich?»

«Ach, lass nur, Julia. Lass uns nicht mehr davon reden. Jedenfalls, Ellie geht's gut. Ihre Breimahlzeiten bekommen ihr wunderbar, und sie kann sich fast schon allein aufsetzen. Und sie hat von der Seeluft etwas Farbe gekriegt. Wenn hier nicht mehr so viel los ist und es etwas wärmer wird, nehme ich sie mal mit ins Wasser.»

«Schön … Soll ich euch beide mal besuchen? Ich vermisse meinen kleinen Wonneproppen.»

Das Wort reizte Daisy. «Lass mich erst mal diese Woche überstehen. Ich rufe dich dann an.»

«Du brauchst dich nicht so abzurackern, Daisy. Du kannst zu uns nach Hause kommen. Wann du willst. Don hat gesagt, ich hätte dich nicht allein da hinlassen dürfen.»

«Mir geht's gut.»

«Aber denk drüber nach. Wenn dir das alles zu viel wird. Du sollst nicht das Gefühl haben, dass du allein bist.»

«Ich überlege es mir, Julia.»

Im Stadtrat-Kenneth-Elliott-Gemeindezentrum hatte man den regulären Bingoabend abgesagt, und die wenigen Rentnerinnen, die zum Spiel gekommen waren, tröstete die Aussicht auf eine Planungsversammlung nicht sonderlich. Einige standen draußen, empört und ratlos, als seien sie sich nicht sicher, ob sie bleiben oder nach Hause gehen sollten, während andere auf den Plastikstühlen im Saal saßen und für alle Fälle ihre Karten bereithielten. Der Spielleiter, ein früherer Diskjockey, der hoffte, einmal auf ein Kreuzfahrtschiff zu gelangen, stand vor der Tür, rauchte hastig und dachte an die fünfzehn Pfund, die er heute Abend nicht verdienen würde. Das alles mochte dazu beitragen, dass die Stimmung unter jenen Stadtbewohnern, die trotz der plötzlichen Regengüsse und der Fernsehübertragung des Halbfinales in Wimbledon hergekommen waren, von Anfang an nicht gerade rosig war.

Das niedrige, nierenbraune Gebäude war in den späten siebziger Jahren errichtet worden, offenbar ohne dass man dabei irgendwelche ästhetischen Überlegungen angestellt hatte. An den Wänden der Eingangshalle berichteten Kopien im DIN-A4-Format von einem Bustaxidienst, einem vertraulichen Drogentelefon und einer neuen Spielgruppe für Kinder mit geistigen oder körperlichen Schwierigkeiten. Auffälliger aber war ein mehr als doppelt so großes Plakat, auf dem mit lilafarbener Tinte und in Schablonenschrift geschrieben stand: «SOS – Rettet Merhams Werte». Die Bürger Merhams, so wurde im Text ausgeführt, müssten der schädlichen Entwicklung in dem rätselhafterweise als «Haus der Schauspielerin» bezeichneten Art-déco-Bau Einhalt gebieten, um die Jugend und die traditionelle Lebensweise Merhams zu bewahren.

Daisy las das Plakat und betrachtete dann das Publikum, das vor allem aus Personen mittleren Alters bestand, die erwartungsvoll zur Bühne blickten. Sie kämpfte gegen den Drang an, einfach wieder in die relative Sicherheit von Arcadia House zurückzukehren. Das Einzige, was sie davon abhielt, war der erschreckende Gedanke, das Bild, das Jones und Mrs. Bernard von ihr hatten, könnte doch stimmen: dass sie schwach und labil war und kein Rückgrat besaß. Dass sie ihrer Aufgabe nicht gewachsen war. Sie hob Ellie aus der Sportkarre und befreite sie gleichzeitig von den vielen Schichten, in die Mrs. Bernard sie eingehüllt hatte, schob den Wagen in eine Ecke und setzte sich dann so unauffällig wie möglich ganz hinten im Saal auf einen Stuhl, während der Bürgermeister der Stadt, ein kleiner, breitschultriger Mann, dem es offenbar Vergnügen machte, mit seiner Amtskette zu spielen, in knappen Worten Sylvia Rowan vorstellte.

«Meine Damen und Herren, ich werde mich kurz fassen, weil ich weiß, dass Sie alle bald wieder nach Hause gehen möchten.» Mrs. Rowan stand in einer roten, kastenförmig geschnittenen Jacke und einem Faltenrock vorn und faltete die Hände unter dem Busen. «Ich möchte mich für Ihr so zahlreiches Erscheinen bedanken. Das zeigt einfach, dass in einigen Teilen unseres geliebten Landes der Gemeinschaftsgeist noch nicht erloschen ist!» Sie hielt inne und lächelte, als warte sie auf Applaus, aber als nur ein kaum hörbares zustimmendes Gemurmel kam, sprach sie weiter.

«Ich habe diese Versammlung einberufen, weil wir uns viele Jahre lang bemüht haben, Merham zu bewahren, damit es nicht den gleichen Weg nimmt wie etwa Clacton oder Southend. Trotz beträchtlicher Widerstände ist es uns immer gelungen, die Zahl der Lokalitäten, die in unserer Stadt Alkohol ausschenken dürfen, klein zu halten. Manche mögen uns für rückständig halten, aber ich finde, dass wir uns hier in Merham eine gewisse familiäre Atmosphäre erhalten haben, ein gewisses Niveau, weil wir nicht zugelassen haben, dass unser Städtchen ebenfalls zu einer bloßen Ansammlung von Kneipen und Nachtklubs verkommt.»

Sie lächelte über das gedämpfte «Hört, hört», das von hinten kam. Daisy wiegte Ellie sacht und schloss die Augen.

«Ich finde, Merham ist einfach eins der hübschesten Seebäder in England. Wer in unserer Stadt etwas trinken möchte, hat die Wahl zwischen dem Restaurant, das Mr. und Mrs. Delfino hier führen, dem indischen Restaurant und uns im Riviera Hotel. Für unsere Mitbürger war dieses Angebot bisher immer mehr als ausreichend, und es hat die – nennen wir sie einmal so – primitiveren Elemente, die sich üblicherweise von Seebädern angezogen fühlen, fern gehalten. Aber jetzt –» Mrs. Rowan sah sich um «– sind wir bedroht.»

Im Saal war es still, nur gelegentlich hörte man noch einen Schuh über den Boden scharren oder ein Handy klingeln.

«Sicherlich sind wir alle froh, dass eins unserer schönsten Gebäude renoviert wird. Und der Planungsbeamte unseres Bezirks hat mir versichert, dass alles, was im Haus geschieht, in Übereinstimmung mit seiner Geschichte stattfindet. Nun werden diejenigen unter uns, die diese Geschichte kennen, sich allerdings fragen, was das bedeutet!» Sie lachte nervös, und einige ältere Herrschaften im Raum lachten mit. «Aber wie Sie wissen, soll das Haus nicht privat genutzt werden. Nein, das Haus der Schauspielerin soll in ein Hotel umgewandelt werden. Von einem Nachtklubbesitzer aus Soho, der sich ein Etablissement wünscht, in dem seinesgleichen sich fern von der Großstadt entspannen kann. Und als wäre das noch nicht schlimm genug, beantragt der neue Besitzer auch noch die Genehmigung für –» Mrs. Rowan blickte auf ein Blatt Papier, das sie in der Hand hielt – «einen Hubschrauberlandeplatz. Sie können sich den Lärm vorstellen, der entsteht, wenn hier Tag und Nacht Hubschrauber landen. Und dazu plant er nicht nur eine, sondern zwei Bars, mit verlängerten Öffnungszeiten. Sodass hier alle möglichen Typen sturzbesoffen herumwandern können, und möglicherweise werden sie auch Drogen und wer weiß was alles in unser Städtchen einschleppen. Meine Damen und Herren, ich denke, wir sollten uns an unseren Parlamentsabgeordneten und an unseren Planungsbeamten wenden und ihnen klarmachen, dass sie die Genehmigung zum Betreiben eines weiteren Hotels hier zurückziehen müssen. Merham braucht das nicht, und Merham will das nicht!» Sie unterstrich das Ende ihrer Rede, indem sie ihr zerknittertes Blatt Papier über dem Kopf schwenkte.

Als Daisy das bestätigende Kopfnicken ringsum sah, verließ sie der Mut.

Der Bürgermeister dankte der erröteten Rednerin für ihre «leidenschaftlichen Worte» und fragte, ob einer der Anwesenden etwas hinzuzufügen habe. Daisy spürte, wie ihre Hand sich hob und wie sich plötzlich zweihundert erwartungsvolle Augenpaare auf sie richteten.

«Ähem, ich bin Daisy Parsons, und ich bin die Innenarchitektin, die –»

«Lauter!», rief jemand von vorne. «Wir können Sie nicht verstehen.»

Daisy trat auf den Mittelgang hinaus und atmete tief ein. Die Luft war verraucht und roch nach einem Gemisch aus verschiedenen billigen Parfüms. «Ich bin die Innenarchitektin, die mit der Renovierung von Arcadia beauftragt ist. Und ich habe Mrs. Rowan sehr aufmerksam zugehört.» Sie hielt den Blick auf einen Punkt knapp über den Köpfen der Zuhörer gerichtet, um niemanden direkt anschauen zu müssen. Wenn sie ihr Mienenspiel sehen würde, das wusste sie, würde sie ins Stocken geraten.

«Soweit ich sehe, setzen Sie sich alle sehr für das Haus ein, und das ist bewundernswert. Es ist ein schönes Haus, und wenn jemand kommen möchte, um –»

«Lauter! Wir können Sie immer noch nicht hören!»

Daisy schloss die Augen und holte erneut tief Luft. «Wenn Sie kommen und sehen möchte, was wir machen, sind Sie herzlich willkommen. Und ich möchte zu gern etwas über die Geschichte des Hauses und über seine früheren Bewohner erfahren, denn wir wollen Elemente aus seiner Vergangenheit in die neue Einrichtung integrieren. Auch wenn es nicht unter Denkmalschutz steht, fühlen wir uns dem Geist des Entwurfes doch sehr verpflichtet.»

Ellie bewegte sich auf Daisys Hüfte, mit runden Augen, die glänzten wie Glasknöpfe.

«Mrs. Rowan hat Recht, es wurde ein Antrag auf einen Hubschrauberlandeplatz gestellt. Dieser wäre aber von der Stadt aus nicht zu sehen, und er würde auch nur zu festgesetzten Zeiten benutzt, außerdem glaube ich ehrlich gesagt nicht, dass wir ihn überhaupt bauen. Ich bin sicher, dass die meisten Gäste mit dem Auto oder mit dem Zug kommen werden.» Daisy senkte den Blick, schaute in die unbewegten Gesichter und fuhr fort: «Und ja, wir bemühen uns um Schankkonzessionen für zwei Bars, eine drinnen und eine draußen. Aber die Gäste, die nach Arcadia kommen werden, sind keine betrunkenen Rowdys, nicht das Publikum, das sich mit billigem Cidre volllaufen lässt und unten am Strand Prügeleien anfängt. Nein, es sind wohlhabende, kultivierte Menschen, die zum Essen eben einen Gin Tonic oder eine Flasche Wein trinken möchten. Um es deutlich zu sagen, Sie werden wahrscheinlich gar nicht merken, dass diese Leute sich hier in der Stadt aufhalten.»

«Der Krach aus dem Haus trägt weit», unterbrach Sylvia Rowan. «Wenn Sie draußen eine Bar haben, gibt es bestimmt auch Musik und so was, und wenn der Wind aus der entsprechenden Richtung kommt, wird die ganze Stadt sich das anhören müssen.»

«Ich bin sicher, dass sich eine Lösung finden lässt, wenn Sie dem Besitzer Ihre Bedenken vortragen.»

«Was Sie eben nicht verstehen, Miss Parsons, ist die Tatsache, dass die da oben früher schon Partys und so was gefeiert haben und dass uns das auch damals schon gar nicht gefallen hat.» Zustimmendes Gemurmel erhob sich. «Und dabei war von Auswirkungen auf die bereits ansässigen Restaurants noch gar nicht die Rede.»

«Ihre Restaurants und die ganze Stadt werden bessere Geschäfte machen.»

Aus irgendeinem Grund begann Ellie plötzlich zu weinen. Daisy schaukelte sie und versuchte, sich trotz der schrillen Unmutsäußerungen ihrer Tochter auf die Auseinandersetzung zu konzentrieren.

«Das neue Hotel wird Stammgäste abziehen!»

«Ich glaube nicht, dass es den gleichen Personenkreis anspricht wie die anderen Hotels.» Daisy stand jetzt mitten im Saal. In ihrem ganzen Leben hatte sie sich noch nie so allein gefühlt.

«Ach ja? Und wie würden sie unsere Gäste denn bezeichnen?»

«Ach, um Himmels willen, Sylvia. Du weißt sehr gut, dass die Leute, die sonntags zum Tee in dein kostbares Hotel kommen, kaum die gleichen sind, die in einer modernen Bar einen draufmachen oder wie man das nennt.»

Daisy blickte nach links und sah ein paar Reihen entfernt Mrs. Bernard stehen. Neben ihr saßen Camille und Hal und auf der anderen Seite ihr Mann. Mrs. Bernard drehte sich um und schaute dabei die Menschen in ihrer Nähe an. «Die Stadt geht langsam, aber sicher ein», sagte sie nachdrücklich, sodass alles still wurde. «Unsere Stadt pfeift auf dem letzten Loch, und wir alle wissen das. Die Schule ist bedroht, die Hälfte der Läden in der High Street ist mit Brettern vernagelt oder an Wohltätigkeitsorganisationen vergeben, und unser Markt schrumpft von Woche zu Woche, weil nicht genug Kundschaft kommt, um die Standbesitzer über Wasser zu halten. Sogar unsere Pensionen verschwinden. Wir müssen aufhören, rückwärts zu schauen, wir müssen aufhören, uns jeder Veränderung in den Weg zu stellen, und anfangen, ein bisschen frischen Wind in die Stadt zu lassen.»

Sie sah zu Daisy hinüber, die Ellie ihren kleinen Finger in den Mund gesteckt hatte und auf den Fußballen vor- und zurückschaukelte.

«Auch wenn uns vielleicht nicht ganz wohl dabei ist, Neuankömmlinge in unserer Mitte zu haben, so müssen wir doch Leute herlocken, wenn unsere Firmen überleben wollen und unsere jungen Leute hier eine Zukunft aufbauen sollen. Und lieber reiche Leute aus London als niemanden.»

«Wenn wir den Gästehausverband noch hätten, wäre das nicht passiert», rief eine ältere Dame in der ersten Reihe.

«Und was ist mit dem Gästehausverband? Er ist eingegangen, weil es nicht mehr genügend Gästehäuser gab. Der Verband hat sich nicht mehr gelohnt!» Mrs. Bernard schaute verächtlich zu Sylvia Rowan hinüber. «Bei wem von Ihnen sind denn Einnahmen oder Gewinn in den letzten fünf Jahren gestiegen? Na los, heben Sie die Hände!»

Allgemeines Murmeln und Kopfschütteln folgte.

«Genau. Und das liegt daran, dass wir rückständig und ungastlich geworden sind. Fragen Sie doch die Vermieterinnen – wir sind nicht mal mehr für Familien interessant, und von denen haben wir früher gelebt! Folglich müssen wir Veränderungen gutheißen, nicht ablehnen. Gehen Sie nach Hause und denken Sie einmal darüber nach, bevor Sie beginnen, unseren neuen Betrieben den Boden unter den Füßen wegzuziehen.»

Hier und da gab es leisen Applaus.

«Das ist ja klar, dass du das sagst.»

Mrs. Bernard drehte sich zu Sylvia Rowan um, die sie wütend anstarrte. «Der Käufer hat dir das Haus wahrscheinlich anständig bezahlt. Und nach allem, was man hört, bezahlt er dich immer noch. Du bist also wohl kaum unparteiisch.»

«Wenn du mich inzwischen nicht gut genug kennst, um zu wissen, dass ich meinen eigenen Kopf habe, dann bist du als Frau sogar noch dämlicher, als du es als Mädchen schon warst, Sylvia Holden. Und das will was heißen.»

Hinten im Saal hörte man unterdrücktes Gelächter.

«Aber wir wissen doch alle, was du selbst für ein Mädchen warst – du denkst wohl, wir hätten das vergessen? Bloß weil niemand mehr davon spricht?»

«Mrs. Rowan, bitte», der Bürgermeister hob flehend die Hände, «lassen Sie uns abstimmen, bevor wir irgendetwas unternehmen. Wer ist gegen den Ausbau von Arcadia House, oder besser, wer steht nicht ganz und gar dahinter? Ich bitte um Handzeichen.»

«Du musst aufhören, in der Vergangenheit zu leben, du dumme Pute», zischte Mrs. Bernard im Bühnenflüsterton, während sie sich neben ihren Mann setzte. Er beugte sich zu ihr, wisperte etwas und tätschelte ihr die Hand.

Daisy hielt die Luft an und schaute sich im Saal um. Fast drei Viertel, ihrer Schätzung nach.

«Und wer ist dafür?»

Sie ging zur Sportkarre hinüber und setzte ihr protestierendes Töchterchen hinein. Sie hatte ihr Versprechen gehalten. Jetzt war es fast Schlafenszeit für Ellie, und Daisy wünschte sich plötzlich in das Haus zurück, das sie in Ermangelung eines anderen allmählich als ihr Zuhause betrachtete.

«Sie lassen sich davon doch nicht noch mehr runterziehen, oder?» Mrs. Bernard stand mit einem Packen Aktenmappen unter dem Arm in der Tür.

Daisy hatte mit Daniels Brief in der Hand auf dem Sofa gelegen, Radio gehört und sich tatsächlich noch elender gefühlt. Jetzt richtete sie sich mit großer Anstrengung auf und machte Mrs. Bernard Platz.

«Ein bisschen wohl schon», meinte sie mit einem unbestimmten Lächeln. «Mir war nicht klar, dass der Widerstand so groß ist.»

«Sylvia Rowan ist dagegen.»

«Aber die Stimmung ist so schlecht. Das ist wirklich etwas nervenaufreibend …» Daisy holte tief Luft.

«Sie fragen sich, ob es die ganze Sache wert ist.»

«Ja.»

«Wegen der Leute sollten Sie sich nicht zu viele Gedanken machen», sagte Mrs. Bernard verächtlich. «Vergessen Sie nicht, das waren bloß die Wichtigtuer der Stadt, die da erschienen sind. Und die Frauen, die dachten, es gäbe Bingo. Denen, die weggeblieben sind, ist es wahrscheinlich piepschnurzegal. Und eine bereits erteilte Genehmigung wieder entziehen zu lassen ist ganz schön mühsam, was immer diese dumme Kuh auch denkt.» Sie schaute Daisy kurz an, fragend und, hätte ein unbeteiligter Beobachter meinen können, vielleicht sogar etwas besorgt, und blickte dann sinnend auf ihre Hände hinunter.

«Das war das erste Mal seit fast vierzig Jahren, dass ich mit dieser Familie geredet habe. Sie wären überrascht, wie einfach so was ist, selbst in einer Kleinstadt. Ja, mit Camille redet natürlich jeder. Sie weiß über alles Bescheid, was hier vor sich geht. Aber sie weiß auch, dass es mich nicht interessiert, deswegen behält sie es für sich. Jedenfalls …» Mrs. Bernard stieß einen Seufzer aus. «Ich wollte bloß sagen, dass Sie nicht aufgeben sollen. Nicht jetzt.»

Ein kurzes Schweigen entstand. Oben stöhnte Ellie im Schlaf, was der Babymonitor durch farbige Lichtwellen anzeigte.

«Nein, vielleicht nicht. Danke … Und danke, dass Sie gekommen sind und Ihre Meinung gesagt haben. Das … das war lieb von Ihnen.»

«Ach, überhaupt nicht. Ich wollte bloß nicht, dass die alte Miesmacherin denkt, alles ginge nach ihrem Willen.»

«Aber sie hat eine Menge Unterstützung. Die Aussicht, dass Leute von außerhalb in die Stadt kommen, gefällt ihnen gar nicht, oder?»

Mrs. Bernard kicherte in sich hinein und schüttelte den Kopf. Ihre Gesichtszüge waren plötzlich weich. «Da ändert sich nichts», sagte sie schmunzelnd, «die ändern sich nie.» Sie griff nach einer der Mappen. «Wissen Sie was, holen Sie mir ein Glas Wein, und ich zeige Ihnen, wie dieses Haus früher ausgesehen hat. Dann verstehen Sie, was ich meine.»

«Die Fotos.»

«Anständigen Wein. Französischen. Wenn es diese Liebfrauenmilch ist oder was, worüber Sie neulich abends mit Mr. Jones gesprochen haben, lassen Sie's lieber bleiben. Dann gehe ich auf der Stelle.»

Daisy stand auf. Im Durchgang zur Küche blieb sie stehen und drehte sich um.

«Ich hoffe, das klingt nicht zu neugierig, aber ich wollte Sie schon immer fragen … wie sind sie in den Besitz dieses Hauses gekommen? Oder hatte es etwas mit Ihrem Mann zu tun? Es gibt nicht viele Frauen, denen ein architektonisches Meisterwerk als privater Schlupfwinkel zur Verfügung steht.»

«Ach, das wollen Sie doch gar nicht alles hören.»

«Doch, bitte. Sonst hätte ich nicht danach gefragt.»

Mrs. Bernard sah zu Boden und fuhr mit einem Finger über die Mappe.

«Ich habe es geerbt.»

«Geerbt.»

Eine längere Pause entstand.

«Und mehr wollen Sie dazu nicht sagen?»

«Was müssen Sie denn sonst noch wissen?»

«Ich *muss* gar nichts wissen – aber müssen Sie das alles so ganz für sich behalten? Mrs. Bernard, kommen Sie, tauen Sie ein bisschen auf. Sie wissen viel mehr über mich als ich über Sie. Es braucht doch nicht alles ein Staatsgeheimnis zu sein. Ich sage es auch nicht weiter. Ich wüsste gar nicht, mit wem ich darüber sprechen sollte, stimmt's?»

«Ich zeige Ihnen doch die Bilder, oder?»

«Aber die haben nichts mit Ihnen zu tun, die sind vom Haus.»

«Das könnte ein und dasselbe sein.»

«Ich geb's auf.» Daisy verschwand in der Küche, und als sie mit einer Weinflasche und zwei Gläsern zurückkam, zuckte sie gutmütig die Achseln. «Ich weiß, wann ich mich geschlagen geben muss, Mrs. Bernard. Also reden wir eben über Stoffe.»

Mrs. Bernard lehnte sich zurück und sah Daisy lange an. Heute Abend hatte sie sich verändert, dachte Daisy. Ihre Haltung drückte etwas aus wie: «Na gut, wenn wir schon so weit gekommen sind …» Schweigend wartete Daisy ab, als Mrs. Bernard sich der Mappe auf ihrem Schoß zuwandte und sie endlich öffnete.

«In Ordnung, Daisy. Wenn Ihnen so sehr daran liegt», meinte sie. «Ich will Ihnen erzählen, wie ich an das Haus gekommen bin, aber Sie müssen mir versprechen, dass Sie es nicht ausplaudern. Aber zuerst muss ich was trinken. Und dieses ewige Mrs. Bernard kann ich nicht mehr hören. Wenn ich schon alle meine Staatsgeheimnisse vor Ihnen aufdecken soll, wie Sie es so nett ausgedrückt haben, dann können wir uns auch ruhig duzen. Ich heiße Lottie.»

Kapitel 14

Lieber Joe,
danke für deinen Brief und das Foto von dir mit deinem neuen Auto. Es sieht wirklich sehr schick aus, und das Rot ist sehr hübsch, und du bist ganz der stolze Besitzer. Ich habe es auf mein Tischchen gestellt, neben das Foto von meiner Mutter. Ich habe nicht viele Fotos, also war es ein besonderes Geschenk.

Von hier gibt es nicht viel zu berichten. Ich erhole mich gerade von der Hausarbeit und lese ein Buch, das Adeline mir geliehen hat. Am besten gefallen mir die Bücher über Kunstgeschichte. Adeline sagt, sie will mich zu einer Leseratte machen. Und sie drängt mich, malen zu üben, damit ich Frances überraschen kann, wenn sie kommt. Ich bin nicht besonders gut – meine Wasserfarben verlaufen meistens, und ich habe oft mehr Zeichenkohle an den Fingern als auf dem Papier. Aber es macht mir recht viel Spaß. Es ist nicht so, wie wir es in der Schule gemacht haben. Adeline meint immer, ich sollte lernen, «mich auszudrücken». Wenn Julian kommt, sagt er, ich würde «meine Perspektiven erweitern» und eines Tages würde er eins von meinen Bildern rahmen und für mich verkaufen. Das soll wohl ein Scherz sein.

Nicht, dass einem hier oft nach Scherzen zumute wäre. Im Dorf wird man schon schief angesehen, wenn man an Wochentagen eine Brosche am Kleid trägt. Eine Frau, die Bäckerin (die Brote sehen aus wie Stöcke und sind so lang wie ein Bein!), ist sehr fröhlich und plaudert mit uns. Aber

Mme Migot, die eine Art Ärztin ist, guckt alle immer sehr streng an. Besonders Adeline und mich.

Ich weiß nicht, ob ich dir schon geschrieben habe, wo das Dorf liegt. Es ist mitten auf einem Berghang, am Mont Faron, aber dieser Berg hat keinen verschneiten Gipfel, wie die Berge auf den Fotos, sondern er ist sehr heiß und trocken. Obendrauf steht eine Festung. Als George zum ersten Mal mit Adeline und mir die schmale Straße hochgefahren ist, habe ich mich vor Angst fast übergeben. Selbst oben musste ich mich an einem Baum festhalten. Wusstest du, dass es hier Kiefern gibt? Nicht die gleichen wie zu Hause, aber es hat mir trotzdem geholfen.

Adeline lässt dich herzlich grüßen. Sie pflückt gerade im Garten Kräuter. Sie duften hier in der Hitze sehr stark, ganz anders als in Mrs. Holdens Garten.

Ich hoffe, dass es dir gut geht, Joe. Und danke dafür, dass du weiter schreibst. Manchmal bin ich ein bisschen einsam, um ehrlich zu sein, und deine Briefe sind tröstlich.

Deine Lottie

Lottie lag auf der Seite auf den kühlen Fliesen, mit einen Kissen unter der Hüfte und einem weiteren unter dem Nacken, und wartete darauf, dass ihre Knochen sich über die unnachgiebige Härte des Bodens unter ihr beschwerten. Ihre Gelenke hielten nicht mehr lange durch; selbst auf dem weichen Bett oben fingen sie schon nach wenigen Minuten an zu zwicken. Egal in welcher Stellung Lottie lag, sie verlangten, dass sie sich eine neue Ruheposition suchte, neue Druckpunkte, auf denen ihr Gewicht aufliegen konnte. Nun spürte sie die ersten Anzeichen von Unbehagen in ihrem rechten Bein und schloss ärgerlich die Augen.

Sie wollte sich nicht bewegen. Auf dem Fußboden war es am kühlsten, ja es war der einzige kühle Platz in diesem ganzen Haus, das sonst nur aus sengender Hitze bestand, aus kratzenden Stoffen und riesigen, fliegenden Ungetümen, die gegen die Möbel krachten und wütend vor den Fenstern brummten.

Draußen ging Adeline mit ihrem großen Strohhut langsam

durch den gelb werdenden, verwilderten Garten, pflückte Kräuter, roch daran und legte sie in ein Körbchen. Als Adeline zum Haus zurückkam, strampelte das Baby heftig, und Lottie murrte missmutig und zog ihren seidenen Kimono zusammen, damit die Freundin ihren aufgedunsenen Bauch nicht zu sehen brauchte.

«Möchtest du etwas trinken, Lottie?» Adeline machte einen Schritt über sie hinweg und trat an den Ausguss. Sie war daran gewöhnt, dass Lottie auf dem Fußboden lag. Auch an ihre Trübseligkeit war sie gewöhnt.

«Nein, danke.»

«Ach je, wir haben keine Grenadine mehr. Hoffentlich kommt die Frau aus dem Dorf diese Woche, wir haben fast gar nichts mehr im Haus. Und die Wäsche muss gewaschen werden – Julian kommt in den nächsten Tagen.»

Lottie richtete sich mühsam auf und unterdrückte den Drang, sich zu entschuldigen. Ganz gleich, wie oft Adeline sie deswegen tadelte, ihr schlechtes Gewissen, weil sie in diesen letzten Wochen der Schwangerschaft dick und träge und unnütz war, blieb. In den Monaten nach ihrer Ankunft in Frankreich hatte Lottie, als Gegenleistung für Adelines Gastfreundschaft, die Hausarbeit und das Kochen übernommen. Nicht, dass Adeline eine Gegenleistung verlangt hätte, aber Lottie fühlte sich damit sicherer. Wenn man seinen Lebensunterhalt selbst verdiente, konnte man nicht so leicht vor die Tür gesetzt werden.

Adeline hatte es sich anscheinend zur Aufgabe gemacht, Lottie davon zu überzeugen, dass ihr Verschwinden aus Merham auch Vorteile hatte. Sie war etwas wie eine Lehrerin für Lottie geworden und forderte sie auf, in ihren Bildern «mutig» zu sein. Nachdem Lottie ihre anfänglichen Hemmungen und ihr Widerstreben überwunden hatte, war sie ganz überrascht, dass ein Mensch wie sie, der gar nicht mehr zu existieren schien, auf einem Blatt Papier derart sichtbare Spuren hinterlassen konnte. Adelines Lob gab ihr das seltene Gefühl, etwas geleistet zu haben – außer Adeline war Dr. Holden der einzige Mensch, der sie je gelobt hatte –, ein Gefühl, dass ihr Leben vielleicht doch noch einen Sinn hatte. Und ganz allmählich erwachte in Lottie ein Interesse an diesen neuen Welten. Sie boten zumindest Möglichkeiten, ihrer derzeitigen Welt zu entfliehen.

Doch jetzt war sie unförmig und taugte zu nichts mehr. Jetzt wurde ihr schwindlig, wenn sie zu lange stand, und ihre Knöchel wurden dick, weil sich dort Flüssigkeit ansammelte. Sobald sie sich zu viel bewegte, wurde ihr verschwitzter Körpers an den Stellen, die jetzt gegeneinander rieben, rot und wund. Wenn das Baby sich in seinem elastischen Gefängnis rührte, nahm ihr Bauch die unmöglichsten Formen an, sodass sie nachts nicht schlafen konnte und tagsüber erschöpft war. So saß oder lag Lottie auf dem Steinboden und wartete darauf, dass die Hitze oder die Stöße des Babys nachließen.

Adeline sagte dankenswerterweise nichts zu ihren Depressionen und ihrer schlechten Laune. Summend ging sie umher, anscheinend ungerührt, und bot Lottie ohne jeden Unterton etwas zu trinken oder noch ein Kissen an oder bat sie, ihr zu helfen, einen weiteren Brief an Frances aufzusetzen. Adeline schrieb viele Briefe an Frances.

Antworten schien sie nicht zu bekommen.

Es war fast sechs Monate her, dass Lottie England verlassen hatte, sieben, seit sie aus Merham abgereist war. Das lag inzwischen so weit zurück, als wäre es zehn Jahre her. In ihrem anfänglichen Schock war Lottie zu ihrer Mutter gegangen – und hatte sie kaum erkannt. Mrs. Swift hatte ihr Haar mit Haarlack zu einer fest anliegenden Haube frisiert und sich die Lippen grell orangerot geschminkt. Sie hatte ihrer Tochter erklärt, sie solle bloß nicht glauben, dass sie damit nach Hause kommen könnte. Es sei ja nicht zu fassen, hatte sie gesagt und ihre Zigarette geschwenkt, dass Lottie aus ihrem eigenen Schicksal nichts gelernt habe. Sie habe all ihre gottgegebenen Chancen – eine Menge mehr, als ihre Mutter jemals bekommen hatte – verspielt, und die Holdens hätten nun die richtige Meinung von ihr.

Außerdem, hatte ihre Mutter in einem merkwürdig verschämten, fast versöhnlichen Tonfall gesagt, habe sie ihr Leben jetzt in der Hand und sei mit einem netten Witwer befreundet. Er habe bestimmte Moralvorstellungen und würde so etwas nicht verstehen. Er sei nicht wie die anderen, hatte Mrs. Swift fast schuldbewusst hinzugefügt. Er sei anständig. Und bevor Lottie ihre Tasse Tee halb ausgetrunken hatte, war ihr klar gewesen, dass die Mutter sie nicht zum Bleiben einladen würde, ja, dass sie, genauso wie in Merham, gar nicht mehr zu existieren schien.

Ihre Mutter hatte diesem Witwer nicht gesagt, dass sie eine Tochter hatte. Schon früher hatte es in der Wohnung nur wenige Fotos von Lottie gegeben, aber jetzt sah sie gar keins mehr. Auf dem Kaminsims, wo ein Bild von ihr und Tante Jean, der verstorbenen Schwester ihrer Mutter, gestanden hatte, prangte jetzt ein gerahmtes Foto von einem Paar mittleren Alters, das Arm in Arm blinzelnd vor einem Landgasthaus stand. Die Glatze des Mannes glänzte im Sonnenschein.

«Ich bitte dich um nichts, ich wollte dich bloß sehen.» Lottie hatte nicht einmal die Energie aufbringen können, sich verletzt zu fühlen. Verglichen mit dem, was sie durchgemacht hatte, war die Ablehnung, die sie von dieser Frau erfuhr, nebensächlich.

Ihre Mutter hatte bedrückt gewirkt, so als hielte sie die Tränen zurück. Mit einem Schwämmchen hatte sie sich Puder auf das Gesicht getupft und dann nach Lotties Arm gegriffen. «Lass mich wissen, wo du bist. Schreib mir, ja?»

«Soll ich mit Lottie unterschreiben?» Lottie war schon auf dem Weg zur Tür gewesen. «Oder lieber mit ‹deine gute Freundin›?» Mit zusammengepressten Lippen hatte ihre Mutter ihr zehn Schilling in die Hand gedrückt. Lottie hatte auf das Geld geschaut und beinahe lachen müssen.

Adeline konnte sich noch so viel Mühe geben, Lottie gefiel es in Frankreich nicht. Abgesehen vom Brot schmeckte ihr das Essen nicht richtig. Die deftigen Eintöpfe mit dem Knoblauchgeschmack und die schweren Soßen zum Fleisch weckten in ihr das Verlangen nach der beruhigenden Fadheit von Fisch und Chips und Gurkensandwiches. Als sie auf dem Markt zum ersten Mal reifen französischen Käse gerochen hatte, hatte sie sich am Straßenrand übergeben müssen. Sie litt unter der Hitze, die größer war als in Merham und nicht durch den Seewind abgemildert wurde, und unter den Mücken, die sie nachts wie heulende Bomber im Tiefflug attackierten. Auch die Landschaft mit der ausgetrockneten Erde und der Vegetation, die in der Sonnenhitze gelb geworden war und sich eingerollt hatte, erschien ihr wenig einladend. Das ewige Grillenzirpen im Hintergrund war ihr zuwider. Und sie hasste die Franzosen, die Männer, die ihr viel sagend nachschauten, und, als ihr Leibesumfang zunahm, auch die Frauen, die sie ebenfalls beäugten, allerdings missbilligend und zum Teil mit unverhohlener Empörung.

Mme Migot, die Hebamme, war auf Adelines Bitte hin zweimal bei ihnen gewesen. Lottie fand sie grässlich. Sie hatte ihren Bauch so grob abgetastet, als würde sie Brot kneten, hatte den Blutdruck gemessen und Adeline Anweisungen zugebrüllt. Adeline ihrerseits hatte unglaublich ruhig und unbekümmert geantwortet. Mit Lottie sprach Mme Migot kein einziges Wort, sie sah ihr kaum in die Augen. «Sie ist katholisch», meinte Adeline, als die Hebamme gegangen war. «Das war zu erwarten. Gerade du solltest doch wissen, wie die Leute in einer Kleinstadt sind.» Aber das war alles gewesen.

Trotzdem vermisste Lottie ihre eigene Kleinstadt. Sie vermisste die Gerüche in Merham, diese Mischung aus Meersalz und Asphalt, das Rauschen der Kiefern im Seewind, die offenen, gepflegten Grünflächen im Stadtpark und die verrottenden Wellenbrecher, die sich unendlich weit ins Meer hinauszogen. Dass alles so überschaubar war, gefiel ihr. Man kannte die Beschränkungen, und es war unwahrscheinlich, dass sie aufgehoben wurden. Lottie hatte nie Celias Wanderlust besessen; sie war einfach dankbar dafür gewesen, dass sie in dem gefälligen, ordentlichen Städtchen akzeptiert wurde, vielleicht aus einer Vorahnung heraus, dass diese Situation nicht von Dauer sein würde.

Am meisten jedoch vermisste sie Guy. Tagsüber wappnete sie sich gegen Gedanken an ihn, errichtete im Geiste eine Schranke, mit deren Hilfe sie sein Bild fortschieben konnte, als würde sie einen Vorhang vor sein Gesicht ziehen. Nachts jedoch überhörte er ihr Flehen um Frieden und wanderte durch ihre Träume. Sein schiefes Lächeln, seine schlanken braunen Hände, seine Zärtlichkeiten lockten sie und verspotteten sie gleichzeitig mit ihrer Abwesenheit. Manchmal erwachte Lottie davon, dass sie seinen Namen rief.

Manchmal fragte sie sich, wie es möglich war, dass sie so weit vom Meer fort war und trotzdem das Gefühl hatte, ertrinken zu müssen.

Der Frühling wurde zum Sommer, und Besucher kamen und gingen, saßen mit Strohhüten draußen auf der Terrasse, tranken Rotwein und schliefen in der Nachmittagshitze. Häufig zusammen. Julian kam an, viel zu höflich, um ihren wachsenden Taillenumfang zu erwähnen oder sie zu fragen, wie es dazu gekommen war. Er war erbarmungslos vergnügt und gefährlich extravagant. Offenbar verdiente er wieder Geld. Er schenkte Adeline das Haus in Merham und eine furchtbar teure Frauenbüste, die in Lotties Augen aussah, als hätten Ameisen sie bearbeitet. Auch Stephen besuchte sie zweimal.

George kam und blieb, und erst in seiner Gegenwart schien Adeline richtig aufzuleben. Sie führten im Flüsterton angeregte Gespräche, während Lottie sich bemühte, so zu tun, als sei sie nicht anwesend. Sie wusste, dass es um Frances ging.

Einmal schaute George, betrunken, wie er war, auf Lotties Bauch und machte einen Witz über Früchte und Samen, und Adeline gab ihm tatsächlich eine Ohrfeige.

«Weißt du, ich bewundere dich, kleine Lottie», sagte er später, als Adeline außer Hörweite war. «Du warst wahrscheinlich die größte Gefahr, mit der Merham je konfrontiert war.»

Unter ihrem übergroßen Hut versteckt warf Lottie ihm einen finsteren Blick zu.

«Ich habe immer gedacht, es wäre deine Schwester, die sich mal in Schwierigkeiten bringen würde.»

«Sie war – sie ist nicht meine Schwester.»

George schien sie nicht zu hören. Draußen zirpten die Grillen im Chor, als wären sie der Motor, der den Tag antrieb, nur in der Nachmittagshitze brachen sie gelegentlich einmal ab.

«Und dich hatte ich für die Ernsthaftere von euch beiden gehalten. Warst du einfach neugierig? Oder hat er dir versprochen, auf ewig dein zu sein? Dich zu hüten wie seinen Augapfel? Und Ananas satt? Ist ja schon gut ... lass doch diese unfeinen Ausdrücke. Willst du die Feigen eigentlich essen, oder kann ich sie haben?»

Ob es ihr Kummer war oder ihr Abstand zu ihrem alten Leben, zu jeglichem Leben, Lottie fiel es schwer, sich auf das Baby zu freuen oder es mit zärtlichen Gefühlen zu erwarten. Nachts hatte sie manchmal furchtbare Schuldgefühle, weil sie es ohne Vater auf die Welt brachte, in eine Umgebung, wo die Madames Migot es angewidert mustern und wo alle anderen es misstrauisch betrachten würden. Dann wieder verspürte sie heftigen Groll gegen das Kind, weil allein die Tatsache, dass es existierte, dafür sorgen würde, dass sie sich niemals von Guys Anwesenheit und von dem damit verbundenen Schmerz würde befreien können. Lottie wusste nicht, was ihr mehr Angst einjagte: dass sie das Kind Guys wegen nicht lieben könnte oder dass sie es seinetwegen lieben würde.

Daran, wie sie praktisch mit ihrer neuen Situation fertig werden sollte, verschwendete sie kaum einen Gedanken. Adeline hatte gesagt, sie solle sich deswegen keine Sorgen machen. «So was ergibt sich von selbst, meine Liebe», hatte sie gemeint und ihr die Hand getätschelt. «Hauptsache, du hältst dich von den Nonnen fern.»

Schwer und erschöpft und von fast allem angewidert, hoffte Lottie, dass sie Recht behalten würde. Schon ein paar Wochen nach der Entdeckung ihrer misslichen Lage war ihr alles gleichgültig geworden. Sie konnte ja doch nichts ändern. Und es erschien ihr einfacher, ihre Gefühle abzutöten oder für sich zu behalten, als sie wie frische Wunden zu zeigen. Allmählich wurde sie immer schläfriger und unbeteiligter, saß einfach stundenlang im verwilderten Garten, beobachtete die Libellen und die Wespen, die sie umschwebten, und legte sich, wenn ihr zu heiß wurde, im Haus auf den kühlenden Fliesenboden. Vielleicht würde sie ja bei der Geburt sterben, dachte sie und fühlte sich merkwürdig getröstet.

Möglicherweise erkannte Adeline, dass Lotties Depression immer tiefer wurde, je näher der Geburtstermin rückte, jedenfalls begann sie, die Hochschwangere auf «Abenteuer» mitzunehmen, wie sie es nannte, auch wenn das Abenteuerliche ihrer Aktivitäten sich meistens darauf beschränkte, dass sie Rotwein oder Pastis bestellten oder vielleicht eine *Tarte des pommes* oder eine süße *Tropezienne* mit Vanillepudding kauften. Adeline hasste die stickige, abgasgeschwängerte Hitze im nahe gelegenen Toulon, daher ließ sie George an der Küste entlang nach Sanary fahren. Lottie vermisse das Meer, begründete sie diesen Wunsch. Die Stadt am Meer mit ihren Palmen, den schattigen Kopfsteinpflasterstraßen und den fröhlichen Häusern mit ihren pastellfarbenen Fensterläden würde eine willkommene Aufmunterung sein. Der Ort sei für seine Künstler und Kunsthandwerker berühmt, erklärte Adeline, während sie sich mit Lottie in einem Straßencafé niederließ, gleich neben einem beruhigend plätschernden Springbrunnen. Aldous Huxley habe hier gelebt, während er *Schöne neue Welt* schrieb. Die ganze Südküste habe Künstler immer wieder inspiriert. In einem Jahr sei sie mit Frances von St. Tropez nach Marseilles gefahren, und am Ende der Reise hatten sie so viele Bilder im Kofferraum, dass sie ihr Gepäck auf den Schoß nehmen mussten.

George meinte, er habe drinnen an der Bar eine Verabredung. Er flüsterte Adeline etwas zu und ließ die beiden allein.

Lottie sagte nichts. Zum Teil lag das daran, dass sie im Auto geschlafen hatte und in der Hitze noch nicht richtig wieder zu sich gekommen war, zum Teil aber war das Baby der Grund für ihre Selbstversunkenheit. Ihre Persönlichkeit war allmählich auf einige wenige Kennzeichen reduziert worden: geschwollene Füße, ein wunder, überdehnter Bauch, unruhige Beine und Kummer. Es war eine Anstrengung, jenseits davon Menschen wahrzunehmen oder auf Adeline zu achten, die sie schließlich ihren Gedanken überlassen hatte, um einen Brief zu lesen, und ihr nun schon eine ganze Weile reglos gegenübersaß.

Lottie trank einen Schluck Wasser und forschte in Adelines Gesicht. «Ist alles in Ordnung?»

Adeline gab keine Antwort.

Schwerfällig setzte Lottie sich aufrecht hin und schaute sich unter den Gästen an den anderen Tischen um. Sie schienen es zufrieden zu sein, stundenlang einfach nichts oder fast nichts zu tun. «Adeline?»

Sie hielt den Briefbogen halb aufgeklappt in der Hand.

«Adeline?»

Adeline schaute auf, als hätte sie Lotties Gegenwart gerade erst bemerkt. Ihr Gesicht war ausdruckslos wie immer, und die adrette dunkle Sonnenbrille verstärkte diesen Eindruck noch. Das rabenschwarze Haar war nach vorn über die nasse Wange gefallen. «Sie bittet mich, ihr nicht mehr zu schreiben.»

«Wer?»

«Frances.»

«Warum?»

Adeline schaute über den gepflasterten Platz. Zwei Hunde balgten sich um etwas, das im Rinnstein lag. «Sie schreibt … sie schreibt, ich hätte nichts Neues zu sagen.»

«Das ist ein bisschen ungerecht», brummte Lottie und rückte ihren Sonnenhut zurecht. «Es ist ja nicht so einfach, etwas Neues zu schreiben. Hier passiert doch nichts.»

«Frances ist nicht ungerecht. Ich glaube, sie meint nicht … ach, Lottie …»

Die beiden Frauen hatten nie über persönliche Dinge gesprochen. Bei ihrer Ankunft hatte Lottie tränenreich begonnen, sich zu entschuldigen und die Sache mit dem Baby zu erklären, aber Adeline hatte mit ihrer blassen Hand eine wegwerfende Geste gemacht und gesagt, sie sei immer willkommen. Sie hatte Lottie nie Fragen gestellt und auch selbst wenig von sich erzählt. Sie plauderte nett, sorgte dafür, dass ihre Freundin alles hatte, was sie brauchte, und bis auf gelegentliche Fragen nach Frances hätten sie entfernte Verwandte sein können, Sommerurlauber, die sich vorgenommen hatten, ihren Aufenthalt zu genießen.

«Was soll ich tun?» Adeline sah so traurig aus, so resigniert. «Sie darf eigentlich nicht allein sein. Das ist gar nicht gut für Frances. Sie wird zu … melancholisch. Sie braucht mich. Was sie auch schreibt, sie braucht mich.»

Vorsichtig ließ Lottie sich wieder in den Korbstuhl zurücksinken. Sie fragte sich, ob Adeline die Tatsachen nicht ein wenig verdrehte. «Warum ist sie denn so sauer auf dich?»

Adeline schaute erst Lottie an und dann ihre Hände, die immer noch den Brief hielten. Schließlich blickte sie wieder auf. «Weil … weil ich sie nicht so lieben kann, wie sie es möchte.»

Fragend blickte Lottie sie an.

«Sie findet, dass ich nicht mit Julian zusammen sein sollte.»

«Aber er ist doch dein Mann. Du liebst ihn.»

«Ja, ich habe ihn lieb … Aber als Freund.»

Eine kurze Pause entstand.

«Als Freund?», fragte Lottie zögernd und erinnerte sich an den Nachmittag mit Guy.

«Nur als Freund?» Sie sah Adeline eindringlich an.

«Aber … aber wie hält er das aus?»

Adeline zündete sich eine Zigarette an. Lottie hatte erst in Frankreich entdeckt, dass sie rauchte. Sie machte einen tiefen Zug und schaute an Lottie vorbei.

«Weil Julian mich auch nur als Freundin lieb hat. Ohne Leidenschaft, Lottie, ohne körperliche Leidenschaft. Aber wir passen gut zusammen, Julian und ich. Er braucht eine Basis, eine gewisse … kreative Umgebung … und ein gewisses Ansehen, und ich brauche Stabilität, Menschen um mich herum, die mich … ich weiß nicht … unterhalten können. So verstehen wir unsere Ehe.»

«Aber … ich begreife das nicht … warum hast du Julian geheiratet, wenn du ihn nicht richtig liebst?»

Behutsam legte Adeline den Brief auf den Tisch und schenkte sich Wein nach. «Wir sind bisher umeinander herumgeschlichen, du und ich. Jetzt will ich dir eine Geschichte erzählen, Lottie. Über eine junge Frau, die sich hoffnungslos in einen Mann verliebte, den sie nicht haben konnte, in einen Mann, den sie im Krieg kennen lernte, als sie … ein anderes Leben führte. Er war das schönste Geschöpf, das sie je gesehen hatte, mit grünen Katzenaugen und einem tieftraurigen Gesicht, weil er so viel ertragen hatte. Und die beiden beteten einander an und schworen sich, wenn der eine sterben würde, könnte der andere es nicht ertragen weiterzuleben, sodass sie im Jenseits wieder vereint würden. Es war eine wilde Leidenschaft, eine schreckliche Geschichte.»

Beim Zuhören vergaß Lottie für eine Weile ihre schmerzenden Glieder und die Hitze.

«Aber siehst du, dieser Mann war kein Engländer. Und weil Krieg war, konnte er nicht bleiben. Er wurde nach Russland geschickt, und nach zwei Briefen hörte die junge Frau nie wieder etwas von ihm. Und, meine liebe Lottie, das machte sie wahnsinnig. Sie benahm sich wie eine Verrückte, riss sich die Haare aus und schrie und lief stundenlang durch die Straßen, auch als überall die Bomben fielen.

Und schließlich, lange Zeit danach, entschied sie, dass sie leben musste und dass sie, um leben zu können, ein bisschen weniger empfinden und damit etwas weniger leiden wollte. Sterben konnte sie nicht, sosehr sie sich das auch gewünscht hatte, denn vielleicht lebte er ja noch, irgendwo in der Ferne. Und sie wusste, wenn die Schicksalsgöttinnen es so planten, würden sie und ihr Mann sich wiederfinden.»

«Und haben sie sich wiedergefunden?»

Ohne sie anzusehen, blies Adeline den Rauch aus. «Noch nicht, Lottie. Noch nicht … Aber ich rechne auch nicht damit, dass es noch in diesem Leben geschieht.»

Eine Weile lauschten sie auf das träge Summen der Bienen, auf das leise Gemurmel ringsherum und auf das ferne, dumpfe Läuten einer Kirchenglocke. Adeline hatte Lottie einen Schluck Wein in ihr Wasser gegossen, und Lottie nippte an ihrem Glas und versuchte, sich ihre Verblüffung nicht anmerken zu lassen. «Ich verstehe das immer noch nicht … warum hat Frances dich als diese griechische Frau gemalt?»

«Als Laodamia? Sie hat mir vorgeworfen, dass ich an etwas Künstlichem festhalte – an einem bloßen Abbild von Liebe. Sie wusste, dass ich lieber sicher in meiner Ehe mit Julian leben wollte, als noch einmal zu riskieren, einen Menschen wirklich zu lieben. Wenn sie Julian sah, hat sie sich immer aufgeregt. Er erinnere sie an meine Fähigkeit, mich selbst zu belügen, sagte sie.»

Adeline sah Lottie mit großen, nassen Augen an. Langsam breitete sich ein liebevolles Lächeln auf ihrem Gesicht aus. «Frances ist so … Sie glaubt, ich hätte meine Fähigkeit zu lieben abgetötet, ich fände es sicherer, mit Julian zusammen zu sein und etwas zu lieben, was ich nicht haben kann. Sie meint, weil sie mich so sehr liebt, könnte sie mich ins Leben zurückholen, könnte mich durch reine Willenskraft zwingen, sie auch so zu lieben. Und weißt du, Lottie, ich habe Frances wirklich lieb. Mehr als alle anderen Frauen, die ich kenne, mehr als alle Menschen außer ihm … Einmal, als es mir sehr schlecht ging, habe ich … sie war so lieb … aber … aber es genügte ihr nicht. Frances ist anders als Julian. Sie könnte nie mit einer halben Liebe leben. Sie verlangt Aufrichtigkeit, in der Kunst wie auch im Leben. Und ich kann nie wieder jemanden so lieben, egal ob Mann oder Frau, wie ich Konstantin geliebt habe …»

Bist du sicher, dass du sie nicht liebst?, wollte Lottie fragen, denn sie dachte an Adelines zahlreiche Briefe und an ihre Verzweiflung über Frances' lange Abwesenheit. Doch Adeline kam ihr zuvor. «Darum habe ich es gleich gewusst, verstehst du, Lottie?»

Adeline griff nach ihrem Handgelenk und umklammerte es. Lottie spürte, wie sie trotz der Hitze zitterte.

«Als ich dich und Guy zusammen sah, wusste ich Bescheid.» Ihre dunklen Augen glühten, als sie Lottie anblickte. «Ich sah mich selbst und Konstantin.»

Lieber Joe,
entschuldige bitte, wenn dieser Brief kurz wird, aber ich bin sehr müde und habe nicht viel Zeit zum Schreiben. Gestern habe ich mein Baby bekommen. Es ist ein kleines Mädchen, ein sehr schönes Kind. Sie ist wirklich das goldigste Geschöpf, das du dir vorstellen kannst. Ich werde Fotos machen lassen und dir eins schicken, wenn du möchtest. Vielleicht, wenn du nicht mehr so böse auf mich bist.

Ich wollte dir nur schreiben, wie Leid es mir tut, dass du über Virginia von meinem Zustand erfahren musstest. Ich wollte es dir erzählen, wirklich, aber es war alles etwas kompliziert. Und nein, das Baby ist nicht von Dr. Holden, was immer diese gehässige Kuh auch sagt. Bitte glaube mir das, Joe. Und sorge dafür, dass auch alle anderen es erfahren. Mir ist egal, was du ihnen erzählst.
Ich schreibe bald wieder
Lottie

Es war keine gute Nacht für eine Geburt gewesen. Nicht, dass es, wie Lottie hinterher dachte, überhaupt eine gute Nacht für eine Geburt geben könnte. Sie hatte nicht gewusst, dass sie fähig war, so große Schmerzen zu ertragen und zu durchleben; sie fühlte sich dadurch verdorben, als gäbe es jetzt eine unschuldige, naive Lottie und eine Lottie, die etwas Entsetzliches mitgemacht hatte, das sie zerrissen und für immer entstellt hatte.

Am frühen Abend war sie bloß reizbar gewesen, wie Adeline es liebevoll ausgedrückt hatte. Sie hatte es satt gehabt, ihren massigen Körper durch die Hitze zu schaukeln, plump und erschöpft, und in nichts anderes mehr hineinzupassen als in Adelines groteske, fließende Morgenröcke und Julians vergessene Oberhemden. Adeline dagegen war in den vergangenen drei Tagen besser gelaunt gewesen. Sie hatte George losgeschickt, um Frances zu suchen. Nicht bloß um ihr einen Brief zu überreichen, sondern um sie mit zurück nach Frankreich zu bringen. Adeline glaubte, sie habe einen Weg gefunden, um Frances wiederzugewinnen, um ihr das Gefühl zu geben, dass sie geliebt wurde, ohne dass Adeline ihre unveränderliche Liebe zu Konstantin aufgeben musste. «Aber du musst mit mir sprechen», hatte Adeline geschrieben. «Du kannst für immer fortfahren, wenn du nach wie vor denkst, ich hätte nichts zu sagen, aber du musst mit mir sprechen.»

«George wird sich nicht abweisen lassen», hatte Adeline befriedigt ausgerufen. «Er kann sehr überzeugend sein.»

Lottie hatte an Celia gedacht und missmutig gemurmelt: «Ich weiß.»

George hatte eigentlich nicht nach England zurückkehren, sondern die Feiern zur Erstürmung der Bastille miterleben wollen. Aber weil er Adeline nichts abschlagen konnte, hatte er beschlossen, sich bei dem Fest vertreten zu lassen. Erst hatte er Lottie eine Weile betrachtet, aber dann, vielleicht weil sie ihm die Zunge rausgestreckt hatte, hatte er einen befreundeten Künstler gebeten, mit seiner neuen Zeiss Ikon Fotos für ihn zu machen. «Es ist die Mühe wert», hatte Adeline gesagt und George einen Abschiedskuss auf die Lippen gedrückt, was Lottie etwas überrascht hatte.

Zweiundsiebzig Stunden später war Lottie überzeugt, dass sie von nun an nie wieder etwas überraschen könnte.

Sie lag in ihrem Bett, ohne sich der Hitze und der Mücken, die durch den Blutgeruch angelockt wurden, richtig bewusst zu sein, und schaute auf das winzige, vollkommene Gesicht vor sich. Ihre Tochter sah aus, als schliefe sie – ihre Augen waren geschlossen –, aber ihr Mund formte kleine Geheimnisse in die Nachtluft.

Lottie hatte so etwas noch nie erlebt. Die brennende Freude nach den unbeschreiblichen Schmerzen, ihr Unglaube, dass sie, die unscheinbare Lottie Swift, eine Frau, die gar nicht mehr existierte, etwas so Vollkommenes, so Schönes geschaffen hatte. Es war ein Grund zum Weiterleben, der schwerer wog als alles, was sie sich hatte vorstellen können.

Sie sah aus wie Guy.

Lottie zog ihr Töchterchen an sich und sprach so leise, dass nur sie es hören konnte. «Ich werde alles für dich sein», flüsterte sie, «du wirst nichts vermissen. Es wird dir an nichts fehlen. Ich verspreche dir, ich werde dafür sorgen, dass ich genug für dich bin.»

«Ihre Haut hat die Farbe von Kamelien», hatte Adeline mit Tränen in den Augen gesagt. Und Lottie, die Jane oder Mary oder andere Mädchennamen, die in Adelines Zeitschriften vorgeschlagen wurden, nie gemocht hatte, hatte ihrer Tochter einen Namen gegeben.

In der Nacht der Geburt war Adeline nicht ins Bett gegangen. Mme Migot verließ das Haus erst lange nach Mitternacht, und am Morgen erwarteten sie George, vielleicht zusammen mit Frances. Adeline würde gar nicht schlafen können. So verbrachten sie diese erste, lange Nacht zusammen, Lottie lag staunend in ihrem Bett, und Adeline saß dösend neben ihr in einem Sessel und strich manchmal zärtlich über das unglaublich weiche kleine Köpfchen oder streichelte Lottie gratulierend den Arm.

Bei Sonnenaufgang erhob Adeline sich steif und verkündete, dass sie Tee kochen wolle. Lottie war dankbar. Sie hatte ihr Baby immer noch im Arm und sehnte sich schon lange nach einem heißen, süßen Getränk. Ihr Körper blutete und schmerzte bei jeder Bewegung und erinnerte sie an die furchtbaren Stunden, die sie hinter sich hatte. Am liebsten wäre sie für immer in ihrem Bett liegen geblieben.

Adeline öffnete die Läden, um das leuchtend blaue Schimmern der Morgenfrühe einzulassen, und streckte sich mit grüßend erhobenen Armen vor dem Fenster. Das Zimmer füllte sich mit dem sanften Licht und den Geräuschen ihrer Umgebung: Rinder trotteten langsam einen Hügel hinauf, ein Hahn krähte, und als Hintergrundmusik zirpten, wie winzige Spielzeuge zum Aufziehen, die Grillen.

«Es ist kühler geworden, Lottie – spürst du den Wind?»

Lottie schloss die Augen und spürte, wie die kühle Luft ihr Gesicht liebkoste. Einen Moment lang war ihr, als wäre sie in Merham.

«Jetzt wird alles besser, du wirst sehen.»

Adeline wandte sich ihr zu, und einen Moment lang glaubte Lottie, vielleicht weil sie durch die Geburt und die Erschöpfung geschwächt war, noch nie etwas so Schönes gesehen zu haben. Adeline war in ein phosphoreszierendes Glühen gehüllt, der sonst so durchdringende Blick aus den grünen Augen war nach dem gerade Erlebten weicher und ungewöhnlich wehrlos. Lottie kamen die Tränen. Sie war nicht fähig, die Liebe, die sie plötzlich empfand, auszudrücken und konnte nur ihre zitternde Hand ausstrecken.

Adeline nahm sie, küsste sie und drückte sie an ihre kühle, glatte Wange. «Du hast Glück, meine liebe Lottie. Du brauchtest nicht dein ganzes Leben lang zu warten.»

Lottie schaute ihr schlafendes Töchterchen an. Sie nickte und ließ es zu, dass Tränen des Kummers und der Dankbarkeit auf das blassgelbe seidene Umschlagtuch tropften.

Das Geräusch eines herannahenden Wagens ließ sie aufschrecken. Als die Autotür zuschlug, hatten beide ihre Fassung wiedergewonnen. «Frances!», rief Adeline und versuchte, erst ihr zerknittertes Seidenkleid und dann ihr zerzaustes Haar glatt zu streichen. «Ach du je, und wir haben nichts zu essen, Lottie! Was sollen wir ihnen bloß zum Frühstück machen?»

«Ich – ich bin sicher, dass sie gern ein bisschen warten … wenn sie erst wissen …» Lottie interessierte das Frühstück nicht im Geringsten. Ihr Baby regte sich, ein winziges Händchen griff in die Luft, winzige Finger rollten sich ein.

«Ja, da hast du natürlich Recht. Wir haben Kaffee und Obst von gestern. Und die *boulangerie* öffnet bald – vielleicht wollen sie auch schlafen, wenn sie die ganze Nacht gefahren sind …»

Lottie beobachtete, wie Adeline durch das Zimmer wirbelte. Ihre gewohnte Reglosigkeit war einer Art kindischer Nervosität gewichen, einer Unfähigkeit, sich hinzusetzen oder sich auf irgendeine Aufgabe zu konzentrieren.

«Findest du es fair von mir, dass ich das von Frances verlange?», fragte Adeline plötzlich. «Oder findest du es egoistisch, dass ich sie zurückhole?»

Sprachlos schüttelte Lottie den Kopf.

«Adeline?» Georges laute Stimme durchbrach die Stille des Hauses. Lottie merkte, dass sie unwillkürlich zusammenzuckte, weil sie bereits fürchtete, er könnte ihr Baby aufwecken. «Wo bist du?» Er erschien in der Tür, dunkel und unrasiert, die üblichen Leinenhosen verkrumpelt wie alte Kohlblätter. Bei seinem Auftauchen durchzuckte Lottie eine böse Vorahnung. Die Lieblichkeit und die Stille des jungen Morgens waren wie fortgeweht.

Adeline merkte nichts davon. Sie lief auf ihn zu. «George, wie herrlich! Wie wunderbar! Hast du sie mitgebracht?» Sie stellte sich auf die Zehenspitzen, um ihm über die Schulter sehen zu können und verstummte dann, um auf weitere Schritte zu horchen. «George?» Adeline blickte ihm fragend ins Gesicht.

Lottie fiel auf, wie schwarz seine Augen waren, und ein kalter Schauer überlief sie.

«George?» Adeline sprach jetzt leiser, ihre Stimme bebte.

«Sie kommt nicht, Adeline.»

«Aber ich hab doch geschrieben – du hast gesagt –»

George nahm Lottie und das Neugeborene offenbar gar nicht wahr. Er legte Adeline einen Arm um die Taille und nahm ihre Hand. «Du musst dich hinsetzen, meine Liebe.»

«Aber warum nicht? Du hast gesagt, du würdest sie suchen – ich wusste, dass sie nach diesem Brief nicht …»

«Sie kommt nicht, Adeline.»

George setzte Adeline auf den Sessel neben Lotties Bett. Er kniete sich vor sie hin und nahm ihre Hände.

Adeline schaute ihn prüfend an und erkannte nun langsam, was Lottie, deren Blick nicht von verzweifelter Sehnsucht getrübt war, längst gesehen hatte. «Was ist los?»

George schloss die Augen. Er schluckte. «Es hat einen Unfall gegeben, meine Liebe.»

«Mit dem Auto? Sie fährt doch so furchtbar schlecht, George. Du hättest sie nicht ans Steuer lassen dürfen.»

Lottie hörte den wachsenden Schrecken hinter Adelines Gestammel und begann zu zittern. Die beiden Menschen neben ihr bemerkten sie nicht.

«Wessen Wagen war es diesmal? Du bringst das doch in Ordnung, George? Julian soll dir das Geld wiedergeben. Ist sie verletzt? Braucht sie irgendwas?»

George senkte den Kopf auf Adelines Knie.

«Du hättest nicht herkommen sollen, George! Du hättest sie nicht allein lassen dürfen! Du weißt doch, dass sie nicht allein sein kann – deswegen hab ich dich ja zu ihr geschickt.»

Als er schließlich sprach, klang seine Stimme rau, gebrochen. «Sie – sie ist tot.»

Ein langes Schweigen folgte.

«Nein», sagte Adeline fest.

George hatte sein Gesicht in ihrem Schoß vergraben. Seine Hände umklammerten Adelines Hände noch fester, als wolle er verhindern, dass sie sich bewegte.

«Nein», stieß sie wieder hervor.

Lottie kämpfte mit den Tränen. Sie presste sich die Hand auf den Mund.

«Es tut mir so Leid», krächzte George in Adelines Rock.

«Nein», sagte Adeline und dann lauter: «Nein! Nein! Nein!» Und dann bekam sie ihre Hände frei und schlug auf Georges Kopf ein, hämmerte auf ihn ein wie eine Rasende, mit leerem Blick und verzerrtem Gesicht. «Nein nein nein nein», schrie sie unaufhörlich. George weinte und entschuldigte sich und umklammerte ihre Beine, und Lottie, auch tränenüberströmt, sodass sie kaum sehen konnte, brachte schließlich die Energie auf, mit ihrem Baby aus dem Bett zu kriechen. Ohne ihre Schmerzen zu beachten, die ja nur körperlich waren, schlurfte sie langsam durch das Zimmer, ließ dabei eine Spur aus Blut und Tränen zurück und schloss die Tür hinter sich.

Es war kein Unfall gewesen. Der Mann von der Küstenwacht war sich sicher, denn er hatte sie gesehen und ihr noch etwas zugerufen. Kurz darauf war er einer von den drei Männern gewesen, die sie herausgezogen hatten. Die wichtigste Zeugin aber war Mrs. Colquhoun, die alles beobachtet hatte und fast eine Woche später immer noch unter hysterischen Anfällen litt.

George erzählte es Adeline mehrere Stunden nach seiner Ankunft, als die beiden sich mit Kognak gestärkt hatten und Adeline müde sagte, nun wolle sie alles hören, jede Einzelheit, die ihm bekannt sei. Sie bat Lottie, bei ihr zu bleiben, und obwohl Lottie sich viel lieber mit ihrem Säugling oben versteckt hätte, saß sie nun mit starrem Gesicht und in ängstlicher Erwartung neben Adeline, die ihre Hand umklammert hielt und sie hin und wieder krampfhaft schüttelte.

Vor ihrem Tod war Frances, anders als sonst in ihrem Leben, recht ordentlich gewesen. Sie hatte Arcadia so ungewöhnlich aufgeräumt hinterlassen, dass Marnie, die die Leiche identifiziert hatte, ohne Schwierigkeiten bestätigen konnte, dass sie dort gewohnt hatte. Dort hatte sie auch ihren sonderbaren langen Rock angezogen, den mit dem Weidenmuster, und ihr langes Haar zu einem festen Knoten gebunden. Mit starrem, resigniertem Gesicht war sie dann den Weg zum Meer hinuntergegangen. «Es tut mir so Leid», stand in ihrem Brief, «aber in mir ist eine Leere, die so groß ist, dass ich sie einfach nicht mehr ertragen kann. Bitte verzeiht mir.» Mit hoch erhobenem Kopf, als würde sie auf einen fernen Punkt am Horizont schauen, war sie vollständig angekleidet ins Meer hineingeschritten.

Als Mrs. Colquhoun klar wurde, dass es sich hier nicht um ein normales Morgenbad handelte, hatte sie gerufen. Sie war sich sicher, dass Frances sie gehört hatte, denn sie hatte kurz zum Küstenpfad hinübergeschaut. Doch dann hatte Frances einfach ihren Schritt beschleunigt, als sei ihr bewusst geworden, dass man versuchen könnte, sie aufzuhalten. Mrs. Colquhoun war losgelaufen, war den ganzen Weg bis zum Haus des Hafenmeisters gerannt und hatte dabei versucht, Frances im Auge zu behalten, während diese nach und nach bis zur Hüfte und dann bis zur Brust ins Wasser gewatet war.

Mit zunehmender Wassertiefe wurden auch die Wellen höher, und eine stieß Frances fast um und löste ihren Knoten in lange, triefende Strähnen auf. Aber Frances ging weiter. Als Mrs. Colquhoun schließlich, heiser vom Rufen, mit den Fäusten gegen die Haustür des Hafenmeisters trommelte, war Frances noch auf den Beinen, eine ferne Gestalt, die einem unsichtbaren Kurs ins Meer hinein folgte.

Der Lärm machte zwei Hummerfischer aufmerksam, die ihr mit dem Boot nachfuhren. Inzwischen hatte sich eine kleine Menschenmenge versammelt, und alle riefen Frances zu, sie solle stehen bleiben. Hinterher machten einige sich Gedanken, dass Frances vielleicht geglaubt habe, sie seien ärgerlich, und daher ihr Tempo beschleunigt habe, aber der Mann von der Küstenwache bestritt das und sagte, sie sei fest entschlossen gewesen. Er habe so was schon öfter gesehen. Man konnte sie herausziehen, aber dann hingen sie zwei Tage später an einem Balken.

An dieser Stelle weinte George, und Lottie schaute zu, wie Adeline sein Gesicht hielt, als erteile sie ihm die Absolution.

Frances war auch nicht stehen geblieben, als ihr Kopf ins Wasser tauchte. Sie ging einfach weiter, und eine Welle kam und dann die nächste, und plötzlich konnte man sie nicht mehr sehen. Als das Boot weit genug draußen war, hatte die Strömung Frances bereits erfasst. Zwei Tage später wurde ihre Leiche bei Wrabness in der Flussmündung gefunden, umwickelt von dem Rock mit dem Weidenmuster und Schlingen aus Seetang.

«Eigentlich war ich mit ihr zum Dinner verabredet, verstehst du? Aber ich musste in Oxford bleiben. Ich hatte sie angerufen und ihr gesagt, dass ein Kollege mich zum Essen eingeladen hatte, und sie meinte, ich sollte die Einladung ruhig annehmen. Ach, Adeline – sie hat gesagt, ich sollte hingehen.» Georges Brust hob und senkte sich heftig, als er wieder zu schluchzen begann, und

Speichel und Nasenschleim tropften auf seine geballten Fäuste. «Aber ich hätte runterfahren sollen, Adeline, ich hätte bei ihr sein müssen.»

«Nein», sagte Adeline, und ihre Stimme klang wie aus weiter Ferne, «ich hätte selbst bei ihr sein müssen. Ach, George, was habe ich getan?»

Erst im Nachhinein wurde Lottie klar, dass Adelines Sprache sich verändert hatte, während George seine Geschichte erzählte. Adelines französischer Akzent war verschwunden, ja, sie schien gar keinen Akzent mehr zu haben. Vielleicht lag es am Schock. Mrs. Holden hatte immer gesagt, ein Schock könne so etwas bewirken. Sie hatte eine Frau gekannt, deren Bruder im Krieg gefallen war. Als die Frau am Morgen nach dieser Nachricht aufgewacht war, war ihr Haar grau gewesen.

Lottie hatte kaum Zeit gehabt, sich von der Geburt zu erholen, als ihr klar wurde, dass sie nun zwei hilflose Wesen zu bemuttern hatte. In den ersten Lebenswochen des Kindes schien Adeline ein wenig zu sterben. Anfangs hatte sie sich geweigert zu essen, hatte auch nicht ausruhen wollen und war Tag und Nacht weinend im Garten umhergegangen. Einmal war sie auf der staubigen Landstraße ganz den Berg hinaufgewandert, und der alte Mann mit dem Erfrischungsstand oben auf dem Gipfel hatte sie benommen und von der Sonne verbrannt wieder hinuntergebracht. Wenn Adeline überhaupt schlief, weinte und schrie sie im Schlaf, und ihr Aussehen hatte sich beängstigend verändert. Ihr gepflegtes Haar und ihre Gesichtszüge, die sonst fein wie Porzellan gewirkt hatten, waren schmutzig und vom Kummer zerstört. «Warum habe ich ihr nicht vertraut?», rief sie. «Warum habe ich nicht zugehört? Sie hat mich immer besser verstanden als alle anderen.»

«Es war nicht deine Schuld. Sie wollte nicht, dass du es wusstest», murmelte Lottie dann. Sie war sich im Klaren darüber, dass ihre Worte unzulänglich waren, bloße Platituden, die Adeline in ihrem Kummer nicht annähernd erreichen konnten. Der Schmerz der Freundin verursachte Lottie Unbehagen; er ähnelte ihrem eigenen zu sehr, dieser offenen Wunde, die sie mittlerweile fast erfolgreich versteckt hatte.

«Aber warum musste sie es mir auf diese Art beweisen?», klagte Adeline. «Ich wollte sie nicht lieben. Ich wollte ja niemanden lieben. Sie hätte wissen müssen, dass es unfair war, das von mir zu verlangen.»

Vielleicht war Lottie auch einfach ausgelaugt, weil das Baby so viel von ihr forderte. Camille war ein «ruhiges Kind», wie man es nannte. Aber ihr blieb auch nichts anderes übrig. Wenn Lottie die verzweifelte Adeline in den Armen hielt, konnte sie nicht immer gleich aufstehen, um ihr weinendes Neugeborenes zu trösten; wenn Lottie kochte oder versuchte, um ihre trauernde Freundin herumzuputzen, musste ihr Töchterchen sich einfach anpassen. Dann lag sie mit großen Augen in dem improvisierten Tragetuch oder schlief, selbst wenn Lottie Matten ausklopfte oder der Kessel pfiff.

Im Laufe der Wochen nahm Lotties Erschöpfung zu, und sie wurde immer mutloser. Julian kam, fand aber das Chaos an Gefühlen unerträglich. Er überschrieb seiner Gattin weitere Gelder, gab Lottie seine Autoschlüssel und reiste mit dem blassen, stillen Stephen zu einer Kunstmesse in Toulouse. George war zwei Tage geblieben, hatte sich bis zur Bewusstlosigkeit betrunken und war dann abgefahren, hatte aber versprochen wiederzukommen. Er hatte sein Versprechen nicht gehalten. Von den übrigen Gästen ließ sich inzwischen niemand mehr blicken.

Irgendwann, als Adeline einen ganzen Tag und eine ganze Nacht lang weinte, hatte Lottie ihr Schlafzimmer durchsucht, um vielleicht einen Hinweis auf ihre Familie zu finden, auf irgendeinen Menschen, der kommen und ihr aus ihrer Niedergeschlagenheit heraushelfen könnte. Mit dem Duft von Nelkenöl in der Nase und der sanften Berührung von Federn, Seide und Satin auf der Haut wühlte Lottie sich durch die leuchtend bunten Gewänder. Es war, als würde Adeline, ähnlich wie Lottie, kaum existieren. Abgesehen von einem Theaterprogramm, aus dem hervorging, dass sie vor einigen Jahren in einem Theater in Harrogate in einer Nebenrolle aufgetreten war, war nichts zu finden – weder Fotos noch Briefe. Nur die Post von Frances. Lottie schob sie gleich wieder in ihren Karton zurück. Sie zitterte bei dem Gedanken, Zeugin der letzten, unerwiderten Gefühle einer Toten sein zu müssen. Schließlich entdeckte sie in einem Koffer Adelines Pass. In der Annahme, dass sie vielleicht die Adresse ihrer Familie darin finden würde, blätterte Lottie ihn durch. Dabei stieß sie auf das Foto von Adeline.

Die Frau auf dem Passfoto hatte zwar eine andere Frisur, aber es war unverkennbar Adeline. Nur dass sie im Pass Ada Clayton hieß.

Die Trauerzeit dauerte einen Tag weniger als vier Wochen. Als Lottie eines Morgens in die Küche kam, stand Adeline da und schlug Eier in eine Schüssel. Über den Pass hatte Lottie kein Wort verloren. Es war besser, die Geheimnisse anderer wie schlafende Hunde ruhen zu lassen.

«Ich gehe nach Russland», verkündete Adeline, ohne aufzuschauen.

«Aha», sagte Lottie. Sie wollte fragen: «Und was ist mit mir?» Stattdessen brachte sie nur heraus: «Und was ist mit der Atombombe?»

Lieber Joe,
nein, es tut mir Leid, aber ich komme nicht nach Hause, jedenfalls nicht nach Merham. Es ist etwas kompliziert, aber ich gehe vielleicht nach London zurück und versuche, dort eine Stelle zu finden. Wie du weißt, habe ich Adeline den Haushalt geführt, und Freunde von ihr, auch Künstler, suchen gerade jemanden wie mich und haben nichts gegen das Baby. Die kleine Camille wird mit ihren Kindern zusammen aufwachsen, das wird schön für sie sein, und ich sehe keinen Grund, warum ich mich nicht selbst ernähren sollte, trotz allem, was du geschrieben hast. Ich gebe dir Bescheid, wenn ich mich dort eingelebt habe, und vielleicht besuchst du mich dann mal.

Danke für die Babysachen. Es war nett von Mrs. Ansty, dass sie dir beim Aussuchen geholfen hat. Ich male gerade ein Bild von Camille, die besonders mit dem Häubchen sehr hübsch aussieht.
Deine Lottie

Drei Tage bevor Lottie und Adeline das Haus in Frankreich verlassen wollten, kam Mme Migot zum letzten Mal. Obwohl Lottie ihren Körper jetzt, da er einem anderen Menschenwesen als Herberge gedient hatte, nicht mehr so eifersüchtig hütete, empfand sie die alte Frau und ihr hemmungsloses Ziehen und Stoßen immer noch als zudringlich und fühlte sich wie ein abgezogenes Kaninchen, das lang ausgestreckt auf dem Markt hing. Bei ihrem letzten Besuch hatte Lottie gerade gestillt, und Mme Migot hatte, wohl um zu überprüfen, ob ihre Milch richtig floss, ohne jede Vorankündigung nach ihrer Brust gegriffen und zugedrückt, sodass ein weißer Milchstrahl durch den Raum spritzte. Offenbar zufrieden mit dem Ergebnis, hatte sie Adeline etwas zugemurmelt und dann ohne weitere Erklärung das Baby gewogen.

Diesmal jedoch befühlte sie Lotties Bauch nur flüchtig, bevor sie mit fachkundigem Griff Camille aufnahm. Sie hielt das Baby eine Weile, inspizierte den Nabel, die Fingerchen und die Zehen, und ihre Stimme war viel weicher, als wenn sie mit Adeline oder Lottie sprach.

«Wir reisen ab», erklärte Lottie und zeigte ihr eine Postkarte von England. «Ich nehme sie mit nach Hause.» Doch Mme Migot beachtete sie nicht, sondern sprach leise mit dem Baby und verstummte schließlich.

Dann ging sie mit Camille zum Fenster hinüber und studierte eine Weile ihr Gesicht. Sie rief Adeline, die gerade hereinkam, etwas zu. Adeline hatte eine Landkarte in der Hand und war in Gedanken offenbar anderswo, sodass sie eine gewisse Zeit brauchte, um die Frage zu verstehen. Schließlich schüttelte sie den Kopf.

«Was ist jetzt los?», fragte Lottie gereizt, denn sie fürchtete, sie hätte wieder etwas falsch gemacht. Die Farbe ihrer Windeln war offenbar eine Schande für das Dorf gewesen, und ihre Wickelmethode hatte Anlass zu gallischer Heiterkeit gegeben.

«Sie möchte wissen, ob du krank warst», meinte Adeline, während sie weiter Mme Migot zuhörte. «Julians Freund in der Botschaft sagt, dass ich für Russland ein Visum brauche und dass man das ohne diplomatische Hilfe praktisch nicht kriegt. Er meint, ich sollte nach England zurückkommen, um das zu regeln. Es ist wirklich zu ärgerlich.»

«Natürlich war ich nicht krank. Sag ihr, dass sie auch so aussehen würde, wenn sie einen Säugling hätte, der sie die halbe Nacht wachhält.»

Adeline übersetzte ins Französische. Kurz darauf schüttelte sie den Kopf und wandte sich wieder an Lottie: «Sie will wissen, ob du einen Ausschlag hattest.»

Lottie wollte etwas Unhöfliches sagen, schwieg aber, als sie den Gesichtsausdruck der Französin sah.

«Non, non», meinte die Hebamme gerade und fuhr sich mit einer raschen Handbewegung über den Bauch.

«Bevor du den Bauch gekriegt hast, meint sie. Sie will wissen, ob du einen Ausschlag hattest, bevor du … dick geworden bist …?» Adeline schaute Mme Migot fragend an.

«Von der Hitze?» Lottie dachte zurück. «Von der Hitze habe ich oft Ausschläge gekriegt. Ich vertrage das Klima nicht besonders gut.»

Die Hebamme war nicht zufrieden. Sie bombardierte Adeline mit weiteren Fragen und schaute Lottie dann erwartungsvoll an.

Adeline wandte sich wieder an Lottie.

«Sie möchte wissen, ob du Fieber hattest. Ob du einen Ausschlag hattest, kurz nachdem du schwanger geworden bist. Sie glaubt …» Adeline unterbrach sich und fragte Mme Migot etwas auf Französisch, worauf diese nickte. «Sie möchte wissen, ob die Möglichkeit besteht, dass du die Röteln gehabt hast.»

«Ich verstehe nicht.» Lottie kämpfte gegen den plötzlichen Drang an, nach ihrer Tochter zu greifen und sie beschützend an sich zu ziehen. «Ich hatte einen Sonnenstich. Als ich hier ankam. Ich dachte jedenfalls, es wäre ein Sonnenstich mit Ausschlag und Fieber.» Zum ersten Mal wurden die Züge der Hebamme milder. «*Votre bébé*», sie deutete auf Camilles Augen, «*ses yeux* …» Sie bewegte die Hand vor dem kleinen Gesicht, schaute dann Lottie an und wiederholte die Bewegung einmal und noch einmal.

«O Lottie», sagte Adeline und schlug sich mit der Hand auf den Mund. «Was machen wir jetzt mit euch?»

Lottie stand vollkommen regungslos da und spürte, wie eine Kälte in ihre Knochen kroch, die der Jahreszeit überhaupt nicht angemessen war. Ihre Tochter lag friedlich im Arm der Hebamme. Das Haar bildete einen flaumigen Schein um ihr Köpfchen, und das engelhafte Gesicht wurde von der Sonne beleuchtet. Sie hatte nicht geblinzelt.

«Ich kam nach Merham zurück, als Camille zehn Wochen alt war. Die Familie in London wollte mich nicht mehr, als sie davon erfuhren. Ich schrieb es Joe, und er hielt um meine Hand an, kaum dass ich aus dem Zug gestiegen war.»

Lottie seufzte und legte die Hände auf die Knie. «Er hatte allen erzählt, das Kind wäre von ihm. Es gab einen Skandal. Seine Eltern waren furchtbar böse. Aber er konnte stark sein, wenn es drauf ankam. Er sagte ihnen, es würde ihnen Leid tun, wenn er sich zwischen dem Baby und ihnen entscheiden müsste.»

Der Wein war längst ausgetrunken. Daisy spürte nicht, wie spät es schon war, und merkte auch nicht, dass ihre Füße eingeschlafen waren.

«Ich glaube, seine Mutter hat mir nie verziehen, dass ich ihn geheiratet habe», sagte Lottie in ihre Erinnerungen versunken. «Jedenfalls ist sie nie darüber hinweggekommen, dass ich ihrem geliebten Sohn eine blinde Tochter angehängt habe. Ich habe sie deswegen gehasst. Ich habe sie gehasst, weil sie Camille nicht so geliebt hat wie ich. Aber jetzt bin ich alt und kann das wohl etwas besser verstehen.»

«Sie hat bloß versucht, ihn zu schützen.»

«Ja, ja, das stimmt.»

«Weiß Camille das alles?»

Lotties Gesicht verfinsterte sich. «Camille weiß, dass Joe ihr Vater ist.» Ihre Stimme bekam einen herausfordernden Unterton. «Sie sind sich immer sehr nah gewesen. Sie ist ein Papakind.»

«Und wie ist es Adeline ergangen?», flüsterte Daisy nach einem kurzen Schweigen. Sie fürchtete sich ein wenig vor dem, was sie vielleicht hören würde. Bei der Geschichte von Frances' Selbstmord hatte sie geweint, denn sie hatte sich an ihre eigene schwärzeste Zeit erinnert, gleich nachdem Daniel sie verlassen hatte.

«Adeline ist vor fast zwanzig Jahren gestorben. Sie ist nie wieder hier gewesen. Ich habe das Haus immer sauber gehalten, bloß für alle Fälle, aber sie ist nicht gekommen. Nach einer Weile hat sie nicht einmal mehr geschrieben. Sie konnte die Erinnerung an Frances wohl nicht ertragen. Sie hat Frances geliebt, verstehst du? Das war uns allen klar, auch wenn sie es selbst nicht erkannt hat. Sie ist in Russland gestorben, in der Nähe von St. Petersburg. Sie war recht gut betucht, auch ohne die Geschenke, die Julian ihr gemacht hat. Ich hab mir immer gern vorgestellt, dass sie dort war, weil sie Konstantin gefunden hatte.» Lottie lächelte schüchtern, als seien diese romantischen Anwandlungen ihr peinlich.

«Und in ihrem Testament hat sie mir Arcadia vermacht. Ich glaube, sie hatte ein schlechtes Gewissen, weil ich Joe geheiratet habe.» Lottie regte sich, fing an, ihre Sachen einzusammeln und stellte ihr Glas neben den Stuhl auf den Fußboden. «Vermutlich hat sie gedacht, sie hätte mich im Stich gelassen, als sie einfach so verschwand.»

«Warum?»

Lottie warf Daisy einen Blick zu, als wäre sie begriffsstutzig. «Wenn ich damals schon das Haus und das Geld gehabt hätte, na, dann hätte ich doch gar nicht heiraten müssen …»

Liebstes Lottielein,
auf meiner Hochzeitsreise habe ich sechs Tage lang ununterbrochen geweint. Seltsam, sagte Mummy später, ich hätte doch so gern von zu Hause weg gewollt, und erst recht als verheiratete Frau. Und noch merkwürdiger, wenn man an unser wunderbares Kreuzfahrtschiff denkt, mit der schönen Kabine in der ersten Klasse, die die Bancrofts bezahlt hatten.

Aber ich war so krank, dass Guy stundenlang allein herumlaufen musste, während ich in der Kabine lag und mich erbärmlich fühlte. Wenn ich an Daddy dachte, wurde mir noch viel elender, und seltsamerweise kam ich mir hundsgemein vor, weil ich Mummy und die Kinder allein gelassen hatte. Ich wusste, dass es nie wieder so werden würde wie früher. Und auch wenn man vielleicht denkt, man wünscht sich das, fühlt es sich doch schrecklich endgültig an, wenn es dann wirklich passiert.

Wir benahmen uns überhaupt nicht wie Hochzeitsreisende, auch wenn ich das weder den Eltern noch sonst jemandem erzählt hätte. Nein, meine Postkarten waren voll mit interessanten Sehenswürdigkeiten und tollen Tanzabenden und Delphinen und den Mahlzeiten am Kapitänstisch – und ich schrieb auch von unserer Kabine, die ganz in Nussbaum gehalten war und einen riesigen Frisiertisch hatte, mit Lampen rings um den Spiegel herum und Shampoos und Lotionen, die jeden Tag aufgefüllt wurden.

Aber auch Guy war einen Großteil der Zeit nicht richtig bei sich. Er erklärte mir, weite Landschaften seien ihm lieber als Wasser. Anfangs war ich etwas bestürzt und warf ihm vor, er hätte mir das doch vorher sagen können, dann hätten wir beide viel weniger kostbare Zeit verschwendet. Aber ich wollte ihm auch nicht allzu sehr zusetzen. Das wollte ich nie. Und schließlich wurde er wieder normal. Und die nette Mrs. Erkhardt, die mit den vielen Perlen, meinte, alle Paare würden sich auf der Hochzeitsreise streiten. Das gehöre zu den Dingen, die einem niemand sagt. Und andere Dinge sage einem auch keiner. Aber dazu äußerte sie sich nicht genauer.

Abgesehen davon machte es teilweise auch Spaß. Als sie mitbekamen, dass wir auf Hochzeitsreise waren, spielte die Kapelle jedesmal, wenn wir in den Speisesaal kamen, Look at That Girl, *die Melodie von Guy Mit-*

chell, weißt du. Ich glaube, Guy hatte es nach dem dritten Mal ziemlich satt. Aber ich hörte es gern. Ich fand es einfach schön, wie auf diese Weise alle erfuhren, dass er mir gehörte.

Eine Weile später erfuhr ich von Sylvia, was Joe getan hatte. Mummy betrachtete die ganze Sache erstaunlich gelassen. Sie wollte nicht mal wissen, ob das Kind wirklich von ihm war, was mich wunderte. Ich hatte gedacht, sie wäre ganz wild darauf, das rauszukriegen. Sie war sogar richtig sauer, als ich das Thema anschnitt. Aber ich glaube, sie hatte zu der Zeit auch alle Hände voll zu tun, weil Daddy trank.

Guy habe ich es nie erzählt. Weibergeschwätz, sagte er einmal, als ich ihm von Merham berichten wollte. Ich habe nie wieder davon gesprochen.

Deine C.

DRITTER TEIL

Kapitel 15

*F*ast zehn Tage lang hatte Daisy sich den Kopf zerbrochen, wie sie sich bei Jones entschuldigen sollte, wie sie ihm vermitteln könnte, dass sie mit ihrem entsetzten Gesicht und ihren jämmerlichen Tränen an jenem Morgen nicht auf ihn reagiert hatte, sondern auf den, der er nicht war. Sie hatte überlegt, ihm Blumen zu schicken, aber Jones schien kein Typ für Blumen zu sein, und sie wusste auch nicht, was man mit den verschiedenen Blüten ausdrückte. Sie dachte daran, ihn einfach anzurufen und es ihm unverblümt, so wie er es getan hätte, zu sagen: Jones, es tut mir Leid. Es ist mir peinlich, es war Mist. Doch ihr war klar, dass sie es dabei nicht würde bewenden lassen können, dass sie stotternd und stammelnd eine zusammenhanglose Erklärung vorbringen würde, die er erst recht verachten müsste.

Daisy sann darüber nach, ob sie eine Karte schicken sollte oder ob sie vielleicht sogar Lottie, wie sie Mrs. Bernard jetzt mit neu gewonnenem Mut nannte, bitten sollte, das für sie zu tun. Vor Lottie hatte Jones Angst.

Doch das Wandgemälde nahm ihr die Entscheidung ab. Eines Nachmittags, als sie, an ihrem Bleistift kauend, Listen mit technischen Details durchging, kam Aidan zu ihr und berichtete, einer der Maler habe, als er draußen von der Terrassenmauer die Flechten entfernte, unter der weißen Tünche Farbe entdeckt. Neugierig hatten sie ein bisschen herumgekratzt und zwei Gesichter gefunden. «Wir wollten nicht weitermachen», sagte Aidan, während er vor Daisy in das helle Sonnenlicht hinaustrat, «weil wir die Farbe nicht mit abschaben wollten.»

Daisy betrachtete die beiden freigelegten Gesichter auf der Mauer und konnte erkennen, dass eins zu lächeln schien. Der Anstreicher, ein junger Mann namens Dave, der von den Westindischen Inseln stammte, saß rauchend auf der Terrasse. Mit einem Nicken zur Mauer hin bezeugte er sein Interesse an dem Bild.

«Sie brauchen einen Restaurator», meinte Aidan, «jemanden, der sich mit so was auskennt. Es könnte einiges wert sein.»

«Kommt drauf an, von wem es ist», antwortete Daisy. «Aber es ist hübsch. Hat was von Braque. Wissen Sie, wie groß es ist?»

«Hier in der linken Ecke ist ein gelber Fleck, und da rechts ist was Blaues, es kann also gut zwei Meter haben. Fragen Sie doch die Frau hier danach. Vielleicht war sie dabei, als es gemalt wurde. Vielleicht weiß sie was darüber.»

«Sie hat nie was davon gesagt», meinte Daisy.

«Ach nee.» Aidan rieb sich angetrockneten Putz von den Hosen. «Sie hat auch nie was von Windeln auf der Baustelle gesagt oder davon, dass wir nicht bohren dürfen, wenn das Baby Heia macht.» Er lächelte verschmitzt. «Sie wollen nicht zufällig gerade Teewasser aufsetzen, oder?», fragte er, als Daisy wieder ins Haus ging.

Daisy rief Jones an. Sie wollte ihm von dem Wandbild erzählen, weil ihr daran lag, dass er sie mit etwas Positivem in Verbindung brachte.

«Was gibt's für Probleme?», fragte er ungehalten.

«Es gibt keine Probleme.» Daisy war verunsichert. «Ich … ich wollte nur wissen, ob Sie … ob du am Donnerstag herkommst.»

«Warum am Donnerstag?» Daisy hörte, wie im Hintergrund zwei Telefone klingelten und eine Frau heftig auf jemanden einredete. «Sagen Sie ihm, dass ich gleich runterkomme», brüllte Jones. «Geben Sie ihm ein Glas Wein oder sonst was.»

«Die Leute vom Gesundheitsamt kommen wegen der Küche. Du hattest doch gesagt, du willst dabei sein.»

«Na, dann eben Kaffee! Hallo? Herrgott, ja, das stimmt.» Jones stöhnte. Daisy hörte, wie er die Hand auf den Hörer legte und seiner Sekretärin etwas zurief. «Wann kommen sie denn?», fragte er.

«Um halb elf.» Daisy holte tief Luft. «Hör mal, Jones, bleib doch anschließend zum Mittagessen. Ich würde dir gerne ein paar Sachen zeigen.»

«Ich esse mittags nichts», erwiderte er und legte auf.

Daisy rief Camille an, denn sie erinnerte sich, dass Hal irgendetwas Künstlerisches machte, wollte ihn aber nicht selbst anrufen. Solche Dinge musste man als allein stehende Frau berücksichtigen. Doch Camille war sofort begeistert und meinte, Daisy solle lieber gleich mit ihrem Mann sprechen. Er habe auf der Kunstakademie alle möglichen Kurse über das Restaurieren belegt, nicht bloß über Möbelrestauration. Hal selbst jedoch klang weniger überzeugt, er war unsicher, ob sein Wissen nicht vielleicht veraltet war.

«Aber wenn es inzwischen neue Techniken gibt, können Sie das ja herausfinden. Es ist schließlich keine Leinwand, bloß eine Außenmauer.» Daisy hatte aus Camilles Tonfall herausgehört, wie viel dieser Auftrag ihnen beiden bedeuten könnte. «Das Gemälde kann nicht so bedeutend sein, wenn sie einfach Tünche draufgeklatscht haben.»

Hal schien erst zu zögern, dann aber hörte Daisy eine zaghafte Begeisterung aus seiner Stimme heraus, als könne er nicht glauben, dass man ihm einen Rettungsring zuwarf. «Ich habe hier in der Nähe einen Freund, der so was gelegentlich macht. Den könnte ich fragen. Ich meine, wenn es Ihnen nichts ausmacht, dass das nicht mein Beruf ist.»

«Wenn Sie die Arbeit vernünftig machen, können Sie von mir aus Sumoringer von Beruf sein. Aber Sie müssen jetzt gleich anfangen. Am Donnerstag soll schon ein gutes Stück von dem Bild zu sehen sein.»

«In Ordnung», sagte Hal, und es klang, als wolle er nicht zeigen, wie sehr er sich freute. «Gut. Prima. Also, ich muss noch ein bisschen telefonieren und das Werkzeug zusammenpacken, und dann komme ich rüber.»

Das war ihre Chance, dachte Daisy, als sie wieder in den Garten hinausging. Damit würde sie Jones beweisen, dass sie nicht nur das Innere dieses Hauses selbständig renovieren konnte, sondern dass sie auch über die Rolle hinauswachsen konnte, in der diese Menschen sie gesehen hatten: über die Daisy, die sie selbst bedauerte und verachtete. Es war ein lächerlicher Charakterzug von ihr, hatte Daniel einmal gesagt, dass sie immer von allen Seiten Anerkennung haben wollte – trotzdem war dieses Bedürfnis geblieben. An dem Abend mit Jones war sie zufrieden gewesen, weil er eine neuere, bessere Seite von ihr gesehen hatte. Und allmählich, das gestand sie sich ein, schätzte sie diese neue Daisy selbst auch, statt nur um den Verlust der alten Daisy zu trauern. Sie war jetzt stärker und ließ sich von den Ereignissen der letzten Monate nicht mehr so niederdrücken. «Das bringen Babys so mit sich», hatte Lottie gesagt, als Daisy sie danach gefragt hatte, wie sie allein zurechtgekommen war. «Man muss eben stark sein.»

Daisy hatte an Primrose Hill zurückgedacht und widersprochen, aber sie merkte, dass sie sich, vielleicht durch eine Art Osmose, langsam etwas von Lotties dicker Haut zulegte. Sie hatte lange darüber nachgedacht, wie die junge Lottie fast ohne Hilfe in einem fremden Land ein Kind zur Welt gebracht hatte und wie sie sich nicht hatte einschüchtern lassen, als sie entehrt und mittellos zurückgekommen war. Daisy hatte beobachtet, wie zielstrebig Lottie jetzt durchs Leben ging, wie sie sich unter den Menschen um sie herum Respekt verschaffte, einfach durch ihr Selbstvertrauen und ihren beißenden Witz. Sie erwartete, dass sie bekam, was ihr zustand, und dass die Dinge so liefen, wie sie es wünschte. Und wer war sie? Eine Hausfrau im Rentenalter, verheiratet mit dem Besitzer einer Autowerkstatt in einer Kleinstadt, Mutter einer behinderten Tochter – sie hatte nie einen Job gehabt, nie Karriere gemacht, nichts. Daisy dagegen war immer noch die Gleiche wie früher – sie war immer noch attraktiv und intelligent, inzwischen auch fast wieder solvent und jetzt, wie ihr Steuerberater es formulierte, Einzelunternehmerin. «Ich bin eine Einzelunternehmerin», hatte sie nach dem Telefongespräch laut zu sich gesagt. Das klang viel besser als allein erziehende Mutter.

Und doch vermisste sie ihn. Machmal weinte sie noch, und sie betrachtete es als Fortschritt, wenn sie ein paar Stunden lang nicht an ihn dachte. Immer noch ertappte sie sich dabei, wie sie sein Horoskop studierte, um darin Hinweise auf seine Rückkehr zu finden. Aber fast drei Monate nachdem Daniel sie verlassen hatte, konnte Daisy sich immerhin vorstellen, dass sie irgendwann, vielleicht in einem Jahr oder so, über die Trennung hinweg sein würde.

Sie wollte nicht darüber nachdenken, ob Ellie das jemals auch so empfinden könnte.

Bei den vielen Stunden, die Hal an der Wandmalerei arbeitete, war es, wie Aidan sagte, kein Wunder, dass seine Firma nicht lief. Man könne für einen Pauschallohn nicht so viele Stunden arbeiten, erklärte er Daisy, während sie in der Küche Tee tranken und durchs Fenster zuschauten, wie Hal mit einem Pinsel sorgfältig ein winziges Stückchen verblasste Farbe freilegte. Gerade Daisy müsse das doch wissen. Kleinunternehmer könnten sich Perfektionismus nicht leisten.

Kleinunternehmer könnten sich bald gar nichts mehr leisten, wenn sie nicht, wie versprochen, bis Dienstag die Flure oben fertig hätten, erwiderte Daisy scharf, aber Aidan tat so, als hätte er nichts gehört.

«Also, wenn der Chef ihn stundenweise bezahlen würde …»

«Ich glaube, es macht ihm Spaß», erklärte Daisy, wobei sie nicht berücksichtigte, dass Hal meistens ein ziemlich gequältes Gesicht machte.

«Ist das gut so?», fragte er sie drei- oder viermal am Tag, wenn sie herauskam, um das Bild zu bewundern, das nun immer deutlicher zu sehen war. «Wollen Sie wirklich keinen Fachmann anstellen?» Er wirkte nie recht überzeugt, wenn Daisy diese Frage verneinte.

Camille, die zweimal am Tag heraufkam, um zwischen ihren Terminen Tee und Sandwiches zu bringen, berichtete allerdings,

Hal sei immer voller Schwung, wenn er nach Haus komme. «Ich finde das so spannend», meinte sie. «Mir gefällt die Vorstellung, dass es versteckt war und dass Hal es jetzt wieder ans Tageslicht holt.» Mit einem Anflug von Neid hatte Daisy gesehen, wie Hal, als er seiner Frau die Bilder erklärte, mitten im Satz abgebrochen hatte, um sie an sich zu ziehen und zu küssen.

Die Einzige, die sich offenbar nicht über die Wandmalerei freute, war Lottie. Sie war zu einer ihrer geheimnisvollen Erledigungen in der Stadt gewesen, und als sie wiederkam, hatte sie Hal an dem Bild arbeiten sehen. Lottie war explodiert und hatte verlangt, er solle sofort aufhören. «Ich habe es selbst überstrichen! Es war nicht zum Vorzeigen gedacht», rief sie wild gestikulierend. «Mach es wieder weg!»

Daisy und die Handwerker, die gerade eine Regenrinne inspizierten, wurden von dem Geschrei angelockt.

«Es war nie dafür gedacht, dass Fremde es sehen!»

«Aber es ist doch ein Wandgemälde», entgegnete Hal.

«Verstehst du mich denn nicht? Du darfst die Tünche nicht abkratzen. Hör auf damit! Ich hätte euch davon erzählt, wenn es für jedermann sichtbar sein sollte.»

«Was ist denn da drunter?», wandte Aidan sich leise an Dave. «Der Plan, wo sie die Leichen vergraben hat?»

«Ich kann die Restaurierung jetzt nicht mehr abbrechen», sagte Daisy verdutzt. «Jones kommt speziell, um das Bild zu sehen.»

«Du hast nicht das Recht, es ihm zu zeigen.» Lottie war ganz ungewöhnlich erregt.

«Was hast du denn, Ma? Warum bist du so außer dir?», fragte Hal und legte ihr die Hand auf die Schulter.

Wütend schüttelte Lottie seine Hand ab. «Ich bin nicht außer mir. Oder doch – doch, ich bin außer mir, weil du deine Zeit damit verschwendest, solchen Blödsinn freizukratzen. Warum machst du nicht was Sinnvolles, zum Beispiel deine Firma retten, hm?»

«Aber es ist ein schönes Bild, Lottie», warf Daisy ein, «das hast du bestimmt gesehen.»

«Es ist Blödsinn», wiederholte Lottie. «Und deinem dämlichen Chef werde ich das auch sagen. Schließlich mache ich hier die historische Beratung oder wie man das nennt, und er wird mir Recht geben.» Damit marschierte sie davon und ließ die anderen verblüfft stehen.

Aber Jones gab ihr nicht Recht.

Daisy gelang es, ihm das Bild zu zeigen, als Lottie gerade nicht da war. «Mach mal die Augen zu», wies sie ihn an, als sie auf die Terrasse hinaustraten. Er hob den Blick zum Himmel, als habe er es mit einer Schwachsinnigen zu tun, der er nachgeben müsse. Sie nahm ihn am Arm und führte ihn um die Farbtöpfe herum zu der Stelle, wo Hal kurz vorher mit der Arbeit aufgehört hatte.

«Jetzt wieder aufmachen.»

Jones öffnete die Augen. Daisy wandte den Blick nicht von seinem Gesicht und sah, wie er unter den dunklen, schweren Brauen überrascht blinzelte.

«Das ist eine Wandmalerei», erklärte sie. «Hal restauriert sie gerade. Die Handwerker haben sie unter der Tünche gefunden.»

Jones ging dichter an die Mauer heran und betrachtete die Bilder. Er trug, wie Daisy bemerkte, ein grässliches Paar Cordhosen. «Was stellt es dar?», fragte er nach einer Weile. «Eine Art Abendmahl?»

«Keine Ahnung», meinte Daisy. «Lottie – Mrs. Bernard – will es mir nicht verraten.»

Jones schien sich kaum von dem Bild losreißen zu können. «Was hast du gerade gesagt?»

«Sie ist ein bisschen unglücklich darüber, dass wir es freilegen», erklärte Daisy. «Sie will uns den Grund nicht sagen, aber sie regt sich sehr darüber auf.»

«Aber es ist doch wunderschön», sagte Jones. «Sieht prima aus hier draußen. Gibt der Terrasse einen Mittelpunkt.» Er ging zur anderen Seite der Terrasse hinüber, um die Malerei aus einiger Entfernung anzuschauen. «Wir stellen hier Stühle auf, oder?»

Daisy nickte.

«Ist es alt?»

«Jedenfalls aus dem letzten Jahrhundert», antwortete Daisy. «Hal meint, es müsste aus den vierziger oder fünfziger Jahren stammen. Bestimmt nicht früher als dreißiger Jahre. Vielleicht hat sie es im Krieg überstrichen.»

«Ich hatte keine Ahnung ...», Jones klang, als rede er mit sich selbst, und kratzte sich am Hinterkopf. «Darf ich ... darf ich fragen, wie viel mich das kostet? Diese Restaurierung, meine ich?»

«Eine ganze Menge weniger, als das Bild wert ist.»

Langsam verzog er den Mund zu einem Lächeln, und Daisy lächelte zurück.

Es war aus. Hal saß draußen vor Arcadia in seinem Wagen und betrachtete den neuesten Packen Rechnungen in seiner Hand. Auch mit dem Geld für die Wandmalerei würde er sie nicht annähernd begleichen können. Er verspürte eine seltsame Erleichterung darüber, dass es ihm jetzt aus der Hand genommen war, dass das, was er seit Wochen, ja seit Monaten als unvermeidlich angesehen hatte, jetzt Wirklichkeit geworden war. Den Umschlag mit der neuesten Rechnung hatte er erst am Mittag geöffnet, und sie war so hoch, dass ihm keine andere Wahl blieb. Er würde den Betrieb aufgeben und sich dann, wenn er mit der Restaurierung des Wandbildes fertig war, eine Arbeit suchen.

Er schloss die Augen und spürte, wie die Hoffnung und die Anspannung der letzten Wochen nachließen und von einer Art trübem grauem Dunst ersetzt wurden. Es war bloß eine Firma. Diese Worte hatte er sich immer wieder vorgesagt, wie ein Mantra. Und wenn der Verkauf seines Betriebsvermögens bedeutete, dass er den Bankrott abwehren konnte, dann hatten sie wenigstens alle eine Zukunft. Ja, sie hatten tatsächlich eine Zukunft, Camille und er – die vergangenen Wochen hatten ihn davon überzeugt.

Konzentrieren Sie sich auf das Gute, hatte die Eheberaterin doch in ihrer letzten Sitzung gesagt, oder? Seien Sie dankbar für das, was Sie haben. Er hatte eine Frau und eine Tochter, und er war gesund. Und hatte eine Zukunft. Sein Handy durchbrach die Stille, und er kramte im Handschuhfach herum und versuchte dabei, etwas wegzuzwinkern, was sich verdächtig nach Tränen anfühlte.

«Ich bin's.»

«Hallo, du.» Er war froh, ihre Stimme zu hören, und lehnte sich im Sitz zurück.

Nichts Dringendes. Sie wollte einfach wissen, wann er nach Hause käme und ob er zum Abendbrot Hähnchen essen wollte, und ihm erzählen, das Katie zum Schwimmen ging: die beruhigenden Einzelheiten des häuslichen Lebens. «Fehlt dir was? Du bist ein bisschen still.»

«Mir geht's gut», sagte er. «Ich bringe Wein mit, wenn du möchtest.»

Camille schien nicht ganz überzeugt zu sein, daher versuchte er, munterer zu klingen. Er sagte ihr nicht das, was sie hören musste – das konnte noch warten –, sondern das, was sie hören wollte: was heute «bei der Arbeit» passiert war. Was er freigelegt hatte. Die neuesten *bon mots* der Handwerker. Er erzählte Camille, dass ihre Mutter jetzt kaum noch mit ihm sprach, wenn er an der Mauer arbeitete, dass sie aber, sobald sie das Haus verließen, mit ihm plauderte, als sei nichts geschehen. «Vielleicht solltest du sie mal danach fragen, vielleicht kriegst du raus, was mit ihr los ist.»

«Das ist sinnlos, Hal. Du weißt doch, dass es keinen Zweck hat, sie irgendwas zu fragen. Sie sagt mir nichts.» Camilles Stimme klang betrübt und ärgerlich. «Ich weiß nicht, was meine Mutter manchmal hat. Weißt du, dass nächste Woche ihr Hochzeitstag ist? Und sie hat gesagt, sie würde in Arcadia gebraucht. Paps ist furchtbar enttäuscht. Er hatte einen Tisch im Restaurant bestellt und alles.»

«Vielleicht können sie an einem anderen Abend essen gehen», versuchte Hal seine Frau zu beruhigen.

«Aber das ist doch nicht das Gleiche.»

«Nein.» Er dachte zurück. «Nein, das ist nicht das Gleiche.»

«Ich mache wohl lieber Schluss», sagte Camille in fröhlicherem Ton. «Mrs. Halligan beklagt sich gerade, weil es so juckt.»

«Wie bitte?»

Camille flüsterte fast in den Hörer. «Das passiert mit der Haut, wenn sie gewachst wurde. Bei ihr juckt es an einer unglücklichen Stelle, und jetzt kann sie ihre Strumpfhosen nicht wieder anziehen.»

Hal lachte, zum ersten Mal seit Monaten, wie ihm schien. «Ich liebe dich», sagte er.

«Ich weiß», sagte Camille. «Ich liebe dich auch.»

Daisy führte Jones in die Räume, die eines Tages *Morrell-Suite* heißen sollten, im Moment von den Handwerkern aber nach der Farbe des Badezimmers «Blauer Lokus» genannt wurden. Das Zimmer war das traditionellste im Haus, und es war fertig. Das Bett stammte, wie alle anderen Betten auch, von einem Kontaktmann in Indien, der sich auf alte Kolonialmöbel spezialisiert hatte. Daneben stand eine Kommode, die an den Ecken mit Messing eingefasst war. Das alte Mahagonifurnier hob sich schimmernd vom blassen Grau der Wände ab. Am Ende des Raumes, der eigentlich von zwei Zimmern mit einem Durchbruch gebildet wurde, standen zwei bequeme Sessel und ein niedriger, geschnitzter Tisch. Daisy hatte ein Tischtuch darüber gelegt und Teller mit Krabbensandwiches, eine Schale mit Obst und eine Flasche Wasser darauf gestellt. «Ich weiß, dass du nicht zu Mittag isst», erklärte sie, als Jones auf ihr Arrangement starrte, «aber ich habe gedacht, wenn du wirklich keinen Hunger hast, esse ich deinen Anteil zum Abendbrot.»

Er trug zwei ungleiche Socken, was sie seltsam beruhigend fand.

Langsam schritt Jones einmal im Raum herum und betrachtete die Einrichtung. Dann blieb er vor Daisy stehen.

«Eigentlich wollte ich … ich wollte mich entschuldigen», sagte sie und presste die Hände vor sich zusammen. «Wegen neulich morgens. Ich war blöd. Nein, mehr als blöd. Ich kann es nicht erklären, ich kann nur sagen, dass es nichts mit dir zu tun hatte.»

Jones schaute zu Boden und scharrte nervös mit dem Fuß.

«Ach, setz dich doch bitte hin», fuhr Daisy hilflos fort, «sonst komme ich mir wirklich albern vor. Oder schlimmer noch, ich fange an zu quasseln, und das kannst du nicht leiden. Fast so schlimm wie Tränen.»

Jones beugte sich zu den Sandwiches hinunter. «Weißt du, darüber habe ich mir kaum Gedanken gemacht», sagte er mit einem Seitenblick zu ihr hinüber und setzte sich.

«Normalerweise würde ich das Essen nicht im Schlafzimmer anbieten, aber das hier ist der einzige ruhige Raum», erklärte Daisy. «Ich hätte es gerne auf der Terrasse serviert, vor dem Wandgemälde, aber ich fürchte, dann hätten unsere Sandwiches Farbkleckse oder Terpentinspritzer abbekommen.» Nun quasselte sie doch. Es war, als hätte sie keine Kontrolle über das, was ihr Mund von sich gab. «Außerdem schläft Ellie nebenan.»

Er nickte. Seine Miene verriet wenig, aber er wirkte entspannt. «Mich überrascht, dass du das ohne mich entschieden hast», sagte er. «Die Wandmalerei freizulegen, meine ich.»

«Ich wusste, dass du dich darüber freuen würdest, du musstest es bloß erst sehen. Wenn ich dich gefragt hätte, ob ich es restaurieren lassen soll, hättest du dir bestimmt aus irgendwelchen Gründen Sorgen gemacht.» Daisy merkte, dass es ihr schwer fiel, ihn zu duzen, und sie fragte sich, ob sie an ihrem weinseligen Abend nicht etwas voreilig gewesen war.

Jones ließ die Hand mit dem Sandwich sinken und sah Daisy an. Er schaute sie richtig an, sodass ihre Haut zu prickeln anfing und sie spürte, wie ihr die Röte ins Gesicht stieg. «Du bist schon ein merkwürdiges Geschöpf, Daisy Parsons», sagte er, aber es klang nicht unfreundlich.

Da ließ ihre Anspannung nach, sie erzählte ihm die Geschichten der einzelnen Möbelstücke und berichtete, wie sie zu ihren Entscheidungen über Farben und Stoffe gekommen war. Jones nickte mit vollem Mund, hörte sich alles an, reagierte aber kaum. Daisy verkniff es sich, ihn nach seiner Meinung zu fragen. Wenn es ihm nicht gefiel, sagte sie sich nachdrücklich, würde er ihr das sicher mitteilen.

Ihr wurde bewusst, dass sie anfing, ein paar Geschichten auszuschmücken und Scherze zu machen, um ihn ein bisschen aus der Reserve zu locken. Es war schön, Gesellschaft zu haben, Gesellschaft aus der Stadt. Jemanden, der Gavroche und Green Street unterscheiden konnte und der über mehr als Farbtafeln oder den Zustand der Pensionen in der Nachbarschaft reden konnte.

«... und den Schrank haben sie mir billiger verkauft, weil er so groß ist. Er gehörte ihnen schon seit drei Jahren, aber er stand die ganze Zeit im Möbellager, weil sie keinen Platz dafür hatten.» Sie lachte und schenkte sich Wasser nach.

«Hat Daniel sich gemeldet?», fragte Jones unvermittelt.

Daisy stutzte und errötete.

«Tut mir Leid», sagte er. «Ich hätte nicht fragen sollen. Es geht mich nichts an.»

Daisy musterte ihn, während sie die Flasche abstellte. «Ja», sagte sie. «Ja, er hat sich gemeldet. Aber das ändert nicht viel.»

Sie schwiegen eine Weile. Jones betrachtete aufmerksam das Scharnier an der Tischplatte.

«Warum fragst du?», wollte Daisy wissen, und ein paar Sekunden schien der Raum luftleer zu werden, ein Vakuum, und ihr wurde bewusst, dass seine Antwort nötig war, um es wieder aufzufüllen.

«Ich habe einen alten Freund getroffen, der etwas mit ihm besprechen wollte ...» Jones hob den Blick und sah Daisy an. «Ich dachte, du hättest vielleicht seine Nummer.»

«Nein», sagte Daisy, die plötzlich unerklärlicherweise gereizt war. «Die hab ich nicht.»

«Macht nichts», murmelte Jones in seinen Kragen hinein. «Dann müssen sie sehen, wie sie klarkommen.»

«Ja.»

Daisy verstand nicht, warum sie sich plötzlich fühlte, als habe sie das Gleichgewicht verloren. Durch das offene Fenster hörte sie, wie draußen jemand nach ihr rief. Aidan. Wahrscheinlich hatte er eine Frage wegen der Farbe. «Ich schaue lieber mal nach, was er will», sagte sie, beinahe dankbar für die Unterbrechung. «Ich bin gleich wieder da. Nimm dir doch bitte Obst.»

Als sie wenige Minuten später zurückkam, blieb sie verwundert in der Tür stehen. Jones hielt Ellie in den Armen. Noch warm und gerötet vom Schlaf lehnte das Baby sich an ihn und blinzelte. Als Jones Daisy sah, wurde er verlegen und schien ihr das Kind gleich in die Arme drücken zu wollen. «Sie ist aufgewacht», sagte er, fast als müsse er sich verteidigen. «Ich wollte nicht, dass sie weint.»

«Nein», sagte Daisy und nahm das ungewohnte Bild in sich auf. Sie hatte ihr Baby noch nie auf dem Arm eines Mannes gesehen, und der Anblick versetzte ihr einen Stich, weckte bisher verborgene Gefühle. «Danke.»

«Sie ist eine freundliche kleine Seele, oder?» Jones übergab Daisy das Kind, wobei er es irgendwie schaffte, seine Hände mit Ellies Beinchen zu verflechten. «Wenn man bedenkt, dass ich nicht daran gewöhnt bin. An Babys, meine ich.»

«Ich weiß es nicht», meinte Daisy wahrheitsgemäß. «Außer mir und Mrs. Bernard nimmt sie niemand hoch.»

«Ich hatte noch nie eins auf dem Arm.»

«Ich auch nicht. Bis zu ihrer Geburt, meine ich.»

Jones betrachtete Ellie, als hätte er auch noch nie ein Baby gesehen. Als ihm bewusst wurde, dass Daisy ihn beobachtete, berührte er die Kleine leicht am Kopf und trat zurück. «Also», sagte er, «ich glaube, ich muss los. Im Büro werden sie sich fragen, wo ich bleibe. Danke für den Lunch.»

«Ja», sagte Daisy, während sie Ellie auf ihrer Hüfte zurechtschob.

Er ging zur Tür. «Sieht gut aus», meinte er und drehte sich noch einmal um. «Gut gemacht.» Er lächelte gezwungen und sah dabei merkwürdig unglücklich aus. Er hat Daumennägel wie Daniel, dachte Daisy. «Hör mal, nächste Woche», sagte er unvermittelt, «ich finde, du solltest nach London kommen. Ich muss mit dir irgendwo über die Eröffnung sprechen, wo ich meine Akten und alles um mich herum habe, und ich dachte, dann können wir auch gleich zu diesem Markt für historische Bauartikel fahren, von dem du erzählt hast. Und die Sachen für draußen aussuchen.»

Er legte den Kopf schräg. «Ich meine – hättest du Zeit, nach London zu kommen? Ich lade dich zum Essen ein. In meinen Klub. Dann lernst du den mal kennen.»

«Ich kenne ihn schon», grinste Daisy, «ich war schon mal da.» Es war das Grinsen der alten Daisy. «Trotzdem, das klingt gut. Sag mal, an welchen Tag du gedacht hattest.»

Pete Sheraton trug ein Hemd, wie es in den achtziger Jahren unter Börsenmaklern Mode gewesen war: kräftig gestreift und mit weißem Kragen und gestärkten weißen Manschetten. Es war ein Hemd, das an Geld erinnerte, an Geschäfte in verrauchten Räumen, und wenn Hal seinen Freund darin sah, fragte er sich immer, ob Pete mit seinem Los als Bankdirektor in der Provinz vielleicht doch weniger zufrieden war, als er zugeben mochte.

Die Manschetten, die Hal an diesem Nachmittag in Petes Büro dirigierten, waren mit zwei winzigen, nur eben erkennbaren nackten Frauen geschmückt. «Idee von meiner besseren Hälfte», meinte Pete, als Hal sich ihm gegenübersetzte. «Sie meint, das hält mich davon ab, ganz und gar zum Bankdirektor zu werden.»

Hal lächelte und schluckte mühsam.

Er kannte Pete seit Jahren, seit Veronica Sheraton zu Petes vierzigstem Geburtstag einen Rahmen für ein Porträt von den beiden bestellt hatte. Es war ein scheußliches Machwerk, das Veronica in einem Ballkleid mit Puffärmeln zeigte, mit Weichzeichner gemalt, und hinter ihr war Pete zu sehen, viel größer als in Wirklichkeit und mit einer Gesichtsfarbe wie verbranntes Toffee. Bei der «Enthüllung» des Bildes hatten ihre Blicke sich getroffen, und eine dieser nicht planbaren Männerfreundschaften war entstanden.

«Du bist nicht gekommen, um dich mit mir zum Squash zu verabreden, nehme ich an?»

Hal holte tief Luft. «Leider diesmal nicht, Pete. Ich – ich bin gekommen, weil ich etwas mit dir besprechen will. Ich gebe meinen Betrieb auf.»

Pete sackte die Kinnlade herunter. «O Mann. Ach, Mensch, Hal, das tut mir aber Leid. So ein Pech.»

Hal wünschte sich, dass Pete die ganze Sache etwas nüchterner betrachten könnte. Plötzlich erschien es ihm, als würden ihm Verhandlungen mit einem altmodischen, steifen, unfreundlichen Bankdirektor leichter fallen.

«Bist du ganz sicher? Ich meine, hast du mit deinem Steuerberater gesprochen und alles?»

Hal schluckte. «Endgültig noch nicht, aber wenn man meine Lage kennt, kommt das nicht überraschend.»

«Ich wusste ja, dass du nicht gerade an Übernahmen und Aufkäufe dachtest ... aber trotzdem ...» Pete griff in seine Schublade. «Möchtest du was trinken?»

«Nein. Lieber einen klaren Kopf behalten. Ich muss heute Nachmittag viel telefonieren.»

«Hör mal, mach dir in der Richtung mal keine Sorgen. Lass mich wissen, wenn ich was tun kann. Ich meine, wenn du an einen Kredit oder so was denkst. Ich bin sicher, dass ich besonders günstige Konditionen für dich rausschlagen kann.»

«Ich glaube, Kredite nützen uns nichts mehr.»

«Aber es ist so schade, wenn man an das ganze Geld denkt, was ...»

Hal sah ihn fragend an.

Beide schwiegen.

«Na gut, das weißt du selbst am besten.» Pete stand auf. «Aber hör mal, Hal, triff heute Abend noch keine Entscheidung. Und schon gar nicht, wenn du noch nicht mit deinem Steuerberater gesprochen hast. Denk einfach nochmal drüber nach und komm morgen wieder, ja? Man weiß nie ...»

«Da wird sich nichts ändern, Pete.»

«Wie auch immer. Lass es dir trotzdem nochmal durch den

Kopf gehen. Ist zwischen dir und Camille alles in Ordnung? Wie schön … Und Katie? Das ist das, was zählt, oder?» Pete legte Hal den Arm um die Schultern. «Ach, das hätte ich fast vergessen. Ich weiß, dass jetzt nicht gerade der richtige Zeitpunkt ist, aber würdest du das hier deiner Frau geben? Es liegt schon ewig in meiner Schublade – ich wollte es zu unserem nächsten Squashspiel mitbringen. Ich weiß, das entspricht nicht ganz den Vorschriften, aber weil du's bist …»

Hal nahm den steifen Umschlag entgegen. «Was ist das?»

«Die Brailleschablone für ihr neues Scheckbuch.»

«Sie hat doch eins.»

«Aber nicht für das neue Konto.»

«Für welches neue Konto?»

Pete sah ihn an. «Das mit … Ach, ich dachte, es wäre eine Zahlung von irgendeiner Versicherung oder Einnahmen von dir. Deswegen war ich etwas erstaunt, als du sagtest, du wolltest den Betrieb …»

Hal schüttelte den Kopf. «Sie hat Geld?»

«Ich dachte, das wüsstest du.»

Hals Mund war trocken, und der hohe Ton in seinem Kopf erinnerte ihn an ein Jahr zuvor. «Wie viel denn?»

Pete wirkte nervös. «Hör mal, Hal, ich habe offensichtlich schon zu viel gesagt. Ich meine, ich hatte einfach angenommen, wegen Camilles Augen und so … na ja, normalerweise regelst du ja meistens die finanziellen Angelegenheiten für sie.»

Hal starrte auf den Umschlag. Ihm war, als müsse er ersticken. «Ein getrenntes Konto? Wie viel ist drauf?»

«Das darf ich dir nicht sagen.»

«Aber ich bin's doch, Pete.»

«Und ich bin im Dienst, Hal. Weißt du was, geh nach Hause und rede mit deiner Frau. Das lässt sich bestimmt ganz leicht aufklären.» Pete schob ihn fast in Richtung Tür.

Hal stolperte.

«Pete?»

Der Bankdirektor warf durch die geöffnete Tür einen Blick in den Schalterraum und schaute dann wieder seinen Freund an. Er nahm einen Zettel, kritzelte eine Zahl darauf und hielt ihn Hal einen Moment lang hin. «Ziemlich dicht dran, okay? Jetzt geh nach Hause, Hal. Mehr darf ich nicht sagen.»

Kapitel 16

Wo das Geld hergekommen war, war ihm schnell klar – sie alle hatten sich gefragt, wie Lottie den Erlös aus dem Verkauf Arcadias verteilen würde. Was Hal quälte, was ihm wie ein Stein im Magen lag, war die Tatsache, dass Camille es ihm verschwiegen hatte, dass sie es ihm verheimlicht und dabei zugesehen hatte, wie seine Firma den Bach runterging. Dass sie ihn getröstet hatte, obwohl sie das nötige Geld zur Rettung des Betriebes auf dem Konto hatte. Sie beide wussten, dass der Betrieb das Einzige war, was ihm wirklich lag – vorausgesetzt, er hatte genügend Zeit. Und etwas Glück. Dass Camille ihn wieder angelogen hatte, machte ihn krank. Es war noch schlimmer als die Entdeckung ihrer Untreue, denn dieses Mal hatte er sich gezwungen, seine Angst und sein Misstrauen zu überwinden, und hatte sich ihr anvertraut. Dieses Mal ließ ihr Betrug sich nicht mit ihrer Niedergeschlagenheit oder ihrer Unsicherheit erklären. Dieses Mal zeigte sie mit ihrem Handeln, was sie von ihrem Mann hielt.

Wenn Camille gewollt hätte, dass er von dem Geld erfuhr, dann hätte sie ihm davon erzählt. Das war eine unumstößliche Tatsache, die Hal sich in vielen verzweifelten Stunden immer wieder vor Augen führte und die ihn davon abhielt, Camille zur Rede zu stellen und eine Antwort zu verlangen. Wenn sie gewollt hätte, dass er es wusste, dann hätte sie etwas gesagt. Ach Gott, was war er für ein Idiot gewesen.

Seit einigen Tagen war sie in seiner Gegenwart zurückhaltend, und er hatte in ihren Zügen eine neue Vorsicht entdeckt. Da sie selbst nicht sehen konnte, wie sich Gefühle in den Gesichtern anderer Menschen zeigten, war sie nie auf die Idee gekommen, ihre eigenen zu verbergen. Hal beobachtete sie und konnte seine Frustration und seine Wut kaum unterdrücken.

«Alles in Ordnung?», fragte sie häufig und meinte damit, ob er mit der Auflösung seiner Firma klarkam, ob er eine Umarmung brauchte oder vielleicht einen Kuss, irgendetwas, was alles wieder ins Lot bringen sollte. Hal sah die Ungewissheit in ihrem Gesicht, erkannte den Anflug von Schuldbewusstsein dahinter und fragte sich, wie sie überhaupt noch mit ihm sprechen konnte.

«Alles prima», antwortete er. Und Camille begleitete Katie nach draußen oder wandte sich wieder dem Essenkochen zu, wobei ihr der Argwohn auf der Stirn geschrieben stand.

Dass sie ihm das Geld verschwieg, konnte nur eins bedeuten, und darunter litt Hal am meisten. Er wusste, dass das Jahr für sie beide nicht leicht gewesen war und dass sich manches noch gekünstelt und steif anfühlte. Er wusste auch, dass er Camille manchmal zurückgestoßen hatte, wenn das eigentlich nicht nötig gewesen wäre, dass ein kleiner, gemeiner Teil von ihm sie immer noch bestrafte. Aber er fand, sie hätte ihm irgendein Zeichen geben können, dass es nun dahin gekommen war ...

Aber was für ein Zeichen hatte er erwartet? Diese Frau war ihm untreu gewesen, zu einem Zeitpunkt, als er am Boden lag, als seine Firma zugrunde ging, als er nur noch mit Mühe die Fassung bewahrte. Ihr Geständnis an jenem Morgen war so unerwartet gekommen, er hatte einen so heftigen, erschreckenden Schmerz in der Brust gespürt, dass er sich kurz gefragt hatte, ob er sterben müsse. Auch da hatte sie ihm vorher nicht den kleinsten Hinweis gegeben.

Und trotzdem liebte er sie noch. In den letzten Wochen hatte er eine wachsende Leichtigkeit gespürt, hatte das Gefühl gehabt, dass ihnen etwas Kostbares wiedergegeben wurde. Auch wenn er Camille vielleicht noch nicht vergeben hatte, hatte er doch allmählich die Möglichkeit dazu gesehen. Er hatte gespürt, dass – wie diese blöde Eheberaterin mit ihren Klischees es ausdrückte – eine Ehe gesunden konnte.

Vorausgesetzt, die Partner waren ehrlich zueinander.

Camille hatte dazu genickt, seine Hand genommen und sie gedrückt. Es war ihre letzte Sitzung gewesen.

Hal rutschte noch weiter an den Bettrand. Undeutlich drang die Plastikschablone in sein Bewusstsein, die radioaktiv in seiner Jackentasche strahlte. Die Morgendämmerung erhellte langsam das Schlafzimmer und verkündete das Ende einer weiteren durchgrübelten Nacht und den Beginn eines neuen Tages voller Unentschiedenheit und Angst.

Camille schlief. Als er sich bewegte, rutschte ihre Hand von seiner Brust und fiel schlaff neben sie.

Der Zug halte jetzt nur noch an der Endstation Liverpool Street, verkündete die Stimme aus dem Lautsprecher und wiederholte es zur Sicherheit noch einmal. Daisy beugte sich zum Fenster hinüber, während draußen das flache Marschland im Flusstal des Lee langsam in die schmutzigen, unansehnlichen Vororte von East London überging. Nach zwei Monaten in der kleinen Welt von Arcadia und Merham kam sie sich seltsam provinziell vor und hatte fast ein wenig Angst vor ihrer Rückkehr. London schien unauflöslich mit Daniel verbunden zu sein, und das hieß mit Schmerz. In Merham dagegen war sie sicher, unbelastet von ihrer Geschichte und von Erinnerungen. Als der Zug in die Stadt einfuhr, wurde Daisy klar, dass das Haus ihr größeren Seelenfrieden geschenkt hatte, als sie je für möglich gehalten hatte.

Lottie hätte sie für bescheuert erklärt. «Das wird ein herrlicher Tag für dich», hatte sie gesagt, während sie süßen Porridge in Ellies weit geöffnetes Mäulchen löffelte. «Es tut dir gut, dass du mal hier rauskommst. Vielleicht hast du sogar Zeit, dich mit deinen Freundinnen zu treffen.» Doch Daisy fielen keine Freundinnen ein. Sie war immer eher mit Männern zusammengewesen. Vielleicht hätte sie sich mehr um Freundschaften mit Frauen bemühen sollen, denn eigentlich waren da nur ihre Schwester, Camille und jetzt noch Lottie, die, seit sie ein bisschen aus ihrer Vergangenheit erzählt hatte, gelöster war und ihre Schärfe und ihre energischen Meinungsäußerungen häufiger durch Humor abmilderte.

«Hoffentlich ziehst du was Schickes an», hatte sie gesagt. «Du willst ja nicht wie ein Kartoffelsack aussehen. Vielleicht lädt er dich in ein elegantes Lokal ein.»

«Es ist ja keine private Verabredung», hatte Daisy darauf erwidert.

«Privater kriegst du's von ihm nicht», feuerte Lottie zurück. «An deiner Stelle würde ich das Beste draus machen. Und was hast du denn gegen ihn? Er ist nicht verheiratet und sieht nicht übel aus. Und offenbar hat er auch ganz schön Kohle. Na los, zieh die Bluse an, durch die man die Unterwäsche sieht.»

«Ich habe gerade erst eine langjährige Beziehung hinter mir. Ein neuer Mann ist das Letzte, was ich jetzt gebrauchen kann.» Daisy versuchte, ihr Erröten zu verbergen.

«Wieso das?»

«Na, das weiß doch jeder. Man sollte sich nicht von einer Beziehung gleich in die nächste stürzen.»

«Und wieso nicht?»

«Weil – ach, siehst du, vielleicht bin ich dazu noch nicht bereit.»

«Aber wie kannst du das wissen?»

«Ich weiß nicht … man tröstet sich damit bloß über die Trennung hinweg. Deswegen sollte man etwas warten. Ein Jahr oder so. Dann schleppt man emotional weniger mit sich rum.»

«Was schleppt man denn mit sich rum?»

«Man muss das Alte loswerden, damit man bereit ist, einen anderen kennen zu lernen. Man muss die alte Geschichte abschließen.»

«Abschließen? Wer sagt das denn?»

«Keine Ahnung. Alle. In den Zeitschriften, im Fernsehen, bei der Eheberatung.»

«Auf die musst du nicht hören. Du hast doch wohl selbst einen Kopf.»

«Ja, aber ich glaube einfach, dass es für mich gut wäre, eine Weile zu warten. Ich bin noch nicht bereit, jemand Neues in mein Leben zu lassen.»

Lottie warf die Arme in die Luft. «Ihr jungen Mädchen, ihr seid so wählerisch. Es muss der richtige Zeitpunkt sein, es muss dies sein, es muss das sein. Kein Wunder, dass so viele von euch ledig bleiben.»

«Aber für mich gilt das doch alles gar nicht.»

«Nein?»

Daisy schaute Lottie in die Augen. «Wegen Ellie. Und Daniel ... Ich meine, es ist doch nur fair, wenn ich ihm etwas Zeit lasse wiederzukommen. Damit sie die Chance hat, mit ihrem Vater aufzuwachsen.»

«Ach ja? Und wie viel Zeit willst du ihm lassen?»

Daisy zuckte die Achseln.

«Und wie vielen guten Männern willst du in der Zwischenzeit einen Korb geben?»

«Ach, hör auf, Lottie – es sind doch erst ein paar Monate. Und sie rennen mir ja nicht gerade die Tür ein.»

«Du musst weitergehen», sagte Lottie heftig. «Es hat keinen Sinn, der Vergangenheit nachzutrauern, Baby hin, Baby her. Du musst dir ein eigenes Leben schaffen.»

«Aber er ist Ellies Vater.»

«Und er ist nicht da.» Lottie schniefte verächtlich. «Und weil er nicht da ist, verscherzt er sich den Anspruch, überhaupt irgendwas zu sein.»

Plötzlich wurde Daisy klar, dass Lottie ihr nie erzählt hatte, wer Camilles Vater war. «Du bist härter als ich.»

«Ich bin nicht hart», hatte Lottie gesagt und Ellie aus ihrem Hochstuhl gehoben. «Bloß realistisch.»

Daisy wandte sich vom Zugfenster ab, bückte sich und rieb sich einen Fleck von der Sandale. Sie wollte keinen anderen Mann. Sie fühlte sich immer noch verletzt und wund, und ihre Nerven lagen bloß. Der Gedanke, dass jemand sie jetzt, nach der Geburt und der Stillzeit, nackt sehen könnte, erfüllte sie mit Schrecken, und die Vorstellung, noch einmal verlassen zu werden, war einfach furchtbar. Und schließlich gab es noch Daniel. Sie musste ihm die Tür offen halten, Ellie zuliebe.

Für den Fall, dass er sich irgendwann entschließen sollte hindurchzugehen.

«Camille?»

«Ach, hallo, Mum.»

«Ich laufe heute Mittag eben in den Supermarkt. Mit der kleinen Ellie hier. Brauchst du irgendwas?»

«Nein, wir haben alles … Ist Hal da?»

«Ja, draußen. Er trinkt gerade Tee. Soll ich ihn holen?»

«Nein, nein … Mum, hast du den Eindruck, dass es ihm gut geht?»

«Warum? Was ist denn mit ihm?»

«Eigentlich nichts. Aber er ist … er ist einfach in letzter Zeit etwas sonderbar.»

«Was meinst du mit sonderbar?»

Camille schwieg. Dann sagte sie: «Er kapselt sich ab. Als hätte er … als hätte er sich in sich selbst zurückgezogen. Er will nicht mit mir reden.»

«Er hat gerade seinen Betrieb aufgegeben. Das macht ihm bestimmt zu schaffen.»

«Das weiß ich … das weiß ich ja … aber …»

«Was denn?»

«Ach, wir wussten ja längst, dass es schlecht lief. Wir wussten, dass das auf ihn zukommen würde. Aber zwischen uns war es wirklich gut. So gut wie schon ewig nicht mehr.»

Ihre Mutter zögerte. «Also, mir gegenüber ist er so wie immer … Ist da irgendwas, was du mir nicht sagst?»

«Wie meinst du das?»

«Wie diese Geschichte mit … euch beiden. So etwas ist nicht wieder vorgekommen, oder?»

«Nein, Mum, natürlich nicht. Ich würde nie wieder … Zwischen uns läuft es gut. Das ist alles vorbei. Ich habe mir nur Sorgen gemacht, weil Hal … nicht ganz er selbst war. Lass nur, denk nicht mehr dran.»

«Mit ihm hast du noch nicht darüber gesprochen?»

«Ist schon gut, Mum. Du hast recht, wahrscheinlich ist er einfach traurig wegen seiner Firma. Ich werde ihn ein bisschen in Ruhe lassen. Jetzt muss ich weitermachen, ich muss Lynda Potter ihre Algenpackung abnehmen.»

Lottie schaute auf ihre Einkaufstasche hinunter. Plötzlich war sie sich sicher, dass sie das Richtige getan hatte. Sie würde Camille noch nichts von dem Geld sagen, sondern warten, bis ihre Tochter es wirklich brauchte, bis sie sich ihr wieder anvertraute. Es klang, als wäre dieser Zeitpunkt doch nicht mehr so fern, wie Lottie gehofft hatte.

«Soll ich dir sagen, was er tun muss?»

«Was denn?»

«Er muss damit abschließen. Dann geht es ihm besser.»

Achtzehn leere Pfefferminzpackungen lagen im Fußraum von Jones' Auto herum. Es war schwer, sie zu zählen, ohne zu auffällig herumzuwühlen: Viele waren zum Teil durch anderen Automüll, Straßenkarten, Zettel mit Wegbeschreibungen und alte Tankquittungen verdeckt. Aber Daisy hatte reichlich Zeit, jede einzelne Pfefferminzschachtel zu lokalisieren, denn in den ersten siebzehn Minuten, die sie im Stadtverkehr dahinkrochen, hatte Jones fast ununterbrochen – und in übelster Laune – in sein Handy gebrüllt. «Na, dann sagen Sie ihm das. Er kann herschicken, wen er will. Das ganze Küchenpersonal ist in Hygiene geschult. Wir haben Protokolle von den Liefertemperaturen, wir haben die Lagertemperaturen protokolliert, die Lieferqualität, alles, was mit dieser verdammten Party zu tun hatte. Wenn er jemanden herschicken will, sagen

Sie ihm, dass ich achtzehn einzeln abgepackte Portionen eingefroren habe – eine für jedes Gericht, das wir serviert haben. Die können wir zur Analyse einschicken …» Mit einer Geste forderte er Daisy auf, das Handschuhfach zu öffnen. «Ja, das tun wir. In den Vorschriften für Lebensmittelhygiene gibt es keinen Paragraphen, den meine Mitarbeiter nicht auswendig herbeten könnten. Jeder einzelne von ihnen. Hören Sie, er hat doch gesagt, er hätte Ente gegessen. Ente, oder?»

Als Daisy das Handschuhfach öffnete, purzelten mehrere Kassetten heraus, zusammen mit einer Brieftasche, einer Tüte mit Pfefferminzbonbons und verschiedenen nicht identifizierbaren Kabeln. Daisy durchsuchte den restlichen Krimskrams, zog einzelne Objekte heraus und hielt sie Jones zur Überprüfung hin.

«Nein. Nein, hat er nicht. Ich hab zwei Leute, die sagen, er hätte die Austern gehabt. Augenblick mal –» Er unterbrach sich und zeigte auf das Handschuhfach. «Kopfschmerztabletten», formte er lautlos mit den Lippen. «Sind Sie noch dran? Doch. Doch, allerdings! Nein, Sie hören mir nicht zu. Er hatte die Austern, und an der Bar hat er mindestens drei Gläser Alkohol getrunken. Ganz genau. Ich habe den Kassenbon.» Er riss Daisy die Schachtel aus der Hand, drückte die Folie durch und ließ sich die Pillen direkt in den Mund fallen. «Lebensmittelvergiftung, der kann mich mal! Er wusste bloß nicht, dass man dazu keinen Alkohol trinken darf. Verdammter Idiot.»

Daisy blickte aus dem Beifahrerfenster auf den brodelnden Verkehr und kämpfte gegen ihren Ärger an, der mit Jones' beiläufiger, einhändiger Begrüßungspantomime begonnen hatte und mit jedem der drei Telefonate, die er, seit sie in den Wagen gestiegen waren, pausenlos geführt hatte, gewachsen war. «'tschuldigung. Bin gleich da», hatte er zu Anfang gesagt, und das war alles gewesen.

«Das ist mir so scheißegal –», brüllte er, und Daisy schloss die Augen. Jones war ein großer Mann, und in dem geschlossenen Raum seines Autos vervielfachte sich die Wirkung seiner Kraftausdrücke in unguter Weise. «Sagen Sie ihm, er soll seine Sch–» Doch da wandte er sich zur Seite und sah Daisys gequältes Gesicht. «Sagen Sie ihm, er soll seine Anwälte schicken, das Gesundheitsamt, wen er will. Ich werde diese Arschgeige auch anzeigen, da kann er Gift drauf nehmen. Wegen Rufschädigung. Allerdings. Alle Unterlagen, die die Leute sehen wollen, sie wissen ja, wo ich zu finden bin.» Er drückte einen Knopf auf dem Armaturenbrett und riss sich dann die Kopfhörer herunter.

«Sch–» Er schürzte die Lippen. «Verd– Blödmann. Blöder Vertreter, er versucht, eine Entschädigung rauszuschlagen. Er futtert die verdammten Austern, säuft 'ne Menge scharfe Sachen und wundert sich dann, dass er am nächsten Tag nicht vom Klo runterkommt. Das muss meine Schuld sein. Schickt mir das Gesundheitsamt auf den Hals, und die machen mir den Laden dicht, bis sie unzählige Proben genommen haben. Mein Gott, die machen mich wirklich wahnsinnig.»

«Das sieht man», sagte Daisy.

Doch er schien sie gar nicht zu bemerken. Er lärmte weiter, war so aufgedreht, wie sie ihn noch nie erlebt hatte. Da saß sie nun, sah wahrscheinlich besser aus als je zuvor seit der Geburt, trug einen Rock und ein neues T-Shirt, ihre Haut schimmerte nach Camilles Salzpeeling, und ihre Beine waren nach der quälenden Wachsprozedur glatt und haarlos. Und was war ihm aufgefallen, als er auf ihre langen, braunen Beine schaute? Dass sie auf den Zettel trat, auf dem beschrieben war, wie man zu dem Markt für historische Baustoffe und Gebrauchsartikel kam.

«Seine Freundin hat ihn darauf angesetzt.» Jones blinkte rechts und beugte sich über das Lenkrad. «Sie hat das schon mal probiert. Hat behauptet, sie hätte sich in der Toilette den Knöchel verstaucht, aber die ärztliche Untersuchung war natürlich ohne Befund. Ich würde ihr Hausverbot geben, wenn sie Mitglied wäre. Aber an dem Abend war ich nicht da.»

«Ach so.»

«Das kommt aus Amerika. Da gehen sie mit jedem Mist vor den Kadi. Alle wollen was umsonst. Und immer muss jemand Schuld sein. Herrgott nochmal!» Er schlug mit der Faust auf das Lenkrad, sodass Daisy hochfuhr.

«Wenn dieser kleine Scheißkerl nochmal käme, dann würde ich ihm aber zeigen, was 'ne Lebensmittelvergiftung ist. Wie spät ist es?»

«Wie bitte?»

«Elridge Street, Minerva Street … Hier ist es irgendwo. Wie spät ist es?»

Daisy schaute auf die Uhr. «Fünf vor halb zwölf.»

«Historische Baustoffe. Da sind wir. Verdammter kleiner … So, und wo soll ich jetzt parken?»

Daisys gute Laune war schneller verschwunden als Jones' Kopfschmerztabletten. Jetzt reichte es ihr. Sie kletterte aus dem Saab und stapfte in den Hof. Nach der Kühle im klimatisierten Wageninneren überfiel sie jetzt die drückende Hitze des Stadtsommers.

Sie war es nicht gewohnt, ignoriert zu werden. Daniel hatte immer Wert darauf gelegt, ihr zu sagen, dass sie hübsch aussah, er hatte sich um sie gekümmert, wenn sie ausgingen, hatte dafür gesorgt, dass ihr warm genug war, dass sie genug zu essen und zu trinken hatte, dass sie zufrieden war. Aber das hier war schließlich ein Arbeitstreffen, oder? Und als es wirklich zählte, war Daniel nicht mehr da gewesen, um für ihr Wohlergehen zu sorgen.

Männer. Daisy merkte, dass sie im Stillen einen Kraftausdruck benutzte, der Jones' Schimpfwörtern in nichts nachstand. Sie rief sich zur Ordnung, weil sie nicht zu diesen verbitterten, abartigen Männerhasserinnen gehören wollte, die sie immer verachtet hatte.

Der Baumarkt war riesig und wirkte schläfrig. Gewaltige Balken lagerten auf überdimensionalen Regalen, Steinbrocken waren zu bedrohlichen Türmen aufgeschichtet, Friedhofsstatuen starrten blicklos an Daisy vorbei. Hinter dem Wellblech des Eingangs tobte der Großstadtverkehr, rülpste lila Rauchschwaden und wütende Hupsignale in die miefige Luft. Normalerweise hätte Daisy einen neuen Markt für historische Bauartikel voller Vorfreude und Erwartung besucht, aber nun verdarb Jones' eklige Laune ihr die Stimmung. Sie hatte es nie geschafft, sich von den Stimmungen der Männer freizuhalten: Wie oft hatte sie versucht, Daniel aufzuheitern, hatte versagt, sich für ihr Versagen gescholten und war dann schließlich selbst seiner Laune erlegen. Er dagegen hatte sich von ihren Stimmungen nie anstecken lassen.

«Mal wieder keine verdammte Parkuhr zu finden. Jetzt stehe ich im Halteverbot.»

Jones kam durch das Tor auf sie zu. Wellen von Unzufriedenheit gingen von ihm aus. Ich rede einfach nicht mit ihm, dachte Daisy ärgerlich, bis er da rauskommt und anständig mit mir spricht. Sie wandte sich ab und marschierte mit verschränkten Armen und eingezogenem Kopf zur Abteilung für Fenster und Spiegel hinüber. Nach ein paar Schritten hörte sie Jones' Handy über den Hof schrillen und dann seine heftige Reaktion. Der einzige sichtbare Mensch auf dem Gelände, ein Mann mittleren Alters mit dünnrandiger Brille und Tweedjackett, drehte sich nach der Lärmquelle um, und Daisys Blick war so finster, als hätte sie mit dem Störenfried nichts zu tun.

Sie ging weiter, bis sie in die überdachte Abteilung kam, entfernte sich so weit von seiner Stimme, wie sie nur konnte. Die viktorianische Sanitärkeramik und die Spiegel mit den Gravuren bemerkte sie kaum, so wütend war sie darüber, dass sie sich von Jones' mangelnder Aufmerksamkeit hatte kränken lassen. Daisy merkte, wie sie ihn im Stillen als ungebildeten Rüpel abschrieb, ganz so, wie ihre Schwester es vielleicht getan hätte. Wie viel Geld jemand hatte, spielte keine Rolle, wenn er sich in Gesellschaft nicht anständig benehmen konnte. «Guck dir doch Aristoteles Onassis an», pflegte Julia zu sagen. «Hat er nicht gerülpst und gefurzt wie ein Bauarbeiter?» Vielleicht waren alle reichen Leute unhöflich, versuchte Daisy sein Benehmen zu erklären, denn sie waren es ja nicht gewohnt, sich nach anderen zu richten. Doch das war schwer zu sagen, schließlich war Jones der einzige stinkreiche Mann, den sie kannte.

Vor einem kleinen bunten Glasfenster, das eine lächelnde Putte zeigte, blieb Daisy stehen. Sie liebte farbiges Glas. Es war schwer zu finden, eignete sich aber fast immer als Blickfang. Vorübergehend vergaß Daisy ihre schlechte Laune und überlegte, wo sie das Fenster einbauen könnte, ging innerlich eine Liste von Türen, Fenstern von Ankleidezimmern und Sichtschutzwänden im Freien durch. Es dauerte eine Weile, bis ihr klar wurde, dass sie dieses Stück nicht für Arcadia erwerben wollte. Sie wollte es selbst haben. Außer Toilettenartikeln und Lebensmitteln hatte sie in den letzten Monaten kaum etwas für sich gekauft.

Prüfend betastete sie das Glas und kniff die Augen zusammen, um es im trüben Licht des Schuppens richtig sehen zu können. Keine der kleinen Scheiben war zerbrochen, und auch von der Bleieinfassung fehlte nichts. Das war bei einem Stück von dieser Größe ungewöhnlich. Daisy hockte sich hin und suchte nach dem Preis. Als sie ihn gefunden hatte, erhob sie sich wieder und lehnte das Fenster behutsam zurück an den stützenden Rahmen.

«Tut mir Leid», sagte eine Stimme hinter ihr. Jones stand im Eingang zum Schuppen, das Handy noch in der Hand. «Ziemlich anstrengender Vormittag.»

«Das sehe ich», sagte Daisy.

«Was ist das da?», erkundigte er sich.

«Was denn?»

«Was du gerade angeguckt hast.»

«Ach, bloß ein Glasfenster. Für Arcadia ist es nicht geeignet.»

Jones sah zu Boden. «Wie spät ist es?», fragte er schließlich.

Seufzend warf Daisy einen Blick auf die Uhr. «Fünf nach zwölf. Warum?»

«Spielt keine Rolle. Ich wollte bloß nicht zu spät zum Essen kommen. Hab einen Tisch bestellt.»

«Aber der Klub gehört dir doch.»

«Ja …» Er starrte noch eine Weile auf den Boden, dann sah er sich um. «Tut mir jedenfalls Leid. Die Autofahrt. Dass du das alles mit anhören musstest. Das wäre nicht nötig gewesen.»

«Stimmt», sagte Daisy und ging ins Licht hinaus.

Jones zögerte, bis ihm klar wurde, dass sie nicht auf ihn warten würde. «Bist du sauer?» Er war einen halben Schritt hinter ihr und griff nach ihrem Ellbogen.

Daisy blieb stehen. «Warum sollte ich sauer sein?»

«Ach, lass doch dieses Frauenspielchen. Ich hab keine Zeit, dir zwanzig Fragen zu stellen, um rauszukriegen, was los ist.»

Plötzlich spürte Daisy, wie sie vor Zorn errötete, und der Verdacht, dass Jones ihre Gefühle lächerlich finden könnte, verstärkte ihre Erregung noch. «Dann lass es doch.» Sie ging weiter, aber in ihrer Kehle bildete sich unerklärlicherweise ein Klumpen.

«Was soll ich lassen?»

Eigentlich wusste sie das nicht genau.

«Ach, komm, Daisy …»

Wütend sah sie ihn an. «Hör mal, Jones, ich hätte heute nicht herzukommen brauchen, ist dir das klar? Ich hätte in Merham bleiben können, mich in die Sonne legen und am Haus arbeiten und mit meiner Tochter spielen können, und das wäre schön gewesen. Du bist doch derjenige, der mir dauernd erzählt, ich hätte keine Zeit zu verlieren. Aber ich dachte, wir würden eine ordentliche Einkaufstour machen und dann noch nett essen. Ich dachte, es könnte für uns beide … nützlich sein. Ich hatte nicht damit gerechnet, dass ich den ganzen Tag auf einem glühend heißen Schrottplatz verbringen würde und mir dabei auch noch anhören müsste, wie ein unzurechnungsfähiges Ekel rumrandaliert und einen Tobsuchtsanfall nach dem anderen kriegt.»

Gerechterweise musste man sagen, dass es in Daisys Kopf nicht ganz so schroff geklungen hatte.

Während des folgenden Schweigens sann Daisy darüber nach, dass er ihr Chef war. Diese Tatsache hatte sie vorübergehend ausgeblendet.

«Gut. Daisy …» Er stand breitbeinig vor ihr. «Versuchst du immer noch, mir nicht zu nahe zu treten?» Sie blickte zu ihm auf.

«Waffenstillstand? Wenn ich mein Handy ausschalte?»

Daisy war nicht nachtragend. Jedenfalls normalerweise nicht. «Du hast doch nicht etwa noch eins in deinem Jackett versteckt?»

«Für wen hältst du mich denn?» Er griff in seine Innentasche und zog ein zweites Handy hervor. Das er auch ausschaltete.

«Verdammte Waliser», sagte sie und schaute ihm in die Augen.

«Verdammte Weiber», erwiderte er und reichte ihr den Arm.

Von da an besserte Jones' Laune sich erheblich, und damit hellte sich auch Daisys Stimmung auf. Er wurde zunehmend lockerer und ging mit ungeteilter Aufmerksamkeit auf ihre Vorschläge ein, setzte selbst ihren ausgefalleneren Wünschen wenig Widerstand entgegen und zückte mit erfreulicher Häufigkeit seine Kreditkarte.

«Bist du sicher, dass du wirklich so viel ausgeben willst?», fragte Daisy, als er sich bereit erklärte, einen offensichtlich überteuerten Apothekerschrank zu kaufen, den sie in eins der Bäder stellen wollte. «Die Sachen sind hier nicht gerade billig.»

«Sagen wir einfach mal, dass ich den heutigen Tag mehr genieße, als ich erwartet hatte», antwortete er. Nach der Uhrzeit fragte er nicht wieder.

Kurz bevor sie wieder losfahren wollten, vielleicht angesteckt von Jones' unbekümmertem Umgang mit seiner Kreditkarte, traf Daisy eine Entscheidung bezüglich des farbigen Glasfensters. Es war zu teuer. Sie besaß nicht einmal ein Haus, wo sie es hätte einbauen können. Aber sie wollte es haben, und sie wusste, wenn sie es nicht kaufen würde, würde es sie noch monatelang verfolgen. Mit dem gleichen Bedauern, mit dem andere Frauen sich an verlorene Liebhaber erinnerten, dachte sie immer noch an einen venezianischen Leuchter zurück, den sie sich auf einer Auktion hatte entgehen lassen.

Daisy wandte sich an Jones, der gerade die Lieferung organisierte. «Ich bin in fünf Minuten wieder da.» Sie deutete auf den Schuppen: «Ich möchte etwas für mich kaufen.»

Als man ihr sagte, das Fenster sei leider bereits verkauft, wäre sie fast in Tränen ausgebrochen. Sie hätte es besser wissen müssen, hätte es sofort kaufen sollen, schimpfte sie mit sich selbst: Alles, was gut war, musste man sich sofort unter den Nagel reißen. Wenn man nicht den Blick besaß, um den Wert eines Objektes auf Anhieb zu erkennen und sofort eine Entscheidung zu treffen, dann verdiente man das Stück nicht. Daisy starrte auf den leeren Fleck und wünschte sich die Putte jetzt, da keine Chance mehr bestand, dass sie ihr jemals gehören würde, noch viel sehnlicher.

Einmal hatte sie ein Sofa für sich gerettet, es war ihr gelungen, den Händler, der es ihr in einem Trödelladen vor der Nase weggeschnappt hatte, ausfindig zu machen, und sie hatte es ihm wieder abgekauft. Der Händler hatte ihr fast das Doppelte des ursprünglichen Preises abverlangt, und auch wenn ihr das damals gleichgültig gewesen war, weil sie das Stück unbedingt haben wollte, so stellte sie doch im Laufe der Monate fest, dass dieser Preis ihr die Freude daran verdarb. Wenn sie das Sofa anschaute, sah sie darin nicht mehr eine hart erkämpfte Antiquität, sondern eine überhöhte Summe, zu deren Zahlung sie sich genötigt gefühlt hatte.

«Alles in Ordnung?», fragte Jones, der neben einigen noch nicht abgebeizten Türen stand. «Hast du bekommen, was du haben wollten?»

«Nein.» Daisy lehnte sich lässig an eine Tür mit Mattglasscheiben. Sie war entschlossen, nicht zu jammern. Inzwischen konnte sie die Dinge relativ sehen. «Hab den richtigen Augenblick verpasst», erklärte sie, schrie auf und kippte zur Seite weg, während die gläserne Türfüllung mit lautem Krachen zersplitterte.

Zwei Stunden und vierzig Minuten verbrachten sie in der Ambulanz, wo Daisy mit zwölf Stichen genäht wurde und eine Gazeschlinge und mehrere Tassen süßen Tee aus dem Automaten erhielt. «Ich glaube, zum Lunch schaffen wir es nicht mehr», sagte Jones, als er ihr anschließend in den Wagen half, «aber ein paar ordentliche Drinks sind jetzt bestimmt nicht verkehrt.» Er legte ihr ein Päckchen Schmerztabletten in die gesunde Hand. «Und zu diesen hier darf man was trinken. Darauf hab ich als Erstes geguckt.»

Daisy saß still auf dem Beifahrersitz. Ihre neuen Kleider waren mit Blut bespritzt, und sie fühlte sich hoffnungslos chaotisch und gründlicher erschüttert, als sie zugeben wollte. Jones hatte die ganze Sache erstaunlich gefasst ertragen: Geduldig hatte er in den Wartebereichen neben ihr gesessen und dann auf sie gewartet, während Schwestern und Ärzte erst ihre Wunden säuberten und dann den Arm zusammennähten, bis er schließlich dem einer Flickenpuppe nicht unähnlich sah. Zweimal hatte Jones sie verlassen, um zu telefonieren, und einer dieser Anrufe hatte Lottie gegolten, erzählte er Daisy nun, als sie im Wagen saßen. Er hatte Lottie gesagt, dass sie später als erwartet nach Hause kommen würde.

«Ist sie böse?», fragte Daisy und betrachtete entsetzt die bräunlich eintrocknenden Blutflecken auf seinen hellen Lederpolstern.

«Nicht im Geringsten. Der Kleinen geht's gut. Sie sagt, sie nimmt sie mit nach Hause, weil sie ihrem Mann versprochen hat, heute Abend mit ihm zu essen. Und du wirst ja nicht fahren können.»

«Da wird Mr. Bernard sich aber freuen.»

«Es war doch ein Unfall. So was passiert einfach. Mach dir keine Gedanken deswegen.»

So war er den ganzen Nachmittag gewesen, heiter, einfühlsam und fürsorglich, als hätte er alle Zeit der Welt und überhaupt keine Sorgen. Sie waren sich seltsam nah gekommen, Daisy hatte sich auf ihn stützen müssen, hatte sich von ihm den Arm einwickeln lassen und dann im Krankenhausflur auf einem Plastikstuhl neben ihm gesessen. Jones hatte seine Bassstimme gesenkt und ganz sanft mit ihr gesprochen, als sei sie nicht nur verletzt, sondern auch krank. Ab und zu hatte Daisy sich gefragt, ob er noch der gleiche Mensch war, der sie am Morgen an der Liverpool Street Station abgeholt hatte.

«Hab ich dir den Tag verdorben?»

Er lachte und schüttelte den Kopf, wobei er weiter vor sich auf die Straße schaute. Daisy versuchte, das Pochen in ihrem Arm zu ignorieren, und sagte nichts weiter.

Als sie in seinem Klub ankamen, verschlechterte seine Stimmung sich wieder, zum Teil weil niemand am Empfang saß, als sie eintraten; ein Kündigungsgrund, meinte er später, als Daisy fragte, warum das denn so schlimm sei. «Jeder, der hier reinkommt, soll wie ein alter Freund begrüßt werden. Ich bezahle sie, weil sie sich die Namen und die Gesichter der Gäste merken sollen, aber nicht dafür, dass sie eine verspätete Mittagspause einlegen.»

Jones hielt Daisy an ihrem unversehrten Arm, als sie die vielen Holztreppen hinaufstiegen, vorbei an Bars, an denen unter sausenden Ventilatoren Gäste saßen und sich gelegentlich verstohlen nach Neuankömmlingen umdrehten, die vielleicht berühmter waren als sie selbst. Sie winkten Jones oder riefen ihm überschwängliche Begrüßungen zu. Früher hätte Daisy diesen Ausflug als touristisches Vergnügen betrachtet. Aber als Jones erklärte, er habe auf der Terrasse vor seinem Büro einen Tisch für sie organisiert, war sie erleichtert, denn die Vorstellung, mit ihren blutbefleckten Kleidern und dem Arm in der Schlinge den kritischen Blicken der Londoner Barbesucher ausgesetzt zu sein, machte ihr Angst.

Wieder zurück zu sein war überwältigend. Der tosende Verkehr in Soho, die hämmernden Baustellen und die brüllenden, schreienden Menschen schüchterten Daisy ein. Die Höhe der Gebäude rief bei ihr Beklemmungen hervor, sie hatte vergessen, wie man sich in einer Menge bewegt, und merkte, wie sie zögerte und zur falschen Seite auswich. Plötzlich überkam sie ein sehnsüchtiges Verlangen nach ihrer kleinen Tochter, das zu einem tiefen Unbehagen wurde, als sie sich ausrechnete, wie viele Meilen sie jetzt von ihr trennten. Am schlimmsten aber war, dass sie immer wieder Männer sah, die Daniel ähnelten, und jedes Mal spürte sie, wie ihr Magen sich reflexhaft zusammenkrampfte.

Jones hatte sich fünf Minuten erbeten, um «etwas Geschäftliches zu regeln». Das Mädchen, das Daisys Getränk brachte, eine amazonische Schönheit mit tiefbraunem Teint und langem schwarzem Haar, dass zu einem kunstvollen Knoten geschlungen war, betrachtete Daisy nachdenklich.

«Bin durch eine Tür gefallen», erklärte sie und zwang sich zu einem Lächeln.

«Ach so», sagte die Kellnerin gleichgültig und schlenderte davon, während Daisy sich dumm vorkam, weil sie überhaupt etwas gesagt hatte.

«Jones, es tut mir wirklich Leid, aber ich glaube, ich möchte gern nach Hause», sagte sie, als er endlich wieder auf der Terrasse erschien. «Könntest du mich zur Liverpool Street Station bringen?»

Erstaunt sah er sie an, während er sich ihr gegenüber niederließ. «Geht's dir nicht gut?»

«Bin einfach ein bisschen zittrig. Ich glaube, ich wäre lieber ...» Als ihr klar wurde, wie sie das Hotel genannt hatte, brach Daisy ab.

«Iss doch erst noch was. Du hast den ganzen Tag noch nichts zu dir genommen. Wahrscheinlich fühlst du dich deswegen etwas wacklig auf den Beinen.» Es war eine Anweisung.

Daisy brachte ein schiefes Lächeln zustande und schirmte mit der Hand ihre Augen gegen die Sonne ab. «Also gut.»

Sie bestellte ein Steak und musste untätig daneben sitzen, als er ihr den Teller wegnahm und das Fleisch in kleine Stücke schnitt, die sie mit der Gabel aufspießen konnte. «Ich komme mir so blöd vor», sagte sie in regelmäßigen Abständen.

«Jetzt iss erst mal», ordnete er an. «Dann fühlst du dich gleich besser.» Er selbst nahm nichts zu sich, sondern murmelte leicht verlegen etwas von einem Versuch, ein paar Pfunde loszuwerden. «Ich hab mein ganzes Leben lang immer Leute bewirtet, siehst du», sagte er mit einem Blick auf seinen Bauch hinunter. «Anscheinend verbrenne ich es nicht mehr so wie früher.»

«Das ist dein Alter», meinte Daisy, während sie ihre zweite Weinschorle hinunterkippte.

«Dir geht's also tatsächlich schon besser», erwiderte er nur.

Sie sprachen über das Wandbild und die Gesichter, die Hal mühevoll und sorgfältig freigelegt hatte. Daisy erzählte Jones, dass Lottie über die Restaurierung immer noch nicht glücklich war. Aber als sie einmal akzeptiert hatte, dass sie ihren Willen nicht bekam, hatte sie, wenn auch widerwillig, angefangen, einige Figuren zu identifizieren. Einer der Abgebildeten, Stephen Meeker, lebte ein paar Meilen von Merham entfernt in einer Hütte auf dem Kiesstrand. Sie seien nicht befreundet, hatte Lottie gesagt, aber er sei nach Camilles Geburt sehr lieb zu ihr gewesen. Und gestern hatte sie Daisy gezeigt, wer Adeline war, und Daisy hatte vor dem Bild gestanden und über diese Frau gestaunt, die etwas anstarrte, das wie eine Puppe aussah. Sie hatte gespürt, wie die Jahrzehnte verblassten, hatte nachempfunden, wie ein Verhalten, das man heute als normal betrachtete, als skandalös gelten konnte. Auch Frances hatte Lottie ihr gezeigt. Aber Frances' Gesicht war zum Teil weggekratzt worden. Daisy überlegte laut, ob sich vielleicht irgendwo ein Bild von ihr auftreiben ließe, im Archiv irgendeines Künstlers vielleicht, um sie wieder mit ihren gemalten Freunden zu vereinen. «Ich finde es nicht fair, dass ausgerechnet sie nicht richtig dabei sein soll», sagte Daisy nun zu Jones.

«Vielleicht wollte sie gar nicht richtig dabei sein», meinte er.

Vom vergangenen Abend erzählte Daisy ihm allerdings nichts, sie verschwieg, dass sie aus dem Fenster geschaut und gesehen hatte, wie Lottie reglos vor dem Wandbild stand, versunken in etwas, das für Daisy nicht sichtbar war. Und wie Lottie langsam die Hand ausstreckte, als wolle sie etwas auf der Wand berühren, und sich dann, abrupt, als weise sie sich selbst zurecht, umgedreht und steifbeinig entfernt hatte.

Jones sprach von seinen Plänen für die Eröffnung des Hotels und zeigte Daisy verschiedene Mappen mit Einzelheiten und Aufnahmen von früheren Eröffnungsveranstaltungen. Auf fast allen Fotos hatte er, wie Daisy auffiel, hochgewachsene, elegante Frauen neben sich. «In diesem Fall will ich aber was anderes machen, irgendwas, was mit dem Haus zu tun hat. Aber mir fällt nichts ein», gestand er.

«Wird es eine Prominentenparty?», fragte Daisy, die sich merkwürdig übergangen vorkam.

«Ein paar bekannte Gesichter werden schon kommen», sagte er, «aber ich will keine stinknormale Kanapee-Geschichte. Bei Arcadia geht es ja gerade darum, dass es ein etwas anderes Hotel werden soll, etwas anspruchsvoller, wenn du so willst», schloss er unbeholfen.

«Ich wüsste zu gerne, wer von ihnen noch am Leben ist», sagte Daisy.

«Wen meinst du?»

«Die Menschen auf Frances' Wandbild. Dass Frances und Adeline tot sind, wissen wir ja. Aber wenn das Gemälde in den fünfziger Jahren entstanden ist, besteht doch durchaus die Möglichkeit, dass viele noch gesund und munter sind.»

«Und?»

«Wir machen sie ausfindig und holen sie zusammen. In deinem Hotel. Zur Eröffnung. Glaubst du nicht, dass das ein ganz toller Publicity-Gag wäre? Ich meine, wenn diese Leute die *enfants terribles* ihrer Zeit waren, wie Lottie sagt, gäbe das doch eine phantastische Presse. Ich glaube, das wäre prima.»

«Falls sie noch leben.»

«Sonst kann ich sie wohl kaum einladen. Vielleicht besänftigt es auch die Einheimischen ein bisschen, wenn wir ihre Geschichte berücksichtigen.»

«Das könnte klappen, denke ich. Ich werde Carol darauf ansetzen.»

Daisy schaute von ihrem Glas auf. «Wer ist Carol?»

«Meine Partyplanerin. Sie hat eine PR-Firma und organisiert sämtliche Veranstaltungen für mich.» Jones sah Daisy erstaunt an. «Wo ist das Problem?»

Daisy hob ihr Glas und trank einen kräftigen Schluck. «Ich ... ich glaube, ich würde das gern selbst machen.»

«Du?»

«Na, es war doch meine Idee. Und ich – wir haben die Wandmalerei entdeckt. Ich hänge irgendwie daran.»

«Aber wo willst du die Zeit hernehmen?»

«Es sind ja nur ein paar Anrufe. Siehst du, Jones», fast unbewusst streckte Daisy die Hand über den Tisch, «ich glaube, dieses Wandbild ist wirklich etwas Besonderes. Vielleicht ist es sogar ein bedeutendes Gemälde. Findest du nicht, dass man so was am besten geheim hält, erst mal jedenfalls? Du kriegst eine bessere Presse, wenn es nicht jetzt schon durchsickert. Und du weißt ja, wie diese PR-Leute sind – sie können den Mund nicht halten. Ich meine, Carol ist bestimmt sehr gut, aber wenn das mit dem Wandbild vorläufig unter uns bleibt, wenigstens bis es fertig ist – also, dann wäre die Wirkung noch größer, wenn es schließlich rauskommt.»

Daisy hatte geglaubt, er hätte schwarze Augen, aber jetzt sah sie, dass sie tief dunkelblau waren.

«Wenn du glaubst, dass dir das nicht zu viel zusätzliche Arbeit macht», meinte er, «unbedingt. Sag ihnen, dass ich für die Unterkunft aufkomme, dass ich die Reisekosten übernehme, was auch immer. Aber mach dir nicht zu viel Hoffnung. Manche sind vielleicht schon zu gebrechlich oder krank oder dement.»

«Sie sind ja nicht viel älter als Lottie.»

«Jajaja.»

Da lächelten sie sich an. Es war ein argloses, komplizenhaftes Lächeln. Und dabei entdeckte Daisy, dass es ihr schon viel besser ging, und sie wurde wieder ernst, so als wäre dieses Lächeln nicht angebracht.

Jones wollte sie nach Merham zurückfahren. Keine Widerrede, sagte er. Er würde nur ein oder zwei Stündchen brauchen, schließlich war ja kaum noch Verkehr – und außerdem wollte er das Wandbild sehen.

«Aber dann ist es doch schon dunkel», sagte Daisy, die so viel getrunken hatte, dass ihr Arm nicht mehr wehtat. «Da siehst du nicht mehr viel.»

«Dann machen wir eben alle Lichter an», grinste er und verschwand in sein Büro. «Gib mir zwei Minuten Zeit.»

Daisy saß auf der Terrasse und horchte auf die fernen Geräusche von Feiern und Verkehr unten. Sie fühlte sich jetzt nicht mehr so fehl am Platze. Und in Jones' Gegenwart war ihr nicht mehr so unbehaglich zumute. Hier, in seiner gewohnten Umgebung, war er anders, bewegte sich unbekümmert durch ein Meer von respektvollen, bemühten Gesichtern. Schrecklich, wie Macht die Menschen attraktiver werden ließ, bemerkte Daisy und kämpfte gleichzeitig gegen die verstohlene Vorfreude, die sie bei dem Gedanken überkam, dass sie in Arcadia wieder allein mit ihm sein würde.

Sie zog ihr Handy aus der Handtasche, um sich nach Ellie zu erkundigen, und fluchte leise, als sie merkte, dass die Batterie leer war. In Merham benutzte sie es kaum – wahrscheinlich war es schon seit Wochen leer.

«Sind Sie fertig?» Die Kellnerin begann, die leeren Gläser abzuräumen.

«Ja, danke.» Vielleicht lag es am Alkohol, vielleicht auch an Jones' Aufmerksamkeiten, aber Daisy fühlte sich nicht mehr so von ihr eingeschüchtert.

«Jones hat gesagt, ich soll Ihnen ausrichten, dass er noch fünf Minuten braucht. Er ist am Telefon aufgehalten worden.» Daisy nickte verständnisvoll und fragte sich, ob sie wohl sein Handy ausleihen könnte, um Lottie anzurufen.

«Waren Sie mit dem Essen zufrieden?»

«Ja, sehr.» Daisy schnappte sich ein letztes Stückchen Schokoladentorte von ihrem Dessertteller.

«Jones sieht jedenfalls besser aus. Mein Gott, der war heute Vormittag wirklich in ätzender Laune.» Mit den raschen, fachkundigen Bewegungen einer Kellnerin, der ihre Arbeit zur zweiten Natur geworden ist, stapelte das junge Mädchen die Teller. Die benutzten Servietten stopfte sie in die Gläser und stellte sie dann oben auf den Geschirrstapel. «Nur gut, dass er heute abgelenkt war.»

«Wie bitte? Warum?»

«Seine Frau. Seine Exfrau, sorry. Sie hat heute wieder geheiratet, heute Mittag, glaube ich. Er wusste nicht, was er mit sich anfangen sollte.»

Die Schokoladentorte klebte Daisy am Gaumen fest.

«Ach, sorry, Sie gehen doch nicht mit ihm, oder?»

Daisy schluckte und lächelte in das bestürzte junge Gesicht hinauf. «Nein. Lieber Gott, nein. Ich mache bloß die Inneneinrichtung in seinem neuen Hotel.»

«Ach, da am Meer? Toll. Ich bin ganz gespannt darauf, es zu sehen. Na gut.» Die Kellnerin bückte sich und warf einen Blick auf die Bürotür. «Wir lieben ihn alle heiß und innig, aber er ist ein totaler Schlawiner. Ich schätze mal, dass er mit mindestens der Hälfte von uns hier im Bett war.»

Irgendwo hinter Colchester hörte Jones auf, Konversation zu machen. Er fragte Daisy, ob sie müde sei, und als sie das bejahte, meinte er, er würde sie schlafen lassen, wenn sie wolle. Daisy wandte das Gesicht ab, betrachtete die gelben Straßenlampen, die vorbeisausten, und fragte sich, wie sie so viele widersprüchliche Gefühle in einem einzigen kleinen, ziemlich ausgelaugten Körper beherbergen konnte.

Sie mochte ihn. Ihr wurde klar, dass sie es wahrscheinlich von dem Augenblick an gewusst hatte, als er sie vom Bahnhof abholte und sie so wütend wurde, weil er sie überhaupt nicht beachtete. Eingestanden hatte sie es sich aber erst, als er so untypisch zartfühlend und besorgt war, nachdem sie sich den Arm aufgeschnitten hatte. Er war kreidebleich geworden, als er sah, wie sehr sie blutete, und die Eile, mit der er das Personal im Hof angeschnauzt und sie ins Krankenhaus gefahren hatte, hatte ihr seit Daniels Verschwinden zum ersten Mal wieder das Gefühl gegeben, beschützt zu werden. Doch die Bemerkung, die die Kellnerin über die Wiederheirat seiner Exfrau gemacht hatte, hatte Daisy wie ein Vorschlaghammer getroffen. Sie war eifersüchtig gewesen. Eifersüchtig auf seine Exfrau, weil sie mit ihm verheiratet gewesen war, eifersüchtig auf alle, die ihn so aus der Fassung bringen konnten. Und dann hatte die Kellnerin auch noch die anderen Frauen erwähnt.

Daisy sank noch tiefer in ihren Sitz. Sie war wütend und verzweifelt. Es war unpassend. Jones selbst war unpassend. Es war sinnlos, sich mit einem, wie die Kellnerin es so schön ausgedrückt hatte, «totalen Schlawiner» einzulassen. Verstohlen sah Daisy ihren Fahrer an. Sie kannte diese Typen: «Unfallmänner» nannte Julia sie. «Sie haben etwas Berückendes, aber man sollte sich wirklich nicht mit ihnen einlassen. Einfach vorbeifahren und dem lieben Gott danken, dass man nicht mittendrin steckt.» Selbst wenn Daisy sich hätte einlassen wollen, was doch wirklich nicht der Fall war, wäre Jones der Falsche, und sei es auch nur, um sich über Daniel hinwegzutrösten. Sein Lebensstil, seine Geschichte – alles deutete auf fortgesetzte Untreue und die Vermeidung von Bindungen hin.

Daisy fuhr zusammen, als könnte er ihre Gedanken hören. Alle ihre Spekulationen gründeten ja auf der Voraussetzung, dass auch er sie mochte, und dessen war sie sich gar nicht sicher. Er war gern mit ihr zusammen, ja, und ihre Ideen gefielen ihm, aber zwischen ihr und diesen Kellnerinnen, den Mädchen mit den schlanken Beinen und der ebenmäßigen Bräune, die seine Welt bevölkerten, lag eine ganze Palette von Genen.

«Ist dir warm genug? Meine Jacke ist hinten drin, falls du sie haben möchtest.»

«Nein, danke», sagte Daisy kurz angebunden. Obwohl es so spät war und das Pochen in ihrem Arm wieder angefangen hatte, wünschte sie, sie wäre mit dem Zug gefahren. Ich kann das nicht, dachte sie und biss sich auf die Lippen. Ich kann mir keine Gefühle erlauben. Es tut zu weh und ist zu kompliziert. Sie hatte das Gefühl gehabt, dass ihre Wunden heilten, doch nach dem Zusammensein mit Jones war ihr, als würde alles wieder aufgerissen.

«Pfefferminz?», fragte Jones. Sie schüttelte den Kopf, und endlich ließ er sie in Ruhe.

Um Viertel vor zehn kamen sie wieder an. Laut knirschend fuhr der Wagen über die kiesbestreute Auffahrt Arcadias, und als er hielt, war die Stille ohrenbetäubend. Der Himmel war klar, und Daisy atmete die reine, salzhaltige Luft ein und hörte von fern das Rauschen und Tosen des Meeres.

Jones' Seitenblick spürte sie eher, als dass sie ihn sah, doch dann entschied er sich offenbar, nichts zu sagen, und stieg aus.

Daisy fummelte mit ihrer unversehrten Hand an der Beifahrertür herum, und ihr physisches Unvermögen trieb ihr die Tränen in die Augen. Aber sie war entschlossen, nicht wieder vor ihm zu weinen. Das wäre die Krönung dieses Tages gewesen.

Mrs. Bernard hatte ein paar Lichter brennen lassen, damit das Haus etwas freundlicher wirkte, und gelbe Lichtflecken zeichneten sich auf dem Kies ab. Daisy schaute zu den Fenstern hinauf und wurde sich plötzlich der Tatsache bewusst, dass sie wieder eine Nacht allein verbringen würde.

«Alles in Ordnung?», fragte Jones neben ihr. Seine Fröhlichkeit von vorhin war einer nachdenklicheren Stimmung gewichen. Er sah aus, fand Daisy, als wollte er etwas Schwerwiegendes sagen.

«Ja», sagte Daisy, während sie die Beine aus dem Auto schwang und den Arm dicht vor die Brust hielt. «Es geht schon.»

«Wann bringt Mrs. Bernard das Baby?»

«Morgen ganz früh.»

«Soll ich die Kleine holen? Ich brauche bloß fünf Minuten.»

«Nein. Du fährst zurück. Wahrscheinlich wirst du in London gebraucht.»

Daraufhin schaute er sie prüfend an, und sie errötete wegen ihres Tonfalls, dankbar, dass er ihre Gesichtsfarbe in der schlecht beleuchteten Auffahrt wohl kaum erkennen konnte.

«Aber vielen Dank.» Daisy rang sich ein Lächeln ab. «Und es tut mir Leid – alles.»

«Es war mir ein Vergnügen. Wirklich.»

Er stand vor ihr, zu groß, als dass sie einfach an ihm vorbeigehen konnte. Daisy starrte auf ihre Sandalen und wünschte, er würde endlich losfahren. Aber er schien etwas anderes im Sinn zu haben.

«Ich habe dich gekränkt», sagte er.

«Nein», meinte Daisy hastig. «Überhaupt nicht.»

«Bestimmt nicht?»

«Ich bin bloß müde. Und der Arm tut etwas weh.»

«Kommst du allein zurecht?»

Nun schaute sie zu ihm auf. «Doch, ja.»

Sie standen voreinander, und Jones warf seine Autoschlüssel nervös von einer Hand in die andere. *Warum fährst du nicht einfach?*, hätte Daisy am liebsten geschrien.

«Ach so», sagte er, «du hast noch was hinten drin liegen.»

«Was denn?»

«Hier.» Er ging um den Wagen herum und öffnete den Kofferraum.

Daisy trottete hinter ihm her, die Jacke fest um die Schultern gezogen. Die Schlinge scheuerte, und sie griff sich mit ihrer gesunden Hand in den Nacken, um den Knoten zu verschieben. Als sie damit fertig war, schaute Jones immer noch in seinen Kofferraum. Sie folgte seinem Blick. Da, auf einer großen grauen Decke, lag das bunte Glasfenster, kaum zu erkennen, weil der Kofferraumdeckel seinen Schatten darauf warf.

Reglos stand Daisy neben ihm.

«Ich hab gesehen, wie du es angeguckt hast.» Jetzt wirkte Jones verlegen. Er scharrte mit den Füßen. «Deswegen hab ich es für dich gekauft. Ich fand ... ich fand, dass der Engel deinem kleinen Mädchen ein bisschen ähnlich sieht.»

Daisy hörte, wie die Kiefern im Wind rauschten und wie das Dünengras flüsterte. Doch das Dröhnen in ihren Ohren übertönte die Bäume und das Gras beinahe.

«Es ist ein Dankeschön», brummte er, während er immer noch in seinen Kofferraum starrte. «Für das, was du getan hast. Für das Haus und alles.»

Dann hob Jones den Kopf und schaute sie richtig an. Und Daisy hörte gar nichts mehr. Sie sah zwei dunkle, melancholische Augen und ein Gesicht, in dessen groben Zügen ein so liebevoller Ausdruck lag, dass sie zart wirkten. «Ich finde das Fenster wunderschön», sagte Daisy leise. Während sie ihm weiter in die Augen schaute, trat sie einen Schritt auf ihn zu. Ihr verbundener Arm hob sich fast unfreiwillig ihm entgegen, und ihr Atem ging nur noch mühsam. Und stockte ganz, als die Haustür sich mit einem Schwung öffnete und einen Lichtbogen über die Einfahrt bis zu ihnen hinüberschickte.

Daisy drehte sich um und versuchte blinzelnd, die Silhouette zu erkennen, die sich gegen das Licht im Flur abzeichnete, eine Schattengestalt, die eigentlich nicht Lottie Bernard sein konnte und das anscheinend auch nicht war. Daisy schloss die Augen und öffnete sie wieder.

«Hallo, Daisy», sagte Daniel.

Kapitel 17

«*J*etzt hat sie ihre Drohung wahr gemacht.»

Lottie konstruierte gerade einen Bauklotzturm für Ellie und schaute dabei häufiger zu den beiden Gestalten auf der Terrasse hinaus. Nun wandte sie sich Aidan zu und stand auf. «Wer hat was gemacht?» Sie hatte vergessen, wie oft man in die Hocke oder auf die Knie ging und wieder hochkam, wenn man mit Kleinkindern zusammen war. Als Camille in dem Alter war, hatte es dabei noch nicht überall geziept und gezwackt, jedenfalls konnte Lottie sich nicht daran erinnern. Und als Katie klein war, auch noch nicht. «Diese Frau da unten, Mrs. Legwarmer oder wie sie heißt. Haben Sie das gesehen?» Aidan kam zum Teppich hinüber, reichte ihr die Tageszeitung und deutete auf die Leserbriefe. «Alle Gleichgesinnten sollen sich als Posten vor dem Hotel aufstellen. Damit unser guter Jones keinen Alkohol ausschenkt.»

«Schreibt sie das wirklich?» Lottie studierte den Leserbrief und warf Ellie dabei abwesend bunte Klötzchen zu. «Diese Idiotin», schimpfte sie. «Als ob ein paar klapprige Rentnerinnen mit Plakaten etwas daran ändern würden. Die hat ja nicht mehr alle Tassen im Schrank.»

Aidan nahm einen Becher mit Tee vom Sideboard. Mit seinen gipsverklebten Fingern spürte er die Hitze offenbar nicht. «Aber das ist nicht gerade gute Werbung für den Boss. Nicht gerade das Bild, das er von sich rüberbringen will – wie er sich durch eine Kette von Rebellinnen mit silberblauer Dauerwelle durchkämpft.»

«Es ist lachhaft», sagte Lottie wegwerfend und gab ihm die Zeitung zurück. «Ein paar Gin Tonics interessieren hier doch wirklich kein Schwein.»

Aidan stand am Sideboard und lehnte sich plötzlich zurück, weil er draußen Daisy mit einem unbekannten Mann entdeckte. «Jaja», sagte er, «unsere Daisy hat jemand Neues für die Nachtschicht, was?»

«Haben Sie nichts Besseres zu tun?», fragte Lottie scharf.

«Das ist Ansichtssache», schmunzelte er, wartete gerade so lange, bis Lottie empört die Fäuste in die Hüften stemmte, und verschwand.

Es war der Vater der Kleinen, daran bestand kein Zweifel: Lottie hatte das gleich gesehen, als er gestern Abend an der Tür erschien, denn mit dem dunklen Haar und den tief liegenden braunen Augen war das Töchterchen ihm wie aus dem Gesicht geschnitten.

«Ja bitte?», hatte sie gefragt, obwohl sie genau wusste, was er sagen würde.

«Ist Daisy Parsons hier?» Er hatte eine Reisetasche bei sich, was Lottie unter diesen Umständen etwas aufdringlich fand. «Ich bin Daniel.»

Sie hatte absichtlich ein verständnisloses Gesicht gemacht.

«Daniel Wiener. Daisys … Ellies Vater. Man hat mir gesagt, dass sie hier ist.»

«Sie ist nicht da», sagte Lottie, während sie seine übermüdeten Augen und die modische Kleidung registrierte.

«Darf ich reinkommen? Ich bin gerade mit dem Zug aus London angekommen. Ich glaube, es gibt hier in der Nähe keinen Pub, in dem ich warten könnte.»

Wortlos hatte Lottie ihn hereingeführt.

Es ging sie natürlich nichts an. Sie konnte dem Mädchen ja keine Vorschriften machen. Aber wenn es nach Lottie gegangen wäre, hätte sie dem Mann gesagt, er solle Leine ziehen. Ihr wurde bewusst, dass sie Daisys wegen wütend auf diesen Kerl war. Dass er die junge Frau und das Baby so einfach ihrem Schicksal überlassen hatte und jetzt dachte, er könnte wieder angelaufen kommen, so als wäre nichts gewesen. Daisy hatte es geschafft, das konnte jeder sehen. Lottie blickte zu der Kleinen hinüber, die nachdenklich an einem Bauklotz kaute, und dann hinaus auf die Terrasse, wo die beiden Gestalten in einigem Abstand steif voreinander standen. Daisy war offenbar in die Betrachtung des fernen Horizonts versunken, und Daniel musterte seine Schuhspitzen.

Ich sollte dir eigentlich ein Leben mit deinem Vater wünschen, Ellie, dachte Lottie. Gerade ich sollte das tun.

Daisy saß auf der Bank unter dem Wandbild, zwischen mehreren Gläsern mit Pinseln in verschiedenen Größen, während Daniel mit dem Rücken zum Meer stand und am Haus hinaufschaute. Immer wieder sah sie verstohlen zu ihm hinüber, versuchte, ihn ganz in sich aufzunehmen, aber es wäre ihr peinlich gewesen, wenn er sie dabei ertappt hätte.

«Du hast großartige Arbeit geleistet», sagte er. «Ich hätte es nicht wiedererkannt.»

«Wir haben alle geschuftet. Ich, das Team, Lottie, Jones …»

«Nett von ihm, dass er dich aus London zurückgebracht hat.»

«Ja. Ja, das war wirklich nett.» Daisy nippte an ihrem Tee.

«Was ist denn passiert? Mit deinem Arm?», erkundigte Daniel sich. «Ich wollte gestern Abend schon fragen, aber …»

«Ich habe mich geschnitten.»

Daniel wurde blass.

Im nächsten Moment las Daisy seine Gedanken. «Nein, nein. Nicht so was. Ich bin durch eine Glastür gefallen.» Wut flammte in ihr auf, dass er sich immer noch einbildete, er sei für sie lebenswichtig.

«Tut's weh?»

«Ein bisschen, aber sie haben mir Schmerzmittel gegeben.»

«Das ist gut. Nicht das mit deinem Arm, meine ich. Sondern die Schmerzmittel.»

Es hatte nicht so steif begonnen. Als Daisy ihn am vergangenen Abend gesehen hatte, hatte sie kurz geglaubt, sie würde ohnmächtig werden. Dann, als Jones diskret das bunte Fenster auslud und sich dann rasch entschuldigte, war sie ins Haus gegangen, hatte sich am Geländer festgehalten und hemmungslos geweint. Daniel hatte sie in die Arme genommen und sich entschuldigt, seine Tränen hatten sich mit ihren vermischt, und sie hatte noch heftiger geschluchzt, so erschrocken war sie gewesen, dass sein Körper sich gleichzeitig so vertraut und so fremd anfühlen konnte.

Seine Ankunft war so unerwartet gewesen, dass Daisy keine Zeit gehabt hatte, ihre Gefühle zu sortieren. Der Abend mit Jones hatte alles wieder an die Oberfläche gebracht, und dann war sie plötzlich mit Daniel konfrontiert, dessen Abwesenheit fast jede Minute der vergangenen Monate beeinflusst hatte und dessen Gegenwart nun so viele widersprüchliche Gefühle in ihr auslöste, dass sie nur weinen konnte, wenn sie ihn ansah.

«Es tut mir so Leid, Daisy», hatte er gesagt und ihre Hände umklammert. «Es tut mir wirklich unendlich Leid.»

Lange Zeit später hatte Daisy sich zusammengerissen und mit einer Hand zwei große Gläser Wein eingeschenkt. Sie hatte sich eine Zigarette angezündet und Daniels überraschten Blick bemerkt und auch sein Bemühen, sein Erstaunen zu verbergen. Dann hatte sie sich hingesetzt und ihn angeschaut, unsicher, was sie sagen sollte oder fragen konnte.

Auf den ersten Blick sah er noch genauso aus wie früher: seine Frisur, seine Hosen, seine Sportschuhe – alles war noch so wie an dem Wochenende, bevor er sie verlassen hatte. Und er hatte noch die gleichen Angewohnheiten: Er strich sich wiederholt mit der Hand über den Kopf, als wolle er sich vergewissern, dass er noch da war. Aber als Daisy genauer hinschaute, erschien er ihr doch auch verändert: vielleicht älter. Jedenfalls ziemlich erledigt. Sie fragte sich, ob sie auch noch genauso aussah wie früher.

«Geht es dir besser?», hatte sie sich erkundigt. Diese Frage erschien ihr unverfänglich.

«Ich bin … ich bin nicht mehr so durcheinander, wenn du das meinst», hatte er erwidert.

Daraufhin hatte Daisy sich einen großen Schluck Wein gegönnt. Er schmeckte sauer: Sie hatte schon zu viel getrunken. «Wo wohnst du?»

«Bei meinem Bruder Paul.»

Daisy nickte.

Er wandte die Augen nicht von ihrem Gesicht ab. Sein Blick war nervös, er zwinkerte. Im trüben Licht entdeckte Daisy tiefe Falten unter seinen Augen. «Ich wusste nicht, dass du hier auch wohnst», sagte er. «Mum hatte den Eindruck, dass du bei jemandem in der Stadt untergekommen bist.»

«Und wer sollte das wohl sein?», fragte Daisy scharf – der Zorn brodelte zu dicht unter der Oberfläche. «Ich musste aus der Wohnung raus.»

«Ich bin hingefahren», meinte Daniel. «Da wohnt jetzt jemand anders.»

«Ja, schließlich konnte ich mir die Miete nicht leisten.»

«Auf dem Konto war Geld, Daisy.»

«Aber nicht für die ganze Zeit, die du weg warst. Und für Essen und so hätte es auch nicht gereicht. Nicht bei der Mieterhöhung, die Mr. Springfield mir aufgebrummt hatte.»

Daniel ließ den Kopf sinken. «Du siehst gut aus», sagte er hoffnungsvoll.

Sie streckte die Beine aus und rieb sich einen Spritzer geronnenes Blut vom linken Knie. «Vermutlich besser als zu der Zeit, als du gegangen bist. Aber da hatte ich ja auch gerade ein komplettes Menschlein aus meinem Körper herausgepresst.»

Ein langes, kompliziertes Schweigen folgte.

Daisy betrachtete seinen dichten dunklen Haarschopf und

dachte daran, wie oft sie nach dem Aufwachen geweint hatte, weil er nicht neben ihr lag. Wie sie im Bett gelegen und sich daran erinnert hatte, was für ein Gefühl es gewesen war, die Finger in diesem Haar zu vergraben. Im Moment verspürte sie kein Bedürfnis, es zu berühren. Sie empfand nur diese kalte Wut. Und gleichzeitig Angst, dass er wieder gehen könnte.

«Es tut mir so Leid, Daisy», wiederholte Daniel. «Ich – ich weiß nicht, was mit mir passiert ist.» Er rutschte auf dem Sofa nach vorn, als bereite er sich auf eine längere Rede vor. «Ich nehme Antidepressiva. Sie helfen ein bisschen, wenigstens habe ich nicht mehr das Gefühl, dass alles hoffnungslos ist. Aber ich will sie nicht zu lange nehmen. Ich mag die Vorstellung nicht, dass ich davon abhängig sein könnte.» Er trank einen Schluck Wein. «Außerdem war ich bei einer Psychiaterin. Eine Zeit lang. Sie war ein bisschen der Clogs-und-Linsen-Typ.» Daniel schaute zu ihr auf und beobachtete, wie sie auf ihren gemeinsamen alten Scherz reagierte.

«Und was hat sie gesagt? Über dich, meine ich?»

«So war das eigentlich nicht. Sie hat mir viele Fragen gestellt und erwartet, dass ich mir Antworten darauf überlege.»

«Klingt nach einer bequemen Methode, sein Geld zu verdienen. Und hast du das gemacht?»

«Auf manche Fragen ja, denke ich.» Er führte das nicht weiter aus.

Daisy war zu erschöpft um nachzuforschen, was er meinen könnte. «Gut. Bleibst du über Nacht?»

«Wenn du mich lässt.»

Sie zog noch einmal lange an ihrer Zigarette und drückte sie dann aus. «Ich weiß nicht, was ich dir sagen soll, Dan», meinte sie dann. «Ich bin zu müde, und es ist mir alles zu plötzlich, und ich kann nicht klar denken … Wir reden morgen früh.»

Er nickte und sah sie weiter an.

«Du kannst in der Wolf-Suite schlafen. Da ist auch eine Bettdecke, noch verpackt. Die kannst du nehmen.»

Der Gedanke, dass er auch anderswo schlafen könnte, war ihnen offenbar beiden nicht gekommen.

«Wo ist sie?», fragte er, als Daisy sich anschickte, den Raum zu verlassen.

Ach, endlich interessiert dich das, was?, dachte Daisy. «Ellie kommt morgen ganz früh wieder», antwortete sie.

Sie hatte nicht geschlafen. Wie konnte sie denn, wenn sie wusste, dass er, wahrscheinlich ebenfalls wach, auf der anderen Seite der Wand lag? Irgendwann hatte sie sich ihre kühle Reaktion vorgehalten, hatte sich vorgeworfen, dass sie ihr Wiedersehen, das so wunderbar hätte sein können, mit Erfolg sabotiert hatte. Sie hätte gar nichts sagen dürfen, hätte ihn einfach nur an sich ziehen, ihn lieben, ihn willkommen heißen sollen. Aber dann wieder fragte Daisy sich, warum sie ihn überhaupt hatte bleiben lassen. Die Wut in ihr fühlte sich wie etwas Kaltes, Hartes an, das ab und zu gallebittere Fragen herauspresste: Wo war er gewesen? Warum hatte er nicht angerufen? Warum hatte er fast eine Stunde gebraucht, um sich nach seiner Tochter zu erkundigen?

Um sechs stand Daisy mit verquollenen Augen und Kopfschmerzen auf und spritzte sich kaltes Wasser ins Gesicht. Sie sehnte sich nach Ellie: Die Kleine hätte ihr einen Mittelpunkt gegeben, hätte sie zu einer Reihe von notwendigen Handgriffen veranlasst. Stattdessen ging sie nun leise im Haus umher, war sich bewusst, wie vertraut es ihr war und dass es ihr ein Gefühl der Geborgenheit gegeben hatte. Bis jetzt. Und von jetzt an würde es in ihrer Vorstellung immer mit Daniel verbunden sein; die Bereiche, die bisher frei von ihm gewesen waren, trugen jetzt ebenfalls seine Prägung. Daisy brauchte eine Weile, um zu begreifen, dass dieser Gedanke sie aus dem Gleichgewicht brachte, weil sie damit rechnete, dass Daniel sie wieder verlassen würde.

Er wachte erst auf, als Lottie gekommen war. Sie übergab Ellie, die der ungewöhnliche Abend anscheinend überhaupt nicht beeindruckt hatte, an ihre Mutter und fragte sie nach ihrem Befinden.

«Mir geht's gut», antwortete Daisy und vergrub ihr Gesicht in Ellies Nacken. Sie roch anders: nach einem fremden Haus. «Danke, dass du dich um sie gekümmert hast.»

«Sie hat keine Mühe gemacht.» Lottie hatte Daisy eine Weile betrachtet und fragend auf ihren Arm geschaut. «Dann koche ich jetzt Tee», meinte sie schließlich und ging in die Küche.

Kurz darauf war Daniel von oben hinuntergekommen. Seine rotgeränderten Augen und die graue Gesichtsfarbe zeugten davon, dass auch er eine ruhelose Nacht hinter sich hatte. Als er Daisy und Ellie im Flur sah, blieb er auf der Treppe stehen.

Daisy spürte, wie ihr Herz bei seinem Anblick aussetzte. Sie hatte sich mehrmals gefragt, ob sie am Vorabend wohl eine Erscheinung gehabt hatte.

«Sie – sie ist so groß geworden», flüsterte Daniel. Daisy verkniff sich die sarkastische Erwiderung, die ihr auf der Zunge lag. Langsam, den Blick auf seine Tochter gerichtet, stieg er die restlichen Stufen hinunter. «Hallo, meine Süße.» Die Stimme versagte ihm.

Mit dem Talent eines Kindes, Situationen zu entschärfen, warf Ellie ihm kurz einen Blick zu und schlug Daisy dann wiederholt auf die Nase, wobei sie vergnügt vor sich hin krähte.

«Darf ich sie mal nehmen?»

Während Daisy versuchte, sich vor Ellies Nasenstübern zu schützen, sah sie die Tränen in Daniels Augen, die unverhüllte Sehnsucht in seinen Zügen, und fragte sich, warum sie in diesem Moment, in dem Moment, von dem sie seit Monaten geträumt hatte, den sie fast körperlich herbeigesehnt hatte, vor allem den Instinkt verspürte, ihre Tochter festzuhalten.

«Hier», sagte sie und hielt Ellie ihrem Vater hin.

«Hallo, Ellie. Schau mal einer an!» Er nahm sie langsam entgegen, zögernd, wie jemand, der es nicht gewohnt ist, Kinder auf dem Arm zu haben. Daisy unterdrückte das Bedürfnis, ihm zu sagen, dass er Ellie auf eine Art hielt, die sie nicht mochte, und versuchte auch zu übersehen, dass das Kind die Ärmchen nach ihr ausstreckte. «Ich habe dich vermisst», gurrte Daniel. «Ach, meine

Süße, Daddy hat dich so vermisst.» Ein Wirrwarr aus widerstreitenden Gefühlen erfasste Daisy, und weil Daniel davon nichts sehen sollte, verzog sie sich rasch in die Küche.

«Tee?», fragte Lottie, ohne aufzuschauen.

«Bitte.»

«Und … er?»

Daisy blickte auf Lotties Rücken, kerzengerade und neutral, während sie energisch mit Teekannen und Teebeuteln herumhantierte.

«Daniel. Ja, für ihn auch. Mit Milch, ohne Zucker.»

Mit Milch, ohne Zucker, dachte Daisy und hielt sich an der Arbeitsplatte fest, damit ihre Hände nicht so zitterten. Seine Vorlieben kenne ich besser als meine eigenen.

«Soll ich ihm den Tee rausbringen? Wenn er mit der Kleinen fertig ist?»

In Lotties Stimme lag eine gewisse Schärfe. Daisy kannte sie jetzt gut genug, um das herauszuhören, aber sie nahm es ihr nicht mehr übel. «Danke. Ich nehme meinen mit auf die Terrasse.»

Elf Minuten später tauchte Daniel wieder auf. Daisy hatte es sich nicht verkneifen können, auf die Uhr zu schauen und zu kontrollieren, wie lange er es mit seinem Kind aushielt, bevor das regelmäßige frustrierte Aufkreischen oder anhaltendes Geschrei ihn so aus der Fassung bringen würden, dass er die Kleine zurückgab. Er hatte es länger geschafft, als Daisy erwartet hatte.

«Deine Freundin hat sie mit nach oben genommen. Hat gemeint, sie müsste ein Nickerchen machen.» Daniel brachte seinen Tee mit heraus und stand Daisy gegenüber, schaute aber hinunter aufs Meer.

«Lottie kümmert sich um sie, während ich arbeite.»

«Das ist eine praktische Regelung.»

«Nein, Daniel, es ist eine notwendige Regelung. Dem Chef hat es nicht gepasst, dass ich versucht habe, mit einem Baby auf der Hüfte mit dem Bauamt und so zu verhandeln.»

Sie war immer da: diese Wut, die jetzt in ihr kochte und nur darauf wartete herauszuspritzen, ihn zu verbrühen. Daisy rieb sich die Stirn. Die Erschöpfung machte sie reizbar und konfus.

Ein paar Minuten lang trank Daniel schweigend seinen Tee. Der Duft des voll erblühten Jasmins, den eine schwache Brise zu ihnen hinüberwehte, war fast überwältigend. «Ich habe nicht erwartet, dass du mich mit offenen Armen wieder aufnimmst», sagte er. «Ich weiß sehr gut, was ich getan habe.»

Du hast keine Ahnung, was du getan hast, hätte Daisy ihn am liebsten angebrüllt, aber sie sagte nur: «Ich möchte das wirklich nicht während meiner Arbeitszeit besprechen. Wenn du noch eine Nacht bleiben kannst, reden wir heute Abend.»

«Ich habe nichts vor», sagte er mit einem entschuldigenden Lächeln.

Daisy erwiderte sein Lächeln. Aber seine letzten Worte beruhigten sie nicht.

Der Tag verging, und Daisy war dankbar für die Ablenkungen, die ihre Arbeit bot, für falsch angebrachte Türgriffe und Fenster, die sich nicht schließen ließen, denn diese ärgerlichen Banalitäten gaben ihr das Gefühl von Normalität und innerem Gleichgewicht zurück. Daniel ging in die Stadt, angeblich um sich eine Zeitung zu besorgen, eigentlich aber, wie Daisy argwöhnte, weil er die Situation genauso schwierig fand wie sie selbst. Aidan und Trevor beobachteten ihre Baustellenleiterin voller Interesse: Vor ihren Augen entfaltete sich ein häusliches Drama von epischen Ausmaßen, und das lenkte sie sogar von der Radioübertragung der Eröffnungsspiele irgendeiner Fußballmeisterschaft ab.

Lottie schaute nur zu und sagte nichts.

Am Morgen hatte sie angeboten, die alltägliche Kinderbetreuung Daniel zu überlassen, «so lange er hier ist». Sie hatte sich erboten, ihm zu zeigen, wie Ellies Essen zubereitet wurde, wie man sie in ihren Hochstuhl setzte, wie sie sich zum Schlafen gern die Decke unter dem Kinn feststopfen ließ. «Sie mag es nicht, wenn jemand viel Theater mit ihr macht, davon wird sie nervös», erklärte

Lottie. Ihr Gesichtsausdruck ließ Daisy allerdings bezweifeln, dass sie die geeignetste Person war, um Daniel in die Geheimnisse der Kinderpflege einzuweihen, jedenfalls wenn Daisy ihn ernsthaft wieder zu Hause haben wollte.

Mittags kam Camille hoch, und nachdem sie kurz mit ihrer Mutter geplaudert hatte, fragte sie Lottie diskret, ob sie klarkomme. «Schauen Sie doch heute Abend zu einer Kopfmassage oder so vorbei, wenn Sie möchten. Mum passt auf Ellie auf. Das ist wunderbar gegen Stress.» Jeden anderen Menschen hätte Daisy weggeschickt. Als Großstadtkind hatte sie einen angeborenen Sinn für Anonymität, und sie hasste es, sich in dieser Kleinstadt wie ein Goldfisch im Glas zu fühlen, sie hasste die Tatsache, dass Daniels Wiedererscheinen offenbar jedem das Recht gab, seine Meinung kundzutun. Camille jedoch schien an Klatsch kein Interesse zu haben: Vielleicht hörte sie bei ihrer alltäglichen Arbeit so viele sensationelle Geschichten, dass sie gegen dieses Vergnügen immun geworden war. Sie will mir einfach etwas Gutes tun, dachte Daisy staunend. Oder vielleicht suchte sie auch Gesellschaft. «Vergessen Sie es nicht, kommen Sie vorbei», wiederholte Camille, als sie mit Rollo wieder aufbrach. «Um ehrlich zu sein, wenn Katie mit ihren Freundinnen unterwegs ist, könnte ich jemanden zum Reden gebrauchen. Und in letzter Zeit scheint Hal seine gemalten Damen wichtiger zu finden als mich.» Camille sagte das scherzhaft, aber mit wehmütiger Miene.

Hal war der einzige, den Daisys Liebesgeschichte offenbar nicht interessierte. Das lag wohl daran, vermutete Daisy, dass er jetzt ganz in das Wandgemälde vertieft war. Inzwischen hatte er es zu fast drei Vierteln freigelegt. Er war einsilbig geworden, machte keine Mittagspause mehr, und wenn er seiner Frau die Sandwiches abnahm, war von verliebtem Überschwang nichts mehr zu sehen. Oft vergaß er dann, sie zu essen.

Jones rief nicht an.

Daisy rief ihn auch nicht an. Sie wusste nicht, was sie hätte sagen sollen.

Daniel blieb. An diesem zweiten Abend sprachen sie nicht: Es war, als hätte die Tatsache, dass sie beide den ganzen Tag über an fast nichts anderes gedacht hatten, dazu geführt, dass sie erschöpft waren, als sie das Haus schließlich für sich hatten. Sie waren alle Argumente bereits zahllose Male im Kopf durchgegangen. Sie aßen, hörten Radio und gingen in ihre getrennten Betten schlafen.

Am dritten Abend schrie Ellie fast ununterbrochen, wahrscheinlich peinigte sie irgendein Grollen im Bauch oder ein durchbrechender Zahn. Daisy wanderte mit ihr im oberen Stockwerk umher: Anders als in der Wohnung in Primrose Hill löste Ellies Geschrei, das immer ein unsichtbares Band in Daisys Innerem bis zum Zerreißen anspannte, nicht auch noch die Angst in ihr aus, dass sie alle stören könnte – die Hausbewohner über und unter ihr, die Leute auf der Straße, Daniel. Sie hatte sich an das geräumige Haus und die Einsamkeit gewöhnt. «In Arcadia», sagte Daisy liebevoll zu ihrem Töchterchen, «kann dich niemand schreien hören.»

Sie spazierte die Flure entlang, und während sie einen Raum nach dem anderen durchschritt, nahm Ellies Schluchzen allmählich ab. Daisy versuchte, nicht zu sehr an Daniels Reaktion unten zu denken. Das hatte ihn schließlich schon einmal vertrieben: der Krach, das Chaos, die Unberechenbarkeit des Lebens mit einem Baby. Fast erwartete sie, dass er wieder geflohen war, als sie schließlich leise die Treppe hinunterschlich.

Aber Daniel hatte Zeitung gelesen. «Geht's ihr wieder gut?», fragte er und entspannte sich sichtlich, als Daisy nickte. «Ich … ich wollte nicht stören.»

«Sie regt sich einfach so auf», sagte Daisy, griff nach ihrem Weinglas und ließ sich ihm gegenüber in den Sessel plumpsen. «Dann muss sie ein bisschen Dampf ablassen, bevor sie wieder einschlafen kann.»

«Ich hab so viel verpasst. Du hast mir so viel voraus, wenn es darum geht, ihre Bedürfnisse zu erkennen.»

«Es ist ja keine Kernphysik», sagte sie.

«Für mich ist es fast dasselbe», erklärte Daniel. «Aber ich werde lernen, Daisy.»

Kurz darauf ging sie schlafen. Als sie den Raum verließ, musste sie gegen den unerwarteten Wunsch ankämpfen, ihm einen Kuss auf die Wange zu drücken.

«Julia?»

«Hallo, Kindchen. Was macht die Kunst? Wie geht's meinem süßen Wonneproppen?»

«Daniel ist wieder da.»

Ein kurzes Schweigen entstand.

«Aha. Wann hat sich denn dieses kleine Wunder ereignet?», fragte Julia schließlich.

«Vor zwei Tagen. Er stand einfach vor der Tür.»

«Und du hast ihn reingelassen?»

«Ich konnte ihn ja wohl kaum mit dem nächsten Zug wieder nach Hause schicken. Es war fast zehn Uhr abends.»

Aus Julias Knurren hörte Daisy heraus, was ihre Schwester getan hätte.

«Ich hoffe, du hast nicht –»

«Es gibt hier acht Suiten, Julia.»

«Na ja, das ist wenigstens etwas. Warte mal.» Daisy hörte, wie Julia die Hand auf den Hörer legte, und dann den gedämpften Ruf: «Don? Kannst du mal eben die Kartoffeln runterdrehen? Ich telefoniere gerade.»

«Hör mal, ich will dich nicht aufhalten. Ich wollte dir einfach Bescheid sagen.»

«Und bleibt er?»

«Daniel? Das weiß ich nicht. Er hat noch nichts gesagt.»

«Natürlich nicht. Es wäre ja naiv, von ihm zu erwarten, dass er dich in seine Pläne einweiht.»

«So ist das nicht, Ju. Wir – wir haben noch nicht drüber gesprochen. Wir haben bisher über gar nichts gesprochen.»

«Wie bequem für ihn.»

«Es liegt nicht unbedingt an ihm.»

«Wann hörst du endlich auf, ihn zu verteidigen, Daisy?»

«Ich verteidige ihn ja gar nicht. Wirklich nicht. Ich glaube, ich will einfach sehen, wie – wie es ist, wenn wir alle zusammen sind. Ob das überhaupt noch klappt. Und dann können wir die ernsten Gespräche führen.»

«Und hat er dir Geld angeboten?»

«Was?»

«Na, für Kost und Logis. Denn er hat doch jetzt keine Bleibe, oder?»

«Er hat hier ja keine –»

«Doch, doch, er wohnt in einem Luxushotel. In einer Suite. Mietfrei.»

«Ach, Julia, denk auch mal an seine guten Seiten.»

«Nein, Daisy, die zählen für mich überhaupt nicht mehr. Nach allem, was er dir zugemutet hat. Dir und seinem eigenen Kind. Das ist reine Zeitverschwendung mit ihm, wenn du mich fragst.»

Daisy wagte es nicht, Julias Redefluss zu unterbrechen.

«Lass ihn nicht einfach reinspazieren und die Zügel wieder in die Hand nehmen, Daisy. Du hast es prima ohne ihn geschafft. Das musst du dir immer vor Augen halten. Du bist heil aus der Sache rausgekommen.»

Wirklich?, dachte Daisy nach dem Gespräch. Sicherlich war sie nicht mehr so hilflos. Sie hatte es geschafft, Ellie in ihr Alltagsleben einzufügen, statt sich von Ellies Alltag beherrschen zu lassen. Sie hatte eine Seite an sich wiederentdeckt, die ihr besser gefiel als die alte Daisy. Mit der Renovierung von Arcadia hatte sie etwas Bedeutendes geleistet, das sie selbst überraschte. Aber sie war einsam gewesen. Das Alleinleben lag ihr eigentlich nicht.

«Du hast dich verändert», hatte Daniel gesagt, unerwartet, während er sie bei der Arbeit beobachtet hatte.

«Wie meinst du das?», hatte sie misstrauisch gefragt. In Daniels Augen waren ihre Veränderungen bisher immer Veränderungen zum Schlechten gewesen. «Du bist nicht mehr so zerbrechlich, nicht mehr so wehrlos. Du scheinst alles besser zu bewältigen.»

Daisy hatte nach draußen geschaut, wo Lottie auf eine Windmühle aus Silberfolie blies, sodass Ellie vor Vergnügen kreischte. «Ich bin jetzt Mutter», hatte sie erwidert.

Am vierten Tag kam Carol, die PR-Frau. Begeistert erging sie sich in Lobeshymnen über die Schönheit des Hauses und machte von jedem Zimmer Polaroidfotos, bis Daisy vor Ungeduld zitterte und Lottie die Stirn in tiefe Falten legte. «Jones hat mir von Ihrer Idee erzählt. Ausgezeichneter Einfall. Hervorragend», sagte Carol verschwörerisch. «Das wird ein toller Bericht in einem von den Hochglanzmagazinen. Ich denke da an *Interiors*. Oder auch an *Homes and Gardens*.» Daisys Ärger, dass Jones sich dieser Frau anvertraut hatte, wurde durch ihre Hoffnung abgemildert, dass ihre Begabung vielleicht in gedruckter Form Anerkennung finden würde.

«Bis dahin müssen wir allerdings mucksmäuschenstill sein.» Theatralisch legte Carol den Finger auf den Mund. «Überraschung ist schließlich alles.» Sie meinte, sie würde vielleicht mit einer persönlichen Regel brechen und eine Themenparty veranstalten: ein Tag am Meer in den fünfziger Jahren. So was konnte herrlich vulgär sein, mit Eseln und Eiscreme und albernen Postkarten. Anscheinend hatte Carol nicht zugehört, als Daisy darauf hingewiesen hatte, dass das Haus nicht aus den fünfziger Jahren stammte.

«Kommt Jones vor der Eröffnung nochmal rüber?», fragte Daisy, als sie Carol wieder zu ihrem niedrigen Flitzer begleitete und im Stillen darüber staunte, dass eine Frau über Fünfzig immer noch für japanische Zweisitzer schwärmte.

«Er wollte heute Nachmittag herkommen und sich mit uns treffen», sagte Carol, während sie auf ihrem Handy herumtippte, um Anrufe abzuhören, «aber Sie wissen ja, wie er ist, der Gute.» Sie verdrehte die Augen zum Himmel, eine Geste, die Daisy allmählich von Jones' Mitarbeiterinnen kannte. «Hat mich sehr gefreut,

Sie kennen zu lernen, Daisy. Und ich bin ganz begeistert, dass wir zusammen arbeiten. Das wird eine wunderbare Party.»

«Ja», sagte Daisy. «Also bis bald.»

Allmählich wurde das Haus von Fremden erobert. Ein ernster junger Fotograf erschien, der sagte, er mache sämtliche Prospekte für Jones. Er brachte die Handwerker zur Weißglut, weil er sie aus den Zimmern vertrieb und ihre Kabel für seine Bogenlampen benutzte. Dann war da der Chefkoch aus Jones' Club in London, der kam, um sich die Küche anzuschauen, und zu Mittag drei Tüten Kartoffelchips verputzte. Ein Mensch vom Bauamt tauchte unangekündigt auf und ging wieder, anscheinend ohne irgendetwas überprüft zu haben. Und gegen Abend kam Mr. Bernard, um Hal auf einen Drink einzuladen. Er klopfte an die Haustür und wartete, obwohl sie offen war und alle anderen ein und aus gingen, ohne auch nur den Schritt zu verlangsamen.

«Lottie ist nicht hier, Mr. Bernard», sagte Daisy, als sie ihn sah. «Sie ist mit Ellie in die Stadt gegangen. Möchten Sie reinkommen?»

«Das weiß ich, meine Liebe, und ich wollte Sie auch nicht weiter stören», sagte er. «Ich möchte nur wissen, ob mein Schwiegersohn da ist.»

«Er ist hinter dem Haus. Kommen Sie doch mit durch.»

«Wenn das nicht stört. Das ist sehr nett von Ihnen.»

Allein der Gang durch das Haus schien ihn schon nervös zu machen, und er schaute starr geradeaus, als wolle er nicht neugierig wirken. «Es läuft gut, nicht wahr?», war alles, was er sagte, und er nickte erfreut, als Daisy das bestätigte. «Sieht aus, als würden Sie das ganz prima machen. Allerdings verstehe ich nicht viel davon.»

«Danke», sagte Daisy. «Ich bin froh, dass wenigstens einige Leute so denken.»

«Sie dürfen Sylvia Rowan keine Beachtung schenken», vertraute er Daisy an, als sie ihn auf die Terrasse hinausbrachte. «Ihre Familie hat immer irgendwas an meiner Frau auszusetzen gehabt. Wahrscheinlich geht es bei diesem ganzen Hickhack vor allem um Lottie. Hier draußen können die Leute unglaublich nachtragend sein.»

Er tätschelte Daisy den Arm und ging zu Hal hinüber, der gerade seine Pinsel säuberte. Daisy sah ihm nach und erinnerte sich an den Abend, als Lottie ihr von Camilles Geburt erzählt hatte. Joe Bernard ging leicht gebeugt und trug selbst im Hochsommer Schlips und Kragen, und er wirkte so gar nicht wie ein Ritter in schimmernder Rüstung. Ein Weilchen später, als Daisy eine Auswahl alter Fotografien im Flur auf- und umhängte, erschien er wieder in der Tür.

«Er hat heute Abend viel zu tun. Vielleicht ein andermal», lächelte er. «Schließlich darf er den Zeitplan nicht durcheinander bringen.» Mr. Bernard sah aus, als habe er sich im Laufe vieler Jahre an Enttäuschungen gewöhnt und akzeptiere sie nun einfach.

«Er braucht keine Überstunden zu machen, wenn Sie etwas geplant haben», erklärte Daisy.

«Nein. Um ehrlich zu sein, Lottie wollte mit ihm sprechen.»

Daisy wartete.

«Ach, kein Grund zur Sorge», sagte er, schon wieder unterwegs zu seinem Wagen. «Es geht einfach um die Aufgabe seiner Firma. Ich glaube, er nimmt das sehr schwer. Lottie wollte nur wissen, ob er klarkommt. Also, ich breche lieber wieder auf. Bis bald, Daisy.»

Sie winkte ihm nach, als er die Auffahrt hinunterfuhr.

Schließlich ging sie doch zu Camille. Sie sagte Daniel, sie habe einen Termin, was ja zum Teil stimmte, und er müsse Babysitter spielen, was Lottie erbleichen ließ. Während Daisy durch Merhams von der Abendsonne durchflutete Straßen schlenderte und erschöpften Eltern und kleinen Kindern auf unsicher schwankenden Fahrrädchen auswich, wurde ihr klar, dass sie, abgesehen von ihrem Trip nach London, das Haus und den Garten wochenlang kaum verlassen hatte. Daniel hatte nicht so ängstlich ausgesehen, wie sie befürchtet hatte, sondern er hatte zufrieden gewirkt, er betrachtete es als Vergünstigung, sein eigenes Kind beaufsichtigen zu dürfen, als Belohnung für gutes Benehmen. Daisy würde sich mit ihrem Anruf bis neun Uhr Zeit lassen: Sie rechnete damit, dass er sie dann anflehen würde, wieder nach Hause zu kommen.

Camille und Hal lebten in einer geräumigen Doppelhaushälfte, mit großzügigen Fenstern und einer Veranda aus den dreißiger Jahren, in der Daisy verschwommen den fröhlich bellenden Rollo erkannte. Sie hörte und sah dann auch, wie Camille überraschend flink den Flur entlangkam.

«Ich bin's, Daisy!», rief sie, um Camille die Peinlichkeit des Fragens zu ersparen.

«Perfektes Timing», rief Camille. «Hab gerade eine Flasche Wein aufgemacht. Sind Sie zum kompletten Kopf gekommen?»

«Wie bitte?»

«Zur Massage.» Behutsam schloss sie die Haustür hinter Daisy und ging durch den Flur zurück, wobei sie die linke Hand an der Wand entlanggleiten ließ.

«Ach so. Ja, wenn Sie mögen», erwiderte Daisy, die eigentlich um der Gesellschaft willen gekommen war.

Das Haus war besser eingerichtet, als sie erwartet hatte. Aber im Nachhinein war sie sich nicht sicher, womit sie überhaupt gerechnet hatte – jedenfalls nicht mit diesen hellen, luftigen Räumen. Vielleicht auch nicht mit den Bildern an den Wänden. Jedenfalls nicht mit den Hunderten von gerahmten Fotografien, die überall verstreut herumstanden, zumeist in verschnörkelten antiken Silberrahmen. Sie zeigten Hal und Camille auf einem Wetbike und auf einer Wanderung im Gebirge, Katie auf einem Pony und alle drei zu irgendeiner Veranstaltung festlich gekleidet. Auf dem Kaminsims stand ein großes Hochzeitsfoto von Hal und Camille. Die Art, wie er sie anschaute, diese Mischung aus Stolz und Zärtlichkeit auf Hals jugendlichem Gesicht, ließ Daisy wehmütig werden.

«Schöne Bilder», sagte sie.

«Das Baby auf dem kleinen Aquarell bin ich. Ob Sie's glauben oder nicht, Mum hat es gemalt, als ich noch ganz klein war. Schade, dass sie mit dem Malen aufgehört hat. Ich glaube, ein Hobby würde ihr gut tun.»

«Es ist wunderschön. Und die Fotos auch.»

«Sehen Sie sich unser Hochzeitsfoto an?» An der Richtung, aus der Daisys Stimme kam, schien Camille erkennen zu können, wo sie gerade hinschaute. Mit einer flüssigen Bewegung trat Camille an den Kamin und nahm das Bild in die Hand. «Es ist mein Lieblingsfoto», sagte sie liebevoll. «Es war wirklich ein guter Tag.»

Daisy konnte nicht anders: «Woher wissen Sie, was auf den Bildern ist?»

Camille stellte das Foto auf das Kaminsims zurück und vergewisserte sich, dass es genügend Abstand zur Kante hatte. «Vor allem von Katie. Sie liebt Fotos. Sie erzählt mir immer, was auf den einzelnen drauf ist. Wahrscheinlich könnte ich Ihnen auch unser ganzes Fotoalbum erklären.» Sie schmunzelte. «Keine Angst, das habe ich nicht vor. Kommen Sie doch mit in die Küche. Da steht mein alter Behandlungsstuhl. Katie sitzt so gerne darin.»

Daisy kannte Camille kaum, nicht so, wie Freundinnen sich kennen, wie sie mit der Geschichte der anderen vertraut sind, mit ihren Vorlieben und Abneigungen und ihren Gefühlen, ohne dass lange Erklärungen nötig sind. Eigentlich war Camille für Daisys Geschmack zu reserviert: Sie fühlte sich wohler mit Menschen, die sich vor ihr ausbreiteten, die ihr das Herz ausschütteten, so wie Daniel. Aber die blinde Frau hatte etwas an sich, das Daisy jede Befangenheit nahm. Sie empfand Camille nicht als Konkurrentin, obwohl sie attraktive Frauen sonst oft insgeheim als Rivalinnen betrachtete. Und das lag nicht daran, dass Camille nicht sehen konnte, sondern sie strahlte einfach etwas Bestätigendes, Beruhigendes aus. So als sei sie von Natur aus gut, aber ohne dass Daisy davon übel wurde oder dass sie sich unzulänglich vorkam, weil ihr selbst diese Eigenschaft fehlte.

Vielleicht war es auch einfach die Kopfmassage: Der wechselweise Druck von Daumen und Fingern im Kopf- und Nackenbereich löste zusammen mit ihren Muskelverspannungen auch Daisys Gedanken auf. Hier brauchte sie nicht über Daniel nachzugrübeln. Hier brauchte sie an gar nichts zu denken. «Sie machen das sehr gut», meinte Daisy träumerisch. «Ich glaube, ich könnte einschlafen.»

«Da wären Sie nicht die Erste.» Camille trank einen Schluck von ihrem Wein. «Aber ich musste aufhören, Männer zu massieren. Da hatte die Kopfmassage manchmal eine andere Wirkung.»

«Aha? Ach so. Und in den Ruf will man als Masseurin ja nicht kommen.»

«Sie glauben, weil ich nichts sehe, merke ich es nicht. Aber man merkt es natürlich doch. Einfach am Atem.» Camille legte die Hand auf die Brust und ahmte den rascheren Atem des Begehrens nach.

«Tatsächlich? Ach du meine Güte. Und was haben Sie da gemacht?»

«Hab Rollo gerufen, der unter dem Tisch lag. Ein großer stinkender alter Hund, und das Problem war normalerweise gelöst.»

Sie lachten einmütig.

«Ihr Vater war heute Abend oben im Haus.»

«Paps? Warum?»

«Er hat Hal eingeladen, was mit ihm trinken zu gehen.» Camilles Hände hielten inne. «Ich glaube, Hal wollte am Wandbild weitermachen. Er – er ist furchtbar gewissenhaft.»

«Dad hat Hal zu einem Drink eingeladen?»

«Das hat er jedenfalls gesagt. O Gott, hab ich mich verplappert?»

«Nein, keine Sorge.» Plötzlich hatte Camilles Stimme einen stahlharten Unterton. «Es geht nicht um meinen Vater. Meine Mutter steckt dahinter. Sie mischt sich mal wieder ein.»

Der angenehme Dämmerzustand der vergangenen Minuten verflog.

«Vielleicht wollte er wirklich nur was mit ihm trinken», sagte Daisy beruhigend.

«Nein, Daisy, bei meiner Mutter geht es nie bloß um einen

Drink. Mum will wissen, was mit Hal los ist, warum er die Sache mit seinem Betrieb nicht verkraftet.»

«Ach so.»

«Sie war hinter ihm her, dass er die Firma aufgeben sollte, und jetzt ist sie wieder hinter ihm her, weil er das nicht so gut bewältigt, wie er das ihrer Meinung nach müsste.»

«Ich bin sicher, dass sie es gut meint», sagte Daisy leise.

«Ich weiß, dass sie es gut meint. Aber sie kann sich einfach nicht aus unseren Angelegenheiten heraushalten.» Camille seufzte ungehalten.

«Einzelkind?»

«Ja. Das hilft nicht gerade. Ich glaube, Paps hätte gerne mehr gehabt, aber meine Mutter hatte es ziemlich schwer mit mir, und das hat sie abgeschreckt. Damals gab es noch keine Medikamente.»

«Autsch», sagte Daisy, die an ihre Epiduralanästhesie zurückdachte. «Tut mir Leid, wenn ich was Falsches gesagt habe. Ich hätte das wohl am besten für mich behalten.»

«Ach, keine Sorge, Daisy. Es ist nicht das erste Mal. Und bestimmt auch nicht das letzte. Das kommt davon, wenn man so nah bei seinen Eltern lebt. Vielleicht hätten Hal und ich gleich nach unserer Hochzeit wegziehen sollen, aber das haben wir nicht getan, und dann kam Katie und so … ich brauchte die Hilfe.»

«Das kenne ich. Ich weiß nicht, was ich ohne Ihre Mutter gemacht hätte.»

Camilles Hände bewegten sich wieder, übten einen sanften, rhythmischen Druck aus. «Sie sind ziemlich verspannt, was?», fragte sie. «Das ist wohl auch kein Wunder, wo die Eröffnung des Hotels bevorsteht und alles. Es ist mir ein Rätsel, wie Sie das geschafft haben.»

«Noch habe ich's nicht geschafft.»

«Ist es jetzt leichter, wo Ellies Vater da ist?»

Es war raffiniert eingefädelt. Daisy spielte mit dem Gedanken, dass auch hier Lottie dahintersteckte, dass sie Camille beauftragt hatte, sich nach ihrer Beziehung zu erkundigen. «Eigentlich nicht, wenn ich ehrlich bin. Bestimmt hat Lottie Ihnen das erzählt, er hat uns verlassen, als Ellie ein paar Monate alt war. Ich hab mich noch nicht daran gewöhnt, dass er wieder da ist.»

«Dann sind Sie also wieder zusammen?»

«Das weiß ich nicht. Aber er ist jedenfalls hier.»

«Das klingt, als wären Sie nicht so recht überzeugt.»

«Bin ich wohl auch nicht. Ich weiß eigentlich gar nicht, was ich davon halten soll.»

Sie war dankbar, dass Camille nicht versuchte, ihr Lösungen anzubieten oder Verhaltensweisen vorzuschlagen. Julia konnte sich nie ein Problem anhören, ohne sich gleich verpflichtet zu fühlen, es zu lösen, und normalerweise war sie ein wenig gekränkt, wenn Daisy sich ihre Empfehlungen nicht zu Herzen nahm.

«Wenn Hal Ihnen jemals etwas wirklich Schlimmes antun würde, wenn er zum Beispiel einfach weggehen würde, könnten Sie ihn dann wieder aufnehmen? Mit offenen Armen?»

Camille unterbrach ihre Tätigkeit wieder. Ihre Handflächen ruhten auf Daisys Stirn. «Hal tut nie etwas Unrechtes», sagte sie trocken. «Aber wenn es doch so weit kommt, und mit Kind und so, dann hängt es wohl davon ab, was einen glücklicher macht. Falls alle Beteiligten glücklicher sind, wenn man zusammenbleibt, dann lohnt es sich meistens, dafür zu kämpfen, auch wenn es schwierig ist.»

Daisy spürte, dass Camilles Hände sich bewegten, als würde sie ihr Gewicht verlagern.

«Ich weiß nicht», fuhr sie fort, «wenn man jung ist, sagt man sich, dass man sich nichts gefallen lassen will, oder? Dass man einfach geht und sich einen anderen sucht, wenn die Ehe nicht leidenschaftlich genug ist oder wenn er den Erwartungen nicht entspricht. Und dann wird man älter, und der Gedanke, nochmal neu anzufangen … das ist alles so schrecklich … Also, ich glaube, ich würde eine ganze Menge in Kauf nehmen, bevor ich alles auseinander reißen würde. Die Familie, meine ich. Vielleicht gewöhnt man sich einfach daran, Kompromisse zu schließen.» Camille schien mit sich selbst zu reden.

Als sie nach einer Pause weitersprach, hörte Daisy ein anderes Timbre in ihrer Stimme. «Aber davon abgesehen, wenn es nicht möglich ist, jemanden glücklich zu machen, egal was man tut, dann muss man sich wohl irgendwann geschlagen geben.»

Lottie stellte ihre Tasche auf den Stuhl im Flur und bemerkte dabei irritiert, dass Joes Mantel an seinem Haken hing. «Ich dachte, ihr wolltet etwas trinken gehen», rief sie, als sie das Radio im Wohnzimmer hörte.

Joe kam in den Flur und küsste seine Frau auf die Wange. «Er wollte nicht mitkommen.»

«Warum denn nicht? Er kann doch nicht ununterbrochen an diesem Bild arbeiten.»

Joe fasste Lotties Mantel an den Schultern, als sie hinausschlüpfte. «Ich kann ihn ja nicht zum Mitkommen zwingen, Schatz. Wer nicht will, der hat schon, weißt du.»

«Na gut. Aber irgendwas ist da im Busch. Er ist schon seit Tagen komisch. Und dieser Freund von Daisy lungert den ganzen Tag in Arcadia rum und schleicht durch die Zimmer, als würde das Haus ihm gehören.»

Joe hielt seiner Frau die Tür zum Wohnzimmer auf. Sie sah, dass er ihr gerne den Arm um die Schultern gelegt hätte, aber vor ein paar Monaten hatte sie ihm eröffnet, dass sie das immer unangenehm gefunden hatte.

«Er ist der Vater des Kindes, Schatz.»

«Na ja, es ist reichlich spät, dass ihm das klar wird.»

«Das muss Daisy entscheiden. Aber lassen wir das einen Augenblick beiseite, ja?»

Lottie sah ihren Mann scharf an. Er blickte zu Boden und hob dann den Kopf. «Diese Sache mit dem Haus ... das ... das gefällt mir nicht, Lottie. Das wühlt alles wieder auf. Du bist wieder ganz außer dir.»

«Nein, das ist nicht wahr.»

«Du stürzt dich auf Sylvia Rowan, dabei hattest du dich Gott weiß wie lange von der ganzen Gesellschaft fern gehalten.»

«Ich habe sie nicht darum gebeten, einen Streit vom Zaun zu brechen.»

«Und diese ganze Geschichte mit der Wandmalerei. Nicht, dass ich etwas dagegen hätte, meine Liebe, das weißt du. Ich habe nie was dagegen gesagt, dass du da hingehst. Aber du bist in diesen letzten Wochen nicht du selbst gewesen. Ich sehe es nicht gern, wenn du dich so aufregst.»

«Ich rege mich nicht auf. Du regst mich auf, wenn du so redest! Mir geht's gut.»

«Na schön. Aber wie auch immer, ich möchte, dass wir uns ein bisschen unterhalten. Über die Zeit danach.»

Lottie setzte sich. «Wonach?», fragte sie misstrauisch.

«Nach der Hoteleröffnung. Denn Daisy geht schließlich nach London zurück, oder? Mit oder ohne Freund. Und dann wirst du da oben nicht mehr gebraucht.»

Lottie sah ihn mit leerem Blick an. An das Leben nach der Neueröffnung von Arcadia hatte sie noch nicht gedacht. Ein Frösteln überlief sie.

«Lottie?»

«Was denn?» Sie sah ihr zukünftiges Leben vor sich: die Tanzvergnügen nach dem Dinner, die Schwätzchen mit den Nachbarn, die endlosen Abende in diesem Haus …

«Ich habe uns Prospekte besorgt.»

«Was hast du gesagt?»

«Ich habe uns Prospekte besorgt. Ich dachte, wir könnten das als Anlass nehmen, um mal etwas Besonderes zu machen.»

«Und was bitte?»

«Ich dachte, wir könnten eine Kreuzfahrt machen oder –»

«Ich hasse Kreuzfahrten.»

«Du hast noch nie eine mitgemacht. Sieh mal, ich dachte, wir könnten sogar eine Weltreise machen. Und an ganz vielen Orten

Halt machen, weißt du. Uns Sehenswürdigkeiten anschauen. Wir sind ja noch nie sehr weit weg gewesen, und jetzt haben wir keine Verpflichtungen mehr, oder?»

Er sprach das Wort «zweite Hochzeitsreise» nicht aus, aber Lottie spürte, dass es in der Luft lag. Sie fauchte: «Na, das sieht dir ähnlich, Joe Bernard.»

«Was denn?»

«Keine Verpflichtungen, aber wirklich. Wer soll sich denn um Katie kümmern, wenn Camille arbeitet, na? Und wer soll Camille helfen?»

«Hal wird Camille helfen.»

Lottie schnaubte entrüstet.

«Es geht ihnen doch jetzt gut, meine Liebe. Denk mal daran, wie sie sich benommen haben, wenn Camille ihn bei seinem Wandgemälde besucht hat. Wie ein Paar Turteltauben. Das hast du mir selbst erzählt.»

«Also, da sieht man, wie wenig du weißt. Es geht ihnen nämlich überhaupt nicht gut. Meiner Ansicht nach ist er kurz davor, sie wieder zu verlassen. Und genau deswegen wollte ich, dass du heute Abend mit ihm ausgehst und rauskriegst, was in seinem dämlichen Schädel vor sich geht. Aber nein, du hattest ja nichts als Kreuzfahrten und so was im Kopf.»

«Lottie ...»

«Ich bade jetzt, Joe. Ich will nicht mehr darüber sprechen.»

Sie stapfte schwerfällig die Treppe hinauf und in ihr Schlafzimmer und fragte sich, warum ihr so unvermittelt die Tränen gekommen waren. Es war schon das zweite Mal in dieser Woche.

Das einlaufende Badewasser plätscherte so laut, dass sie Joes Schritte nicht hörte, als er die Treppe hinaufkam. Als ihr Mann unvermutet in der Tür erschien, schreckte Lottie zusammen.

«Ich wünschte, du würdest dich nicht so anschleichen», keifte sie mit einer Hand vor der Brust, voller Wut, dass er sie in dieser Verfassung überrumpelt hatte.

Joe zögerte einen Moment, als er das tränenverschmierte Gesicht seiner Frau sah. «Ich widerspreche dir nicht oft, Lottie, aber eins sage ich dir jetzt.»

Lottie starrte ihren Mann an. Ihr fiel auf, dass er aufrechter stand als sonst und dass seine Stimme eine Spur mehr Autorität besaß.

«Ich werde diese Reise machen. Nach der Hoteleröffnung. Ich buche eine Reise um die Welt. Ich bin nicht mehr der Jüngste, und ich will später nicht das Gefühl haben, ich hätte nichts unternommen und nichts gesehen.» Er hielt inne. «Egal ob du mitkommst oder nicht. Es ist ja wohl klar, dass ich es lieber hätte, wenn du dabei wärst, aber ausnahmsweise werde ich mal das tun, was ich tun möchte.»

Er atmete aus, als wäre seine kurze Rede das Ergebnis einer ungeheuren inneren Anstrengung gewesen.

«Das ist alles, was ich zu sagen habe.» Joe wandte sich wieder zur Tür und ließ seine Frau sprachlos stehen. «Also, ruf runter, wenn ich die Koteletts unter den Grill legen soll.»

Am fünften Abend redeten Daniel und Daisy miteinander. Sie machten Ellie zu einem Strandspaziergang fertig und setzten sie in den Buggy, fest in eine Baumwolldecke gehüllt, obwohl es ein stiller, milder Abend war. Daisy hatte Daniel erklärt, es falle ihr in den letzten Tagen schwer, im Haus einen klaren Gedanken zu fassen. Sie betrachtete Arcadia jetzt nicht mehr als Zuhause, ja nicht einmal mehr als Hotel, sondern als eine Liste von Problemen, die gelöst werden mussten: ein lockerer Fensterhaken, ein loses Dielenbrett, eine kaputte Steckdose, ein Termin, der immer näher rückte. Draußen in der frischen Luft kriegte sie den Kopf allmählich wieder frei.

So habe ich es mir gewünscht, dachte Daisy, als sie ihre kleine Gruppe von außen betrachtete: ein gut aussehendes junges Paar mit einem schönen Kind. Eine Familie, eine Einheit, die andere ausschloss. Nach kurzem Zögern nahm sie Daniels Arm. Er hielt ihn an sich gedrückt, sodass ihre Hand warm war, auf beiden Seiten umschlossen.

Und dann begann Daniel zu sprechen.

Zuerst hatte er gemerkt, dass etwas nicht stimmte, als einer seiner alten Kollegen ihm voller Stolz ein Foto von seinem Baby gezeigt hatte. Da war Daniel klar geworden, dass er nicht nur kein Foto bei sich trug, sondern auch nicht ein Zehntel von dem empfand, was sein Kollege offenbar fühlte.

Er hatte, was schmerzhaft gewesen war, die Erkenntnis zugelassen, dass er sich eingesperrt fühlte, gefangen in einer Situation, die er nicht herbeigeführt hatte. Seine schöne Freundin war verschwunden, stattdessen hatte er es mit diesem Trauerkloß – er benutzte das Wort «Kloß» nicht, aber Daisy wusste, was er meinte – und einem brüllenden Kind zu tun. In seinem Leben schien es keine Schönheit, keine Ordnung mehr zu geben. Und Schönheit und Ordnung waren für Daniel unverzichtbar. Schließlich war er ein Mann, der früher nicht hatte schlafen können, wenn eine Bilderleiste im falschen Winkel angebracht war. Daisy war um vier Uhr morgens davon aufgewacht, wie er die Leiste von der Wand nahm und sie mithilfe von zwei Wasserwagen und mehreren Bindfäden exakt in die Waagerechte brachte. Ein Baby jedoch interessierte sich nicht für Ordnung. Es kümmerte sich nicht darum, dass sein Gestank und sein Krach und seine Windeln Daniels kleinen Zufluchtsort verschmutzten. Dem Baby war es egal, dass es mit seinen Ansprüchen die Mutter aus den größeren, stärkeren Armen riss, die sie ebenso sehr brauchten. Und es nahm keine Rücksicht darauf, dass man vier Stunden Schlaf am Stück brauchte, einfach um das Geld für den Lebensunterhalt zu verdienen. «Und die Sache ist die, Daisy, man darf sich nicht beklagen, oder? Man soll es hinnehmen und den Leuten glauben, wenn sie sagen: ‹Das wird einfacher›, auch wenn es einem so vorkommt, als würde es immer schlimmer. Alle erzählen einem, dass man diesen ziemlich hässlichen, schreienden Troll eines Tages besinnungslos lieben wird, dabei guckt man ihn an und kann gar nicht glauben, dass er irgendwas mit einem zu tun hat. Wenn ich gesagt hätte, was in diesen ersten Wochen in mir vorging, wenn ich die reine Wahrheit gesagt hätte, dann hätten sie mich wahrscheinlich eingesperrt.»

Das Hemdchen war es gewesen, was ihm schließlich den Rest gegeben hatte. Eines Morgens war er ins Wohnzimmer gestolpert, vor Schlafmangel halb im Delirium, und hatte auf ein auf dem Boden liegendes Hemdchen getreten, das quatschte. Daniel hatte sich hingesetzt, mit dem beschmutzten Fuß auf ihrem einst makellosen Teppich, und gewusst, dass er nicht mehr konnte.

«Aber warum hast du nichts gesagt? Warum hast du alles in dich reingefressen?»

«Weil du so aussahst, als hättest du das nicht ertragen. Du bist ja selbst kaum damit fertig geworden. Wie wäre es dir wohl gegangen, wenn der Vater deines Kindes dir gesagt hätte, dass dieses Baby ein großer Fehler war?»

«Das wäre für mich viel leichter gewesen, als damit klarzukommen, dass der Vater meines Kindes mich verlassen hat.»

Als sie sahen, dass Ellie im Kinderwagen eingeschlafen war, setzten sie sich auf eine Düne. Daniel beugte sich vor und stopfte seiner Tochter die Decke unter dem Kinn fest. «Gut, inzwischen weiß ich das. Inzwischen weiß ich eine ganze Menge.»

Da war es Daisy, als hätte sie ihn wiederbekommen, und die hässliche Wahrheit dessen, was er sagte, weckte etwas wie Zärtlichkeit in ihr. Denn jetzt liebte er Ellie, das sah man an allem, was er tat … «Ich muss wissen, ob wir es nochmal versuchen können», sagte er und nahm ihre Hand. «Ich muss wissen, ob du mich hereinlässt. Ob wir es hinter uns lassen können. Du hast mir wirklich gefehlt, Daisy. Und Ellie hat mir auch gefehlt.»

Unten am Wasser raste ein zottiger schwarzer Hund aufgeregt vor und zurück und im Kreis herum, sprang hoch und drehte sich in der Luft, um Treibholzstücke zu fangen, die sein Besitzer für ihn warf. Dabei hinterließ er lange, komplizierte Muster im Sand. Daisy lehnte sich gegen Daniel, und er legte den Arm um sie. «Du passt also noch», flüsterte er ihr ins Ohr, «du passt noch in meinen Arm.»

Daisy lehnte sich an und versuchte, den Kopf frei zu bekommen, versuchte, sich darauf zu konzentrieren, wie es sich anfühlte, ihm wieder nah zu sein. Versuchte, nicht auf die komplizierten Gedanken zu hören.

«Lass uns nach Hause gehen, Daisy», sagte er.

Jones beobachtete, wie das Paar mit dem Kinderwagen auf dem Weg am Meer zurückschlenderte. Der Mann hatte seiner Freundin schützend den Arm um die Schultern gelegt, das Baby schlummerte tief im Wagen, und die Räder glitzerten in der Abendsonne.

Er blieb ein paar Minuten still sitzen und wartete, bis sie außer Sicht waren, dann wendete er den Wagen. Die Fahrt zurück nach London würde zwei Stunden dauern. Manch einer hätte vielleicht gesagt, er sei verrückt, diesen weiten Weg zu machen und sich nicht einmal die Beine zu vertreten. Aber er hatte den Termin mit Carol verpasst, sagte er sich, als er an der Einfahrt zu Arcadia vorbei und weiter bergab in Richtung Bahnhof fuhr, den Blick unverwandt auf die Straße vor sich gerichtet. Es hatte keinen Sinn, hier herumzuhängen. Schließlich war das der einzige Grund für sein Kommen gewesen.

«Angeblich ist es oft schwierig, wenn man ein Baby gekriegt hat.»

«Ich glaube, wir brauchen Zeit, um uns wieder aneinander zu gewöhnen.»

«Ja.»

Sie lagen nebeneinander und starrten in die Dunkelheit.

«Wahrscheinlich sind wir ein bisschen angespannt. Ich meine, die letzten Tage waren ziemlich merkwürdig.» Daniel streckte die Hand nach ihr aus, und sie legte den Kopf auf seine Brust.

«Weißt du was, Dan? Ich glaube, wir sollten gar nicht allzu viel darüber reden. Dadurch wird es irgendwie zum Problem …»

«Ach so. Okay.»

«Aber du hast Recht. Ich meine, ich glaube, ich bin wirklich etwas angespannt.»

Er griff nach ihrer Hand, und Daisy lag da, die Finger mit seinen verflochten, und versuchte, nicht zu sehr an die vergangene halbe Stunde zu denken. Sie hätte sich gerne etwas zu trinken geholt, aber sie wusste, dass ihre Nähe ihn beruhigte und er es falsch interpretiert hätte, wenn sie versucht hätte, sich zu rühren.

«Ach, und Daisy?»

«Ja?»

«Da ist was, worüber ich mit dir sprechen muss. Jetzt, wo wir ehrlich zueinander sind und so.»

Aus irgendeinem Grund blitzte in ihrem Kopf ein Bild von Jones auf, zerbrechlich und undurchsichtig wie buntes Glas. «Okay», sagte sie und hoffte, dass es nicht so wachsam klang, wie sie sich fühlte.

«Ich finde, wie müssen alles auf den Tisch packen, bevor wir die Vergangenheit hinter uns lassen können.»

Daisy schwieg. Sie hörte, wie seine Versuche, locker zu klingen, misslangen, und nahm ein ungutes Gefühl in sich wahr, wie das ferne Pfeifen eines herannahenden Zuges.

«Es geht darum, was passiert ist, als wir nicht zusammen waren.»

«Da ist nichts passiert», sagte Daisy. Zu schnell.

Daniel schluckte hörbar. «Das möchtest du vielleicht gern glauben. Aber es ist nicht so.»

«Wer sagt das?» Es musste Lottie gewesen sein, natürlich. Daisy wusste ja, dass Lottie dagegen war, dass sie wieder zusammenkamen.

«Es war nur ein Kuss», sagte Daniel. «Nichts von Bedeutung. Als ich ganz unten war, als ich nicht wusste, ob ich zurückkommen würde.»

Daisy ließ seine Hand los und stützte sich auf einen Ellbogen. «Was hast du gesagt?»

«Es war nur ein Kuss, Daisy, aber ich fand, dass ich dir das offen sagen sollte.»

«Du hast eine andere geküsst?»

«Als wir getrennt waren.»

«Warte mal, du hattest doch angeblich einen Nervenzusammenbruch, weil du mit deinem Neugeborenen nicht zurechtkamst, aber dass du dich in North London rumgetrieben hast, hab ich nicht gewusst.»

«So war das auch nicht, Daisy –»

«Wie war es nicht? Deine Mutter hat mir erzählt, du wärst praktisch drauf und dran, dich unter den nächsten Bus zu werfen, es ginge dir so schlecht, dass du nicht mal mit mir reden könntest, und währenddessen hast du rumgeknutscht. Wer war es, Dan?»

«Hör mal, findest du nicht, dass du ein bisschen übertreibst? Es war ein einziger Kuss.»

«Nein.» Daisy stieß die Decke von sich und kletterte aus dem Bett. Sie war nicht bereit, sich einzugestehen, dass ihre heftige Reaktion vielleicht in irgendeiner Weise mit ihren eigenen versteckten Schuldgefühlen zu tun haben könnte. «Ich schlafe nebenan. Komm nicht hinterher und fang auch nicht an, durch die Flure zu tappen», zischte sie. «Damit weckst du das Baby.»

Kapitel 18

Mit weißen Brettern verkleidet und umgeben von einem kleinen Gärtchen mit rostenden Skulpturen, stand der Bungalow auf dem Kies. Ein Abstand von vielleicht dreißig Metern trennte ihn von der benachbarten Häusergruppe. «Mir gefällt das so», sagte Stephen Meeker, als sie durchs Fenster den freien Ausblick auf das Meeresufer genossen. «So hat keiner einen Vorwand, einfach vorbeizuschauen. Ich hasse es, wenn die Leute meinen, sie könnten einfach reinschneien. So, als müsste ein Rentner für jede Unterbrechung seiner eintönigen alten Tage dankbar sein.»

Sie saßen beim Tee in dem karg ausgestatteten Wohnzimmer, an dessen Wänden Bilder hingen, deren Qualität nicht zum Mobiliar des Raumes passte. Das Meer draußen glitzerte unberührt unter dem Augusthimmel, denn die Urlauber hielten sich lieber ein Stück weiter an Merhams schönem Sandstrand auf. Es war das zweite Mal in dieser Woche, dass Daisy Stephens eintönige alte Tage gestört hatte, aber sie war willkommen, einerseits wegen der Zeitschriften, die sie ihm mitgebracht hatte, und andererseits weil sie mit ihm über eine Zeit sprechen wollte, die zu den wenigen Phasen seines Lebens gehörte, in denen er, wie er sagte, wirklich glücklich gewesen war. «Mit Julian konnte man eine Menge Spaß haben, sehen Sie», sagte er. «Schrecklich ungezogen, besonders wenn es um Finanzen ging, aber er hatte dieses Talent, Menschen zu sammeln, fast genauso wie er Kunst sammelte. In dieser Hinsicht war er wie seine Frau. Ein Paar Elstern.»

Er habe Julian unendlich geliebt, sagte er in einem schwärmerischen Tonfall, der bei diesem steifen alten Mann sonderbar wirkte. In den sechziger Jahren, nachdem Julian und Adeline sich hatten scheiden lassen, waren die beiden Männer zusammen in ein kleines Häuschen in Bayswater gezogen. «Wir haben den Leuten noch erzählt, wir wären Brüder. Mir hat das nie etwas ausgemacht. Julian hat sich über solche Sachen immer viel mehr aufgeregt als ich.» Mehrere der Bilder an den Wänden waren Geschenke von Julian. Mindestens eins davon hatte Frances gemalt, die verspätet eine fragwürdige Berühmtheit erlangt hatte, nachdem eine feministische Kunsthistorikerin sie «entdeckt» hatte.

Daisy war insgeheim erschrocken, als sie die Signaturen auf den anderen Bildern sah, und mit Entsetzen bemerkte sie die fleckigen Ecken, das Papier, das sich in der Salzluft wellte. «Sollte man sie nicht … irgendwo im Safe aufbewahren?», fragte sie taktvoll.

«Da würde sie keiner anschauen», meinte der Alte. «Nein, meine Liebe, die bleiben in meiner kleinen Hütte, bis ich abtrete. Sie war eine liebe Frau, unsere Frances. Sehr schade, die ganze Geschichte.»

Als Daisy ihm die Polaroidfotos von dem inzwischen fast vollständig restaurierten Wandgemälde zeigte, wurde er lebhaft, bewunderte wehmütig die Schönheit des jungen Stephen und nannte die Namen der Menschen, an die er sich erinnerte. Julian, erzählte er traurig, würde nicht zur Party kommen können. «Es hat gar keinen Sinn, dass Sie Kontakt mit ihm aufnehmen. Er ist in einem Heim in Hampstead Garden Suburb. Total plemplem.» Das Letzte, was er von Minette gehört hatte, war, dass sie in einer Kommune in Wiltshire lebte. George war «irgend 'ne Koryphäe» in Wirtschaftswissenschaften an der Oxford University. «Hat irgend 'ne Viscountess oder so geheiratet. Stinkvornehm. Ach, und da ist ja Lotties junger Kerl. Oder war es der von ihrer Schwester? Das hab ich vergessen. George hat ihn immer ‹Ananasprinz› genannt. Wenn Sie ein bisschen Geduld haben, fällt mir der Name gleich ein.» Ungläubig betrachtete Daisy die exotische, langhaarige Göttin auf dem Wandbild, die Stephen als Lottie bezeichnet hatte. «Sie sah damals hinreißend aus, auf unkonventionelle Art natürlich. Aufbrausendes Temperament, aber manche Männer fanden das wohl recht attraktiv. Unter uns gesagt, ich glaube, niemand hat sich wirklich gewundert, als sie sich ins Unglück stürzte.» Er stellte seine Tasse auf den Tisch und gluckste in sich hinein. «Julian hat immer gesagt: «Je höher der Affe klettert, je mehr sieht man von seinem Hintern.»

Gemächlich wanderte Daisy am Strand entlang nach Arcadia zurück. Unter der Mittagssonne wurde ihr bloßer Kopf heiß, und ihre Füße wollten nicht auf dem vorgesehenen Weg bleiben, sondern wären gerne den ablaufenden Wellen gefolgt. Der Vormittag war eine angenehme Abwechslung gewesen, denn die Atmosphäre in Arcadia wurde immer angespannter. Das Hotel bereitete sich auf den Endspurt vor, die Räume besaßen wieder ihre ursprüngliche, spröde Großartigkeit, die neuen Möbel waren aufgestellt und wieder umplatziert worden, bis die ästhetische Wirkung stimmte. Das Gebäude selbst schien zu summen, als erwarte es neues Leben.

Man hätte daher denken sollen, dass sich unter den Menschen im Haus Vorfreude und Befriedigung über den Erfolg verbreitet hätten, als die Arbeit sich dem Ende näherte, aber Daisy hatte sich selten elender gefühlt. Daniel hatte in den letzten achtundvierzig Stunden kaum mit ihr gesprochen. Hal hatte das Wandbild fertiggestellt und war ohne ein Wort verschwunden. Lottie war nervös und schlecht gelaunt, wie ein Hund, der auf ein drohendes Gewitter horcht. Und währenddessen hörte man von draußen aus dem Ort ständig ein ablehnendes Grollen. Die Lokalzeitung hatte dem «Streit um das *Red Rooms Hotel*» inzwischen einen Platz auf der Titelseite eingeräumt, und mehrere überregionale Tageszeitungen hatten das Thema aufgegriffen und nachgedruckt, als typische Geschichte über Kleinstadtbewohner, die sich unerschrocken gegen anstehende Veränderungen zur Wehr setzen, ausgeschmückt mit Fotos von spärlich bekleideten weiblichen Klubmitgliedern des Red Rooms. Daisy hatte mehrere Anrufer an Jones' Büro verwiesen und sich dabei fast gewünscht, sie würde den Mut aufbringen, selbst mit ihm zu sprechen.

Jones' Londoner Klientel war auch nicht gerade eine Hilfe. Ein paar von seinen Saufkumpanen, darunter zwei Schauspieler, waren nach Arcadia gekommen, um «ihre Unterstützung anzubieten». Nachdem sie entdeckt hatten, dass das Hotel nicht nur noch keine Übernachtungen anbot, sondern dass Jones' Bar auch noch nicht bestückt war, hatte einer der Handwerker ihnen den Weg ins Riviera gezeigt. Mehrere Stunden später hatte Sylvia Rowan Ihnen Hausverbot erteilt, weil die beiden, wie die Hotelbesitzerin es später in den Zeitungen beschrieb, sich einer ihrer Serviererinnen gegenüber «unanständig und skandalös» benommen hatten. Die Kellnerin, die weniger aufgebracht wirkte, verkaufte ihre Geschichte an eine Boulevardzeitung und kündigte dann prompt, mit der Begründung, die Zeitung habe ihr mehr gezahlt, als sie bei den Rowans in einem ganzen Jahr verdiente.

Die gleiche Boulevardzeitung hatte auch ein Foto von Jones bei der Eröffnung irgendeiner Londoner Bar abgedruckt. Die Frau, die neben ihm stand, hatte ihre Hand wie ein Raubvogel um seinen Arm gekrallt.

Daisy legte eine Verschnaufpause ein und schaute auf den blassblauen Bogen des Meeres hinaus. Der Gedanke, dass dieser Ausblick bald nicht mehr alltäglich für sie sein würde, versetzte ihr einen Stich. Sie würde mit ihrem schönen, wohl geratenen Kind in eine Stadt voller Qualm und Mief, Krach und Getöse zurückkehren. Ich habe die Großstadt nicht vermisst, dachte sie. Jedenfalls nicht so sehr, wie ich erwartet hatte.

London war immer noch untrennbar mit unguten Gefühlen und Kummer verknüpft, mit einer Haut, die sie fast abgeworfen hatte. Aber in Merham leben? Jetzt schon sah Daisy den Zeitpunkt kommen, an dem die gesellschaftliche Enge sie ersticken und das nachbarschaftliche Interesse der Kleinstädter ihr aufdringlich erscheinen würde. Merham klammerte sich immer noch an seine Vergangenheit, aber sie musste nach vorn schauen, musste sich vorwärts bewegen.

Plötzlich fiel ihr Lottie ein, und während Daisy den Rückweg nach Arcadia fortsetzte, beschloss sie, erst über ihre Abreise nachzudenken, wenn sie die Eröffnung organisiert hatte. So brauchte sie nicht mehr über ihren nächsten Schritt nachzugrübeln.

Sie fand Daniel im Sitwell-Badezimmer, zusammen mit einem der Handwerker. Daniel hielt eine Kachel an die Wand und schob gerade ein Stück dunkles Papier dahinter. Der Fliesenleger Nev, ein junger Mann mit tizianischen Locken, starrte niedergeschlagen auf einen Eimer mit weißem Brei. Daisy blieb in der Tür stehen. «Was machst du da?», fragte sie so neutral, wie sie konnte.

Daniel schaute auf. «Ach, hallo. Sie wollten für diese Fliesen weiße Fugenmasse nehmen. Ich hab ihnen gesagt, dass sie schwarz sein muss.»

«Und wie kommst du darauf?» Daisy stand ganz still, während Nev sie beide abwechselnd ansah. Daniel richtete sich auf und legte die Kachel behutsam hinter sich.

«Die ursprünglichen Pläne. Diese geformten Kacheln sollten schwarze Fugen bekommen. Wir waren uns einig, dass das besser aussieht, falls du dich erinnerst.»

Daisy spürte, wie sie die Zähne zusammenbiss. Sie hatte sich nie mit ihm gestritten, hatte sich immer seiner Vision untergeordnet. «Die Pläne sind schon lange überholt, und ich glaube, es wäre für alle besser, wenn du dich nicht in Dinge einmischen würdest, die dich nichts mehr angehen, findest du nicht auch?»

«Ich hab versucht zu helfen, Daisy», sagte er mit einem Blick zu Nev hinüber. «Ich komme mir blöd vor, wenn ich den ganzen Tag rumsitze und nichts zu tun habe. Ich wollte mich nur nützlich machen.»

«Lass das bitte bleiben», fauchte Daisy.

«Ich dachte, wir wären Partner.»

«Genau das hatte ich auch gedacht.»

Daniel sah erschrocken aus: Das war schon Daisys zweite Meuterei innerhalb weniger Tage, und ihm wurde klar, dass sie damit auch alles andere, was für ihn bisher festgestanden hatte, infrage stellte. «Ich kann mich nicht bis in alle Ewigkeit entschuldigen. Wenn wir das hier voranbringen wollen, müssen wir unsere privaten Geschichten von dem, was in der Firma läuft, trennen.»

«So einfach ist das nicht.»

«Ach, komm, Daisy …»

Sie holte tief Luft. «Die Firma, an der du beteiligt warst, gibt es nicht mehr.»

Daniel runzelte die Stirn. «Was?»

«Wiener und Parsons. Ich habe sie aufgelöst, als ich diesen Job übernommen habe. Sie existiert nicht mehr. Ich bin jetzt Alleinunternehmerin, Daniel.»

Beide schwiegen. Nev fing an, nervös vor sich hin zu pfeifen, und musterte die getrocknete Farbe auf seinen Händen. Draußen wurde ein Gerüst abgebaut, und in regelmäßigen Abständen stürzten mit dumpfem Krachen Pfosten auf den Boden.

Daniel wiegte den Kopf und sah sie dann mit grimmig aufeinander gepressten Lippen an. Er wischte sich die Hände an seiner Jeans ab. «Weißt du was, Daisy? Ich finde, du hast das einwandfrei klargestellt.»

Camille saß vorn in ihrem ramponierten alten Ford und lauschte auf die Geräusche von Merham im Hochsommer, die durch das Beifahrerfenster drangen. Sie vermischten sich mit Katies Geplauder auf dem Rücksitz, das Camille nur mit halbem Ohr wahrnahm, und den Gerüchen nach Treibstoff und aufgeheiztem Asphalt, die in Wellen von der Straße aufstiegen. Rollo saß im Fußraum zwischen ihren Knien eingeklemmt, seine bevorzugte Transportart, und Hal neben ihr steuerte das Auto mit so sparsamen Bewegungen, dass der alte Ledersitz nicht knarrte. Sein Schweigen traf sie im tiefsten Innern. Sie würde ihm von ihrem Job erzählen müssen. Noch drei Wochen, hatte Kay gesagt, und das bedeutete nicht mal mehr einen Monat Lohn. Niemand hatte den Salon gekauft, und Kay fand das zwar schade, aber nicht schade genug, um ihn selbst weiterzubetreiben.

Camille spürte die drohende Schließung wie einen kalten Stein in der Magengrube. Doch mit dem Gedanken, dass ihnen eine schwere Zeit bevorstand, wäre sie noch fertig geworden: Irgendwann würde sie wieder Arbeit finden und Hal ebenso. Zusammen mit dem Geld für das Wandbild würden ihre mageren Ersparnisse eine Weile reichen. Aber Hal war in letzter Zeit so schwierig, so verschlossen. Auf jede harmlose Frage reagierte er mit heftiger Ablehnung oder einer beißenden, sarkastischen Antwort, sodass Camille sich bestenfalls nicht hilfreich und schlimmstenfalls dumm vorkam.

Sie verstand nicht, was in ihm vorging. Dass sein Betrieb ihm viel bedeutet hatte und dass es ihm schwer fallen würde, ihn aufzugeben, war ihr klar, aber sie hatte geglaubt und gehofft, dass er sich ein wenig auf sie stützen würde, dass sie dieses Problem gemeinsam bewältigen könnten. Stattdessen aber gab er ihr das Gefühl, überflüssig zu sein, ein Gefühl, gegen das sie sich ihr ganzes Leben lang gewehrt hatte, angefangen bei den Schuljahren, in denen sie am Spielfeldrand gesessen und Korbballtrikots bestickt hatte, weil Lottie darauf bestanden hatte, dass sie immer mit einbezogen wurde, bis heute, wenn sie Verkäuferinnen fragen musste, ob die Klamotten, die Katie für sich aussuchte, für ihr Alter passten oder, wie es auch schon vorgekommen war, für ein zehn Jahre älteres Mädchen gedacht waren. Mit den entsprechenden Extras natürlich.

Der Wagen hielt. Camille hörte, wie Katie zur Tür rutschte und dann rasch wieder zurück. Sie bekam einen kühlen, eiligen Kuss auf die Wange gedrückt. «Tschüs, Mum.» Camille lehnte sich nach hinten und griff nach ihr, war aber zu langsam, um ihre quecksilbrige Tochter noch zu fassen. Katie war bereits ausgestiegen und lief durch den Vorgarten zum Haus ihrer Schulfreundin.

«Hallo, Katie, geh nur rein. Sie ist in ihrem Zimmer.» Camille hörte Michelle an der Haustür, dann Hal, der ungeduldig mit den Schlüsseln klimperte, während Michelle an den Wagen kam. «Hi, Camille. Ich wollte dir nur eben guten Tag sagen. Schade, dass ich dich letzte Woche in der Schule verpasst habe – ich war auf einer Fortbildung.» Camille spürte eine leichte Berührung an der Schulter. Michelles Stimme kam aus Kopfhöhe: Offenbar beugte sie sich zum Wagenfenster hinunter. Sie roch schwach nach Vanille.

«In einer schönen Gegend?»

«Im Lake District. Jeden Tag Regen. Ich konnte es kaum glauben, als Dave sagte, hier hätte die Sonne geschienen.»

Camille lächelte. Ihr war deutlich bewusst, dass Hal bei der Begrüßung kein Wort gesagt hatte. Sie hörte aus Michelles Schweigen eine Frage heraus und versuchte, sie zu beantworten.

«Wir wollen was einkaufen.»

«Was Hübsches?»

«Bloß ein neues Kleid für die Hoteleröffnung. Hal hat ja da gearbeitet, mit Mum zusammen …»

«Ich kann's kaum erwarten, das Hotel zu sehen. Ich verstehe nicht, warum sich alle so darüber aufregen. Nicht mal die Hälfte von denen wird jemals einen Fuß über die Schwelle setzen.» Michelle schniefte. «Trotzdem, Daves Mutter ist auch total dagegen. Sie sagt, wenn wir die Londoner reinlassen, dann haben wir als nächstes Asylanten hier. Dumme alte Schachtel.»

«Sie werden sich schon dran gewöhnen. Mit der Zeit.»

«Da hast du Recht. Also, ich lasse euch mal lieber fahren. Du hast aber auch ein Glück! Ich könnte Dave nie dazu bewegen, mit mir einkaufen zu gehen ...» Verlegen brach Michelle ab, als fiele ihr plötzlich ein, warum Hal seine Frau begleitete.

«Ach, für Hal ist das auch eine Geduldsprobe», scherzte Camille. «Ich muss ihn anschließend zum Essen einladen. Und ihm schöntun.»

Sie trennten sich mit der Verabredung, dass die Bernards Katie um sechs wieder abholen würden, und mit dem Versprechen, sich im Laufe der Woche zum Kaffee zu treffen. Camille hörte ihre Stimme, als käme sie aus weiter Ferne. Sie lächelte, als Michelles Schritte auf dem Weg zum Haus verklangen, und dann, als Hal den Motor wieder anlassen wollte, griff sie nach seiner Hand und hielt sie fest. «Okay», sagte sie in die Stille hinein, «ich halte das nicht mehr aus. Willst du mich verlassen?»

Camille hatte sich nicht vorgenommen, ihn zu fragen, sie hatte nicht einmal gewusst, dass das ihre Frage war.

Sie spürte, wie er ihr das Gesicht zuwandte. Dieses Mal knarrte der Sitz.

«Ob ich *dich* verlassen will?»

«Ich kann einfach nicht mehr auf Zehenspitzen um dich herumschleichen, Hal. Ich weiß nicht, was ich falsch mache, und ich weiß auch nicht, was mit dir los ist, aber ich kann mich nicht mehr vor dir klein machen. Ich kann nicht unentwegt weiter versuchen, es wieder gutzumachen.»

«*Du* versuchst, etwas wieder gutzumachen?»

«Ja. Aber anscheinend gelingt es mir nicht. Um Gottes Willen, du musst mit mir sprechen. Egal, was es ist. Wir haben doch gesagt, dass wir das hinter uns haben, oder? Dass wir ehrlich zueinander sein wollen.»

«Du willst also ganz ehrlich sein?»

Camille zog ihre Hand zurück.

«Ja, natürlich.»

«Auch in Bezug auf dein Konto?»

«Welches Konto?»

«Dein neues Bankkonto.»

«Ich habe kein neues Bankkonto. Was soll das denn?» Sie wartete auf seine Antwort. «Hal, ich weiß wirklich nicht, wovon du redest. Schließlich bekommst du meine Kontoauszüge alle zu sehen. Das kann doch nicht wahr sein! Du kennst mein Konto besser als ich selbst. Und du würdest es als Allererster erfahren, wenn ich ein zweites eröffnen würde.»

Irgendwie hatte sein Schweigen sich verändert. «Ach du lieber Gott», murmelte er schließlich.

«Was ist mit dem lieben Gott? Hal, was soll das bedeuten?»

«Lottie. Deine Mutter.»

«Was ist mit meiner Mutter?»

«Sie hat auf deinen Namen ein Konto eröffnet. Sie hat dir zweihunderttausend Pfund geschenkt.»

Camille drehte sich so ruckartig zur Seite, dass Rollo aufjaulte. «Was?»

«Aus dem Verkauf von Arcadia. Sie hat das Konto auf deinen Namen eröffnet, und ich dachte – o Gott, Camille, ich dachte …» Hal fing an zu lachen. Camille spürte, wie es ihn schüttelte, spürte, wie der ganze Wagen rhythmisch vibrierte. Es klang fast wie Schluchzen.

«Zweihunderttausend Pfund? Aber warum hat sie mir nichts davon gesagt?»

«Das liegt doch auf der Hand, oder? Sie glaubt, dass es mit uns beiden bald aus ist. Sie wollte dafür sorgen, dass du abgesichert bist, auch wenn ich den Bach runtergehe. Der unnütze Ehemann, der nicht mal seine eigene Firma am Laufen halten kann … Wie soll der wohl für ihr kleines Mädchen sorgen?»

Es klang so bitter. Aber in seinen Worten lag ein Körnchen Wahrheit. Camille hatte den Kopf in die Hände gestützt und dachte daran, was in ihm vorgegangen sein musste und wie nah sie an … «Aber meine Mutter … das Geld … ach, Hal, es tut mir so Leid.»

Zwischen ihren Knien winselte Rolle, der rausgelassen werden wollte. Hal zog Camille an sich und umschloss sie mit beiden Armen. Sie spürte seinen Atem an ihrem Ohr. «Nein, mein Liebes, ich muss mich entschuldigen. Es tut mir wirklich Leid. Ich hätte mit dir sprechen sollen. Ich war so ein Idiot …»

Sie blieben eine Weile so sitzen, ohne sich um die neugierigen Blicke der Passanten zu kümmern und ohne Katie und ihre Freundin Jennifer zu beachten, die oben am Fenster standen und ihnen forschend – und vielleicht auch beruhigt – eine Weile zusahen und sich dann gelangweilt zurückzogen.

Langsam und widerstrebend löste Camille sich schließlich aus seiner Umarmung.

«Willst du immer noch einkaufen?» Hal drückte ihre Hand, als sei er nicht gewillt, sie loszulassen.

Camille strich sich eine Haarsträhne aus dem Gesicht und schob sie hinters Ohr. «Nein. Fahr mich nach Arcadia, Hal. Ich habe diese Spielchen jetzt satt.»

Daisy kontrollierte die Wände und die Böden, in der großen Hotelhalle, in der Bar, in den Suiten und in den Küchen. Dann überprüfte sie sämtliche Vorhänge und Gardinen, ob sie korrekt aufgehängt waren und ob die Falten gleichmäßig und ohne Knitter fielen, und danach die Lampen, um zu sehen, ob alle funktionierten und ob überall Glühbirnen eingeschraubt waren. Anschließend stellte sie eine Liste mit Arbeiten auf, die noch nicht erledigt oder falsch ausgeführt worden waren, sowie eine Liste mit Gegenständen, die noch nicht geliefert worden waren oder die zurückgeschickt werden mussten. Sie arbeitete ruhig und systematisch und genoss die Kühle, die die Ventilatoren spendeten – sie hatten sich gegen eine Klimaanlage entschieden – und den sanften Wind, der ungehindert durch die vielen offenen Fenster strich. In der Ordnung, in der Routine, ließ sich eine Art innerer Frieden finden. Sie verstand Daniels dringendes Bedürfnis nach Gleichgewicht und Harmonie in seiner Umgebung jetzt ein wenig besser.

Er hatte ihr einen Becher Tee gemacht, und sie waren höflich miteinander umgegangen. Ohne auf ihre Auseinandersetzung vom Mittag anzuspielen, hatten sie es geschafft, Ellies Vorliebe für weißes im Gegensatz zu braunem Brot zu diskutieren und zu überlegen, wie man am besten ihre Weintrauben enthäutete. Dann hatte Daniel seine Tochter mit in die Stadt genommen und von sich aus an ihre Windeltasche, ihr Wasser und ein paar Zwiebäcke gedacht und die Kleine dick mit Sonnencreme eingeschmiert. Ellie hatte ihm entgegengequietscht und dann gierig an einem Holzstab mit Glöckchen gekaut, und ihr Vater hatte ganz selbstverständlich mit ihr geplaudert, während er sie im Buggy festschnallte.

Sie bauen eine Beziehung auf, dachte Daisy, während sie von der Tür aus zuschaute, und sie fragte sich, warum ihre Freude darüber nicht ungetrübt war.

«Wo geht er mit ihr hin?» Lottie fiel es offenbar weniger leicht, ihren Schützling abzugeben.

«Nur in die Stadt.»

«Er soll nicht mit ihr durch den Park gehen. Da sind überall Hunde.»

«Daniel passt schon auf sie auf.»

«Das ist so dumm, die Leute lassen ihre Köter einfach ohne Leine rumlaufen. Doch nicht, wenn so viele Kinder da sind. Ich verstehe nicht, warum man sie überhaupt in die Ferien mitnimmt.»

Lottie war in den letzten paar Tagen nicht ganz sie selbst gewesen. Sie hatte Daisy angefahren, als diese sie nach ihrem Bild auf der Wandmalerei gefragt hatte, dabei hatte Daisy sich einfach für die Symbolik ihrer Kleidung interessiert und für den Gegenstand, den sie und der junge Mann in der Hand hielten. Daisy erzählte ihr nicht, was Stephen Meeker über Versuchung und das Alte Testament gesagt hatte. Er hatte nämlich erklärt, das Bild passe recht gut, wenn man wisse, dass Lottie versucht habe, den Vater der Familie, in die sie evakuiert worden war, zu verführen. Und Daisy erwähnte auch nicht, dass er unter seinen alten Fotos eins von der jungen Lottie hatte, die halb nackt und hochschwanger auf einem Steinfußboden lag und schlief.

«Du wolltest ein paar von diesen alten Fotos zum Einrahmen haben.» Lottie streckte ihr die Schachtel entgegen, die sie unter dem Arm getragen hatte.

«Aber nur welche, die du auch gerne hergibst. Ich will keine, die dir gefühlsmäßig etwas bedeuten.»

Lottie zuckte die Achseln, als sei ihr diese Vorstellung vollkommen fremd. «Ich sortiere sie oben. Da ist es ruhig.»

Sie klemmte sich die Schachtel wieder unter den Arm, und Daisy horchte, wie ihre Schritte im Flur widerhallten, und drehte sich dann um, weil Aidan aus der Halle nach ihr rief. «Jemand will Sie sprechen», sagte er mit zwei Nägeln im Mundwinkel, die Hände in die Taschen seiner Wildlederschürze gestemmt. Als Daisy an ihm vorbeiging, hob er eine Augenbraue, und im Gedanken an Jones wurde ihr plötzlich mulmig zumute.

Fast unbewusst strich sie sich die Haare aus dem Gesicht und versuchte, sie zu glätten.

Aber es war nicht Jones.

Sylvia Rowan stand auf der Schwelle. Die kräftigen Farben ihrer Jacke und ihrer Beinwärmer beherrschten den blass getönten Raum um sie herum. Vor ihren Füßen saß unangenehm sabbernd und mit ausdruckslosem Blick der Hund.

«Ich habe Ihrem Arbeiter hier gesagt, dass er vielleicht aufhören sollte», verkündete sie und lächelte wie eine Herzogin, die einer Menge zuwinkt.

«Wie bitte?»

«Ihre Handwerker müssen aufhören.»

«Ich glaube, ich beurteile selbst, wann –» Daisy wurde unterbrochen, weil Sylvia Rowan ein Blatt Papier schwenkte. Etwas zu nah an ihrem Gesicht.

«Vom Amt für Denkmalschutz. Das Hotel wurde im Eilverfahren unter Vorbehalt auf die Liste der schützenswerten Gebäude gesetzt, die endgültige Überprüfung erfolgt demnächst. Das heißt, in den nächsten sechs Monaten steht Ihr Hotel praktisch unter Denkmalschutz. Daraus folgt, dass sämtliche Bauarbeiten eingestellt werden müssen.»

«Wie bitte?»

«Damit Sie an dem Haus nicht noch mehr verpfuschen, als sie schon verpfuscht haben. Das Schreiben ist rechtsgültig.»

«Aber die Arbeiten sind doch fast abgeschlossen.»

«Nun, sie werden rückwirkend um eine Baugenehmigung für das alles ersuchen müssen. Und alles, was dem Amt für Denkmalschutz nicht gefällt, in den alten Zustand zurückversetzen. Vielleicht hier und da eine Wand. Oder ein paar von den Fenstern da.»

Mit Grausen dachte Daisy an die Gäste, die bereits Übernachtungen buchten. Sie stellte sich vor, wie sie zum Lärm von Abbrucharbeiten ihre Koffer auspackten. «Aber ich habe mich gar nicht um Denkmalschutz beworben. Und Jones auch nicht. Die Tatsache, dass das Haus nicht denkmalgeschützt ist, machte es gerade interessant für ihn.»

«Einen vorläufigen Schutz kann jeder beantragen, gute Frau. Wissen Sie, Sie haben mich sogar selbst auf die Idee gebracht, als sie neulich aufgestanden sind und erzählt haben, was sie mit dem Haus machen. Es liegt doch in unser aller Interesse, unser architektonisches Erbe zu bewahren, oder? Hier sind Ihre Unterlagen, und ich schlage vor, dass Sie Ihren Chef anrufen und ihm sagen, dass er seine Eröffnung am besten verschiebt.» Sie betrachtete Daisys verpflasterten Arm. «Und ob Sie die Arbeitsschutzbestimmungen einhalten, müsste man vielleicht auch überprüfen.»

«Rachsüchtige alte Kuh», murmelte Aidan. «Mich wundert nur, dass sie nicht auch gleich noch das Baby aufgefressen hat.»

«Verdammt nochmal», zischte Daisy, während sie die unendlich vielen Abschnitte und Unterabschnitte des Schreibens studierte. «Hören Sie, Aidan, ich möchte Sie um einen Gefallen bitten.»

«Was denn?»

«Rufen Sie Jones an. Sagen Sie ihm, ich wäre nicht da oder sonst irgendwas. Aber bitte sagen Sie ihm, was los ist.»

«Ach, kommen Sie, Daisy, das ist nicht meine Aufgabe.»

«Bitte, tun Sie das für mich.» Sie versuchte, ihn gewinnend anzulächeln.

Aidan betrachtete sie prüfend. «Was sich liebt, das neckt sich, wie?»

Daisy brauchte ihn so dringend, dass sie ihn nicht beschimpfte.

Seit Adelines Tod hatte sie die Sachen nicht mehr angeguckt, und die Tatsache, dass sie seit fast zehn Minuten auf den Deckel der Schachtel starrte, ließ auch jetzt auf ein gewisses Zögern schließen, alles wieder aufzuwühlen. Hatte Joe das nicht so genannt? Die Erinnerungen an Arcadia, an ihren Sommer dort, als sie und die anderen als helle Funken eine mit Pfauenfedern geschmückte Sonne umkreisten. Leichter wäre es, nicht hineinzusehen, dachte Lottie seufzend und ließ ihre Hand weiter auf dem Deckel ruhen. Leichter wäre es, alte Gefühle, die lange verschüttet waren, nicht wieder zu wecken. In der Kunst, Altes ruhen zu lassen, hatte sie sich als Meisterin erwiesen. Aber jetzt wollte Daisy alles ans Licht bringen, genauso wie sie das Wandbild freigelegt hatte. Und in einem schwachen Moment, als Lottie abgelenkt gewesen war – von Camille und Hal oder vom Gedanken an Kreuzfahrten und wie man sie umgehen konnte –, hatte sie sich bereit erklärt, die alten Sachen hervorzukramen. Daisy wollte möglichst viele Fotos und Skizzen einrahmen und an der Wand gegenüber der Bar aufhängen. Die Bilder sollten daran erinnern, dass Gäste früher zur großen Tradition dieses Künstlerrefugiums gehört hatten.

Künstlerrefugium, dachte Lottie grimmig und öffnete die Schachtel. Abgesehen von Frances war kaum ein Künstler dabei gewesen. Nein, berichtigte sie sich, als ihr Ada Clayton einfiel. Ihre Kunst hatte darin bestanden, dass sie sich selbst neu erfanden. In der Verstellung, in der Gewitztheit und darin, dass sie sich in Menschen verwandelten, die sie nicht waren.

Lottie wunderte sich, dass ihr von der harmlosen Handlung, einen Deckel von einer Schachtel abzuheben, so schwindlig werden konnte, als stünde sie an einem Abgrund. Lächerliche Alte, schimpfte sie sich aus. Es sind doch bloß Bilder.

Aber als sie in die Schachtel hineingriff, zitterte ihre Hand.

Ganz oben, vom Alter leicht sepiabraun gefärbt, stand, als Radscha von Radschasthan verkleidet, Adeline. Ihre Augen funkelten unter dem Turban, und ihre jungenhafte Figur steckte in einem seidenen Männerjackett. Frances saß neben ihr, ruhig, doch ein wissender Zug um die Augen verriet, dass sie ihr Schicksal damals schon erahnte. Lottie legte das Foto auf den frisch gebohnerten Holzfußboden. Auf dem nächsten lachten Adeline und Julian über irgendetwas, dann kamen Stephen und ein Mann, den sie nicht erkannte. Eine Kohlezeichnung, vermutlich von Frances, von einem umgedrehten Beiboot. Eine weitere war dort, wo sie gefaltet gewesen war, gebrochen und vergilbt: George, wie er schlafend im Gras lag. Eins nach dem anderen wanderten die Bilder in ordentlichen Reihen auf den Fußboden. Ein Aquarell stammte von Lotties eigener Hand, das Haus in Frankreich. Damals war sie hochschwanger gewesen, sodass sie den Farbkasten auf ihrem Bauch balancieren konnte.

Dann die junge Lottie. Mit einem Seitenblick schaute sie unter einem Vorhang aus dunklem Haar hervor, das, als wäre es eine köstliche Delikatesse, mit Rosenknospen bestreut war.

Lottie starrte auf ihr jugendliches Ich, und ein unstillbarer Kummer überspülte sie wie eine Welle. Sie hob den Kopf und schaute zum Fenster, zwinkerte die Tränen fort und wandte sich wieder der Pappschachtel zu.

Und schloss sie rasch, doch zu spät, um die geschmeidigen, starken Glieder, das zu lange blonde Haar, das in der Sonne metallisch glänzte, nicht zu sehen.

Wieder ließ Lottie die Hand auf dem Deckel ruhen, während sie ihrem unregelmäßigen Herzschlag lauschte. Sie sah die Schachtel nicht mehr an, als könnte allein ein Blick darauf bewirken, dass das Foto, das sie nicht hatte sehen wollen, sich ihr wieder einprägte.

Sie hatte keine Gedanken im Kopf, nur Bilder, Schnappschüsse, die so zusammengewürfelt waren wie die Fotos in der Schachtel.

Reglos und still saß Lottie auf ihrem Sessel. Dann, als erwache sie aus einem Traum, stellte sie die Schachtel neben sich auf den Fußboden und schaute die Fotografien an, die sie vor sich ausgebreitet hatte. Sie würde Daisy alles geben. Sollte sie damit machen, was sie wollte. Nach der nächsten Woche würde Lottie selbst ohnehin nicht mehr herkommen.

Sie hatte sich so daran gewöhnt, dass die Handwerker ohne Vorwarnung überall im Haus auftauchten, dass sie kaum hochschaute, als sich die Tür öffnete. Sie hatte sich auf die Knie niedergelassen und wollte gerade anfangen, die Fotos aufzuheben und sie in die Schachtel zurückzulegen.

«Mum?»

Lottie sah auf und blickte in Rollos erfreutes Gesicht.

«Hallo, mein Lieber.» Sie schniefte und wischte sich über die Augen. «Lass mich nur eben aufstehen, ja?» Steif beugte sie sich vor, um sich an der Armlehne des Sessels hochzuwuchten.

«Was hast du dir eigentlich dabei gedacht, Mum?»

Sie war im Begriff, sich aufzurichten, setzte sich aber nun schwer auf die Fersen. Das Gesicht ihrer Tochter war starr, angespannt von einer ungeheuren inneren Anstrengung. «Wobei, Camille?»

«Bei dem Geld, Mum? Was hast du dir dabei bloß gedacht?» Camille trat vor, sodass sie mit einem Fuß auf zwei Fotos stand. Lottie blieb der Protest in der Kehle stecken – Camilles Hand am Führbügel des Hundes zitterte. «Ich habe mich nie mit dir gestritten, Mum. Du weißt, dass ich dir immer dankbar war, für alles, was du für uns getan hast, für deine Hilfe bei Katie und allem. Aber das ist zu viel. Diese Sache mit dem Geld – das ist einfach zu viel.»

«Ich wollte es dir erzählen, mein Kind.»

Camilles Ton war eisig. «Aber das hast du nicht. Du bist einfach dazwischengefahren und hast versucht, mein Leben zu organisieren, so wie du das immer tust.»

«Das ist nicht –»

«Nicht fair? Nicht wahr? Du willst über Wahrheit reden? Mein Leben lang hast du mir erzählt, dass ich alles allein kann – alles, was ein Mensch mit Augenlicht kann – und die ganze Zeit hast du das selbst nicht geglaubt. Die ganze Zeit hast du Netz und doppelten Boden für mich eingeplant.»

«Mit deinem Augenlicht hat es nichts zu tun.»

«Das glaubst du doch selbst nicht.»

«Jede Mutter würde das machen.»

«Nein, Mum.» Camille trat noch einen Schritt vor, sodass Rollo ängstlich die Fotos unter ihren Füßen beäugte. «Eine andere Mutter würde vielleicht in ihrem Testament Vorsorge treffen. Sie würde vielleicht mit der Familie sprechen. Aber sie würde nicht heimlich Geld abzweigen, weil sie denkt, sie wäre die Einzige, die ihre Tochter versorgen kann.»

«Ja, ja, aber wenn ich einfach dafür sorgen wollte, dass du abgesichert bist, wenn … wenn Hal nicht bei dir bleibt?»

Camilles aufgestaute Frustration entlud sich. «Aber Hal bleibt doch bei mir.»

«Noch.»

«Uns geht es gut, Mum. Wir arbeiten an unserer Beziehung. Jedenfalls haben wir das getan, bis du dich eingemischt hast. Was glaubst du denn, wie er sich dabei fühlt? Er hat gedacht, ich hätte vor, ihn zu verlassen, und um ein Haar wäre er mir zuvorgekommen.» Camille stieß heftig die Luft aus. «Mein Gott, wenn du deiner eigenen Ehe nur halb so viel Aufmerksamkeit schenken würdest wie den Beziehungen anderer, dann wäre diese Familie um einiges glücklicher. Warum kannst du dich nicht zur Abwechslung mal auf Paps konzentrieren, hm? Statt so zu tun, als würde er gar nicht existieren.»

Lottie ließ den Kopf in die Hände sinken. Ihre Stimme klang gedämpft, als sie nun sprach. «Tut mir Leid», sagte sie leise. «Ich möchte nur sichergehen, dass du versorgt bist. Ich möchte, dass du unabhängig bist.»

«Für den Fall, dass Hal mich verlässt. Genau. Obwohl ich diejenige war, die eine Affaire hatte und unsere Ehe aufs Spiel gesetzt hat, traust du ihm immer noch nicht zu, dass er bei mir bleibt.»

«Warum glaubst du das?»

«Weil du irgendwo, tief in dir, meinst, ich wäre es nicht wert, dass jemand bei mir bleibt.»

«Nein.» Lotties Kopf schoss in die Höhe.

«Du kannst nicht glauben, dass irgendein Mann eine Blinde zur Partnerin haben will. Du bist dir sicher, dass irgendwann selbst Hal die Nase voll hat.»

«Nein!»

«Aber was ist es dann, Mum?»

«Camille, mein Liebes, ich wollte immer nur, dass du ein bisschen unabhängig bist.»

«Aber wie zum Teufel soll dein Geld mich unabhängig machen?»

«Es gibt dir Freiheit.»

«Und wenn ich keine Freiheit will? Mum, was ist denn so falsch daran, verheiratet zu sein?»

Lottie blickte ihre Tochter an. «Nichts. Nichts ist falsch daran, verheiratet zu sein. Solange man –» Sie suchte nach Worten. «Solange man es aus Liebe tut.»

Daisy saß neben dem Telefon, wohl wissend, dass Daniel oben hockte und grübelte. Er war nicht zum Essen heruntergekommen, sondern saß in seinem Zimmer und hörte Radio. Er wolle einfach ein bisschen Zeit für sich haben, hatte er Daisy höflich mitgeteilt. Sie vermutete, dass er Abstand brauchte, von der aufgeheizten Atmosphäre des Hauses genauso wie von dem Pulverfass an Emotionen, das ihre wieder angefachte Beziehung darstellte. Daisy hatte nichts dagegen – sie selbst brauchte auch Abstand.

Daisy hatte sich nie für einen Menschen gehalten, der sich in seine Arbeit flüchtete, aber als sie sich jetzt durch die Liste von Namen arbeitete, die Stephen ihr gegeben hatte, war sie dankbar für die Ablenkung. Die Liste war nicht sehr lang. Zwei waren tot, einer plemplem, mehrere andere nicht zu erreichen. Es würde nicht ganz das Wiedersehen werden, das sie sich ursprünglich vorgestellt hatte.

George Bern hatte sich entschuldigt und ihr durch seine Sekretärin ausrichten lassen, dass er und seine Frau an dem betreffenden Wochenende bereits andere Verpflichtungen hätten. Die Künstlerin Minette Charlerois, eine geschiedene Frau namens Irene Darling und Stephen hatten zugesagt und durch Vermittlung von Minette auch noch mehrere andere Künstler aus jener Zeit, die zwar nicht auf dem Wandgemälde auftauchten, aber in der Blütezeit des Hauses in den fünfziger Jahren offenbar dort zu Gast gewesen waren. Daisy hatte Lottie nichts von ihrem Vorhaben erzählt, denn diese hatte einmal ausgerufen, sie könne Partys überhaupt nicht leiden, und so war nur noch eine Person auf dem Bild übrig, deren Spur Daisy noch nicht verfolgt hatte.

Sie zündete sich eine Zigarette an, schwor sich dabei, dass sie nach der Eröffnung das Rauchen aufgeben würde, und verschluckte sich dann ein wenig, als der Hörer trotz der Auslandsverbindung schneller abgenommen wurde, als sie erwartet hatte. «*Hola?*», sagte Daisy und entspannte sich, als sie einen britischen Akzent hörte. Sie vergewisserte sich, dass es sich um die richtige Person handelte, und begann dann ihren inzwischen gut eingeübten Vortrag über die Eröffnungsfeier für das neue Hotel.

Der alte Herr war sehr höflich. Er wartete, bis sie geendet hatte, bevor er erklärte, er fühle sich geschmeichelt, dass man sich seiner erinnere, glaube aber nicht, dass er kommen könne. «Das – das war ein sehr kleiner Teil meines Lebens.»

«Aber stammt Ihre Ehefrau nicht aus Merham?», fragte Daisy, während sie ihre Notizen überflog. «Damit sind Sie für die Eröffnung von großer Bedeutung … Wir haben nämlich die Wandmalerei freigelegt, wissen Sie, und Sie sind darauf abgebildet.»

«Was bitte?»

«Ein Wandgemälde. Von Frances Delahaye. Haben Sie die Künstlerin gekannt?»

Nach einer Pause sagte er: «Ja, ja. Ich erinnere mich an Frances.»

Daisy drückte den Hörer fester ans Ohr und gestikulierte in die Luft. «Sie müssen sich das Bild noch einmal anschauen. Wir haben es restauriert, und es wird der Mittelpunkt des Festes. Es wird großartig sein, wenn alle, die darauf zu sehen sind, wieder zusammenkommen. Bitte, denken Sie darüber nach. Ich lasse Sie abholen, wo Sie wollen. Und bringen Sie Ihre Gattin und Ihre Kinder mit. Wahrscheinlich wird es Ihrer Familie auch sehr gefallen. Und natürlich auch Ihre Enkel. Die Kosten übernehmen wir.» Mit Jones kläre ich das anschließend, dachte Daisy bestürzt. «Kommen Sie, Mr. Bancroft. Es ist nur ein Tag in Ihrem Leben. Ein einziger Tag.»

Ein längeres Schweigen entstand.

«Ich will es mir überlegen. Aber es ginge nur um mich, Miss Parsons. Meine Frau Celia ist vor einiger Zeit verstorben.» Wieder schwieg er und räusperte sich dann leise.

«Und wir hatten keine Kinder.»

Kapitel 19

Am siebenten Tag vor der Eröffnung von Arcadia House trafen Camille und Hal die Entscheidung, ihr Haus zum Verkauf anzubieten. Das Haus war groß, sagten sie sich, zu groß für eine dreiköpfige Familie, und es war unwahrscheinlich, dass sie noch mehr Kinder bekamen – «auch wenn das kein Unglück wäre», meinte Hal und drückte seine Frau an sich. Sie begannen, sich nach etwas Kleinerem umzusehen, was nah an Katies Schule lag und vielleicht eine Werkstatt oder eine Doppelgarage hatte, denn Hal wollte sich einen Job suchen und nebenher weiter seinen Restaurierungsarbeiten nachgehen, bis die wirtschaftliche Lage es zuließ, dass er es erneut mit einem Betrieb versuchte. Sie machten einen Termin mit einem Makler aus, wobei sie Michael Bryants Arbeitgeber stillschweigend umgingen. Katie erklärten sie, sie dürfe sich die Möbel für ihr neues Zimmer selbst aussuchen, und ja, für Rollo sei selbstverständlich auch genug Platz. Dann wiesen sie die Bank an, das Konto, das Lottie eröffnet hatte, aufzulösen und ihr das Geld zurückzuüberweisen.

Lottie rief zweimal an. Beide Male ließ Camille ihre Nachricht vom Anrufbeantworter aufzeichnen.

Am sechsten Tag vor der Eröffnung kamen die Leute von der Planungsabteilung des *Department of National Heritage*, um zu überprüfen, ob das Gebäude zu Recht im Eilverfahren in die Liste denkmalgeschützter Bauten aufgenommen worden war. Jones war darüber informiert worden und erschien mit seinem Rechtsanwalt und einem Antrag auf Befreiung vom Denkmalschutz, der, wie er sagte, während der Kaufverhandlungen auch an das zuständige Ministerium gegangen war und, wie seine äußerst zuverlässigen Quellen ihm versichert hatten, durchkommen würde. Damit bliebe er vor dem finanziellen Schaden, den dieses Eilverfahren anrichten könnte, bewahrt. Trotzdem, führte der Rechtsanwalt aus, könne sich das *Department of National Heritage* die Arbeiten gerne gründlich anschauen, einen Zeitplan für mögliche Rückbaumaßnahmen aufstellen und sich ausführlich mit Daisy unterhalten, die sämtliche Informationen und Dokumente, sowohl über die Renovierung als auch über den ursprünglichen Zustand des Gebäudes, in Verwahrung habe.

Daisy hatte von all dem kaum etwas gehört, geschweige denn verstanden, denn sie hatte nur Augen für Jones gehabt. Er hingegen hatte sie nur zweimal angesprochen, einmal bei der Begrüßung und einmal beim Abschied. Beide Male hatte er ihr nicht in die Augen gesehen.

Am fünften Tag vor der Eröffnung besuchte Camille ihr Elternhaus. Sie wählte den Zeitpunkt absichtlich so, dass Lottie nicht da war, und traf ihren Vater an, der Urlaubskataloge durchblätterte. Camille war voller Unruhe zu ihm gegangen, denn sie fürchtete, dass ihre Mutter vielleicht die schreckliche Bemerkung über ihre Ehe mit ihm wiederholt hatte, aber ihr Vater war ungewöhnlich gut aufgelegt. Er habe die Idee, nach Kota Kinabalu zu reisen, sagte er, und las Camille vor, was im Reiseführer über die Gegend stand. Nein, er habe keine Ahnung, wo es genau liege, aber irgendwo im Osten. Er möge einfach den Klang des Namens. Ihm gefalle der Gedanke, nach Hause zu kommen und zu sagen: «Ich komme gerade aus Kota Kinabalu.» – «Das würde denen im Golfclub die Sprache verschlagen, was?», meinte Joe. «Ist doch ein bisschen interessanter als Romney Marsh.» Verdutzt fragte Camille, ob ihre Mutter auch mitfahren wolle. «Ich bin noch dabei, sie zu bearbeiten, mein Spatz», schmunzelte ihr Vater. «Du kennst deine Mutter ja.»

Einem Impuls folgend, umarmte Camille ihn so heftig, dass er ihr übers Haar strich und sie fragte, was denn los sei. «Gar nichts», sagte sie. «Ich hab dich einfach lieb, Paps.»

«Je schneller dieses Hotel aufmacht, desto besser», erwiderte er darauf. «Mir scheint, dass sich zurzeit alle wegen nichts und wieder nichts aufregen.»

Am vierten Tag vor der Eröffnung erschien Stephen Meeker auf der breiten weißen Vordertreppe von Arcadia House, fächelte sich unter einem Strohhut Luft zu und verkündete, er habe sich die Freiheit genommen, mit einem Freund aus der Cork Street zu sprechen, der sehr großes Interesse an dem Wandgemälde habe. Ob es wohl möglich sei, dass dieser Freund zur Eröffnung mitkäme? Und ob er vielleicht auch noch einen weiteren Freund vom *Daily Telegraph* mitbringen dürfe, dessen Spezialität Artikel über die schönen Künste seien? Daisy lud alle ein und bot Stephen an, sich das Bild vor dem großen Tag allein anzuschauen. Nachdem Stephen eine Weile das Gemälde, sein jüngeres Ich und Julian betrachtet hatte, bemerkte er, es sehe ganz anders aus, als er es in Erinnerung habe. Zum Abschied legte er Daisy seine knochige Hand auf den Arm und erklärte, sie dürfe nie etwas tun, was sie glaube tun zu müssen. «Tun Sie das, was Sie wirklich tun wollen», meinte er. «Dann werden Sie nie etwas bereuen. Aber sonst kann die Reue einen ganz schön piesacken, wenn man mal in mein Alter kommt.»

Drei Tage vor der Eröffnung kam Carol mit Jones, um die Liste der prominenten Gäste durchzugehen und den Zustand der Küchen, der Parkplätze und der Anlagen für die Musiker zu überprüfen. Sie äußerte sich so lautstark darüber, wie großartig alles sei, dass Daisy sich beeilte, ihren Anweisungen Folge zu leisten. Jones meinte zu Daisy, er sei zufrieden, aber er sagte das in einem Tonfall, der sie zweifeln ließ, ob das tatsächlich stimmte. Er ließ das neue Bar- und Küchenpersonal antreten und hielt eine kurze, halbherzige Rede, führte Einstellungsgespräche mit drei Putzfrauen und war dann so schnell wieder weg, dass Carol erklärte, er sei wirklich ein elender Mistkerl, der Gute. Kurz darauf rief Julia an, um mitzuteilen, dass sie mit Don zur Party komme und dass sie ihrem Schwesterchen gern etwas zum Anziehen mitbringen würde, denn in diesem Provinznest habe sie ja vermutlich keine große Auswahl. Nein, meinte Daisy. Sie könne selbst für sich sorgen, vielen Dank.

«Kommt er wieder? Zur Eröffnung?», fragte Julia dann.

«Er ist gar nicht weg gewesen», antwortete Daisy genervt.

«Noch nicht.» Julia legte auf.

Zwei Tage vor der Eröffnung brachte die Lokalzeitung eine Geschichte über das Wandgemälde, zusammen mit einem geklauten Foto, das, wie Daisy vermutete, von einem der Handwerker stammen musste. Lottie, die schon die ganze Woche angespannt und reizbar gewesen war, gab Sylvia Rowan die Schuld, und es kostete Daisy einige Überredung, sie davon abzuhalten, ins Riviera zu marschieren und die Frau persönlich zur Rede zu stellen. «Was macht das denn schon?», beruhigte Daisy ihre Freundin und setzte sie mit einer Tasse Tee auf die Terrasse. Sie gab sich Mühe, gelassener zu klingen, als sie sich tatsächlich fühlte. «Es ist doch nur das lokale Käseblättchen.»

«Darum geht es nicht», erwiderte Lottie wütend. «Mir gefällt es einfach nicht, dass das überall rumposaunt wird. Mir passt es nicht, dass Hinz und Kunz das Bild angaffen. Dass alle erfahren, dass ich das war.» Woraufhin Daisy beschloss, Lottie nichts von dem Reporter vom *Daily Telegraph* zu erzählen.

In Merham selbst, so erfuhr Daisy von ihrem Geheimdienst, plante der Temperenzlerbund zusammen mit dem Landfrauenverein und den letzten übrig gebliebenen Adventisten vom Siebenten Tage, bei der Hoteleröffnung vor dem Gebäude eine Menschenkette zu bilden. Mehrere Journalisten und ein Kameramann vom lokalen Fernsehsender hatten sie dazu angestachelt. Daisy versuchte, Jones im Büro anzurufen, um ihn zu warnen, aber seine Sekretärin reichte sie an Carol weiter. «Ach, machen Sie sich deswegen keine Sorgen», meinte diese geringschätzig. «Wir laden sie einfach zu einem Drink und einem Foto ein, die Guten. Das klappt immer – ein bisschen Charme entwaffnet. Und falls es doch nicht funktionieren sollte, schubsen wir sie eben hinter die Hecke.»

Als Daisy später am Nachmittag mit Ellie in die Stadt unterwegs war, unterbrach eine Gruppe von älteren Frauen, an denen sie vorbeiging, ihr Gespräch und starrte sie an, als habe sie Hundekot an den Schuhen. Doch als sie dann den Zeitungsladen betrat, kam der Besitzer hinter der Theke hervor, um ihr die Hand zu schütteln. «Bravo», sagte er, während er sich umschaute, als könne man sie belauschen. «Ein Geschäft lebt vom anderen. Das verstehen diese Leute einfach nicht. Wenn es erst gut läuft, redet keiner mehr davon. Sie haben sich einfach so viele Jahre gegen alles und jedes gewehrt, dass sie nicht mehr anders können.»

Am Tag vor der Eröffnung, nachdem die Handwerker und das Küchenpersonal fort waren, nachdem Jones mit Carol in ihrem albernen Sportwagen abgefahren war und Daisy Ellie zum Baden mit nach oben genommen hatte, war Lottie noch geblieben. Als im Haus Stille eingekehrt war, machte sie einen Rundgang durch alle Räume. Ein sentimental veranlagter Mensch hätte vielleicht gedacht, sie verabschiede sich. Lottie jedoch sagte sich, dass sie einfach nach dem Rechten sah. Daisy hatte ja alle Hände voll zu tun, mit dem Baby, mit der Eröffnung und mit diesem Nichtsnutz von Freund, und Jones schien nicht mehr zu wissen, wo ihm der Kopf stand. Irgendjemand musste schließlich ein Auge auf alles haben. Dieses Argument wiederholte sie sich zwei Mal, als würde es dadurch überzeugender.

Sie betrat jedes Zimmer und rief sich in Erinnerung, wie die Räume früher ausgesehen hatten. Dazu gestattete sie sich ab und zu, die Gruppenfotos anzuschauen, die jetzt gerahmt an den Wänden hingen. Die vor langer Zeit erstarrten Gesichter erwiderten ihren Blick mit dem glasigen Lächeln von Fremden; es waren eigentlich keine wirklichen Menschen mehr, sagte Lottie sich. Bloß noch Dekoration, die dem Spielplatz am Meer, den ein reicher Mann sich geschaffen hatte, Authentizität verleihen sollte.

Den Salon unten hatte sie sich bis zuletzt aufgespart, und nun ging sie mit hallenden Schritten über den neu verlegten Fußboden. Sie setzte sich genauso hin, wie sie vor fast einem halben Jahrhundert gesessen hatte, als sie Adeline zum ersten Mal gesehen hatte, selbstsicher und katzenhaft auf dem Sofa. Doch das Haus, karg, weiß und großartig, fühlte sich nicht mehr wie Arcadia an, seine Räume waren nicht mehr stille Zeugen von Lotties Geheimnissen. Der Duft nach Wachspolitur und frischen Blumen überlagerte die alten Gerüche nach Salz und unendlichen Möglichkeiten. Die schimmernden Einbauten in der Küche, die jungfräulichen Polstermöbel und die hellen, makellosen Wände wollten zu der Atmosphäre von früher nicht passen, sie hatten den Geist des Hauses erstickt.

Doch welches Recht habe ich, das zu kritisieren?, dachte Lottie, während sie sich umschaute. In den Räumen hatte es ohnehin immer zu viele Schmerzen gegeben. Zu viele Geheimnisse. Die Zukunft lag jetzt in den Händen anderer. Lotties Blick fiel auf das Foto von Celia in ihrem flammend roten Rock, dessen Farbe jetzt geschmackvoll auf die Polstermöbel abgestimmt zu sein schien. Sie erinnerte sich an allzu wissende Blicke, die sie frech aus dem Sessel gegenüber betrachteten, an schlanke Füße, die immer fluchtbereit wirkten. Meiner Geschichte ergeht es genauso wie den Fotos, grübelte Lottie. Nur noch Dekoration.

Kurz darauf tauchte Daisy mit der in ein Handtuch gehüllten Ellie aus dem Badezimmer auf und wollte in die Küche gehen, um die Milch für das Kind warm zu machen. Mitten auf der Treppe blieb sie jedoch stehen und warf einen Blick in den Salon. Dann drehte sie sich um und stieg, während sie die protestierende Ellie beruhigte, langsam die Stufen wieder hinauf.

Da unten saß Lottie und starrte, tief in Träumereien versunken, in die Luft. Sie wirkte irgendwie verkleinert, zerbrechlich und sehr allein.

Am Abend vor der Eröffnung deckte Jones die gewagten Papiertürme auf seinem Schreibtisch ab, schloss seine Bürotür, um das wüste Gelächter aus den Red-Rooms-Bars nicht zu hören, trank den letzten Schluck Kaffee aus seiner Tasse und wählte dann die Büronummer seiner Exfrau. Alex schien sich über seinen Anruf zu wundern. Vielleicht hatte sie, so wie er eigentlich auch, angenommen, dass ihre enge Freundschaft mit ihrer Heirat beendet sein würde.

Jones ließ sich von der Hochzeitsreise erzählen, und Alex beschränkte ihren Bericht taktvoll auf die landschaftliche Schönheit der Insel, ihren Sonnenbrand und die unvorstellbare Farbenpracht des Meeres. Dann gab sie ihm ihre neuen Telefonnummern, wohl wissend, dass er sie wahrscheinlich nie in ihrem neuen Heim anrufen würde. Schließlich fragte sie ihn, ob es ihm gut gehe.

«Ja. Oder … nein, mir geht's nicht gut.»

«Kann ich dir irgendwie helfen?»

«Es ist ein bisschen … kompliziert.»

Alex wartete.

«Und ich weiß nicht, ob du für ein Gespräch darüber die Richtige bist.»

In ihrem «Aha?» lag eine gewisse Vorsicht.

«Ach, du kennst mich doch, Alex. Ich konnte mich noch nie gut ausdrücken, wenn es um meine persönlichen Angelegenheiten ging.»

«Da hast du allerdings Recht.»

«Ach … weißt du … nein, vergiss es.»

«Na komm, Jones. Jetzt hast du davon angefangen.»

Er seufzte. «Ich glaube … ich glaube, da ist eine Frau – sie war single, aber jetzt ist sie das nicht mehr.»

Am anderen Ende der Leitung herrschte Schweigen.

«Ich habe nie was gesagt. Als der Zeitpunkt richtig gewesen wäre. Und jetzt weiß ich nicht, was ich machen soll.»

«Sie war single?»

«Ach, ja und nein. Und ich glaube, mir ist jetzt klar geworden, was ich für sie empfinde, aber ich habe das Gefühl, dass ich nichts mehr tun kann. Es ist zu spät.»

«Zu spät?»

«Na ja, ich weiß es nicht. Was meinst du dazu? Fändest du es fair, wenn ich jetzt noch auf sie zugehen würde? Unter diesen Umständen?»

Dieses Mal schwieg Alex lange.

«Alex?»

«Jones – ich … ich weiß nicht, was ich dazu sagen soll.»

«Tut mir Leid. Ich hätte dich nicht anrufen sollen.»

«Doch, doch. Es ist gut, dass wir darüber sprechen. Aber ich … ich bin jetzt verheiratet.»

«Das weiß ich.»

«Und ich glaube, dass deine Gefühle für mich nicht … also, dass sie nicht angebracht sind. Du weißt ja, wie Nigel die Ehe –»

«Wie bitte?»

«Ich fühle mich geschmeichelt. Ehrlich. Aber –»

«Nein, nein, Alex. Von dir rede ich doch gar nicht. Ach Gott, was hab ich da bloß gesagt?»

Dieses Mal war das Schweigen peinlich.

«Alex, es tut mir Leid. Ich habe mich nicht gut ausgedrückt. Wie üblich.»

Ihr Lachen kam rasch und klang gewollt unbefangen. «Ach, keine Sorge, Jones. Da bin ich aber erleichtert. Hab das einfach falsch verstanden.» Sie sprach wie eine Grundschullehrerin, energisch und fröhlich. «Also, wer ist denn diese neueste Flamme?»

«Das ist es ja gerade. Sie ist nicht so wie die anderen.»

«Inwiefern? Zur Abwechslung mal blond? Aus einem exotischen Land? Oder über zwanzig?»

«Nein. Eine Frau, mit der ich zusammengearbeitet habe. Sie ist Innenarchitektin.»

«Mal was anderes als die Kellnerinnen, finde ich.»

«Und ich glaube, sie mag mich.»

«Das glaubst du nur? Du hast noch nicht mit ihr geschlafen?»

«Es ist einfach so, dass der Vater ihres Kindes wieder aufgetaucht ist.»

Eine kurze Pause.

«Ihres Kindes?»

«Ja, sie hat ein Baby.»

«Ein Baby? Du hast dich in eine Frau verliebt, die ein Baby hat?»

«Dass ich mich verliebt habe, habe ich nicht gesagt. Und du brauchst auch gar nicht so erstaunt zu tun.»

«Nach allem, was du mir immer über Kinder erzählt hast, Jones? Da soll ich nicht aus allen Wolken fallen?»

Er lehnte sich in seinem Sessel zurück.

«Das ist ja nicht zu fassen.» Die Stimme am anderen Ende klang scharf, gereizt.

«Alex, das tut mir Leid. Ich wollte dich nicht traurig machen.»

«Du hast mich nicht traurig gemacht. Ich bin jetzt verheiratet. Du kannst mich nicht mehr traurig machen. Nie mehr.»

«Ich wollte nur einen Rat haben, und du bist der einzige Mensch, den ich kenne, der –»

«Nein, Jones, du hast jemanden gebraucht, der dir darüber hinweghilft, dass du zum ersten Mal verliebt bist, und das auch noch in die falsche Frau. Also, dieser Mensch bin ich nicht mehr. Es ist nicht fair, das von mir zu verlangen. Okay? Und jetzt muss ich los, ich hab eine Besprechung.»

Am Tag der Eröffnung erwachte Daisy zu einer Zeit, die normalerweise eher dem Schlaf gehört. Sie lag in ihrem Bett und beobachtete, wie das Licht der Morgendämmerung durch die handgesäumten Leinenvorhänge sickerte. Um sechs stand sie auf, ging in ihr Badezimmer und weinte fast zehn Minuten lang, wobei sie in ein Handtuch aus ägyptischer Baumwolle hineinschluchzte, um ihr Baby nicht aufzuwecken. Dann spritzte sie sich kaltes Wasser ins Gesicht, zog ihren Morgenrock an, nahm das Babyfon und tappte nach nebenan in Daniels Zimmer.

Der Raum war dunkel und still. Daniel schlief noch, eine muffig riechende Wölbung unter der Bettdecke. «Dan?», flüsterte sie. «Daniel?»

Er schreckte hoch und wandte ihr das Gesicht zu, die Augen noch halb geschlossen. Dann schlug er, vielleicht aus alter Gewohnheit, die Decke zurück, um Daisy zu sich einzuladen. Dass er sich dieser Geste kaum bewusst zu sein schien, schnürte ihr die Kehle zu. «Wir müssen reden», brachte sie noch heraus.

Er rieb sich die Augen. «Jetzt?»

«Ein anderer Zeitpunkt bleibt uns nicht. Morgen muss ich doch schon weg. Wir müssen beide hier weg.»

Daniel schaute ein Weilchen unbestimmt ins Zimmer. «Kann ich mir erst einen Kaffee besorgen?», fragte er dann verschlafen.

Daisy nickte und sah fast verlegen weg, als er aus dem Bett stieg und ein Paar Boxershorts anzog. Sein Anblick und sein Geruch waren ihr so vertraut und gleichzeitig so fremd, als betrachte sie ihren eigenen Körper aus einer ungewohnten Perspektive.

Er brachte ihr auch Kaffee mit und reichte ihr den Becher auf das Sofa hinüber. Seine Haare standen nach allen Seiten ab, wie bei einem kleinen Jungen. Daisy beobachtete ihn mit einem flauen Gefühl im Magen, und die Worte in ihrem Mund schmeckten wie Galle.

Endlich saß er. Er schaute sie an.

«Es geht nicht, Dan», sagte Daisy.

Später erinnerte sie sich, dass er sie irgendwann in die Arme genommen hatte und dass sie gedacht hatte, wie absurd es war, dass er sie tröstete, obwohl sie ihm doch gesagt hatte, dass sie ihn nicht mehr liebte. Er hatte sie auf den Scheitel geküsst, und sein Geruch und seine Berührung waren trotz allem beruhigend gewesen.

«Es tut mir Leid», murmelte sie gegen seine Brust.

«Es hängt damit zusammen, dass ich diese Frau geküsst habe, oder?»

«Nein.»

«Doch. Ich weiß, dass ich dir das nicht hätte sagen dürfen. Ich hätte es hinter mir lassen sollen. Aber ich wollte ehrlich sein.»

«Es geht nicht um die Frau. Wirklich nicht.»

«Ich liebe dich immer noch, Daisy.»

Daisy sah auf. «Ich weiß. Ich habe dich auch noch lieb. Aber ich bin nicht mehr in dich verliebt.»

«Für eine endgültige Entscheidung ist es noch zu früh.»

«Nein, Dan. Ich glaube, ich hatte mich schon entschieden, bevor du wiedergekommen bist. Weißt du, ich habe versucht, mir einzubilden, dass alles noch so wie früher wäre, dass es so viel wert wäre, dass wir es retten müssten – wegen Ellie. Aber es ist nicht mehr so wie früher. Es ist einfach nicht mehr so.»

Da ließ Daniel ihre Hände los und zog sich zurück, denn er entdeckte eine bisher unbekannte Härte in ihrer Stimme, etwas Unnachgiebiges. «Aber wir sind doch schon so lange zusammen. Wir haben ein Kind zusammen. Du kannst das nicht einfach alles wegwerfen.» Seine Stimme klang fast flehend.

Daisy schüttelte den Kopf. «Ich werfe es nicht alles weg. Aber wir können nicht zurück. Ich habe mich verändert, ich bin eine andere Frau als –»

«Aber ich liebe diese andere Frau.»

«Ich will nicht mehr, Daniel.» Daisys Stimme wurde noch fester. «Ich will nicht mehr dahin zurück, wo wir mal waren, wo ich mal war. Ich habe Dinge bewältigt, die ich mir niemals zugetraut hätte. Ich bin stärker geworden. Ich brauche jemanden …»

«Der noch stärker ist?»

«Jemanden, auf den ich mich verlassen kann. Jemanden, von dem ich weiß, dass er nicht verschwindet, wenn es wieder brenzlig wird. Das heißt, wenn ich überhaupt jemanden brauche.»

Daniel ließ den Kopf in die Hände sinken. «Daisy, ich habe mich entschuldigt. Es war ein Fehler. Ein einziger Fehler. Und ich tue alles, um ihn wieder auszubügeln.»

«Das weiß ich. Aber ich kann meine Gefühle nicht ändern. Und ich würde dich immer beobachten, ich würde versuchen, deine Gedanken zu lesen und herauszukriegen, ob du wieder wegwillst.»

«Das ist nicht fair.»

«Aber so empfinde ich es. Schau mal … vielleicht wäre es in jedem Fall passiert, auch wenn Ellie nicht geboren wäre. Vielleicht wären wir trotzdem andere Menschen geworden. Ich weiß es nicht. Ich glaube einfach, dass es für uns beide an der Zeit ist loszulassen.»

Sie schwiegen lange. Draußen kündigten zuschlagende Autotüren und rasche Schritte den Beginn des Arbeitstages an. Das Babyfon gab ein leises Seufzen von sich, die akustische Warnung, dass Ellie erwachte.

«Ich verlasse sie nicht noch einmal.» Daniel schaute Daisy an, und in seiner Stimme lag etwas Herausforderndes.

«Das erwarte ich auch nicht von dir.»

«Ich möchte Zugang zu ihr haben. Ich möchte ihr Dad sein.»

Die Aussicht, ihren kleinen Schatz von nun an jedes Wochenende abgeben zu müssen, quälte Daisy, schon beim bloßen Gedanken daran kamen ihr die Tränen. Es war die einzige Erwägung, die Daniel dieses Gespräch um ein Haar erspart hätte.

«Das weiß ich, Dan. Wir finden eine Regelung.»

Der Morgen war heiß, und in der Luft lag eine fast bedrohliche Stille. Sie dämpfte den Lärm des Küchenpersonals, das mit den

Vorbereitungen begann, und der Putzfrauen, die die unteren Räume noch einmal bohnerten und staubsaugten. Daisy lief unter den sausenden Ventilatoren hin und her, rückte Möbel zurecht, überwachte das Blankreiben von Wasserhähnen und Griffen, und ihre schlaff herunterhängende Bluse und die Shorts deuteten darauf hin, dass die Hitze im Laufe des Tages glühend werden würde. Ohne darauf zu achten, arbeitete Daisy sich durch ihre Liste von letzten Veränderungen hindurch und versuchte, sich dabei ganz auf die Arbeit zu konzentrieren und an nichts anderes zu denken.

Lieferwagen kamen an, entleerten ihren Inhalt auf die Auffahrt und fuhren mit knirschendem Getriebe wieder los, sodass der Kies hinter ihnen aufspritzte. Unter der gleißenden Sonne trugen viele Hände Blumengestecke, Lebensmittel und Spirituosen ins Haus. Carol, deren Partykleid wartend in der Glocken-Suite hing, leitete den Einsatz. Die heisere Stimme der Diktatorin im Designerkostüm schallte über das ganze Gelände und verteilte gleichmäßig Anweisungen und Lob.

Um neun erschien Lottie, um Ellie abzuholen. Sie wollte nicht zum Fest kommen und hatte sich erboten, die Kleine mit nach Hause zu nehmen. «Aber Camille kommt doch, mit Hal und Katie. Und Mr. Bernard kommt auch», versuchte Daisy sie zu überreden. «Ellie wäre ganz zufrieden, wenn du mit ihr dabei wärst. Ach, komm doch, Lottie. Du hast hier so viel gemacht.»

Lottie schüttelte stumm den Kopf. Sie war blass, und ihre übliche Schärfe wurde durch einen stummen inneren Kampf abgemildert. «Viel Glück, Daisy», sagte sie und sah ihr mit einer seltenen Intensität in die Augen, so als würden sie sich für länger als nur ein paar Stunden trennen.

«Hier wartet immer ein Glas Wein auf dich … Du kannst es dir jederzeit anders überlegen», rief Daisy ihr nach. Aber die Gestalt, die resolut den Kinderwagen die Auffahrt hinunterschob, drehte sich nicht um.

Daisy schaute den beiden nach, bis sie nicht mehr zu sehen waren, und versuchte sich einzubilden, dass es bei Lotties zwiespältiger Reaktion auf das Wandgemälde und ihren bissigen Bemerkungen über alles andere vielleicht nur gut war, dass sie nicht kommen wollte.

Daniel ging nach oben, fort von dem Lärm und der hektischen Betriebsamkeit, in der er sich nur noch überflüssiger vorkam. Er hatte sich entschlossen, nicht zum Fest zu bleiben, denn selbst wenn es ihm heute leicht gefallen wäre, sich in Daisys Nähe aufzuhalten, wäre es doch zu kompliziert und zu demütigend gewesen, den Leuten, die er früher einmal als Kontakte betrachtet hatte, seine Anwesenheit zu erklären. Er musste allein sein, um zu trauern, um darüber nachzudenken, was geschehen war und was er als Nächstes tun würde. Und vielleicht auch um sich, sobald er nach Hause kam, sinnlos zu betrinken.

Er ging den Flur entlang, wählte auf seinem Handy die Nummer seines Bruders und sprach ihm auf den Anrufbeantworter, dass er heute Abend mit ihm rechnen solle. Doch in der Tür zu dem Zimmer, in dem er seine Sachen hatte, blieb Daniel stehen und brach den angefangenen Satz ab. Mitten im Raum balancierte Aidan auf einer Trittleiter und fummelte an dem Ventilator über seinem Kopf herum.

«Hallo», sagte er, während er mit einer Hand nach dem Schraubenzieher in seinem Gürtel griff.

Daniel grüßte mit einem Nicken. Auch wenn er daran gewöhnt war, dass das Leben auf einer Baustelle die Privatsphäre stark einschränkte, machte das Aidans Anwesenheit in diesem Augenblick nicht gerade einfacher. Daniel fing an, seine Kleidungsstücke einzusammeln, zusammenzufalten und in seiner Reisetasche zu verstauen.

«Könnten Sie mir vielleicht einen Gefallen tun? Einfach den Schalter da anknipsen? Noch nicht – erst wenn ich es sage.» Aidan trat auf die höchste Sprosse und schob vorsichtig ein Kabel an seinen Platz. «Jetzt.»

Daniel biss die Zähne zusammen, ging durch den Raum, legte den Schalter an der Wand um, und der Ventilator fing sacht an, sich zu drehen, bis die Flügel verschwammen, und kühlte mit leisem Summen das Zimmer.

«Ihre Frau hat gemeint, er würde Krach machen. Kann ich nicht finden.»

«Sie ist nicht meine Frau.» Daniel hatte nicht viel mitgebracht. Es war erbärmlich, wie lange er brauchte, um die wenigen Klamotten einzupacken.

«Ha'm Sie sich gestritten?»

«Nein», sagte Daniel gelassener, als er sich fühlte. «Wir haben uns getrennt. Ich reise ab.»

Aidan rieb die Hände gegeneinander und kam von der Leiter herunter. «Also, das tut mir aber Leid, Sie sind doch der Vater von der Lütten und so.»

Daniel zuckte die Achseln.

«Und Sie waren gerade erst wieder zusammen, oder?»

Jetzt bereute es Daniel bereits, dass er überhaupt etwas gesagt hatte. Er bückte sich und suchte den Fußboden unter dem Bett nach ausgerissenen Socken ab.

«Aber», hörte er Aidans Stimme über sich, «ich muss sagen, ich kann das wohl nachvollziehen.»

«Wie bitte?» Unter der überhängenden Bettdecke war es schwer, Aidan zu verstehen.

«Na ja, als Mann hat man es einfach nicht gerne, wenn ein anderer über Nacht bleibt, oder? Auch nicht wenn es der Chef persönlich ist, Sie wissen doch, was ich meine? Nein, ich würde sagen, Sie haben das genau richtig gemacht.»

Daniel verharrte reglos, den Kopf immer noch unter dem Bett. Er zwinkerte mehrere Male und stand dann auf. «Bitte», sagte er, und seine Stimme war bösartig höflich. «Könnten Sie wiederholen, was Sie da gerade gesagt haben?»

Als Aidan Daniels Miene sah, schaute er zur Seite. «Na ja, der Chef. Als er bei Daisy übernachtet hat. Ich meine, ich hatte angenommen … ich dachte, deswegen … Ach, verdammt, vergessen Sie, dass ich überhaupt was gesagt habe.»

«Jones? Jones hat bei Daisy übernachtet? Hier?»

«Wahrscheinlich hab ich die Situation falsch aufgefasst.»

Daniel betrachtete Aidans verlegenes Gesicht und lächelte, ein verbissenes, verstehendes Lächeln. «Bestimmt», sagte er, nahm seine Tasche und drängte sich an Aidan vorbei. «Entschuldigen Sie.»

Wie feierlich der Anlass auch sein mochte, normalerweise brauchte Camille zum Ankleiden nur Minuten. Sie tastete sich durch ihren Kleiderschrank, erspürte mit den Fingerspitzen, welcher Stoff zu welchem Kleid gehörte, zog das gewählte Kleidungsstück heraus und war, nachdem sie sich noch rasch die Haare gebürstet und die Lippen nachgezogen hatte, fertig. Es war fast ungehörig, hatte Kay immer gesagt, dass sie als Kosmetikerin sich so wenig Zeit nahm. Das brachte sie alle in Verruf.

Heute jedoch waren sie schon fast vierzig Minuten im Schlafzimmer, und es war so spät, dass Hal nervös auf und ab ging. «Lass mich doch helfen», sagte er gelegentlich.

«Nein», fuhr Camille ihn dann an.

Und mit einem Stöhnen, das so laut war und so von Herzen kam wie Rollos Seufzer, nahm er seine Wanderung wieder auf.

Zum Teil lag es an Katie. Das Mädchen hatte darauf bestanden, ihr bei der Auswahl ihrer Garderobe behilflich zu sein, und hatte, zu ihrem kaum verhohlenen Ärger, so viele Kleider auf dem Doppelbett aufgestapelt, dass es Camille, in deren Schrank immer peinliche Ordnung herrschte, schwer fiel, die einzelnen Stücke zu unterscheiden. Zum Teil lag es auch an Camilles Haar, das aus unerfindlichen Gründen am Haaransatz hochstand. Der Hauptgrund jedoch war Camilles Befürchtung, dass sie in Arcadia House wahrscheinlich ihre Mutter antreffen würde. Camilles Unentschlossenheit, ob sie Lottie sehen wollte oder nicht, machte sie so nervös, dass sie nicht einmal die banalsten Entscheidungen fällen konnte.

«Soll ich deine Schuhe rausholen, Mummy?», fragte Katie, und

Camille hörte, wie ihre Schuhkartons, die alle mit Etiketten in Blindenschrift versehen waren, zu einem wüsten Haufen übereinanderpolterten.

«Nein, Schatz. Erst wenn ich mich entschieden habe, was ich anziehe.»

«Komm, meine Liebe. Lass mich doch helfen.»

«Nein, Daddy, Mummy wollte doch, dass ich ihr helfe!»

«Ach, ich will gar keine Hilfe, von euch beiden nicht!», schrie Camille plötzlich. «Ich will da überhaupt nicht hin.»

Da setzte Hal sich neben sie und zog sie an sich. Und weil ihr Mann sie selbst nach dieser ganzen Geschichte nicht nur verstand, sondern weil er ihr außerdem auch noch verzeihen konnte, ging es Camille schon ein kleines bisschen besser.

Kurz nach zwei brachen sie endlich auf. Camille hatte zwar den Verdacht, dass Katie sie unmöglich herausgeputzt hatte, vertraute aber gleichzeitig darauf, dass Hal sie nicht allzu aufgedonnert aus dem Haus gehen lassen würde. Sie hatten beschlossen, zu Fuß nach Arcadia zu gehen, denn Hal meinte, die Zufahrt sei wahrscheinlich mit den Autos der Besucher voll geparkt, und auch im Sommer müsse man einen Tag wie diesen genießen. Camille war sich da nicht so sicher. In der einen Hand hielt sie Katies schwitzende Finger und mit der anderen Rollos schweißfeuchten Führbügel, der ihr helfen sollte, sich durch die Menge zu bewegen.

«Ich hätte Katie mit Sonnencreme einreiben sollen», sagte sie laut.

«Hab ich gemacht», meinte Hal.

«Ich weiß nicht, ob ich die Hintertür abgeschlossen habe», fiel ihr ein Weilchen später ein.

«Das hat Katie getan.»

Auf halbem Wege durch den Park blieb Camille dann stehen. «Hal, ich weiß nicht, ob ich in der richtigen Stimmung für dieses Fest bin. Es sind doch bloß eine Menge Leute, die Konversation machen, und ich glaube, ich kriege von der Hitze Kopfschmerzen. Und der arme Rolle wird sicherlich schmoren.»

Hal nahm seine Frau an den Schultern. Er sprach ganz leise, damit Katie ihn nicht hörte. «Wahrscheinlich kommt sie gar nicht», raunte er. «Dein Vater hat gesagt, der Aufwand wäre ihr zu groß. Du weißt doch, wie sie ist. Also, komm mit. Außerdem fährt Daisy vermutlich anschließend gleich los, und du willst dich doch von ihr verabschieden, oder?»

«Was Sie über Paps gesagt hat, Hal ...» Camilles Stimme bebte, so heftig waren ihre Gefühle. «Ich weiß, dass ihre Ehe nicht gerade im Himmel geschlossen wurde, aber wie konnte sie sagen, dass sie ihn nie geliebt hat? Wie konnte sie ihm das antun?»

Hal nahm Camilles Hand und drückte sie, eine Geste, die ihr Trost spenden sollte, aber auch von einer gewissen Ratlosigkeit zeugte. Katie hüpfte voraus, und so setzten sie ihren Weg nach Arcadia fort.

Daisy stand inmitten einer Gruppe von älteren Damen und Herren draußen vor der Küche und lächelte auch noch, als der vierte Fotograf rufend und schmeichelnd eine neue Aufstellung von ihnen verlangte. Währenddessen flüsterte sie leise mit den Gebrechlicheren unter den alten Herrschaften und erfragte, ob sie es noch aushalten konnten oder ob sie vielleicht etwas zu trinken oder eine Sitzgelegenheit brauchten. Überall hasteten weiß gekleidete Souschefs mit klappernden Tellern und Töpfen umher und arrangierten auf übergroßen Platten pikante Häppchen. Über die Köpfe der vielen Menschen hinweg erblickte Julia ihre Schwester, und Daisy lächelte zurück und wünschte sich, das würde ihr leichter fallen. Es lief gut, wirklich prima. Die Journalistin von *Interiors* hatte das Haus bereits in einen vierseitigen Bericht umgesetzt, in dem Daisys Rolle als Innenarchitektin hervorgehoben wurde. Mehrere Leute hatten sie nach ihrer Telefonnummer gefragt, und sie wünschte, sie hätte daran gedacht, Visitenkarten drucken zu lassen. Sie war so beschäftigt gewesen, dass sie kaum Zeit gehabt hatte, an Daniel zu denken, nur manchmal spürte sie eine flüchtige Dankbarkeit dafür, dass er sich entschieden hatte, nicht zu bleiben. Hin und wieder erhaschte sie in den überfüllten Räumen einen Blick auf Jones, er war immer im Gespräch, immer von Menschen umringt. Der Gastgeber in dem Haus, das er kaum kannte.

Aber Daisy fühlte sich elend. Das war immer das Schwerste an ihrer Arbeit. Die Vision, für die man gekämpft und sich ganze Nächte um die Ohren geschlagen hatte, für die man mit Baustaub im Haar und farbverschmierten Fingernägeln geschuftet hatte, war schließlich unter Schmerzen und Mühen Wirklichkeit geworden. Und dann, wenn das Werk vollendet war, musste man darauf verzichten. Nur dass ihr das Loslassen dieses Mal schwerer fiel als sonst. Dieses Mal war das Gebäude Daisy zur Heimat geworden, es war ihr Zufluchtsort in den ersten Lebensmonaten ihrer Tochter gewesen. Dieses Mal hatte sie bei der Arbeit Menschen kennengelernt, mit denen sie sich nun verbunden fühlte und die sie, trotz aller ernst gemeinten Versprechungen, wahrscheinlich nie wieder sehen würde.

Und was tauschte sie dafür ein? Weybridge.

Von der anderen Seite der Terrasse her strahlte Julia sie an, sie lächelte unter ihrer perfekt sitzenden Frisur, stolz und ohne die Frau, zu der ihre kleine Schwester geworden war, auch nur im Geringsten zu verstehen. Ich dachte, ich hätte es geschafft, dachte Daisy in einem Augenblick plötzlicher Klarheit. Aber eigentlich habe ich nichts davon. Als sie in Merham ankam, hatte sie ein Zuhause, eine Arbeit und ihre Tochter. Jetzt war sie im Begriff, alles zu verlieren – wenn auch das Kind nur zum Teil.

«Lachen Sie doch mal, meine Gute.» Carol nahm sie am Ellbogen, wie immer mit der Sektflasche in der Hand, goss nach, posierte für Fotos, ließ sich darüber aus, wie perfekt alles war und lachte über die skandierenden Kleinstädter draußen auf der Auffahrt. Sie hatte ihnen ein Tablett mit Sekt hinausbringen lassen und dafür gesorgt, dass die Zeitungen das sahen. «Gehen Sie doch mal in die Garderobe. Machen Sie sich ein bisschen frisch. Ich manage das hier draußen schon.» Ihr Lächeln war freundlich, und ihr Tonfall duldete keinen Widerspruch.

Daisy nickte und kämpfte sich durch die plaudernden Gruppen zu den Toiletten durch. Auch an Jones drängte sie sich vorbei. Er redete gerade, und sie kam ihm so nah, dass sie den Pfefferminzgeruch in seinem Atem roch. Sie hielt den Kopf gesenkt, deswegen konnte sie nicht ganz sicher sein, aber sie hatte den Eindruck, dass er sie gar nicht bemerkte.

Hal hatte nicht damit gerechnet, dass es ihm gefallen würde, aber nun gefiel es ihm, wie er Camille wiederholt erklärte, ausgesprochen gut. Unzählige Leute hatten ihn aufgesucht, um ihm zum Wandgemälde zu gratulieren, darunter auch der schon betagte Stephen Meeker, der ihn gebeten hatte, ihm im Laufe der nächsten Woche einen Besuch abzustatten und sich einige wertvolle Stühle anzuschauen, an denen etwas gemacht werden müsse. Jones hatte ihm versprochen, er würde zusätzlich zum vereinbarten Honorar noch eine Prämie bekommen. «Das Bild ist wirklich das Tüpfelchen auf dem i», hatte er gesagt und ihn mit ernsten dunklen Augen angeblickt. «Wir unterhalten uns noch, ich habe vielleicht weitere Aufträge für Sie.» Hal hatte auch eine Reihe von ortsansässigen Geschäftsleuten kennengelernt, die Carol schlau eingeladen hatte. Sie schienen sich zwar aus dem Wandbild nicht viel zu machen, fanden aber, das neue Hotel sei «eine prima Sache». Es würde, so meinten sie, «die richtigen Leute in die Stadt locken». In Erinnerung an Sylvia Rowans Kommentare musste Hal sich das Lachen verbeißen. Er sagte seiner Frau, dass sie schön sei. Immer wieder sah er, wie sie mit Leuten sprach. Ihr Haar leuchtete in der Sonne, ihre Gesichtszüge waren entspannt und glücklich, und sein Herz zog sich zusammen, gerührt und voller Dankbarkeit darüber, dass sie es geschafft hatten. Katie sauste inzwischen mit den anderen Kindern durch Haus und Garten, wie ein Schwarm bunter Sperlinge, die von einer Hecke zur anderen flatterten.

«Danke», sagte Hal zu Daisy, die er abfing, als sie aus der Damentoilette kam. «Für den Auftrag, meine ich. Für alles.» Sie antwortete mit einem Nicken, als würde sie ihn nur halb wahrnehmen, und suchte dabei mit den Augen den Raum nach etwas oder jemand anderem ab.

Es war ja auch ein großer Tag für sie, tröstete Hal sich, als er sich abwandte. An so einem Tag wäre es kleinlich, sich von ihr gekränkt zu fühlen. Wenn er etwas gelernt hatte, dann war das, nicht nach einer tieferen Bedeutung zu suchen, wo es keine gab.

Er ließ sich von einem Kellner zwei Gläser Sekt reichen und trat wieder in den Sonnenschein hinaus. Als er den Klang des Jazzstreichquartetts hörte, wurde ihm leicht ums Herz, und zum ersten Mal seit Monaten fühlte er sich wirklich unbeschwert und zufrieden. Katie rannte kreischend an ihm vorbei und zupfte ihn kurz am Hosenbein, und er ging weiter, um seine Frau auf der Terrasse wiederzufinden.

Ein sanftes Schulterklopfen hielt ihn auf.

«Hal.»

Als er sich umdrehte, stand seine Schwiegermutter vor ihm, ganz still hinter einem Kinderwagen. Als einziges Zugeständnis an das Fest trug sie ihre gute graue Seidenbluse. Mit großen und ungewöhnlich misstrauischen Augen starrte sie ihn an, fast als wollte sie ihm irgendetwas vorwerfen. «Lottie», sagte Hal neutral, und seine sonnige Laune war verflogen.

«Ich bleibe nicht lange.»

Hal wartete.

«Ich bin nur hergekommen, um mich zu entschuldigen.»

Lottie war kaum wiederzuerkennen. Es war, als hätte sie ihre Rüstung verloren. «Ich hätte nicht so auf dich losgehen dürfen, wie ich das getan habe. Und ich hätte dir das mit dem Geld sagen sollen.»

«Lass gut sein», sagte Hal. «Es spielt keine Rolle mehr.»

«Es spielt wohl noch eine Rolle. Es war falsch. Ich hatte es gut gemeint, aber es war verkehrt. Ich wollte nur, dass ihr das wisst.» Ihre Stimme klang angespannt. «Du und Camille.»

Hal, der seiner Schwiegermutter – insbesondere in jüngster Zeit – alles andere als Wohlwollen entgegengebracht hatte, merkte plötzlich, dass er sich nach einer Stichelei sehnte, nach irgendeiner bissigen Bemerkung von ihr, die das Schweigen brechen würde. Aber sie sagte nichts, sondern sah ihm in die Augen und forschte nach seiner Reaktion.

«Komm», sagte er und griff nach ihrem Arm. «Wir suchen sie.»

Lottie legte ihm abwehrend die Hand auf den Arm. «Ich habe ein paar schreckliche Dinge gesagt.» Sie schluckte.

«Das tun wir alle mal», meinte Hal, «wenn uns etwas wehtut.»

Sie sah ihn an, und ein neues Einverständnis schien sich zwischen ihnen zu entwickeln. Dann nahm sie den angebotenen Arm, vergewisserte sich, dass Ellie in ihrem Wagen schlief, und ließ sich von Hal über die Terrasse führen.

Jones war so beschäftigt gewesen, dass er sie gar nicht bemerkt hatte. Carol sah zu ihm auf, ein kluger, wissender Blick unter ihrem rasiermesserscharf geschnittenen Pony, und gleichzeitig bedachte sie die wogende Menschenmenge vor ihnen mit ihrem professionellen Lächeln.

«Ich weiß nicht, was dich zurückhält», murmelte sie.

Jones riss den Blick gewaltsam von der Terrasse fort und blinzelte.

«Wie bitte?»

«Ihr seht beide todunglücklich aus. Sie scheint eine kluge Frau zu sein, die Gute. Wo liegt das Problem?»

Jones seufzte tief und stierte in sein leeres Glas. «Ich möchte keine Familie auseinander reißen.»

«Ist da denn eine Familie?»

Der Barmann versuchte, auf sich aufmerksam zu machen, weil er wissen wollte, ob sie anfangen sollten, für Jones' Rede die Sektgläser aufzufüllen. Jones rieb sich über die Stirn, nickte ihm zu und wandte sich dann wieder an die Frau neben ihm. «Ich hab mich sonst immer Hals über Kopf in so was hineingestürzt. Hab es den anderen überlassen, die Scherben aufzusammeln. Aber diesmal mache ich das nicht.»

«Hast du den Mut verloren?»

«Hab mir wohl ein Gewissen zugelegt.»

«Jones als Ritter in schimmernder Rüstung. Jetzt weiß ich, dass es dich wirklich erwischt hat.»

Er nahm ein Glas von dem Tablett, das jemand ihm hinhielt, und stellte das leere ab. «Ja. Scheint so.» Jones wandte sich seinen Gästen zu und gab der Band das Zeichen, die Lautstärke herunterzudrehen. So leise, dass selbst Carol Mühe hatte, ihn zu verstehen, murmelte er: «Fühlt sich jedenfalls so an.»

Halb verdeckt von einem Turm aus Kisten, saß Daniel auf der Treppe hinter der Küche und stellte sein leeres Glas zu den anderen auf den schattigen Grasfleck neben sich. Über ihm hatte die Sonne ihren langsamen, friedlichen Abstieg nach Westen begonnen, aber das Geklapper und das Brausen, das hinter ihm aus der Küche drang, übertönte die Musik, und die gelegentlichen Flüche und laut gerufenen Anweisungen zeugten von dem enormen Betrieb, der drinnen herrschte. Daniel wusste, dass sie ihn für sonderbar hielten, weil er den ganzen Nachmittag allein da draußen herumsaß, aber keiner von ihnen hatte den Schneid gehabt, ihm das ins Gesicht zu sagen. Es war ihm schnuppe.

Er hockte einfach da, sah gelegentlich, wie Jones über die Terrasse ging und jemanden überschwänglich begrüßte oder auch bloß nickte, immer mit diesem dämlichen gekünstelten Lächeln im Gesicht. Daniel saß auf seiner Treppenstufe, wartete darauf, dass der Kellner mit einem weiteren Glas Sekt kam, und dachte zurück.

Joe stand mit einem breitrandigen Hut auf dem Kopf draußen bei Camille. Er hatte Jones, Daisy, Camille und mehreren anderen versichert, dass es tatsächlich «eine sehr gelungene Sache» sei und dass er glaube, niemand habe das alte Gemäuer je so schön herausgeputzt gesehen. Das Haus schien ihn jetzt, da er wusste, dass sein Einfluss auf die Familie ein Ende nahm, viel mehr zu begeistern als früher.

«Erzähl das mal Sylvia Rowan und denen», murrte Camille, die der rhythmische Gesang auf der anderen Seite der Mauer immer noch irritierte.

«Manche Leute wissen einfach nicht, wann man Vergangenes ruhen lassen muss, mein Spatz», meinte Joe, und Camille, die die Nuancen im Tonfall anderer genau heraushörte, glaubte, in seinen Worten eine Anspielung zu entdecken. Sie fühlte sich bestätigt, als Hal zurückkehrte, ihr die Hand unter den Ellbogen schob und ihr leise erklärte, ihre Mutter sei da. «Das hast du mir nicht gesagt», warf Camille ihrem Vater vor.

«Deine Mutter hat mir erzählt, was sie mit dem Geld gemacht hat», sagte Joe. «Wir sind uns alle einig, dass es ein Fehler war. Aber du musst verstehen, dass sie es gut gemeint hat.»

«Aber das ist nur die eine Hälfte, Paps», widersprach Camille, doch dabei wurde ihr klar, dass sie ihm von der anderen Hälfte lieber nichts erzählen wollte.

«Bitte, Camille. Ich habe mich bei Hal entschuldigt, und ich möchte mich gern auch bei dir entschuldigen.» Camille nahm den Schmerz in der Stimme ihrer Mutter wahr und wünschte sich wie ein Kind, sie könnte das Gehörte ungehört machen. «Möchtest du nicht wenigstens mit mir sprechen?»

«Schatz?» Hal sprach in sanftem, beharrlichem Tonfall. «Es tut Lottie wirklich Leid. Alles.»

«Na komm, Camille», sagte ihr Vater mit einer Stimme, die sie noch aus ihrer Kindheit kannte. «Deine Mutter hat die Größe, sich zu entschuldigen. Nun kannst du wenigstens so anständig sein, ihr zuzuhören.»

Camille fühlte sich in der Falle. Ihr Kopf war mit dem eintönigen Gesang draußen und mit dem Geplauder und Gläserklirren der feiernden Gäste angefüllt. «Führt mich durch die Leute ins Haus. Wir suchen uns eine ruhige Ecke. Aber erst muss ich Rollo eine Schüssel Wasser besorgen.»

Ihre Mutter nahm sie, was ungewöhnlich war, nicht am Ellbogen, sondern Camille fühlte eine kühle, trockene Hand in die ihre gleiten, als suche sie Trost. Diese Geste machte Camille traurig, und als Antwort drückte sie die Hand ihrer Mutter.

Rollo bewegte sich im Geschirr vorwärts und versuchte zu entscheiden, welcher Weg durch die hin und her wogende Menschenmenge die wenigsten Hindernisse bot. Camille spürte seine Nervosität durch den Führbügel und rief ihn leise an, um ihn zu ermutigen. Er mochte Partys nicht und ähnelte darin Lottie ein wenig. Camille griff mit beiden Händen fest zu, weil sie merkte, dass sie ihre Begleiter beruhigen musste. «Lass uns in Richtung Küche gehen», bat sie ihre Mutter.

Als sie die Terrasse etwa zur Hälfte – bei den vielen Leuten war das schwer abzuschätzen – überquert hatten, wurde Camille von einer Hand auf dem Arm aufgehalten. Ein blumiger Duft: Daisy.

«Mir ist so heiß, ich glaube, ich zerfließe gleich. Ich musste Ellie mit dem Barpersonal ins Haus schicken.»

«Ich hole sie sofort», sagte Lottie ein wenig verteidigend. «Ich wollte nur eben mit Camille sprechen.»

«Ja, natürlich», erwiderte Daisy, die gar nicht zuzuhören schien. «Kann ich dich eben für fünf Minuten entführen, Lottie? Da ist jemand, den ich dir vorstellen möchte.» Camille spürte, wie alle weitergingen, und schloss sich an. Daisy senkte diplomatisch die Stimme, sodass Camille sich anstrengen musste, um sie noch zu verstehen. «Er sagt, er ist Witwer und hat keine Kinder, und ich glaube, er fühlt sich etwas einsam.»

«Warum sollte denn gerade ich die Richtige sein, um ihn zu unterhalten?» Camille wusste, dass ihre Mutter mit ihr allein sein wollte.

«Haben Sie alle Gläser?» Die leise Stimme einer Frau. Camille konnte sie nicht identifizieren. «Jones hält gleich seine Rede.»

«Er ist einer von den Leuten auf dem Wandbild», antwortete Daisy. «Ich weiß nicht, Lottie, aber ich dachte, ihr kennt euch vielleicht.»

Camille wollte gerade protestieren, weil Rollo wirklich etwas zu trinken brauchte, da spürte sie, dass ihre Mutter abrupt stehen blieb, und sie hörte, wie ein winziger, fast unhörbarer Laut aus ihrer Kehle drang. Die Hand, die Camille immer noch festhielt, begann zu zittern, erst nur ein wenig, aber dann bebte sie so stark, dass Camille erschrocken Rollos Führbügel fallen ließ, um die Hand ihrer Mutter in beide Hände zu nehmen. «Mum?»

Keine Antwort.

Camille geriet in Panik, weil die Hand ihrer Mutter weiter zitterte. Sie drehte sich um. «Mum? ... Mum? ... Daisy? Was ist denn los?»

Sie hörte, wie Daisy sich eindringlich flüsternd zu ihr hinüberbeugte. War mit Lottie alles in Ordnung?

Immer noch keine Antwort.

Dann hörte Camille Schritte, die sehr langsam näher kamen. Die Hand ihrer Mutter zitterte und bebte.

«Mum?»

«Lottie?» Eine Männerstimme, schon älter.

Endlich hörte Camille, wie ihre Mutter sprach. Fassungslos flüsterte sie: «Guy?»

Katie hatte sich ihr ganzes Kleid mit Orangensaft bekleckert. Hal bückte sich, versuchte, die Flüssigkeit mit einer Papierserviette abzutupfen, und erklärte seiner Tochter, wie er es schon tausendmal getan hatte, es sei nun an der Zeit, dass sie sich ein bisschen beruhige, dass sie die Dinge etwas langsamer angehe und daran denke, dass sie nicht allein hier sei. Plötzlich jedoch nahm er eine merkwürdige Veränderung wahr, einen Wandel in der Atmosphäre, der seine Aufmerksamkeit auf die andere Seite der Terrasse lenkte. Es war nicht das winzige graue Wölkchen, dem es gelungen war, auf seinem Weg über den unendlich weiten blauen Himmel genau vor der Sonne entlangzuschweben und so vorübergehend einen Schatten auf die Ereignisse zu werfen. Es war auch nicht die Tatsache, dass das Stimmengewirr allmählich abebbte, weil Jones in der Tür auftauchte und sich auf seine Rede vorbereitete. Nein, es war Lottie, die ein paar Meter von der Wandmalerei entfernt mit Camille am Arm einem älteren Herrn gegenüberstand. Die beiden schauten sich einfach an, ohne zu sprechen, anscheinend von Gefühlen überwältigt. Verwirrt starrte Hal erst den unbekannten alten Mann an, dann Camille schräg vor ihm, und unbewusst nahm er die steifbeinige Haltung des Alten ein. Dann fiel sein Blick, als sähe er ihn zum ersten Mal, auf die vierschrötige Gestalt seines Schwiegervaters, der schweigend und mit aschgrauem Gesicht, zwei Gläser in den Händen, von der Tür zum Salon aus die Gruppe betrachtete.

Und da sah er es.

Zum ersten Mal in seinem Leben dankte Hal Gott dafür, dass seine Frau nicht sehen konnte. Und er verstand, dass es trotz aller Eheberatungen und entgegen sämtlichen Richtlinien für Beziehungen, trotz aller geretteten Paare und aller wiederhergestellten Ehen, im Leben Situationen gab, die es rechtfertigten, dem Ehepartner etwas zu verheimlichen.

Daisy beobachtete, wie die beiden alten Leute unauffällig die Steintreppen hinunter zum Strand gingen. Sie berührten sich kaum. Aufrecht schritten sie nebeneinander her, aber auch ein wenig unsicher, als rechneten sie damit, dass irgendein Schlag sie treffen könne. Sie bewegten sich vorsichtig und in vollkommenem Gleichmaß, wie Soldaten, die nach einem langen Krieg wieder vereint sind. Als Daisy sich jedoch umdrehte, weil sie Camille etwas von ihrem Eindruck mitteilen wollte, weil sie ihr den Ausdruck auf den Gesichtern beschreiben wollte, zog Hal sie rasch fort, und Carol drückte ihr ein Glas in die Hand. «Rühren Sie sich nicht von der Stelle», befahl sie. «Jones wird Sie zweifellos namentlich erwähnen, der Gute.»

Und dann vergaß Daisy die beiden. Sie spürte, wie er ihre Aufmerksamkeit fesselte, mit seinem wettergegerbten Gesicht und seiner übergroßen Gestalt, die sie immer an einen russischen Tanzbären denken ließ, der gegen seinen Willen gezwungen wurde, die Menschen zu unterhalten. Und als sie seiner befehlsgewohnten Stimme lauschte, die in den frühen Abend hinausschallte, seinem leicht singenden Tonfall, der an seine walisischen Heimattäler erinnerte und die Schroffheit seiner Sprache ausglich, überkam Daisy plötzlich die Angst, dass sie vielleicht zu spät herausgefunden hatte, was sie wollte. Dass sie sich nicht mehr dagegen schützen konnte. Dass sie, ganz egal, wie unpassend und gefährlich der Mann auch sein mochte und wie ungünstig der Zeitpunkt war, diesen Fehler lieber selber begehen wollte, als ihn einer anderen zu überlassen.

Sie beobachtete, wie er auf das Haus wies, hörte das höfliche Gelächter, hörte die Menschen rechts und links von sich, die lächelten und bereit waren, ihm Anerkennung und Bewunderung zu zollen. Daisy starrte auf das Gebäude, das sie inzwischen besser kannte als sich selbst, und nahm die Aussicht dahinter in sich auf, den leuchtend blauen Bogen. Sie hörte ihren Namen und höflichen, spärlichen Applaus. Und dann, endlich, begegneten sich ihre Blicke, und in diesem Bruchteil einer Sekunde, als die Wolke die Sonne freigab und die Terrasse wieder von Licht überflutet wurde, versuchte Daisy, ihm alles mitzuteilen, was sie erfahren hatte, alles, was sie nun wusste.

Als es vorbei war und die Leute sich wieder ihren Gläsern und den unterbrochenen Gesprächen zuwandten, sah Daisy, wie Jones von der Mauer herunterstieg und langsam auf sie zukam, wobei er sie immer noch anschaute, als wolle er sich bei ihr bedanken. Und wie er entsetzt stehen blieb, als Daniel hinter der Ligusterhecke hervorstürzte. Ohne Vorwarnung, aber mit einem furchtbaren, erstickten Kriegsruf schlug er Jones mit voller Kraft ins Gesicht.

Kapitel 20

*D*as Radiogeplärre sickerte nach unten, es drang durch die Schlafzimmertür und trieb die Treppe hinunter zu Camille und Hal, die unentschlossen in der Diele standen, zum dritten Mal innerhalb der vergangenen drei Stunden.

Er hatte den ganzen Abend da oben verbracht, seit er schweigsam und mit steifen Schultern nach Hause gekommen war. Camille und Hal hatten ihn begleitet, sich zaghaft und verhalten erkundigt, ob alles in Ordnung sei, und die bohrenden Fragen zu dem, was sie gerade gesehen hatten, nicht ausgesprochen. Er hatte erklärt, er wolle keinen Tee, danke, und er brauche auch keine Gesellschaft. Er wolle nach oben gehen und Radio hören. Es tue ihm Leid, wenn das ungastlich klinge, aber so sei es eben. Sie könnten gern unten bleiben, wenn sie das wirklich wollten. Und sich natürlich wie zu Hause fühlen.

Und das war alles gewesen, für nun schon fast drei Stunden. Sie hatten sich währenddessen flüsternd unterhalten, hatten Fragen von Katie, die erschöpft mit Rollo vor dem Fernseher lag, abgewehrt und wiederholt und ohne Erfolg versucht, Joes Frau aufzuspüren.

«Will sie ihn verlassen, Hal? Hältst du das für möglich? Verlässt sie Paps?»

Der gelöste, sonnenwarme Zug war aus Camilles Gesicht verschwunden und hatte einer dunklen Angst Platz gemacht. Und irgendwo darunter lag Zorn. Hal strich ihr das Haar aus der heißen Stirn und blickte die Treppe hinauf. «Ich weiß es nicht, Liebes.»

Er hatte ihr fast alles gesagt, was er wusste, und dabei hatte er ihre Hände gehalten, wie jemand, der schlimme Nachrichten überbringt. Dass der fremde Herr wie eine ältere Version des jungen Mannes auf dem Wandbild aussah; dass die Art, wie sie sich angeschaut hatten, und wenn es auch noch so kurz gewesen war, alle Zweifel, die Hal vielleicht noch an der Bedeutung ihrer Begegnung gehabt hatte, zerstreut hatte. Er hatte sich bemüht, seiner Frau zu vermitteln, wie der alte Mann die Hand ausgestreckt und Lotties Gesicht berührt hatte, wie sie bei diesem Kontakt nicht den Kopf eingezogen, sondern stillgehalten hatte, als erwarte sie einen Segen. Camille hatte zugehört und geweint und Hal immer wieder gebeten, ihr das Wandgemälde noch einmal zu beschreiben, sie hatte seine Symbolik analysiert und sich allmählich ein Bild gemacht und erkannt, dass das Verhalten ihrer Mutter keineswegs unerklärlich war, sondern dass man es schon vor langer Zeit hätte verstehen können, ja vielleicht verstehen sollen.

Hal verfluchte sich mehrmals, weil er, wenn auch unwissentlich, bei der Aufdeckung und Wiederbelebung von Lotties Geschichte eine so große Rolle gespielt hatte. «Ich hätte das Bild so lassen sollen, wie es war», sagte er. «Wenn ich die ganze Sache nicht wieder ans Licht gebracht hätte, wäre deine Mutter vielleicht nicht weggegangen.»

Camilles Antwortet war resigniert, eine widerwillige Bestätigung. «Sie ist ja schon seit Jahren weg.»

Um halb zehn, als der dämmrige Abendhimmel dem Tintenschwarz der Nacht gewichen war, als Katie auf dem Sofa eingeschlafen war, als sie sämtliche Bekannten durchtelefoniert und zum siebzehnten Mal Daisys Handynummer probiert hatten – und als sie sich auch überlegt hatten, die Polizei einzuschalten, das aber verworfen hatten –, wandte Camille sich voller Bitterkeit an ihren Mann.

«Geh sie suchen, Hal. Alles andere hat sie ihm schon angetan, aber jetzt soll sie wenigstens so anständig sein, ihm Bescheid zu sagen. Das ist sie ihm schuldig.»

Minutenlang wartete Daisy darauf, dass der Automat ihr Wechselgeld ausspuckte, doch als sie die gelangweilten Blicke der Umstehenden bemerkte, gab sie auf und trug die beiden Plastiktassen mit Kaffee zu Jones herüber.

Sie befanden sich jetzt schon seit fast drei Stunden in der Ambulanz; dass die Schwester in der Aufnahme sie so schnell drangenommen hatte, hatte sie fälschlicherweise zu der Hoffnung verleitet, man würde Jones untersuchen, verbinden und wieder nach Hause schicken. «Nein», sagte die Schwester und zeigte ihnen den Weg zur Röntgenabteilung. Sie mussten erst eine Aufnahme von der Nase machen lassen und auch eine Aufnahme vom ganzen Kopf, und dann sollte Jones auf den Oberarzt warten, der die Nase einrichten würde. «Normalerweise würden wir Sie nach Hause gehen lassen, aber das ist ein schlimmer Fall», meinte die Schwester fröhlich, während sie ihm Gazestreifen mit Kochsalzlösung in die blutigen Nasenlöcher stopfte. «Wir wollen doch nicht, dass da drin irgendwelche Knorpelstückchen herumwandern, oder?»

«Es tut mir Leid», sagte Daisy zum fünfzehnten Mal seit ihrer Ankunft, als sie wieder in einen anderen Trakt des Krankenhauses schlurften. Sie wusste nicht, was sie sonst sagen sollte.

Gleich nachdem es passiert war, war es einfacher gewesen. Schockiert über Daniels Toben und seine Trunkenheit hatte sie geholfen, Jones vom Boden hochzuhieven, und verzweifelt versucht, das Blut abzuwischen, dass über sein Hemd lief. Dann hatte sie die Sache in die Hand genommen, hatte sich Ellies Wattevorräte geschnappt, jemandem zugerufen, die Autos und die Demonstranten müssten weg, damit sie Jones ins Krankenhaus fahren könne, und Sylvia Rowan abgewehrt, die sich wie eine bösartige alte Hexe auf sie gestürzt und gekrächzt hatte: «Sehen Sie? Da geht es schon los mit den alkoholbedingten Gewalttaten. Das wird nichts», hatte die Frau triumphierend geschrien. «Ich sorge dafür, dass ihm die Konzession wieder entzogen wird. Ich habe Zeugen.»

«Ach, hau doch ab, du alte Ziege», hatte Daisy gezischt und Jones in ihren Wagen gewuchtet. Er war benommen gewesen, wahrscheinlich hatte er sich beim Sturz den Kopf angeschlagen und hatte Daisys eindringliche Anweisungen fast unterwürfig befolgt, hatte sich fügsam hingesetzt, die Watte festgehalten und war auf ihre wiederholten Ermahnungen hin wachgeblieben. Inzwischen war er allerdings eher zu wach, aufgeputscht durch den schlechten Kaffee und die sterile Atmosphäre, und seine dunklen, von Kopfschmerzen getrübten Augen über dem weißen Verband blickten finster. Das blutbefleckte, ruinierte Hemd erinnerte Daisy daran, welche Rolle sie bei den Ereignissen des Tages gespielt hatte.

«Es tut mir so Leid», wiederholte sie und reichte ihm den Kaffee. Sein Zustand schien sich noch verschlimmert zu haben.

«Hör auf, dich zu entschuldigen.» Jones' Stimme klang erschöpft.

«Das kann sie doch nicht, oder? Dir die Konzession wieder entziehen lassen?»

«Sylvia Rowan? Die ist meine geringste Sorge.» Er verzog das Gesicht, als er den Kaffee schlürfte.

Was heißt das?, hätte Daisy gern gefragt. Aber sein Verhalten und die Tatsache, dass er kaum sprechen konnte, machten es schwer, noch mehr aus ihm herauszubekommen.

Während sie unter den Neonröhren auf ihren Plastikstühlen saßen, war anscheinend die Zeit stehen geblieben und hatte jegliche Bedeutung verloren. Männer mit alkoholbedingten Verletzungen, wie es auf dem Aufnahmebogen hieß, wurden offenbar nicht bevorzugt. So saßen sie bei den anderen Verletzten, deren Interesse vorübergehend aufflackerte, wenn ein neuer Unglücklicher durch die zischenden Automatiktüren gehumpelt kam, und beobachteten, wie die Stichverletzungen der Hobbygärtner und die Brandwunden der Heimwerker allmählich von den blutigen Köpfen und Knöcheln der samstagabendlichen Draufgänger abgelöst wurden. Etwa um acht war jemand vom Barpersonal gekommen, hatte Ellie gebracht und entschuldigend gesagt, Lottie sei nirgends zu finden und sonst sei niemand da, um bei der Kleinen zu bleiben. Daisy hatte ihre schläfrige, quengelige Tochter entgegengenommen und nicht gewagt, Jones in die Augen zu sehen. Die verstörte, völlig verwirrte Ellie hatte gejammert und sich gegen den Schlaf gewehrt, und Daisy hatte im Wartebereich der Ambulanz und auf der orthopädischen Station endlose Runden gedreht, bis das Kind endlich in seiner Sportkarre eingenickt war.

«Fahr nach Hause, Daisy», sagte Jones und rieb sich die Beule auf dem Kopf.

«Nein», erwiderte sie energisch. Das konnte sie nicht. Schließlich war es ihre Schuld.

Um Viertel nach elf, gerade als die Leuchtanzeige mit der Wartezeit ihnen mitteilte, dass Jones vor fast einer halben Stunde an der Reihe gewesen war, kündete ein Donnerschlag ein heraufziehendes

Gewitter an. Das Poltern schreckte die Wartenden aus ihrem Dösen hoch, der weiß leuchtende Blitz rief hörbares Gemurmel hervor, und nach einer kurzen Pause, die einem Atemanhalten ähnelte, riss der Nachthimmel auf und schüttete eine Sintflut auf die Erde hinunter. Man hörte das Prasseln durch die Glastüren; die Menschen brachten das Wasser an den Schuhsohlen mit herein, sodass der glänzende Linoleumboden von Schmutz und Politur streifig wurde. Daisy, die fast eingeschlafen war, schaute zu und spürte, wie sich bei dieser atmosphärischen Veränderung etwas löste. Selbst in ihrem übermüdeten Zustand staunte sie, dass das Unwetter so surreal war wie ein Traum.

Die Auswirkungen bekamen sie fast zwanzig Minuten später zu spüren, als ein junger Arzt auftauchte, um Jones mitzuteilen, dass sich seine Wartezeit wahrscheinlich verlängern würde, weil sie gerade eben die Nachricht von einer größeren Karambolage auf der Colchester Road bekommen hatten. Der Oberarzt würde wahrscheinlich eine ganze Weile beschäftigt sein.

«Dann fahre ich also einfach nach Hause?», nuschelte Jones so verständlich, wie er konnte.

Der Arzt wirkte abgestumpft, als seien ihm Idealismus und Naivität sehr schnell ausgetrieben worden. Er betrachtete Daisy und das Kind. «Wenn Sie es aushalten können, wäre es besser für Sie, hier zu warten. Wenn wir den Bruch heute Nacht noch einrichten, ist die Wahrscheinlichkeit, dass die Nase dauerhaft schief bleibt, wesentlich geringer.»

«Sie war ohnehin schon schief», murmelte Jones, erklärte dann aber, er werde bleiben.

«Du fährst», wies er Daisy zum wiederholten Mal an, als der Arzt fort war.

«Nein», sagte Daisy.

«Ach, um Himmels willen, Daisy, es ist doch hirnverbrannt, dass du die ganze Nacht mit dem Kind hier rumsitzt. Bring Ellie nach Hause, und wenn du dir wirklich Sorgen machst, rufe ich dich später an, okay?»

Jones hatte sie nicht gefragt, warum Daniel ihn eigentlich niedergeschlagen hatte, aber er wusste offenbar, dass es ihretwegen geschehen war. Sein großes Eröffnungsfest war zu einer Farce verkommen, ihretwegen. Sie hatte die verschossene Munition der lächerlichen, rachsüchtigen Sylvia Rowan wieder aufgefüllt. Alle Mühen, die Arbeit von Monaten, waren durch ein unglückliches Missverständnis infrage gestellt worden.

Daisy war zu müde. Sie sah in Jones erschöpftes, grüblerisches Gesicht, sah die tiefen Schatten, die sich unter dem erbarmungslosen Deckenlicht auf seinen Zügen abzeichneten, und spürte ein Brennen in ihren ausgetrockneten Augen. Sie griff nach ihrer Tasche, stand auf und löste mit dem Fuß die Bremse der Sportkarre. «Ich dachte, er wäre weg, weißt du», stieß sie hervor, fast ohne zu registrieren, was sie da sagte.

«Wer?»

«Daniel. Er hat gesagt, er würde wegfahren.»

«Wohin denn?»

«Nach Hause.» Sie hörte, wie ihre Stimme lauter wurde, hörte, wie sie vor Frustration und Kummer bebte. Und bevor Jones sehen konnte, wie sie die Fassung verlor, bevor sie wieder zu der wehleidigen Heulsuse wurde, die sie niemals hatte sein wollen, drehte Daisy sich um und schob ihr Kind aus dem Wartebereich fort.

Er lebte in Spanien. Nachdem er sich vor einer Reihe von Jahren vom Management der ehemaligen Südfrüchte-Importfirma seines Vaters hatte auszahlen lassen, hatte er sich dorthin zurückgezogen. Er war zur richtigen Zeit ausgestiegen: Die Branche wurde zunehmend von einigen riesigen Multis übernommen. Für Familienunternehmen wie seines blieb wenig Raum. Aber die Arbeit fehlte ihm nicht.

Er wohnte in einem großen weißen Haus, zu groß wahrscheinlich, aber eine nette einheimische Frau half ihm zweimal in der Woche, und ab und zu brachte sie, auf seine Bitte hin, auch ihre beiden Söhne mit, die dann in seinem Swimmingpool badeten. Dass er jemals nach England zurückkehren würde, glaubte er nicht. Er hatte sich zu sehr an die Sonne gewöhnt.

Seine Mutter, sagte Guy und senkte die Stimme, war an Krebs gestorben, noch recht jung. Sein Vater hatte das nie richtig überwunden und war einige Jahre später bei einem Fritteusenbrand ums Leben gekommen. Ein dummer, banaler Tod für einen Mann wie ihn, aber er war einfach nicht der Typ gewesen, der allein zurechtkam. Ganz anders als er selbst. Er war es gewohnt. Manchmal hatte er sogar den Verdacht, dass es ihm recht gut gefiel.

Er hatte keine festen Pläne, aber viel Geld. Und eine Hand voll guter Freunde. Einen Wohnsitz, der nicht schlecht war, jedenfalls nicht für einen Mann seines Alters.

Lottie hörte sich diese Einzelheiten an, nahm aber wenig davon auf. Sie merkte, dass sie ihn unablässig ansehen musste, dass sie den jungen Mann, den sie gekannt hatte, so rasch zu diesem Alten werden ließ, dass sie bereits Schwierigkeiten hatte, sich sein jüngeres Selbst vorzustellen. Sie hörte die unbekannte Melancholie in seinem Tonfall und argwöhnte, wusste, dass sie ein Echo ihrer eigenen Schwermut war.

Es kam ihr nicht in den Sinn, sich wegen ihres Aussehens zu genieren, wegen ihres ergrauten Haares, ihrer rundlichen Taille oder der durchsichtigen, pergamentartigen Haut ihrer Hände. Das war schließlich nie wichtig gewesen.

Guy deutete hinter sie auf das Haus, in dem die Musik verstummt war. Nur die Geräusche von Aufräumarbeiten, von Stühlen, die über den Boden geschleift wurden, und von großen Staubsaugern hallten noch in die Bucht hinunter.

«Und das war also deine Tochter.»

Eine kurze Pause entstand, dann erwiderte Lottie: «Ja, das war Camille.»

«Ein guter Mann, der Joe», sagte Guy.

Lottie biss sich auf die Lippen. «Ja.»

«Sylvia hat es geschrieben. Dass du ihn geheiratet hast.»

«Und bestimmt noch einiges mehr. Wahrscheinlich dass er was Besseres verdient hätte.»

Sie lächelten beide.

Lottie schaute fort. «Und das hat er auch, weißt du.»

Guy sah sie fragend an. Lottie stockte, überrascht, dass ihr die Art, wie er die Augenbraue hob, noch vertraut war, dass sie in seinen Zügen doch noch den jungen Mann wiederfand. Es machte sie unvorsichtig. «Die ganzen Jahre über bin ich ihm böse gewesen.»

«Joe?»

«Weil er nicht du war.» Lotties Stimme klang ein wenig heiser.

«Ich weiß. Celia konnte nicht anders, sie –» Er brach ab, wollte vielleicht nicht unloyal sein.

Da waren immer noch die einzelnen weißen Härchen. Unter dem Grau ließen sie sich schwerer ausmachen, aber Lottie konnte sie erkennen.

«Sie hat dir geschrieben, weißt du. Mehrmals. Nachdem du weg warst. Hat die Briefe nie abgeschickt. Ich glaube, die ganze Sache war für sie … zermürbender, als uns allen klar war … Und ich war wohl auch nicht besonders verständnisvoll.» Er wandte sich Lottie zu. «Ich hab sie noch zu Hause, habe sie nie geöffnet. Ich könnte sie dir schicken, wenn du möchtest.»

Lottie war sich nicht sicher, ob sie schon bereit war, Celias Stimme zu hören. Oder ob sie jemals dazu bereit sein würde. «Du hast nie geschrieben», sagte sie.

«Ich dachte, du wolltest das nicht. Ich dachte, du hättest es dir anders überlegt.»

«Wie konntest du das bloß denken?» Sie war wieder ein junges Mädchen, und ihr Gesicht war erhitzt, gerötet vor Empörung darüber, wie bodenlos ungerecht die Liebe war.

Guy senkte den Kopf. Am Horizont ballten sich Gewitterwolken zusammen. «Ja, danach habe ich mir alles zusammengereimt. Danach habe ich mir eine Menge zusammengereimt.» Er sah Lottie wieder an. «Aber zu dem Zeitpunkt hattest du Joe schon geheiratet.»

Mehrere Menschen schlenderten vorbei, sie glühten unter der sinkenden Sonne, und ihre gelösten, gebräunten Glieder und die zufriedene Müdigkeit zeugten von der seltenen Kombination von Hitzewelle und englischem Strand. Guy und Lottie saßen nebeneinander und beobachteten die Badegäste schweigend, betrachteten die länger werdenden Schatten und lauschten dem Plätschern und Zischen der Wellen auf dem Kiesstrand. Fern auf dem Meer funkelte ein Licht.

«Was für ein Schlamassel, Guy. Wie schwer haben wir uns diese Jahre gemacht.»

Er streckte die Hand aus und legte sie ruhig auf ihre Hand, umschloss sie. Die Empfindung ließ Lottie tief Atem holen. Als er sprach, kamen seine Worte ohne Zögern: «Es ist nie zu spät, Lottie.»

Sie blickten auf das Meer hinaus, so lange, bis die Sonne schließlich hinter ihnen verschwunden war, sie spürten, wie die Abendluft kühl wurde, und erkannten, dass es zu viele Fragen und zu wenige befriedigende Antworten gab. Sie waren alt genug, um zu wissen, dass manche Dinge nicht ausgesprochen werden müssen. Irgendwann drehte Lottie sich zu ihm, zu dem Gesicht, dass sie geliebt hatte, dessen Züge ihr nahezu alles sagten, was sie über Liebe und Verlust wissen musste.

«Stimmt es», flüsterte sie, «dass ihr keine Kinder hattet?»

Später machte mindestens einer der Urlauber, die in kleinen Grüppchen langsam ihrer Unterkunft zustrebten, zu Hause die Bemerkung, es komme selten vor, dass man eine alte Frau sehe, die den Kopf in den Händen halte und so hemmungslos und herzzerreißend weine wie ein junges Mädchen.

Meile um Meile legte Daisy unter dem dunklen Himmel zurück. Auf den Schnellstraßen zeigten ihr die gelben Lampen und auf den kurvigen Landstraßen die Scheinwerfer ihres kleinen Wagens den Weg. Gelegentlich warf sie, ohne darüber nachzudenken, einen Blick in den Rückspiegel, um nach dem schlafenden Kind hinter sich zu sehen. Wegen des Regens fuhr sie langsam und methodisch, ohne jedoch darüber nachzudenken, wo sie hinfuhr. Einmal hielt sie an, um zu tanken und eine Tasse bitteren Kaffee zu trinken, der ihr die Zunge verbrannte und sie eher zittrig machte als aufmunterte.

Nach Arcadia wollte sie nicht zurück. Schon jetzt kam es ihr vor, als gehöre das Haus anderen. Es beherbergte bereits die ersten Gäste und würde von ihrem Lärm und Geplauder und ihren besitzergreifenden Schritten widerhallen. Sie wollte mit ihrem schlafenden Kind nicht dorthin zurückkehren, wollte nicht erklären müssen, was es mit Jones auf sich hatte und mit Daniel und welche Rolle sie selbst in dem ganzen jämmerlichen Schlamassel spielte.

Daisy weinte auch ein bisschen, hauptsächlich vor Erschöpfung – in den letzten sechsunddreißig Stunden hatte sie kaum geschlafen –, aber auch die Ernüchterung am Ende der Party und am Ende ihrer Zeit in Merham waren Grund für ihre Tränen, ebenso wie der verzögerte Schock, den der Anblick von Gewalt auslöst. Und ein weiterer Grund war, dass sie den Mann, der ihr am meisten bedeutete, wieder verloren hatte: sein blutiges Gesicht, sein Kummer und der unbeabsichtigte, absurde Sabotageakt, der ihm seinen großen Tag verdorben hatte, hatten ihr jede Chance genommen, ihre Gefühle zu offenbaren.

Daisy steuerte den Wagen in eine Parkbucht und brachte ihn sanft zum Stehen. Sie horchte auf den Regen auf dem Dach und auf das schleifende Quietschen der Scheibenwischer. Unter sich, in der kobaltblauen Dunkelheit, konnte sie den Bogen der Küste erkennen und weit draußen auf dem Meer einen schwachen Schimmer, der das Morgengrauen ankündigte.

Sie legte die Hände auf das Lenkrad und ließ den Kopf darauf sinken, als würde er durch ein schweres Gewicht niedergedrückt. Sie hatten nebeneinander gesessen, viele Stunden lang, und kaum miteinander gesprochen. Sie war ihm so nah gewesen, dass sie gespürt hatte, wie er neben ihr sein Gewicht verlagerte, dass ihre Hände sich gestreift hatten, dass ihr Kopf ohne ihr Wissen auf seine Schulter gesunken war, als sie einmal fast eingeschlafen war. Und trotzdem hatten sie nur miteinander geredet, um ihren Bedarf an Automatenkaffee zu besprechen. Und er hatte sie wiederholt aufgefordert, nach Hause zu fahren.

Ich war ihm so nah, dachte Daisy. Nah genug, um ihn zu berühren. Nah genug, um ihn atmen zu hören. So nah werde ich ihm nie wieder sein.

Daisy saß ganz still. Dann hob sie den Kopf, denn sie erinnerte sich an etwas, das Camille gesagt hatte.

Nah genug, um ihn atmen zu hören. Und zu spüren, wie das Herz vor Sehnsucht, vor Verlangen, schneller schlug.

Sie stieß einen tiefen Seufzer aus. Dann drehte sie, plötzlich wachgerüttelt, den Zündschlüssel, schaute sich um und wendete den Wagen so scharf, dass die nassen Reifen im Schotter durchdrehten.

Vor dem Eingang zur Ambulanz standen kreuz und quer drei Rettungswagen. Menschen in Leuchtwesten umkreisten sie, verfrachteten ihre Schützlinge behutsam in Rollstühle und auf Tragen oder führten sie mit lauschend gesenkten Köpfen ins Gebäude. Ein Martinshorn lief noch, das gellende Tatütata war ohrenbetäubend und wurde selbst durch den immer noch wolkenbruchartigen Regen und das Motorengeräusch von Daisys Wagen kaum gedämpft. Daisy fuhr um die Krankenwagen herum und suchte einen Parkplatz. Sie schaute rasch in den Rückspiegel, um sicherzugehen, dass das Kind sich nicht regte, aber Ellie schlief weiter, ohne auf den Lärm zu reagieren, so erschöpft war sie von den Ereignissen des Tages.

Und dann, während Daisy noch in den Blaulichtblitzen saß, wie gelähmt, weil sie nicht klar denken konnte und nicht mehr wusste, warum sie eigentlich hergekommen war, blickte sie durch ihre verregnete Windschutzscheibe und sah ihn, eine große, leicht gebeugte Gestalt, die durch den strömenden Regen auf den Taxistand zustrebte. Daisy wartete einen Augenblick, um ganz sicher zu sein, dann stieß sie ihre Autotür auf und rannte, ohne auf den Regen und das Heulen des Martinshorns zu achten, schlitternd und stolpernd quer über den Vorplatz, bis sie direkt vor ihm zum Stehen kam. «Halt!»

Jones stoppte. Er kniff die Augen zusammen, offenbar um festzustellen, ob sie es wirklich war. Wie automatisch hob er eine Hand zu dem breiten weißen Verband quer über seinem Gesicht.

«Du bist nicht mehr mein Chef, Jones!», rief Daisy laut, um das Martinshorn zu übertönen. Sie zitterte in ihrem zerknüllten Partykleid. «Deswegen kannst du mir auch nicht mehr sagen, was ich zu tun habe. Du kannst mir nicht mehr befehlen, nach Hause zu fahren.» Es klang ärgerlicher, als sie beabsichtigt hatte.

Er schien niedergeschlagen zu sein, sein Gesicht wirkte grau. «Das tut mir Leid», sagte er undeutlich. Auch seine Stimme klang bedrückt. «Ich hätte … Ich wollte einfach nicht, dass … dass du mich so siehst. Auf dem Rücken und mit einer Faust im Gesicht –»

«Pssst. Sei mal einen Augenblick still. Darüber will ich nicht sprechen. Ich bin die ganze Nacht gefahren, und ich muss dir etwas sagen, und wenn ich jetzt aufhöre, dann bringe ich es nicht raus.» Sie halluzinierte fast vor Müdigkeit, und der Regen trommelte in ihren Ohren und lief in kalten Tränen über ihr Gesicht. «Ich weiß, dass du mich magst», schrie sie ihn an. «Ich weiß nicht, ob du es selbst schon weißt, aber es stimmt. Denn abgesehen davon, dass wir uns ständig irgendwie gegenseitig verletzen und eine Menge streiten, und abgesehen davon, dass ich vielleicht schuld bin, dass du deine Konzession verlierst, was mir wirklich sehr, sehr Leid tut, sind wir gut füreinander. Wir sind ein gutes Team.» Jones setzte wieder zum Sprechen an, aber Daisy brachte ihn mit einer Handbewegung zum Schweigen. Das Herz klopfte ihr bis zum Hals, und es war ihr nicht mehr wichtig, wie sie auf ihn wirkte. Sie rieb sich die nassen Augen und versuchte, sich zu sammeln. «Hör zu. Ich weiß, dass ich Anhang habe. Ich weiß, dass jemand wie ich vermutlich nicht in dein Konzept passt, mit einem Kleinkind und so, aber du hast auch reichlich Altlasten. Du hast eine Exfrau, über die du offensichtlich noch nicht drüber weg bist, und es gibt eine Menge Frauen, mit denen du geschlafen hast und die noch für dich arbeiten – also, offen gesagt, ich finde, das ist ein bisschen happig. Und du bist ein Macho, was mir auch nicht gerade gefällt.»

Er runzelte die Stirn, bemühte sich, Daisy zu verstehen, und legte eine Hand über die Augen, um sie durch den Regen besser sehen zu können.

«Jones, ich bin zu müde. Ich kann es nicht so sagen, wie ich es gerne sagen würde. Aber ich hab mir alles überlegt. Ja, Schwäne paaren sich für ihr ganzes Leben. Aber das ist schließlich nur eine Spezies, stimmt's? Und wie können sie das überhaupt wissen, wo sie doch alle gleich aussehen?» Das Tatütata des Rettungswagens war verstummt, oder vielleicht war der Wagen auch wieder losgefahren. Und plötzlich waren sie beide allein, standen im kalten Licht des anbrechenden Tages mitten auf dem Parkplatz, und um sie herum war nur noch der Regen zu hören. Daisy stand dicht vor ihm, sie konnte seine Augen sehen, die in ihre schauten, während sich auf seinem von Schmerzen gezeichneten Gesicht vielleicht, nur vielleicht, Verstehen zeigte.

«Ich kann nicht weiterreden, Jones», sagte sie mit brechender Stimme. «Ich habe ein Baby im Auto, und ich bin zu müde zum Sprechen, und ich kann nicht erklären, was ich fühle.» Und dann, bevor sie es sich anders überlegen konnte, streckte Daisy die Arme aus, nahm sein Gesicht sanft zwischen ihre nassen Hände und drückte ihren Mund auf seine Lippen.

Jones senkte den Kopf, und mit überströmender Dankbarkeit spürte sie seinen Mund und dann seine Arme, die sie wie erleichtert an sich zogen. Daisy wurde ruhig, sie spürte, wie ihre Anspannung wich, und wusste, dass es so richtig war. Sie wusste, dass sie richtig gehandelt hatte. Sie atmete den Krankenhausgeruch auf seiner Haut ein und hatte das Bedürfnis, ihn zu beschützen, wollte ihn umschließen, ihn einhüllen. Doch da schob er sie plötzlich fort und hielt sie fast auf Armeslänge von sich.

«Was ist?», fragte Daisy. Das kann ich nicht ertragen, dachte sie. Nicht nach allem, was gewesen ist.

Jones seufzte und sah zum Himmel auf. Dann nahm er ihre Hand in seine Bärentatzen. Sie waren weicher, als Daisy erwartet hatte. «Tut mir Leid», brummte er mit einem bedauernden Lächeln. «Wenn du wüsstest, wie Leid mir das tut, Daisy. Aber ich kann beim Küssen nicht atmen.»

Das große weiße Haus lag so still und reglos vor ihnen wie am Tag von Daisys Ankunft. Das Stammpersonal schlief in den Personalwohnungen über den Garagen, die Wagen standen still auf dem Kies; durch die Fenster schimmerte die ausgestorbene Küche, deren glänzende Arbeitsflächen durch keinerlei herumliegende Gerätschaften oder Tabletts verunziert wurden. Außer ihren knirschenden Schritten hörte Daisy nur Vogelgezwitscher, das sanfte Murmeln des Windes in den Kiefern und, irgendwo unter ihnen, das ferne Plätschern der Wellen.

Jones reichte ihr die Schlüssel zur Hintertür, und sie fummelte im Morgenlicht damit herum, stumpfsinnig und benommen vor Schlafmangel, und suchte nach dem richtigen. Gestikulierend versuchte Jones, ihr zu helfen, wobei er wachsam das schlummernde Kind in seinen Armen beobachtete. Daisy kämpfte mit dem Schloss, und schließlich ließ das schlafende Haus sie ein.

«In dein Zimmer», flüsterte er, und sie tappten leise den Flur entlang und die Hintertreppe hinauf, stießen dabei sacht aneinander, wie Betrunkene, die nach einer durchzechten Nacht nach Hause zurückkehren.

Daisy hatte ihre Habseligkeiten ordentlich in ein Sammelsurium von Beuteln und Kartons verpackt; nur das Babybett und die Kleidungsstücke vom vergangenen Tag waren noch zu sehen und wiesen darauf hin, dass dieses Hotelzimmer einmal ein dauerhafteres Zuhause gewesen war. Noch vor vierundzwanzig Stunden war Daisy von Panik und einem Gefühl der Einsamkeit ergriffen worden, wenn sie ihr Gepäck anschaute. Jetzt weckte der Anblick etwas wie Vorfreude, er war ein Versprechen, dass ein neues Leben vor ihr lag und dass sich behutsam neue Möglichkeiten vor ihr auftaten.

Als Jones mit dem Baby eingetreten war, schloss sie leise die Tür und schaute den Mann vor sich an. Er ging langsam durch das Zimmer und murmelte Ellie, die er an die Brust gedrückt hielt, etwas zu. Sanft, um sie nicht zu stören, legte er sie in ihr Bettchen, zog die Hände unter ihren schlaffen Gliedern fort, und Daisy deckte ihr Kind mit einer leichten Decke zu. Ellie rührte sich kaum.

«Mehr braucht sie nicht?», flüsterte Jones.

Daisy schüttelte den Kopf. Sie blieben noch ein Weilchen stehen und betrachteten das schlafende Kind, dann nahm sie seine Hand und zog ihn zum Bett hinüber, das seit dem vergangenen Morgen nicht gemacht worden war.

Jones legte sein Jackett ab, sodass sein vom Regen verknittertes, blutbespritztes Hemd zum Vorschein kam, dann setzte er sich und zog die Schuhe aus. Neben ihm zog Daisy sich ihr zerdrücktes Partykleid über den Kopf. Sie schämte sich nicht mehr, dass sie dabei möglicherweise nachgeburtliche Wülste oder Schwangerschaftsstreifen entblößte, auch im grellen Morgenlicht nicht. Sie streifte ihr altes T-Shirt über und schlüpfte unter die Decke, die an ihren bloßen Beinen raschelte.

Das Fenster war offen, sodass die warmen, salzigen Düfte des Sommermorgens hereinwehten und die Vorhänge sich träge in der Brise bauschten. Jones ließ sich vorsichtig neben sie gleiten und schaute sie an. Seine Augen waren vor Schlafmangel schwarz, sein Kinn grau und unrasiert, doch alle Anspannung war von seiner Stirn gewichen. Unverwandt sah er Daisy an, mit sanftem Blick, dann hob er die Hand und ließ sie auf ihrer bloßen Haut entlanggleiten.

«Du siehst schön aus», murmelte er unter seinem Gazeverband.

«Du nicht.»

Sie lächelten sich an, langsam, schläfrig.

Er hob den Finger und legte ihn Daisy auf die Lippen. Sie sah ihm weiter in die Augen und fuhr mit der Hand zart über seine stopplige Wange, gestattete sich den Luxus der Berührung, nach der sie sich so lange gesehnt hatte. Sehr sanft legte sie die Fingerspitzen auf seine verbundene Nase. «Tut es weh?», wisperte sie.

«Nichts tut mehr weh», sagte Jones. «Absolut gar nichts.»

Und mit einem tiefen Seufzer der Zufriedenheit zog er sie an sich, umschlang sie und barg seinen großen Kopf in der kühlen, glatten Grube zwischen Hals und Schulter. Daisy spürte sein weiches Haar, das raue Kinn und die Berührung seiner Lippen auf ihrer Haut und roch ein fernes Echo von Desinfektionsmitteln. Einen Moment fühlte sie, wie ihr Verlangen aufflackerte, aber gleich darauf wurde es von etwas Angenehmerem fortgeschwemmt, von einer entspannten Erwartung, einem tiefen, frohen Gefühl der Geborgenheit. Sie schmiegte sich an ihn und spürte, wie seine Glieder, die mit ihrem Arm, ihrem Bein verflochten waren, vom herannahenden Schlummer schwerer wurden. Und dann, an sein stetig pochendes Herz gedrückt, schlief Daisy endlich ein.

Der Regen war über Merham hinweggezogen. Er hinterließ vom Wasser versilberte Bürgersteige, die im Morgenlicht wie flüssiges Pfirsichgelb und phosphoreszierendes Blau glühten. Das Wasser spritzte auf, als Hal mit stetigen, gleichmäßigen Schritten seinen Schützling zur Pforte begleitete.

Rollo hatte sie zuerst entdeckt, als sie die Straße heraufkamen: Durchs Fenster konnte Hal sehen, wie er unter dem Couchtisch hervorsprang und bellend zur Tür jagte. Camille schreckte aus einem leichten Schlaf hoch und erhob sich steif vom Sofa, um ihm zu folgen. Sie stolperte, als sie nach ihrem Stock griff, und musste sich in der ungewohnten Umgebung erst zurechtfinden. Doch Rollo hatte nicht allein Wache gehalten. Als Hal die Pforte wieder schloss, war sein Schwiegervater bereits die Treppe heruntergekommen und hatte die Haustür geöffnet. Im raschen Tempo eines halb so alten Mannes schritt er den Weg entlang, an Hal vorbei – der zur Seite trat – und nahm seine erschöpfte Frau in Empfang. Niemand sagte ein Wort. Hal ging auf die Veranda, die Ohren von Vogelgesang erfüllt, und umarmte Camille. Nach der langen, langen Nacht war er dankbar, einfach ihre Gegenwart zu spüren. Er beantwortete ihre geflüsterte Frage mit einem Nicken, das Camille an ihrem Kopf spürte, weil sie sich so nah waren.

Sie drückte ihm die Hand und trat einen Schritt zurück. «Wir gehen jetzt, Paps», rief sie, «es sei denn, ihr möchtet, dass wir noch bleiben.»

«Wie ihr wollt, Spatz.» Joes Stimme klang spröde und verhalten.

Camille wollte sich ins Haus zurückziehen, aber Hal hielt sie fest. Abwartend und horchend blieben sie im Eingang stehen. Wenige Meter von ihnen entfernt musterte Joe seine Frau wie ein alter Preisboxer. Hal bemerkte, dass seine auf dem Rücken gefalteten Hände zitterten. «Du möchtest bestimmt eine Tasse Tee», sagte Joe.

«Nein», erwiderte Lottie und strich sich das Haar aus dem Gesicht. «Nein, ich habe gerade oben im Café Tee getrunken. Mit Hal.» Sie schaute an ihm vorbei, und ihr Blick fiel auf zwei Koffer, die im Eingangsflur standen. «Was ist das denn?», fragte sie.

Joe schloss kurz die Augen. Er atmete aus, als koste es ihn große Mühe. «Mich hast du nie so angeguckt. In vierzig Jahren Ehe nicht.»

Lottie wandte sich ihm zu. «Aber jetzt gucke ich dich an, oder?»

Eine ganze Weile schauten sie sich an. Dann ergriff Lottie seine Hand. «Ich hab mir gedacht, dass ich vielleicht wieder mit dem Malen anfange. Das könnte mir Spaß machen.»

Verwundert sah Joe sie an, so als sei sie nicht recht bei Verstand.

Lottie blickte auf ihre Hände hinunter. «Und was deine Kreuzfahrt da angeht – du verlangst doch nicht von mir, dass ich Bridge spiele, oder? Ich hasse Bridge. Aber ich hätte nichts dagegen, ein bisschen zu malen.»

Joes Augen wurden groß. «Du weißt, dass ich niemals von dir …» Seine Stimme brach, und er wandte sich ab, den Kopf zwischen die Schultern gezogen. Auch Lottie senkte den Kopf, und

Hal, der sich plötzlich wie ein Voyeur vorkam, drehte sich um und schloss die Finger fest um Camilles Hand.

Joe schien sich wieder zu fassen. Er schaute seine Frau an, zögerte und legte ihr dann den Arm um die Schultern. Sie schmiegte sich an ihn, eine kleine Geste, aber doch deutlich zu sehen, und gemeinsam schritten sie langsam auf ihr Haus zu.

Es sei an der Zeit, ihn glücklich zu machen, hatte sie Hal erklärt, als er sie unten in einer der Strandhütten gefunden hatte, wo sie allein den Sonnenaufgang erwartete. Das Wissen, dass Guy sie geliebt hatte, dass sie zusammen hätten alt werden können, reichte ihr.

«Das verstehe ich nicht», hatte Hal gesagt. «Er war doch deine große Liebe. Selbst ich konnte das sehen.»

«Ja, das war er. Und jetzt kann ich ihn gehen lassen», hatte sie schlicht erwidert. Und Hal, der seiner blinden Frau normalerweise alles beschreiben konnte, hatte Mühe, in Worte zu fassen, wie erlöst Lotties Gesicht aussah, wie ihre Züge, in denen sich ihre jahrelang aufgestaute Frustration und Traurigkeit eingegraben hatte, plötzlich geglättet und befreit wirkten.

«Als ich da saß und mit ihm redete, habe ich es erkannt – all die Jahre waren vergeudet. Sehnsucht nach jemandem, der nicht da war, wo ich doch Joe hätte lieben sollen. Er ist nämlich ein guter Mann.» Draußen luden zwei Hummerfänger ihre Boote aus und wuchteten ihren Fang mit geübter Leichtigkeit über die Bordwand. Die ersten Spaziergänger mit ihren Hunden hinterließen mäandernde Fährten im Sand, kurzlebige Spuren in der Geschichte.

«Er hat es gewusst. Er hat es immer gewusst. Aber er ist mir deswegen nie böse gewesen.»

Dann hatte Lottie ihren Schwiegersohn angeschaut und war aufgestanden, hatte ihr ergrautes Haar zurückgestrichen und vorsichtig, mädchenhaft gelächelt: «Ich glaube, es ist Zeit, dass Joe eine Frau bekommt, was meinst du?»

Epilog

Danach musste ich noch eine ganze Weile im Krankenhaus bleiben. Ich habe vergessen, wie viele Wochen. Natürlich haben sie es nicht als Krankenhaus bezeichnet, jedenfalls nicht, als sie mich überredeten, da hinzugehen. Sie sagten bloß, es sei ein Besuch zu Hause in England, eine Gelegenheit, Zeit mit Mummy zu verbringen.

Nach einem «kurzen Besuch» sollte ich mich angeblich besser fühlen, verstehst du. Viele junge Frauen hatten das gleiche Problem wie ich, auch wenn niemand richtig darüber sprach. Es gehörte eben zu den Dingen, über die man nicht redete, auch zu der Zeit noch nicht. Sie wussten, dass ich gar nicht gern in den Tropen lebte und dass ich, wenn Guy nicht gewesen wäre, nach Hause gekommen wäre.

Ich hatte mir das Baby gewünscht, verstehst du. Ich hatte es mir so sehr gewünscht. Ich träumte davon, dass ich es in mir trug; manchmal, wenn ich die Hand auf meinen bloßen Bauch legte, konnte ich sogar fühlen, wie es sich regte. Im Stillen redete ich mit ihm, ich erweckte es mit meinem Willen zum Leben. Aber ich erzählte niemandem davon. Ich wusste ja, was sie gesagt hätten.

Guy und ich sprachen nämlich nie darüber. Das war fürsorglich von ihm, sagte Mummy. Manchmal war es am besten, etwas möglichst wenig zu beachten, meinte sie. Dann richtete es auch am wenigsten Schaden an. Aber Mummy schaute ja immer gern weg. Auch sie sprach nie darüber. Es war, als wäre es ihr peinlich.

Nachdem ich dann rausgekommen war, taten alle so, als wäre ich überhaupt nie drin gewesen. Sie machten einfach ihre Sachen weiter und überlie-

ßen mich meinen Träumen. Ich habe ihnen nichts erzählt. Ich las in ihren Gesichtern, dass sie mir nicht die Hälfte von dem glaubten, was ich sagte. Warum sollten sie auch?

Aber man kann seiner Vergangenheit nicht entkommen, oder? Genauso wenig wie man seinem Schicksal entgehen kann. Mit Guy und mir war es danach nie mehr so wie vorher. Es war, als trüge er es mit sich herum, als würde es in ihm vermodern und als könnte er mich nicht mehr anschauen, ohne dass der Geruch davon, der Schatten davon, seine Reaktion auf mich beeinflusste. Er war so voll davon, wie ich leer war.

Achtzehn Äpfel habe ich geschält, an dem Tag, von dem ich dir erzählt habe. Achtzehn Äpfel.

Und trotzdem kam bei allen das Gleiche heraus.

Danksagungen

*I*ch möchte einer ganzen Anzahl von Menschen danken, die mir, jeder auf seine Weise, dabei geholfen haben, dieses Buch möglich zu machen. Vor allem bedanke ich mich bei Nell Crosby vom *Saffron Walden Women's Institute* und ihrem Mann Frederick, die mir ihre Erinnerungen an das Leben in einem Seebad in den fünfziger Jahren des letzten Jahrhunderts zur Verfügung gestellt haben.

Ebenso danke ich Neil Carter, der das Moonfleet Manor in Dorset leitet, für seine Fachkenntnisse über die Renovierung und die Leitung eines ländlichen Nobelhotels. Und Tracie Storey, der Kosmetikerin von Moonfleet Manor, die mich in einige Geheimnisse ihres Berufsstandes einweihte.

Ein herzliches Dankeschön geht wieder einmal an Jo Frank bei der Agentur AP Watt, denn mit Händchenhalten, Motivierung und gelegentlichem Peitschenknallen hat er dem Schreibprozess gute Dienste erwiesen. Und an Carolyn Mays bei Hodder und Stoughton und Carolyn Marino bei HarperCollins in den USA, weil sie nicht nur taktvoll die Knitterstellen entdeckt, sondern mir auch Zeit und Raum gegeben haben, um sie auszubügeln. Danke auch an Hazel Orme für ihre kriminalistischen Fähigkeiten beim Zeileneditieren und dafür, dass Sie mich mehr über Grammatik gelehrt hat, als ich in der Schule je erfahren habe … Bildlich gesprochen trinke ich auf Sheila Crowley mit ihrer unerschöpflichen Kraft, die mir einige der besten Londoner Pubs und Restaurants von innen gezeigt hat. Und auf Louise Wener, die mir Testperson und Komplizin war und mich regelmäßig daran erinnerte, dass Cocktails selbstverständlich dazugehören, wenn man ein Buch macht.

Mein Dank gilt außerdem Emma Longhurst, weil sie eine alte Lohnschreiberin davon überzeugt hat, dass Publicity Spaß machen kann, und Vicky Cubitt mit ihrer schier unendlichen Geduld, bei der diejenigen unter uns, die zu Hause arbeiten, ein offenes Ohr finden. In meinem näheren Umfeld muss ich mich bei Julia Carmichael und den Mitarbeitern von Harts für ihre Unterstützung bedanken, ebenso bei Lucy Vincent, ohne die ich nie etwas geschafft hätte, und bei Saskia und Harry dafür, dass sie ab und zu schliefen und mich arbeiten ließen. Wie immer danke ich Mum and Dad. Und am meisten danke ich Charles, der sich mit meiner Arbeit abfindet. Und mit mir. Allerdings nicht unbedingt in dieser Reihenfolge. Eines Tages werden wir uns abends über etwas anderes unterhalten … das verspreche ich.